同济大学人文学院优秀著作扶持规划资助项目

商务印书馆（上海）有限公司 出品
The Commercial Press (Shanghai) Co. Ltd.

德国学研究丛书 | 叶隽　主编

忧患云海诗哲心

德语文学与思想史论集

叶　隽　著

图书在版编目（CIP）数据

忧患云海诗哲心：德语文学与思想史论集 / 叶隽著.
—北京：商务印书馆，2024
（德国学研究丛书）
ISBN 978–7–100–23957–8

Ⅰ.①忧…　Ⅱ.①叶…　Ⅲ.①德国 — 文学研究 — 世界　Ⅳ.①I 106

中国国家版本馆 CIP 数据核字（2024）第091938号

权利保留，侵权必究。

忧患云海诗哲心
德语文学与思想史论集
叶　隽　著

商　务　印　书　馆　出　版
（北京王府井大街36号　邮政编码 100710）
商　务　印　书　馆　发　行
山　东　临　沂　新　华　印　刷　物　流
集　团　有　限　责　任　公　司　印　刷
ISBN 978–7–100–23957–8

2024年12月第1版　　开本 640×960　1/16
2024年12月第1次印刷　印张 24¾
定价：98.00元

取德国以观世界·通学问而见中国
——"德国学研究丛书"总序

作为天才之母的德国,自然是让人心生敬意,彼得·沃森(Peter Watson)撰作皇皇四卷本的《德国天才》,就是为了解释"天才是如何诞生、达到顶峰,并以超出我们所知的方式来形塑我们的生活,或者它致力于揭示:这一切是如何被希特勒所毁灭的,但是——这又是一次重要的转折——其又如何在时常不被人承认的情况下还续存下来。其存续不仅在战后诞生的两个德国——这两个德国从未得到其(文化、科学、工业、商业、学术)成就的全部声望——而且也针对下列问题:德国思想究竟是如何形塑现代美国和英国及其文化的?合众国与大不列颠或许说的是英语,但他们有所不知的事实是,他们以德国方式思考"[1]。所以,"德国天才"不仅塑造了德意志与日耳曼,也对西方乃至世界,都有着覆盖性的深刻影响,哈耶克(Friedrich A. von Hayek)认为1870年之后的六十年间,"德国成为一个中心,从那里,注定要支配20世纪的那些思想向东和向西传播。无论是黑格尔还是马克思,李斯特还是施莫勒,桑巴特还是曼海姆,无论是比较激进形式的社会主义还是不那么激进的'组织'或'计划',德国的思想到处畅通,德国的制度也到处被模仿"[2]。这里当然是陈述了一个基本事实,但若就时间的范围来说,还是低估了德国思想的影响力,也对"德国天才"的创造力略有认知不足。但至少可以明确的是,哈耶克认定:"德国思想家在这个时期对整个世界在思想上产生的影响,不仅得力于德国的伟大物质进步,甚至更得力于这100年中,德国再度成为共同的欧洲文明的主要的甚至是领导的成员时,德国思想家和科学家

---

[1] 彼得·沃森:《德国天才》第1册,张弢等译,北京:商务印书馆,2016年,第57页。
[2] 哈耶克:《通往奴役之路》,王明毅等译,北京:中国社会科学出版社,1997年,第27—28页。

在这一百年来赢得的极高声誉。"[1] 德国文化传统里是很注重"荣誉"（Ruhm）和"声誉"（Ehre）的，即将自身的名誉价值和外界评价看得很重，所以"德国天才"所赢得的"声誉"也非仅是一种单纯的世俗褒奖而已，而是意味着更具民族自信力的"自我荣誉"[2]。

要知道，"观念的转变和人类意志的力量使世界形成现在的状况"[3]，这种观念的发展、形成与迁变，乃是一个不断循环的复杂侨易过程，观念有其给自足的"内循环"，但也不能完全摆脱外界的关联性，即"外循环"同样是存在的，可如何把握好此间的关联和尺度，却是极大难题，非一言可以蔽之。然而要实现对德国的客观认知，则并非易事，往往"仁者见仁，智者见智"。一国族有一国族之态度，一文化有一文化之立场，如何在更为客观中立的角度去认知异者，既能为我所用，又善归序定位，则殊为不易。随着中国日益走近世界舞台的中心，这种学术认知显得似乎不仅必要，而且明显迫切，所以乃有各类的话语声音汹涌如潮，乃至2022年"区域国别学"作为研究生教育的一级学科正式落地。这种态势，即作为需求的区域国别研究之成为主流，当然不难理解；可作为纯粹客观认知的学术则似"风物长宜放眼量"，看看美国在"区域研究"（Regional Studies）领域的发展历程，则可得到一个有意味的参照物，过于"功利致用"的学术取向即便对国家利益来说也可能是一种反作用力。就此而言，洪堡那句话其实振聋发聩："国家不得将其大学视为文理中学或专门学校，也不得将其科学院用作技术或科学团体。整体而言（因为以下将提及大学中必然出现的个别例外），他不应就其利益直接所关所系者，要求于大学，而应抱定这样的信念，大学倘若实现其目标，同时也就实现了，而且是在更高的层次上实现了国家的目标，由此而来的收

---

[1] 哈耶克：《通往奴役之路》，第28页。
[2] 哥廷根大学之创建者、长期出任大学学监的明希豪森（Gerlach Adolph von Münchhausen, 1688—1770）就曾非常明白地说过："我的大学伦理，以声誉和实用为基础。"（Meine Universitätsmoral ist auf das Interesse der Ehre und des Nutzens gegründet.）转引自 Helmut Schelsky: *Einsamkeit und Freiheit—Idee und Gestalt der deutschen Universität und ihrer Reformen*, Reinbek bei Hamburg: Rowohlt Taschenbuch Verlag GmbH, 1963, S. 36。
[3] 哈耶克：《通往奴役之路》，第19页。

总　序

效之大和影响之广，远非国家之力所及。"[1]

　　我曾在强调"德国学"的国际视野时，主张此概念"在这里是中国的，是中国人的'德国研究'，是具有中国主体性和在中国的历史语境里生成的'德国学'"[2]。彼时学术语境尚勉强可称"平和"，国别学研究也尚远未得到如此强光灯式的关注，但其所具备的学术成长性则是不言自喻。即便到了2012年，在北京大学德国研究中心、德国学术交流中心（DAAD）主办的"德国、欧洲、中国：不同视角下的世界——自我与他者的理论和实践"国际研讨会上做主题报告Der „Ich" im Spiegel und die Schönheit im anderen Berg – Die Konstruktion der Deutschlandstudien im Rahmen der chinesischen Gelehrsamkeit und ihre theoretischen Ressourcen der Kiao-Iologie（《"镜中之我"与"他山美人"——中国之德国学建构及其侨易学理论资源》），我仍然强调具有独立中国学术品格的"德国认知"，并凸显了侨易学的理论资源意义。虽然现场效果颇佳，甚至颇引发讨论，但这种一时的"引人瞩目"与真正的"学理建构"仍有相当漫长的距离。[3]即便是能略有起色，当然也与此前的部分积累有关，

---

[1] "Der Staat muß seine Universitäten weder als Gymnasien noch als Spezialschulen behandeln, und sich seiner Akademie nicht als einer technischen oder wissenschaftlichen Deputation bedienen. Er muß im ganzen (denn welche einzelnen Ausnahmen hiervon bei den Universitäten stattfinden müssen, kommt weiter unten vor) von ihnen nichts fordern, was sich unmittelbar und geradezu auf ihn bezieht, sondern die innere Überzeugung hegen, daß, wenn sie ihren Endzweck erreichen, sie auch seine Zwecke und zwar von einem viel höheren Gesichtspunkte aus erfüllen, von einem, von dem sich viel mehr zusammenfassen läßt und ganz andere Kräfte und Hebel angebracht werden können, als er in Bewegung zu setzen vermag." Wilhelm Homboldt: "Über die innere und äußere Organisation der höheren wissenschaftlichen Anstalten in Berlin (1809 oder 1810)", in Wilhelm Weischedel, Wolfgang Müller-Lauter, Michael Theunissen (hrsg.): *Idee und Wirklichkeit Einer Universität: Dokumente Zur Geschichte der Friedrich-Wilhelms-Universität Zu Berlin*, Berlin & Boston: Walter de Gruyter GmbH, 1960, S. 197. 中译文主要引自陈洪捷：《德国古典大学观及其对中国大学的影响》，北京：北京大学出版社，2002年，第44页。另参见洪堡：《论柏林高等学术机构的内外组织》，载《洪堡人类学和教育理论文集》，弗利特纳编著，胡嘉荔、崔延强译，重庆：重庆大学出版社，2013年，第93页。

[2] 叶隽：《"德国学"的国际视野》，载《中华读书报》2005年6月15日第10版。

[3] "在2012北京论坛'共同的世界，不同的视角'中，一个融合了东西方传统文化的概念'镜中之我'成为讨论中的热点，提出这一概念的就是叶隽。'学术是无用之用''镜中之我'是叶隽在本次北京论坛上阐释的一个基本研究方法，人可以通过观察别人或是自己的意识形态来完成自我评价。"参见《学问"本"与"真"，视角"异"而"一"——专访中国社会科学院外国文学研究所研究员叶隽》，载《北京大学校报》2013年5月5日第3版。

iii

21世纪初，我在借为《北大德国研究》学刊主持编务之际，曾尝试推进"德国学"的学术命题，譬如第2卷主题"德国研究在中国"、第3卷主题"德国研究的视野与范式"[1]，思路不外乎希望借助学术会议的便利，以及后续相关的精心补充，组织从更深入的层面上来深入探讨"德国学"。但总体而言，这似乎仍属奢望，作者大多仍限于自家视角，难以进入整体学术讨论氛围。彼时学术环境尚可称相对宽松，较之此后的"资本逻辑"渗入大学骨髓，泥沙俱下，还是要好得多，即便如此尚且不能组织起有效的学术讨论，可见学术推进之难。

相比较集体性的研讨更多受到种种条件限制，那么个体性的著述或许是更易操作的方式。回头想来，我在自己的具体研究过程中其实已不自觉在贯彻一种"德国学"的思路，当然也引起一些关注，留下了一系列的学术讨论印痕，譬如杨武能教授曾批评我将作为日耳曼学或德国学的Germanistik这一学科称谓以偏概全地译成了"德国文学研究"[2]。这里的"德国学"或"日耳曼学"，虽也涉及源自德文的Germanistik，但应并非只是简单将外来概念进行翻译的问题，而更与中国现代学术主体性建构发生关联。无论是关于中国现代学术框架里的"德国学理论"之探索[3]，还是相关学术实践[4]，都显得远远不够。

---

1 北京大学德国研究中心编:《北大德国研究》第2卷，北京：北京大学出版社，2007年；陈洪捷主编，叶隽执行主编:《中德学志》第3卷，北京：北京大学出版社，2012年。

2 杨武能:《不只是一部学科史——谈叶隽〈德语文学研究与现代中国〉》，载《文汇读书周报》2008年11月14日。一个初步的回应，参见叶隽:《"德国学"建立的若干原则问题》，载《中国图书商报》2009年4月14日第7版。

3 叶隽:《德国学理论初探——以中国现代学术建构为框架》，上海：上海外语教育出版社，2012年。顾俊礼研究员评价此书称:"呈现在读者面前的这本关于构建现代中国的'德国学'专著，不只是叶隽研究员近年来关于'德国学'这一科学概念的理论思维的有益记录，而且还象征着中国的德国研究发展到了构建现代中国'德国学'的新阶段。"参见顾俊礼:《构建现代中国"德国学"》，载《中国图书商报》2012年4月24日第15版。关于此书的讨论，另参见董琳璐:《如何理解"德国学"：中国的国别学研究脉络——读〈德国学理论初探——以中国现代学术建构为框架〉》，载《书屋》2014年第6期，第9—11页。

4 叶隽:《文史田野与俾斯麦时代——德国文学、思想与政治的互动史研究》，北京：中国社会科学出版社，2013年。范捷平教授评价此书时很有用意地特别指出了"德国学"方法论问题:"叶隽在实践'德国学'方法论的过程中，似乎非常明白纲举目张的道理，在德意志的文史田野中，他抓住了思想史这一条红线，将哲学、历史、艺术、政治、文化等德意志精神现象用文学这一张大网一网打尽。具体地说，作者的理论思考均以文本研究为基础，从文学文本的阐释出发，但又超越了对文本的解读，或曰超越了文学研究中的文本主义痼疾，让人耳目一新。比如，（转下页）

关于"德国学"的命题,是需要在不断的学术对话中锱铢积累、循序渐进的,在如今的"区域国别学"甚嚣尘上之际,对此的研究似更易进入到"各领风骚三五天"的状态,而颇难落实为有本质意义上的学术推进。中国学界之热衷名词,似乎其来有自,但如何能立定于学术伦理之上,建构起真正具有学理意涵的"学科系统",仍不得不说是任重道远。范捷平教授曾提及2005年时我们之间关于"德国学"的学术讨论:"那年他刚三十出头,算是德语文学研究领域中的青年才俊。从外表上看,叶隽温文尔雅,当年似乎略显青涩。而在言谈之中,他新锐犀利的学术思考和大胆的理论构想却让我暗中惊讶。记得我们当时的话题是'德国学',包括德语文学研究如何才能走出狭隘的语言和文本空间?中国学者该如何从历史和社会发展的纵横两个维度来创新德语文学研究的范式?如何将西方语言文学研究纳入西方社会文化史的研究范畴,从而确定中国学者研究西学的主体性和文化自觉性?我们似乎不谋而合,认为学科交叉整合、知识重构和中国学者的身份转变乃德语文学研究和德国学学科建设的必由之路。"[1] 年华易逝,转眼近二十年过去,昔日的青年已知天命,留下的却是中国现代学术的未尽之路,当初讨论的问题及其学术维度,似乎至今仍未过时,需要后来者与局中人共同努力。

虽然具体学科不同,而邢来顺教授亦称:"本人最感兴趣的还是叶隽教授体现其宏大学术抱负的建构现代中国的'德国学'的努力。关于中国的'德国学',叶隽教授有明晰的界定。'作为一种汉语语境中新兴学术概念的'德国学'包括两层含义:从广义上来说,是泛指一切与德国相关的学术研究工作,即近乎宽泛意义上的'德国研究'(Deutschlandstudien);从狭义上说,是以现代德国(19—20世纪)为主要研究对象的一种跨学科意识为主体的学科群建构,关注的核心内容是德意志道路及其精神史探求。我个人倾向于前一种广义上的'德国学'的定义,而后者则可视为中国特色'德国学'的内在联

(接上页)他以俾斯麦的《回忆与思考》、拉萨尔的《济金根》、尼采的《苏鲁支语录》和冯塔纳的《艾菲·布里斯特》、托马斯·曼的《布登勃洛克一家》等为研究对象,集中聚焦日耳曼精神特别是德国资本主义上升时期的伦理价值观问题,形成了自歌德以来德意志问题的核心,即国家政治与精神文化之间的依存关系。"参见范捷平:《"德国学"研究探路者》,载《中国社会科学报》2014年4月25日第B04版。

[1] 范捷平:《"德国学"研究探路者》,载《中国社会科学报》2014年4月25日第B04版。

系的探索和学术升华，也是中国'德国学'的终极学术探求目标。"[1] 这里强调的显然是更为宏观的德国学认知和整体性学科理论意识，应当承认，在中国学界，有这样高屋建瓴且能明确表述者已然少见，而因为现有体制的制约和冲击，能身体力行者更属凤毛麟角，而对于《德国教养与世界理想——从歌德到马克思》一书而言，则此种认知无疑是具有"点石成金"之效的。[2] 莫光华教授则从另一个角度确认了这种工作的意义，他认为："虽为同时代人，歌德与马克思彼此并无接触，他们中间毕竟还隔着海涅那一代人。况且歌德与马克思各自主要的活动领域，在今人看来，分属于迥然不同的文学艺术领域与政治经济学和社会革命领域，所以，要在歌德这位最伟大的德国诗人、剧作家、小说家、思想家、自然研究家与马克思这位世界无产阶级革命导师、马克思主义创始人、政治学家、经济学家、历史学家和社会学家之间，建立起可资考辨和剖析的切实联系，必须另辟蹊径。换言之，为此要做的，是将当代中国之'德国学'的两个核心领域，即'歌德研究'与'马克思（主义）研究'进行有效的联通。"[3] "马克思学"因其在中国的特殊地位，自然毋庸置疑；"歌德学"的重要性也日益引起关注。[4] 而正是需要这些具体学域的蓬勃发展，才有可能"众人拾柴火焰高"，建构起作为一个整体文明的"德国学"。

当然，从相关学科"获取滋养"，甚至是"见贤思齐"，也是很有益的，譬如德国史研究者就意识到"德国学"建构的学理意义，并曾指出过"文史哲"跨学科视野整合的必要性："孟钟捷教授对张建华教授讲到的'中国的俄罗斯学'心有戚戚焉，因为前几年叶隽教授曾在多个场合提出要建立'中国的德国学'。当中国人研究德国时，要有自己独特的视角，并且在此过程中，让文史哲不同的学科视野结合起来，建立更好的认识，这对整个学界的发展

---

[1] 邢来顺：《德意志精神结构的一种新释读》，载《社会科学报》2020年6月25日第8版。
[2] 叶隽：《德国教养与世界理想——从歌德到马克思》，北京：教育科学出版社，2023年。
[3] 莫光华：《多维视野中的歌德研究——以思想史进路的研究为例》，载《社会科学论坛》2023年第1期，第105页。
[4] 可参考一组关于"歌德学与学术史"的专题讨论，叶隽《"歌德再释"与"诗哲重生"——在学术史与知识史视域中重审歌德》，贺骥《中国歌德学百年史述咏》，谭渊、宣瑾《作为精神资源的歌德学——文学革命和抗日救亡背景下的歌德研究》（载《社会科学论坛》2022年第6期），莫光华《略论多维视野中的歌德研究——以思想史进路的研究为例》，吴勇立《今天的我们怎样纪念歌德？》，吕巧平《中国歌德学术史之历史分期研究》（载《社会科学论坛》2023年第1期）。

是有很大帮助的。"[1]若无通识则很难出此语，但从"高瞻远瞩"到"脚踏实地"，对于学界而言仍是"难在脚下"，当然也是"路在脚下"。在与"俄罗斯学"的比较维度中，反思"德国学"的意义，对于中国现代学术的"国别学"研究十分有必要[2]，且如何在国际互动的维度中体现中国现代学术的独立立场、文化传统与学理自觉，仍是十分考验学者的"长程考题"，毕竟，学理的系统构建才是最重要的学科建设的标志性符号。[3]

或许，现代中国之转身成型、拔流俗以自振，在某种意义上或亦不妨理解为"应天景命"，确是有其需要承担的历史责任和使命的。[4]对于中国现代学术而言，就更是如此。蔡元培之改革北大，其所宗法的洪堡大学理念，乃是世界范围所公认的"现代大学典范"，至今为止的美国顶尖大学的代表人物仍然承认自己是洪堡的继承人，并将西方大学在世界范围内的胜利归功于洪堡。[5]而陈寅恪之立言清华，既非仅是抱残守缺的迂腐穷儒，更非坐井观天的井底之蛙，他慨然宣告："盖今世治学以世界为范围，重在知彼，绝非闭户造车之比。……夫吾国学术之现状如此，全国大学皆有责焉，而清华为

---

[1] 顾羽佳整理：《张建华教授问答》，微信公众号：澎湃私家历史，2020年8月30日。张建华教授借"娜塔莎之舞"（《战争与和平》的经典场景）以反映俄国人在东方与西方"两种灵魂"之间的撕裂，介绍俄国史学界在语言—文化转向背景下的改变，并讨论了建立"中国的俄罗斯学"的问题。参见顾羽佳整理：《娜塔莎之舞：俄国史的核心意象与研究转向》，https://www.thepaper.cn/newsDetail_forward_8826557，访问日期：2023年3月10日。

[2] 我也曾记录下与张建华教授的讨论，参见叶隽：《后记》，《德国学理论初探——以中国现代学术建构为框架》，第186页。

[3] 一个较新的进展，参见汪磊：《俄罗斯学：跨学科研究新方向——俄罗斯学国际研讨会综述》，载《俄罗斯文艺》2018年第1期。

[4] 郑永年指出："现代中国的大转型，并没有造就中国自己的知识体系，这应当是中国知识界的羞耻。也很显然，在能够确立自己的知识体系之前，中国没有可能成为一个真正的大国。……实际上，知识和知识的实践（制造业）是一枚硬币的两面。只有拥有了自己的知识体系，才会拥有真正的原始创造力。"郑永年：《中国的知识重建》，北京：东方出版社，2018年，第108页。虽然这是至今为止的基本实情，但需要理解的仍是，现代中国转型仍处于过程之中，盖棺论定仍有待一个较长时段的过程。郑永年也指出了某些根本原因所在："要建立中国自己的社会科学，就要避免中国思维的美国化或者西方化。但事实上，西方化已经根深蒂固地被制度化了，因为西方的概念已经深深融入中国教育部门所主导的各种评价体系里面了。"郑永年：《中国的知识重建》，第164页。

[5] Walter Rüegg: "Humboldts Erbe", in Christian Bode, Werner Becker, Rainer Klofat: *Universitäten in Deutschland*, München: Prestel, 1995, S. 14.

全国所最属望，以谓大可有为之大学，故其职责尤独重……实系吾民族精神上生死一大事者……"[1]中国现代学术之志趣和理想，不仅跃然纸上，更借王国维之碑文而传示天下，其对于中国学术的"安心立魄"之功用，不逊《独立宣言》之于美国开国建邦的符号意义，这既是中国一流知识精英与时俱进的"誓师文"，也是中国学术走向世界的"集结号"；这是普遍性世界胸怀的体现，更是中国式"世界理想"的蓝图。而其借纪念王国维而确立下的中国现代学术伦理原则更是振聋发聩："士之读书治学，盖将以脱心志于俗谛之桎梏，真理因得以发扬。思想而不自由，毋宁死耳。斯古今仁圣所同殉之精义，夫岂庸鄙之敢望。先生以一死见其独立自由之意志，非所论于一人之恩怨，一姓之兴亡。呜呼！树兹石于讲舍，系哀思而不忘。表哲人之奇节，诉真宰之茫茫，来世不可知者也。先生之著述，或有时而不章。先生之学说，或有时而可商。惟此独立之精神，自由之思想，历千万祀，与天壤而同久，共三光而永光。"[2]如果说此处的"独立之精神，自由之思想"已毫无疑义地被视为第一学术伦理原则[3]，那么值得进一步发挥的，则尤其应表现在治学范围的"博采四方""兼融会通"上。在我看来，就是如何以"博纳万邦""容量万象"而"成就世界"，具体言之，语文之学固首当其冲，而陈寅恪自是最佳之代表，他深究梵文、求学异邦、融通多元，以语文学为根基而不失治学之宏大气象，国别之学则紧随其后。盖不知各国，焉能成通人？陈寅恪批评其时中国学界谓，"国人治学，罕具通识"[4]，在我看来，这里的"通"，不但要兼及"通古今""通中外""通文理"等多重维度，还应努力趋向"大道会通"，即认知人类社会、学术发展、天道运行的基本规律。[5]

汉代庄忌（约前188—前105）谓："哀时命之不及古人兮，夫何予生之不遘时！往者不可扳援兮，来者不可与期。志憾恨而不逞兮，抒中情而属诗。夜炯炯而不寐兮，怀隐忧而历兹。心郁郁而无告兮，众孰可与深谋？欿愁悴

---

[1] 陈寅恪：《吾国学术之现状及清华之职责》，载刘桂生、张步洲编：《陈寅恪学术文化随笔》，北京：中国青年出版社，1996年，第47—49页。

[2] 陈寅恪：《清华大学王观堂先生纪念碑铭（1929年）》，载《金明馆丛稿二编》，北京：生活·读书·新知三联书店，2001年，第246页。

[3] 叶隽：《"寂寞之原则"与"纯粹之知识"》，载《社会科学报》2022年4月18日第8版。

[4] 陈寅恪：《陈垣敦煌劫余录序》，载《金明馆丛稿二编》，第266页。

[5] 叶隽：《世界意识与家国情怀的融通》，载《社会科学报》2023年4月24日第8版。

而委惰兮，老冉冉而逮之。居处愁以隐约兮，志沉抑而不扬。道壅塞而不通兮，江河广而无梁。"¹ 时命与天命，或许是可以相对映照的一组概念，其所暗含的则是具有不屈意志的主体自强不息、跨越艰难的信念与人生。天命乃是无形中大道的承载，是冥冥中天意的授予；时命则有所不同，它所指向的或许更多是主体的自身因素的重要性，因为虽然所谓"时势造英雄"，但英雄之所以为英雄，就因为他能善识时势、破局有度，借胸中良谋而包孕宇宙，成就事业。学术当然更多属于一种文化事业，虽不能说仅是"纸上苍生"而已，但知识、观念和思想终究是可以"影响世界"的。我们不仅需要有观念层面的"雄心勃勃"，更需在具体的学术层面"积跬步以致千里"。正是在这个意义上，各个具体的区域国别学的学理建构其实具有极为重要的奠基石意义。就概念建构而言，则德国学、日耳曼学、欧洲学、西方学等皆属"向上看"的体系性家族树层级的展示，当然还有另侧的东方学体系，也同样不可忽视。² 而向下则需与深植具体学科中的德语文学、德国历史、德国哲学、德国社会学、德国科学史等领域进行紧密结合与互动，此外则需要寻找到一些跨越学科、联动乃至带动各学科"共享"的具体学域，譬如"歌德学""马克思学""卡夫卡学"等都是上佳抓手。总体而言，"德国学"应当是一个比较理想的"中层概念"，即向上可以在宏观上追索世界文明的形成规律，向下则可以从微观上具体到个体而"以小见大"，如此勾连，或可"既见树木又见森林"，不失为一种有机联系、大小兼备的学术之道。

果戈理（Nikolai Vasilievich Gogol-Anovskii）有言："世界史若就其确切意义而言，并不是由所有各自独立、彼此间缺少普遍联系或共同目的的民族史

---

1 庄忌：《哀时命》，载孙家顺、孔军、吴文沫注译：《楚辞译注评》，武汉：崇文书局，2018年，第243页。

2 近期王向远对东方学的系列研究值得关注，如王向远：《中国"东方学"的起源、嬗变、形态与功能》，载《人文杂志》2021年第6期；《国外东方学的四种理论与中国东方学的发生》，载《安徽大学学报（哲学社会科学版）》2023年第1期。在西方学方面还是比较欠缺的，但也不是没有，如王铭铭指出："中国'西方学'之求索意在指出，'被研究者'也是认识者，而'认识者'也是'被认识者'。因而，为人们所虚拟的认识者—被认识者关系，应得到历史的反思。作为近代世界关系体系的符号，'西方'这个称谓，已成为'东方人'追求的未来。而当这个意义上的'西方'被放置在诸如中国'西方学'的历史中考验时，则会出现某种有意义的'方位—势力逆转'。"王铭铭：《西方作为他者——论中国"西方学"的谱系与意义》，北京：世界图书出版公司，2007年，第4—5页。

和国家史汇集而成的,也不是由大量时常以枯燥无味的形式表现出来的事件堆积而成……尽管世界上诸民族或者为时间、事件所分隔,或者为高山、大海所分隔,但世界史必须将所有民族的历史集合为一体,将它们统一成一个协调匀称的整体,并将它们谱写成一首壮丽的诗。"[1] 正是有着如此开阔的胸怀与大度的气象,果戈理才能以作家之感性敏锐而识得世界文明之大美壮观,将各民族历史融汇观之,我们或可将之视为"德国学"发展里程上的重要指针,由中国通往德国,由德国走向世界。屈子谓:"路漫漫其修远兮,吾将上下而求索。"这样一种探研的过程,自然也就是一个求索的过程,是一个跨越雄关铁道的过程!即便具体落实到具有中国风格的"德国学"建构这样一个小目标,落在学者身上的任务仍将是任重道远、路在脚下。只有脚踏实地,才能负重行远,如骆驼般的坚忍不拔,承担使命。在我看来,如何构建中国的德国学(日耳曼学)体系,乃是一项系统、长期而艰巨的大工程,决非二三人等,空有一腔热情便能做好的事,需要胸怀大志、直挂云帆,更需持之以恒、水滴石穿。我们相信千里之行始于足下,我们更相信锱铢积累、青出于蓝。有朝一日,当我们可以自信地将自家的"德国学"著作展示于世,才可不负当年陈康先生为中国学术所发之豪言壮语:"现在或将来如若这个编译会里的产品也能使欧美的专门学者以不通中文为恨(这绝非原则上不可能的事,成否只在人为!),甚至因此欲学习中文,那时中国人在学术方面的能力始真正的昭著于全世界;否则不外乎是往雅典去表现武艺,往斯巴达去表现悲剧,无人可与之竞争,因此也表现不出自己超过他人的特长来。"[2] 这也不仅是陈康个体的雄心表述,而更体现出了一流知识精英所共有的宏大理想,见出了中国现代学术的世界胸怀!

叶 隽

---

[1] 转引自斯塔夫里阿诺斯:《全球通史——1500年以后的世界》上册,吴象婴、梁赤民译,上海:上海社会科学学院出版社,1999年,第2页。
[2] 陈康:《序》(1942年),载柏拉图:《巴曼尼得斯篇》,陈康译注,北京:商务印书馆,1982年,第10页。

目 录

第一辑　古典时代

忧患云海诗哲心
　　——现代性视域中歌德思想形成史的意义　　/ 3
　一、歌德思想之形成：精神三变之范式意义　　/ 3
　二、"现代性早期方案"中的"哲学—文学"对话结构：
　　　歌德—席勒 VS. 康德—黑格尔　　/ 5
　三、作为终极关怀的诗哲之心：现代性文学话语的形成及其
　　　对"现代人"的建构　　/ 16

"时代悲剧"与"初思自由"
　　——《强盗》中反映出的个体与国家　　/ 22
　一、强盗之路的终结与自由彷徨之开端　　/ 22
　二、时代潮涌与悲剧之择：个体与国家之间的紧张与调和　　/ 28
　三、初思自由　　/ 33

现代性的另类极端化
　　——海涅对莱辛的承继与歧途　　/ 43
　一、海涅横空出世的时代语境与文化史背景　　/ 43
　二、现代性极端化的海涅表征　　/ 50
　三、德国文学史启蒙思脉路径的确立　　/ 61

第二辑　现代文学

史家意识与异国对象
　　——中国学术视野里的奥国文学之成立　　　　　　　　　／　71

　　一、世界文学与现代中国语境中的奥国认知：
　　　　从"德国文学门"到"奥国文学命题"　　　　　　　／　71
　　二、史家意识之确立与奥国文学之成立（概念、内容、特点）　／　75
　　三、奥国文学研究的基本立场　　　　　　　　　　　　　／　79

文学之择与象征之技
　　——论卡夫卡的思想史意义　　　　　　　　　　　　　　／　87

　　一、文学史与思想史视野中的奥匈帝国　　　　　　　　　／　89
　　二、传统之中与现代之内：卡夫卡的两难选择　　　　　　／　94
　　三、形式过度与思想意义：现代文学建构之缺失可能　　　／　97

作家如何表达思想？
　　——论《物理学家》的问题意识与表述之难　　　　　　　／　104

　　一、问题意识与文本表达　　　　　　　　　　　　　　　／　104
　　二、时代精神的把握：时代背景与国际关系的映射　　　　／　107
　　三、表述的艰难：作家的独立人格与表述方法的欠缺　　　／　111

第三辑　比较视野

现代中国的克莱斯特研究　　　　　　　　　　　　　　　　／　121

　　一、作品翻译与报刊评介：克莱斯特的中国初始形象　　　／　121
　　二、文学史叙述中的克莱斯特：张威廉、李金发、刘大杰　／　123

三、从商承祖到张威廉：学者的探究　　　　　　　　　　/ 125

四、改革年代的情况及克莱斯特中国研究史的反思　　　/ 128

政治史与思想史路径中的德国文学
——作为另类文学史家的马克思、恩格斯　　　　　　/ 132

一、欧洲文学之视野——从恩格斯的"扬英抑德"说起　　/ 132

二、"世界文学"的架构背景及其德国文学认知　　　　　/ 134

三、马克思对"德国文学"理解的偏差　　　　　　　　　/ 141

第四辑　学术史与学科史

机构建制、学风流变与方法选择
——现代中国语境里的德语文学研究　　　　　　　　/ 147

一、先生一代与学生一代：先行者的"奠基工程"与
后来者的"传承意识"　　　　　　　　　　　　　　/ 147

二、"国学"与"外国学"——以傅斯年与冯至比较为中心　/ 165

三、"方法选择"与"自身困境"——从"学术伦理学"、
"学术社会学"双重视角对冯至、陈铨的分析　　　　/ 184

六十年来的中国德语文学研究
——学科史梳理与学术史反思　　　　　　　　　　　/ 200

一、时代背景与学术机构的建立与转型
（纵向的社会史与思想史背景梳理）　　　　　　　　/ 200

二、学人的代际迁变与学风流变　　　　　　　　　　　/ 210

三、学术本身的承继与开辟：以专著为中心　　　　　　/ 213

四、学科史反省与学术史意义　　　　　　　　　　　　/ 223

威廉帝国后期的歌德学
——赫克尔、西美尔、宫多尔夫的三分路径　/ 227
一、自然科学倾向的哲学家路径：以赫克尔为中心　/ 228
二、西美尔：社会学的介入　/ 232
三、宫多尔夫：学问家的承传与批评家的感觉　/ 237

第五辑　跨学科视域

"婚姻纽带"抑或"歧路之爱"
——作为俾斯麦时代文史田野的《艾菲·布里斯特》及其反映的市民家庭价值观的变迁　/ 247
一、艾菲是如何被教化的？　/ 248
二、殷士台顿其人及其教养形成　/ 254
三、殷士台顿与俾斯麦时代政治高层的关联
　　——理解普鲁士官僚阶层个案背后的资产阶级因素　/ 258
四、普鲁士的伦理观与俾斯麦时代的社会风俗：
　　以"婚姻纽带"为中心　/ 261
五、"歧路之爱"？——德国传统脉络中市民家庭的
　　价值观追问　/ 266

德国学的学术核心问题
——以学科互涉整合为中心　/ 269
一、汉语语境中的"德国学"双重概念及其若干层面　/ 269
二、现时代中国"德国学"学科分布状况及其特点：
　　以若干人物为例　/ 274
三、德国学的核心命题：以德意志道路及精神史探求为中心　/ 282

第六辑　学术书评

海翁黯隐日，格君默浮时？
　　——格拉斯事件的思想史意义　　　　　　　　　　　／ 291

此情可待成追忆
　　——《朗读者》之思　　　　　　　　　　　　　　／ 295

发现大师的历程
　　——《奥斯特利茨》中译本序　　　　　　　　　　／ 299

重审文学史视野中的德意志
　　——读范大灿主编五卷本《德国文学史》　　　　　／ 304

学术视野里的"德语文学汉译"
　　——评《杨武能译文集》　　　　　　　　　　　　／ 313
　　一、小引　　　　　　　　　　　　　　　　　　　／ 313
　　二、校勘　　　　　　　　　　　　　　　　　　　／ 316
　　三、思考　　　　　　　　　　　　　　　　　　　／ 332

接受的困惑与问题的呈现
　　——读《歌德长篇小说〈少年维特之烦恼〉
　　1945年以来的德国接受史》　　　　　　　　　　　／ 334

在理论维度与历史语境之间
　　——读《现代市民史诗——十九世纪德语小说研究》／ 339

参考文献　　　　　　　　　　　　　　　　　　　　　／ 345

索引　　　　　　　　　　　　　　　　　　　　　　　／ 365

后记　　　　　　　　　　　　　　　　　　　　　　　／ 371

第一辑

古典时代

忧患云海诗哲心
——现代性视域中歌德思想形成史的意义

一、歌德思想之形成：精神三变之范式意义

我们看到，经由孔子反观歌德，并非仅是将"魏玛的孔夫子"的比拟落实为具体的一次论证过程，而确实是提供了一条理解歌德思想的另类路径。对于现代世界的知识精英来说，东方是一个无法拒绝的"思想诱惑"；对于世界理想的构成而言，东方则是一个不可或缺的"另一半"。如何理解东方，不仅是东方学者或民众自身的需求，也同样是西方世界精英的诉求。因为，只有在一种打通的视域中，我们才可能将人类至今所创造的文明财富予以整合利用，构建走向未来的思想平台。从这个意义上来说，虽然不通东方语言文字，但以歌德为代表的欧洲知识精英的努力，提供了进一步深入探究的坚实基础。

考察歌德思想形成这一思想史个案，显然并不仅仅是为了关注某一个体，而是希望通过这一有代表性的个案研究而考察一个时代的文学与思想风貌。而我们应特别注意的则是，歌德思想的形成，主要是通过文学创作的方式来实现的。这种述思方式，既不同于政治家的"知行合一"，也不同于商人的"利益原则"，甚至也不同于哲学家的"体系建构"，它具有极为鲜明的"诗化之思"。而即便放眼世界文学，德国文学作为"思想者文学"的整体特征也是极为明显的。探究歌德个案的意义，也就远超出一个个案的意义。

就歌德思想的形成来说，经历了"精神三变"，所谓"狮子—骆驼—

婴儿",庶几近之。在青年时代,他站在狂飙突进的前列,以一种浩然"冲创之力",表现出明显的叛逆性和理想追求色彩,掀起了狂飙猛澜;在成年之后,他以一种负重前行的态势,结束了早期的浪漫思绪,迅速转型,1775年遁入魏玛,以仕途为择。这不仅是一种人生职业上的自觉选择,更表现为思想转型的外在标志。1775—1794年的二十年间,基本上是歌德人生的第二阶段,虽然此中以1786—1788年游居意大利为转折,已开始了其思想的再度反思,但仍不脱"启蒙理性"立场。而年在知命前后,他仿佛真的悟到了天命,选择了与席勒的合作,开始了复归于婴儿的"古典和谐"时代。1794年歌德、席勒的建交,既标志着德国文学史上最辉煌的魏玛时代的开端,同时也意味着歌德思想进入成熟期的第三阶段。对于歌德而言,婴儿时代竟然是最为漫长的(还不包括真正为婴儿的时代)。以1805年席勒逝世为标志,前期是古典和谐的歌德思想之初步形成期,这其中立为标的的是"理想社会"的诉求;后期则以"世界公民"为旨归,形成了"东西大同"的歌德思想,这是"古典和谐思想"的更高阶段。从1794—1832年,将近四十年的时间啊!在复归于澄明的时代里,他经历了漫长的"蜕皮"与"承当"过程。

这种人生过程,有些类似于走平衡木,或左或右,都是在寻求某种平衡,走到最佳支点,就是取得了平衡点。

关于歌德究竟是浪漫主义者还是古典主义者的问题,其实是一个"伪问题"。司汤达曾这样说过:"一切伟大的作家都是他们时代的浪漫主义者,在他们死后一个世纪,不去睁开眼睛看,不去模仿自然,而只知抄袭他们的人,就是古典主义者。"[1]他这句话并非在严格意义上使用浪漫主义与古典主义的概念,但却仍道出了一些基本观念。以理想情怀去把握时代并表现时代,就是浪漫主义;而因循守旧、以保守为能事者,就是古典主义。不过,这显然与我们所使用的浪漫思脉、古典思脉的概念是有本质不同的。

不反映现实固然不行,只知道面对现实,那也绝对难成就自我。在接触地气的基础上,如何能够融会贯通,举一反三,乃至在思想上达到质的

---

[1] 司汤达:《拉辛与莎士比亚》,王道乾译,上海:上海文艺出版社,1982年,第63页。

进步，腾空而起，才是最考验诗人的试金石。那么，我们要追问的是，歌德的这样一种"精神三变"过程，究竟是一种历史的必然呢，抑或仅仅是一个个体（或伟大诗人）的生命经历而已？对这一个案的考察，是否有什么可以上升到规律性层面的经验可以总结？要讨论这些问题，我们就必须将个体置身于时代的宏观语境之中。

二、"现代性早期方案"中的"哲学—文学"对话结构：歌德—席勒 VS. 康德—黑格尔

当我们总结了歌德思想之形成的历程，尤其是把握住他精神三变历程中最枢纽的部分之后，我们涌到心头的，究竟是怎样的感受？是"希贤向圣"，还是"顶礼膜拜"？这是一个需要思考的问题。甚至，我们可以进一步追问，歌德的思想是可以重复的吗？歌德思想形成的模式是可以复制的吗？这无疑是一个极为诱惑人的话题。有趣则在于，歌德、席勒生存与活动的年代，正是现代性命题作为一种理论自觉跃跃欲出的时代，也是"现代"整体建构的关键时代，这就为我们理解这一"天才时代"提供了最好的注脚。

我倾向于认为，现代（modern times）本身是一种客观的状态，尤其是相对于古代（ancient times）的一个概念，即主要意味着一种人类自然延续的发展过程，是接近人们当下生活的那段长距离历史时间。但这种现代不是从天而降的，而是在人类发展到一定阶段以后而产生的。[1] 在古代与现代之间横亘着一段"中世"，这是需要区分的。而在"现代"概念中有三个重要维度，即"现代人"（modern man）、"现代化"（modernization）、"现代性"（modernity）。

---

[1] 根据姚斯考证，现代（modernus）一词最早出现于5世纪末的罗马帝国向基督教世界过渡时代，乃有"古代"（antique）与"现代"（moderni）之分。Hans Robert Jauss: "Literarische Tradition und gegenwärtiges Bewusstsein der Modernität"（《文学传统与现代性的当代意识》），in Hans Steffen (hrsg.): *Aspekte der Modernität*（《现代性的观点》），Göttingen: Vandenhoeck & Ruprecht, 1965, S. 154f.

在"现代建构"方案中,现代化的实现仍是一个基本的目标,"就历史的观点而言,现代化是社会、经济、政治体制向现代类型变迁的过程。它从17世纪至19世纪形成于西欧和北美,而后扩及其他欧洲国家,并在19世纪和20世纪传入南美、亚洲和非洲大陆"[1]。那么,问题在于,这种现代化何时是个尽头?有论者干脆认为现代化就是"在科学和技术革命影响下,社会已经发生和正在发生的转变过程"[2]。这两个论点结合在一起比较合适,即现代化就是人类由古代形态演变到相对稳定的现代形态的一种过程,它既是一个已完成的历史性过程(它有一定的标准和范式),同时也是一个仍在延续中的历时性过程(如同"现代"概念一样)。[3]那么,何谓"现代性"呢?"现代性指社会生活或组织模式,大约17世纪出现在欧洲,并且在后来的岁月里,程度不同地在世界范围内产生着影响。"[4]这固然可作一说,但我更想将其理解为,现代性就是构成稳定的"现代时期"所具有的核心特征。有论者将其总结为现代学构成的三大基本问题意识——"社会的公义""自由的秩序""欲望的个体"[5],并提出了一条暗藏于中的"现代现象—现代结构—现代世界"推进逻辑。

在我看来,现代性确实是"现代建构"的核心命题。而所谓的"后现代"[6],则仅仅是批判现代性的一种方式而已,它尚不能构成对现代性的整体颠覆。现代性的核心要义有三:一为理性基础,即逻各斯(Logos)的思维方式,以科学为中心的基本思路;二为启蒙理念,即自由是现代性的基本价值,强调对宗教的超越;三为人性复归,即强调人的主体性,是针

---

[1] 艾森斯塔德:《现代化:抗拒与变迁》,张旅平等译,北京:中国人民大学出版社,1988年,第1页。

[2] 布莱克等:《日本和俄国的现代化》,周师铭等译,北京:商务印书馆,1984年,第18页。

[3] 当然,值得追问的是:人类是否仍然还处于现代化的过程之中?或者说某些民族国家是否已经进入了现代化时期,已经完成了现代化的责任?

[4] 吉登斯:《现代性的后果》,田禾译,黄平校,南京:译林出版社,2000年,第1页。刘小枫提出了"现代学的问题意识",并将它分解为三个层面:"现代化题域——政治经济制度的转型;现代主义题域——知识和感受之理念体系的变调和重构;现代性题域——个体—群体心性结构及其文化制度之质态和形态变化。"刘小枫:《现代性社会理论绪论》,上海:上海三联书店,1998年,第3页。

[5] 刘小枫:《现代性社会理论绪论》,第59页。

[6] 后现代的代表性著述,参见 Jean-François Lyotard: *La condition postmoderne*(《后现代状况》), Paris: Editions de Minuit, 1979。

对神性的颠覆。

自16世纪开始,在欧洲发生的文艺复兴—宗教改革—启蒙运动基本上有其一脉相承的内在逻辑,将现代性命题展示得淋漓尽致,同时也将"现代建构"落实于具体的各次运动之中。应该说,现代性诸命题的产生,与这样一种时代背景与斗争需要是密切相关的,简洁归纳之,"颠覆神性、确立人性;借助科学、推倒宗教;摆脱枷锁、呼唤自由",可问题是"走向绝对、物极必反;理性解体,漫无归依"。

1784年,康德(Immanuel Kant,1724—1804)曾专门撰文《什么是启蒙?》("Was ist Aufklärung?"),对"启蒙"这一重要概念做了重要的阐释:

> 启蒙就是人结束他咎由自取的未成年状态。所谓未成年,就是说一个人如果不假他人的引导,就不能使用自己的头脑。倘若其原因不在于缺乏头脑,而在于没有他人的引导就没有决心和勇气使用自己的头脑,那么这种未成年就是咎由自取。鼓起勇气去使用你的头脑!这就是启蒙运动座右铭。[1]

福柯(Michel Foucault)将此文视为"现代性的态度的纲领"(l'attitude de modernit)[2],虽然他知道在此文发表前两个月门德尔松(Moses Mendelssohn,1729—1786)就同一问题(Über die Frage:Was heist aufklären?)也做出过回

---

[1] 德文为:"Aufklärung ist der Ausgang des Menschen aus seiner selbstverschuldeten Unmündigkeit. Unmündigkeit ist das Unvermögen, sich seines Verstandes ohne Leitung eines anderen zu bedienen. Selbstverschuldet ist diese Unmündigkeit, wenn die Ursache derselben nicht am Mangel des Verstandes, sondern der Entschließung und des Mutes liegt, sich seiner ohne Leitung eines anderen zu bedienen. Sapere aude! Habe Mut, dich deines eigenen Verstandes zu bedienen! Ist also der Wahlspruch der Aufklärung." Immanuel Kant: "Was ist Aufklärung?" in Ehrard Bahr (hrsg.): *Was ist Aufklärung?–Kant, Erhard, Hamann, Herder, Lessing, Mendelsohn, Riem, Schiller, Wieland* (《什么是启蒙?》), Stuttgart: Reclam, 1974. 中译文参见李伯杰等:《德国文化史》,北京:对外经济贸易大学出版社,2002年,第123页。

[2] Michel Foucault: "Qu'est-ce que les Lumières" (《什么是启蒙》), in *Philosophie anthologie* (《哲学选集》), Paris: Gallimard, 2004, p. 866. 福柯:《什么是启蒙》,载汪晖、陈燕谷编:《文化与公共性》,北京:生活·读书·新知三联书店,1998年,第429页。

答。[1] 这样一种价值判断取向，导致福柯的结论是："我不知道是否我们将达到成熟的童年。我们经验中的许多事情使我们相信，启蒙的历史事件没有使我们成为成熟的成人，我们还没有达到那个阶段。"[2] 既然"启蒙尚未成功"，那么就是"同志仍需努力"。福柯的这一判断，恰好印证了哈贝马斯强调"启蒙——一个未完成的计划"的合理性。虽然，我们同意福柯所强调的"我们决不应忘记启蒙是一个事件，或者一组事件和复杂的历史过程，它处于欧洲社会发展中的特定时刻"[3]，但在承认其历史特殊性的同时，我们也应该意识到其同样具有普世性的一面，正如有论者认为的："并没有与欧美的现代性截然不同的中国的现代性，尽管中国的现代性具有历史的具体性。"[4] 作为一个与古代对峙时代的"现代"，其现代性确实具有普世意义。

在哈贝马斯看来，现代性乃是一种新的社会知识和时代，它用新的模式和标准来取代中世纪已经分崩离析的模式和标准[5]；由此他认为所有的现

---

1 《柏林月刊》(die Berlinische Monatschrift) 此前已组织了关于启蒙的讨论，门德尔松此文可被认为是总结了讨论过程中关注的主要问题。他认为："人的命运是我们的一切努力和奋斗的尺度和目标。""按照他的地位和职责，每个个体也要求有不同的理论见识和不同的技能，这就是说，要求不同程度的启蒙。关系到人作为人的启蒙是普遍的，没有地位上的区分；人作为公民的启蒙则随着地位和职责而变化。人的命运始终是这些努力的尺度和目标。"由此，他推出"一个民族的启蒙乃是取决于（1）知识的力量，（2）知识的重要性，这就是说，它与人的命运和公民的命运的关系，（3）知识在所有阶层中的传播，（4）知识与他们的职责的一致"。摩西·门德尔松：《论这个问题：什么是启蒙?》(1794)，载詹姆斯·斯密特编：《启蒙运动与现代性——18世纪与20世纪的对话》，徐向东等译，上海：上海人民出版社，2005年，第57—58页。关于启蒙运动的材料汇编，还可参见 Norbert Hinske & Michael Albrecht (hrsg.): *Was ist Aufklärung? – Beiträge aus der Berlinischen Monatschrift* (《什么是启蒙？——〈柏林月刊〉文集》), Darmstadt: Wissenschaftliche Buchgesellschaft, 1973. Ehrard Bahr (hrsg.): *Was ist Aufklärung? – Thesen und Definitionen* (《什么是启蒙？——命题与定义》), Stuttgart: Reclam, 1974。

2 法文为："Je ne sais pas si jamais nous deviendrons majeurs. Beaucoup de choses dans notre expérience nous convainquent que l'événement historique de l'Aufklärung ne nous a pas rendus majeurs; et que nous ne le sommes pas encore." Michel Foucault: "Qu'est-ce que les Lumières" (《什么是启蒙》), in *Philosophie anthologie* (《哲学选集》), p. 880. 福柯：《什么是启蒙》，载汪晖、陈燕谷编：《文化与公共性》，第441页。

3 福柯：《什么是启蒙》，载汪晖、陈燕谷编：《文化与公共性》，第435页。

4 刘小枫：《前言》，载《现代性社会理论绪论》，第3页。

5 关于哈贝马斯对现代性的辩护，参见陈嘉明等：《现代性与后现代性》，北京：人民出版社，2001年，第381—453页。

代性问题都可以归结到席勒处,他说:"最初,或者在18世纪末,曾经有过这样的知识和时代,其中预设的模式或者标准都已经分崩离析,鉴于此,置身于其中的人只好去发现属于自己的模式或标准。"他由此将现代性首先看作"一种挑战"[1],而作为那个时代最优秀的知识人,席勒对现代性问题则有最敏锐与洞察的认知与判断。[2] 席勒将古代希腊人作为典范,认为他们具有性格的完整性,而近代人则不是:"给近代人造成这种创伤的正是文明本身。只要一方面由于经验的扩大和思维更确定因而必须更加精确地区分各种科学,另一方面由于国家这架钟表更为错综复杂因而必须更加严格地划分各种等级和职业,人的天性的内在联系就要被撕裂开来,一种破坏性的纷争就要分裂本来处于和谐状态的人的各种力量。"[3] 在与希腊国家进行比较之后,席勒对近代社会做了如下的描述:

……如今已被一架精巧的钟表所代替,在那里无限众多但都没有生命的部分拼凑在一起,从而构成了一个机械生活的整体。现在,国家与教会、法律与道德习俗都分裂开来了;享受与劳动、手段与目的,努力与报酬都彼此脱节了。人永远被束缚在整体的一个孤零零的小碎片上,人自己也只好把自己造就成一个碎片。他耳朵里听到的永远只是他推动的那个齿轮发出的单调乏味的嘈杂声,他永远不能发展他本质的和谐。他不是把人性印在他的天性上,而是仅仅变成他的职业和他的专门知识的标志。……死的字母代替了活的知解力,训练有素的

---

1 包亚明主编:《现代性的地平线——哈贝马斯访谈录》,李安东等译,上海:上海人民出版社,1997年,第122页。
2 参见 Karin Schutjer: *Narrating Community after Kant-Schiller, Goethe and Hölderin*(《康德之后的叙事空间——席勒、歌德与荷尔德林》), Detroit, Michigan: Wayne State University Press, 2001.
3 席勒:《审美教育书简》,载冯至:《冯至全集》第11卷,石家庄:河北教育出版社,1999年,第36—37页。这里的近代,亦可理解为现代。德文为:"Die Kultur selbst war es, welche der neuern Menschheit diese Wunde schlug. Sobald auf der einen Seite die erweiterte Erfahrung und das bestimmtere Denken eine schärfere Scheidung der Wissenschaften, auf der andern das verwickeltere Uhrwerk der Staaten eine strengere Absonderung der Stände und Geschäfte notwendig machte, so zerriß auch der innere Bund der menschlichen Natur, und ein verderblicher Streit entzweite ihre harmonischen Kräfte." Friedrich von Schiller: *Über die ästhetische Erziehung des Menschen in einer Reihe von Briefen*, in *Werke*, S. 4012 (vgl. Schiller-SW Bd. 5, S. 583).

记忆力所起的指导作用比天才和感受所起的作用更为可靠。[1]

这一对近代社会的描述极具洞察力,可以说至今为止的"现代化"过程,仍不脱此藩篱。如此发展的机械化生产时代,在物质上可能造成极大的财富与满足,可在精神上势必对人性进行遏制与压抑。确实,现代性作为一种哲学话语的建构,是主要由哲学家们来完成的,但现代性作为一种普遍性的时代症候,却是对时代历史进程中的每个个体都提出了挑战的。这其中,除了哲人以外,诗人的反应也是非常重要的。席勒无疑是一个最佳桥梁,他既有哲人思考的哲理深邃,同时更具有诗人述思的文章华彩。那么,我们有理由借此进入到另一种现代性的话语表述方式中去,这就是由诗人建构的"现代性的文学话语"。事实上,无论是席勒戏剧,还是歌德文本(包括小说、戏剧和诗歌),都以相当敏锐的时代意识涉及这个问题,并以自己特殊的运思方式,介入了现代性早期方案的建构之中。

以康德为代表的德国启蒙诸子,将启蒙运动作为一种反对神学统治的战争而进行到底,他们一方面承继法国启蒙诸子传统(尤以卢梭之影响为巨)[2],另一方面结合德意志民族国家本身的文化建构问题,最终基本形成了

---

[1] 席勒:《审美教育书简》,载冯至:《冯至全集》第11卷,第37—38页。德文为:"Jene Polypennatur der griechischen Staaten, wo jedes Individuum eines unabhängigen Lebens genoß und, wenn es not tat, zum Ganzen werden konnte, machte jetzt einem kunstreichen Uhrwerke Platz, wo aus der Zusammenstückelung unendlich vieler, aber lebloser Teile ein mechanisches Leben im Ganzen sich bildet. Auseinandergerissen wurden jetzt der Staat und die Kirche, die Gesetze und die Sitten; der Genuß wurde von der Arbeit, das Mittel vom Zweck, die Anstrengung von der Belohnung geschieden. Ewig nur an ein einzelnes kleines Bruckstück des Ganzen gefesselt, bildet sich der Mensch selbst nur als Bruckstück aus, ewig nur das eintönige Geräusch des Rades, das er umtreibt, im Ohre, entwickelt er nie die Harmonie seines Wesens, und anstatt die Menschheit in seiner Natur auszuprägen, wird er bloß zu einem Abdruck seines Geschäfts, seiner Wissenschaft." Friedrich von Schiller: *Über die ästhetische Erziehung des Menschen in einer Reihe von Briefen*, in *Werke*, S. 4013 (vgl. Schiller-SW Bd. 5, S. 584).

[2] 这一点在康德身上表现很明显,卢梭认为"人是生而自由的,但却无往不在枷锁之中",所以特别强调要寻找出一种保障每个个体都能在其中保有自由权利的社会秩序形式。卢梭:《社会契约论》,何兆武译,北京:商务印书馆,2003年,第4页。康德同样强调政治意义上的自由是"每个人因具人性而具有的原生与生俱来的权利"。Immanuel Kant: *The Metaphysics of Morals*, trans. and ed. John Ladd, New York: Macmillan, 1965, pp. 43-44.

德国启蒙的基本立场，乃至被后世作为"万世不易"之准则。其核心要义有三：一为理性的绝对化倾向，二为科学的万能化构建，三为进步的虚拟化表征。这三条，基本上既确立了启蒙的"帝王系谱"，又预设下启蒙的"自我颠覆"因子。由康德而至黑格尔的路径，基本上将这一思路推向极端，虽然黑格尔已意识到其危险性并试图调和之。

那么，我们要追问的是，康德—黑格尔的"现代性早期方案"是什么。就是"启蒙理性"。康德的意义在于，确立了理性的地位、肯定了科学的价值、确立了进步的理念。提出了"什么是启蒙"的问题，实际上也就是回答了现代性的基本路向选择的问题；但其时代语境的斗争性也是明确的，所谓启蒙运动的重点"主要是放在宗教事务方面"，因为正是"这一不成熟状态既是一切之中最有害的而又是最可耻的一种"。[1] 故此，其局限性也就是显而易见的。这一点，黑格尔已经有明确意识，他认识到："在康德和费希特那里达到高潮的启蒙时代，不过是建构起了一个理性的偶像。它错误地把知性或反思放在了理性的位置上，并进而将有限上升为绝对。"[2]

所以他的贡献在于：一为明确了主体性原则，也就是肯定了"现代人"的意义，其实质是主体的自由；二为意识到了现代性的危机，并尝试用"理性"概念去处理。因为，"现代性面向未来，追新逐异，可谓前所未有，但它只能在自身内部寻求规范。主体性原则是规范的唯一来源"[3]。康德与黑格尔的差别在于，康德尚未能意识到现代性的危机，而黑格尔作为"第一位意识到现代性问题的哲学家"，虽然"无法解决现代性的自我确证问题"[4]，但终究明确地指出了主体性解救自己的方法，"必须与哲学对抗"[5]。但黑格尔的问题在于"过犹不及"，在他那里，"理性既是思想，又是事物

---

[1] 康德：《答复这个问题："什么是启蒙运动？"》（1794），载《历史理性批判文集》，何兆武译，北京：商务印书馆，1990年，第29、30页。另一译本，参见康德：《对这个问题的一个回答：什么是启蒙？》（1794），载詹姆斯·斯密特编：《启蒙运动与现代性——18世纪与20世纪的对话》，徐向东等译，第61—67页。

[2] 哈贝马斯：《现代性的哲学话语》，曹卫东等译，南京：译林出版社，2004年，第28页。

[3] 哈贝马斯：《现代性的哲学话语》，曹卫东等译，第49页。

[4] 哈贝马斯：《现代性的哲学话语》，曹卫东等译，第51页。

[5] Georg Wilhelm Friedrich Hegel: *Werke*, Band 2, Frankfurt am Main: Suhrkamp, 1970, S. 175.

的本质、存在的真理，同时又是真理的实现"，理性就是一切，成为神话。[1]这在另一种程度上又形成了现代性的"新问题"，一波未灭、一波又起。作为现代性早期方案的哲学话语，远不能够"自给自足"。这就需要我们换一种视角，寻求时代语境中其他声音的可能。值得注意的，自然是"文学话语"与"诗学话语"。[2]

实际上，以启蒙理性为代表的"现代性建构"，并非仅是哲学话语一条路径。在1800年前后的德国诸诗人，即已深切地感受到了这个问题。当康德、黑格尔诸君正在积极建构一套体系性的"现代性哲学话语"时，出自启蒙思脉内部的诗人莱辛（Gotthold Ephraim Lessing，1729—1781），即已明确意识到了启蒙本身的问题并开始反思。所以有论者认为"莱辛以一个公开的启蒙知识人身份审慎地与启蒙运动保持苏格拉底式的距离，表面上迎合启蒙思潮却自己心里有数，以绝妙的写作技艺提醒启蒙运动中的知识人自己究竟在干什么"；认为他"竭力暗中抹平启蒙运动已经使得和谐社会产生的和将要产生的裂痕"。[3]在我看来，这正是文学话语形式的优长之处。

倾向于启蒙立场的诗人群体，无论其思脉取径如何（包括启蒙思脉如莱辛，浪漫思脉如赫尔德、蒂克），都因其"文学话语"的选择方式，而在一定程度上保持了对启蒙理性路径的省思。这一点在"古典思脉"的发生过程中表现得更明显，以维兰德为前驱，基本上已展现出一种求和的中庸态度；再经歌德、席勒魏玛时代的精诚合作，完成并确立了以和谐价值为取向的"古典图镜观"。其最具标志性的个案呈现，则是歌德思想的形成过程，非常鲜明地烙上了时代进程的特征。他在狂飙突进时代取径"浪漫情径"的路线，正充分地反映出现代性对个体的席卷裹挟之力，无论是葛兹的无奈，还是维特的烦恼，乃至普罗米修斯的反抗，都深藏了作为时代中人的歌德的影子。

诚如有论者所指出的那样，作为德国文化史关键期的18世纪后期与19

---

1 陈嘉明等：《现代性与后现代性》，第129页。
2 就"诗学话语"而言，主要是指经由赫尔德奠基、施莱格尔兄弟建构的一整套诗学批评话语系统，核心人物是弗·施莱格尔。考虑到本文对文学话语的强调，故此对诗学话语的讨论暂时搁置。
3 刘小枫：《"莱辛注疏集"出版说明》，载莱辛：《历史与启示——莱辛神学文选》，朱雁冰译，北京：华夏出版社，2006年，第2、3页。

世纪初期是最为重要的"过渡时期"（Übergangsepoche），它不仅奠定了至今仍在使用的"政治—社会语言"（Politisch-soziale Sprache），也决定了批评与政治（Kritik und Politik）、理论与实践（Theorie und Praxis）、启蒙与现代化（Aufklärung und Modernisierung）之间的内在关联。[1]有论者这样深化启蒙的概念：

> 启蒙运动决不仅止于1800年，将其作为一种单纯的思想性、哲学性、文学性的运动来看待，都是过于狭隘的。我们必须将启蒙运动更多地做另样看，即把它看成是一种意识、方式与行动更变的过程，把它看成是一种社会—文化的运动。无论是其前提还是后果，都包括经济、社会、政治与文化的变迁。这种对于世界的理性渗透式的启蒙追求，导致了政治立场的精神游移性扩张，产生社会后果，并以获得一种新的国家与社会理解为目标。

> Aufklärung hört nicht um 1800 auf, und sie wäre als eine intellektuelle, philosophische, literarische Bewegung zu eng gefaßt. Aufklärung muß vielmehr als ein Prozeß der Veränderung des Bewußtseins, des Verhaltens und des Handelns, als eine sozio-kulturelle Bewegung begriffen werden. Zu ihren Voraussetzungen wie zu ihren Folgen gehören ökonomische, soziale, politische und kulturelle Wandlungen. Das aufklärerische Streben nach rationaler Durchdringung und Erfassung der Welt führt zu einer Ausweitung der geistigen Regsamkeit auf politische problemstellungen hin, hat soziale Implikationen, zielt auf ein neues Staats- und Gesellschaftsverständnis.[2]

---

[1] Hans Erich Bödeker & Ulrich Herrmann: "Aufklärung als Politisierung–Politisierung als Aufklärung: Fragestellungen" (《作为政治化的启蒙——作为启蒙的政治化：问题立场》), in Hans Erich Bödeker & Ulrich Herrmann (hrsg.): *Aufklärung als Politisierung–Politisierung als Aufklärung* (《作为政治化的启蒙——作为启蒙的政治化：问题立场》), Hamburg: Felix Meiner Verlag, 1987, S. 3.

[2] Hans Erich Bödeker & Ulrich Herrmann: "Aufklärung als Politisierung–Politisierung als Aufklärung: Fragestellungen" (《作为政治化的启蒙——作为启蒙的政治化：问题立场》), in Hans Erich Bödeker & Ulrich Herrmann (hrsg.): *Aufklärung als Politisierung–Politisierung als Aufklärung* (《作为政治化的启蒙——作为启蒙的政治化：问题立场》), S. 4–5.

但即便是这种扩展了的启蒙运动概念,也不等同于黑格尔对自家哲学话语的标举:"从这个方面来说,哲学是一个与世隔绝的圣地。……其服从者形成了一个孤立的牧师阶层,他们不允许与世界和谐共处……"[1] 所以,黑格尔最后的理论是一种以"自我民族"为中心的普鲁士官方哲学论,将世界精神归结到"日耳曼精神"[2],强调后者:"它的目的是要使绝对的'真理'实现为'自由'无限制的自决——那个'自由'以它自己的绝对的形式做自己的内容。日耳曼各民族的使命不是别的,乃是要做基督教原则的使者。'精神的自由'——'调和'的原则介绍到了那些民族仍然是单纯的、还没有形成的心灵中去;他们被分派应该为'世界精神'去服务,不但要把握真正'自由的理想'作为他们宗教的实体,并且也要在世界里从主观的自我意识里自由生产。"[3] 这样一种哲学话语的过于主观的先行立场,显然无法获得理论建构的客观性基础。

---

[1] 参见哈贝马斯:《现代性的哲学话语》,曹卫东等译,第43页。

[2] 黑格尔如此解释"民族精神"(Volkgeist 或 der Geist des Volkes)与"世界精神"(Weltgeist)的关系:"国家在它们的相互关系中都是特殊物,因此,在这种关系中激情、利益、目的、才德、暴力、不法和罪恶等内在特殊性和外在偶然性就以最大规模和极度动荡的嬉戏而出现。在这种表演中,伦理性的整体本身和国家的独立性都被委之于偶然性。由于各民族作为实存着的个体只有在它们的特殊性中才具有其客观现实性和自我意识,所以民族精神的原则因为这种特殊性就完全受到了限制。各民族在其相互关系中的命运和事迹是这些民族的精神有限性的辩证发展现象。从这种辩证法产生出普遍精神,即世界精神,它既不受限制,同时又创造着自己;正是这种精神,在作为世界法庭的世界历史中,对这些有限精神行使着它的权利,它的高于一切的权利。"德文为:"In das Verhältnis der Staaten gegeneinander, weil sie darin als besondere sind, fällt das höchst bewegte Spiel der inneren Besonderheit der Leidenschaften, Interessen, Zwecke, der Talente und Tugenden, der Gewalt, des Unrechts und der Laster, wie der äußeren Zufälligkeit, in den größten Dimensionen der Erscheinung, –ein Spiel, worin das sittliche Ganze selbst, die Selbständigkeit des Staates, der Zufälligkeit ausgesetzt wird. Die Prinzipein der Volksgeister sind um ihrer Besonderheit willen, in der sie als existierende Individuen ihre objektive Wirklichkeit und ihr Selbstbewußtsein haben, überhaupt beschränkte, und ihre Schicksale und Taten in ihrem Verhältnisse zueinander sind die erscheinende Dialektik der Endlichkeit dieser Geister, aus welcher der allgemeiner Geist, der Geist der Welt, als unbeschränkt ebenso sich hervorbringt, als er es ist, der sein Recht, –und sein Recht ist das allerhöchste, –an ihnen in der Weltgeschichte, als dem Weltgerichte, ausübt." Georg Wilhelm Friedrich Hegel: *Grundlinien der Philosophie des Rechts*(《法哲学原理》), hrsg. Johannes von Hoffmeister, Hamburg: Felix Meiner, 1955, S. 288. 中译文参见黑格尔:《法哲学原理》,范扬、张启泰译,北京:商务印书馆,1996年,第351页。

[3] 黑格尔:《历史哲学》,王造时译,北京:商务印书馆,1999年,第352页。

问题在于，作为德国思想另类路径的文学诸子（诗人），是否对这样的哲学教条也亦步亦趋？尤其是作为古典思脉核心人物的歌德、席勒究竟如何反应？在我看来，作为"现代方案"的整体程序中，最核心的要义一直没有得到足够的重视，那就是"现代人"的成型。而正是在这一意义上，歌德、席勒所开辟的"古典图镜观"，意义非凡。也可以说，这是他们在以康德—黑格尔为主导线索的"现代性初期方案"中的回应之声。

诚如海涅所言，"再没有比贬低歌德以抬高席勒更愚蠢的事了"（Nichts ist törichter als die Geringschätzung Goethes zugunsten Schiller）[1]。席勒受到康德哲学影响相当深，但《审美教育书简》开辟的已是独立的思想建构道路；作于魏玛古典时代早期的《论素朴诗与感伤诗》[2]，其实不仅可作为与歌德订交之际对自己思想的梳理，也可看作对现代性问题解决的一种尝试，即对素朴诗的理想追寻。他在这里区分出两类诗人，前者在他们自身及其环境之间，或在内心之中，意识不到有任何裂痕；另一种人则意识到这种裂痕。对前者而言艺术是一种自然的表达形式，他们理解自己直接看到的东西，只是为艺术而艺术。这就是素朴诗人。素朴诗人显然更表达出席勒的理想："这种诗人出现于世界的少年期：他们庄严而圣洁。"[3] 这种素朴诗人的理想，显然是追求一种和谐的世界，它曾存在于自然之中，却因人类文明的发展而断裂终止消逝，宛如那悠扬温婉的田园牧歌，人未散而曲已终。在席勒看来，歌德正是这种理想的体现。歌德虽然对康德、黑格尔诸君相当重视，但他认为："我和整个时代是背道而驰的，因为我们的时代全在主观倾向笼罩之下，而我努力接近的却是客观世界。我的这种孤立地位对我是不利的。"[4] 这段话，也从

---

[1] "Die Romantische Schule", in Nationales Forschungs- und Gedenkstätten der klassischen deutschen Literatur in Weimar (hrsg.): *Heines Werke in Fünf Bänden*（《五卷本海涅著作集》），Band 4, Berlin und Weimar Aufbau-Verlag, 1978, S. 232. 中译文参见海涅：《论浪漫派》（选译），载《卢苔齐娅——海涅散文随笔集》，张玉书译，北京：中国广播电视出版社，2000年，第200页。

[2] 参见席勒：《论素朴的与感伤的诗》，载《秀美与尊严——席勒艺术和美学文集》，张玉能译，北京：文化艺术出版社，1996年，第262—349页。

[3] 参见伯林：《威尔第的素朴》，载《反潮流——观念史论文集》，冯克利译，南京：译林出版社，2002年，第340—343页。

[4] 爱克曼辑录：《歌德谈话录》，朱光潜译，北京：人民文学出版社，1978年，第40页。德文为："Meine ganze Zeit wich von mir ab, denn sie war ganz in subjektiver Richtung begriffen, während ich in meinem objektiven Bestreben im Nachteile und völlig allein stand. Schiller hatte in dieser Hinsicht（转下页）

另一个角度反证了以歌德为代表的"现代性的文学话语"与"现代性的哲学话语"的对立。但必须指出的是，这样一种"文学话语"的形成，还与后来"后现代"或"浪漫情径"立场不一样[1]，所取并非激烈的"反启蒙"立场，而是一种调和折中的"寻找黄金分割点"的和谐路径尝试。那么，我们要追问的是，相比较康德—黑格尔的完整的"现代性早期方案"，歌德—席勒的"文学话语"究竟意味着什么呢？他们的表现形式如何呢？又提出了怎样的重要命题？对哲学话语又有怎样的建设性意义呢？

三、作为终极关怀的诗哲之心：
现代性文学话语的形成及其对"现代人"的建构

对于我们而言，诗哲概念的提出至关重要。也就是说，歌德达到了一种"诗哲"的高度，他不仅是一种以文学创作为业的艺术家，更在一种对社会实践的积极参与、对哲思话语的密切关注中形成了一种互动关系，成就了自己作为"诗哲"的高度。

在我看来，就以精神生命为追求的人生境界而言，大致不妨区分为三

（接上页）vor mir große Avantagen." Johann Peter Eckermann: *Gespräche mit Goethe-in den letzten Jahren seines Lebens* (《歌德谈话录——他生命中的最后几个年头》), Berlin und Weimar Aufbau-Verlag, 1982, S. 96. 海涅甚至认为："席勒所塑造的那些备受赞扬、高度理想化的人物，那些德行和道德祭台上的神像，创作起来，远比歌德作品里那些浑身污垢、罪孽深重的下层社会的人物要容易得多。"德文为："Oder wußte man wirklich nicht, daß jene hochgerühmten hochidealischen Gestalten, jene Altarbilder der Tugend und Sittlichkeit, die Schiller aufgestellt, weit leichter zu verfertigen waren als jene sündhaften, kleinweltlichen, befleckten Wesen, die uns Goethe in seinen Werken erblicken läßt?" "Die Romantische Schule", in Nationales Forschungs- und Gedenkstätten der klassischen deutschen Literatur in Weimar (hrsg.): *Heines Werke in Fünf Bänden* (《五卷本海涅著作集》), Band 4, S. 232. 中译文参见海涅：《论浪漫派》（选译），载《卢苔齐娅——海涅散文随笔集》，张玉书译，第200页。

1 事实上，后现代诸子提出的强烈批判，在现代性的萌生期即已为前贤所认识。"浪漫情径"诸子如诺曼、赫尔德、施莱格尔兄弟为主导的思想立场，已开反抗现代性之先河；经由尼采—海德格尔的线索而引起了20世纪的轩然大波；尤其以后现代为高潮，所谓"后现代"（我将其视为是现代学的一种流派）法国诸子如福柯、布迪厄、德里达等与"德国启蒙立场"如哈贝马斯之争，实际上并非横空出世。

层:一为艺匠,二为大师,三为诗哲。[1]

所谓艺匠,主要指技巧层面,将文字功力运用到炉火纯青,能撰作优秀的作品,在艺术性行业有安身立命的一技之长者,可如果他只能停留在以艺谋生(包括各种功利的路径)层面,就只能是初级阶段;大师则已经超越了最初的谋生及单纯的功利层面,他们希望自己的一技之长还能够有思想的提升和艺术的磨砺,并且进行了可能范围的实践;诗哲是理想层面,这类人物能够尽最大的努力超脱现实场域的各种力量的限制、人性本能对自身的功利挑战,视诗的创作为自己人生的使命,将艺术的独立价值看作高于一切的标准,心中始终怀抱着可能带有空幻色彩的理想主义情绪,绝不因生命的苦难而更节易志,创造出最具有崇高价值的艺术作品,达到一种思想与哲学层面的高度。

具体提出诗哲的标准是:(1)有诗意的情怀(创造,非指具体的文学创作的著作等身,而是指是否事实以其生命经历构建了诗意的生命),诗心独运;(2)有人类的关怀(体系,非指哲学上有意识体系建构,而是指是否形成自身的思想体系),哲心深远;(3)有和谐的胸怀(思维),始终在世界范围的文化与知识图景基础上寻求一种人心不泯的力量。

既有形而上的思考与终极追问的能力,又与形而下的实际社会生活保存有鲜活的生命意识,同时能在彼此间建立起有效的沟通桥梁,寻找到和谐的路径解决方式。文学应当是首先能形而下的一面,作为历史的镜子,然后才是超越镜像的功能;哲学则主要立足于形而上的抽象概念与理论建立,学术也应当是在这个范畴之类的。就此意义而言,能入得诗哲行列的,可谓微乎其微,而歌德无疑是可进入此行列的。

当然,必须指出的是,正是在与现代性代表人物(哲人)的抗争性对

---

[1] 我曾用另一组概念表述过同样的意思,可以参照,即所谓"艺术匠""艺术人""艺术家"。就具体人物而言,大师指有思想,有力度者,如费希特、黑格尔等可谓之。即便是他建立了体系,他也是大师。譬如,黑格尔虽然建立了自己宏伟的哲学体系,但总体而言,他还是缺乏诗的情趣(主要指创造方面而言)。诗哲,则是极少数的人类精英中的精英才达到的境界,如歌德是诗哲,尼采是诗哲,进入20世纪,海德格尔都不能算得上是诗哲,因为他也不是立足于创造本身。歌德给世人开辟了一个方向,作为诗哲的方向,这是莎士比亚尚无法做到的。他所开辟的思想史方向,更是一种高端标的。他标志着文学所能达到的高度,诗人所能达到的巅峰——诗哲。当然这是一个太大的问题,需要仔细讨论,此处不赘。

话中，诗人实现了自己境界的提升乃至飞跃，他成就了自己的诗哲之身。实际上也就是说，在与哲学的对话之中，开启了诗人的哲思之路，他不得不随着哲人的路径去思考，虽然他很善于不入其套。实际上，歌德思想的形成，基本上可确定在18世纪70年代至19世纪20年代，也就是康德—黑格尔对现代性问题的发端时期。前期，18世纪70年代至90年代，主要是康德；19世纪前期则主要是黑格尔哲学的大行其道。歌德思想，作为一种启蒙的异见者（不是反对者），对以哲学话语为主流的现代性早期方案，当然是一种"反拨"。那么，在这样一个背景中，我们来看歌德思想形成史的意义，其实是饶有趣味的。实际上，诚如福柯所揭示的，康德的启蒙反思是"一种哲学化的途径"，其意义毋庸赘言，但更重要的是："关于我们自己的批判的本体论一定不能作为一种理论、一个教条，或者甚至正在累积的知识的永恒实体，而必须作为一种态度、一种气质、一种哲学的生活。"[1] 在这方面，歌德显然是成就了一种典范，他以他的生命史和精神史，显示出一种佼然不群的"诗哲之心"。诗哲之心是怎样的呢？他是忧患的，他是从容的，他是宁静的，他是刚毅的，他深刻认知到时代所面临的历史性问题，他以自身的忧患体验去坚守个体的社会位置，他用知识探求与社会关注来积极探索应对的可能，他尊重异见、广采博收，他绝不随波逐流、更改己志！他追求作为人的核心价值，他以自己的诗书和行为确立起"现代人"的范式。

狄尔泰（Willhelm Dilthey，1833—1911）早就认识到歌德的文学文本如《威廉·麦斯特的学习时代》"对人在自然界中的地位与命运"的思想史意义[2]，

---

[1] 法文为："Cependant, il me semble qu'on peut donner un sens à cette interrogation critique sur le présent et sur nous-mêmes que Kant formulée en réfléchissant sur l'Aufklärung. Il me semble que c'est même là une façon de philosopher qui n'a pas été sans importance ni efficacité depuis les deux derniers siècles. L'ontologie criqique de nous-mêmes, il faut la considérer non certes comme une théorie, une doctrine, ni mêmes un corps permanent de savoir qui s'accumule; il faut la concevoir comme une attitude, un éthos, une vie philosophique où la criqique de ce que nous sommes est à la fois analyse historique des limites qui nous sont posées et épreuve de leur franchissement possible." Michel Foucault: "Qu'est-ce que les Lumières" (《什么是启蒙》), in *Philosophie anthologie* (《哲学选集》), pp. 880–881. 福柯：《什么是启蒙》，载汪晖、陈燕谷主编：《文化与公共性》，第441页。

[2] 狄尔泰：《德国文学中一个新世界观的诞生》，载刘小枫主编：《人类困境中的审美精神——哲人、诗人论美文选》，上海：东方出版中心，1994年，第141页。

实际上，我们确实也可以认为，歌德所关注的核心内容，正是"现代人"的确立，尤其是通过他文学殿堂的人物形象塑造，以及对"人的教养"（教育与成长小说）的轨迹梳理，可以认为，"现代性的文学话语"得以完整呈现。[1] 具体言之，可结合启蒙思脉的现代性核心观念略做陈述：

一是强调感性与理性的调和，主张和谐之道。这基本上就是否认了关于理性的绝对化倾向。在歌德，显然是不承认一种理性是压倒一切的大神（正如他主张泛神论，不相信基督教一样）。譬如说在《亲和力》中，他非常敏感且勇敢地触及了爱情和性关系的变异和处理问题，但显然并没有过分夸大这其中的感性因素，而将结局设计成多少有点"现世报应"。伯爵爱德华与妻子夏洛蒂恩爱和美，生活于幽静的田庄之中。两名客人的到来却将这样的幸福完全打破，奥托上尉（爱德华友人）与奥蒂丽（夏洛蒂侄女）这一男一女的性别，正如投入了别种元素的化合物一般，使男女之间的感情重新分解与组合。奥托与夏洛蒂因尚能克制，而早拔出情感怪圈；而爱德华与奥蒂丽则情欲日炽，并最终导致悲剧结局。这个问题实际上也可理解作对"欲望的个体"命题的回答，不妨理解作"感性是必然的，理性是必要的，调和是出路"。

二是强调人类死生的必然性，解释宇宙代谢的规律性。他在19世纪前期就说过人类必然会灭亡的问题[2]，让人不由不悚然而惊，他以一种非常从容平淡的心态预言了人类的毁灭。这与启蒙强调的人类不断进步的思路无疑很异类，实际上是给启蒙的另一个重要观念，即进步的虚拟化表征以彻底重创，也就已经解构了所谓"自由的秩序"。

由此，第三个观念也就不可能不被否定掉。既然人类必然会走向灭亡，那么，所谓的科学的万能化构建又如何可能？如果科学是万能的，那么人

---

[1] 歌德有没有意识到这个问题呢？当然，这一点，席勒的《审美教育书简》做了非常详尽的理论阐释，而请注意，这部著作虽是在与歌德的魏玛合作时代之前产生的，但基本可理解为古典思脉对于现代人建构的重要理论阐述。哈贝马斯在讨论现代性问题时基本没有提到歌德（如《现代性的哲学话语》），其实歌德只不过没有系统地（尤其是以理论方式）涉猎这个问题，但就他的思想与文学创作而言，处处都以不同的形式在回应时代所提出的问题。

[2] 参见1828年10月23日谈话，Johann Peter Eckermann: *Gespräche mit Goethe-in den letzten Jahren seines Lebens*（《歌德谈话录——他生命中的最后几个年头》），S. 600。

类又怎么会死亡呢？就歌德自己来说，他的一生很像浮士德，"在生活进程中获得苦痛与快乐，但没有一个时辰可以使他真正满足"[1]，这一点实际上正显现出歌德身上那种无穷的欲望和内心的悲哀。如果我们确实都处在一个浮士德的时代，而且注定"要在自己完蛋之前遇到上帝或魔鬼"[2]的话，那么"社会的公义"又如何体现呢？

歌德、席勒的密友洪堡（Wilhelm von Humboldt，1767—1835）同样抱怨自己的时代："我们这个时代对物质的关注远胜于人本身，对群体的关注远胜于个体，对外在价值与功利的关注远胜于内在之美与精神，高雅与多元文化距离初始的纯一性越来越远。"[3] 应该说，这不仅表现出古典思脉的基本认知，也点明了世人应当努力的方向。这就是歌德所处的时代，这就是浮士德时代，这甚至也是整个现代所面临的时代语境。现代性的困境，正在于此。

可即便是在那样的时代里，也毕竟产生了歌德，产生了以歌德—席勒为代表的"现代性的文学话语"。歌德的定位，以及自我选择，给后世留下了最好的模范。而对歌德思想的形成史考察，也让我们理解了"文学话语"所具有的应对力量。便如同普罗米修斯敢于用极端叛逆的语言来对神话时代的最高统治者宙斯发言[4]，产生非常令人震惊的效果。短短的几行诗几乎涉及了现代性及其颠覆的所有重要命题。所谓"上帝已死"——尼采让后来人惊服不已的高论，早就由歌德借普罗米修斯之口道尽了。更重要的是，"凡人当立"。在歌德心目中，或许就是确立起大写的"现代人"！

---

1 比学斯基：《歌德论》，载林同华主编：《宗白华全集》第4卷，合肥：安徽教育出版社，2012年，第33页。

2 梅勒语（1971年），转引自马歇尔·伯曼：《一切坚固的东西都烟消云散了——现代性体验》，徐大建等译，北京：商务印书馆，2003年，第46页。

3 Wilhelm von Humboldt: „Über das Studium des Altertums, und des griechischen insbesondere" (《论古典尤其是希腊研究》) (1792), in *Schriften zur Anthropologie und Bildungslehre* (《人类学与教育学论集》), hrsg. Andreas von Flitner, Frankfurt am Main, Berlin, Wien & Ullstein: Klett-Cotta, 1984, S. 24.

4 参见Johann Wolfgang von Goeth: *Gedichte*, in *Werke*, S. 466 (Ausgabe letzter Hand. 1827, vgl. Goethe-BA Bd. 1, S. 328)。《普罗米修斯》(1774)，《歌德文集》第8卷《诗歌》，冯至等译，北京：人民文学出版社，1999年，第79页。

而这种"当立",在古典和谐时代所塑造的麦斯特那里,得到了更为充分、完整的体现,从青年时代的叛逆(极端)之人,转向一种对于内心和谐的诉求,麦斯特对所谓的"市民生活的幸福"的鄙弃,以及对自己的"和谐统一的人格"的向往,就是最好的例证。这样一种理想中的以和谐发展为诉求的"凡人当立"(而非福柯所言的"凡人亦死"),或许才真的体现出歌德及古典一代前贤所开辟的"现代性文学话语"的价值。

"时代悲剧"与"初思自由"
——《强盗》中反映出的个体与国家[*]

一、强盗之路的终结与自由彷徨之开端

席勒的这部剧本,名为"强盗",看似表演的是一幕"奋起抗争""意志张扬"的大戏,实质宣告的却是"强盗之路的终结",是一幕终究以"悲剧"谢幕的"志殇气衰"之剧。当卡尔迈着沉重的脚步告别群盗走向"公正的法律"的时候,当戈哈斯以"破坏国家治安"的罪名而被送上断头台的时候,"国家"的威力,以无处不在、无边无际的形式蔓延在德意志的天空。可是,席勒与克莱斯特(Heinrich von Kleist,1777—1811)这样的精英人物,真的会将选帝侯与容克地主们置于如此崇高的地位?别忘了,席勒在少年时代饱受精神奴役之苦,他对欧根公爵实在是鄙之弃之;克莱斯特也曾在普鲁士政府供职,甚至创办《柏林晚报》(Berliner Abendblätter)抨击政府的改革措施。可为什么,他们会给自己的"英雄"设置这样的结局?

《强盗》的结局,以卡尔的自首告终。其目的在于达致"自由诉求"与

---

[*] 本文所据德文本为 Friedrich von Schiller: *Die Räuber* (缪雨露注释), Beijing: Foreign Languages Teaching and Research Press, 1999。同时参见 Friedrich von Schiller: *Die Räuber*, in Fritz Martini und Walter Müller-Seidel (hrsg.): *Klassische Deutsche Dichtung* (《德国文学经典》), Band 12, Freiburg im Breisgau: Verlag Herder KG, 1964, S. 543-670。中译文参见席勒:《强盗》,载席勒:《席勒戏剧诗歌选》,钱春绮等译,北京:人民文学出版社,1996年,第1—174页。另参见杨丙辰译:《强盗》,上海:北新书局,1926年。必要时,译文有适当改动。

"法律规范"的妥协,其实这样的安排,让我们窥见席勒内心深处的"自由彷徨"。不错,对席勒来说,自由诉求一以贯之,是他的生命之梦。然而,席勒毕竟不是生活于真空之中,他的"自由诉求"同样离不开具体历史语境的制约。虽是至交好友,但由于生命经历与成长过程的差别,歌德的自由观显然与他不同,在他看来:"自由是一种奇怪的东西。每个人都有足够的自由,只要他知足。多余的自由有什么用,如果我们不会用它?……市民和贵族都一样自由,只要他遵守上帝给他的出身地位所规定的那个界限。"[1] 如此立论,自然与歌德自身的阅历与判断有关,但绝不是说歌德就对自由毫不关心。与席勒一生以自由诉求为标的不同,在歌德,自由不是最高的美学追求境界,而是一种在现实之中应予以冷静判别与理性使用的"权利"。这种对于同一概念的理解差异,主要仍取决于两者个体生性、自身经历与理想选择的不同立场。在席勒,自由则象征着一切,在最初时具有打破樊笼的标志特点,到日后则具有终极审美理想的意义。

席勒的"自由诉求"虽然要远强烈于歌德,但就其本质而言,他并未"超逾界限",将"自由诉求"推而广之成为使用一切手段的理由,如后来法国大革命所显示出的"暴力恐怖"。这,或许正是席勒之可贵的地方,他没有仅仅从个人的体验出发,而塑造起"自由诉求"的孤立概念,仍然更多地将其上升到普遍性的重要概念。

其实,自弥尔顿、洛克等开始,英国古典主义的自由传统得以确立,随即以两条线索,分向发展:在美国,独立自由号角由此吹响,经潘恩、杰弗逊等的努力,不但在思想层面,更在制度层面,将自由加以确立;在法国,启蒙运动引此为重要资源,卢梭、狄德罗等人在思想领域的工作,成为日后"血与火"铸炼历史的"革命根源"。然而,德国始终是在走着自己的路。康德对于自由的诠释,近乎百科全书式的理性与沉静,一如其

---

[1] 1827年1月18日谈话:"Es ist mit der Freiheit ein wunderlich Ding, und jeder hat leicht genug, wenn er sich nur zu begnügen und zu finden weiß. Und was hilft uns ein Überfluß von Freiheit, die wir nicht gebrauchen können!... Der Bürger ist so frei wie der Adelige, sobald er sich in den Grenzen hält, die ihm von Gott durch seinen Stand, worin er geboren, angewiesen." Johann Peter Eckermann: *Gespräche mit Goethe-in den letzten Jahren seines Lebens* (《歌德谈话录——他生命中的最后几个年头》), Berlin und Weimar Aufbau-Verlag, 1982, S. 187. 中译文参见爱克曼辑录:《歌德谈话录》,朱光潜译,北京:人民文学出版社,1978年,第109页。

人。学理上的苦苦究索，或许真的对后人启迪诸多，为德国避免走上法国式的自由女神之路，颇多助益？

1793年的巴黎，上演了《强盗》一剧，但法国人改编了席勒的结局，时人如此记述：

> 席勒对当代革命的基本观念被改变了。整个作品被歪曲了……坏人受到了惩罚，在强盗们身上显出了人类的优秀品质。罗伯特对自己的同伙说："你们是强盗，但你们是光荣的人，他们对你们说的是绞架和车裂，而你们应得的是桂冠。"[1]

这一改编，倒是很符合革命期需要"立场鲜明"的痛快淋漓，但却也彻底改掉了席勒思想的"丰富的痛苦"。也难怪，在轰轰烈烈、奔腾迅速的"革命时代"，需要的只是能够"即刻致用"的"文化快餐"，哪里还容得人们细细推敲琢磨原作者的"苦心经营"与"思想构建"？这或许就是政治理想与现实操作之间永恒的矛盾？甚至，在背后反映折射出的，还有德、法基本理念的重大差异？

这里不妨取来雨果（Victor Hugo, 1802—1885）的《九三年》（*Quatrevingt-Treize*）举为例证。对于法国人来说，1793年确实是一个值得关注的年代，它既是雅各宾专政时代的开端，也是"理想革命"时代的隐去。如果说，此前的欧洲，大多数知识精英都在为法国革命"欢呼雀跃"的话，因为他们从中看到了一个"理想革命"的模式，其中寄托着自身的憧憬希望和本国的未来理想；可从此时开始，当"暴力恐怖"代替了"革命激情"，一切就都在变了。而雨果所设计的这一伦理矛盾，确实很抓住了时代的要求，反映了时代的冲突。

以雅各宾派实行革命专政和恐怖政策为背景，取其以暴力手段坚决镇压保王党的叛军事件为线索，雨果确实慧眼独具。他之所以选择1793年这个"比本世纪的其余时刻更伟大"的年份，原是为了让矛盾与冲突表现在"山雨欲来风满楼"最激荡的那个时候。同《强盗》一样，《九三年》的结

---

[1] 转引自毛崇杰：《席勒的人本主义美学》，长沙：湖南人民出版社，1987年，第14页。

局设置得出人意料，而思想意味尤其深长悠远，让人思绪无穷。当时，叛军首领朗特纳克被困于城堡之中，他以被他劫持作为人质的三个孩子做交换，要求共和军司令官戈万放了他。戈万断然拒绝。可当朗特纳克在由他人帮助而从地道逃出后，忽然发现大火熊熊，孩子们有生命危险。于是，朗特纳克毅然返回，宁可为了救出孩子，而不顾自己落入共和军手中的危险。戈万震惊于朗氏的人道主义精神，而思想斗争激烈，最终放了朗氏。共和军特派代表穆尔丹虽是戈万小时候的老师，但革命立场坚定，虽有广大将士的哀恳，他仍坚决将"私通叛军"的戈万送上了断头台。而在戈万一死之际，他亦同时开枪自杀。[1]

穆尔丹的"执法如山"与卡尔的"向法之路"，当然不能完全拿来"相提并论"。但至少可以看到的是，对于"秩序""法律"的思考，贯穿于那个时代思想者的潜意识中，甚至是他们不得不处理的核心命题。以席勒的书写心愿，卡尔本可以逍遥一世，做那占山为王的"侠盗之王"；按雨果的同情理解，戈万是有人道情怀的"革命英雄"，穆尔丹又何必做那"挥泪斩马谡"的诸葛孔明，再赔上自家的性命？然而，不行，道德律之外，尚有此岸世界的"游戏规则"。那就是"秩序"必须维护，"规则"必须存在，"法律"则是达到目的的"不二法门"。在这里，"感情"毫无疑义地让位于"理性"，"法律"成了大家都共同遵守的"游戏规则"。[2]

卡尔对众盗又何尝无情？毕竟曾朝夕相处、同生共死。穆尔丹对戈万怎能没有"舐犊之情"？"一日为师，终身为父"，更何况他们还有共同的"共和理想"，是站在一个战壕里的"父子同志"啊！然而，冥冥星空，仍有道德律令在。"法律"，便是此岸世界的最高律令，所以，戈万必殇于

---

1 参见雨果:《九三年》，桂裕芳译，南京：译林出版社，1998年。
2 这个问题，西方人一般都会引证安提戈涅的例子。承荷兰乌得勒支大学（Universiteit Utrecht）艺术学院院长 Paul von den Hoven 教授的提醒，他认为这是一个"符号学"的好例子，由安提戈涅而来，自有一条线索贯穿于其中。我们还谈到罗宾汉的故事，Hoven 教授认为罗宾汉的故事亦同样是个好例子，这并非个体与个体之间的冲突，如罗宾汉与总督、与王后之间的矛盾，而是个体与国家意识间的冲突，即与法的冲突。2004年6月23日与 Hoven 教授的谈话。另关于安提戈涅，请参见陆建德：《安提戈涅的天条》，载《中华读书报》2001年5月16日。相关争论的综述，请参见杨支柱：《人与动物的区别何在？——也说安提戈涅的天条》，http://www.gongfa.com/yangzhizhuantigenie.htm，2004年6月30日。

"断头台上",卡尔亦有"向法之路"。用康德的话来说,就是"天上,是满布的星辰;心中,是道德的准则"。

强盗之路的终结不自席勒始,亦不至席勒终。早在公元11世纪的中国,就有水泊梁山聚义的悲壮画面,有趣的是,这里的领袖有两位,而且以不同的结局丰富了"强盗生涯"的可能。宋江的"招安之路",其实要比卡尔的"向法步履"先进得多,也"实惠"得多;而晁盖的"英雄末路",则更比卡尔要凄惨许多。毕竟,卡尔在群盗之中地位崇高,只要他不走"妥协之路",就是没有争议的"领袖"。而晁盖因了自己的"义气深重",就不得不品尝自己种下的苦果,对宋江这样的"一字并肩王"进退两难,难以措手,既不能"火并王伦",就只有"自食苦果"。[1] 然而,不管是晁盖的勇举义旗而"命丧曾头市",还是宋江的机关算尽而"招安功告成",都宣告了强盗之路无可奈何的终结。水泊梁山聚义时的豪情理想,尽付东流水中。如果说施耐庵的这种安排,更多地出于对现实社会与历史真实的描摹与"意在言外",那么,席勒之安排卡尔以自首而告终,其实是宣告了启蒙理想的胜利。即便是在反启蒙的"狂飙突进"时代,卡尔也没有任自己的思想"凭空翱翔",将造反的大旗换成王侯的封地;同样,维特最后的结局是生命的"自我终结",葛兹也没有能够赢得事业的胜利。这或许是现实的悲哀,但从另一个方面,也确实表现出那代思想者在艺术创造过程中,没有离开他们植根的土壤,尤其是精神上的根本。自启蒙那代人以来,为打鬼而借助钟馗,为消灭神性而宣扬理性;由理性、科学协调发展而来的,必然是国家、法治、秩序。然而在此中痛苦挣扎的,则必然是自由、民主、平等之类的概念。从后者的绝对概念来说,它们可以召唤起千万群众的无尽热情与革命之力,但那往往是理想的"乌托邦",必然是与前者相矛盾的,无论是自由、民主还是平等,一旦新的政权建立,都不可能给民众以当初革命前承诺的美好。这既是符合此岸运作规律的,也是思想者细细推敲后可以理解的,从维护社会国家的现实运作出发,那么我们就必须重新定义后面的这些概念,以使之找到合理的"解释"。

---

[1] 关于对宋江与晁盖之间的关系分析,请参见刘慧儒:《宋江这个人》,载《读书》2004年第5期,第59—66页。

在伯林看来，卡尔"那种高傲而狂暴的精神"与启蒙理念是格格不入的。卡尔的激烈反抗，"是不能仅仅依靠知识，依靠对人性、社会环境或任何事情的更好理解而避免的"。换言之，在处理这个问题上，"知识是不够的"。知识不够怎么办？理性不能解决问题怎么办？伯林进一步推论说："在席勒看来，在精神和自然之间已经出现了一种致命的卢梭式断裂，人性已经受到伤害，艺术力求予以缓解，但它明白不可能完全治愈这个创伤。"[1]

我承认，席勒在安排卡尔的命运时，必然是极度彷徨与困惑的。然而是否就可以定义为反理性的呢？这必须纳入到整体思想史语境中来考察。我总是在想，"狂飙突进"或许不能作为"德国文学史"或"德国思想史"上一个独立的时期，它从属于"启蒙时代"，而这一德国思想史上的启蒙时代则应当是涵盖了近乎整个18世纪的历史时期，可以延伸到19世纪初期。但如果说启蒙时代是以理性诉求为主的话，那么德国思想史上另一条线索不应被忽略，这就是非理性主义的"潜流涌动"，这一点不仅表现在"浪漫情径"的"延绵崛起"上，孕育了未来叔本华、尼采的"思想母腹"，也还表现在哈曼、赫尔德、雅各比等人的"先声夺人"；甚至也不仅是哈曼等的"为王前驱"，也还有集"启蒙时代"大成者的歌德、席勒等人的"人格分裂"。[2]

诚然，歌德、席勒最终是选择了复归希腊的"古典之路"，走向理性思辨的"阳光大道"，尤其是席勒，更投注大量精力，放下他为战士的"文学之笔"，让缪斯神黯然隐去，而开始了美学与哲学的长期抽象思辨。这一精神转向的过程，其实尤其值得关注。因为，在我看来，席勒的精神转变，正是德国那代人最好的"思想成长标本"，正可以细加解剖。

尼采会对席勒嗤之以鼻，不仅是因为二者生命道路迥然相异，更因为两者所试图实现的价值理想南辕北辙。在我看来，尼采并非"石缝之猴"自天而降，他继承的，仍是哈曼以来的"浪漫情径"；席勒同样不是"横空出世"，他与歌德联手开辟的，固然是"前无古人，后乏来者"的"古典

---

[1] 伯林：《反启蒙运动》，载《反潮流——观念史论文集》，冯克利译，南京：译林出版社，2002年，第19页。

[2] 关于德国文学史与思想史上"启蒙理性""浪漫情径"与"古典图镜"三峰并峙的问题，作者另撰专文论述，此处不赘。

图镜",但这一时代,仍是"启蒙理性"与"浪漫情径"共同哺育而生的"澄明之婴"。席勒,在处理《强盗》结局时,所遭遇到的,正是这两大思潮交合容纳时所不能不承当的"分娩之苦"。怎么办?

无论如何,强盗之路必须终结,这可能是席勒的最根本出发点。从理性的角度来看,启蒙运动鼓吹的正是渐进的改良主义、对合理组织的信念等等。卡尔的选择,表明他恰恰是信了的。否则他何必自首?然而,此剧的豪情激昂、意气慷慨,对感情的充溢与张扬,诗体语言的抑扬顿挫,完全走的是"反理性"的路子,符合"狂飙突进"的总体格局。在我看来,此剧的历史意义正在于此,以"反理性"始,而终究以"理性"为归途。从第一部剧作就是如此,席勒日后的创作道路,其实大体不离此取向,但他似乎并未相信,这就是已经"握在手中"的真理。否则,他也不会有告别缪斯,而执着地去追寻历史经验、哲理思辨乃至提升美学解决的苦苦尝试了。强盗之路的终结,远非设想中自由目标的获得。对于作为思想者的席勒来说,这只不过是一个新的标志而已,这是他一生中为之苦苦寻求不已的——自由彷徨之开端。

二、时代潮涌与悲剧之择:个体与国家之间的紧张与调和

个人从来就不是,也没有以自己的意志战胜国家的力量。即便获得暂时的胜利,也只是一时的侥幸或冲动,绝不可能在根本上撼动国家的统治与权威。席勒之写作《强盗》,其基本思想未超出于此。18世纪后期的德意志,是一个分裂的、多邦的、落后的国家。很难说,已经有了一个统一的德意志,虽然神圣罗马帝国一直就存在,德国知识精英也一直期待着一个完整的"德意志"概念,无论是语言、文学还是文化诉求,都表现了出来。《强盗》的横空出世与大受欢迎,固然是吻合了时代潮流与民众心理,但它所表现的有利于"民族国家"建构的那一面,其实也不容忽视。因为卡尔的走向法庭,其实正是国家形象的无比放大。

席勒的可贵,正在于此。在一般人看来,卡尔的叛逆与胜利,很符合

席勒创作的心理需要，这样一种"皆大欢喜"的安排，应该是不难理解的。但悲剧的形式，大大地拓展了此剧的品位与内涵，也深深地打动了观众。卡尔的英勇反叛，表明了冲击封建专制的"符合人心"；同样，卡尔的复归法庭，也反映了秩序法律乃常人心中的"天理伦常"。虽然同属欧洲国家，但德国的思想史进程，与英、法是很不一样的，因为后者早已建构完成了自己的民族国家。而对后发的德国来说，完成民族统一、实现国家构建仍属第一位的大事。而这一任务，又与启蒙理性的升沉起伏，密切相关。因为在某种意义上来说，当启蒙作为反封建、反宗教的旗帜时，它是进步的力量；可一旦它定于一尊，成为压倒性的主流话语势力之后，它同样会同前统治者（教会）一样要求统一与秩序；"思想"与"政治"在这点上并无二致，它们要求的都同样是"太平无事"。这时，反启蒙作为挑战者，它针对作为主流话语的启蒙所起到的作用，又似一种进步的声音。

席勒恰恰就是位于矛盾中心的"受压方"。一方面，作为年轻人，他极不满于启蒙理性定于一尊而又成独家话语霸权的情况，欲冲破封建专制之统治，乃采取叛逆与反抗的手段。这一点，无论是他个体生命经历的"反抗公爵"，还是表现在《强盗》中卡尔的"造反举义"，都充分体现出来。但另一方面，他又深受自莱布尼茨以来的启蒙传统之影响，潜移默化，启蒙理性乃生于不自觉中，这是彼时德国与欧洲（包括卢梭等）的大背景，虽然表面看去《强盗》以反理性的"狂飙突进"方式而出现，但在结尾的安排处，恰恰反映了席勒深受启蒙理性影响的痕迹。卡尔的弃暴向法之路，难道不是最好的例证？

应该说，在处理国家与个体之间的关系上，《强盗》是有代表性的，席勒更是可谓"集大成者"。这一点在同时代的其他作家身上，也可得到印证，最典型的当然是克莱斯特。克莱斯特与席勒有共同之处，譬如都是英年早逝的代表、都是天才的创造性作家、都是对民族国家构建有着极为强烈认同的思想者，更重要的是，与席勒的"殇于病榻"不同，他的死是色彩浓烈的自主性选择的"操纵命运"，他用手枪结束了自己的生命，一个具有天才意义的早熟早慧早亡的生命。克莱斯特在他的名作《马贩子米赫尔·戈哈斯》（*Michael Kohlhaas*）中，同样为其主人公安排了类似的经历，戈哈斯的起义有着更为直接而重大的理由，因为他有"杀妻之仇"。这点与《勇敢的心》(*Brave heart*)的安排有些像,不过苏格兰人是选择"不自由,毋宁死"的抗战到底。但戈哈斯居然真的相信"法律的公正",为自己铺设下通往断头台的道路。[1] 不过,由此可见,德国古典时期的思想者的心灵是相通的,席勒与克莱斯特,虽然其人生路径并不相同(克莱斯特曾为普鲁士官员),但他们都关心"自由"的命题,以及如何在"彼岸理想"与"此岸现实"之间找到一条可以通行的"桥梁",虽然他们"不约而同"地"抑个体"而"扬国家"的思路,似乎并不十分可取,但其中反映的问题意识,却真的是值得深究。

库尔茨(Hermann Kurz,1813—1873)的时代要比席勒与克莱斯特都晚,但与卡尔、戈哈斯都不完全相同,他所塑造的弗里德里希(Friedrich)有其特殊的意义。如果说卡尔面对的是封建王权,戈哈斯轻信的是教会势力(以路德为代表),那么弗里德里希所要反抗的则是父权社会。但《太阳客栈的老板》(*Der Sonnenwirt*)虽作于1854年,其取材则为民间故事(席勒的《丧失了名誉的罪犯》据说也取材于此),是施瓦本地区的真实事件,所以具有相当程度的真实性。以上故事,都毫无例外地以"向法之路"而终结,且后两者都以被处极刑而告终。"强盗之路"是无论如何走不通的。"强盗小说"在很大程度上反映了德国古典那代人难以去怀的大命题,即如何处理个体与国家的关系。对多数人来说,这一问题,都是念兹在兹,难以忘却,且颇有经历思想重大转变的过程。青年黑格尔,对个体自由极为看重,他作《德意志唯心主义的第一个体系纲领》,有如下论述:

> 每个国家都必须把自由人作为机械的齿轮装置来对待;而它是不

---

[1] 这类德国小说被称为"强盗小说"(Räuberroman),在18世纪颇为流行,往往以某个"高尚的强盗"为主人公,描写其同当时的法律秩序相对抗,反对社会的传统道德观念,帮助和保护穷人,最后为社会所不容而被定为罪犯。早期代表作多以英国民间英雄罗宾汉为主人公,后期则随着市民社会的形成与市民阶级的兴起,获得新的内容与方法,并广泛流行。这种小说可区分为两种类型,一种是具有较深刻的思想性,如席勒的《强盗》《丧失了名誉的罪犯》、克莱斯特的《马贩子米赫尔·戈哈斯》、赫·库尔茨的《太阳客栈的老板》等;另一类则比较注重情节性,迎合大众需求,如乔克的《阿贝利诺大盗》、符尔皮乌斯的《强盗头子利纳尔多·利纳尔蒂尼》、克拉默的《教堂守卫者及其伙伴》等。参见张威廉主编:《德语文学词典》,上海:上海辞书出版社,1991年,第786—787页。

应该这样对待自由人的；因此它应该消亡。

理性的最高行动是一种审美行动；我深信，真和善只有在美中间才能水乳交融。哲学家必须和诗人具有同等的审美力。[1]

这样的想法与作为"德国古典哲学集大成者"的黑格尔，实在相去太远，在后者看来："作为国家的民族，其实体性的合理性和直接的现实性就是精神，因而是地上的绝对权力。"[2] 个体与国家之间为何会存在如此重大的"剪不断，理还乱"的错综复杂的关系？究竟是国家法律妨碍了个体自由的获得？还是因个体自由的追寻而扰乱了国家秩序？

如果试图回答这个问题，就不得不回到当时的德意志历史语境中去。封建的德意志国家，其实是一个专制势力非常强盛的分裂体。在这里，以王公诸侯为代表的专制势力，牢牢地把握着政权，他们甚至可以为所欲为、践踏法律。但这是国家吗？他们能代表国家吗？卡尔对封建制度对人的束缚与精神压迫，有很深刻的体认：

> 他们是要叫我把我的身体放进妇女束胸的紧身衣里，叫我把我的意志放在法律里去。法律只会把老鹰的飞翔变成蜗牛的缓步。法律永远不能产生伟大人物，只有自由才能造成巨人和英雄。他们是被暴君似的脾胃钳制住了，做了他的脾胃的奴隶，甘心为他所放的臭屁所控制。

Ich soll meinen Leib pressen in eine Schnürbrust und meinen Willen schnüren in Gesetze. Das Gesetz hat zum Schneckengang verdorben, was Adlerflug geworden wäre. Das Gesetz hat noch keinen großen Mann gebildet, aber die Freiheit brütet Kolosse und Extremitäten aus. Sie

---

[1] 转引自阿尔森·古留加：《黑格尔传》，刘半九等译，北京：商务印书馆，1978年，第20页。当然，日后黑格尔的总体思想倾向，是"扬国家"而"抑个体"的。

[2] 黑格尔：《法哲学原理》，范扬、张启泰译，北京：商务印书馆，1996年，第346页。但黑格尔在这个问题上，有时又显得自相矛盾，一方面他会致信普鲁士政府，宣称自己的哲学研究是同一般意义上国家意志要求的基本原则相和谐；另一方面，他又会每年庆祝法国大革命的胜利。参见阿尔森·古留加：《黑格尔传》，刘半九等译，第108—109页。

verpalisadieren sich ins Bauchfell eines Tyrannen, hofieren der Laune seines Magens und lassen sich klemmen von seinen Winden. [1]

但值得注意的是,"法律"(Gesetze)在这里是一贬义的概念,它是作为一种对个体自由的"压抑物"与"对立面"而出现的,它甚至被看作不过是"君主"的统治工具罢了。此时的卡尔充满了自由的气概、不羁的灵魂、叛逆的精神,显示出一种很有些"大无畏"的革命浪漫主义豪情。然而,这样的卡尔终究未能"将革命进行到底"。法律,这曾经为卡尔诅咒再三的"紧身衣",却最终成了卡尔行为的准则。卡尔的"向法之路",既说明他本人思想的重大转变,更表明背后作者的"彷徨无地"。

席勒当然以为自己是能够把握住自家创作的思路与精神的,这一点在其《强盗·第一版序言》中表露无遗,他将卡尔的形象归纳为一种包括了冒险、罪恶、破坏、迷误、狂热与痛苦诸元素的伟大"精神"[2],当然可备一说。但在我看来,在那样的年代,在那样的年龄,在那样的环境,席勒都不可能完全做到"冷静理性",甚至是"从容创造"。《强盗》之横空出世,本就是带上了很多个人色彩与时代需求的"破空彗星",无论是作品的艺术性还是思想的建构性方面,都与后来的作品有相当距离。正如歌德的《维特》之走红一样,更多的是应了时代潮流与民众趣味的需要。当然,从另一个角度来冷静审视,其实席勒列举的诸多元素,也正说明了"彷徨无地"之成立,无论是冒险、罪恶、破坏,还是迷误、狂热、痛苦,不都是与"精神迷惘"密切相关的吗?说他们是"彷徨无地",原也是再恰当不过的比喻了。

而这样一种彷徨,之所以成功,正是因为它艺术地反映了那个时代的"真实状况"及其"时代精神"。一方面,在席勒笔下,国家与法律,显然不是王侯能够代表的。可奇怪的是,"法律"一方面摆脱不了作为王侯进行统治的"利器"身份,另一方面又成为人民归依的"大道"。显然,前者只是"工具",后者才是席勒理想中的"治道"。席勒选择以悲剧的形式写作《强盗》,正是为了揭示其中的问题。在这样一个动荡忧患的时代里,"个体"要

---

[1] Friedrich von Schiller: *Die Räuber* (缪雨露注释), S. 17. 中译文参见席勒:《强盗》,载《席勒戏剧诗歌选》,钱春绮等译,第27页。
[2] 席勒:《强盗·第一版序言》,载《席勒戏剧诗歌选》,钱春绮等译,第4—5页。

求自己的精神成长，不再满足于原有的社会稳定与固定秩序。虽然早在16世纪的时候，德国已出现资本主义生产关系的萌芽，但宗教改革与农民战争的失败，反而加强了封建诸侯的割据之局与稳固地位。17世纪爆发的三十年战争，在极大地破坏和妨碍了德国经济发展的同时，却从另一方巩固了这种割据与分裂局面。18世纪的德意志，所面临的正是这样的"四分五裂""国势不振""矛盾内积"的局面，民众的不满情绪也在日益积蓄而面临爆发的临界点。一方面，建立统一民族国家的呼声已成为知识分子的共识；另一方面，封建割据的王侯们，却又以法律的名义，在实际上控制着各自的领地，以及领地的人民。莱辛在《爱米丽亚·迦洛蒂》（*Emillia Galotti*）中的叙述并非"天方夜谭"，席勒的领主欧根公爵就是出卖自己的臣民做雇佣军的"卖主"。而由文艺复兴、宗教改革以来，经莱布尼茨等人开辟的启蒙理性传统进一步发达，要想再让后来者对既定的统治秩序俯首帖耳乃至"逆来顺受"，已经不太可能。个体对"自由"的追求，日益成为一种时代潮流。由此可见，个体与"国家"的冲突的爆发乃至空前激烈，是有其原因，并必然成为时代之重要命题的。虽然，《强盗》之作未必能深刻认识到如此复杂而深广的时代与历史背景，但作为时代观察者与亲历者的席勒，其思想表述或许过于"肤浅"，但其艺术建构却真的很有特色，值得细加探讨。毕竟，席勒给我们留下的珍贵财富，不是他的《强盗·第一版序言》，而是他的以诗的语言所完成的剧本《强盗》。而要理解此剧，甚至比席勒更为深刻地理解此剧，其中不可回避的一个关键性概念，则为"自由"，席勒一生，无论是早期的"狂飙突进"，还是转折期的"沉入哲思"，还是后期的"古典时代"，都以对自由的追求为标的。不对这一概念进行深入探究，很难充分理解席勒其人其思。

三、初思自由

卡尔的悲剧命运，不仅是他个人的命运而已。这也意味着，德意志的知识分子，必须开始一条新路的探索。哪里才是未来的出路？可以说，

33

青年席勒的出场，不但是"身手不凡"，更了不起的是他在思想上所烙上的"沉重之负"。这表明，他从来就没有以自己的一己好恶，而是以一种不仅是"破坏性"的，而更是"建设性"的姿态沉入创作之中，沉入思想之中。

作为个体，意志张扬不难，可难就难在，如何将个体的教训化为集体的经验？如何将一时的血性转为恒定的律法？这一问题，以后在席勒的戏剧创作中连续出现，并且挥之不去，可以说贯穿了他的生命始终。从狂飙时代的四部剧作中，就可以看出席勒自身苦苦挣扎的精神轨迹。《强盗》展现的"冲创意志"故不待提（1780）；《斐爱斯柯在热那亚的谋叛》（以下简称《斐爱斯柯》）（*Die Verschwörung des Fiesko zu Genua*，1783）追问的是"共和与专制"问题；《阴谋与爱情》（*Kabale und Liebe*，1784）关注的是市民社会的"正常生活"之可能；《唐·卡洛斯》（*Don Carlos*，1787）则期盼出现拯救民众的"英雄人物"，虽然其结局仍是不可逆转的"失败"。但我们会发现，无一例外，这四部戏剧不管是关注历史，还是立足现实，均以英雄（主角）理想主义之意志张扬始，而以现实主义之悲壮失败终。对于追求自由、向往民主、生而坎坷的席勒来说，前者固然是他的理想所在，后者却绝非他所乐意见到的结局。可为何席勒即便在文学化的写作之中，也不为他理想留半点的"虚构"可能？道理其实很简单，席勒的文学事业本就是作为对"理想探索"的一道途径，他要求自己正视严酷的现实，他希望能追索到一种解决现实问题的方法。这一点印之以日后他之转向史学、归依哲学、发明美学、回归文学的道路，则特别清楚。

既然，文学的手段无法解决内心无穷的困惑，华丽的文字不能载去内心的迷茫，那么一旦接触到康德哲学的形而上思考，向真理心切的席勒，自然无法抗拒抽象思辨的无穷魅力，慨然放下缪斯之笔，而追逐着思维的乐趣，沉入"哲学王国"去了。然而无论是命笔创造，还是爬梳史料，乃至构建体系，席勒对"自由"的思考，都贯穿其生命始终，作为挚友的歌德，对席勒评价很高，但却将席勒的思想一言以蔽之，谓"自由"。在他看来："贯穿席勒全部作品的就是自由的思想，然而随着席勒逐步提高自己的文化教养并成为另一个人，这个理想的面貌改变了。在他的青年时期，身体的自由占据了他，也影响着他的诗歌；到了晚年，这个自由就变成理想的自由了。"[1]

值得注意的是，作为生前挚友的歌德，在此处对席勒的评价，可谓是"盖棺论定"。他将席勒的生命追求——自由，分为两个层次：一为"身体自由"，一为"理想自由"。这两者究竟有什么样的联系与区别呢？这必须结合席勒个体的生命体验来理解，席勒少年时代是在军事学校的严格管制下度过的，那时连基本的人身自由都没有，遑论其他？这就是所谓的"身体自由"阶段；而所谓的"理想自由"呢，是必须在获得"身体自由"的前提下去追求的，实际上可以理解为一种探索真理的阶段。

然而，对于自由——这一贯穿席勒戏剧，甚至其整个思想的主要线索，我们必须有清醒的反思。"自由"这个概念，不仅是在席勒，在整个人类精神发展史上的意义，同样至关重要。法国国民公会致信席勒，授予其荣誉公民的称号，高度赞扬其《强盗》的思想价值，看重的恐怕正是其中所表现的对于"自由"的苦苦追索。

"自由"是无数先贤曾阐释发挥的重要概念，而席勒以其生命历程与创造之思加以发展，对其有重要贡献；再经由法国大革命的时代洗礼，"自由"已成为人类思想史上最为重要的概念之一。然而，今天，我们需要做的是，"重思自由"。这既意味着对传统的创造性继承，也意味着，我们需要审慎对待自由的历史与未来。尤其值得认真对待的是，即便是"自由"，德国人与法国人、英国人的自由都不完全是一回事，正如马克思所指出的："在康德那里，我们又发现了以现实的阶级利益为基础的法国自由主义在德国所采取的特有形式。"[2] 实际上提出的，正是"德国式的自由"问题。

"自由"虽然看似法国的舶来物，但在德国自有其传统。海涅曾如此总

---

[1] 1827年1月18日谈话："Durch Schillers alle Werke, geht die Idee von Freiheit, und diese Idee nahm eine andere Gestalt an, sowie Schiller in seiner Kultur weiterging und selbst ein anderer wurde. In seiner Jugend war es die physische Freiheit, die ihm zu schaffen machte und die in seine Dichtungen überging, in seinem spätern Leben die ideelle." Johann Peter Eckermann: *Gespräche mit Goethe-in den letzten Jahren seines Lebens*(《歌德谈话录——他生命中的最后几个年头》), S. 187. 爱克曼辑录：《歌德谈话录（全译本）》，吴象婴等译，上海：上海社会科学院出版社，2001年，第223页。另参见爱克曼辑录：《歌德谈话录》，朱光潜译，第108—109页。
[2] 马克思、恩格斯：《马克思恩格斯全集》第3卷，北京：人民出版社，1957年，第213页。

结德国思想史，并从中梳理出德国思想自由的历史脉络，他认为自宗教改革之后："德国产生了所谓精神的自由或有如人们所说的思想自由。思想变成了一种权利，而理性的权能变得合法化了。……思想自由开出的一朵重要的具有世界意义的花朵便是德国哲学。"[1] 恩格斯进一步宣称："经济上落后的国家在哲学上仍然能够演奏第一小提琴：十八世纪的法国……对英国来说是如此，后来的德国对英法两国来说也是如此。"[2]

如前所述，歌德的自由思想就与席勒不同，他会说"自由是一种奇怪的东西"，甚至认为每个人在"知足常乐"的情况下就可以拥有足够的自由，多余的自由并无实际意义。[3] 如此立论，自然与歌德自身的阅历与判断有关，但绝不是说歌德就对自由毫不关心。1813年，歌德的这段阐释或许可以为我们理解他的自由思想提供一些门径：

> 您可别以为我对自由、人民、祖国等伟大思想无动于衷。不，这些思想就在我们心中；它们是我生命的一部分，没有人能摆脱它们。我也总把德国萦怀在心中。每当我想起作为个人如此值得尊敬而作为整体却那么可怜的德国人民来就感到切肤之痛。把德国人民和其他民族相比会使我们感到羞愧难堪。我千方百计地想摆脱这种感觉，在科学和艺术中我找到了可以使自己升腾起来以超越这种情绪的翅膀。但它们所能给予的安慰只是一种令人不快的安慰，并不能替代那种因意识到自己属于一个伟大的、令人敬畏的人民而产生的自豪感。对祖国未来的信念所给人的安慰也不过如此而已。[4]

---

[1] 海涅：《论德国》，薛华、海安译，北京：商务印书馆，1980年，第234页。

[2] 恩格斯：《致施米特》（1890年10月27日），载马克思、恩格斯：《马克思恩格斯选集》第4卷，北京：人民出版社，1972年，第484—486页。

[3] 爱克曼辑录：《歌德谈话录》，朱光潜译，第109页。

[4] 迪特尔·拉夫：《德意志史》，波恩：Inter Nationes，1987年，第62页。德文为："Goethe schrieb 1813 den deutschen Geist der Zeit zusammenfassend: 'Glauben Sie ja nicht, daß ich gleichgültig wäre gegen die großen Ideen Freiheit, Volk, Vaterland. Nein, diese Ideen sind in uns; sie sind ein Teil unseres Wesens, und Niemand vermag sie von sich zu werfen. Auch liegt mir Deutschland warm am Herzen. Ich habe oft einen bitteren Schmerz empfunden bei dem Gedanken an das deutsche Volk, das so achtbar im einzelnen und so miserabel im ganzen ist. Eine Vergleichung des deutschen Volkes mit anderen（转下页）

我并不认为歌德是虚伪的,他所说的也是实话,对于一个有思想、有见地、有血气的精神界人物,歌德不可能没有对于"自由""人民""祖国"这些宏大概念的独立判断,甚至如他所说,这些思想与他血肉相连,不可或分。但也绝非仅仅如此,歌德之与席勒如并峙奇峰,不可相互取代,就在于二者有所共通,但又在思想上分道而行,各自构建起自己的思想体系。即便是在民族危亡的情况下,歌德也总会情不自禁地超越民族国家的概念,而去思考更为宏阔的问题,他更是一个胸怀世界的思想者。他甚至会为此批判自由的观念:

> 基佐谈到过去时代各民族对高卢族的影响时,我对他关于日耳曼民族所说的一番话特别注意。他说:"日耳曼人给我们带来了个人自由的思想,这种思想尤其是日耳曼民族所特有的。"这话不是说得很好吗?他不是完全说对了吗?个人自由的思想不是直到今天还在我们中间起作用吗?宗教改革的思想根源在此,瓦尔特堡大学生们的造反阴谋也是如此,好事和坏事都受了这种思想的影响。我们文学界的杂乱情况也与此有关,诗人们都渴望显出独创性,每人都相信有必要另辟蹊径,乃至我们的学者们分散孤立,人各一说,各执己见,都是出于同一个来源。法国人和英国人却不然,他们彼此聚会的机会多得多,可以互相观摩切磋。他们在仪表和服装方面都显出一致性。他们怕标新立异,怕惹人注目或讥笑。德国人却各按自己的心意行事,只求满足自己,不管旁人如何。基佐看得很正确,个人自由的思想产生了很多很好的东西,却也产生了很多很荒谬的东西。

Wie Guizot von den Einflüssen redet, welche die Gallier in früher Zeit

---

(接上页) Völkern erregt uns peinliche Gefühle, über welche ich auf jegliche Weise hinwegzukommen suche; und in der Wissenschaft und in der Kunst habe ich die Schwingen gefunden, durch welche man sich darüber hinwegzuheben vermag. Aber der Trost, den sie gewähren, ist doch nur ein leidiger Trost und ersetzt das stolze Bewußtsein nicht, einem großen, geachteten und gefürchteten Volke anzugehören. In derselben Weise tröstet auch nur der Glaube an Deutschlands Zukunft." Diether Raff: *Deutsche Geschichte-Vom Alten Reich zur Zweiten Republik*, München: Max Huber Verlag, 1985, S. 57.

von fremden Nationen empfangen, ist mir besonders merkwürdig gewesen, was er von den Deutschen sagt. "Die Germanen", sagt er, "brachten uns die Idee der persönlichen Freiheit, welche diesem Volke vor allem eigen war." Ist das nicht sehr artig, und hat er nicht vollkommen recht, und ist nicht diese Idee noch bis auf den heutigen Tag unter uns wirksam?—Die Reformation kam aus dieser Quelle wie die Burschenverschwörung auf der Wartburg, Gescheites wie Dummes. Auch das Buntscheckige unserer Literatur, die Sucht unserer Poeten nach Originalität und daß jeder glaubt, eine neue Bahn machen zu müssen, sowie die Absonderung und Verisolierung unserer Gelehrten, wo jeder für sich steht und von seinem Punkte aus sein Wesen treibt, alles kommt daher. Franzosen und Engländer dagegen halten weit mehr zusammen und richten sich nacheinander. In Kleidung und Betragen haben sie etwas Übereinstimmendes. Sie fürchten, voneinander abzuweichen, um sich nicht auffallend oder gar lächerlich zu machen. Die Deutschen aber gehen jeder seinem Kopfe nach, jeder sucht sich selber genug zu tun, er fragt nicht nach dem andern; denn in jedem lebt, wie Guizot richtig gefunden hat, die Idee der persönlichen Freiheit, woraus denn, wie gesagt, viel Treffliches hervorgeht, aber auch viel Absurdes.[1]

朱光潜先生认为歌德的判断有问题，即英、法与德的对立似乎不成立。[2] 恰恰相反，在我看来，歌德的这一判断既是亲历者言，又是极具洞察力的敏锐之思。虽然德、英同为日耳曼语系，但彼此之间差别甚大，不可同日而语。而作为人类基本理念的"自由思想"，其法国思路、德国思路、英国思路，均各自有其进路，不可泛泛指为西方，尤其是作为后发现代性国家的"德国自由"。我们说过，作为一个具有宏大情怀的"世界诗人"，歌德不是最合适的"德国特色"代表，包括他的自由思想。而在席勒，则大不

---

[1] 1829年4月6日谈话，Johann Peter Eckermann: *Gespräche mit Goethe-in den letzten Jahren seines Lebens* (《歌德谈话录——他生命中的最后几个年头》), S. 297. 爱克曼辑录：《歌德谈话录》，朱光潜译，第190页。

[2] 参见爱克曼辑录：《歌德谈话录》，朱光潜译，第190页，注释3。

一样。一旦面临重大的现实问题，他马上回到此岸世界，沸腾起作为德意志儿子的伟大热血。《威廉·退尔》就是最好的例证。

可是，当18、19世纪之交，当德意志各邦面临"灭顶之灾"时，歌德在做些什么呢？歌德的这种临危而不变的态度，曾被中国的学人多次引作为范例，马君武要求广西大学的学生在抗战时安心学业，举的就是歌德的例子，说"以前德国又有一位大文学家歌德（Goethe）每当国家发生变故时，便用心研究一些与时局全无关系的学问"，其目的在于说明："我们而今应当更进一步研究一些与时局有关系的学问。飞机重炮固当研究、其他交通业，农业，工业，商业，教育，政治……无一不当研究。救国单靠飞机重炮已经不成，单靠游行，宣传，罢课，岂不更滑稽吗？"[1] 贺麟则在"九一八"之后撰《德国三大哲人处国难时之态度》，强调的是在1806年秋，普鲁士当亡国之际，"德国的大文豪歌德，大哲学家黑格尔、费希特的遭遇及他们处国难时彼此不同的态度"，其目的在于揭示出三大哲人由于性情思想不同，对爱国主义的各自不同表现。[2] 然而也有论者严厉批评贺麟的取舍，认为"歌德对国家观念并不太强而作者偏要派作处国难时的模范人物。这与菲希德不同；贺麟介绍菲希德处国难时的态度，我却记得作得非常动人。倒是在《旁观旬刊》上李惟果作的从歌德向拿破仑敬礼到德意志民族复兴，说歌德对于国势的毫无信心，竟希望拿破仑奠定大陆，这才是真相呢。贺麟被一种心理所束缚，我们敬爱他的爱国，我们不原谅它的利用和曲解"[3]。

文人如何面对国难，这是一个见仁见智的问题，各自的立场与标准不同，评判也就会有很大的差异。但确实，面对席勒、歌德这如兄弟般的两大巨人，我们面临的是同样身影伟岸的思想史难题。是走向彼岸，还是回归此岸？是在精神的世界里构筑一个完整的理想体系？还是面向当代思考，提供解决现实问题的参照依据？尤其是，如果这个问题，出现在民族国家

---

1 马君武：《三月七日马校长在纪念周的演讲辞》，载《广西大学周刊》第2卷第3期，1932年3月11日，第2页。
2 贺麟：《德国三大哲人歌德、黑格尔、费希特的爱国主义》，北京：商务印书馆，1989年，引言，第1页。
3 李长之：《歌德之认识》，原载《新月》1933年第4卷第7期；唐金海、陈子善、张晓云主编：《新文学里程碑·评论卷》，上海：文汇出版社，1997年，第484—485页。

危亡，乃至社会—政经矛盾激化的时代背景之下，作为思想者的知识精英，该当选择怎样的路径？

席勒留下的命题，持久地困惑着一代又一代来者，不仅在自己的祖国，也跨越了湖海江河，走向辽阔的世界疆域。别林斯基如此以一种极为困顿的语言表达对席勒的敬意与惶惑："席勒是……我的死敌，我费尽气力，才做到对他发乎恨，而止乎我所能的起码礼数。"[1] 这段话，看似颇为费劲，好在他自己做了解释，因为在他看来，席勒的戏剧作品，诸如《强盗》《阴谋与爱情》《斐爱斯柯》等"以一种抽象、同地理与历史发展条件毫无关系的社会理想，诱发我心里一股对社会秩序的狂野仇视"[2]。确实，像席勒这样具有思想史上极为重要的标本意义的作家，极为罕见，所以，他会被法国革命时代的国民议会尊为时代伟人，同样也会在身后给后来的精神跋涉者，留下难以逾越与继承的精神遗产。

尼采则不然，所谓"在全部德国文学中未必能找到第二个被尼采在其全部文学活动中如此强烈地厌恶过的作家了"[3]，很深刻地道出尼采与席勒的"势不两立"。何以然如此？要知道，尼采固然是希特勒顶礼膜拜的"精神偶像"，席勒可也是在纳粹时代大受欢迎的"精神形象"，他的地位要远高于歌德。[4] 为什么，尼采会对歌德推崇有加，却对席勒避之不及？归根结底，还是思想上的本质冲突。

1　转引自以赛亚·伯林：《俄国思想家》，彭淮栋译，南京：译林出版社，2011年，第197页。
2　转引自以赛亚·伯林：《俄国思想家》，彭淮栋译，第201—202页。
3　格·米·弗里德连杰尔：《陀思妥耶夫斯基与世界文学》，施元译，上海：上海译文出版社，1997年，第246页。
4　参见Claudia Albert (hrsg.): *Deutscher Klassiker im Nationalsozialismus–Schiller, Kleist, Hölderlin* (《民族社会主义时期的德国古典作家——席勒、克莱斯特、荷尔德林》), Stuttgart & Weimar: Metzler, 1994。该书主要是从接受史角度阐发古典作家是如何在现代语境中发挥作用的，他所选择的是民族社会主义这个时段，可以想象，席勒会在这样的时代背景下被做何诠释。Gabriele Stilla的"Gerhard Fricke: Literaturwissenschaft als Anweisung zur Unterordnung"(《格哈德·弗里克：作为臣服工具的文学研究》) 以作为文学史家的弗里克为例，来考察他是如何以对席勒的持续推进的阐释，来构建起一种个体对国家的宗教式虔诚与奉献，而这一思路则将德国古典自由美学异化成了持续的激情（上揭书第12页）。Claudia Albert 的 "Schiller als Kampfgenosse?"(《作为斗争同志的席勒》) 则通过德国现代文学史上对席勒话语权的斗争，揭示出在第三帝国时期的席勒接受及其时代思想状况。

作为古典时代的代表人物，席勒实是德国理性思想家的集大成者。不管是少年时代横空出世的《强盗》，还是日后的《斐爱斯柯》，乃至成熟年代的《华伦斯坦》，席勒思想中的人道主义精神与理性主义原则，恒久而坚定。与尼采的非理性主义路数截然不同，甚至可以说是针锋相对。"超人"的理想，根本就不容于席勒。所以，难怪尼采要将席勒贬之为"济金根的道德吹鼓手"，乃拘泥古板、低级庸俗德国作家的代表了。[1]

终其一生，席勒的精神是彷徨的，但这种彷徨，乃是对真理追求的坚定信念者的"自由彷徨"，他对理性主义的原则坚守，他对真理之道的孜孜以求，真可谓"虽九死犹未悔"。在与封建专制、物质生存、病魔缠身的斗争中，席勒保持的，始终是一个"自由战士"的风采，生命不止，而自由追求不息、真理探索亦不止；同样，尼采一生，亦飘零坎坷，但其精神却是定于一尊，自信极强。在他看来，"我的时代尚未来到，有的人死后方生"。他的"超人"与"权力意志"，就是自握于手的"真理"。

席勒的"自由彷徨"，确实是对社会理想的苦苦探询，对真理之道的艰难迈步。在我看来，"自由彷徨"，如果将自由的概念结合席勒的生命历程来看，大致可以分为三个层次，即人身自由、物质自由、审美自由。在青年时代，席勒苦苦追寻的是"人身自由"，打破公爵的锁链，获得个体的人身自由（当然，在一定程度上也包括了"精神自由"的因素）；然而，旋即，他又落入了一种不自由，即物质的极大贫乏，导致他不可能不去为最初级的物质生存而斗争，歌德甚至认为他的早逝与其过度劳累写作有关，而这种写作则是为了"谋利"；这一物质自由之难得，使得他一生之中都不得不为此付出代价。因为他无法获得物质自由，所以他也不可能达到审美自由的境界。相反，在这方面，歌德是比他更为成功的。歌德将席勒的自由诉求总结为"身体自由"与"理想自由"，似乎略微粗糙了些。我对席勒三种自由的概念，略做解释：人身自由，以不再受到粗暴的干涉与控制为标志；物质自由，以相对能够过上比较稳定中等的经济生活为标志；审美自由，以心灵的超越与飞翔为标志，达到一种审美的境界。

这三个阶段，是必须依次递进的过程吗？还是可以同时展开？就席勒

---

[1] 参见格·米·弗里德连杰尔：《陀思妥耶夫斯基与世界文学》，施元译，第246页。

个体的精神历程来看,他有一个逐步发展的过程。但同时又非绝对的,所谓"由贫困国家到自由王国之路经过美的形象王国"[1],这一结论,可以看出在席勒整个思想体系中,"审美自由"之重要。审美是"必由之路",其理想彼岸则为"自由王国"。而在《强盗》时期,席勒仍处于其自由追求的最初阶段,即以"人身自由"为第一诉求,"精神自由"等只是附带产品,从"人身自由"发展到"审美自由"阶段,仍需丰满的生命历程与艰辛的理论思辨,在获得人身自由之后(摆脱公爵统治)而经历的生存艰难(对物质自由的追求),再到对康德哲学的接近与文史哲通融阶段的苦苦探索,乃至"美学"的发明过程,则是席勒通向"自由王国"的个体生命例证。那该当是我们下一个探讨的命题了。[2] 我们会继续追问,在宣告了强盗之路的终结,点明了"个体与国家"的矛盾之后,究竟该怎样,才是问题的解决?"时代悲剧"难道竟然免不了"周而复始"的命运?

---

[1] 转引自洛津斯卡娅:《席勒》,史瑞祥等译,上海:上海译文出版社,1992年,第202页。
[2] 关于席勒的"自由"命题,作者还会结合其他文本做进一步的详细探讨。

现代性的另类极端化

——海涅对莱辛的承继与歧途

一、海涅横空出世的时代语境与文化史背景

即便是在德国文学史上，我们也应当承认，海涅属于横空出世的类型。虽然此前已经有了莱辛，甚至有了歌德、席勒，浪漫思脉也出现了蒂克这样的了不起的"浪漫文学皇帝"，可海涅仍然属于横空出世。为什么这样说？因为，他不是以一种常态出现的。应该说，到了古典思脉的出现，魏玛古典时代的集大成，德国文学史已然到达了其巅峰状态。辉煌之后怎么办？这是一个值得追问的问题，即便我们将文学创作实绩不甚辉煌的浪漫思脉考虑在内，凸显蒂克的文学史意义，但德国文学史的灿烂时代还是基本戛然而止。可以说四代人—三条线，已经显示得很清晰了，即以莱辛（1730年前后生人）、歌德（1750年前后生人）、蒂克（1770年前后生人）、海涅（1790年前后生人）为标志性人物。

在狄尔泰那里，德意志精神运动是有一定的潮起潮落的，如果说1770—1830年是其运动空间的话，那么海涅就将其延续了一段时间。如果我们将这视作为一种精神运行的立体结构的话，那么也可以说这是经历过一重起承转合之后的"合"的过程，也就是启蒙—古典—浪漫三重主导性思脉各自占优之后，海涅也试图在"合"，所谓"背叛的浪漫派"（romantique défroqué）或许是一个最形象的比喻。[1] 而在我，则宁愿用"浪漫其表，启蒙其导"来

---

[1] Heinrich Heine: *Geständnisse*, in *Werke*, S. 5249 (Digitalen Bibliothek. vgl. Heine-WuB Bd. 7, S. 99). 海涅：《自白》（1854年），载张玉书选编：《海涅文集·小说戏剧杂文卷》，北京：人民文学出版社，2002年，第247页。

表述。这最合适不过地表现出从作为大时代过渡人物的一种两难困境，即既要勇敢地闯入新时代，又难以摆脱自己所肩负的沉重传统的付托。而限于海涅的知识域和思想力，他并没有能达到歌德的那种"合"的高度，故此并未进入中度思维的"古典思脉"，而是仍立定启蒙立场，以一种颇带极端的浪漫诗艺来述其理性之思。这一点，从其批判宗教、纵情诗歌、行为无忌等方面都可得到印证。可海涅自己却说："尽管我对浪漫派大举讨伐，赶尽杀绝，我依然是一个浪漫派，其程度超过我自己的预料。"此说若从艺术角度立论，或许可以取证[1]，但若就思想立场来说，则不然，海涅之所以讨伐浪漫派，就在于取启蒙立场，而在思想上难以相容。

海涅所成长的时代，乃是19世纪10—20年代间，这是德国在经历了民族苦难之后而欲凤凰涅槃的更生年代，歌德依然健在并笔耕不辍，但毕竟垂垂老矣。在拿破仑占领和经受革命洗礼之后的德意志，其所孕育的可能性是那样纷繁复杂而多元。那么，通过海涅的生平，我们可以清楚地看到，这个时代的知识精英，他们所承担和思考的东西。

因为稍后的下一代人，也就是俾斯麦（Otto von Bismarck，1815—1898）、马克思（Karl Marx，1818—1883）这代人，他们就更直接地介入了政治史的直接进程，并予历史以深刻的影响。应该承认，那是一个诗人凋零的时代，不是说德国文学就没有了自己的歌手与战士，而是再也没有了那样天才横溢与激情满怀的缪斯之子。相反，在现实社会与政治（也包括思想领域）场域，出现了俾斯麦、马克思这样极为杰出的精英人物。所谓天才总是成群结队地来，不仅如此，天才还会成群结队地淡逝于历史的帷幕。

譬如说在文学史上作为后继的"青年德意志"（das junge Deutschland）

---

[1] 他自己接着说："我把德国对浪漫派诗歌的思想给予致命的打击之后，无限的思念又悄悄潜入我自己的心里，使我对浪漫派梦幻国度里的蓝花充满了憧憬……"德文为："Trotz meiner exterminatorischen Feldzüge gegen die Romantik blieb ich doch selbst immer ein Romantiker, und ich war es in einem höhern Grade, als ich selbst ahnte. Nachdem ich dem Sinne für romantische Poesie in Deutschland die tödlichsten Schläge beigebracht, beschlich mich selbst wieder eine unendliche Sehnsucht nach der blauen Blume im Traumlande der Romantik…" Heinrich Heine: *Geständnisse*, in *Werke*, S. 5249 (Digitalen Bibliothek. vgl. Heine-WuB Bd. 7, S. 99). 海涅：《自白》（1854年），载张玉书选编：《海涅文集·小说戏剧杂文卷》，第247页。

就很不为史家所看好，勃兰兑斯很不客气地批评说："这个过渡在艺术上真是一落千丈，从大师们炉火纯青、字字珠玑的高度一下子跌落到新手的那种幼稚粗糙、废话连篇的地步。青年德意志的作家一直是停留在学步的阶段。"接着他借助海涅做比较："尤其是一想到海涅，你就会感到，从他过渡到他的模仿者，这简直就是从优雅神妙的大胆泼辣堕入到这样一种状态——愣头愣脑地对一切公认的传统和通常的道德进行挑战。"[1]但有趣正在这里，以古茨科（Karl Kutzkow，1811—1878）、劳伯（Heinrich Laube，1806—1884）、蒙特（Theodor Mundt，1808—1861）等为代表的青年德意志作家群并不以艺术造诣而见长[2]，却以把握时代精神和引领现实潮流为选择，他们更多的是"以笔为枪"，介入到与现实政治的博弈中去。事实上，青年德意志这个名号对有些作家而言"只是由于叛徒的告密和残暴的政府的禁令才被安上"[3]的。对现实政治的介入，尤其是与政府的对峙，成为这代诗人（广义概念）不得不面对和操持的基本立场。

如果说莱辛一代还只是更多地为争取自己作为一个独立诗人的生存权，歌德、席勒一代则与诸侯宫廷可能达成一种良性的循环关系（包括妥协与博弈），蒂克一代以一种貌似冲撞决绝的方式却最终达致一种妥协（施莱格尔获得了官方的职位，而蒂克甚至不愿意奉普王征召而为一种宫廷诗人的角色）；那么，到了海涅一代已经明显出现一种对抗的态势，这一点，在青年德意志作家群身上表现得就更为明显。这也和德国本身的政治发展有关，在经历过法国大革命的洗礼之后，德国以普鲁士为代表的各邦都在考虑实行变革以适应形势变化。作为新时代的歌者，诗人必须鸣奏出代表时代之声的黄钟大吕，然而这时代精神究竟是什么，又应当以一种怎样的曲调奏出，却不是一般人能够把握得好的。相比较青年德意志以一种激昂、反叛、战斗的姿态走入时代场域，海涅还是冷静的。他虽然改不了自己一贯的浪漫放歌、抒情天性，但在心灵深处，他有一种理性的思维在调控。

---

1 勃兰兑斯：《十九世纪文学主流》第六分册，高中甫译，北京：人民文学出版社，1997年，第253页。
2 关于三者生平，参见张威廉主编：《德语文学词典》，上海：上海辞书出版社，1991年，第158—159、151—152、154页。
3 勃兰兑斯：《十九世纪文学主流》第六分册，高中甫译，第255页。

说到海涅这代人，我们必须提到两位非常重要的诗人，伊默曼（Karl Leberecht Immermann，1796—1840）、普拉顿（August Graf von Platen，1796—1835）。[1] 他们彼此之间虽然互有冲突，但在思想本质上是相通的，即"浪漫其表，启蒙其导"[2]，构成了启蒙思脉文学在这代人中的一次勃兴。然而，也正是在这样一种勃兴之中，启蒙走向极端，在一种无可奈何的张力挣扎中走向最终的选择。历史予人的往往就是这样的无奈，它并不给你足够的时间、空间去面对、思考和判断，而是迫使你不得不匆促中就做出对重大问题的最终决断。造化弄人，一至于斯！

古典思脉固然是"昙花一现"的美丽，即便是浪漫思脉，也只是一曲颇为强劲的插曲而已，作为时代主音符的仍然是启蒙理性。由逻各斯而来的力量无比强大，这点从莱辛—海涅的轨迹已经表现得清楚无疑。此后的德国文学史，基本上就是沿着这样一个轨迹凯歌高奏，推出了冯塔纳（Theodor Fontane，1879—1898）、豪普特曼（Gerhart Hauptmann，1862—1946）等一大批杰出的作家，直到20世纪的曼氏兄弟等人，基本上还是这个路子。在另一个方向上，则要一直等到尼采的出现，才开始强烈震动，以"反现代"（实质是"反启蒙"）的方式奏出一曲狂飙突进式的凯歌，此后表现主义群体的出现也不妨做这条线索发展下去的解释。[3]

然而，对于海涅，我们怀有深切的同情，这不仅是说，他困苦艰难的

---

[1] 关于二者生平，参见张威廉主编：《德语文学词典》，第132、134页。

[2] 有论者这样评价说："伊默曼一方面是浪漫的、保守的，另一方面又是现实的、开放的，他推崇人的精神和理性，他倡导的普世教会其实就是神圣化了的现实世界。"谷裕：《隐匿的神学——启蒙前后的德语文学》，上海：华东师范大学出版社，2008年，第329页。其实这种表述典型地反映出伊默曼的矛盾，在"浪漫""启蒙"两种时代思潮主脉中的困惑、徘徊与寻路。在某种意义上，这种"二元性"特征不是伊默曼一个人特有的，优秀的时代人物如海涅、普拉顿等感受到这种困境的逼迫，并在思考与选择路将安出。

[3] 关于这个问题，参照一下法国语境的发展无疑是非常有趣和有益的比照。有论者明确提出"反现代派"（Les antimodernes）的概念，认为"反现代派这个修饰语形容一种反动，一种对现代主义、现代世界、崇拜进步、柏格森主义的抵抗，也是一种对实证主义的抵抗。它意味着怀疑、两重性、怀旧情绪，不仅仅是一种完全的抛弃"，甚至进一步认为"现代性中的反现代派传统如果不是一种古老的传统，至少与现代性同样古老。……实际上，历史地看，现代主义，或者真正的、配得上这个词的现代主义一直是反现代的，也就是说，具有两重性有自我意识，像经历着痛苦一样地经历着现代性"。安托瓦纳·贡巴尼翁：《反现代派——从约瑟夫·德·迈斯特到罗兰·巴特》，郭宏安译，北京：生活·读书·新知三联书店，2009年，第4、8页。

现代性的另类极端化

生命历程和为病所困的可悲晚年值得我们一洒同情之泪。我们更怜惜他的是，作为时代之子，他不得不承担时代分裂的痛苦，在启蒙、浪漫之间苦苦徘徊，寻路而不可得，终究不得不在一种自身精神困境乃至分裂的苦痛中终结自己的生命与思想。其以床为墓的岁月，固然是极可痛惜同情，但其精神之墓的高拱，也同样值得关注。歌德的那句名言，所谓"把'古典的'叫作'健康的'，把'浪漫的'叫作'病态的'"[1]，其实应当作正解，即除了位于中庸位置的古典属于健康的，启蒙的也是病态的。在那个时代，在那个以启蒙、理性、科学为归依的真理依据的时代，公众价值取向恐怕恰恰相反，浪漫的固然是病态，古典的恐怕也是病态。然而，现代性发展的轨迹和经验足以证明，一种过度的启蒙，显然是极为病态的。而海涅，正是德国启蒙由适度向过度发展的转折点。因为正是在19世纪中期之后，德国的大学、科学、工业，得以超常规地发展，并最终在政治、社会的全面强大和昌盛中反映出来。在歌德的时代，文学的启蒙思脉并未形成一种强大力量的集结，莱辛已然逝去，而海涅尚未崛起，故此他就只能将浪漫思脉作为自己的对手；然而，究其根本，歌德对这些概念也不是有很准确的定义的，他也只是想当然地认为"健康""新鲜""愉快""强壮""生命力"该是"古典的"核心要义。但事物是在变化之中的，没有真正一成不变的东西，有些表面看上去似乎很健康、强壮、新鲜的东西，很可能只是呈现出的一种表象甚至假象而已。譬如启蒙，在它最初出现时，以一种近乎绝对真理的姿态傲然登上思想殿堂的凌烟阁，并始终引领潮流。而同样，浪漫的东西看上去很虚弱、病态，但它却也同样可能发展成一种有特殊

---

[1] 1829年4月2日谈话，载爱克曼辑录：《歌德谈话录》，朱光潜译，北京：人民文学出版社，1978年，第188页。德文为："Von diesen kamen wir auf die neuesten französischen Dichter und auf die Bedeutung von classisch und romantisch. »Mir ist ein neuer Ausdruck eingefallen, « sagte Goethe, »der das Verhältniß nicht übel bezeichnet. Das Classische nenne ich das Gesunde, und das Romantische das Kranke. Und da sind die Nibelungen classisch wie der Homer, denn beide sind gesund und tüchtig. Das meiste Neuere ist nicht romantisch, weil es neu, sondern weil es schwach, kränklich und krank ist, und das Alte ist nicht classisch, weil es alt, sondern weil es stark, frisch, froh und gesund ist. Wenn wir nach solchen Qualitäten Classisches und Romantisches unterscheiden, so werden wir bald im reinen sein." Johann Peter Eckermann: *Gespräche mit Goethe–in den letzten Jahren seines Lebens* (《歌德谈话录——他生命中的最后几个年头》), Berlin und Weimar Aufbau-Verlag, 1982, S. 286.

功能的药剂，譬如对启蒙的极端病，浪漫就有明显的"制约功用"。所谓"以毒攻毒"，或许就是这样的道理。而且，古典的健康，也不可能就是孤立而存在，很多时候我们必须借助梅菲斯特才能更好地理解浮士德，同样所谓"借助钟馗而打鬼"，有同理之效。在一个二元对立的结构中，其实也不仅是"反现代派是现代派的反面、凸陷，它的不可缺少的皱襞，它的储备和它的源泉。没有反现代派，现代派就要走向灭亡，因为反现代派是现代派的自由，或现代派加上自由"[1]。我们一定要看到第三种存在可能，也就是中间道路的若隐若现的存在；而且在这个基本的二元结构中，虽然斗争或为主线，可也不仅是一种"以争为美"，反现代派的目的也不是"为反而反"，还是应将他们归入到更广阔的浪漫思脉中去，他们自有自己漫长的传统在。

这样德国文学史的三条主要路径，已然各自就位，即基本的元结构是"秘索思—逻各斯"对立而来的"浪漫情径—启蒙理性"，后来又逐渐开辟出中线的"古典图镜"，以歌德、席勒"古典图镜观"的形成为标志与大成。但海涅的出现，大异其趣，这尤其表现在人们初时恐怕很难确定他的归类。虽然说标签不过是后世人为了自己的需要，但加与不加，如何加法，又是大不一样。首先必须指出的是，海涅对莱辛有着非常明确的传统承继意识，并在三个方面确立了莱辛的德国文化史与思想史地位，一是肯定其作为现代德国文学的奠基者，认为"莱辛是文坛上的阿米尼乌斯，他把我们的戏剧从异族统治下解放出来"。更重要的是，"莱辛不仅通过批评文章，还通过自己的文艺创作成为现代德国独创文学的奠基人"[2]。

---

1 安托瓦纳·贡巴尼翁：《反现代派——从约瑟夫·德·迈斯特到罗兰·巴特》，郭宏安译，第523页。

2 德文为："Lessing war der literarische Arminius, der unser Theater von jener Fremdherrschaft befreite. Er zeigte uns die Nichtigkeit, die Lächerlichkeit, die Abgeschmacktheit jener Nachahmungen des französischen Theaters, das selbst wieder dem griechischen nachgeahmt schien. Aber nicht bloß durch seine Kritik, sondern auch durch seine eignen Kunstwerke ward er der Stifter der neuern deutschen Originalliteratur." Heinrich Heine: *Die romantische Schule*, in *Werke*, S. 2858-2859 (vgl. Heine-WuB Bd. 5, S. 25). 海涅：《论浪漫派（节录）》，载张玉书主编：《海涅名作欣赏》，北京：中国和平出版社，1996年，第312页。阿米尼乌斯（Arminius，前17—21），古代日耳曼民族英雄，曾于公元9年率军大败罗马统帅瓦路斯，使日耳曼从异族统治下获得解放。

二是充分肯定其人格价值及其在宗教、信仰和社会生活中的重要意义,认为"自路德之后,德国未曾产生过比莱辛更伟大、更卓越的人物"[1]。一方面,海涅对莱辛深抱"理解之同情",认为其"缺乏变石头为面包的法术,大半生都在穷苦困厄中度过",但即便深处困境,他仍"满腔热情地关注着精神的各种动向,生活的各个方面,毫无自私之心。艺术、神学、考古学、诗艺、剧评、历史,他样样钻研,总是抱着同样的热忱,遵循着同一个目的。在他所有的著作当中,都贯穿着同一个伟大的社会思想,同一个先进的人道精神,同一个理性宗教"[2]。这样一种艰难困厄,几乎所有的大人物都难免身入其境接受考验,诚如孟子所谓"天将降大任于斯人也,必先苦其心志,劳其筋骨……曾益其所不能"(《孟子·告子下》)。

三是揭示莱辛作为思想史人物对德国现实政治的有条件介入及其重要意义。所谓"莱辛在政治上也十分活跃,活跃得出人意表",更重要的是,"这个特点,他的同时代人无一具备。直到现在我们才意识到,他在《爱米丽亚·迦洛蒂》中描绘小国专制主义,其本意究竟何在"[3]。这一点非

---

1 德文为:"Aber seit Luther hat Deutschland keinen größeren und besseren Mann hervorgebracht als Gotthold Ephraim Lessing." Heinrich Heine: *Zur Geschichte der Religion und Philosophie in Deutschland*, in *Werke*, S. 3202-3203 (vgl. Heine-WuB Bd. 5, S. 250). 海涅:《论德国宗教和哲学的历史》,海安译,北京:商务印书馆,1974年,第91页。中译文略有变动。

2 德文为:"Alle Richtungen des Geistes, alle Seiten des Lebens verfolgte dieser Mann mit Enthusiasmus und Uneigennützigkeit. Kunst, Theologie, Altertumswissenschaft, Dichtkunst, Theaterkritik, Geschichte, alles trieb er mit demselben Eifer und zu demselben Zwecke. In allen seinen Werken lebt dieselbe große soziale Idee, dieselbe fortschreitende Humanität, dieselbe Vernunftreligion, deren Johannes er war und deren Messias wir noch erwarten. Diese Religion predigte er immer, aber leider oft ganz allein und in der Wüste. Und dann fehlte ihm auch die Kunst, den Stein in Brot zu verwandeln; er verbrachte den größten Teil seines Lebens in Armut und Drangsal; das ist ein Fluch, der fast auf allen großen Geistern der Deutschen lastet und vielleicht erst durch die politische Befreiung getilgt wird." Heinrich Heine: *Die romantische Schule*, in *Werke*, S. 2859 (vgl. Heine-WuB Bd. 5, S. 25). 海涅:《论浪漫派(节录)》,载张玉书主编:《海涅名作欣赏》,第312—313页。

3 德文为:"Mehr, als man ahnte, war Lessing auch politisch bewegt, eine Eigenschaft, die wir bei seinen Zeitgenossen gar nicht finden; wir merken jetzt erst, was er mit der Schilderung des Duodezdespotismus in »Emilia Galotti« gemeint hat." Heinrich Heine: *Die romantische Schule*, in *Werke*, S. 2859 (vgl. Heine-WuB Bd. 5, S. 25). 海涅:《论浪漫派(节录)》,载张玉书主编:《海涅名作欣赏》,第313页。

常重要，因为海涅基本上也是沿着这个方向走下去的，但是分寸与界限远过之。

应该说，海涅对莱辛的推崇是毫无保留的，因为这毕竟是他"在全部文学史中最热爱的一位作家"[1]。而他自己之所以如此彰显莱辛的地位，也未必没有自身建构的潜台词，我们注意到他在推崇路德和莱辛之外，强调的是"第三位伟人也将要到来"，而这"第三位解放者"，将会"完成路德开始、莱辛继承、德意志祖国非常需要的事业"。[2] 那么，我们自然就满怀好奇，这第三者究竟是谁呢？不能不承认，虽然他也满怀敬意地提起赫尔德[3]，但海涅恐怕更是对自己有所期许的，因为赫尔德早已是历史人物，第三位人物仅是"将要到来"而已。那么，我们要追问的是，海涅有没有成为路德—莱辛—海涅这个他潜意识拟想中"伟人链条"中的一环呢？

二、现代性极端化的海涅表征

虽然席勒已经明确意识到了现代性给人性所带来的断裂，强调说："给近代人造成这种创伤的正是文明本身。只要一方面由于经验的扩大和思维更确定因而必须更加精确地区分各种科学，另一方面由于国家这架钟表更为错综复杂因而必须更加严格地划分各种等级和职业，人的天性的内在联系就要被撕裂开来，一种破坏性的纷争就要分裂本来处于和谐状态的人的

---

[1] 德文为："aber ich kann nicht umhin, zu bemerken, daß er in der ganzen Literaturgeschichte derjenige Schriftsteller ist, den ich am meisten liebe." Heinrich Heine: *Die romantische Schule*, in *Werke*, S. 2860 (vgl. Heine-WuB Bd. 5, S. 26).

[2] 德文为："Ja, kommen wird auch der dritte Mann, der da vollbringt, was Luther begonnen, was Lessing fortgesetzt und dessen das deutsche Vaterland so sehr bedarf–der dritte Befreier!" Heinrich Heine: *Zur Geschichte der Religion und Philosophie in Deutschland*, in *Werke*, S. 3203 (vgl. Heine-WuB Bd. 5, S. 250). 海涅：《论德国宗教和哲学的历史》，海安译，第91页。

[3] 当然这是一个极为有趣的现象，因为赫尔德与莱辛，基本上就是应在一种二元对峙的模式中来看待的，作为浪漫思脉的重要开创者的赫尔德，与启蒙思脉重要代表的莱辛，各有其所据的立场和背景。但总体来说，二者有相通的一面，即相互尊重，而且都未走极端，并有向中线靠近的倾向。

各种力量。"[1]但他恐怕仍未能料到，就是在他身后不久，现代性就以一种暴风骤雨般的态势席卷了他的国家。作为一个后发国家，德国的现代化进程其实相当之迟缓，可拿破仑的大军铁蹄所到之处，一方面给德国带来了巨大的屈辱性刺激，一方面也给德国展开了新技术和工业发展的可能性。于是，19世纪初期的德国，以普鲁士为代表，坚定而顽强地踏上了一条追逐英、法的现代化之路。而随着工业资本的发展，现代性的利弊包括神力与魔力两方面也都同时展现开来。

而海涅这代人，或正可视作是当此现代性孕育诞生的过渡一代。因为，正如他的夫子自道："我是此派（指浪漫派，笔者注）最后的诗人：德国古老的诗派由我而终，同时现代德国新的诗派又自我而始。"[2]这正如中国文学史家之评价鲁迅，所谓旧文学的殿军、新文学的开山。那么，由此可见，海涅在德国文学史上确实是占据了一个极为重要的关键地位，这不是一般意义上说他是怎样伟大的诗人，或在诗歌谱曲的数量方面怎样超过歌德等等；而是强调，他在德国文学史整体脉络里的"承上启下"的枢纽位置。其实，不仅对于诗歌如此，在文学史整体框架中，他与蒂克一样都是具有这样重要意义的标志性人物。

可问题在于，如果我们仅仅从纯粹的文学史角度来看待海涅，也实在太低估了海涅，以及文学史所蕴含和承载的时代精神意义。因为，文学从

---

1 席勒：《审美教育书简》，载冯至：《冯至全集》第11卷，石家庄：河北教育出版社，1999年，第36—37页。这里的近代，亦可理解为现代。德文为："Die Kultur selbst war es, welche der neuern Menschheit diese Wunde schlug. Sobald auf der einen Seite die erweiterte Erfahrung und das bestimmtere Denken eine schärfere Scheidung der Wissenschaften, auf der andern das verwickeltere Uhrwerk der Staaten eine strengere Absonderung der Stände und Geschäfte notwendig machte, so zerriß auch der innere Bund der menschlichen Natur, und ein verderblicher Streit entzweite ihre harmonischen Kräfte." Friedrich von Schiller: *Über die ästhetische Erziehung des Menschen in einer Reihe von Briefen*, in *Werke*, S. 4012 (vgl. Schiller-SW Bd. 5, S. 583).

2 德文为："... und ich bin ihr letzter Dichter: mit mir ist die alte lyrische Schule der Deutschen geschlossen, während zugleich die neue Schule, die moderne deutsche Lyrik, von mir eröffnet ward." Heinrich Heine: *Geständnisse*, in *Werke*, S. 5249 (Digitalen Bibliothek. vgl. Heine-WuB Bd. 7, S. 99).此处为作者自译。中译文参见海涅：《自白》，载《卢苔齐娅——海涅散文随笔集》，张玉书译，北京：中国广播电视出版社，2000年，第321页。汉语学界一般将Lyrik译为抒情诗，但德文中Lyrik、Dramatik、Epik三个概念鼎足而立，译为诗歌、戏剧、叙事（文学）比较合适。承范大灿教授提示指点，特致谢意。而且，用抒情诗人来概括海涅显然也是不全面的。

来就不可能是孤立存在的形而上的精神贵族,虽然从表面看,它有其风花雪月、不近民众的一面,可从本质上,文学终究是最能代表和反映这时代精神的语言图镜。要言之,海涅就是现代性在德国的一种文化表征,而且是一种极端化的表征,因为现代性在德国的体现就不是以一种常规方式出现的。它突如其来,而且极为迅捷地捕捉到了德意志的精神。

海涅是怎样看待启蒙思脉最核心的概念"理性"(Vernunft)的?总体而言,他对"进步"这一理性的核心原则看上去似乎坚信不疑,但却是在一种非常悖论的表述中来理解这种理性思想的"要义"的:

> 并非万物皆神,却是神乃万物:神并非以同样的程度显示于万物之中,却是依照不同的程度显示于不同的事物之中。每一种事物身上都有一种冲动,以求达到更高度的神性;这是寓于自然界之中的伟大的进步法则。这条法则为圣·西门主义者最为深刻地揭示出来。认识了这条法则,如今泛神论这种世界观便绝不导向淡漠主义,而是导向最富牺牲精神的向前进取。[1]

启蒙本是以反神学而著称的[2],但有趣的是启蒙诸君似乎绝少有斩钉截铁地否定"神"或"上帝"的,而更多是将神性谱系纳入自己的叙说框架之中,譬如莱辛对神学就很有发明和见地,青年歌德等人采取泛神论的世界观等。海涅之承继莱辛以来的启蒙传统,同样也学习了这样一种策略,实际上我们更应关注到他曾经由犹太教受洗入基督教的经历,对于他来说,神应是一种相当抽象的概念。所以有论者进一步指出其对进步的信仰与悲

---

1 德文为:"Alles ist nicht Gott, sondern Gott ist alles; Gott manifestiert sich nicht in gleichem Maße in allen Dingen, er manifestiert sich vielmehr nach verschiedenen Graden in den verschiedenen Dingen, und jedes trägt in sich den Drang, einen höheren Grad der Göttlichkeit zu erlangen; und das ist das große Gesetz des Fortschrittes in der Natur. Die Erkenntnis dieses Gesetzes, das am tiefsinnigsten von den Saint-Simonisten offenbart worden, macht jetzt den Pantheismus zu einer Weltansicht, die durchaus nicht zum Indifferentismus führt, sondern zum aufopferungssüchtigsten Fortstreben." Heinrich Heine: *Die romantische Schule*, in *Werke*, S. 2896-2897(vgl. Heine-WuB Bd. 5, S. 49). 海涅:《论浪漫派》,载《卢苔齐娅——海涅散文随笔集》,第196页。

2 参考谷裕:《隐匿的神学——启蒙前后的德语文学》。

观情调又交相掺杂，展现出一种相当矛盾的心态，且贯穿其作品始终。[1]然而，这不仅是海涅个体的矛盾与困惑，而是时代精神在这个作为时代之子的天才诗人身上的表现。当初，席勒以其痛苦的忧患人生而敏锐地捕捉到了这种时代精神，歌德则以其从容淡定而预言了一种理想化的"世界文学"时代，实际上也是一种对时代精神的把握方式；黑格尔则怀抱着他的"世界精神"而展开精神世界的革命，其背后指向则寓意着政治世界的革命。可只有以一种生命的冲撞姿态生活在19世纪前期的德国人，才有可能感受到这样一种时代精神裂变、涅槃、重生之苦，当此时代精神所化之人、之子，其受苦之痛，又怎能不借助外在的诗文形式表现出来？

随着19世纪30年代歌德的去世，古典思脉已然发生了断裂性危机；而随着19世纪50年代德国文学中蒂克、海涅的相继辞世（1853、1856），则浪漫、启蒙两大思脉也倒塌了最具代表性的大家。这样，就出现了一个文学史上的相对寂寞的时代，没有大家（大诗人、大师、大哲）的时代，或许并不让世人寂寞，但确实是让精英悲哀的时代。而其时的德国文学，因为大师远去的缘故，显得相当寥落和平和。也就是说在19世纪50到60年代期间，德国文学史基本处于一个"真空时代"。而恰恰这个时代，又是德国政治史上动荡频仍、酝酿未来的重要时期，因为1848年欧洲革命以来的形势就是如此。而至1871年俾斯麦完成德意志统一事业之后，则启蒙思脉得到进一层的发展，德国文学进入了一种转向现实主义的时期。那么，缺席大家的德国文学，是怎样来反映和记录19世纪50到60年代德意志的风起云涌的呢？这样一种断裂，又是在怎样的意义上得以逐步恢复的呢？譬如日后启蒙思脉、现实文学的代表人物冯塔纳出现于文坛并崭露头角，是要在19世纪70年代后期了，即便以其出版第一部长篇小说为标志，那也是其年近花甲的1878年了。作为一个长篇小说大家，冯塔纳以其丰硕而优质的创作而奠定了他作为现实主义大师的地位。但幸则在于，相比较冯塔纳的"大器晚成"，拉贝（Wilhelm Raabe, 1831—1910）则"少年成名"，他在

---

[1] Yu Yang: „Der Traum der Vernunft erzeugt Ungeheuer: Versuch eines Vergleichs – Die Rolle der Vernunft in Heineschen und Grass'schen Werken" (《理性之梦造出的巨兽：海涅与格拉斯著作中理性角色的比较》), in Zhang Yushu (hrsg.): *Heine gehört auch uns* (《海涅也属于我们》), Beijing:Verlag der Peking-Universität, 1998, S. 346.

26岁的时候，也就是1857年即出版了《雀巷春秋》。这样德国文学史的启蒙路径，就得到了一个虽然不是始终"星光灿烂"，但却是轨迹清晰的承继脉络。但我们必须意识到的是，拉贝与冯塔纳虽然都堪称是启蒙思脉的延续和代表，但彼此间又是有所异趣的。

而在浪漫思脉，则似其传统就不以鸿篇巨制见长。这一点，尤其表现在诺芺乐（Novelle，中短篇小说）这一体裁的崛起上。[1] 以施托姆、海泽等人为代表，他们采取的这种文学形式，充分承载了浪漫思脉的述思要求。在施托姆看来，作为文学形式的诺芺乐不仅能表现最重要的内容，而且能够创造出文学的最高成就。[2]

与宫廷的关系，是诗人代际变化的重要特征。如果说歌德、席勒是一种相对妥协的方式完成了从青春冲撞到社会适应的转变；那么，包括洪堡兄弟、蒂克等人，他们都与普鲁士宫廷保持一种良好的关系。可到了海涅这代人就变成了一种对抗，到了青年德意志则更变成一种近乎"你死我活"的斗争。最后的对抗似乎可以将1848年革命当作某种象征，这场席卷欧洲的革命也波及了德国，并在普鲁士等邦以颇激烈的形式表现出来。

现代性由启蒙颠覆神权开始，在世俗层面也很快演化到政治社会领域，王权受到极大挑战；在物质生活层面，则表现为"身体病"，譬如海涅的身体同样也作为印证。拉萨尔在1855年7月28日致马克思函中写道："海涅，我刚去见过他，极其糟糕。但是，他的思想清晰而敏锐，同以前一样。只是我觉得，有些愤世嫉俗。"[3] 我们都知道，海涅晚年之所以悲惨，或与其"眠花宿柳"不无关系。从物质层面看，这也正是现代性问题推向极致的一种体现。在思想层面，则是向现实政治方面的剧烈转向。海涅与马克思等共产主义者的交谊或许可被视为某种象征。当作为政治诗人的海涅激烈地"以笔为剑"，慷慨激昂地宣告"我是剑，我是火焰"（Ich bin das Schwert,

---

[1] 诺芺乐的中文译名由作者杜撰，目的主要在于更清楚地彰显德语文学体裁本身的特性。关于这一概念在中、德语境里的迥然不同，参见范大灿主编：《德国文学史》第3卷，南京：译林出版社，2008年，第469—470页。

[2] 施托姆1881年语，转引自范大灿主编：《德国文学史》第3卷，第471页。

[3] Michael Werner (hrsg.): *Begegnungen mit Heinrich Heine*（《遭遇海涅》）, Band 2, Hamburg, 1973, S. 396. 转引自弗里茨·约·拉达茨：《海因里希·海涅传》，胡其鼎译，北京：东方出版社，2001年，第294页。

ich bin die Flamme）[1]，做战士般的斗争时，他其实已不可避免地走向政治立场的选择，偏向共产主义的"左倾"几乎就是不可逆转的方向。由此，我们会发现一个非常有趣的现象，就是思想—政治的场域之间不但不是道如鸿沟，而且是关联密切。

海涅不但以笔为剑，驰骋纵横，而且表现出作为政治思想家的高度。对于海涅的这种思想和政治的敏锐性和预见性，恩格斯给予了高度评价："正象在十八世纪的法国一样，在十九世纪的德国，哲学革命也做了政治变革的前导。……黑格尔的体系，甚至在某种程度上已经被推崇为普鲁士王国的国家哲学！在这些教授后面，在他们的迂腐晦涩的言词后面，在他们的笨拙枯燥的语句里面竟能隐藏着革命吗？……但是不论政府或自由派都没有看到的东西，至少有一个人在1833年已经看到了，这个人就是亨利希·海涅。"[2]确实如此，海涅毕竟是黑格尔弟子，在老师的耳提面命之下，他早就深刻意识到黑格尔哲学所蕴含的强大的革命和摧毁性力量。[3]

实际上，对于启蒙思脉的发展来说，"左倾策略"是对的，但海涅的遗憾在于，他既未意识到歌德、席勒所开辟的古典思脉的重要价值，同时也没有能够体会莱辛所开辟的启蒙思脉的核心要义的思维原则，只是祭起战斗的大旗，再凭借自己的聪明才智和不世才华，虽然能冠绝一时，但终究不能完成他所提出的"解放者"的命题。是的，德意志民族需要这样的文人战士，当路德—莱辛结构已然确立时，德国就一直在期望着第三者的出现。这样一种在左翼政治层面有待实现的理想，不是歌德、席勒等古典思脉，也不是蒂克—施莱格尔等所应该和所能胜任的任务。文化史人物的相对缺席，造成了政治史人物的独力奋战，马克思、俾斯麦等人在文化与思想资源方面，不能不说在先天上就是有缺陷的。作为天才人物的海涅尚且

---

1 Heinrich Heine: *Nachlese*, in *Werke*, S. 1151 (vgl. Heine-WuB Bd. 2, S. 49).冯至：《颂歌》，载张玉书主编：《海涅名作欣赏》，第237页。

2 恩格斯：《路德维希·费尔巴哈和德国古典哲学的终结》，载马克思、恩格斯：《马克思恩格斯选集》第4卷，北京：人民出版社，1972年，第210—211页。

3 海涅自己这样记述道："当我对于'凡是存在的都是合理的'那句话表示不满时，他（指黑格尔，笔者注）奇异地微笑，并解释说，这也可以说成是'凡是合理的都必须存在'。"《关于德国的通信》，转引自冯至：《〈德国，一个冬天的童话〉译者前言》，载《冯至全集》第9卷，石家庄：河北教育出版社，1999年，第240页。

如此，余人则等而下之不问可知了。德国文学史的天才时代随着海涅（稍前有蒂克）的辞世而终告谢幕，其实这早在1830年前后黑格尔、歌德相继西去而注定。

然而，启蒙理性却以一种加速度在快车道上一往直前，表现在文学史上，则从现实主义文学到自然主义文学，都是最佳例证。或许，我们不能说，启蒙就是一个理想无存的时代，但它确实是与传统太过背离的一种略带极端性的策略可能。或许，每一种路径都有它自圆其说的道理，甚至也可编织出坚固无比的体系，但我们仍必须在一种整体观的背景下冷静判别和归类基本思潮。

或许，诚如海涅自己所意识到的那样："每个时代都有自己的任务，解决了这个任务人类就前进了一步。"[1] 谁都不可能超越他自己的时代，海涅也一样如此。既然德国的历史进程在这个阶段中就是需要这样一种"时代分裂"的精神之变，那么，海涅之倾向政治也就是一件无可奈何的选择，或者说，这是时代赋予海涅的使命，所以这位天才诗人会有这样一段夫子自道：

> 不论我如何热爱诗歌，它对我来说始终只是一个神圣的玩具，或者是为了达到崇高目的的神圣手段。我从来也不过于重视诗人的荣誉，人们对我的诗歌究竟是褒是贬，我都不在乎。但是请你们在我的棺材上放一把宝剑，因为我曾是人类解放战争中的一名勇敢的战士。[2]

在这里诗人表现出一种极为重要的价值转变，就是"以笔为剑"。这与歌

---

1 德文为："Jede Zeit hat ihre Aufgabe, und durch die Lösung derselben rückt die Menschheit weiter." Heinrich Heine: *Reisebilder. Dritter Teil*, in *Werke*, S. 2210 (vgl. Heine-WuB Bd. 3, S. 259). 海涅：《慕尼黑到热那亚旅行记》，载《卢苔齐娅——海涅散文随笔集》，张玉书译，第129页。

2 德文为："Die Poesie, wie sehr ich sie auch liebte, war mir immer nur heiliges Spielzeug oder geweihtes Mittel für himmlische Zwecke. Ich habe nie großen Wert gelegt auf Dichterruhm, und ob man meine Lieder preiset oder tadelt, es kümmert mich wenig. Aber ein Schwert sollt ihr mir auf den Sarg legen; denn ich war ein braver Soldat im Befreiungskriege der Menschheit." Heinrich Heine: *Reisebilder. Dritter Teil*, in *Werke*, S. 2220 (vgl. Heine-WuB Bd. 3, S. 265). 海涅：《慕尼黑到热那亚旅行记》，载《卢苔齐娅——海涅散文随笔集》，张玉书译，第135页。

德、席勒的艺术家本位相去甚远，虽然在海涅心目中席勒就如同波沙那样是一个"战士"，但这只是席勒的一种面相。[1]从根本上来说，席勒还是艺术家，譬如他对这一角色做出的要求就很严格："既摆脱了那种乐于在转瞬即逝的瞬间留下自己痕迹的虚夸的'经营'，也摆脱了那种急不可待地要把绝对的尺度运用到贫乏的时代产物上面的热狂，他把现实的领域交给以此为家的知性，但是，他也努力从可能与必然的联系中创造理想。他的这种理想，是用'幻觉'和真理塑造的，是用他想像力的游戏和他事业的严肃铸造的，是用一切感官的和精神的形式刻画出来的，并且不声不响地把它投入无限的时间之中。"可是问题在于，"并不是每个在灵魂中有这种炽热理想的人，都有创造的冷静和伟大的耐心，把这种埋想刻入无言之石或灌注成质朴的文字，交托给时代的忠实之士"[2]。要知道，席勒即便是在国家民族危急之刻也会"拔剑出鞘""投笔从戎"，但那是事发应急中的不得已而为之，就本质而言，他仍是一个"以诗为择"的艺术家。可海涅面临的语境截然不同，他要面对的敌人不是外来异族，而是本国统治者。这是一场理念的战争，而非国族的战争。他给自己的定位是"勇战士"，而席勒、歌德则是"艺术家"。这一"艺术家—勇战士"的基本分野，可以揭示德国文学史的重要转折。

---

1 德文为："er selber ist jener Marquis Posa, der zugleich Prophet und Soldat ist, der auch für das kämpft, was er prophezeit, und unter dem spanischen Mantel das schönste Herz trägt, das jemals in Deutschland geliebt und gelitten hat." Heinrich Heine: *Die romantische Schule*, in *Werke*, S. 2895 (vgl. Heine-WuB Bd. 5, S. 48).

2 德文为："Gleich frei von der eiteln Geschäftigkeit, die in den flüchtigen Augenblick gern ihre Spur drücken möchte, und von dem ungeduldigen Schwärmergeist, der auf die dürftige Geburt der Zeit den Maßstab des Unbedingten anwendet, überlasse er dem Verstande, der hier einheimisch ist, die Sphäre des Wirklichen,. Er aber sterbe, aus dem Bunde des Möglichen mit dem Notwendigenn das Ideal zu erzeugen. Dieses präge er aus in Täuschung und Wahrheit, präge es in die Spiele seiner Einbildungskraft und in den Ernst seiner Taten, präge es aus in allen sinnlichen und geistigen Formen und werfe es schweigend in die unendliche Zeit." "Aber nicht jedem, dem dieses Ideal in der Seele glüht, wurde die schöpferische Ruhe und der große geduldige Sinn verliehen, es in den verschwiegnen Stein einzudrücken oder in das nüchterne Wort auszugießen und den treuen Händen der Zeit zu vertrauen." "Über die Ästhetische Erziehung des Menschen in einer Reihe von Briefen", in Friedrich von Schiller: *Gesammelte Werke* (《席勒全集》), Band 8, Berlin: Aufbau-Verlag, 1955, S. 423-424. 席勒：《审美教育书简》，载冯至：《冯至全集》第11卷，第55页。

歌德其实明确地表过态度："一个诗人如果想要搞政治活动，他就必须加入一个政党；一旦加入政党，他就失其为诗人了，就必须同他的自由精神和公正见解告别，把偏狭和盲目仇恨这顶帽子拉下来蒙住耳朵了。"[1] 如此立论，并非不重视政治，实际上，具有长期行政官经验的歌德，特别强调政治的独立性和重要性："我把一切马虎敷衍的作风，特别是政治方面的，当作罪孽来痛恨，因为政治方面的马虎敷衍会造成千百万人的灾难。"[2] 但之所以主张政治与诗人分道而行，乃是主张职责归类，作为艺术家的诗人也有自己的艺术伦理需要遵循："一个诗人只要能毕生和有害的偏见进行斗争，排斥狭隘观点，启发人民的心智，使他们有纯洁的鉴赏力和高尚的思想情感，此外他还能做出什么更好的事吗？"[3] 可见，歌德虽然并非"就诗论诗"，但诗之独立于政治是毋庸置疑的。如此可以见出作为艺术家的诗人，其对事物的判断有其独立的价值标准。海涅所行进的路径，虽然不无其勇敢和高尚的一面，但就诗思独立的层面来看，这无疑是一种倒退，他没有意识到歌德、席勒所揭示和确立的"艺术家"诗人地位在社会历史进程中的重要意义。诚如席勒所描绘的，诗思神圣，诗人圣洁，艺术家有着极为崇高的地位，这是任何政治性力量所不应控制甚至挟制的：

---

1 德文为："Sowie ein Dichter politisch wirken will, muß er sich einer Partei hingeben, und sowie er dieses tut, ist er als Poet verloren; er muß seinem freien Geiste, seinem unbefangenen Überblick Lebewohl sagen und dagegen die Kappe der Bornirtheit und des blinden Hasses über die Ohren ziehen." Johann Peter Eckermann: *Gespräche mit Goethe-in den letzten Jahren seines Lebens*（《歌德谈话录——他生命中的最后几个年头》），S. 439. 爱克曼辑录：《歌德谈话录》，朱光潜译，第259页。

2 德文为："Ich hasse alle Pfuscherei wie die Sünde, besonders aber die Pfuscherei in Staatsangelegenheiten, woraus für Tausende und Millionen nichts als Unheil hervorgeht." Johann Peter Eckermann: *Gespräche mit Goethe-in den letzten Jahren seines Lebens*（《歌德谈话录——他生命中的最后几个年头》），S. 440. 爱克曼辑录：《歌德谈话录》，朱光潜译，第259页。

3 德文为："Wenn ein Dichter lebenslänglich bemüht war, schädliche Vorurtheile zu bekämpfen, engherzige Ansichten zu beseitigen, den Geist seines Volkes aufzuklären, dessen Geschmack zu reinigen und dessen Gesinnungs- und Denkweise zu veredeln: was soll er denn da Besseres thun?" Johann Peter Eckermann: *Gespräche mit Goethe-in den letzten Jahren seines Lebens*（《歌德谈话录——他生命中的最后几个年头》），S. 439-440. 爱克曼辑录：《歌德谈话录》，朱光潜译，第259页。

现代性的另类极端化

幸运儿，从万千人中脱颖而出
美神只将最纯者挑选，
为了美的事业而结集，
你们心中仿佛有神圣的卫冕，
你们口里仿佛有无边的威力，
你们将美的圣火熊熊燃烧，
你们让它永放光明、璀璨照耀。
美神如此坦荡磊落地在明处现身，
由此催生出你们联盟的柔性坚韧。
你们欢乐，你们于此而荣耀
之上还有，规训凛然而崇高：
你们立于初级的台阶，
引领人类向那崇高的精神世界。

Glückselige, die sie–aus Millionen
Die reinsten–ihrem Dienst geweiht.
In deren Brust sie würdigte zu thronen,
Durch deren Mund die Mächtige gebeut,
Die sie auf ewig flammenden Altären
Erkor, das heil'ge Feuer ihr zu nähren,
Vor deren Aug allein sie hüllenlos erscheint,
Die sie in sanftem Bund um sich vereint!
Freut euch der ehrenvollen Stufe,
Worauf die hohe Ordnung euch gestellt.
In die erhabne Geisterwelt
Wart ihr der Menschheit erste Stufe.[1]

---

1 Friedrich von Schiller: *Gesammelte Werke* (《席勒选集》), Geneva: Eurobuch, 1998, S. 463. 此处中文为作者自译，另参见席勒：《艺术家们》（1789年），载《秀美与尊严——席勒艺术和美学文集》，张玉能译，北京：文化艺术出版社，1996年，第367—368页。

59

海涅是一个诗人，也是德国文学史链条上伟大的诗人之一，可是即使这样伟大的诗人，也逃不过现代性的启蒙极端诱惑。或许，我们可以借来恩格斯评价歌德的那段著名话语照样画葫芦："海涅有时非常天才，有时过于极端；有时是才华横溢、智慧无比、傲视世界的天才，有时则是冲撞鲁莽、南辕北辙、徒逞意气的庸人。连海涅也无力战胜现代性的极端化；相反，倒是极端化战胜了他；极端化对最伟大的德国人（之一）所取得的这个胜利，充分地证明了'从内部'战胜极端化是根本不可能的。"[1] 我想，对我们理解作为完整概念的现代性来说，提出"现代性的极端化"这个概念是非常重要的。现代性本身并不错，作为其形态表现的启蒙理性似乎也并非先天有罪。但"极端化"就是大罪，它使得人类通向一条无法救赎、走向终结的"不归路"。

就一时的局势来看，海涅其实表现出了一种高超勇毅的精神，因为他正是在与现实政权，尤其是地上权力的角逐拼搏中来确立自己的诗艺和声名的。可他没有意识到的是，无论是对抗还是归顺，只要身陷其局，实际上就已难免使诗与政治挂钩。入局本身就是一种开端，它将诗人引向一种可能的不归路。日后海涅的"身心双衰"，似乎也从此注定了命运。

而在海涅之后，德国天才诗人的时代就消逝了，就再也没有产生过那些能够激动人心的诗之天才。即便是20世纪最伟大的诗人黑塞，他也仅是在

---

[1] 德文为："Es sind häufiger verschiedene Stimmungen, in denen er sich befindet; es ist ein fortwährender Kampf in ihm zwischen dem genialen Dichter, den die Misère seiner Umgebung anekelt, und dem behutsamen Frankfurter Ratsherrnkind, resp. Weimarschen Geheimrat, der sich genötigt sieht, Waffenstillstand mit ihr zu schließen und sich an sie zu gewöhnen. So ist Goethe bald kolossal, bald kleinlich; bald trotziges, spottendes, weltverachtendes Genie, bald rücksichtsvoller, genügsamer, enger Philister. Auch Goethe war nicht imstande, die deutsche Misère zu besiegen; im Gegenteil, sie besiegte ihn, und dieser Sieg der Misère über den größten Deutschen ist der beste Beweis dafür, daß sie »von innen heraus« gar nicht zu überwinden ist." Engels: *Deutscher Sozialismus in Versen und Prosa*, in Marx/Engels: *Ausgewählte Werke*, S. 10935 (vgl. MEW Bd. 4, S. 232). "歌德有时非常伟大，有时极为渺小；有时是叛逆的、爱嘲笑的、鄙视世界的天才，有时则是谨小慎微、事事知足、胸襟狭隘的庸人。连歌德也无力战胜德国的鄙俗气；相反，倒是鄙俗气战胜了他；鄙俗气对最伟大的德国人所取得的这个胜利，充分地证明了'从内部'战胜鄙俗气是根本不可能的。"恩格斯：《卡尔·格吕恩〈从人的观点论歌德〉》（出自《诗歌和散文中的德国社会主义（1846年底—1847年初）》），载马克思、恩格斯：《马克思恩格斯论文学与艺术》上册，北京：人民文学出版社，1982年，第494页。

整体建构方面努力显出成熟的艺术家风采，缺乏天才；他可以在知识域上不断扩张，在致思上努力探索，但就天才横溢的不可复制性而言，德国再也没有回到过"德意志精神运动"的群星灿烂的时代。反而是那些以后现代的名义、反启蒙的名义来对抗现代性、启蒙的那条路径的人物风起云涌，此起彼伏，可尽管如此，仍无法与那个激动人心的天才时代相比拟。尼采的少数作品宛如天籁，但绝不能算是天才诗人。至于格奥尔格（Stefan Anton George，1868—1933）、里尔克（Rainer Maria Rilker，1875—1926）、特拉克尔（Georg Trakl，1887—1914）（奥国）……每一个都是具有巨大含金量的名字，但终究是不一样的。或许这就是时代车轮滚滚向前的无奈与悲哀，进入20世纪下半期后，更因世界学术思想场域的重要迁变，从此对美国亦步亦趋，再呈现让世人众所瞩目的"天才时代"恐怕真的是可遇不可求了。

因为启蒙从海涅开始走向极端，不仅是在文化史（思想史）层面掀起了惊涛波澜，而且进一步推动了社会史（政治史）层面的剧烈变革。马克思、俾斯麦是两条线索，但他们都是由逻各斯路径而来。马克思的影响远远超越了国界，列宁、斯大林由此思想基础所创建的"苏维埃政权模式"开辟出人类史上的一种范型，这当然不能完全归之于马克思；俾斯麦的路径直接下延到希特勒，开创出"纳粹主义"的极权模式。

三、德国文学史启蒙思脉路径的确立

然而，也正是海涅，将文学史的启蒙思脉推到了一个极端，这就必然在客观上要求一种反拨。而从莱辛以来，这一脉络一直是相当萎靡不振的，相比较古典思脉经由歌德、席勒之大放光芒，浪漫思脉由蒂克、施莱格尔而绽放异彩，那么，虽然尼柯莱等人在文化史领域地位独特，可就文学创作的实绩而言，尚无人可望莱辛项背，更不必说与歌德、蒂克这样的大人物争锋了。然而，海涅的出现改变了这种情况，虽然就文学的支柱项目如小说、戏剧来说，海涅贡献有限，但他毕竟在诗歌领域冠绝一时，而所开辟的散文风景（尤其是游记）则"前乏古人"。此后以拉贝、冯塔纳为代表的启蒙思脉，则进行着一种近乎对抗式的立场尝试，也就是很自然的事情了。所以，现实主义文学的确立其实是启蒙要求在19世纪后期的必然要求和结果。随着政治进程与社会变革的要求，这种不断轮回的状况还会发生，所谓"反者道之动，弱者道之用"（《老子·四十章》）说的就是这个道理。[1]而启蒙—古典—浪漫—启蒙的思想史主线的不断转向，或许就说明了这个道理。但万变不离其宗，就如同即便到了当代，无论是哲人哈贝马斯，还是诗人格拉斯（Günter Grass，1927—2015）不约而同都强调对启蒙路径的坚守一样。这是大势所趋，凡有通识和求真之心的智者都可以意识到。从这个意义上来说，由莱辛—海涅的启蒙路径的理出，对于理解德国文学史具有相当重要的作用，它毕竟是一个基本的和反映某种规律性的线路。

虽然我们一再凸显作为现代性极端表现的海涅，但我们必须承认的是，海涅毕竟还是有其独立的思想立场的，所以他会在相当限度之内表示对共产主义的质疑和忧虑：

> 想到那些阴暗的破坏图像者们上台掌权之时，我心里只是怀着畏惧和恐怖：那时他们会用粗野的拳头杂碎我心爱的艺术世界里所有的大理石雕像，摧毁诗人如此钟爱的一切光怪陆离的琐碎玩意，砍到我的月桂树林，在那里种上土豆；百合花，既不纺纱，又不劳动，却穿着华裳丽服犹如所罗门王，她们若不愿拿起纺锤纺纱，就会从社会的土壤里连根拔掉；夜莺的慵懒成性的新娘玫瑰，遭遇也不会更好，而那些百无一用的歌手夜莺，将被赶走，唉，我的《诗歌集》将被小贩们用来做成纸兜，为未来的老太婆们装咖啡或者鼻烟。——唉，这一切我现在都已预见到，一想到我的诗歌和整个旧世界秩序受到共产主义的威胁，将面临沉沦，一种不可言状的忧郁攫住了我的心灵——尽管如此，我坦率承认，共产主义对我的心灵具有一种魔力，一种难以抗拒的魔力。[2]

---

[1] 有论者这样阐释老子的思路："当事物发展到极点，它不可避免地会向相反的方向转化，而转化到相反的方面以后，还要再向相反的方向转化，以便回到原初的状态。"张岂之：《中华人文精神》，西安：西北大学出版社，1997年，第29页。

[2] 德文为："In der Tat, nur mit Grauen und Schrecken denke ich an die Zeit, wo jene dunklen（转下页）

现代性的另类极端化

在这段表述中，海涅所自承的对共产主义的悖论态度，非常真实而准确地反映了那个思想剧变期的大时代精神特征。诚如他所描绘的席勒那样[1]，我们也可以这样来描绘海涅："时代精神如此灵敏地捕捉到了海因里希·海涅。他与之抗争，但终究为之所慑服，并自愿入其麾下共同战斗。他甚至擎住了时代精神的旗帜，这面旗帜，曾鼓舞着莱茵河彼岸的人们奋斗不息，也激励着我们时刻可为之殒身不恤。"然而，海涅的不幸在于，他与席勒所处的时代不同，时代精神承载着高速列车飞奔而来，启蒙思脉以一种决绝的姿态要走向极端的尝试。身当大时代转型的大厦将倾、巨屋营造之际，绝不仅是摧毁一个"精神上的巴士底狱"就了得的。即便是天才诗思的海涅，也无法以一种走向和谐的态度来从容承受消化之，故而不得不与此时代精神同当"飞速奔驰"之苦与乐、痛与欢、悲与歌，如此海涅也就注定了其寂寞的命运，注定了其悲惨的结局。然而，这样一种注定究竟是"前

（接上页）Ikonoklasten zur Herrschaft gelangen werden: mit ihren rohen Fäusten zerschlagen sie alsdann alle Marmorbilder meiner geliebten Kunstwelt, sie zertrümmern alle jene phantastischen Schnurrpfeifereien, die dem Poeten so lieb waren; sie hacken mir meine Lorbeerwälder um, und pflanzen darauf Kartoffeln; die Lilien, welche nicht spannen und arbeiteten, und doch so schön gekleidet waren wie König Salomon, werden ausgerauft aus dem Boden der Gesellschaft, wenn sie nicht etwa zur Spindel greifen wollen; den Rosen, den müßigen Nachtigallbräuten, geht es nicht besser; die Nachtigallen, die unnützen Sänger, werden fortgejagt, und ach! mein »Buch der Lieder« wird der Krautkrämer zu Tüten verwenden, um Kaffee oder Schnupftabak darin zu schütten für die alten Weiber der Zukunft−Ach! das sehe ich alles voraus, und eine unsägliche Betrübnis ergreift mich, wenn ich an den Untergang denke, womit meine Gedichte und die ganze alte Weltordnung von dem Kommunismus bedroht ist−Und dennoch, ich gestehe es freimütig, übt derselbe [- so feindlich er allen meinen Interessen und Neigungen ist -] auf mein Gemüt einen Zauber, dessen ich mich nicht erwehren kann …" Heinrich Heine: *Lutetia*, in *Werke*, S. 3961-3962 (vgl. Heine-WuB Bd. 5, S. 232). 海涅：《卢苔齐娅——关于政治、艺术与人民生活的报道》，载《卢苔齐娅——海涅散文随笔集》，张玉书译，第388页。

1 "时代精神如此灵敏地捕捉到了弗里德里希·席勒。他与之抗争，但终究为之所慑服，并自愿入其麾下共同战斗。他甚至擎住了时代精神的旗帜，这面旗帜，曾鼓舞着莱茵河彼岸的人们奋斗不息，也激励着我们时刻可为之殒身不恤。"德文为："Ihn, den Friedrich Schiller, erfaßte lebendig der Geist seiner Zeit, er rang mit ihm, er ward von ihm bezwungen, er folgte ihm zum Kampfe, er trug sein Banner, und es war dasselbe Banner, worunter man auch jenseits des Rheines so enthusiastisch stritt, und wofür wir noch immer bereit sind, unser bestes Blut zu vergießen." "Die Romantische Schule", in Nationales Forschungs- und Gedenkstätten der klassischen deutschen Literatur in Weimar (hrsg.): *Heines Werke in Fünf Bänden* (《五卷本海涅著作集》), Band 4, Berlin und Weimar Aufbau-Verlag, 1978, S. 227. 此处中文为作者自译。

63

世缘定",抑或是"后身获致",都是说不太清的。若想理解海涅在德国文化史转型中的悲剧与枢纽地位,我们必须回到思想史语境和背景中去探索。

我们必须理解,德国思想史上的浪漫、古典、启蒙各种路径,并非"先天石猴",可以一蹦而出的。在西方思想史上原有极为清晰的"秘索思—逻各斯"二元对立结构[1],有论者更指出:

> 人类哲学思想从它开始产生的第一天起,就在自身之内包含着一个深刻的矛盾:它来自于经验,但又是超越经验的结果;它是理性思维、范畴和概念的运动,但又只有经验才能推动它。理性和感性这一矛盾,作为思维和存在的矛盾在认识论方面的一个表现,自然就形成人类哲学思想发展的内在动力之一。[2]

"感性—理性"可以列为一对二元结构,但"感性"和"经验"似还不可完全相提并论。因为"经验"已经是一种经过人类理性部分思考总结后提出的一种"形而上"的东西,而非完全地出自最初的感觉。所以"经验主义"和"理性主义"的二元对立,实际上应在"逻各斯"的框架中来思考。就是说,经验主义应被理解作部分理性或初步理性的结果,而理性主义则是完全建立在人的理性、逻辑推论之上的思维方式。就逻各斯这条线索来看,理性主义有可能导致完全的极端化的理性逻辑。具体到德国的启蒙思脉,发展到海涅就是有极端理性化的危险,所以表现在海涅身上就是一种"非常态"现象。

启蒙思脉在哲学史层面由康德—费希特—黑格尔,表现出一种非常强势的体系建构和理性诉求,而且基本规定了日后西方思想史的轨辙,即便今日各种"后新思潮"涌起,但均斩不断与德国古典哲学的千丝万缕瓜葛;在文学史层面,则由莱辛—海涅,基本建构起一条若隐若现的启蒙思脉线索。而更重要的是,这种思脉不是孤立地存在于哲学、文学或政治等某个具体领

---

[1] 关于"秘索思—逻各斯"概念模式的提出(所谓"M-L"模式),参见陈中梅:《柏拉图诗学和艺术思想研究》,北京:商务印书馆,1999年。
[2] 陈修斋主编:《欧洲哲学史上的经验主义和理性主义》,北京:人民出版社,1986年,第30—31页。

域，而是相互关联，牵一发而动全身的。如果说海涅还只是一种文学领域的思想极端化，那么到了马克思则将这种极端进一步推向政治思想史领域，而海涅与马克思、恩格斯在思想上是代际迁变（海涅长一辈）与领域互动的关系。现代性恰恰是在德国表现出了它的特殊性，譬如我们通常说的"德意志的特殊道路"（Deutscher Sonderweg）也可在这个背景下来理解，而哈贝马斯则提出现代性是一个未完成的方案，其实应当饱含了一种对于历史的系统性整体认知和对法国思想主体轻易解构历史的不满。要知道，现代性在政治层面的两种极端可能都出现在德国，在政治思想史层面是通过马克思产生了共产主义，而在政治实践史层面则出现了希特勒领导的纳粹主义。必须承认的是，这不是一蹴而就的，而是有其思想发展的源流线索，故此德国思想史的每个结点都值得深入考察。此处我们还是将关注点放在海涅身上，有趣的是，有论者甚至认为海涅达到了一种对立之和谐：

> 海涅像任何一个诗人和思想家一样，是许多性格特征，乃至相互矛盾的性格特征的复合体。外部世界的矛盾渗透到他的心情中去，在他的内心世界经常出现矛盾，因而他的内心世界是极其丰富复杂的。这些相互矛盾的性格特征和感情，在海涅身上不只是保持着彼此之间的对立，而且转化为协调一致，结合成一个统一体，构成了诗人与思想家海涅完整而统一的世界，呈现为一种和谐。[1]

若泛泛言之，此说也未尝不可。不过，在我的概念世界里，海涅无论如何是没有达到"和谐境界"的。"一体二元"的元思维模式再次呈现于此[2]，

---

[1] 许桂亭：《对立与和谐》，载张玉书编：《海涅研究——1987年国际海涅学术讨论会》，北京：北京大学出版社，1988年，第430页。

[2] 借助浮士德之口，歌德道出了一个思想史上的元命题："啊！两个灵魂居于我的胸膛，/它们希望彼此分离，摆脱对方/一个执着于粗鄙的情欲，/留恋这尘世的感官欲望/一个向往着崇高的性灵，/攀登那彼岸的精神殿堂！"德文为："Zwei Seelen wohnen, ach! in meiner Brust, / Die eine will sich von der andern trennen; / Die eine hält, in derber Liebeslust, / Sich an die Welt mit klammernden Organen; / Die andre hebt gewaltsam sich vom Dunst / Zu den Gefilden hoher Ahnen." Johanne Wolfgang von Goeth: *Faust*, in *Werke*, S. 4578 (vgl. Goethe-HA Bd. 3, S. 41).此处为作者自译。《浮士德》中译本参见歌德：《歌德文集》第1卷，绿原译，北京：人民文学出版社，1999年，第34页。

但相比较歌德的"澄和宁静""中庸睿思",海涅的基本特征当然还是"战士",这一点他甚至表现得比席勒都要激烈的多。从本质上来说,海涅表现出的还是二元之间的矛盾与困惑,而非一种导致和谐的、相互之间的良性循环。这样一种"浪漫其表,启蒙其导"的现象,实质上有导致"精神分裂"的可能,它是一种西方现代性典型特征——"二元截然对立"的体现。海涅虽然最后没有变成"疯子",但其身体物理上的"病态",也足以说明问题所在。一个和谐的人,应当是精神与身体能形成二元良性互动的人。可我们不免要追问,难道启蒙给我们带来的最后可能竟然就是一种走向极端,乃至疯狂、病态的结局?

那么,我们就必须再次回到莱辛那里,作为一个在神学、哲学、文学、政治等诸多领域皆多创见的思者,作为德国文学启蒙思脉的奠基者之一,莱辛对启蒙问题及其弊端,有非常清醒和预见性的认知,但却不得不选择"与狼共舞"。要知道,对于莱辛所处的时代,"大概没有哪一个世纪像启蒙世纪那样自始至终地信奉理智的进步的观点"[1],"'理性'成了18世纪的汇聚点和中心,它表达了该世纪所追求并为之奋斗的一切,表达了该世纪所取得的一切成就",再具体言之:"18世纪浸染着一种关于理性的统一性和不变性的信仰。理性在一切思维主体、一切民族、一切时代和一切文化中都是同样的。宗教信条、道德格言和道德信念,理论见解和判断,是可变的,但从这种可变性中却能够抽取出一种坚实的、持久的因素,这种因素本身是永恒的,它的这种同一性和永恒性表现出理性的真正本质。"[2]在这样一种"变"与"不变"(符合"易"之二义,"变易""不易")之间,其实留给身处其潮流裹挟中人没有太多选择的余地。当17世纪已经确立起哲学体系建构的真理探索方式后[3],18世纪选择了去探寻"真理和哲学的另一

---

[1] 卡西尔:《启蒙哲学》第2版,顾伟铭等译,济南:山东人民出版社,2007年,第3页。这里的"理智"也可当作"理性"。

[2] 卡西尔:《启蒙哲学》第2版,顾伟铭等译,第3页。

[3] 所谓"真正的'哲学的'知识,似乎只有在思维从某种最高存在,从某种直觉地把握了的最高确定性出发,然后成功地将这种确定性之光播及一切派生的存在和一切派生的知识时,才能达到。17世纪是用证明和严格推论的方法做到这一点的。这种方法从某种最基本的确定性演绎出其他命题,从而将可能的知识的整个链条加以延长,串连到一起。这根链条上的任何一个环节都不能挪离整体;没有一个环节能从自身得到解释。要对任何一个环节做出真正的解(转下页)

种概念"，"按照当时自然科学的榜样和模式树立了自己的理想"，于是从"实证精神"过渡到"推理精神"就是势之必然了。[1]莱辛说过，不应在真理的占有，而应在真理的获得中发现理性的真正力量。事实上，这一名言"在18世纪思想史的各个领域都得到应验"[2]。至今看来，这也是不易之理。可惜的是，日后的思想史路径迅速地与政治史合流，并介入到政治、社会发展的直接进程中去，其勇气固然可嘉。改造世界与建设世界的道德自信也值得同情，可就社会的平衡发展与民众的普遍幸福而言，则未必就是幸事。故此如同莱辛这样的对时代潮流把握、迎拒与反思式介入的方式及其思想成就，是特别值得重视的。

在海涅之后，启蒙思脉以一种更加极端的方式得以发展，也就是说，现实主义的倾向越来越浓厚。虽然19世纪10年代人在艺术上并不成功，但他们无疑开辟了这条道路，使得文学以一种完全不同以往的方式发展下去；而这种文学模式日后也在艺术上取得了成功，这以冯塔纳的出现为标志。虽然早在19世纪50年代，冯氏即可算为作家，但其文学创作主要开始于19世纪70年代，故此他可以被视作过渡者兼集大成者。而随后又有"二威廉"，即拉贝、布施（Wilhelm Busch, 1832—1908）、"二曼"，即苏德曼（Hermann Sudermann, 1857—1928）、豪普特曼，以及"曼氏兄弟"，即亨利希·曼（Heinrich Mann, 1871—1950）、托马斯·曼（Thomas Mann, 1875—1955），启蒙思脉基本在代际迁变中得以打通，而且成为一种非常强势的力量。到了20世纪后期，格拉斯的出现，可谓是对文学史传统的"创造性继承"，虽然有其"怪味"的一面，但总体来说他以非常特殊的方式坚守启蒙的理性立场，表现出一种"思想传统的自觉"，应该说这也符合德国文学史的思脉发展逻辑，并进而形成了一种当代的格拉斯—哈贝马斯结构，这是一个饶有趣味的现象。当格拉斯再次以"仿海涅"的面貌呈

（接上页）释，唯一可能的做法，是说该环节是'派生的'，是通过严密而系统的演绎，查明它在存在和确定性中的位置，从而确定它与这一源泉的距离，并且指明把它与这一源泉分隔开来的中间环节的数量。18世纪摒弃了这种演绎和证明的方法。"卡西尔：《启蒙哲学》第2版，顾伟铭等译，第5页。

[1] 卡西尔：《启蒙哲学》第2版，顾伟铭等译，第5、7页。
[2] 卡西尔：《启蒙哲学》第2版，顾伟铭等译，第11页。

现出启蒙主体的立场时，让我们难以对此做出很客观的判断。总体上他的呈现方式再度与海涅吻合，表现出明显的"浪漫其表，启蒙其导"。然而，智慧的格拉斯已经充分意识到这种方式的局限性，故此结合了很多其他的艺术表现方式以求拓新创造，但总体而言仍是"反者道之动"，万变不离其宗，历史（或者说"上帝"）早就给人（甚至"人类"）安排好了某种意义上宿命的位置，天才亦莫例外。

总体言之，德国古典时代确实创造了现代人类的"耶路撒冷"，让后世心生向往。然而这一时代三条思脉的确立，则是尤其应该关注的。歌德、席勒开辟的古典思脉，虽然最为中正平和，堪称大道所归，但过于依赖种种客观条件与主观天才之千载难逢的机遇，非常人所可达致，所以应者寥寥。而浪漫思脉的路径，经尼采发扬光大之后，则开出后世所谓显学的"后现代"的种子，其制约性和反叛性也很清楚。然而，启蒙播下的种子才是最重要的，毕竟，作为现代性的核心命题，启蒙既是一种理念，同时也是一面旗帜，这是主旋律。故此，我们应当充分意识到德国文学史路径所体现的这样一种"反者道之动"现象，即思脉的不同转换，并推动文学史进程与思想史整体进程的发展。具体到海涅本身，其个体生命与诗艺创造体现了时代精神，并是特殊时代的时代精神的"文化载体"；更直接地说，海涅就是德国现代性另类极端化的表现，即启蒙理性本身就是一种现代性的不完全的代表，而海涅将启蒙思脉发展到一种更偏激的状态，虽然他在艺术形式上表现出一种浪漫表象，但两者并非融合无间；作为天才诗人的海涅不得不以一种极端的姿态来应对现代问题，表现出德国现代性问题的极端复杂性，并进而形成一种文学思想与政治思想的有效互动与关联建构。海涅没有达到德国文学的最高巅峰，但却是德国古典文学谱系中启蒙思脉的最杰出代表之一；海涅虽未有意识去建构自家思想，但在德国整体思想史上却具有绝对不能忽略的"前史终结、后世开新"的重要枢纽意义；海涅所承载的时代精神和文学表现使命，以其个体的沉重命运所表现，更应当获得后世知者的深度同情和理解！

第二辑

现代文学

史家意识与异国对象
——中国学术视野里的奥国文学之成立

一、世界文学与现代中国语境中的奥国认知：
从"德国文学门"到"奥国文学命题"

早在19世纪初期，歌德就已提出"世界文学"的概念，他认为："民族文学在现代算不了很大的一回事，世界文学的时代已快来临了。现在每个人都应该出力促使它早日来临。"[1] 在这里，歌德强调的是与"民族文学"相对立的"世界文学"概念，这本来不错。但歌德这一判断过于理想化与绝对化，他提出"世界文学"的概念固然具有前瞻性，将"民族文学"弃之

---

[1] 1827年1月31日谈话："Nationalliteratur will jetzt nicht viel sagen, die Epoche der Weltliteratur ist an der Zeit, und jeder muß jetzt dazu wirken, diese Epoche zu beschleunigen." Mittwoch, den 31. Januar 1827, in Johann Peter Eckermann: *Gespräche mit Goethe-in den letzten Jahren seines Lebens* (《歌德谈话录——他生命中的最后几个年头》), Berlin und Weimar: Aufbau-Verlag, 1982, S. 198. 中译文参见爱克曼辑录：《歌德谈话录》，朱光潜译，北京：人民文学出版社，1978年，第113页。当然，我们注意到歌德说这番话的时候有自家的民族指向："我们不应该认为中国人或塞尔维亚人、卡尔德隆或尼伯龙根就可以作为模范。如果需要模范，我们就要经常回到古希腊人那里去找，他们的作品所描绘的总是美好的人。对其他一切文学我们都应只用历史眼光去看。碰到好的作品，只要它还有可取之处，就把它吸收过来。"德文为："Wir müssen nicht denken, das Chinesische wäre es oder das Serbische oder Calderon oder die Nibelungen, sondern im Bedürfnis von etwas Musterhaftem müssen wir immer zu den alten Griechen zurückgehen, in deren Werken stets der schöne Mensch dargestellt ist. Alles übrige müssen wir nur historisch betrachten und das Gute, so weit es gehen will, uns daraus aneignen." Mittwoch, den 31. Januar 1827, in Johann Peter Eckermann: *Gespräche mit Goethe-in den letzten Jahren seines Lebens* (《歌德谈话录——他生命中的最后几个年头》), S. 198. 中译文参见爱克曼辑录：《歌德谈话录》，朱光潜译，第113—114页。

如敝屣，则显然不够客观。事实上，1827年，维勒曼（François Villemain）首次在巴黎大学使用了"比较文学"（Littérature comparée）这个概念，虽然发明的是比较的方法，但观照的主要仍是民族文学的问题。[1] 历史已过去了近二百年，"民族文学"的概念不但未因"世界文学"与"全球化"的到来而失去光彩，相反随着"民族国家"主题的日益凸显，很可能是21世纪更具学术魅力的概念。而我们通常所使用的"德语文学"，则距此颇有道路。

日耳曼学（Germanistik）在中国语境里通常被称作"德语文学"，其实不是太准确。在我看来，前者强调的，更多的是作为（非国家）民族特性的日耳曼语言文学；后者则泛泛地以语言相同为标准，就学术命题而言不太明确。这一点，同样表现在中国学术语境里，德语文学学科的确立，固然主要受制于机构设置、人员数量等客观条件，但学者本身对此缺乏敏锐的学术意识与洞见，可能也未必不是重要因素。

作为一门独立学科，日耳曼学在现代中国语境内的确立当属蔡元培掌校北大时建立的德国文学系。1918年，身为北大校长的蔡元培，创办德国文学门（1919年改为德国文学系），要招收的是已有语言基础，能直接深造求学者。所治专业为文学，而所治范围为德国。[2] 以蔡元培的宏通学识与高屋建瓴，以及对他长期留德之后的德国文化的判断，德文系的创办必然包含了他的学术眼光在内。事实也证明，第二代（也是中国日耳曼学至今最优秀的一代）的重要人物（如冯至、张威廉、商承祖等）多出于其掌校时期的德文系。但在后蔡元培的时代，一方面是学术领导者对德语国家的不够了解，另一方面也由于语言的统属关系，我们长期使用的是德语文学的概念。这本身并不错，但作为具体的学术命题，似乎并无严格之界定。

"一战"之后，奥匈帝国解体，奥地利作为共和国的历史亦同样一波三

---

1 他的题目是《十八世纪法国作家对外国文学和欧洲思想影响的考察》。野上丰一郎：《比较文学论要》，刘介民译，载刘介民编：《比较文学译文选》，长沙：湖南人民出版社，1984年，第24—25页。

2 蔡元培1918年9月20日在北大做开学式演说词时，不无自得之意地总结自己的"政绩"："一年以来，于英语外，兼提倡法、德、俄、意等国语，及世界语；于旧文学外，兼提倡本国近世文学，及世界新文学……"蔡元培：《北大一九一八年开学式演说词》（1918年9月20日），原载《北京大学日刊》1918年9月21日，载《蔡元培全集》第3卷，杭州：浙江教育出版社，1988年，第382页。

折,这当然在一定程度上影响到外部对它的判断,中国亦不例外。可这种判断未必就完全正确。梁启超曾借彼时世界诸强国之例,来强调政治小说的现实功能:"彼美、英、德、法、奥、意、日各国政界之日进,则政治小说为功最高焉。"[1]是否落实且不论,但这张简略的名单,确实反映出晚清中国知识精英对世界形势的认识,以及彼时世界列强格局的基本状况。就国际政治意义而言,它是符合大国座次排列变迁状况的:"第二次世界大战以来,它们是美国、俄国、英国、法国和中国。1939年,它们是美国、英国、法国、德国、意大利、俄国和日本。1914年,它们是英国、法国、德国、奥匈帝国、俄国、意大利、美国和日本。1815年,它们是英国、俄国、奥地利、普鲁士和法国。"[2]直到"一战"之前,奥国始终是世界大国,并不逊色于德国。德、奥并峙的格局,不仅表现在政治空间的纵横捭阖,同时也表现在文化场域的创造之力。

我之所以主张使用"奥国文学"的概念,以代替目前使用的奥地利文学概念[3],看重的正是奥国文学自19世纪以来逐渐发展出的独立品格,既与德国文学血脉相连,同时又风骨独标,是世界文学中非常独特乃至能引领风骚的一道景观。

当代中国的奥国文学研究,基本包含在德语文学研究之内。我们的基本范式,仍是文本处理,这不仅与研究者的自身学养有关,也受制于德语文学乃至外国文学研究界的大气候。处理文本的好处,在于能够进行"歼灭战",只要用功,读深读透不成问题;但其长处在于"精微细密",短处亦同样源于此,即难得"以小见大"。文本本身不是孤立存在的(个别的唯文本理论解读模式不在此列),必须放置在更广阔的历史长河中,就文学文本而言,应是在文学史的宏观视野中来求解的,而且也只有这样,才能生发出个案研究的学术意义。我并非反对文本研究,而是主张更高层次的文本研究,即一定要在文学史的意识中来处理文本,这样文本的学术价

---

1 梁启超:《译印政治小说序》,转引自夏晓虹:《晚清文学改良思潮》,载夏晓虹:《诗骚传统与文学改良》,杭州:浙江文艺出版社,1998年,第333页。
2 马丁·怀特:《权力政治》,宋爱群译,北京:世界知识出版社,2004年,第16页。
3 参见叶隽:《奥国文学研究的命题与意义——从耶利内克获诺贝尔文学奖谈起》,载《世界文学》2005年第3期。

值才能被更多地开掘与呈现出来。

文学研究的最高层次,当然是文学史研究。这一点基本未提上议事日程。在我看来,文学史研究是应当建立在作家研究、思潮流派研究与断代史研究基础上的,总体而言,这些方面我们都积累得很不够。虽然也有一些奠基性的成果,在作家研究上,如叶廷芳教授的卡夫卡研究等;在断代史研究上,值得一提的是韩瑞祥教授关于"20世纪奥地利文学史"的写作。[1]后者尤其初步提出了奥地利文学的概念:"奥地利文学是在一个错综复杂的文化氛围中产生、延续和发展的。虽然它与德国文学相互渗透,相互影响,相互融合,但它毕竟在特殊的文化环境中形成了自己独有的内涵和发展趋势,无论在题材表现和艺术风格上,还是在审美价值上都是如此。"[2]

确实,奥国逐渐发展出的是另一条不同的路向,无论是强调"幽径徘徊"的比德迈耶尔派(das Biedermeier,19世纪中期),还是后来"回归自我"的维也纳现代派(Wiener Moderne,19世纪末20世纪早期),都与德国文学渐行渐远,风骨独标。奥国文学的内容,其实亦不仅仅局限于这种"世人皆知"的大有贡献的流派上,在我看来,将文学领域与政治场域相互结合并观照,很可能更显出"风光无限"的学术景观,这里说的,还不仅是将文学文本和政治、心理"相互印证",如休斯克之探究施尼茨勒(Arthur Schnitzler,1862—1931)与霍夫曼斯塔尔;更意味着将探研关注的范围予以拓展,譬如我们一般将之视为捷克作家的哈谢克(Jaroslav Hasek,1883—1923),其生存时代与作品内容都更多地反映出奥匈帝国的特点,似可考虑纳入奥国文学的范畴;设若如此,将他那部脍炙人口的《好兵帅克》与布洛赫(Hermann Broch,1886—1951)的《梦游者》(*Die Schlafwandler*)相互参照,虽风格迥异,但正可从不同侧面观照奥匈帝国衰落的历史进程。昆德拉更把卡夫卡加进来,认为:"K,帅克,帕斯诺夫,埃施,胡格瑙:五种根本的可能性,五个方向标。我认为:没有这五个方向标就无法画出我们这个时代的存在地图。"[3]由于特殊的历史地理原因,奥

---

[1] 韩瑞祥、马文韬:《20世纪奥地利、瑞士德语文学史》,青岛:青岛出版社,1998年。
[2] 韩瑞祥、马文韬:《20世纪奥地利、瑞士德语文学史》,前言,第1页。
[3] 后三者为《梦游者》主人公。昆德拉:《小说的艺术》,董强译,上海:上海译文出版社,2004年,第69页。

国文学的传统其实与整个中、东欧文学关系非常之密切,延至当代,更产生出引领风骚的重要人物,在奥国有诸如新获诺奖的耶利内克（Elfriede Jelinek）、汉特克（Peter Handke）、麦娜克尔（Friederike Mayröcker）等,捷克则有昆德拉,匈牙利则出现了2002年获诺奖的凯尔泰斯（Kertész Imre）……至今为止,一些东欧国家如匈牙利,仍有相当数量的作家选择德语写作,进入德语文学圈,也是一个值得探究的现象。我们若能由此角度切入,更新自家的文学史观念,或许有可能拓辟与展现理解欧洲/西方文学的崭新视角。[1]

二、史家意识之确立与奥国文学之成立（概念、内容、特点）

对于奥国文学独立的民族品格,长期以来并未得到足够的认知。[2] 在我看来,奥国文学之获得区别于德国文学的独立品格,应当从19世纪中期开始算起。这既与哈布斯堡王朝之终结有关,亦与奥匈帝国之发展密切相连。这其中必须关注奥国文学自身主体性的逐渐形成,一是以格里尔帕策（Franz Grillparzer,1791—1872）、施蒂夫特（Adalbert Stifter,1805—1868）等为代表的比德迈耶尔派形成为中心的"第一天才时代";二是以世纪末维也纳现代派的辉煌和布拉格派的崛起为中心的"第二天才时代",这段可延伸到20世纪30年代;三是20世纪后期的"第三天才时代",即以汉特克、伯恩哈德、巴赫曼、耶利内克等为代表。[3] 至少前两点,在现代中国的译介语境中也同样得到了不同程度的关注和反映。

---

[1] 当然以上所论,只能是一种设想,希望能抛砖引玉,引起更多不同领域专家（包括德语文学、东欧文学乃至其他领域）的关注与指教。

[2] 关于这一问题,可参见聂军:《论奥地利文学的民族特性》,浙江大学第12届全国德语文学年会论文,2005年10月9—12日。

[3] "第一天才时代""第二天才时代",文学史上有此说法,但"第三天才时代"是我杜撰的。其实在我看来,就奥国文学史本身立论,此说当然成立。如果放在世界文学范围内盖棺论定,唯有"第二天才时代"可以成立。可参见赵汤寿:《奥地利文化史》,北京:北京大学出版社,2002年,第46—48页。

"比德迈耶尔"是德语文学史上的重要流派与现象[1],同时也更应看作奥国文学建立起自身品格的特殊标志。这是一个起点,值得特别关注,奥国文学的传统由此而奠立,以后的维也纳现代派与布拉格群体与此都有关联。1918年时,《北京大学日刊》上就刊布《图书馆布告》,称"本馆最近收到下列之德文书籍(由夏学长交来)分两类,一为'德文文学小说类',一为'德文歌诗及戏剧类'",前者颇多,后者较少,其中就包括格里尔帕策的《金羊毛》(*Das Goldene Vliess*)。[2]但就译本而言,似乎介绍得很晚,直到1962年,才出版了傅惟慈译的《老乐师》(*Der arme Spielmann*,世界文学出版社)。[3]另一位代表人物施蒂夫特,亦未查到踪迹。此派以抒情诗和中篇小说(Novelle)为时尚,故其代表作尤以后者为甚。这显然是我们译介的一个重要缺陷。其他代表人物包括内斯特罗依(Johann Nepomuk Nestroy,1801—1862)、鲍恩费尔德(Eduard von Bauernfeld,1802—1890)、莱瑙(Nikolaus Lenau,1802—1850)等。

相比之下,维也纳现代派显然得到更多的关注,一般来说,此指"青年维也纳",但在此我将其设定为一个拓展性的概念。其主要背景为奥国文化学术的空前繁荣,具体则包括维也纳的哲学(马赫、维特根斯坦,包括日后的维也纳学派)、心理学(以弗洛伊德为代表)与艺术(音乐上是维也纳乐派 [Wiener Schule],代表人物有马勒、勋伯格、贝尔格、韦伯恩等;绘画上则出现了维也纳脱离派 [Die Wiener Sezession];建筑上则有

---

[1] 当然,必须指出的是,"比德迈耶尔"乃是具有德语文学史意义的现象,虽然奥国最具原创性,但这并不能将德国作品排除在外。关于这点的论述,可参见李伯杰等:《德国文化史》,北京:对外经济贸易大学出版社,2002年,第199—204页。比如具有代表意义的作家作品,就还包括德国作家默里克(Eduard Friedrich Mörike,1804—1875)的中篇传记小说《莫扎特赴布拉格途中》(*Mozart auf der Reise nach Prag*),这部小说在现代中国文学界有影响,郁达夫就专门提及此著。

[2] 《本校布告二》,载《北京大学日刊》1918年2月21日。原文作 *Das Galdene Vliess*,径改之。这是根据古希腊神话传说写成的悲剧三部曲。

[3] 张威廉主编:《德语文学词典》,上海:上海辞书出版社,1991年,第953页。参见 Wolfgang Bauer & Shen-Chang Hwang (ed.): *Deutschlands Einfluß auf die moderne chinesische Geistesgeschichte-Eine Bibliographie chinesischsprachige Werke*(《德国对中国现代精神史的影响——中文出版物目录》),Wiesbaden: Franz Steiner Verlag, 1982;卫茂平:《德语文学汉译史考辨:晚清和民国时期》,上海:上海外语教育出版社,2004年,第18—21页。两书索引均未格里尔帕策。

维也纳工作室［Wiener Werkstaette］，代表人物为瓦格纳［Richard Wagner, 1813—1883］、罗斯等）的发展。[1] 正是在这样一种背景下，奥国文学在经历了近半个世纪的沉寂之后，进入了一种空前辉煌的创造时代，而其主动潮流是所谓的"唯美主义"（Aesthetizismus）。作为作家团体的维也纳现代派，大致活动于1890—1900年间，以巴尔（Hermann Bahr, 1863—1934）为核心，其代表人物有日后具世界声誉的大家——施尼茨勒、霍夫曼斯塔尔、特拉克尔，也包括克劳斯（Karl Krauss, 1874—1936）、阿尔滕贝格（Peter Altenberg, 1859—1919）、贝尔-霍夫曼（Richard Berr-Hofmann, 1866—1945）等[2]；作为拓展性概念，其下延可以继续到20世纪前期，如穆齐尔、茨威格也可纳入考察。这其中的人物，在现代中国得到较多关注并译介的只有施尼茨勒与茨威格。"布拉格派"的崛起基本上发生在同一时期，乃是指除了维也纳之外，哈布斯堡王朝治下的布拉格成为几乎与维也纳鼎立的另一个文学中心，其代表人物包括卡夫卡、里尔克、布罗德、魏斯、卡尔弗等。这其中，尤以卡夫卡对世界性的现代文学影响最为重大；但在现代中国时期，里尔克的影响远较卡夫卡及其他作家为高。

随着耶利内克的获诺贝尔文学奖，对当代奥国文学的关注比较多，各种文章也多出现。但这些文章较少有厚重的文学史研究意识。其实，在此之前，国内学界对汉特克、伯恩哈德、巴赫曼、耶利内克等人都有所涉猎，但多数均浅尝辄止，而且彼此间没有呼应，即对共同的学术命题以及推进的意识。这里面有三个层次需要厘清：一是文学史意识，即把当代文学写作放在宏观的文学史视野中去考察，必须上下左右前后读书；二是学术共同体意识，对前人的相关论述必须征引，这样才可以明确自己研究对学术的推进意义；三是将批评与研究自觉分野。在没有学术积累的基础上的写作，对当代文学是可以的，但这更多属于文学批评，而不是学术研究，这

---

[1] 参见李伯杰等：《德国文化史》，第250—251页。
[2] 作为狭义的概念，维也纳现代派是奥地利作家团体，又名青年维也纳（Jung-Wien）。他们之间的哲学与艺术观点不尽相同，但都厌恶现实、鄙弃现实，同时对现实的发展又感到困惑不解，于是转向梦幻世界。一方面，否认现实是艺术表现的对象；另一方面，则在艺术上刻意求工，追求形式的完美。既要与传统的现实主义（19世纪）决裂，亦反对其时盛行的自然主义。张威廉主编：《德语文学词典》，第810—811页。

两种写作方式应予以自觉区分。

所以，必须进一步追问的问题是：在融通的史家视野之下，奥国文学的概念究竟应该包括哪些层面？在我看来，希望包括两个层面，即兼及昔日的"奥匈帝国"与今日的"奥地利"，甚至做到打通历史、融于一脉，使其既兼顾自身的"千年血脉"，又别于"德意志"的一系独尊。历史上的奥匈帝国，真的值得好好关注。1918年以前，这是一个不容忽略、在欧洲地域占据重要地位的一大帝国；而若追溯到19世前期，奥匈帝国的地位与实力甚至远胜于德意志，因为彼时的德意志，距俾斯麦以其铁血手段实现统一尚远，仍处于极度糟糕的分裂割据状态。而煌煌势大的奥匈帝国，才真的稳居于欧洲列强的大哥大之席。只是在进入20世纪之后，尤其是在经过"一战""二战"的痛苦挣扎之后，奥地利才由一流大国无可挽回地沦落为三流小国。若论大国的兴衰，奥地利，其实是个绝佳的标本。而若要探究其奥秘，则奥国文学也绝对提供了充足的文本根据，只是如何回到"历史现场"，乃至进行有理有据的"学术叙事"，那就要考量研究者的智慧、知识、眼光与能力了。

当然，探讨"奥国文学"，并不是如此功利地要将其与政治史的兴衰成败挂起钩来，事实上奥国文学的独自成立，其实是个值得探讨的命题。且不论格里尔帕策等人的筚路蓝缕之功，就是世纪末的维也纳，那一串串诱惑人心的名字，也足以让人艳羡倾慕不已，可不是吗？作为诗人的格奥尔格、霍夫曼斯塔尔、里尔克，都星光耀眼，让人心向往之；作为作家的卡夫卡、穆齐尔、茨威格，更是风采独具，构建了现代文学的半壁江山以上；至于当代人物，则巴赫曼、耶利内克等都表现不凡。每一个名字，何尝不代表着那样一个惊人的时代呢？还可参照纳入的如布拉格的德语文学。而到目前为止，我们尚无一册学术意义上的《奥国文学史》（当然《德国文学史》中颇多将奥国文学纳入叙述），大量的译介工作也还处于滞后的状态。奥地利人现在也很强调自己的主体性，亦即别于德国而独立，而这种独立，首先就表现在文学思想层面的区分。当然，事实上德语国家本身在历史上有很多通融的一面，这点必须承认；但不可否认的是德、奥两国历史建构的最后完成，确实是走向了分道扬镳的道路，故此其民族性与国民精神亦必然不可能"如出一辙"。所以，要追问的一个问题，存在奥国的国民精神吗？从历史到现实，奥国对世界的贡献何在？

在我看来，奥国文学表现出的一大特征，就是民族性与世界性的交融，即它既在很大程度上体现出歌德的理想——世界文学的特点，看看卡夫卡、茨威格等人对世界文学与思想史产生的影响就可以知道；同时绝对无法离开奥国社会、历史的民族进程。所以，它是一个很好的标本，即如何去处理文学中的世界性与民族性问题，这个问题很复杂，关涉人类的长远发展，但绝非如歌德所言，"世界文学"会取代"民族文学"那么简单。所以通过对奥国文学的研究，我们会更好地理解"民族文学"与"世界文学"之间的关联，以及"民族性"和"全球化"关系问题。

三、奥国文学研究的基本立场

虽然奥国文学的独立民族品格问题，是一个相对较新的学术命题，即便在国际学界亦然。事实上，在很长时期内奥国人自己都没有一部完整的"奥国文学史"。这一方面显示出中国学者的机遇，但另一方面对于异国研究者来说，面对陌生的文化对象，仍有其不可逾越的困难。摆在我们面前必须回答的问题是，如何处理"异国对象"？这个问题很大也非常复杂，牵涉中国现代学术建立以来的方方面面。[1] 这里仅就奥国文学研究的基本立场略做申论。

一是学术史意识。这其中包括两个层面。一是具有国际视野的学术史背景，即以奥国学界的主体研究为中心，兼及德、美等国的研究，当然德国学界的论述，不可能摆脱浓厚的日耳曼情绪。早期瓦赫勒（Ludwig Wachler，1767—1838）的《德国民族文学史纲》(*Vorlesungen über die Geschichte der teutschen Nationalliteratur*, 1818—1819)，就提出应写作一部"祖国文学史"，这直接导致了众多的德国文学史著作的出现。[2] 二是具

---

[1] 关于这个问题，作者另撰文论述《机构建制、学风流变与方法选择：现代中国语境里的德语文学研究》，此处不赘。

[2] 关于瓦赫勒的文学史撰作及其倾向，可参见 Jost Hermand: *Geschichte der Germanistik*（转下页）

有主体传承的中国学术史传承意识，后者是我们立足的根基。像冯至先生，虽然不是专门的奥国文学研究者，但有专门的论述，表现了非常高的学术见地。譬如他就撰文《浅谈奥地利文学》，提出："在文学的领域里是否应把德国与奥国分开，或合在一起，中国的德语文学研究者对这个问题研究还很不够，因此还没有能力来判断。"[1]但尽管如此，他还是结合三大家格里尔帕策、莱瑙、施蒂夫特总结出19世纪奥国文学的四大特点：

> 一、奥地利文学不像德国古典文学、浪漫派文学那样与哲学相联系，奥地利也没有产生过能与康德、黑格尔同样伟大的哲学家。
> 二、奥地利文学与民间文学关系密切，因而形象的语言格外丰富。
> 三、抒情诗的格调趋于和缓，较少发出激切的声音。
> 四、作品尽管有的很优美，但没有像歌德、席勒、海涅等人的作品那样享有世界声誉，产生世界影响。[2]

应该承认，由于没有对奥国文学进行专深的研究，冯至先生的这段总结虽然不乏洞见，但远谈不上全面。具体的论述可以商榷，但前代人的学统构

（接上页）(《德语文学研究史》), Reinbeck bei Hamburg: Rowohlt, 1994, S. 36-37。还有如罗森克兰茨（Karl Rosenkranz）的《中世纪德国诗学史》(Geschichte der deutschen Poesie im Mittelalter, 1830); 马格拉夫（1809—1864）撰《德国当前的文学与文化时代》(1839)，则对其文学史撰作的思路有明确的表述："近年来，文学发展的脉络只要涉及批评，涉及文学生产，便被弄得如此混乱，如此复杂，如此松散，好像一团理不清的乱麻。我认为，为了解决一些重要的文学问题，有必要花力气去寻找一条主要的线索。通过广泛而深入的探索，我试图指出过去的文学时代的主要发展道路，并阐明什么是我们人民的性格和本质，我们的历史是如何进步的，以及历史、文化和文学是如何互相促进，并依据客观的形势和公众的趣味产生失败的形式和成功的艺术形式，为什么会产生这些形式的。"转引自赫·绍伊尔:《文学史写作问题》, 载凯·贝尔塞等:《重解伟大的传统》, 黄伟等译, 北京: 社会科学文献出版社, 1999年, 第77页。

1 冯至:《浅谈奥地利文学》(1990),《冯至全集》第5卷, 石家庄: 河北教育出版社, 1999年, 第122页。不仅如此，冯至先生对奥国文学的独立性早就有明确认识，他在给《德国文学简史》撰写的"再版说明"中就明确表示："过去一般的德国文学史都是把奥地利的作家也写在里边，这部《德国文学简史》除了中古部分以外，奥地利作家都没有论述。我们认为奥地利的文学史应该是独立的。"冯至:《再版说明》(1959年5月),《冯至全集》第7卷, 石家庄: 河北教育出版社, 1999年, 第145页。

2 冯至:《浅谈奥地利文学》(1990),《冯至全集》第5卷, 第124页。

建却是后来者必须自觉继承的。这一点不仅表现在具体学说的继承方面，同样表现在学术传承方面的推陈出新。在这方面，美国现代中国学的发展过程，可以引为资鉴，柯文（Cohen）对自己的师长兼权威费正清（John King Fairbank）、列文森（Joseph Richmond Levenson）等人的发难就是最好的例子，这在"师道尊严"的中国社会似乎难以想象，但柯文对这一问题有自己独到之见解：

> 史家之间相互受益却是一种很奇特的现象，我们之间不仅仅是机械地继承一堆知识，然后加上另外一些知识把他传给他人。我们同时还会提出问题，进行鉴定。并把支持前辈著作的理论框架东摇西晃一番，而且带有讽刺意义的是我们自己也完全知道有朝一日别人也会对我们著作的理论框架狠狠地摇一番。总而言之，我们不能允许任何史家做出最后的判断。[1]

由费正清超越传统汉学的"西方冲击—中国反应"模式，到柯文"中国中心观"的提出，师生两代的研究模式的转变，包含的不只是具体学术观点的差异，还有一种学术气度与文化品格。没有费正清的包容与理性、大度与远见，后来者的挑战没有那么容易成功，就算你手中握着真理。作为师者与权威的费氏一方面做答辩，另一方面也理性地做出判断："我赞成学生们提出的不同意见，因为顺从一种愚蠢的政策而受到自己学生们的公开指责使人感到耳目一新"，甚至说"我觉得现在该是我们对美国人那种严重的自大狂好好进行反思的时候了"。[2]

在中国日耳曼学的发展过程中，从杨丙辰先生的第一代，过渡到冯至、陈铨、商承祖、张威廉等先生的第二代，以及目前仍活跃在学界的后来者（第三、四代人），都留下了宝贵的学术遗产，如何进行批判性的继承，深值思考。所谓"一代人有一代人之历史"，亦同样表现在"一代人有一代

---

[1] 柯文：《在中国发现历史——中国中心观在美国的兴起》，林同奇译，北京：中华书局，1989年，前言，第5页。
[2] 费正清：《费正清对华回忆录》，陈惠勤等译，上海：知识出版社，1991年，第487—488页。

人之文学史"上。作为中国学者，我们应当确立相对明确的史家意识，这既表现在学术史绪统之中的自我定位，以及对学术共同体成员身份的自觉认知；同时也表现在作为文学史研究者的史家自觉意识。

二是文学史本位。我们至今在进行的研究，大致不脱具体的文本范式，这当然与中国外国文学界的整体思维定式有关；但同样是文本研究，却可以做到小处着手、大处着眼，达到"以小见大"的功能。而想做到此点，我以为文学史家的意识，是每个研究者不可缺少的。如此说法，并非指望每个研究者都成为文学史家，事实上，能做到此点的也近乎凤毛麟角。但这样一种意识的有无，以及风气的提倡，却关乎本学科的发展前途，乃至中国学术的创新可能。正是具有文学史意识的文学文本研究，才会有助于作家研究、流派思潮研究与断代史研究，也只有在这些不断积累的学术空间中，中国学者才可能做出较为令人满意的"奥国文学史"来。因为学术研究本就是一个不断推进、代代传承积累的过程，不积跬步无以至千里，不积细流无以成江海，说的就是这个道理。

勃兰兑斯就把文学史的功用看得极为重要："文学史，就其最深刻的意义来说，是一种心理学，研究人的灵魂，是灵魂的历史。一个国家的文学作品，不管是小说、戏剧还是历史作品，都是许多人物的描绘，表现了种种感情和思想。感情越是高尚，思想越是崇高、清晰、广阔，人物越是杰出而又富有代表性，这个书的历史价值就越大，它也就越清楚地向我们揭示出某一特定国家在某一特定时期人们内心的真实情况。"[1]将文学史看作深刻的心理学，确实不是没有道理。在某种意义上，由高明的史家所呈现的文学史景观，确实可以看作一个民族深层的心灵史。作为一种特殊撰作体例的文学史，确实与民族国家建构的现代进程密切相关。正如有论者所指出的那样："作为近代文学、科学和思想的产物，'文学史'的重要基础，是19世纪以来的民族国家观念，如果按照安德森（Benedict Anderson）的说法，民族国家是一个'想象的共同体'，那么，文学史便为这种想象提供

---

[1] 勃兰兑斯：《十九世纪文学主潮》第一分册，张道真等译，北京：人民文学出版社，1997年，前言，第2页。

了丰富的证据和精彩的内容。"[1]所以文学史所承担的,虽然表面是文学审美的功能,实际承载则远超出之。

三是思想史指向。柯林武德谓"一切历史都是思想史",并强调应去挖掘一切历史过程中"由思想的内容所构成的内在方面"。[2]从这个意义上来说,文学史的核心亦在于思想史。实际上,我们可以看到,各个学科解决问题的具体方法不同,但关注的思想史意义却多半有共同之处,这也是20世纪90年代以来思想史研究成为显学的重要原因。在这个方面,作为文学史家的(法国人)泰纳的观念颇有启发。泰纳在19世纪下半期到20世纪上半期的这段时间里,其"关于文学史的意见,一直都有着无远弗届的影响力"[3]。不过,必须指出的是,作为圣伯夫的及门弟子,泰纳的文学史观是在对圣伯夫的推重与继承基础上形成的,而对圣伯夫方法论的揭示,可谓是泰纳的一大贡献,他认为圣伯夫"把自然史进程引入思想史"是具有发明家意义的创造:

> 他揭示如何着手认识人,指出是相继的社会环境系列形成个体,必须依次观察才能了解个体:首先必须了解种族和血缘,通常研究父亲母亲兄弟姐妹就能识别;其次必须了解幼年教育,家庭环境,家庭影响以及塑造童年和少年的一切因素;再次必须了解后来成人时周围第一批杰出人物,参与的文学团体。最后对如此形成的个体加以研究,寻找揭示其本质的线索,探究反面和正面的因素,以便点明其主导的激情和独特的气质,总之分析其人,追查在一切情况下的表现,不管

---

[1] 戴燕接着论述道:"文学是文化的一部分,是民族精神的反映,当文学与一个有着地域边界的民族国家联系起来,这时候,一个被赋予了民族精神和灵魂的国家形象,便在人们的想象之间清晰起来。"所以,文学史是什么呢?它是"借着科学的手段、以回溯的方式对民族精神的一种塑造,目的在于激发爱国情感和民族主义"。戴燕:《文学史的权力》,北京:北京大学出版社,2002年,前言,第2页。这段推论似乎太快了些,而且也过于强调学术研究的致用功能,值得加以商榷。即便引用法国文学史家朗松的论述为支撑,也不应忽略他说的两层含义,一层固然是强调民族国家的立场,另一层更是关怀人类、追求真理、探究学术的思路。只有将这两个维度加以协同观照,才能理解欧洲那代人的理想胸怀与世界关怀。

[2] 柯林武德:《历史的观念》,何兆武等译,北京:商务印书馆,1997年,第302、303页。

[3] 戴燕:《文学史的权力》,第1页。

其伪装有多么巧妙，都要进行由表及里的分析，因为文学姿态或读者偏见总免不了将其乔装改扮，混淆视听，让我们看不清真面目。[1]

由此，泰纳总结道："这种运用于人类个体的植物分析，是把精神科学与实证科学靠近的惟一手段，只要把它运用于民族时代种族就可使它结出硕果。"[2] 他强调一个国家的文化艺术取决于三要素，即种族、环境与时代；具体到艺术作品，则谓："一件艺术作品的形成，总是脱离不了三种特质的影响：一是种族的特性，二是社会的环境，三是作者的个性。"[3] 但泰纳显然并非墨守成规之辈，他的根本思路在于："在每个民族里，必定要产生出一定的精神状态，反映这精神状态的即是当代的文艺运动。"[4] 从这个角度来看，思想史（或具有德国烙印的是精神史概念）路径上的问题不妨作为我们研究背后的一个潜在重要指向。而历史诗学、文学意识史等亦可作为参照。

四是文化学策略。有论者已经明确提出德国的文化学对本学科的建设性意义。[5] 我认为这不仅对本学科建设很具启发性，而且对目前正在讨论的"德国学"问题亦意义重大。从狄尔泰的"精神科学"（Geisteswissenschaft）到李凯尔特（Heinrich Rickert，1863—1936）的"文化科学"（Kulturwissenschaft）[6]，是德国学术的一个重要转变。如果说当初，兰克等人强调"科学的历史学"，是针对此前民族主义学派（浪漫主义的）过于致用的学风的话[7]；那么，到

1　泰纳：《1869年10月17日纪念圣伯夫的悼词》，载泰纳：《历史与批评文集》第2卷。转引自普鲁斯特：《驳圣伯夫》，第80—81页。
2　泰纳：《1869年10月17日纪念圣伯夫的悼词》，载泰纳：《历史与批评文集》第2卷。转引自普鲁斯特：《驳圣伯夫》，第81页。
3　转引自周子亚：《论民族主义文艺》，载吴原编：《民族文艺论文集》，上海：上海书店出版社，1984年，第1—2页。
4　转引自周子亚：《论民族主义文艺》，载吴原编：《民族文艺论文集》，第2页。
5　王炳钧：《文化学：未来中国德语文学研究的可能之路》，北京大学德国研究中心"德国与中国：学术中的相互认识与理解"国际学术研讨会论文，2005年9月27—29日。
6　参见柯林武德：《历史的观念》，何兆武等译，第238—252页。
7　参见乔治·皮博迪·古奇：《十九世纪历史学与历史学家》上册，耿淡如译，北京：商务印书馆，1989年，第175—215页。

狄尔泰精神科学观的提升[1]，也是为了寻求新范式的创造与对前人的挑战。到了李凯尔特，其思路如出一辙，虽然文德尔班（Wilhelm Windelband, 1848—1915）更早地提出用文化学来代替旧式的历史（Geschichte）概念[2]，作为新康德主义者的李凯尔特则在此基础上，进一步深究并规范了各"科学"之间的关系。[3] 自20世纪80年代以来，德国"文化学"的进一步兴起，所谓"文化学转向"与"人类学转向"[4]，更进一步使之与现代学术的世界潮流紧密相接。国内学界喧嚣一时的"文化研究"（Cultural studies），基本是英美范式。其研究对象主要是纷繁复杂的当代文化形式和现象，尤其是处于非主流地位的，以影响为媒质的当代大众文化以及同样处于边缘地位的女性文化、工人阶级亚义化和少数族群（Minority ethnic）的文化体验和身份。这里的文化不是传统意义上的知识产物和活动，而是各种各样的日常生活方式。[5] 本学科的发展迫切需要解决理论与方法的问题，但至今似乎并

1　狄尔泰显然是有着构建"德意志精神"谱系的雄心壮志的，他曾经这样阐述德国精神史的轨迹："自路德和莱布尼茨以来，德意志精神的历史努力造成宗教、科学和文学创作的内在的和谐，这种和谐的根基是精神深入自身以及从这深度中塑造自身。于是就产生了世界历史的力量，它的统一的作用从18世纪起从德意志传播到欧罗巴。这种力量填满了歌德时代所有的创造物。在从我们的生存的无意识的深处探取普遍人性这方面，歌德同康德、费希特和黑格尔的超验哲学以及贝多芬的器乐相结合，在依据人的本质的内在法则塑造人这种理想方面，他同上述三位哲学家以及席勒、洪堡和施莱尔马赫是一致的。在这种新文化的土壤上产生了文学创作的世界，它由歌德、席勒和让·保尔所创建，从诺瓦利斯和荷尔德林起又被扩建。"狄尔泰：《体验与诗》，胡其鼎译，北京：生活·读书·新知三联书店，2003年，第166—167页。

2　柯林武德：《历史的观念》，何兆武等译，第241页。当然文德尔班是在他自己的哲学概念背景中来处理各"科学"的关系。他曾说过："按目前的语言使用方法，哲学的概念应理解为，对世界认知与生命观念的一般问题的学术探讨。"德文为："Unter Philosophie versteht der heutige Sprachgebrauch die wissenschaftliche Behandlung der allgemeinen Fragen von Weltkenntnis und Lebensansicht." Wilhelm Windelband: *Lehrbuch der Geschichte der Philosophie*（《哲学史教程》），Tübingen: J. C. B. Mohr, 1976 (16. Auflage, 1957), S. 1. 这个定义与其说是哲学的定义，不如说是学术的定义。

3　柯林武德：《历史的观念》，何兆武等译，第242—243页。

4　王炳钧：《文化学：未来中国德语文学研究的可能之路》，北京大学德国研究中心"德国与中国：学术中的相互认识与理解"国际学术研讨会论文，2005年9月27—29日。关于德国文学人类学的发展，也可参见沃尔夫冈·伊瑟尔：《虚构与想像——文学人类学疆界》，陈定家等译，长春：吉林人民出版社，2003年。

5　张中载、王逢振、赵国新编：《二十世纪西方文论选读》，北京：外语教学与研究出版社，2002年，第675页。

未得到足够重视。从这个角度来说，文化学提出的最重要命题是"文化记忆"（Kulturelles gedaechtnis）[1]，这一点值得充分关注。当然，作为我们可以凭借的德国学术资源，如何将"文化学"首先在学理源头上梳理清楚，并总结范式、批判审视，最后为我所用，成为中国德语文学学科、奥国文学研究的"利器"，还需要研究者大量艰苦的寂寞工作与合作意识。

---

[1] Christian Gerbel & Lutz Musner: „Kulturwissenschaften–Ein offener Prozess" (《文化学——一种敞开的过程》), in Lutz Musner & Gotthart Wunberg (hrsg.): *Kulturwissenschaften–Forschung, Praxis, Positionen* (《文化学——研究，实践与位置》), Wien, 2002, S. 10f. 但有趣的是，由德国人自己编的《新文学理论——导论》(Klaus-Michael Bogdal (hrsg.): *Neue Literaturtheorien–Eine Einfuehrung*, Opladen: Westdeutscher Verlag, 1997, 2. neubearbeitete Auflage) 收录了十章内容，包括历史话语分析（福柯）、结构心理分析与文学（拉康）、症状读物与历史功能分析（阿尔都塞）、符号学与对话间分析、文化社会学（布迪厄—精神史—文明理论）、新解释学概念——方法过程还是天才观念？文学研究的接受与行动理论、系统理论/文学研究、女性主义文学研究、解构主义读物：德里达的文学理论。却不收最具德国特色的文化学。关于这个问题，亦可参见Wolfgang Neuber: "Kulturelles Gedaechtnis und Fremdheitskonstruktion" (《文化记忆和陌生性建构》), 北京大学德国研究中心"德国与中国：学术中的相互认识与理解"国际学术研讨会论文，2005年9月27—29日。

文学之择与象征之技
——论卡夫卡的思想史意义[*]

一个献身于文学而又立意要将自己的心血结晶付之一炬的人物，将会是怎样的不可思议呢？一个将职员作为谋生的职业，却在业余时间里执着乃至狂热地献身于文学创作的人物，需要多么大的投入与牺牲呢？一个勤奋写作却疏于发表的业余作者，他写作的动力与乐趣究竟何在呢？奥国的星空也许再也不会散发出那孤独萧索然而却星辰闪烁的光辉，奥匈帝国的历史终究永久地画上了终结的符号。然而，正因如此，卡夫卡这颗生前寂寞、身后辉煌的文学巨星，才有其特殊的文学史与思想史意义。

寂寞是他永恒的宿命，孤独是他个体的幸运。卡夫卡之横空出世却又默默无闻于有生之年，对其个体之生存而言，确是冥冥之中似有天意。在我看来，与其说卡夫卡是个文学家，毋宁说他是一个思想家；与其将他定位在思想家，不如从人生奥秘探索者的立场来理解他。文学不过是他使用

---

[*] 本文以《城堡》等若干重要文本为基础。德文本请参见 Franz Kafka: *Das Schloss*, Frankfurt am Main: Fischer, 1999。中译本请参见汤永宽选编：《卡夫卡作品精粹》，石家庄：河北教育出版社，1993年。卡夫卡，奥地利作家，生于布拉格犹太商人家庭，1901年在布拉格大学攻读日耳曼语言文学，后从父命改学法律，1906年获法学博士学位。1906—1907年在法院当见习生。1908—1917年在布拉格一家保险公司任职。此间曾与好友布罗德夫妇同游意大利、法国、瑞士和德国。1923年迁居柏林。1924年病逝于维也纳附近的基尔林疗养院。代表作为三部未完成的长篇小说《美国》(1912—1914)、《诉讼》(1914—1918)、《城堡》(1926)；短篇小说有《判决》(1912)、《在流放地》(1914)、《变形记》(1916)、《乡村医生》(1919)等。据张威廉主编：《德语文学词典》，上海：上海辞书出版社，1991年，第668—669页。Anselm Salzer & Eduard von Tunk (hrsg.): *Illustrierte Geschichte der deutschen Literatur* (《插图本德国文学史》), Band 5, Köln: Naumann & Göbel, 1986, S. 113-161.

的手段，他的目的在于探索世界，探索人生。[1]

　　就文学技巧而言，卡夫卡并没有托马斯·曼的精雕细刻，谈不上精心结构；就文本美感来说，卡夫卡也绝不以此见长，更无法与黑塞的诗意语言相媲美。但卡夫卡却在他身后掀起了轩然大波。之所以如此，正是以这种无与伦比的"惊天动地"显示出"思想的力量"，而这样的"思想的魅力"是需要时间的验证的。卡夫卡选择文学，是有自身考虑的，也许其重要的思路，是为了"倾诉的需求"与"思想的表达"，而文学（或更直接说，是小说）只是一个恰当的"工具"罢了。这似乎可与现代性的思潮联系在一起考虑，并非只是卡夫卡一人具有这样的特征，被誉为现代主义代表的几个经典大师，似乎都在以他们的方式解构传统的文学观念，诸如美感的消解、技巧的淡化、注重新形式的呈现等等。但与乔伊斯（James Joyce，1882—1941）和普鲁斯特（Marcel Proust，1871—1922）都不太一样，意识流的产生与现代心理学关系密切，主要侧重表达一种人的主体性，往往以作为主体的人的意识流动来带动全局的发展。但卡夫卡不是，他虽然也时时表现人的意识，但他还是在讲比较完整的故事，虽然故事的叙述并不生动，但故事是有深意的，其实质是在"建构寓言"。寓言的最大特征是什么，就是象征！"话中有话"，"言外有意"！奥威尔（George Orwell，1903—1950）的《一九八四》，或许是一个好的例子，不过那不妨看作卡夫卡之后的"现代之响"。作为"前无古人"的思想者与创作者，卡夫卡开辟的是一代文风，虽然他生前无闻，但注定他身后绝响，如黄钟大吕，延绵浩荡；如滚滚江河，奔腾浩瀚。而之所以如此，既与卡夫卡个人的生命经验大有关系，同时也与其时代背景紧密相连。

---

[1] 关于卡夫卡在中国的研究状况，可参见曾艳兵：《卡夫卡研究在中国》，载《外国文学研究》2003年第2期。关于卡夫卡在中国的接受状况，请参见Ren Weidong: „Kafka in China-Rezeptionsgeschichte eines Klassikers der Moderne", in Zhang Yushu, Winfried Woesler, Horst Thmoe (hrsg.): *Literaturstrasse-Chinesisch-deutsches Jahrbuch fuer Sprache, Literatur und Kultur*, Band 2, Beijing: Volksliteratur Verlag, 2001, S. 131-154. 关于《城堡》，可参见叶廷芳：《寻幽探密窥〈城堡〉》，载《外国文学评论》1988年第4期；曾艳兵、陈秋红：《钱钟书〈围城〉与卡夫卡〈城堡〉之比较》，载《文艺研究》1998年第5期。

一、文学史与思想史视野中的奥匈帝国

与批判现实主义者的风格迥然不同,卡夫卡既不采取写实的描绘,也没有冷峻的批判,他所展现的,是一种另类的"故事"风格。

奥匈帝国作为19世纪重要的老大帝国、欧洲重镇,在一定程度上得以再现于卡夫卡的文学世界,但如果以为是类似于雨果的《九三年》或《悲惨世界》,巴尔扎克(Honoré de Balzac,1799—1850)笔下的外省与巴黎,那就错了。卡夫卡如果依旧采取这种方式,他就不会以现代主义文学奠基人的面貌出现在文学史图景之中。美国文化史家休斯克(Carl E. Schorske,1915—2015)曾对奥匈帝国的文化做出如下总结:

> 奥国贵族的传统文化,与资产阶级和犹太人重法律、清教徒文化大不相同。它是天主教的文化,是一种讲求审美的造型文化。传统资产阶级文化把自然视为一种由神圣法加以规限的秩序,至于奥国贵族文化则认为自然乃是欣喜的景象,是神恩的展现,艺术本身不过就是为了要荣耀它。传统奥国文化就像北部的德国一样,并不强调道德、哲学以及科学,而主要是强调审美。它最大的成就就在于对艺术的运用及演出:建筑、剧院以及音乐。奥国资产阶级植根于自由主义理性与法律的文化中,因此与旧贵族文化的美感与神恩格格不入。[1]

这段评述,颇能切中要害,有两点特别值得注意。一是将奥国与德国相提并论,既注意其源流同一,又别择其理路分殊。虽然在今人的概念中,奥地利多少有点类似德国的小兄弟;但在历史上,奥匈帝国版图庞大,德意志分裂之时,其情状正好相反。霍亨索伦(Hohenzollern)与哈布斯堡(Habsburg)两个王朝的兴衰更替,奥地利与德意志的消长起伏,同样都是特别值得关注的现象。不过,将两者同视作客观的考察对象,应是明智的选择。二是将奥国贵族之传统文化与犹太人等的文化做出区分,这是重要

---

[1] 卡尔·休斯克:《世纪末的维也纳》,黄煜文译,台北:麦田出版社,2002年,第55页。

的，对于卡夫卡来说，其作为犹太人，生长与生活于犹太文化的小氛围，但作为奥匈帝国的臣民，大环境不可能不制约其成长与发展。作为卡夫卡的同代人，茨威格这样描述他所生长的世界：

> 我们年轻一代亲身经历的，正是艺术中的新事物酝酿发展的阶段，这些新事物远比我们的父母及其周围的人要求更热烈，更难解决，更有诱惑力。但是，由于我们被那段生活所迷惑，致使我们没有注意到美学领域中的变革，它促进了社会上的一切变化。这变化是新事物的先导，是旧事物的掘墓人。这种变化正在动摇和最终毁灭我们父辈们的安全世界；一场触目惊心的社会大变革，正在我们这个衰老的、昏昏入睡的奥地利国土上开始酝酿。几十年来，广大群众心甘情愿不声不响地把统治权让给了自由资产阶级，可是现在他们突然变得不安分守己，并且组织起来，要求得到自己的权利。正是在上世纪后十年，政治像暴风骤雨冲进平静安逸的生活。新的世纪要求有一种新的制度和一个新的时代。[1]

虽然，维也纳与布拉格还是不太一样，但作为奥匈帝国的二元首都之一，自匈牙利人获得了充分的自治权利之后，布拉格的文化中心地位就越来越明显了。卡夫卡所经历的，正是这样日益在政治与文化意义上崛起的布拉格。[2]

经过18世纪哈勒大学与哥廷根大学的革新，更经过19世纪初以柏林大学为代表的改革运动，到19世纪中期，德国大学已经明显在世界上占领先地位，拥有多所世界第一流的高等学府。柏林大学更是长期以来享有世界性的声誉。[3]德国长期为当时世界科学的中心。第一次世界大战前，德国大

---

[1] 茨威格：《昨天的世界——一个欧洲人的回忆录》，徐友敬等译，合肥：安徽文艺出版社，2000年，第68页。

[2] 关于卡夫卡与布拉格的关系，请参见Herald Salfellner: *Franz Kafka und Prag* (《卡夫卡与布拉格》), Prag: Vitalis, 1998。

[3] 参见Christian Bode, Werner Becker & Rainer Klofat: *Universitäten in Deutschland* (《德国的大学》), München: Prestel, 1995, S. 30–31。

学处于鼎盛时期,也是"近代世界高等教育发展的巅峰"[1]。如果考虑到德奥之间同属日耳曼文化的传统,其实把这一评价挪用到奥国大学也同样适用。确实,直到20世纪20年代上半叶,日耳曼国家的大学制度都独标风骨:"授课几乎完全只限于正式的讲座。除了三项主要考试之外,根本没有其他测验,这三项考试也基本上是在学习结束时进行的。因此,教授也就检查一下你是否缺勤,除了这种完全流于形式的要求之外,没有任何东西约束你。我们确实完全自由自在,只要应付了口头考试之后,想干什么就干什么。整个学习期间,我们都没有书面作业,更没有必须要完成的书面作业。法律专业有一些实践考试,我们会讨论一些具体问题,但这也不是强制性的。特别是在法律系,大部分学生几乎从来不在学校露面,而是去找私人教师,这些私人教师会辅导他们应付毕业考试。"[2]作为学生的哈耶克(Friedrich A. von Hayek,1899—1992)的回忆,确实最好不过地反映出其时维也纳大学的学术空气与氛围。这样的制度所导致的结果是什么呢?最后,"具有学术兴趣的人都学会了自己进行研究,而不指望得到老师的多少指导和鼓励",最重要的是,大家都"学会自己探索自己的路子"。[3]我想这可能是日耳曼国家能在长时期保证自己在高等教育与学术领域优势的最重要原因,即鼓励以学生自我为中心的学习与研究。哈耶克最后也意识到这一点,即最重要的是,学到的不是具体的知识,而是如何学习的方法,如何提出问题和解决问题的方法。所以当有人提问细分专业以及学习本专业之外知识的优劣的问题时,他这样回答:"我们的做法在当时非常有益。我觉得,我们更有可能提出问题,也时刻准备提出问题,但我们的知识可能确实不如现在的学生扎实。在一定程度上说,并不是我们不重视某门学科。我觉得,如果就我们对自己所学专业进行能力测试,我们可能确实不像现在的学生那样训练有素。但另一方面,我们却保有一颗开放的心灵;我们对各种各样的事情都兴致盎然。我们确实不是训练有素的专家,但我们知道如何去掌握某门学科的知识。我们发现,今天,即使是那些在本专业具有很高声望的人士,也不知道如果让他们去学习一门新专业,该如何下手。而对我们

---

1 贺国庆:《德国和美国大学发达史》,北京:人民教育出版社,1998年,第182页。
2 阿兰·艾伯斯坦:《哈耶克传》,秋风译,北京:中国社会科学出版社,2003年,第36页。
3 阿兰·艾伯斯坦:《哈耶克传》,秋风译,第36页。

来说，这却根本不成问题。我们本来就在不断地学习新专业。我们相信，如果你想搞一门专业，你就得掌握如何学习有关知识的技巧。"[1]在哈耶克眼中，20世纪20年代的维也纳是"世界重要的学术中心，没有哪个地方能像20世纪20年代和20世纪30年代上半叶那样激动人心"[2]。如果如此说的话，那么19、20世纪之交的维也纳则更具备那种"前不见古人，后不见来者"的旷古绝响的意味，已成为人类文化史上永不重复的标本，正如18、19世纪之交的魏玛古典时期一样，星光璀璨、争相耀眼，构建了那样一幕人类精神的"群星闪耀时"。

然而，卡夫卡笔下的世界，则为我们在那精神发达、思想活跃、文化灿烂的辉煌时代之外，探索出别一种风景与世界，在这个世界里，呈现出"荒谬框架下细节真实；图像式象征与寓言、譬喻；梦境记录式的奇幻；石破天惊的怪异；啼笑皆非的悖谬；不尚浮华的简朴"[3]……虽然，卡夫卡作品的文学史价值已足以确立，但在某种意义上它确实颠覆了我们对那个时代精神状况的向往。精神的发达与人性的压抑，居然是可以如此的"相异共存"吗？精英的世界与平民的社会，竟然是如此的"天壤有别"吗？

然而，其实二者表象虽异，实质相通，奥国民主崩溃的实践，早就为卡夫卡所证实。精英文化的"精雕细刻"与"登峰造极"，本就预示了其无奈的衰颓过程，其实，这并不仅是卡夫卡自己的选择，那是一种时代的必然。可以列举者，如里尔克，如茨威格，如穆齐尔，甚至还有霍夫曼斯塔尔等，都在某种程度上洞察了此点。只不过，卡夫卡之别具只眼与技高一筹，在于他不是以传统的文学样式来阐述与揭露，而是用了"象征之技"，开一代文风之先河。表达生存现实的荒谬与理想境界的无望，乃是其文学思路的基本出发点。

在人类历史上，共和民主逐步登上历史舞台，并在制度层面得以落实，是经历了艰难与斗争的过程的。奥匈帝国于1848年转型为共和国，但从形式上的改制到实质上的落实，其间仍有漫长的道路需要走过。卡夫卡所经历的，不仅是奥国民族国家的重新构建之路，同样更伴随着现代性的摧枯

---

1 阿兰·艾伯斯坦：《哈耶克传》，秋风译，第36—37页。
2 阿兰·艾伯斯坦：《哈耶克传》，秋风译，第37页。
3 叶廷芳：《通向卡夫卡世界的旅程》，载《文学评论》1994年第3期。

拉朽之力。虽然他身当世纪末的奥匈帝国，但却并未处于中心城市的维也纳[1]，然而布拉格的背景，也同样反映出奥国的特殊民族进程与现代性的大势所趋。作为奥匈帝国的重要组成部分，布拉格的景象会是怎样的呢？这里，有德语国家境内第一所大学，布拉格大学原称查理大学（创立于1349年），是中世纪时重要的知识发源地。1906年，卡夫卡在此获得法学博士学位，此时大学的全名是布拉格卡尔·费迪南皇家德语大学。

卡夫卡的生存条件并不好[2]，但这却并不妨碍他成就其文学事业。所谓"艰难困苦，玉汝以成"，或许正是对此的解释吧。卡夫卡笔下的文学世界，固然可以理解为具有普遍人性意义的"惟妙惟肖"[3]，但首先是奥匈帝国的"镜像呈现"。这点殊无疑问，而其高度与创造则在于，在文学史与思想史的双重视野中来展示奥国镜像。从《变形记》到《城堡》，我们可以看到，卡夫卡始终关注的是人类生存境况的基本问题，人性曲折扭转的荒谬本性，虽然以文学之形貌出现，但追问的始终是终极的问题。就此而言，就思想史而言，卡夫卡的意义绝不逊色任何一位哲学家。然而，文学毕竟是文学，作为时代中人留下的文本，其中不能完全摆脱的，仍是时代语境与历史镜像。

---

1 维也纳作为思想史与文化史上一个独特的标本，值得特别关注。有论者指出："维也纳的文化精英在社会阶级的区隔上很明显，他们是矛盾的结合体，集地方主义与世界主义、传统主义与现代主义于一身，并且为我们提供了研究二十世纪初思想发展的最佳资料，这是其他城市所比不上的。以伦敦、巴黎或柏林来说……在这些城市中，上层文化中各领域的知识分子，不管是学院的或美学的、新闻的或文学的、政治的或思想的，彼此都不互通声气。他们的专业区隔很明显，所以鲜少往来。维也纳则不同，一直到一九零零年为止，精英间的凝聚力是非常强的。沙龙及咖啡馆仍然很有活力，知识分子在其中分享彼此的观念与价值，这些精英们有从事于商业的也有走学术路线的，而他们都自矜于自己所受的通才教育以及艺术素养。而奥国精英的'异化'（alienation）——神秘或前卫次文化的发展开始脱离原本高级中产阶级的政治、伦理与美学的价值——虽然要比别的国家进行得快速与明确，但其来临的时间却是比较晚的。"卡尔·休斯克：《世纪末的维也纳》，黄煜文译，第45—46页。

2 卡夫卡的父亲是一个犹太商人，父子之间的关系颇为紧张。所以他虽然获得了博士头衔，结果却是去做了一个普通职员。这样的一种定位，对于他日后的思想发展与创造风格形成是很有影响的。

3 这一点似乎尤其得到中国当代作家们的推许，2005年4月的一场与德国女作家交流的活动后的餐会上，止庵、邱华栋等都毫无保留地推崇卡夫卡，前者甚至偏激地认为卡夫卡一人的重量就超过了20世纪作家的一半。我当时提了一个问题，是否这意味着"卡夫卡之后不必写作"？

二、传统之中与现代之内：卡夫卡的两难选择

卡夫卡在生前虽然发表过作品，甚至也获得过文学奖项，有着对于作品发表的愿望[1]——这表明他算是参与了文学界的；但就其本质来说，他仍然是非文坛中人。他更多选择的，是一种孤独的写作。卡夫卡的表述从一开始就是非文学的。或者说，借文学的方式，表达思想的内涵。于是，在艺术表现方式上，就展示出与传统文学含义迥然不同的操作手法。然而，形式的呈现，只是手段而已；更为重要的，对于卡夫卡来说，写作意味着精神的延续，生命的光环。从这个意义上，我们去理解作为创作者的卡夫卡，可能会略起"同情之理解"。

在维也纳的茨威格，有着自己崇拜的对象，里尔克与霍夫曼斯塔尔如同双子星座，深深地吸引着他，当然还有施尼茨勒，他可以在这些耀眼的星座中自由选择、接受精神的滋养。但在布拉格的卡夫卡，却未必有如此好的运气。他虽然接受的是德语教育，流淌的也是日耳曼文化的血液，然而他却既非传统，也非现代。我们将卡夫卡的作品拿出来比较一下，就可以很清晰地看出差异之所在。同样呼应时代命题，卡夫卡的每部作品都人物形象模糊，很难将其"对号入座"。就拿那个大名鼎鼎的K来说吧，他是何人，将去何方，结局如何？每个人似乎都可以给出自己的判断和想象。但施尼茨勒就不一样，他在《通往开放之路》（*Der Weg ins Freie*）之中精心塑造的，是一个英雄形象，维根廷（Georg von Wergenthin）身兼艺术家及贵族的双重身份，被认为是代表了奥国世纪末资产阶级文化的英雄[2]，而作者试图表达的，则是这个英雄的理想"慢性死亡"之路。所以后者虽然被誉为奥地利"现代文学之父"，但就文学创造方式而言，仍相对传统。[3]只是到了卡夫卡，才有此近乎"千年未有之大变局"。

---

[1] 1912年8月14日卡夫卡致恩斯特·罗沃尔特（Ernst Rohwohlt）函，称："怀着希望在你们美丽的书籍中有一本我的书的贪欲。"叶廷芳主编：《卡夫卡全集》第7卷，叶廷芳等译，石家庄：河北教育出版社，1996年，第125页。

[2] 关于对施尼茨勒文本的思想分析，请参见卡尔·休斯克：《世纪末的维也纳》，黄煜文译，第59—64页。

[3] 请注意，我这里说的是"相对传统"，乃是指与卡夫卡"大开大阖"地决然"自辟新境"而言。就奥国现代文学之构建来说，施尼茨勒确实具有创新意义，其心理小说的路径明显是自创一格。

卡夫卡既非出身贵族，亦非艺术家，他只是一个普通的小职员，虽然这个职员拥有博士头衔，不过似乎亦未对他的实际生活有过什么帮助。他选择的是一条默默无闻的创造之路，在这个狭小的生命圈子里，他探索着生命，探索着世界。任何一个大文学家或大学者，都不可能没有自己的观照，然而如何表述，却是更为关键的问题。其实，在我看来，卡夫卡固然不属于传统，也不应归之为现代。他对现代性的敏锐感知，与其说是"天纵聪明"，不如说是"感同身受"。他长期供职于一家"布拉格波希米亚王国工人事故保险公司"，这一工作性质就注定卡夫卡将以一种悲哀的方式来面对现代性与资本主义生产方式带来的"鲜血淋漓"，正如他的挚友勃罗德引述论证的那样："很清楚，卡夫卡对世界和生活的认识以及他怀疑事物的悲观主义很大一部分来自公务经历，来自与遭受不公待遇的工人们的接触，来自蜗牛爬行般的公务办事过程，来自公文停滞堵塞的过程。"而诸如《审判》《诉讼》等小说则"整章整章的外壳和现实主义的苞叶取材于作者在工人事故保险公司中亲身经历的环境"[1]。

乍一看去，卡夫卡属于在传统与现代之外的"梦游者"。因为，无论传统还是现代，都必须立足现实，但卡夫卡却可以"超然物外"，不仅是说他在社会生活中将自己"隐身而藏"，更是指他在小说中也同样使自己"幻化隐形"。由传统向现代的过渡，并非"水到渠成"，现代性之来也，虽然早在18世纪后期已显露端倪，但进入20世纪之后，更以一种极为恶性的方式膨胀循环起来。虽没有席勒那样先知先觉的理论敏知力[2]，但若论及感觉的细腻与见微知著，卡夫卡却一点都不逊色。更重要的是，卡夫卡所生存的时代与具体的社会生活方式，更为其洞烛的深刻和幽微，提供了前者难以企及的平台。

我很难想象，在当时的文学语境之中，卡夫卡可以获得很大的成功。或许，正是出于一种对现有文学场与权力场的疏离，卡夫卡才能使他的文学世界呈现出前所未有的撼动人心的力量与艺术的真实，他没有鲁迅以文

---

[1] 马克斯·勃罗德：《卡夫卡传》，叶廷芳等译，石家庄：河北教育出版社，1997年，第79页。
[2] 关于席勒的现代性洞见，参见席勒：《审美教育书简》，载冯至：《冯至全集》第11卷，石家庄：河北教育出版社，1999年。哈贝马斯：《论席勒的〈审美教育书简〉》，载《现代性的哲学话语》，曹卫东等译，南京：译林出版社，2004年，第52—58页。

为刃的战斗激情，他只是将世事所见形之于文，并在沉默中探索何以如此。他在遗嘱中请他的密友布罗德（Max Brod）将其所有创作付之一炬，这说明他既无"流芳百世"的名利心，亦不看重自己的创造成果。但恰恰是这种为自己而写作的思想境界，决定了他创作的层次与可能潜力，这或许才是所谓"读书不肯为人忙"的最高境界。卡夫卡当然不是传统的，因为在他看来，似乎本就没有传统可以承继；卡夫卡又不完全是现代的，称他为现代主义奠基者的判断，多少带有"事后追认"与"盖棺论定"的味道。卡夫卡走的，正是他自己的路，而这种路，以我之愚见，并非可以效仿。虽然，后世的诸多文学流派都可从此找到源泉，或者说是吸取了滋养，诸如以马尔克斯（Gabriel García Marquez, 1927—2014）为代表的魔幻现实主义，以博尔赫斯（Jorge Luis Borges, 1899—1986）为代表的超现实主义等另类模式。但卡夫卡潮流未在德语国家形成，却是一个发人深省的现象，这至少说明一点，卡夫卡是无法复制的。

卡夫卡的文学品味很难说不是传统的，如他喜欢克莱斯特、歌德和《圣经》，再如黑贝尔（Christian Friedrich Hebbel, 1813—1863）、冯塔纳、施蒂夫特，外国作家如果戈理、陀思妥耶夫斯基、托尔斯泰、福楼拜等，当代作家如托马斯·曼、黑塞、霍夫曼斯塔尔。但他排斥梅林克、魏德金德、王尔德、亨利希·曼。[1] 后者的风格，倒跟他似乎略有相近之处。其实，进入现代之后，文学本身也在发生着剧烈的变化。批判现实主义、自然主义、象征主义、表现主义等文学流派的兴起，其实亦不妨看作应对的方式。但对现代性有更敏感而锐利认知的，仍当属现代主义的作家，因为他们是从自己设身处地的生存中去感知和判断自己所处的时代的。生存于布拉格的卡夫卡，其实在某种意义上亦在"巨型城市"之中，而这种所谓的现代巨型城市正是与工业化密切相关[2]，实际上亦不妨看作现代性的重要标志。现代性的最重要动力，就是资本的巨大驱动；正如马克思所言，资本主义正是以新工业建立的方式来操纵人类的生活：

---

1 据勃罗德的分析。参见马克斯·勃罗德：《卡夫卡传》，叶廷芳等译，第40页，注释1。

2 Michael Pleister: *Das Bild der Großstadt in den Dichtungen Robert Walsers, Rainer Maria Rilkes, Stefan Georges und Hugo von Hofmannsthals*（《瓦尔泽、里尔克、格奥尔格与霍夫曼斯塔尔诗歌中的巨型城市图景》）, Hamburg: Helmut Buske Verlag, 1990, S. 7.

资产阶级,由于开拓了世界市场,使一切国家的生产和消费都成为世界性的了。不管反动派怎样惋惜,资产阶级还是挖掉了工业脚下的民族基础。古老的民族工业被消灭了,并且每天都还在被消灭。它们被新的工业排挤掉了,新的工业的建立已经成为一切文明民族的生命攸关的问题;这些工业所加工的,已经不是本地的原料,而是来自极其遥远的地区的原料;它们的产品不仅供本国消费,而且同时供世界各地消费。旧的、靠本国产品来满足的需要,被新的、要靠极其遥远的国家和地带的产品来满足的需要所代替了。[1]

但这种工业化的方式也同样决定了利益操纵成为一切的标准。资产阶级以一切可能的方式谋取着最大利益,工人也就只不过成了机器化了的人。毫无疑问地,卡夫卡的工作性质使得他不得不以一种无比直接的"间接方式"触摸着现代性的残酷一面,只要看看他起草的年度报告就可以知道[2],这对一个正常人来说是一种多么痛苦的煎熬。事故的"耳濡目染"必然吞噬掉卡夫卡作为一个正常人的感知与快乐。所以在我看来,卡夫卡的"文学之择",固然可看作阐释权力世界的方式[3],更重要的还是其应对现代性的"龟缩之功"。只不过,一不小心,由于其"象征之技"的炉火纯青,竟然成了现代派事后追认不迭的"文学之父"。

三、形式过度与思想意义:现代文学建构之缺失可能

卡夫卡以他的方式参与了现代文学的构建(一般称之为"现代主义",其代表者还有诸如乔伊斯、普鲁斯特等),虽然这种方式并不符合一般大

---

1 马克思、恩格斯:《共产党宣言》,载马克思、恩格斯:《马克思恩格斯选集》第1卷,北京:人民出版社,1972年,第254—255页。
2 可参见第三章内容"围绕职业和使命的斗争",马克斯·勃罗德:《卡夫卡传》,叶廷芳等译,第73—94页。
3 谢莹莹:《卡夫卡〈城堡〉中的权力形态》,载《外国文学评论》2005年第2期。

众的审美习惯；不过，这似乎无关根本。毕竟，他表达了，也获得了理解。在评及《城堡》时，有论者这样说：

> 在那无处不在的、绝对否定的、严厉甚至残忍的机制面前，人的存在似乎不堪一击，但只是表面上不堪一击罢了。生命以它的卑贱、猥亵、耐受力，以它在毒汁中存活的可怕的本领，仍然在进行那种抵抗。也许是每一个障碍都粉碎了K，然而要K灭亡或放弃却不是那么容易的；表面的弱小只是一种假象，如同那些迅速繁衍的海藻一样，无论怎样无情的清剿都消灭不了它们，这些邪恶的植物，上天在赋予它们存在的权利的同时，让它们遭遇一次又一次的灭顶之灾。[1]

残雪是作家，她的这种自身的体悟，确实相当有灵性，不是一般人能道出的。这里揭示的一对悖论其实值得注意：一则是机制的强大力量，二是个体生存的巨大生命力。但问题在于，是否到此即可止步？机制固然残酷，人生固然微薄，然而理想怎能泯灭，生命岂可轻掷？人生之途漫长，宇宙之旅永恒。人性是否有恒定的真善美之终结，或许始终将是一个"斯芬克司之谜"。没有答案或许就是宿命，至少它很可能永不会十全十美地出现在我们眼前，但问题在于，我们是否就此停下追索的步伐？"奥斯维辛之后更要写诗，卡夫卡之后更要创作。"因为，生命不息，步履不止，我说的还不仅是个体的生命之花，更意味着人类的生命之树。

柯林武德一言以蔽之，"一切历史都是思想史"，并强调应去挖掘一切历史过程中"由思想的内容所构成的内在方面"[2]，可以为本文的立意提供最基本的理论支持。从这个角度来说，文学史当然也难辞其作为思想史表述的功能；而对于卡夫卡这样一个以思想表达为立意的人物来说，则更是把握他"文学之技"背后的"孤独之思"的最好方法。有论者提出"一般思想史"的概念，认为思想主体是"精英"或"大众"并不重要，而应关注其内容，即"体现时代特点的思维方式（包括社会常识结构）、基本价值

---

[1] 残雪：《灵魂的城堡——理解卡夫卡》，上海：上海文艺出版社，1999年，第347页。
[2] 柯林武德：《历史的观念》，何兆武等译，北京：商务印书馆，1997年，第303、302页。

观念、重要社会思潮等的历史背景、内在形态和外在效应之类"[1]。不过，在我看来，既有"一般"，就必有"特殊"，或许就是所谓"大众"与"精英"的区分。在卡夫卡，他的思想史意义，正表现在他既对时代特点有所体现，又远远超出了其时代所可能做出的限制，而进入了由特殊入一般，又由一般入特殊的"澄明之境"，正如卡夫卡自己坦陈的思路："为了说明最近的这篇小说（即《在流放地》），我只补充一句：并非只有它（即那个时代）是苦难的，而毋宁说，我们的普遍时代以及我的特殊时代，同样亦是极为苦难的，过去和现在都是苦难的，而我的这个特殊时代甚至比普遍时代有着更为持久的苦难。"[2] 卡夫卡的意义，就在于他既立足于自己的时代，又超越了一般具体时代的刻画，而将锋芒直接指向永恒人性的一面，正如比梅尔（Walter Biemel）对《在流放地》的深刻分析：

> 我们在小说中寻找人的形象，却只发现一些物件——莫非这种人的消失就是这篇小说最激动人心的事件吗？传统意义上的人被消灭掉了。当人之本质如此这般被颠倒，以至于我们不得不谈论一种最极端的非人性化（Entmenschlichung）时，对正义的反常化才是可能的。这时候，一架顺利运转的机器实际上就可能比一个受折磨的人的痛苦更为重要，因为这种痛苦根本就没有被感知。这个人简直就是一个物件，其用途是为证实机器的顺利运转，他身上发生的其他事情，就可以存而不论了。[3]

---

1 黄兴涛：《近代中国新名词的思想史意义发微——兼谈对于"一般思想史"之认识》，载杨念群等主编：《新史学——多学科对话的图景》上册，北京：中国人民大学出版社，2003年，第331页。

2 1916年10月11日卡夫卡致库特·沃尔夫函（*Kafkas Briefe*, S. 150）。中译文转引自瓦尔特·比梅尔：《当代艺术的哲学分析》，孙周兴等译，北京：商务印书馆，1999年，第48页。另参见叶廷芳主编：《卡夫卡全集》第7卷，叶廷芳等译，第189页。这一点印证以金庸小说《笑傲江湖》亦然，虽然没有具体的历史与时代背景，但任我行、东方不败、岳不群、左冷禅等人其最真实与形象地刻画出历史的真实，放之于任何中国语境似乎都若合符节。

3 瓦尔特·比梅尔：《当代艺术的哲学分析》，孙周兴等译，第43页。这一传统，在奥国当代文学中亦有所反映，如2004年诺贝尔文学奖获得者耶利内克，其作品中不太存在性格鲜明的个性化形象，而更多体现出一种社会符号的意义。

人已死，遑再论？更重要的，它不是简单肉体的死亡，而是精神的覆灭。卡夫卡的意义，就在于他无比深刻地洞察了资本社会中人性死亡的本质，并用一种极为冷静与客观的笔法，将它艺术地呈现出来。死亡无足惧，可将死亡表现于精神层面，那可就连最勇敢的精神界战士，恐怕都是不得不惧怕的呢！

但必须指出的是，尽管我对卡夫卡的思想史意义充分肯定，对其在文学史上的价值也予以适度认同。可若从文学美感的角度立论，我以为不值得充分肯定其文学价值。这种风格可以由个体的天纵英才偶然形成，却非通过后天努力可以达致[1]，属于李太白类的"黄河之水天上来"，却不同于杜工部型的"茅屋为秋风所破歌"。而且文学毕竟是一种艺术的创造，过分忽视文本的美感与可读性，会导致文学继续边缘化，这是值得警醒与思考的大问题。所以有时我想，如尼采，如卡夫卡，他们都应当在文学、哲学之外另划一界，是在述其思，而非论其文。或者从另一个角度来立论，卡夫卡的意义更多是在思想史上[2]，而非文学史上。当然，文学界也接纳了卡夫卡，并给他以巨大的光环和荣耀，但这种事后追认的方式，其实颇有问题。

卡夫卡出了一个谜，而这个谜又多少有如"斯芬克司之谜"，引得无数英雄竞折腰，但就现代本身的发展过程来说，这种思路可能值得反省。因为，文学应当参与历史，文学必定已在相当程度上重构了历史。文学在人类艺术的范畴中，必须知道自己的定位与特色，否则又何必独立存在？同样，今人之解读卡夫卡，也必然是在时代语境之中来阐释卡夫卡。每一时代必有其自身独立意义之阐释，这也正是一代又一代的思想史命题之成

---

[1] 在我看来，卡夫卡是特殊现象，像耶利内克就不太成功。与卡夫卡的路径有些相似，耶利内克作品里的人物也大多是类型化的，不是有血有肉的个体，而是机械化时代中的符号。

[2] 正如有论者所指出的那样："在他（指卡夫卡，笔者注），写作（在他一篇日记中这么写着）是'祈祷'的一种形式。他努力的方向是内心的完美、白璧无瑕的一生。不能说他毫不在乎世界对他怎么想。他只是没有时间来顾及这个问题。充斥他心中的是对伦理上最高境界的追求，是一种上升至痛苦、至半癫半痴状态的冲力——不能容忍邪恶，容忍谎言，既不能容忍自我欺骗，又不能容忍对他人的刻薄。这是一种经常以自我菲薄为形式出现的冲力，因为卡夫卡仿佛是用显微镜观察他自己的弱点，渴望与纯洁、神圣获得最紧密的融合，在他的格言中这被冠以'不可摧毁的东西'。这种全力以赴的追求占据了他的一生。"马克斯·勃罗德：《卡夫卡传》，叶廷芳等译，第217页。

立。可问题在于，若将卡夫卡定位为思想家[1]，是不是更加切合？作为文学家的卡夫卡，其开辟的现代文学范式，由于其冲决潮流、自辟新意，所以很能在其后的历史语境中获得认同，但这种将具体的人格机器化，并演变为规律推导的思路；将文学作品解构去艺术的雕琢，幻化出深刻的思想穿透力的路径，在多大程度上符合作为艺术本身发展的内在趋势，其实真的值得追问。正如批评家所指出的那样，卡夫卡最大的历史功用，在于解构了"人"，也就是在尼采宣告"上帝已死"之后，他实际上宣告了"人已死"，而唯有机器，唯有看不见的资本魔影之下幻化为机器的人。这种思路，放在现代性发展进入恶性膨胀之初的20世纪早期可以理解，现代文学的形式显现与社会意义其实也正在于此。但在历史进入21世纪之后，我们所需要的，可能正是对这一问题的深刻反省。耶利内克的获奖或许正说明了这样的问题，她的作品中与其说是活生生的作为个体的人，不如说都是机器复制时代的"机器型人"，都只具有群体代表的指向性，而少有鲜活灵动的个体性格，这一点在《追逐爱的女人》对两个女性主人公的总结时表现得再明显不过："蓓格特——城市姑娘。苞尔拉——农村姑娘。"[2]所以她们的爱情观也分别指向两类女性："蓓格特需要的只是占有和尽可能多的占有。蓓格特希望得到的只是拥有和获得。苞尔拉需要拥有和爱，还需要向他人展示这种拥有和爱。"[3]作者的初衷固然是要揭露机械化时代资本对人的异化，可从卡夫卡到耶利内克，这样的循环往复就能解决问题了吗？文学固然不妨揭露黑暗，但立场的选择仍很关键。即便是描写性心理，劳伦斯（D. H. Lawrance，1885—1930）的诸多作品都不错，《查特莱夫人的情人》（*Lady Chatterley's Lover*）指向虽在资本主义工业化制度的批判，但却决不妨碍他将性爱描绘得健康真挚；就算是描写性心理的扭曲与变态，也有更深刻的方法与艺术的手段，譬如说最近的电影《戏梦巴黎》（*The*

1　四川人民出版社出版的一套"西方人文思想家回顾丛书"，即将卡夫卡赫然收入其内。
2　德文为："brigitte–das stadtkind. Paula–das landkind." Elfriede Jelinek: *Die Liebhaberinnen*（《追逐爱的女人》），Reinbek bei Hamburg: Rowolt, 1975 (25. Auflage, Oktober, 2004), S. 118.
3　德文为："brigitte will nur besitzen und moeglichst viel. brigitte will einfach HABEN und FESTHALTEN. paula will haben und liebhaben, und den leuten zeigen, dass man hat, und was man hat und liebhat." Elfriede Jelinek: *Die Liebhaberinnen*（《追逐爱的女人》），S. 115-116.

dreamers），作为大导演的贝托鲁奇（Bernardo Bertolucci，1941—2018）就是不一样，仍然可以用电影语言表现得那样如诗如幻，并不乏穿透历史的深刻与洞察。同样是现代文学的一脉相传，在卡夫卡与穆齐尔，都能以理性同情的目光去洞烛幽明莫测的世事，在幽默荒诞的图景中展示自己的人性关怀，并试图尽自己的最大可能来解读与解答人生与社会之荒谬。而在耶氏的《女钢琴师》中，却是将自己内心无法宣泄的刻毒阴忍，蕴藏于其文字之中。同样是"闲笔有意"，但《审判》中"K"在即将被捕时看到的，是楼房对面窗口的一盆黄花，昆德拉认为卡夫卡正是在这些细节中流露出人性的温暖。细细体味，能够有这样的闲情与从容观花者，又怎么可能是"罪犯"呢？这其中煦煦流淌的人性温暖，真是值得揣摩。而在耶氏，并不是没有向往光明的想法，可一方面她试图让"埃里卡知道她必须去的地方"，但又让"她回家。她走着，慢慢加快了步伐"[1]，而"家"对埃里卡来说有多少明亮的未来？从历史来看，那显然是一个"恶性养成"的深渊；同样，耶氏在结局之时也让埃里卡看到了窗户，但是"窗户在阳光下闪光，没有为这个女人打开"，甚至"它不为每一个人打开"。[2] 这种似乎长期形成、与生俱伴的"性恶阴影"，似乎不知不觉中伴随了耶利内克的创作历程，或许已潜移默化、深入骨髓，成了挥之难去的潜意识。

但必须指出的是，从卡夫卡到耶利内克，是有奥国文学史发生、发展的内在轨迹在的。无论是从德语语言本身的角度来看，卡夫卡小说的语言本身既不复杂，也不精致，但却充满了洞察与寓意，这点与耶利内克作品有相通之处；它们也都是对资本操纵机械时代下人性异化的控诉，具有深刻的思想内涵；作者本身的青春成长经历，又多少有非正常因素的一面。[3]

---

1 埃尔夫利德·耶利内克:《钢琴教师》，宁瑛等译，北京：北京十月文艺出版社，2005年，第238页。德文本参见Elfriede Jelinek: *Die Klavierspielerin* (《女钢琴师》), Reinbek bei Hamburg: Rowolt, 1983。

2 埃尔夫利德·耶利内克:《钢琴教师》，宁瑛等译，第237页。关于卡夫卡作品中窗的意象，可参见梁锡江:《窗之惑——试论卡夫卡小说中"窗"的隐喻》，载《外国文学评论》2004年第4期，第32—39页。

3 譬如两者都多少表现出的自虐倾向。关于卡夫卡的自虐，参见周何法:《卡夫卡的自虐狂倾向及其触发因素》，载《外国文学评论》2005年第1期。耶利内克的自传体小说《钢琴教师》的女主人公有多处自虐描写。

不过，耶利内克比卡夫卡似乎更多了些"怨毒"之气，这样一种发展的取径与趋势，其实也迫使我们回过头来，认真地对待前贤给我们留下的历史遗产。在现代性仍继续恶性膨胀的今天，我们该当如何面对？卡夫卡的象征之技，究竟是历史的偶然，还是转型的必然？卡夫卡的文学之择，究竟是文学的幸事，还是思想的无奈？

作家如何表达思想？
——论《物理学家》的问题意识与表述之难

一、问题意识与文本表达

世人都对德国哲人景仰不已，认为他们在玄思奥妙的精神世界，为人类创造了极为可贵的财富和遗产；而在文学领域，却相对更看重英、法、俄等国，因为德国文学的晦涩思辨特征，使读者往往畏难却步。这种略带些普遍性的论调，在我看来，似乎并不尽然。歌德作品的明朗博大，固然是最好的例证；而荷尔德林的诗歌，也同样点燃起一种近乎圣灵的光辉。但就总体而言，我们不得不承认，德国人的思辨传统在他们的文学作品里确实得到了充分体现，这也就意味着：德国文学往往不以构思精妙、情节生动、叙述动人见长，而更多地立足于思辨的深刻。

这一点，同样表现在《物理学家》（*Die Physiker*）这一文本之中。虽然迪伦马特（Friedrich Dürrenmatt，1921—1990）强调自己"不是从命题，而是从故事出发的"[1]，但这个关于"物理学家"的剧本，其实多少有些略带

---

[1] 迪伦马特：《关于〈物理学家〉的二十一点说明》，载迪伦马特：《老妇还乡》，叶廷芳、韩瑞祥译，北京：外国文学出版社，2002年，第389页。迪伦马特，瑞士德语剧作家、小说家。生于伯尔尼州科诺尔芬根的牧师家庭。1941—1945年在苏黎世大学和伯尔尼大学读神学、哲学和文学。曾任苏黎世《世界周刊》戏剧评论员。1952年后从事文学创作，1959年获联邦德国席勒奖。1968—1969年任巴塞尔剧院经理。主要剧作有《立此存照》（1947，1967年改为《再洗礼教徒》）、《盲人》（1947）、《密西西比先生的婚事》（1952）、《天使来到巴比伦》（1953）、《罗慕路斯大帝》（1950）、《老妇还乡》（1956）、《物理学家》（1962）等；还创作有系列犯罪小说：《法官和他的刽子手》（1952）、《抛锚》（1956）、《诺言》（1958）等；戏剧评论作品：《戏剧问题》（转下页）

牵强而命题先行。作者借主角默比乌斯（Möbius）之口说出的一段话，不妨当作理解文本背后作家思路的线索：

我们是三个物理学家。我们要采取的抉择是物理学家的抉择。我们必须持科学态度。我们不能让观点，而要让逻辑的结论来决定我们的弃取。我们必须设法找到理智的东西。我们不可犯思维性的错误，因为错误的结论必定会导致灾难。出发点是清楚的。我们三个人都有相同的目标，但我们的策略是歧异的。目标就是物理学的发展。您，基尔顿，您想保护物理学的自由而拒绝它承担义务。您呢，艾斯勒，您正相反，您要物理学为某一国家的实力政策承担义务。

Wir sind drei Physiker. Die Entscheidung, die wir zu fällen haben, ist eine Entscheidung unter Physikern. Wir müssen wissenschaftlich vorgehen. Wir dürfen uns nicht von Meinungen bestimmen lassen, sondern von logischen Schlüssen. Wir müssen versuchen, das Vernünftige zu finden. Wir dürfen uns keinen Denkfehler leisten, weil ein Fehlschluß zur Katastrophe führen müßte. Der Ausgangspunkt ist klar. Wir haben alle drei das gleiche Ziel im Auge, doch unsere Taktik ist verschieden. Das Ziel ist der Fortgang der Physik. Sie wollen ihr die Freiheit bewahren, Kilton, und streiten ihr die Verantwortung ab. Sie dagegen, Eisler, verpflichten die Physik im Namen der Verantwortung der Machtpolitik eines bestimmten Landes.[1]

要想比较深入地理解这段话，不但需要较为完整的文化背景知识，更需要

（接上页）（1955）、《弗里德里希·席勒》（1959）。参见张威廉主编：《德语文学词典》，上海：上海辞书出版社，1991年，第745页。Anselm Salzer & Eduard von Tunk (hrsg.): *Illustrierte Geschichte der deutschen Literatur*（《插图本德国文学史》），Band 6, Köln: Naumann & Göbel, 1986, S. 211-215.

1　迪伦马特：《物理学家》，叶廷芳译，载迪伦马特：《老妇还乡》，叶廷芳、韩瑞祥译，第376页。以下引文都据此译本，为1980年新修订本，作者强调的是文学稿，是各种稿本的一个总结；原文请参见Friedrich Dürrenmatt: *Die Physiker-Eine Komödie in zwei Akten*, Zürich: Verlag der Arche, 1980, S. 72。

深入文本的整体语境中去。《物理学家》的文本形式是剧本，剧本主要以对话手段来展开情节。这样的话，情节的发生就会相对依靠地点的集中性，这应是它的主要特点。作为一个两幕剧，该剧故事构成简单，结构亦无复杂之处，但故事情节却让人颇觉惊险。

迪伦马特给我们讲了这么个故事，一个没有说明国籍的核物理学家——默比乌斯，发明了一种能够据以创造一切的万能体系。但他唯恐这一科学成果被东西方的大国用于军事目的，导致人类毁灭。所以，出于一个正直的科学家对人类的责任感，他决心找出一个方法来解决问题。他的方法是，抛妻别子，隐姓埋名，假托"所罗门"向他显灵，装疯躲进了一家精神病院。但难道真的有远离尘嚣、洁身躲避的处所吗？西方和苏联的情报机构派人跟踪而来，装疯住入精神病院，并都自称物理学家，一为牛顿（Newton），一为爱因斯坦（Einstein）。他们为了获得默比乌斯，无所不用其极，不但杀死了知情的、爱上他们的女护士，而且要进行决斗。但在最后时刻，精神病院的院长博士小姐（Dr. Fräulein）突然出现，宣称他们都已落入她的毂中而不自觉：原来她是某大托拉斯成员，利用精神病院控制了物理学家的研究活动，而默比乌斯的成果也早已为她所窃取，她和她的托拉斯将利用这些发明控制一切，统治世界。[1]

这个剧本的虚构性与荒谬性显而易见，在真实生活中发生这样事件的可能性并不大；而就艺术性而言，虽然一以贯之表现出迪伦马特的特点，诸如"在荒谬中再现现实"，在形式上表现为"悲喜剧"（Tragikomödie），在手段上表现为"即兴奇想"（der Einfall），等等[2]，但客观地评价，其文学

---

[1] 参见孙坤荣编注：《德语文学选读》第3册，北京：北京大学出版社，1995年，第349页。

[2] 参见叶廷芳：《"在荒谬中再现现实"——试论迪伦马特的悲喜剧艺术》，载《文艺研究》1981年第2期。关于迪伦马特在中国的研究情况，作为德语文学研究者的叶廷芳与戏剧文学研究者的丁扬忠值得关注，参见叶廷芳摘译：《西德〈世界报〉访问迪伦马特》，载《外国文学动态》1981年第4期；叶廷芳：《迪伦马特访问记》，载《外国戏剧》1982年第3期；丁扬忠：《迪伦马特和他的〈贵妇还乡〉》，载《人民戏剧》1982年第5期。一般而言，戏剧界对他的关心更多些，如陈恭敏等：《费·迪伦马特剧作在中国舞台上首次演出——座谈上海戏剧学院演出〈物理学家〉》，载《戏剧艺术》1982年第1期；张应湘：《求索总是有益有趣的——弗·迪伦马特剧演出初探》，载《上海戏剧》1982年第2期；卢丹：《啼笑交迸的戏剧——谈迪伦马特的悲喜剧〈贵妇还乡〉》，载《长江戏剧》1982年第5期；党菊莲：《一幅畸形社会的速写画：迪伦马特〈流星〉艺术魅力初探》，载《外国文学研究》1992年第3期。也有涉及迪伦马特其他方面的创作，如兆平：（转下页）

价值并不高，创新意味也不大。尽管如此，此剧一出，仍然受到极大的欢迎，所谓"剧本上演后，立即轰动欧美剧坛，成为20世纪60年代初德语国家舞台上演得最多的剧目"[1]。不过，这可能正说明了《物理学家》与时代潮流相吻合、与观众趣味相一致，而未必就能证明其艺术成就的高低。因为，戏剧的普及度与其艺术性往往不成正比。那么，我们不禁要问，既然如此，《物理学家》难道只是一个迎合大众趣味的应时之作吗？当时的时代潮流与大众趣味是什么呢？

二、时代精神的把握：时代背景与国际关系的映射

迪伦马特成名很快，他1941—1946年间上大学，苏黎世、伯尔尼都曾留下其生命足迹，所学专业则涉及哲学、文学和自然科学。20世纪40年代末开始主要从事写作；20世纪50年代初即成为知名戏剧家。1956年上演的《老妇还乡》(Der Besuch der alten Dame-Eine tragische Komödie)使他蜚声世界剧坛。《物理学家》创作于20世纪60年代初期，1962年上演即引起轰动。这个剧本反映的是时代的重大问题——"人的生存与毁灭"，更多的，可能是有关人的毁灭问题。

要谈论这一问题，必须追溯第二次世界大战后国际关系体制的形成，雅尔塔体系之后基本形成了冷战格局，军备竞赛不断升级。我们注意到："1945年至20世纪60年代末，美苏两极格局的主要表现形式为冷战共处。美

（接上页）《略论迪伦马特的犯罪小说》，载《上海教育学院学报》1992年第2期，但很少。还有些通俗性的介绍文字，如蔡体良：《巴比伦塔楼的哀歌：迪伦马特和他的"怪诞戏剧"》，载《环球》1987年第11期。

[1] 关于对此剧技巧上的优点，叶廷芳指出："《物理学家》是一部哲理剧，不是性格剧。作者又一次采用了古典主义的'三一律'形式，写成了又一部悲喜剧力作。它在艺术上的成功首先应归功于作者构思的巧妙：疯人院由科学家的避风港变成终身监狱，有力地突出了悲的思想主题，又具有强烈的'喜'的戏剧效果。那三个'疯子'的人物设计别具匠心，他们使剧情的发展始终响着悲剧的基调，又伴以轻松幽默的气氛；他们那真真假假的疯言疯语，既有滑稽的笑料，又有严肃的哲理，不时闪耀着智慧的火花。"《译本序》，载迪伦马特：《老妇还乡》，叶廷芳、韩瑞祥译，第14—15页。不过，我恰恰以为，这三个"疯子"人物有些故弄玄虚，冲淡了作品的主题。

国处于战略进攻态势，但攻中有守；苏联则处于战略防御态势，但守中有攻。美苏的战略重点一直在欧洲地区。"这一背景，结合其各自的国家利益进行战略分析，就一点也不难理解。在政治上，控制欧洲就在一定意义上具备了左右世界格局的能力；在经济上，美苏两超级大国的最大经济利益都在欧洲，美国的传统市场、主要盟国、对外贸易、对外投资、对外经济技术和对外文化援助都主要以西欧为主，苏联则在东欧有自己的最大经济利益；在战略上，西欧是美国通向欧亚非大陆的门户和推进东欧的桥头堡，东欧则是苏联的屏障和安全带。[1] 所以，两个超级大国在此激烈竞争，是必然之事。1958年1月16日，美国国务卿杜勒斯发表演说，认为苏联发射人造卫星成功，表明"共产帝国主义"拥有庞大力量，"自由面临着比近来的任何一次挑战都更强有力的挑战"[2]。如果我们在这种背景下来理解迪伦马特的创作，可能更易了然。核武器的发明研制，已经并非新闻，它所带来的对于人类命运的影响极其重大，甚至有可能导致地球的毁灭！迪伦马特的担忧通过默比乌斯之口清楚不过地表达出来："有的风险是切不可冒的：人类的毁灭就是属于这样的风险。"[3]

迪伦马特这样的思想型作家，对这样重大的时代命题是不可能不有所思考的，关键则在于价值取向。我们应当注意到，迪伦马特的创作，指向当代的并不在少数。不管是以历史为题材的《罗慕路斯大帝》(*Romulus der Große*)，还是以世俗故事入手的《老妇还乡》，其指向往往在当代关怀，在世道人心！同样，《物理学家》的创作选择了当时大众都必然关心的国际背景，即冷战格局下的核武器问题。与其说迪伦马特的创作迎合了大众趣味，毋宁说迪伦马特的思考反映了时代潮流。面对人类毁灭的危险，迪伦马特迫不及待地要提出问题，更想开出药方：

理智要求这样做。我们在科学上已经到达可知物的界限了。我们

---

1 黄安年：《当代世界五十年1945—1995》，成都：四川人民出版社，1997年，第364页。
2 柳静编：《西方对外战略资料汇编》第1辑，北京：当代中国出版社，1992年，第11页。
3 迪伦马特：《物理学家》，叶廷芳译，载迪伦马特：《老妇还乡》，叶廷芳、韩瑞祥译，第377页。原文为："Es gibt Risiken, die man nie eingehen darf: der Untergang der Menschheit ist ein solches." Friedrich Dürrenmatt: *Die Physiker–Eine Komödie in zwei Akten*, Zürich: Verlag der Arche, 1980, S. 73.

知道了几种可以精确把握的规律，弄清了一些不可理解的现象之间的几种基本关系，这就是一切，剩下的很大部分还是个秘密，智力难于接近。我们已经到达我们所走的道路的尽头。但是人类还没有走到这么远。我们已经打了前哨战，而眼下没有后继者。我们已突入阒无一人的地带。我们的科学已经变成恐怖，我们的研究是危险的，我们的认识是致命的。现在摆在我们物理学家面前的唯一出路是向现实投降。我们是不能同现实相抗衡的，它正从我们的身边走向毁灭。我们必须把我们的知识收回来，而我已经把它收回来了。

Die Vernunft forderte diesen Schritt. Wir sind in unserer Wissenschaft an die Grenzen des Erkennbaren gestoßen. Wir wissen einige genau erfaßbare Gesetze, einige Grundbeziehungen zwischen unbegreiflichen Erscheinungen, das ist alles, der gewaltige Rest bleibt Geheimnis, dem Verstande unzugänglich. Wir haben das Ende unseres Weges erreicht. Aber die Menschheit ist noch nicht soweit. Wir haben uns vorgekämpft, nun folgt uns niemand nach, wir sind ins Leere gestoßen. Unsere Wissenschaft ist schrecklich geworden, unsere Forschung gefährlich, unsere Erkenntnis tödlich. Es gibt für uns Physiker nur noch die Kapitulation vor der Wirklichkeit. Sie ist uns nicht gewachsen. Sie geht an uns zugrunde. Wir müssen unser Wissen zurücknehmen, und ich habe es zurückgenommen.[1]

有意思的是，迪伦马特高度地肯定了物理学家们所做出的自戒性努力，默比乌斯说："我们要么牺牲，要么被杀。我们不住疯人院，世界就要变成疯人院。我们不在人们的记忆中消失，人类就要消失。"[2] 这一对自身命运不无

---

[1] 迪伦马特：《物理学家》，叶廷芳译，载迪伦马特：《老妇还乡》，叶廷芳、韩瑞祥译，第378页。Friedrich Dürrenmatt: *Die Physiker–Eine Komödie in zwei Akten*, S. 74.

[2] 迪伦马特：《物理学家》，叶廷芳译，载迪伦马特：《老妇还乡》，叶廷芳、韩瑞祥译，第379页。原文为："Entweder haben wir geopfert oder gemordert. Entweder bleiben wir im Irrenhaus, oder die Welt wird eines. Entweder löschen wir uns im Gedächtnis der Menschen aus, oder die Menschheit erlischt." Friedrich Dürrenmatt: *Die Physiker–Eine Komödie in zwei Akten*, S. 75.

英雄末路、感慨无限的判断与抉择，让人多少对世界产生向往，对明天寄予希望！迪伦马特甚至也以他少有的优美语言表现了三个物理学家最终达成一致、做出抉择后的美好时刻：

牛顿：一个充满神秘的夜晚。无穷而崇高。透过我的铁窗棂，木星和土星向我闪烁，宣示宇宙的法则。

爱因斯坦：一个幸福的夜晚。心情舒坦而愉快。谜底沉默着。疑问不说话。我想拉提琴，再也不休止。

默比乌斯：一个庄严肃穆的夜晚。湛蓝的天空，虔诚的星月，强大的国王之夜。他白色的影子从墙上消失，他的双眸炯炯有神。

Newton: Eine geheimnisvolle Nacht. Unendlich und erhaben. Durch das Gitter meines Fensters funkeln Jupiter und Saturn, offenbaren die Gesetze des Alls.

Einstein: Eine glückliche Nacht. Tröstlich und gut. Die Rätsel schweigen, die Fragen sind verstummt. Ich möchte geigen und nie mehr enden.

Möbius: Eine anständige Nacht. Tiefblau und fromm. Die Nacht des mächtigen Königs. Sein weißer Schatten löst sich von der Wand. Seine Augen leuchten.[1]

然而欢乐竟然是那般短暂。科学家们可以让自己的良知终于战胜欲望，但却远远不是邪恶势力的对手。貌不惊人的博士小姐螳螂捕蝉、黄雀在后，在关键时刻登场，现出狰狞的真面目，并且真的将物理学家们都玩弄于股掌之间。然而最可怕的，则还是她的"理想"："我的托拉斯将控制一切，将夺取各个国家，各大洲；将拿下太阳系，遨游仙女星座。计算准确无误。不是为了造福于世界，但有利于一个驼背老处女。"[2] 这种称霸全球，乃至征

---

[1] 迪伦马特：《物理学家》，叶廷芳译，载迪伦马特：《老妇还乡》，叶廷芳、韩瑞祥译，第382页。
Friedrich Dürrenmatt: *Die Physiker–Eine Komödie in zwei Akten*, S. 79.

[2] 迪伦马特：《物理学家》，叶廷芳译，载迪伦马特：《老妇还乡》，叶廷芳、韩瑞祥译，（转下页）

服宇宙的野心，并非幻想，现实中这样的狂人亦确有其人。

但问题在于，为何竟会如此？在这一问题上，作者似乎很难打破砂锅问到底，其诠释与解说也流于"肤浅"。从剧本来看，以博士小姐为代表的托拉斯，其控制核技术的目的，完全出于私心私欲。他们希望掌握强大的暴力机器、统治世界，甚至连宇宙都要成为他们的势力范围！这，正是迪伦马特要借《物理学家》一剧大加挞伐之处。面对世界帝国的强权，作为知识分子的迪伦马特要承担起自己的责任。联系到德语文学以哲理思辨见长的特征，迪伦马特的创作思路可以说是顺理成章。可是，文学创作毕竟与杂文时评不同，后者不妨直抒胸臆、慷慨陈词，前者却毕竟有其阳春白雪的一面，要求"撒盐于水，化于无形"，思想性与艺术性是一部成功的文学作品不可忽视的并峙双柱。在我看来，至少就这个剧本来说，正因其艺术性的"欠缺"，思想性的表达也同样受到影响。

三、表述的艰难：作家的独立人格与表述方法的欠缺

我们究竟应该怎样看待迪伦马特的剧本和创作？有论者认为："迪伦马特的作品，不论是他的戏剧还是他的小说，着力研究现代资本主义社会这架机器的故障，但他没有告诉人们怎样避免和排除这些故障。"[1]文学是社会现实的反映，但绝不是解决现实问题的排障机。那样的话，大家有问题，都去看小说好了。在我看来，迪伦马特所关心的终极命题并不复杂，他关心人性，关心人类，所有的创作其实都以此为指向，而并非仅仅研究"资本主义社会这架机器"而已。

钱穆先生说："一切学问与著作之后面，必先有此一人之存在。非可脱

（接上页）第386页。原文为："Mein Trust wird herrschen, die Länder, die Kontinente erobern, das Sonnensystem ausbeuten, nach dem Andromedanebel fahren. Die Rechnung ist aufgegangen. Nicht zugunsten der Welt, aber zugunsten einer alten, buckligen Jungfrau." Friedrich Dürrenmatt: *Die Physiker-Eine Komödie in zwei Akten*, S. 85.

1　韩瑞祥、马文韬：《20世纪奥地利、瑞士德语文学史》，青岛：青岛出版社，1998年，第161页。

离了此人,而悬空有此学问与著作之出现与成就。不是以人来依附于一切学问与著作,乃是一切学问与著作必依附在人,而以人为中心。"[1]谈学问是这样,谈文学创作也同样如此。

我们理解迪伦马特,首先应把他理解为一个有独立人格的知识分子,然后才是作家,这就比较容易进入他的精神世界了。主要生活在冷战时期的迪伦马特,不可能对其所生活的大背景无动于衷,恰恰相反,迪伦马特有着相当强烈的现实关怀,尤其是核武器的发明、应用与美苏两超级大国的争霸竞赛,对他的刺激相当强烈。他借默比乌斯之口道:"世界用它所拥有的武器正在造成什么灾难,这我们是知道的;它用那些我们促使其产生的武器将会招致什么,这我们是能够想象的。"[2]其实,这种对人类终极命运的深度关怀并非心血来潮,偶受时势刺激而已。他的其他作品,如《罗慕路斯大帝》加的副标题为"非历史的历史剧",其目的不是为了重述历史,而是揭露世界帝国的强权政治、批判沙文主义和狭隘的民族主义;《天使来到巴比伦》谴责这个"颠倒的世界";《老妇还乡》探讨的则是"金钱与道德"的关系。可见,迪伦马特的作品,都是他自身政治、历史和哲学观点的最好阐释,是服务于他自身思想的表达的。

迪伦马特思想深刻,关怀深广,20世纪60年代,他曾参与发起反对瑞士军队拥有核武器的倡议,表达出积极的社会活动家的一面。[3]同样,他这样有强烈社会关怀的知识分子,不可能对政治与真理关系之类的问题没有思考,他作有《论宽容》("Über Toleranz")一文,见地就相当不凡:

那么,我们要问,作为个体应对政治可以采取哪些策略呢?首先,一个启蒙的新时代是有必要的,我们从现存的政治体制中消除对于真理和正义的需求,然后将这种需求通过对真理、对正义和对自由的追寻,也就是通过理性,来替代。我们必须借此来检验我们的政治体制,问一问它究竟存在多大理性。我不是那么肯定,我们就一定比东方人

---

[1] 钱穆:《四部概论》,载《中国学术通义》,台北:学生书局,1975年,第62页。
[2] 迪伦马特:《物理学家》,叶廷芳译,载迪伦马特:《老妇还乡》,叶廷芳、韩瑞祥译,第377页。
[3] 韩瑞祥、马文韬:《20世纪奥地利、瑞士德语文学史》,第143页。

做得更好。他们的理性在于,即使他们选择了一个错误的原则,他们也会将之坚持下去;而我们的非理性是,我们将坚持非理性地使用理性。那么理性究竟是什么?不是作为真理来被掌握,而是作为一种对于真理和正义的追寻?黑格尔不仅是由克尔凯郭尔驳倒的,而且是因为了现代科学,正是由于科学所要求但黑格尔没有实现的东西,虽然黑格尔相信他已经完成了:向客观的知识。

> Welche Schlüsse haben wir als Einzelne politisch zu ziehen? Vor allem wohl, daß ein neues Zeitalter der Aufklärung not tut, daß wir aus unseren politischen Systemen den Anspruch auf Wahrheit, auf Gerechtigkeit und Freiheit fallen lassen und ihn durch das Suchen nach Wahrheit, nach Gerechtigkeit und nach Freiheit zu ersetzen haben, durch Vernunft. Wir müssen unsere politischen Systeme danach prüfen, wie vernünftig sie sind. Ich bin nicht so sicher, daß wir dabei besser abschneiden als der Osten. Dessen Vernunft besteht darin, daß er ein falsches Prinzip für die Wahrheit hält und es stur durchführt, unsere Unvernunft, daß wir die Vernunft stur unvernünftig anwenden. Was aber ist die Vernunft, nicht als Wahrheit begriffen, sondern als ein Suchen nach Wahrheit, nach Gerechtigkeit und Freiheit? Hegel ist nicht nur durch Kierkegaard widerlegt worden, sondern auch durch die moderne Wissenschaft, dadurch, daß sie zu etwas gelangt, das Hegel nicht erreichte, obgleich er glaubte, es erreicht zu haben: zu objektiven Kenntnissen.[1]

显然,我们可以清楚地看到,迪伦马特对政治的干扰是有清醒的意识的。他提出的这个命题有相当大的代表性,强调对于真理(Wahrheit)、正义(Gerechtigkeit)、自由(Freiheit)等终极命题的追寻过程的意义。这一问题,在同时代的文人学者中均有反映,并非是一孤独的现象。与他齐名的

---

1 Anselm Salzer & Eduard von Tunk (hrsg.): *Illustrierte Geschichte der deutschen Literatur*(《插图本德国文学史》), Band 6, S. 214–215.

马克斯·弗里施（Max Frisch, 1911—1991）早在其创作的《中国长城》一剧中指出：原子是可以分裂的，淹没尘世的大洪水是可以制造的[1]；在20世纪60年代，他又在《安道尔》一剧中揭示集体对个体的可能误解与迫害[2]，实际上也是在追问什么是正义、什么是真理？这种深层的关怀，就自然会导致作者本人在文学上的反应，尤其是德语作家的最大特点，通过文学作品来达到哲理思辨的追问。陈平原先生说，"大学者一般都不会将视野封闭在讲台或书斋，也不可能没有独立的政治见解，差别在于发为文章抑或压在纸背"[3]，这确实是知人论世。其实，并不仅仅大学者如此，有见识、有作为的大知识分子大都如此；也并非只有中国的知识分子有报国忧世之心，真正的人文知识分子都不可能不关心人的命运。而只有接通与国家、民族乃至人类社会的血脉，才可能底气充足，独上高楼。迪伦马特的这种"以文学见思想"，"以剧作表关怀"的尝试，其实正可纳入这一框架。如果我们再更深层地推论下去的话，《物理学家》更多地可以被理解为迪伦马特作为一个知识分子对抗强权、实现自己社会批判的一种利器。他曾经回忆起自己的祖父和童年作画的往事，想说的却是："就象当年在村里画家的画室里，绘画对我来说是一门手艺，是玩弄笔和颜色的游戏，今天写作对我说来无非就是对各种素材的加工和试验罢了。今天我与之抗争的是戏剧、广播、小说和电视，而从我祖父那儿我早已得知，写作可以成为斗争的一种形式。"[4]明白无误，在迪伦马特，写作成为斗争的一种形式。斗争，似乎是他作为知识分子无可回避的选择。他甚至对自己没有像祖父那样因写诗而坐牢感到遗憾："迄今为止我还没有享受过坐牢的光荣，原因多半出在我身上，但也可能是因为世界已败坏到不可救药的地步了，即使你用最恶毒的方式去诅咒它，它也仍然无动于衷。"[5]对周围环境的反感与厌恶溢于言表，或许，正是这样一种对"恶"的更多体验，妨碍了迪伦马特作品中"美"

---

1 韩瑞祥、马文韬：《20世纪奥地利、瑞士德语文学史》，第157页。
2 韩瑞祥、马文韬：《20世纪奥地利、瑞士德语文学史》，第149—150页。
3 陈平原：《中国现代学术之建立》，北京：北京大学出版社，1998年，第15页。
4 迪伦马特：《从头说起》（1957），李健鸣译，载韩耀成、李健鸣编选：《向情人坦白——世界散文随笔精品文库·德语国家卷》，北京：中国社会科学出版社，1993年，第239页。
5 迪伦马特：《从头说起》（1957），李健鸣译，载韩耀成、李健鸣编选：《向情人坦白——世界散文随笔精品文库·德语国家卷》，第238—239页。

的表达。虽然，他总是尝试用"喜剧"方式来表达"悲剧"效果，因为在他看来"决定生活的往往是些无关紧要和可笑的经历，而不是看起来重要得多、甚至更具有悲剧色彩的事情"[1]。但就美学角度来看，他的文学创作并不能算是成功。

德国评论家汉斯·迈耶（Hans Meyer）认为：《物理学家》是对布莱希特的《伽利略传》的逆转，虽然默比乌斯与屈服反动势力压力的伽利略相比较而言，其自觉收回成果的选择表现了更多知识分子的良知，但从本质上看，默比乌斯没有收回其发明，而伽利略却做出了更多贡献。故此，默比乌斯的精神力量不如伽利略。[2]这一论述或可商榷，但至少有一点是对的，就是默比乌斯这一艺术形象的感染力不够，虽然我们可以从物理学家之口读出纸背之后作者急切的关怀，但这绝对不能成为我们夸赞该剧艺术成就的原因。一部文学作品，其立足的基本价值首先在于艺术上的成功，这既意味着创作思想上的深刻与博大，也要求作者在写作技巧上精益求精、精雕细刻，简单地将其作为斗争工具或是素材组合，是必然不能完成真正的精品的，而之所以如此，与作者构思创作之前的主题先行、以写作为斗争利器的指导思想都大有关系，迪伦马特甚至认为"一个描写物理学家的剧本必须是悖谬的"，而"现实性显现于悖谬之中"。[3]这当然可作为一种创作思想，但作为盖棺定论其实并不可取。

迪伦马特的意图很明显，通过近乎悖谬的剧情安排，来表达他的极大困惑与忧虑，迫使世人不得不追问，路将安在？因为，物理学家的自律选择，根本还是挡不住恶势力的魔掌。这一点，在他关于该剧的解释中得到最好的印证："物理学的内容涉及物理学家，而它的后果涉及一切人"，"凡涉及一切人的，只能由一切人来解决"，"涉及一切人的问题，个别人想自

---

1 迪伦马特：《书》（节译），李健鸣译，载韩耀成、李健鸣选编：《向情人坦白——世界散文随笔精品文库·德语国家卷》，第238页。这也同样表现在他的另一种文学语言的表述，借人物之口说出："没有任何办法，上帝叫我们跌落，我们就只好往他那儿冲过去。"迪伦马特：《隧道》，江南译，载章国锋选编：《世界散文经典·德国卷》，沈阳：春风文艺出版社，1997年，第405页。
2 叶廷芳：《译本序》，载迪伦马特：《老妇还乡》，叶廷芳、韩瑞祥译，第13页。
3 迪伦马特：《关于〈物理学家〉的二十一点说明》，叶廷芳译，载迪伦马特：《老妇还乡》，叶廷芳、韩瑞祥译，第391页。

己解决的任何尝试都必然失败"。[1] 当然，这样一种悲剧结局的安排，倒却是匠心独具。但其目的，显然还是要服务于自家敏锐思想的表达：他对20世纪60年代前后国际关系的忧虑与人类终极命运的关切。而正由于迪伦马特走在了时代潮流的前面，他也就难免过于主题先行，《物理学家》一剧的政治性远远高于文学性，问题意识远远强于文学审美，哲理思考远远超过了美学构建。它再次表现了德语文学以哲学思辨见长的特点，但也同样无法遮蔽其美学构造的弱点。

马克思曾批评拉萨尔的戏剧创作倾向："你的最大缺点就是席勒式地把个人变成时代精神的单纯的传声筒。"[2] 这里，席勒成为一种标志，即文学语言直接表述哲学思想的一种象征。成为传声筒固然不好，"单纯的传声筒"更容易使文学创作流于"工具化"。毕竟，文学是一门艺术，是一种精神的艺术再创造工程。它固然可以也应当表达思想，但"过犹不及"，如果让它成为传声筒的话，其"传声"的效果很可能适得其反。而且，如果站在更高的层次上来看，其实大可避免此点。

确实，与英、法的剧本相比，德国剧本的特点确实是充斥了大量的理论思辨，即便是对那些邪恶者也不例外。作者让他们都具有那种哲理思维的能力。譬如说，在《强盗》中，弗朗茨这个人物简直就是个"向恶"的思想家，他可以谈论社会契约，他可以谈论法律构成，他甚至还会谈论生命起源[3]……可见，德国的作家们习惯于让人物大段表白其思想，这也与德国传统中对戏剧的道德定位有关系，如莱辛、席勒等人都坚信剧院是一种道德机构，对民族国家的形成与发展意义重大。[4] 席勒甚至强调："剧院

---

[1] 迪伦马特：《关于〈物理学家〉的二十一点说明》，载《老妇还乡》，叶廷芳、韩瑞祥译，第391页。

[2] 马克思、恩格斯：《马克思恩格斯选集》第4卷，北京：人民出版社，1972年，第340页。关于席勒是否是时代精神传声筒问题，作者有不同意见，另文撰述，此处不赘。

[3] 参见Friedrich von Schiller: *Die Räuber* (缪雨露注释), Beijing: Foreign Languages Teaching and Research Press, 1999, S. 13-15. 中译文参见杨文震、李长之译：《强盗》，载席勒：《席勒戏剧诗歌选》，钱春绮等译，北京：人民文学出版社，1996年，第23—24页。

[4] 关于18世纪的德国戏剧状况，请参见Wilfried Barner & Gunter E. Grimm (hrsg.): *Lessing Epoche-Werke-Wirkung* (《莱辛的时代、作品与影响》), Fünfte, neubearbeitete Auflage, München: Verlag C.H. Beck, 1987, S. 78-88。

是公共的渠道，智慧的光芒从善于思考的部分人之中照进剧院，并且以柔和的光线从这里照彻整个国家。"[1] 迪伦马特似乎过于看重自身的"智慧光芒"，迫不及待地要将其所思所想传递给观众，所以，其故事叙述固然成功、思想表达亦算达意，但其美学效果却乏善可陈。至少，在我看来，其人物形象没有一个能具备审美的"理想境界"的。马克思的批评用在席勒身上或许并不合适，放在迪伦马特这部剧作上倒是颇为恰当。时代精神的充分表现，并非仅停留于个体的"精神先觉"与"积极表述"，或许更多的是应在冷静理性地洞察之后，以艺术的手法"升华融通"，在这一点上，无论是托马斯·曼的《布登勃洛克一家》，还是黑塞的《荒原狼》，似乎都做得更让人愿意亲近；而在迪伦马特，其《老妇还乡》也显得更好些，这部出手及时、在当时倍获好评的《物理学家》，或许是因为追逐"时代精神"，跟得太紧了些，所以其艺术效果反而显得有些过犹不及。所以，有的时候，知识人的"远离尘嚣"乃至"自我放逐"亦属必须。越远，看得越清楚；越远，也才越能"一针见血"。

---

[1] 席勒:《好的常设剧院究竟能够起什么作用？（论作为一种道德机构的剧院）》，载《秀美与尊严——席勒艺术和美学文集》，张玉能译，北京：文化艺术出版社，1996年，第17页。

第三辑
比较视野

现代中国的克莱斯特研究[*]

一、作品翻译与报刊评介：克莱斯特的中国初始形象

与歌德、席勒等德国文坛巨子相比，克莱斯特进入现代中国的时间要明显滞后。1924年1月1日，仲云在《小说月报》上发表《读近代文学》一文，提及德国古典时代之后的三大爱国诗人，其一即为克莱斯特（译作"克拉伊斯脱"）。[1]此君自非专门学者，但其阅读视阈与文学认知，显然有其独发之处。

任何一个外国作家的本土语境传播，除了评介之外，翻译其实非常重要。因为只有通过后者，作家才能通过作品的完整呈现，介入到另一国度的文化乃至现实语境。1927年，《弃儿》的问世，宣告了克莱斯特的著作正式进入中国语境[2]；但译著的出现，仍要等到1935年的《浑堡王子》，毛秋白其人功不可没。[3]其实不仅译有此著，《智利地震》虽是短篇，但亦同样反

---

[*] 本文线索参考了卫茂平：《德语文学汉译史考辨：晚清和民国时期》，上海：上海外语教育出版社，2004年，第202—205页。张威廉主编：《德语文学词典》，上海：上海辞书出版社，1991年，第943页。Wolfgang Bauer & Shen-Chang Hwang (ed.): *Deutschlands Einfluß auf die moderne chinesische Geistesgeschichte–Eine Bibliographie chinesischsprachige Werke* (德国对中国现代精神史的影响——中文出版物目录), Wiesbaden: Franz Steiner Verlag, 1982. 另外关于研究状况，可参见《克莱斯特八部戏剧的国内研究现状述评》，载赵蕾莲：《论克莱斯特戏剧的现代性》，哈尔滨：黑龙江教育出版社，2007年，第26—29页。

1 仲云：《读近代文学》，载《小说月报》第15卷第1号，1924年1月1日。
2 克莱斯特：《弃儿》，李和庭译，载《东方杂志》第24卷第14号，1927年7月1日。
3 克莱斯特：《浑堡王子》，毛秋白译，上海：中华书局，1935年。

映出毛氏对克莱斯特的兴趣。[1] 由报刊选载的单篇小说到正式出版的专门著作，克莱斯特终于在短短的八年时间内确立了其作为德国作家在现代中国的位置。

其实，中国现代文学的代表人物诸如鲁迅、郭沫若、郁达夫等人，经由日本这一通道对德国文学/思想颇多接触，受其影响至深。当其留日时代，"尼采思想乃至德意志哲学，在日本学术界是磅礴着的"[2]。这一点，也具体表现在他们对具体的德国作家的接受上，譬如对于克莱斯特[3]，郁达夫就发表过高见。他在《歌德以后的德国文学举目》中如此推介克莱斯特：

> 五克拉衣斯脱（Heinrich von Kleist 1777—1811）的作品：
> Kaethchen Von Heilbronn.
> Prinz Friedrich Von Homburg.
> 上举两剧，原是这一位薄命天才的最好的作品，然而当拿破仑战起，德国的那一种求自由解放的精神，更可以在这一位自杀的剧作家的另一剧本 Hermannschlacht 中求之。[4]

在这篇名文中，郁氏评价德国19—20世纪文学中的若干大家，以言简意赅的批语概括作家的代表作与创作风格，确实表现出良好的德国文学修养与汉语表思能力。仅以此处对克莱斯特的寥寥数语来看，足见其确实对克氏颇有体贴的理解；称他为"薄命天才"，良哉此语，克莱斯特在德国文学史上的意义，就在于其在短暂的生命历程中却爆发出强烈的诗性光辉，所

---

1 收入毛秋白译：《德意志短篇小说集》，上海：商务印书馆，1935年。
2 郭沫若：《鲁迅与王国维》，《沫若文集》第12卷，北京：人民文学出版社，1954年，第535页。
3 鲁迅、郭沫若的论述未能觅得。福建师大中文系编选：《鲁迅论外国文学》，北京：外国文学出版社，1982年。该书列出鲁迅对若干德国作家的论述，但未列出克莱斯特。郭沫若对德国文学涉猎颇广，但同样暂未见到他对克莱斯特的评述。
4 郁达夫：《歌德以后的德国文学举目》，原刊《现代文学评论》第2卷第3期、第3卷第1期合刊，1931年10月20日，此处自郁达夫：《郁达夫文集》第6卷，广州：花城出版社/香港：香港三联书店，1983年，第91页。这里提到的三部德文书名为《海尔布隆的小凯蒂》（*Das Käthchen von Heilbronn oder die Feuerprobe*）、《洪堡亲王》（*Prinz Friedrich von Homburg*）、《赫尔曼战役》（*Hermannschlacht*）。

谓"薄命天才",真是满怀了同情、感慨与悲悯的情怀。所举三剧,乃《洪堡亲王》《赫尔曼战役》与《海尔布隆的小凯蒂》,是克莱斯特后期的代表作品,均有丰富的思想史内涵,足见郁达夫的识见。故此,在外国文学介入本国语境的过程中,有通识能力和诗学意识的知识精英的介入,并非可有可无的雅事,而有可能直接关系到译介过程的风向与品位。

二、文学史叙述中的克莱斯特：张威廉、李金发、刘大杰

现代中国文化场域之中,文学史叙述之蔚为潮流,是颇为值得关注之事。相比较具有宏阔视阈但无法深入底里的宏观叙述如《文学大纲》之类[1],我无疑更看重具备专业性意识的"德国文学史"叙述自身。作为中国学术史上第一部德国文学史著,张威廉不但介绍了克莱斯特,而且有一段简要评述："克来司忒善描写性格,表现感情。其语或作悲峭,或为缠绵,取材多端,变幻无尽。辄自矜其才思,欲突过勾特,尝曰：'我将裂其额上之花冠'（Ich werde ihm den Kranz von der Stirne reissen）。惜其剧不为当时所重,郁未售其志。"[2]

1928年出版的《德国文学ABC》,其基本思路在"不如说德国文学史选译更为恰当"[3],实际上是带简略导读的选译本。尽管如此,这本简略的小册子并未忽略克莱斯特,不但选译了《洪堡亲王》的章节,而且将克莱斯特与黑贝尔同列为19世纪德国戏剧的代表人物。作者如此评论克莱斯特称：

> 克莱斯特为德国十九世纪最大剧曲家,而且亦是当时唯一的大剧

---

1 参见郑振铎：《文学大纲·十九世纪的德国文学》,载《小说月报》第17卷第9号,1926年9月10日。其中有关于克莱斯特的介绍。另参见周作人：《欧洲文学史》（止庵校订）,石家庄：河北教育出版社,2002年。
2 张威廉：《德国文学史大纲》,上海：中华书局,1926年,第79页。
3 李金发、黄似奇：《序》,载李金发：《德国文学ABC》,上海：ABC丛书社,1928年,第1页。

曲家。克氏生于军人的家庭，其祖父及父均曾当做军官。克氏早年亦曾入军旅，但终于无兴趣，于是入佛兰福大学研究数学、法律、哲学，后亦弃所学，对于诗歌，极感深切的趣味。克氏在当时为反对拿破仑唯一最激烈的人，引起了不少德国的新的国民的自觉心。克氏曾留外国多年，过其浪漫与颠沛的生涯，后在柏林识一妇人名亨利埃，彼此因了解而起深切的同情，终于在柏林近郊，万湖之畔，两人同时情死了。克氏一生杰作极多，大部为剧曲如：Robert Guiscard，史路芬斯坦的家庭 Die Familie Schroffenstein，破瓶 Der Zerbrochene Krug, Michael Kohlhas, Penthesilea, Das Käthchen von Heilbronn，赫尔曼之战 Hermannschlacht，洪堡公子 Prinz Friedrich von Homburg 等。[1]

相比此书的介绍为主，同年出版《德国文学概论》则明显表现出文学史家的独立意识。刘大杰在第五章"浪漫主义的勃兴"中专列一节，讨论"剧作家克莱司特"，足见其文学史家之犀利眼光。他在开篇时如此辨析克莱斯特的文学史地位：

> 当克来斯特（Heinrich V. Kleist 1777—1811）从事戏曲的时候，正是十九世纪初期浪漫主义全盛时代。孤独的零落的他，创造独自的艺术境。所谓当代的浪漫派作家，与他交游的很少。知道他的不过推克（L.Tieck）数人而已。因此有许多人不以他为浪漫派的代表。但是在德国浪漫主义运动的几十年间，能代表那一个时代精神，能有特殊个性的作家，不得不推克来斯特。克氏的戏曲，在自然主义运动以前席勒以后，为唯一无二的作家。克氏虽不与当时诗人接近，既然生在那时代，因为那时的环境的影响当然是带有很浓的浪漫主义的倾向。我们看他的作品，知道他是反抗古典主义的精神。排斥启蒙的理性主义，尊重素朴的感情。善取中世纪的题材，好描写空想的神秘的梦幻的空幻的事体。像这几点，全是浪漫主义的色彩。并且他晚年的小说，已有写实主义的倾向。我今天用他来代表浪漫派，也不是十分无理的事。[2]

---

1 李金发：《德国文学ABC》，第83页。有些明显的德文错误径改之。
2 刘大杰：《德国文学概论》，上海：北新书局，1928年，第164—165页。

124

之所以选择张威廉、李金发、刘大杰三位几乎同期出版的文学史著作来进行考察，其实还是关注经由不同路径而输入现代中国语境的德国资源，即本土学人、留欧学人、留日学人。李金发虽有留德经历，但主要留学国度仍在法国，其对德国文学的爱好，主要是从法国语境中来；留日学人如刘大杰，则与郁达夫有师承关系，其接受日本的欧洲文学研究训练，颇有自家见解。这与张威廉因自己爱好，就在大学毕业之后率尔操觚，还是应有所区别的。所以，我们会看到，无论是李金发的介绍作品，还是刘大杰的归门别类，都能结合克莱斯特所处的时代背景与文化语境来分析，注重其个体经历与作品创造的关联，都是"有我之论"。

但在这个名单中留德学人的缺席，是一件饶有意味之现象。就德国文学的发言权来说，应该说没有比留德学人更具备"学术资源"和"文化资本"者，可偏偏是留德学人，对"德国文学史"的撰作长时期的"集体失语"。但这种表面上的"未留痕迹"，并不代表事实上的"擦肩而过"。其实，冯至虽未花太多精力研究克莱斯特，但对这位诗人是相当关注的。早在其留德时代，冯至就曾给自己制订过雄心勃勃的研究计划，包括：研究歌德；研究19世纪初期的克莱斯特、荷尔德林、诺瓦利斯；研究20世纪初期的盖欧尔格、霍夫曼斯塔尔；研究19世纪三大思想家尼采、陀思妥耶夫斯基、克尔凯郭尔。在歌德之外，梳理出19世纪初三大诗人的线索，确实可见冯至作为一流学者的见地不凡。冯至自己未做的事，至少在两个层面得到了弥补。一是他的同道对此均有所讨论；二是他让自己的弟子由此而略做涉猎。

三、从商承祖到张威廉：学者的探究

张威廉、商承祖都是早期北大德国文学系的同学（冯至要略低数届），其师承影响很明显，都得益于其时任教北大的德国学者欧尔克。如张威廉就这样回忆道："欧尔克是个莱辛研究者，他在讲文学史时对莱辛的生平、作品和对当时的文坛的影响讲得特别详尽。我对莱辛的散文和三部名剧也特别爱好。……欧尔克对文学作品的教法是：先由学生自己在课外阅读，一次约二三十页，第二天在堂上口述其内容。四年中阅读的作品以戏剧为多。除莱辛、歌德、席勒外，他似乎很重视克莱斯特和黑贝尔。"[1] 从日后的学术轨迹来看，立身于南方的（中央大学—南京大学）的商、张二人，都对克莱斯特情有独钟。

早在20世纪40年代初期，商承祖就翻译出克莱斯特的若干作品，同时也就其创作发表了一些评论。[2] 但真正对克莱斯特的总结性研究，要等到1947年发表的一篇长文《柯莱斯之平生及其创作》。此文不仅内容丰富，而且颇具独到之见地：

> 许多浪漫派诗人于青年时代便不能奋发自强，抗拒伟大的命运，只有替自己哀歌，甘自屈服，终至毁灭而后已。……柯莱斯的生活却不然，他在人生的舞台上扮演一个名实相符的斗士，拿铁一般的意志，豪迈不可一世的，气吞山河的气概反抗自己时乖运蹇的遭际，要挣脱时代的束缚，但是，其结果反而加速了个人生活的悲剧；他奋斗的生活展开在我们的眼前确是一幕纯戏剧的人生大悲剧。[3]

应该说这一段评价，对克莱斯特的性格特征与生命意义确实有自家的把握，不是一般人等能说出来的，尤其是将克莱斯特与浪漫派做出了较为明确的区分，应该说是有自家见地的。虽然常有把克莱斯特划归浪漫派的说法，但这种后世追记的"标签方法"并不太好。与浪漫诗人多于玄想与立足文学创作的立场相比，克莱斯特更有着激烈的性格特征，其抗争的品质与奋斗的

1　张威廉：《我学德语的经过和对德语教学的点滴看法》，载《德语教学随笔》，南京：南京大学出版社，2000年，第156—157页。

2　柯莱斯：《智利地震》，商章孙译，载《民族文学》第1卷第2期，1943年8月7日；柯莱斯：《音乐之魔力》，商章孙译，载《时与潮文艺》第2卷第3期，1943年11月15日；柯莱斯：《珞珈诺之女丐》，商章孙译，载《时与潮文艺》第2卷第4期，1943年12月15日；柯莱斯：《在圣多明阁之婚约》，商章孙译，载《文艺先锋》第4卷第1期，1944年1月20日；柯莱斯：《侯爵夫人鄂氏》，商章孙译，载《文艺先锋》第5卷第1、2期合刊，1944年8月20日。此处据卫茂平：《德语文学汉译史考辨：晚清和民国时期》，第204页。

3　商章孙：《柯莱斯之平生及其创作》，载《学原》第1卷第2期，1947年。

精神确实不同于作为一个相对整体的浪漫派。商承祖的出色当行虽是民族学[1]，但毕竟是北大德文学科的科班人物，且其少年留德，对德语的语言尤其有独到之处[2]；故此其潜心研究克莱斯特，所出论断确有独到之处。

虽然早在20世纪20年代就谈论过克莱斯特，但与彼时初出茅庐的"借资他力"相比，到了花甲之龄再来重新论述克氏，其思路、眼界与学力都大不一样，不可同日而语。张威廉在20世纪60年代早期发表了论文《H.v.克莱斯特散文的风格和语言特征》。[3] 实事求是地说，张氏的见地确实不算高明，譬如他在结论中如此评价克莱斯特："从他一生的言行看，从他的主要作品的主题思想看，应该肯定他是一个有进步意义的、反对封建压迫的爱国诗人。他的语言，尤其是他的散文语言，充满着真诚和热烈、快速和力量，是他把封建统治者骄横无道的满腔憎恨、对被欺凌压迫的市民的满腔同情倾泻出来的有力工具。"[4] 应该说，从前面对克莱斯特散文语言周密细致的文本分析而言，得出较为高屋建瓴、淋漓有力的结论当属水到渠成。但文气到此却戛然变换成时代语境中的阶级斗争模式，实在是非常可惜。让我欣赏的，倒还是论述中有自家阅读体验的文本分析：

> 从克莱斯特的所有散文创作里，似乎都流露出作者对真实感的强烈追求，这就是说，作者似乎要尽一切力量来使读者相信他所写的确是客观世界的真实反映。所以他采用的表现手法是：用讲故事的方式，把所选的新奇惊险、曲折突兀的题材，从头讲起，极冷静而客观地娓

---

1 商承祖早年随父赴德（应为1912—1916），日后入北大德文系；20世纪30年代他再度赴德，在汉堡大学留学（1931—1933年注册），以《中国"巫"史研究》(Tschengtsu Schang: *Der Schamanismus in China-Eine Untersuchung zur Geschichte der chinesischen "wu"*, Hamburg: o.V. Diss. phil. Hamburg, 1934) 的博士论文获民族学（Völkerkunde）博士学位。参见Thomas Harnisch: *Chinesische Studenten in Deutschland-Geschichte und Wirkung ihrer Studienaufenthalte in den Jahren von 1860 bis 1945* (《中国留德学生——1860至1945年间留学的历史和影响》), Hamburg: Mitteilungen des Instituts für Asienkunde, 1999, S. 468. 但商也同时接受了汉学教授的指导，如他在论文后记中致谢的Jäger与Forke。

2 参见叶隽：《出入高下穷烟霏——追念商承祖先生》，载《中华读书报》2005年8月17日。

3 张威廉：《H. v. 克莱斯特散文的风格和语言特征》，原载《南京大学学报（人文科学）》第8卷第2期，1964年6月；载《德语教学随笔》，第46—65页。

4 张威廉：《H. v. 克莱斯特散文的风格和语言特征》，载《德语教学随笔》，第61页。

娓道来，使它逐渐展开在读者眼前，故事讲毕，便戛然而止。讲的时候，他本人完全退到后方，极力避免个人的感情和判断掺杂进去。他要让故事和故事中的人物自己来描绘自己，把自己极复杂的情节和心情状态塑造出来，同时却还要把作者本人的爱憎和立场极清楚地烘托出来，使读者好像有一股热情在鼓荡着，不由自主地同情他。[1]

应该说，张威廉切入的这个视角是颇富新意的，而且克莱斯特的散文语言确实独具特色，这从他对德语原文的大量例证解读中也可以得到印证。所以，就德语语言的感觉而言，张氏颇能通过具体的文本细读捉到闪光点；可一旦上升到理论层面，就显然没有寻到可以契合的"准星"。无论是对时代语境下的理论使用，还是对德国文学的传统资源利用，都显得有割裂的感觉，不但寻不到在冯至身上体现出的自然流淌的"史家意识"（要知道张氏乃现代中国编撰"德国文学史"类著作的第一人，文学史知识应不是问题），甚至也不如商承祖能将文本和作家纳入传统脉络、生成较为妥帖的"客观理解"。这其中既有时代语境的特殊条件制约，也有研究者本身学养、视阈和眼光的主体性限制。

四、改革年代的情况及克莱斯特中国研究史的反思

20世纪50—60年代的克莱斯特译介，实际上是有推进的，主要表现在三部翻译作品的推出。即《破瓮记》《马贩子米赫尔·戈哈斯》《赫尔曼战役》。[2] 20世纪80年代以来，则主要是综合性的《克莱斯特小说戏剧选》的

---

[1] 张威廉：《H. v. 克莱斯特散文的风格和语言特征》，载《德语教学随笔》，第47页。
[2] 克莱斯特：《破瓮记》，白永译，上海：新文艺出版社，1956年；克莱斯特：《马贩子米赫尔·戈哈斯》，商章孙译，上海：新文艺出版社，1957年；克莱斯特：《赫尔曼战役》，刘德中译，上海：上海文艺出版社，1961年；克莱斯特：《克莱斯特小说戏剧选》，商章孙等译，上海：上海译文出版社，1985年。后书包括八部作品，即《破瓮记》《马贩子米赫尔·戈哈斯》《洪堡亲王》《智利地震》《侯爵夫人封·O》《圣多明各的婚约》《养子》《决斗》。

出版。[1] 关于克莱斯特的研究，涉猎者寥寥，李永平曾有过研究，其实，他对克莱斯特的兴趣，也是从其导师冯至处来[2]，而冯至亦同样为欧尔克执教北大时的后期弟子。

冯至虽未专门研究过克莱斯特，但对此君是颇为重视的，在其《德国文学简史》中给他近三页的篇幅，做了较详尽的介绍，包括其简要生平、思想来源与倾向等，既肯定其重视民间传说、逸事笔记的功绩，又介绍了《破瓮记》《马贩子米赫尔·戈哈斯》两剧的主要内容。[3] 李永平的克莱斯特研究，明显受到冯至的影响，但思路又有所增变。

余匡复著《德国文学史》则给予了克莱斯特更多的重视，以长达十三页的篇幅颇详细介绍了作家与作品，但仍放在"其他浪漫派作家"中进行论述，认为克氏"是个出色的作家，他的作品具有两重性，既有揭露封建社会黑暗和教会虚伪等等的一面，又有叫人安分守己不要反抗的另一面"，所以主张"对他的公正的评论需要避免绝对化或简单化的倾向，而应从他的作品本身出发来分析研究"。[4] 如此立说当然不无道理，但基本属"放之四海而皆准"，难见作者明确的"史家意识"与"自家立场"。

总体而言，回顾近百年来的克莱斯特中国研究史[5]，会发觉不但其对中

---

1 杨武能将其中的两篇收入自己的译文集里，参见克莱斯特：《智利地震》《侯爵夫人封·O》，载杨武能译：《德语文学精品》，桂林：漓江出版社，1993年，第343—408页。

2 李永平1992年考取冯至的博士研究生，1993年冯逝世后由叶廷芳继续担任导师指导论文，1998年毕业获博士学位。

3 尽管如此，冯至的论述仍难免受到其撰作时代的影响，譬如认为《马贩子米赫尔·戈哈斯》一剧与席勒的《强盗》，都"可以说明德国作家的不彻底性，就是他们笔下的强盗，也是虎头蛇尾的"；甚至进一步说："1808到1810年间，克莱斯特的国家主义倾向更为强烈，他在这时期内写的宣扬国家主义的剧本，思想和艺术都没有什么可取。"冯至：《德国文学简史》，载《冯至全集》第7卷，石家庄：河北教育出版社，1999年，第345页。关于这个问题，可参见叶隽："时代悲剧"与"初思自由"——〈强盗〉中反映出的个体与国家》，载《同济大学学报（社会科学版）》2005年第4期。

4 余匡复：《德国文学史》，上海：上海外语教育出版社，1991年，第287页。

5 关于克莱斯特在中国的译介状况，可参见Zhang Rongchang: „Heinrich von Kleist aus chinesischer Sicht"（《中国观点看克莱斯特》），in Veröffentlichungen des Japanisch-Deutschen Zentrums Berlin（《柏林日本——德国中心出版物》），Band 12, Berlin: JDZB, 1992, S. 354-360. 进入21世纪后，克莱斯特研究逐步进入到文本分析的问题研究层面，论文如孙宜学：《论克莱斯特剧作〈破瓮记〉的戏剧结构和喜剧艺术》，载《同济大学学报（社会科学版）》2001年第1期；阮慧山、焦海龙：（转下页）

国文学创作的介入也还处于初级阶段，而且更可谓知音寥寥。且不论与中国知识精英的"亲密接触度"极为有限，就是在专业的德语文学研究界，他也还远未成为热门话题。这实际上也不仅是克莱斯特接受的问题，而且是德国文学在中国移植遭遇到的普遍性问题：一方面是如歌德、席勒、尼采这样的大家虽已全方位地介入现代中国的整体思想、文化进程，却很难说认知深刻；另一方面则是相当数量的大家远未得到重视乃至译介，如克莱斯特、蒂克、诺瓦利斯等都是。

其实在接受史研究中，必须注意区分几个维度：一是本国接受史与外国接受史，二是影响史与接受史，三是学术研究史与文化传播史。

所谓"本国接受史与外国接受史"相对容易区分，即"接受原型"在本民族国家与异民族国家中的接受历史是不同的。其根本区别在于接受的历史/文化语境具有重大差异，必须将这一维度纳入考察，才能更好地理解外来镜像的"变化"意义。这在很大程度上不仅取决于译介者的"再阐释"，更受制于新语境的"再变形"。就克莱斯特的接受史而言，其德国接受史与中国接受史显然有极大的差异性，不可相提并论。

所谓"影响史与接受史"的区分，我们注意得很是不够。在德文中即 Wirkungsgeschichte 与 Rezeptionsgeschichte 的差别，前者强调由接受原型作为主体（作者）—接受对象作为客体（读者）的传播过程，后者则关注由接受对象作为主体（读者）—接受原型作为客体的接受过程。这两种过程，一为顺向，一为逆向，貌似一样，实则主客易位，大不一样。

所谓"学术研究史与文化传播史"的区别，在于前者的主体是学者，他们将接受原型作为一种客观的研究对象；而后者的主体是常人，他们更在意如何通过对接受原型提供的文化资源进行采择，进而有助于自己思想的养成。具体言之，学者试图探索规律，常人在乎学以致用，也就是"求是"与"致用"之别。当然如此说法，并非就意味着学者一点都不在乎"致用"、常人根本不关注"求是"，而是说关注的重心不同。仅以克莱斯特而论，其文学史/思想史意义皆甚为重要，而且大有开掘余地。事

（接上页）《克莱斯特的语言理论与其现代性》，载《社会规范下压抑的情感》，载《外国文学》2006年第5期。还出现了一部专著，赵蕾莲：《论克莱斯特戏剧的现代性》。因仍在进程之中，不再具体论述。

实上，作为德国学者的欧尔克，已在现代中国语境里发克莱斯特研究之端绪，商承祖、张威廉、冯至等均曾受业于帐下，从日后诸人各掌中国南北大学德文学科的学术史轨迹来看，这种影响是很显然的。但就现代中国的知识精英而言，对克莱斯特的了解和接受显然尚属凤毛麟角。故此，如何由学术研究史进一步通向文化传播史，应是一个值得研究的更为有趣的话题。

政治史与思想史路径中的德国文学
——作为另类文学史家的马克思、恩格斯

一、欧洲文学之视野——从恩格斯的"扬英抑德"说起

马克思以"莎士比亚化"与"席勒化"将西方戏剧创作模式进行了两分,毫无疑义地"贬席勒"而"扬莎翁"。这一点,似乎同样在恩格斯的文学观中得到反映,他在致马克思的信函中这样说道:

> 罗德里希·柏涅狄克斯这个无赖汉出版了一本臭气难闻的厚书《莎士比亚狂》。他在这本书里详细地证明莎士比亚不能同我们的伟大诗人,甚至不能同近代的诗人相提并论。看来必须把莎[士比亚]从他的台座上干脆拖下来,好让大屁股罗·柏涅狄克斯去坐。单是"Merry wives"(《温莎的风流娘儿》)的第一幕比起全部德国文学来,就有更多的生活和情节,单是那个带着叫克拉柏的狗的兰斯,就比德国一切喜剧的总和还更有价值。但是令人费解的罗德里希·柏涅狄克斯,对于莎士比亚往往用来收场而把至少无聊但又不可避免的胡说八道一概取消了的毫无顾忌的方式,竟然一本正经而毫无价值地拿来谈个不休。随他去吧![1]

---

[1] 恩格斯:《给马克思的信》(1873年12月10日),原载马克思、恩格斯:《马克思恩格斯论艺术》下册,北京:人民文学出版社,1960年,第147页。此处引自《马克思、恩格斯论莎士比亚》,载杭州大学中文系外国文学教研组编:《外国文学专题》,杭州,1977年,第5页。

以一部莎剧即打倒全部德国文学,当然从一个侧面说明德国文学在喜剧情节方面确实表现欠佳,但仔细推敲,此言也绝不能就"盖棺论定",难免过分夸张的因素。德国文学在马恩之前已达到了古典时代的空前高峰,但在19世纪上半期却表现不尽如人意,包括恩格斯发言之时的19世纪70年代,这就注定了难免受到轻视。可总体来说,马恩确实对英国文学评价甚高,马克思在1854年对英国小说有这样一段评论:"现代英国的一批杰出的小说家,他们在自己的卓越的、描写生动的书籍中向世界揭示的政治和社会真理,比一切职业政客、政论家和道德家加在一起所揭示的还要多。他们对资产阶级的各个阶层,从'最高尚的'食利者和认为从事任何工作都是庸俗不堪的资本家到小商贩和律师事务所的小职员,都进行了剖析。狄更斯、沙克莱、白朗特女士和加斯克耳夫人把他们描绘成怎样的人呢?把他们描绘成一些骄傲自负、口是心非、横行霸道和粗鲁无知的人;而文明世界却用一针见血的讽刺诗印证了这一判决。这首诗就是:'上司跟前,奴性活现;对待下属,暴君一般。'"[1] 从这段论述,我们不难看出马克思的基本价值取向,即对批判现实主义的激赏,而这正是19世纪德国文学的弱项。但即便如此,他对法国文学中的批判现实主义也非一概称赞,对雨果似乎就很有保留,而欣赏如乔治·桑、欧仁·苏、巴尔扎克等人。[2] 总体看来,马恩的文学修养洵属良好,至少,他们对欧洲文学的源流与国别状况都有比较深入的认知;但进一步考察,就会发现,"在革命的年代里,马克思在他当时已开始认为是阶级斗争的事业中,继续通过引喻、引文和潜意识的联想,把他所赞赏的作家当作武器"[3]。这是一个不容忽略的事实,对于作为战斗者的马克思来说,文学显然有着更为强烈的"致用目的",说其功利也符合常理。而在欧洲语境之中,欧洲文学当然就有得天独厚的有利条件,因为其内容更适于斗争的需要。大致说来,马克思非常重视英、法、德三

---

[1] 马克思:《英国资产阶级》(1854年8月1日),载马克思、恩格斯:《马克思恩格斯论文学与艺术》上册,北京:人民文学出版社,1982年,第154页。

[2] 参见马恩关于"19世纪法国文学和作家"的论述,载马克思、恩格斯:《马克思恩格斯论文学与艺术》下册,北京:人民文学出版社,1982年,第11—133页。

[3] 希·萨·柏拉威尔:《马克思和世界文学》,梅绍武等译,北京:生活·读书·新知三联书店,1980年,第219页。

国文学，但在古代会关注古希腊、罗马，中世纪以来则是爱尔兰、意大利、西班牙，19世纪则加上俄国。也就是说，虽然也可能涉及如阿拉伯、波斯等[1]，但那是很次要的。欧洲文学，事实上是马克思所论述的"世界文学"的主要语境。

二、"世界文学"的架构背景及其德国文学认知

歌德在19世纪前期就已提出了"世界文学"的命题，他在1827年时说过："民族文学已经不是十分重要，世界文学的时代已经开始，每个人都必须为加速这一时代而努力。"[2] 所以，作为一个特定文化史概念的"世界文学"的起源，始自于19世纪早期。而作为近代资本主义文明的批判性集大成者，马克思所涉及的命题，基本涵盖了全球化与现代性的全部根本问题，这也是当代世界几乎所有的第一流思想家都不得不一再回到马克思那里的根本原因，他所提出的"世界文学"概念[3]，更具有自觉的理论内涵和问题意识：

> 资产阶级，由于开拓了世界市场，使一切国家的生产和消费都成为世界性的了。不管反动派怎样惋惜，资产阶级还是挖掉了工业脚下的民族基础。古老的民族工业被消灭了，并且每天都还在被消灭。它们被新的工业排挤掉了，新的工业的建立已经成为一切文明民族的生命攸关的问题；这些工业所加工的，已经不是本地的原料，而是来自极其遥远的地区的原料；它们的产品不仅供本国消费，而且同时供世界各地消费。旧的、靠本国产品来满足的需要，被新的、要靠极其遥远的国家和地带的产品来满足的需要所代替了。过去那种地方的和民族的自给自足和闭关自守状态，被各民族的各方面的互相往来和各方

---

1 参见马克思、恩格斯：《马克思恩格斯论文学与艺术》下册。
2 歌德：《论文学艺术》，范大灿等译，上海：上海人民出版社，2005年，第378页。
3 当然也包括阶级矛盾、剩余价值、阶级斗争等重要概念，此处不赘。

面的互相依赖所代替了。物质的生产是如此，精神的生产也是如此。各民族的精神产品成了公共的财产。民族的片面性和局限性日益成为不可能，于是由许多种民族的和地方的文学形成了一种世界的文学。[1]

这段话不仅是提出了"世界市场"与"世界文学"这两个重要概念，更是将这两个概念作为人类生活中两个基本组成部分——物质生产与精神生产的代表来论述，其要点则在阐明彼此之间的关系。大航海时代以来，西方世界以其武力之强，不但完成了地理大发现，也通过殖民主义而使其价值观随之传播四海；与此相适应，在精英思想家的心目中，"世界"也开始成为一个真正的理念，从"世界公民"到"世界历史"，从"世界文学"到"世界精神"，等等。可以认为，"世界市场"确立了"全球化"的根本性物质基础，而源自西方的"现代性"问题也随之散遍世界各地，这两者之间是相辅相成的。哈贝马斯对马克思评价很高，他总结马克思关于资本主义的基本观点认为："任何臣服于资本积累需要的文明都蕴藏着自我毁灭的种子，正是因为出于这一原因，它忽略了任何不能用价格表现出来的东西，而无论这些东西是多么重要。"[2] 应该说这一分析，颇为一针见血。资本主义因其极端的"功利价值"取向，很难代表人类发展的终极理想状态。但后者如何达致，马克思在展示共产主义的伟大理想之后，却只是将重心放在

---

[1] 马克思、恩格斯:《共产党宣言》，载马克思、恩格斯:《马克思恩格斯选集》第1卷，北京：人民出版社，1972年，第254—255页。编者注中指出，这里的"文学"（Literatur）的概念乃是指包括了科学、艺术、哲学等等方面的书面著作，所以"世界文学"在这里是个拓展性的概念，可以看作人类精神产品的指称。关于世界文学的概念，其实歌德早已提出，他认为："民族文学在现代算不了很大的一回事，世界文学的时代已快来临了。现在每个人都应该出力促使它早日来临。"德文为："Nationalliteratur will jetzt nicht viel sagen, die Epoche der Weltliteratur ist an der Zeit, und jeder muß jetzt dazu wirken, diese Epoche zu beschleunigen." Mittwoch, den 31. Januar 1827, in Johann Peter Eckermann: *Gespräche mit Goethe-in den letzten Jahren seines Lebens*（《歌德谈话录——他生命中的最后几个年头》），Berlin und Weimar: Aufbau-Verlag, 1982, S. 198. 中译文参见爱克曼辑录:《歌德谈话录》，朱光潜译，北京：人民文学出版社，1978年，第113—114页。不过，两者既有相通之处，也不完全一样，歌德主要是从文学/人性本身的立场立论，而马恩则更强调经济基础的重要性，将世界文学视为精神产品的代表，而与世界市场相对。

[2] 哈贝马斯:《社会主义今天意味着什么》，载俞可平编:《全球化时代的"马克思主义"》，北京：中央编译出版社，1998年，第42页。

了资本主义本身规律的研究上，对社会主义建设的论述却并不完整。这里暂且不论，就看"世界文学"。由于马克思主义理论构建突出阶级斗争的基本立场，所以自然就会强调"无产阶级要有自己的文艺家""艺术家参加无产阶级革命队伍，宣传社会主义思想"，甚至说"文艺应当歌颂倔强的、叱咤风云的和革命的无产者""表达工人们的普遍情绪"，等等。[1]这些论述取决于当时所处的特殊时代背景与历史语境需要，不是一成不变的。

  大致说来，马恩的德国文学认知也基本反映了他们的理论思维特征。就其关于德国文学的论述来说，基本可以勾连出一条文学史线索，即由文艺复兴以来至19世纪（他们的当代）的发展历程。从这个意义上来说，将他们视作一种特殊类型的文学史家，亦未尝不可。在字里行间，马恩对路德的文学史地位其实也有比较清醒的认识，主要是看重其对德语语言的重要性上："路德因为翻译了圣经，于是就给了平民运动一个强有力的武器。路德在圣经译本中使得公元最初几世纪的纯朴基督教和当时已经封建化了的基督教形成鲜明的对照，使得一个不知层次重迭的、人为的封建教阶制度为何物的社会和正在崩溃的封建社会形成鲜明的对照。"[2]然而，对于德国各阶层的人士来说，"路德的论纲一时却成了他们的共同语言，这个共同语言以出人意料的速度把他们团结起来了"[3]。如果说，对路德其人，更看重的仍是他的政治史与思想史意义的话，那么，马恩对16世纪德国文学的认识，主要表现在对"粗俗文学"（Grobianismus）的强调[4]，

---

[1] 参加马恩关于"文学艺术与无产阶级革命运动"的相关论述，载马克思、恩格斯：《马克思恩格斯论文学与艺术》上册，第231、223、222、226页。

[2] 恩格斯：《德国农民战争》（1850年夏），载马克思、恩格斯：《马克思恩格斯论文学与艺术》上册，第381页。

[3] 恩格斯：《德国农民战争》（1850年夏），载马克思、恩格斯：《马克思恩格斯论文学与艺术》上册，第381页。

[4] 粗俗文学又称"粗鲁文学"，是德国15、16世纪盛行的一种文学流派，乃是对筵席上和社交活动的行动规矩的道德训示的一种独特补充。市民作家往往利用"粗俗者"的传统形象，来嘲笑道德方面的腐化现象以及与市民道德标准相反的粗野行为，同时也嘲笑对"尘世的"科学和自由思想的迷醉。其代表作品包括德金特（Friedrich Dedekind）的《粗俗者》（Grobianus，1549）、布兰特（Sebastian Brant）的《愚人船》（Das Narrenschiff，1494）、萨克斯（Hans Sachs）的《愚人手术》（Das Narrenschneiden，1534）等。参见马克思、恩格斯：《马克思恩格斯论文学与艺术》上册，第386页，注释3。张威廉主编：《德语文学词典》，上海：上海辞书出版社，1991年，第769页。

这段论述相当之精辟：

> 十六世纪的粗俗文学是：平淡无味、废话连篇、大言不惭，象伏拉松一样夸夸其谈，攻击别人时狂妄粗暴，对别人的粗暴则歇斯底里地易动感情；费力地举起大刀，吓人地一挥，后来却用刀平着拍一下；不断宣扬仁义道德，又不断将它们破坏；把激昂之情同庸俗之气滑稽地结合在一起；自称关心问题的本质，但又经常忽视问题的本质；以同样自高自大的态度把市侩式的书本上的一知半解同人民的智慧相对立，把所谓"人的理智"同科学相对立；轻率自满，大发无边无际的空论；给市侩的内容套上平民的外衣；反对文学的语言，给语言赋予纯粹肉体的性质（如果可以这样说的话）；喜欢在字里行间显示著者本人的想象：他摩拳擦掌，使人知道他的力气，他炫耀宽肩，向谁都摆出勇士的架子；宣扬健康的精神是属于健康的肉体，其实已经受到十六世纪极无谓的争吵和肉体的感染而不自知；为狭隘而僵化的概念所束缚，并在同样的程度上诉诸极微末的实践以对抗一切理论；既不满于反动，又反对进步；无力使敌手出丑，就滑稽地对他破口大骂；索洛蒙和马科尔夫，堂·吉诃德和桑科·判扎，幻想家和庸人，两者集于一身；卤莽式的愤怒，愤怒式的卤莽；庸夫俗子以自己的道德高尚而自鸣得意，这种深信无疑的意识象大气一样飘浮在这一切之上。如果我们没有记错，德国人民的智慧已用《海涅卡——力大无穷的仆人》这首歌为它立下了一座抒情纪念碑。[1]

但必须指出的是，之所以如此长篇论述粗俗文学，是为了服务于马克思的论战需要，他更强调"海因岑先生是复活这种粗俗文学的功臣之一"[2]。所以，马克思对粗俗文学的发掘，是有其时代语境背景的，这就难免他对堂·吉诃德亦意存讽喻；可尽管如此，他还是承认这是德国人所创立的

---

1 马克思：《道德化的批评和批评化的道德——论德意志文化的历史，驳卡尔·海因岑》（1847年10月底），载马克思、恩格斯：《马克思恩格斯选集》第1卷，第162—163页。

2 马克思：《道德化的批评和批评化的道德——论德意志文化的历史，驳卡尔·海因岑》（1847年10月底），载马克思、恩格斯：《马克思恩格斯选集》第1卷，第163页。

"一种独特的"[1]文学形式。实事求是地说，马恩对文学的社会意义（包括政治史、思想史的双重路径）的关注要超出其艺术意义，譬如他高度评价16世纪的一篇《夜莺》，说："在讽刺作品中间，有一篇最出色的《夜莺》，莱辛在十八世纪曾把它印行问世。"[2]主要针对的仍是其宗教改革的政治斗争背景。

17世纪的德国文学本身处于过渡期，马恩对他们殊少论述。而18世纪则是德国文学史上辉煌灿烂的时代，对几位大家他们都有涉猎，包括克洛卜施托克、莱辛、歌德、席勒，而歌德更是论述颇多。其态度基本上是一分为二的，需要时援引之、肯定之；必要时讽喻之、否定之。譬如马克思一方面可以引用席勒《信仰的话》："智者看不见的东西／却瞒不过童稚天真的心灵。"[3]同时，可以将席勒《大钟歌》里的警句"惊动狮子很危险"视作对法国革命"市侩味的抨击"[4]。他们一方面将席勒的判断作为权威以论证其关于德国市民性的弱点[5]，另一方面却又借黑格尔辛辣地嘲讽席勒审美教育思想的"庸人倾向"[6]。对歌德的评判亦如此，恩格斯一方面肯定歌德的人性思想："歌德很不喜欢跟'神'打交道；他很不愿意听'神'这个字眼，他只喜欢人的事物，而这种人性，使艺术摆脱宗教桎梏的这种解放，正是他的伟大之处。在这方面，无论是古人，还是莎士比亚，都不能和他相比。

---

1 马克思：《道德化的批评和批评化的道德——论德意志文化的历史，驳卡尔·海因岑》（1847年10月底），载马克思、恩格斯：《马克思恩格斯选集》第1卷，第162页。

2 马克思：《编年史稿》（1870年代—1880年代初），载马克思、恩格斯：《马克思恩格斯论文学与艺术》上册，第386页。

3 马克思：《答布伦坦诺的文章》（1872年5月23日），载马克思、恩格斯：《马克思恩格斯论文学与艺术》上册，第516页。

4 马克思、恩格斯：《评格·弗·道梅尔〈新时代的宗教——创立综合格言的尝试〉》（1850年1—2月），载马克思、恩格斯：《马克思恩格斯论文学与艺术》上册，第515页。

5 马克思说："正如在这方面的权威裁判席勒早就指出的，小市民在解决一切问题时，总是把它归之于'良心方面'。"马克思：《致恩格斯》（1870年7月20日），载马克思、恩格斯：《马克思恩格斯论文学与艺术》上册，第516页。

6 恩格斯说："没有一个人比恰恰是十足的唯心主义者黑格尔更尖锐地批评了康德的软弱无力的'绝对命令'（它之所以软弱无力，是因为它要求不可能的东西，因而永远达不到任何现实的东西），没有一个人比他更辛辣地嘲笑了席勒所传播的那种沉湎于不能实现的理想的庸人倾向（见《现象学》）。"恩格斯：《路德维希·费尔巴哈和德国古典哲学的终结》（1886年初），载马克思、恩格斯：《马克思恩格斯论文学与艺术》上册，第515页。

但只有熟悉德国民族发展的另一方面——哲学的人,才能理解这种完满的人性、这种克服宗教二元论的全部历史意义。歌德只是直接地——在某种意义上当然是'预言式地'——陈述的事物,在德国现代哲学中都得到了发展和论证。"[1]但另一方面他又深刻地洞察出歌德身上的双重矛盾,并予以美学和历史的批判:

> 歌德在自己的作品中,对当时的德国社会的态度是带有两重性的。有时他对它是敌视的;如在《伊菲姬尼亚》里和意大利旅行的整个期间,他讨厌它,企图逃避它;他象葛兹,普罗米修斯和浮士德一样地反对它,向他投以靡菲斯特斐勒司的辛辣的嘲笑。有时又相反,如在《温和的讽刺诗》诗集里的大部分诗篇中和在许多散文作品中,他亲近它,"迁就"它,在《化装旅行》里他称赞他,特别是在所有谈到法国革命的著作里,他甚至保护它,帮助它抵抗那向他冲来的历史浪潮。问题不仅仅在于,歌德承认德国生活中的某些方面而反对他所敌视的另一些方面。这常常不过是他的各种情绪的表现而已;在他的心中经常进行着天才诗人和法兰克福市议员的谨慎的儿子、可敬的魏玛的枢密顾问之间的斗争;前者厌恶周围环境的鄙俗气,而后者却不得不对这种鄙俗气妥协,迁就。因此,歌德有时非常伟大,有时极为渺小;有时是叛逆的、爱嘲笑的、鄙视世界的天才,有时则是谨小慎微、事事知足、胸襟狭隘的庸人。连歌德也无力战胜德国的鄙俗气;相反,倒是鄙俗气战胜了他;鄙俗气对最伟大的德国人所取得的这个胜利,充分地说明了"从内部"战胜鄙俗气是根本不可能的。[2]

大体说来,马恩论文学,往往一针见血直奔文本背后的思想意识,更将作家作为一个认识世界的主体来完整看待。而之所以如此,当然与他们的理

---

[1] 恩格斯:《英国状况——评托马斯·卡莱尔的〈过去和现在〉》(1844年1月),载马克思、恩格斯:《马克思恩格斯论文学与艺术》上册,第474页。

[2] 这篇评论卡尔·格律恩《从人的观点论歌德》的文章对歌德有相当详尽的探讨,值得关注。恩格斯:《诗歌和散文中的德国社会主义》(1846年底—1847年初),载马克思、恩格斯:《马克思恩格斯论文学与艺术》上册,第494页。

论构建与论争需要密切相关，这样做的好处当然是"淋漓尽致"，但其弱点当然就是对文学文本的艺术性方面关注不够。不过后者自有专门的文学史家去"清扫藩篱"，而作为另类文学史家的马恩本就不会留意自己的"学术贡献"，自然就不妨"别出手眼，放胆为文"。这一点，到了论及尚处于进程之中的19世纪文学，就更明显了。马恩的视角和眼光非常特殊，所以他们最为标榜的是诗人海涅。这固然与彼此之间的交往有关，但更是因后者能有助于他们理论体系的建构。他们会特别注意挖掘所谓"诗歌和散文中的德国'真正的'社会主义"。什么才是真正的社会主义呢？海涅的文学创作，在某种意义上符合或接近他们的理想。

当然，马恩并非对民族文学毫不关心，对阿恩特的《祖国之歌》与青年德意志派都有所提及，虽然不是很强调。而值得指出的是他们的与众不同之处，即对弗莱里格拉特（Ferdinand Freiligrath，1810—1876）与贝尔塔（Bertha von Suttner，1843—1914）的拔擢。作为小说家的贝尔塔，其实在文学史上无甚地位。马克思并不掩饰自己对德国小说的轻视："对德国小说来讲，我是一个很大的异教徒，我认为它无足轻重，由于我十分偏爱优秀的法国、英国和俄国的小说家，因此我也曾带着惯有的怀疑来读您的《苦难的一年》。"[1] 此言说于1879年，足见马克思对德国小说或者陌生，或者品味殊异。且不说歌德、蒂克等在古典时代创造的小说成就，即便以19世纪而论，且不论德语文学中的凯勒（瑞士）、施蒂夫特（奥国）皆以小说而名声卓显，就以德国来说，如果说冯塔纳尚要等到晚年之后才"大显身手"，那么施托姆、"二威廉"（拉贝、布施）则在此前均有名作问世，而马克思不察，却唯独推崇这文学史多半不载的贝尔塔。

而作为诗人的弗莱里格拉特则在文学史上享有一席之地。他1838年因发表《诗集》而成名，1844年受到资产阶级革命影响而开始写作激进的政治诗。1845年在布鲁塞尔与马克思结识，后曾参加编辑《新莱茵报》，参加共产主义者同盟。日后流亡英国，与马恩逐渐疏远，最后放弃了革命立场。[2] 马克思对弗氏的揄扬同样是建立在现实政治需要的基础上的，在他看

---

[1] 马克思：《致奥古斯蒂》（1879年10月25日），载马克思、恩格斯：《马克思恩格斯论文学与艺术》下册，第306页。
[2] 张威廉主编：《德语文学词典》，第154—155页。

来:"所有的诗人甚至最优秀的诗人多多少少都是喜欢别人奉承的,要给他们说好话,使他们赋诗吟唱。"[1]显然,在马克思这里,对政治致用性的看重超过了对艺术本身的考察。

三、马克思对"德国文学"理解的偏差

梅林对马克思的德国文学认知有这样一番评论:"马克思精通上至中世纪的德国文学。在晚近的作家当中,除歌德外,他最欣赏海涅。在他年轻的时候,他似乎不大喜欢席勒。而当时德国的庸人们醉心于他们所不甚理解的席勒的'理想主义',这种情况在他看来只不过是用夸夸其谈的贫乏来代替平淡无奇的贫乏罢了。自从马克思最后离开德国以后,他对德国文学的兴趣就淡薄了。甚至那些理应受到他重视的作家,象赫伯尔和叔本华,他也一次没有提到过。而查理·瓦格纳曲解德国神话叙事诗,却曾受到他的猛烈抨击。"[2]应该说这段论述相当中肯,而且很委婉地提出了马克思德国文学观中几个问题,值得细加剖析。一是对经典作家有独到之见,对歌德、海涅揄扬之思路很有不同,而对席勒则不免略带成见;二是对当代作家的忽略,如黑贝尔(Johann Peter Hebel,1760—1826)、叔本华,确实是很有特色,也重要的思想型作家,却未受到他足够的重视;三是他之所以回应瓦格纳,显然有其特殊的思路与目的。也就是说,作为一个文学史家,马克思远算不上公允。

席勒在德国文学中绝对居于非常重要的地位,且他与歌德开辟的是前无古人的一条文学路径,而马克思一句"时代精神的传声筒",就达到了几乎将其一笔抹杀的效果,其影响不可谓不"深远",但其判断也不能不说是近乎"粗疏"。这固然是与他自身的政治立场与理论建构的需要密切

---

[1] 马克思:《致魏德迈》(1852年1月16日),载马克思、恩格斯:《马克思恩格斯论文学与艺术》下册,第297页。

[2] 梅林:《马克思的文学欣赏》,载马克思、恩格斯:《马克思恩格斯论文学与艺术》下册,第334—335页。

相关，但对黑贝尔与叔本华的忽略，却真的说明他对文学本身的进程并不十分关注。不妨就举这两位为例，看看为什么他们引不起马克思的兴趣。

黑贝尔用施瓦本方言写作，反映现实生活，诙谐幽默，风格独具，颇受读者欢迎，有所谓"逸事作家"之称。其代表作为《阿雷曼方言诗集》(*Alemanische Gedichte*, 1803) 与《莱茵家庭之友小宝盒》(*Schatzkästlein des rheinischen Hausfreundes*, 1811)。前者为方言诗集，对于青春之美、母亲之爱、自然风光等均有描述，不但风格质朴，而且善用方言，音韵优美，受到歌德很高的评价。后者则包括了个人创作及民间故事的整理，不但故事本身短小精悍、幽默风趣、语言朴实，而且与现实生活密切相连，对人类道德多有讽喻劝诫。在艺术性与思想性上的双重深度，奠定了他作为"短篇故事"创造者的地位。[1] 甚至有文学史家予黑贝尔极高的评价，说他所写的《无望的重逢》(*Unverhofftes Wiedersehen*) "叙述生离死别，短暂与永恒，极其动人，为德国小说中最好的文学"，评价其《莫斯科焚城记》(*Brand von Moskau*)，"对于莫斯科焚城惨状，使读者如看电视一样了然"。[2]

叔本华以哲学家显名，但其实他的文学史地位应予以关注。他的《作为意志与表象的世界》(*Die Welt als Wille und Vorstellung*)，在文学史上同样值得大书一笔。这种强调"悲观意志"的哲学[3]，固然是对抗理性主义的；与源自黑格尔的马克思理论思维，同样也是背道而驰。当年叔本华挑战黑格尔，在课堂上失败了；而在思想传播上却未必。悲观意志哲学，通过其文本，而得以广泛流传。"拂逆意志以求生"(*Verneinung des Willens zum Leben*) 的思想更是在日后的思想史上留下了浓重的烙印。[4]

那么，马克思为何批评瓦格纳呢？这当然与瓦格纳戏剧的影响和立场有关，因为这直接关涉到马克思对人类发展历程的真理探知的严肃性。恩格斯提到这段公案："马克思在一八八二年春季所写的一封信中，以最严厉

---

[1] 参见张威廉主编：《德语文学词典》，第97—98页。
[2] 里德：《德国诗歌体系与演变——德国文学史》第2版，王家鸿译，台北：商务印书馆，1980年，第206页。
[3] 参见高宣扬：《德国哲学的发展》，台北：远流出版事业股份有限公司，1991年，第151—163页。
[4] 里德：《德国诗歌体系与演变——德国文学史》第2版，王家鸿译，第193页。

的语调，批评瓦格纳的《尼贝龙根》歌词对原始时代的完全曲解。歌词中说：'谁曾听说哥哥抱着妹妹做新娘？'瓦格纳的这些'色情之神'，完全以现代方式，用一些血亲婚配的事情使自己的风流勾当更加耸人听闻，马克思对此回答道：'在原始时代，妹妹曾经是妻子，而这是合乎道德的。'"[1] 作为近乎彼时德意志文化巨人的瓦格纳，作为戏剧诗人（兼作曲家与剧作家、诗人），其声名可谓"如日中天"。其发明的"音乐剧"理论的歌剧创作，极富影响；而以《尼贝龙根的指环》（包括《莱茵的黄金》《女武神》《西格弗里特》《众神的黄昏》）为代表的剧作，则多取自民间传说，反映德意志的强烈民族意识与统一诉求，极受欢迎。[2] 正如论者指出的，"瓦格纳最终缔造出了一个不是世出的成就……他是19世纪戏剧音乐的颠峰"。而之所以能够如此，有一点特别重要，就是将思想与艺术的融合，"贝多芬的交响曲（除了有人声演唱的第九号之外）表达出高贵的情感，但却没有思想：曲子里有情绪，但没有观念"，而相比之下，"瓦格纳将思想加入，并创造出音乐戏剧来"，瓦氏成功的秘密就在于"作曲家和诗人才华相称，歌词和歌剧一般精彩"[3]，瓦格纳在席勒的"戏剧史诗"之外，成就了"音乐史诗"。正是由于瓦格纳音乐歌剧的史诗性，所以才成就了他在德意志精神史上的特殊地位。当其时也，正是德意志民族意识积蓄已久，需要在思想精神与政治实践双重层面予以落实的时代，威廉一世作为民族国家的象征，俾斯麦作为政治代表、瓦格纳作为精神代表，形成了一套"符号型标志"。马克思显然对此很为不满，因为就基本理念而言，瓦格纳的"德意志民族意志"过分夸张，与他的"阶级斗争理论"根本就背道而驰。而瓦格纳对皇帝的歌颂："万岁，万岁，吾皇恺撒！/至尊，威廉！/自由之基，国家之石！"[4] 这显然也与马克思反对封建专制的思想南辕北辙。这些都不妨作为马克思与瓦格纳冲突的背景因素，而就具体论述而言，在学理上马克思显然

---

[1] 马克思原信未见。关于这个问题的争论，在同文中恩格斯有继续论述。恩格斯：《家庭、私有制和国家的起源》（1884年3月底—5月26日），载马克思、恩格斯：《马克思恩格斯论文学与艺术》上册，第325页。

[2] 张威廉主编：《德语文学词典》，第167—168页。关于此剧的解读，请参见萧伯纳：《瓦格纳寓言》，曾文英等译，桂林：广西师范大学出版社，2002年。

[3] 萧伯纳：《瓦格纳寓言》，曾文英等译，第60页。

[4] 转引自萧伯纳：《瓦格纳寓言》，曾文英等译，第22页。

也立于不败之地。

一般来说，我们会特别注意"德国古典哲学"的时代背景，但从另一个方面来看，古典哲学亦同样离不开"德国古典文学"的滋养温润。不仅古典时代，整个历史进程其实亦如此。就马恩的德国文学认知而言，他们更多的是站在"哲学建构"的角度来对待文学的，并没有将文学作为一门独立的艺术来考察与研究。所以探讨作为另类文学史家的马恩，必须充分考虑到其不充分的、非专业的因素。"群书为我开生面"，就此意义来说，马恩的德国文学史论述，为我们从另一个角度去理解德国文学，在摒弃功利性的政治思维之外，强化文学史与政治史、思想史的关联性认知，无疑是极有助益的。当然，此中不可忽略的，还有马恩整体理论框架的大背景，他们对文学、艺术与美的论述与认知，也都应作为参照的体系。能如此，我们进行德国文学研究，也就可以不仅停留于"就文本论文本"的层次，不但有可资凭借的"犹识庐山真面目，异域慧眼观彼土"，更可"站在伟人的肩膀上"，求得"会当凌绝顶，一览众山小"的境界与气魄，这对全面而客观地认知德国文学与思想的进路，显然良有启迪与助益。

第四辑

学术史与学科史

机构建制、学风流变与方法选择

——现代中国语境里的德语文学研究

一、先生一代与学生一代：
先行者的"奠基工程"与后来者的"传承意识"

（一）学人史的两阶段与两代人：从先生（杨丙辰）一代到学生（冯至、商承祖）一代

作为引领风气的一代人，蔡元培在确立现代中国的大学与学术机制方面，贡献甚大[1]，也确实完成了他们那代人的历史使命。但学术发展是一个需要长期积累与积淀的过程，不可依赖一二先觉者的力量一蹴而就，它固然需要大气磅礴的一代学人如蔡元培、傅斯年等继往开来，也需要大批的学者勤奋努力，辛勤耕耘，在具体的学科意义上积跬步以至千里，共同构建现代学术多姿多彩的巍巍大厦。

当"五四"一代由学生而先生，尤其是留洋归来，在各种教育学术机构施展身手之时，就注定了这种艰巨的历史使命已无可回避地落在了他

---

[1] 譬如蔡氏就十分重视北大及德文系的具体制度建设问题。1921年9月21日致北大各系主任函称："本校各系主任，照章应于本年四月改选二分之一。前以教职员停止职务，迄未举行。现校务已照常进行，亟应举行改选。……其数学、化学、地质学、德文学、经济学、史学、哲学各系主任，皆应改选，以符每年改选二分之一之规定。"蔡元培：《致北大各系主任函》，载《蔡元培全集》第11卷，杭州：浙江教育出版社，1998年，第29页。校务不正常则已，一旦正常，首先想到的就是"照章办事"，一点都不能马虎迁就。这正是作为大学校长的蔡元培的高明之处，着眼于"制度建设"，不仅要"定规则"，更要"重实行"。

们身上。冯至等人所面临的，正是这样的时代语境。20世纪30年代，当年的学生们陆续学成归来（当然如傅斯年等人归来更早，傅氏是1926年归国的）。如果以此比较，会发觉一个很有意思的现象，同为北大同学（虽然不同系、不同年级），傅斯年作为一代学人，其在专业领域内的学术成就或未必胜于冯至，但在本学科的开拓建制之功，则皇皇其大哉，成为中国现代学术成绩的重要标志。在这个方面，傅斯年远比冯至要成功。

如果以蔡元培在北大改革为中国现代大学与学术制度的开端，那么此期执教的先生们则名副其实地成为中国现代学术史上的第一代人，他们都是20世纪10到20年代留学归来出任师长的学人，即我所谓的"先生一代"，如胡适、吴宓、鲁迅、周作人等皆是，在较为边缘的学科的杨丙辰亦是同辈中人。这一点在时人的记述中可查得蛛丝马迹，《吴宓日记》1929年1月27日称："七时许，偕陈君至东安门外大街东兴楼，赴温源宁君招宴。客为胡适、周作人、张凤举、杨丙辰（震文）、杨宗翰、徐祖正、童德禧（禧文，湖北，蕲春），共十人。胡适居首座，议论风生，足见其素讲应酬交际之术。"[1] 由此可见，杨丙辰虽然以治德国文学而居于学科边缘，但与当时的思想文化界仍颇多交往。从这个名单里，我们如果悉心挖掘，很可能挖掘出其时中国的外国文学学术界的线索与脉络来，这些人物里，温源宁是日后北大外文各系合系后的系主任，胡适是"五四"时代的英文系主任，杨丙辰是德文系主任，周作人后任日文组主任。北大外国文学的头面人物，来了一半。在年龄上，他们都颇小于作为领袖的蔡元培，但他们正是中国现代学术的第一代人物。大致算来，其留学归国时间在20世纪10年代，并跟随蔡元培进入了中国第一学府——北大而成为此期的主要师资，其中相当部分担任了系主任这样的机构要职。

吴宓与杨丙辰既为北大同事，又在清华共教，有些来往。不同处在于杨丙辰是北大德文教授，兼职清华；而吴宓则为清华英文教授，兼职北大。1929年1月3日日记称："是日4—6教授茶话会未能赴。5—6杨振声、冯友兰、杨震文来视宓病，殊慰。渠等谓宓病颇复杂，宜就名医诊治，不宜忽视。杨震文君谓德国医院之克利大夫（Krieg）治疟甚能。而盖大夫

---

[1] 吴宓：《吴宓日记》第4册，北京：生活·读书·新知三联书店，1998年，第202页。

（Grimm）治癣甚效。彼与诸医熟稔，愿导宓往，且为翻译。可于寒假中径至渠寓（北池子马圈胡同九号杨丙辰）。相邀同往云云。"[1] 1929年3月22日，"下午4—6再赴北大上课，遇Winter、杨震文等。杨君谓宓平日过劳，且常时伏案，恐有脑充血之病。劝多休息游散"[2]。北大德文系比清华德文专业早建，而且当时聘请德国学者颇多，所以第一代的中国德语文学学者颇为有限；由此，杨丙辰的重要性，怎么高估也不过分。

但论及中国德语文学学科先生一代的意义，无论如何，不可以将德国学者的贡献忽略不计。也就是说，在专业建设方面筚路蓝缕的欧尔克、洪涛生等人，尤其应当提及。奠基者的意义，在于发前人之所未发，而能开拓区宇。对于杨丙辰这代人而言，创办德文系的工作可谓无例可循。没有这代人的筚路蓝缕、发凡起例，又如何能谈得上后来者的薪尽火传、不绝如缕？

杨丙辰的学术史意义，在三个方面。一是翻译面较广。他的译著涉及面颇宽，如莱辛、席勒、歌德、豪普特曼等德国文学大家固然均有，也还有与民族精神相关的作品，如里尔的《德国民族的性格》与费希特的《对德意志国民的演讲》。[3] 二是对时代主流有所呼应。如他写《歌德与德国文学》[4]，主要还是为了响应当时中国学界纪念歌德逝世一百周年的需要，他的德国文学研究很难说是严谨的学院式的（他留德所学专业非文学），但至

---

1 吴宓：《吴宓日记》第4册，第189页。

2 吴宓：《吴宓日记》第4册，第231页。

3 Thomas Harnisch: *Chinesische Studenten in Deutschland–Geschichte und Wirkung ihrer Studienaufenthalte in den Jahren von 1860 bis 1945* (《中国留德学生——1860至1945年间留学的历史和影响》), Hamburg: Mitteilungen des Instituts für Asienkunde, 1999, S. 173.关于杨丙辰，其生平晚期情况至今仍不非常清楚，据《国立北京大学历届校友录》，他是河南南阳人，1918年入校，曾担任的职务为西文系教授、哲学系教授、德文系教授兼主任等，当时的工作单位为辅仁大学，住址为北平骑河楼马圈胡同9号。五十周年筹备委员会：《国立北京大学历届校友录》，北京：北大出版部，1948年，第115页。杨丙辰的学问底子当是不错的，温源宁这样评论他："杨先生的专长是德国文学。但是他花在哲学上的功夫并不少于文学。人们也许难以置信，但是，逻辑确实是他偏爱的学科之一。目前，他正热衷于文学批评，几乎是单枪匹马地在主持一个叫做《文学批评》的杂志。"温源宁：《杨丙辰先生》，载《不够知己》，江枫译，长沙：岳麓书社，2004年，第326页。他还擅长"谈论鬼怪、魔法和佛教故事之类最为出色"。

4 杨丙辰：《歌德与德国文学》，载周冰若、宗白华编：《歌德之认识》，南京：钟山书局，1933年，第217—225页。

少是有关怀和有见地的,并非人云亦云地贩卖德国人的材料。三是德语教育史上的"师长风范"。实事求是说,前两者的意义在"前乏古人",无论是翻译作品,还是学术研究,以日后日趋严格的学术标准而言,杨丙辰都未必能入得方家"法眼"。可从德语教育史角度来看,杨丙辰的意义极为重要,这主要是因为后来者的薪尽火传,点明了中国德语文学教育/学术传统的智慧灯塔。可以说,如果没有冯至、商承祖、张威廉、杨业治、田德望、陈铨、季羡林这些北大、清华学子的闪亮登场与负重前行,杨丙辰的意义也不会凸显得如此重要。正如有论者认为,清华国学研究院如神话般的显赫声名,在很大程度上应归功于四大导师的弟子们日后的功业成就及其褒扬之力。[1]这种"师—弟子"之间的相互阐发功用,在学术史视野中彰显得益发清晰。

冯至这代人(包括稍后些在清华毕业的杨业治、季羡林等),就是所谓的"学生一代",他们是"先生一代"的学生辈,主要是指那些"五四"前后北大、清华的学生们,他们大多在"五四"以后出国留学,并在20世纪30年代(或更早些)学成归国,亦执教鞭,继承起师长的志业,甚至与当年的老师们共事同工,加入了中国现代学术/教育发展的宏图大业。他们是中国德语文学学科建设的中坚力量,至今仍为后学所敬重。

在德语文学学科之内,具有薪尽火传意义的是冯至、商承祖、张威廉等人,他们是杨丙辰的北大弟子;在学术研究领域,则还应添加上刘大杰、李长之和陈铨。他们都是先生一代的学生辈,有些曾直接出自门下,如冯、商、张(杨业治、田德望、季羡林等则属清华弟子)等,有的则是旁门别出,如李长之私淑于杨丙辰、陈铨出自吴宓门下等;还有的如刘大杰,则并无直接师生渊源,但却以其学术著述,仍对本学科有所贡献。这里必须指出的是,除了科班出身的学统秉传者外,那些非科班出身(甚至职业为非日耳曼学者)的人物,其重大贡献在学术史的视野中亦同样不能忽略,我这里特别要提及的就是像陈铨、刘大杰、李长之这样的人物。那么,一个不得不问的问题,或许是这些人物的外语水平究竟若何?这里,就必须

---

[1] 请参见陈平原的论述,葛兆光等:《清华国学研究院与二十世纪中国学术——纪念清华学校研究院成立八十周年讨论纪要》,载《博览群书》2005年第8期。

机构建制、学风流变与方法选择

追问,他们的德语水平究竟怎样?关于陈铨,张威廉先生曾亲口语我,他的口语不太好、发音不太准。但这样的说法,并非否认其学术水平,其实只要是彀中人,都会知道外语口语与学术水平往往并不见得"相得益彰"。关于李长之的德语水平,以下说法或可参照。梁实秋当年主持国立编译馆的翻译委员会,曾邀请李长之参加。他这样回忆此段经历:

> 长之语我,愿译康德之三大批判,而且是从德文直接翻译。我大吃一惊。承他相告,他离开清华之后曾从北大德文系教授杨丙辰先生习德文,苦读二三年而有成,读德文哲学典籍可以略无滞碍。……所以长之从名师学德文两三年便可译康德的三大批判,并非妄举。我当时和长之约定,立即动手翻译,期以十年的工夫竟其全功。在烽火连天生活困苦的情况之下,长之埋首翻译,真正的是废寝忘食,我很少遇见这样认真的翻译工作者。他每遇到一段精彩的原文,而自信译笔足以传达原文之妙,辄喜不自胜,跑来读给我听,一再的欢喜赞叹。我听不懂,他就再读一遍,非教我点头称许不可,大有"知音如不赏,归卧故山秋"之概。我只好硬听下去。他这部翻译,因猝然抗战结束,匆匆返乡,他离开编译馆,故未完成,甚为可惜。[1]

李长之的德文水平不错,而学术态度之严谨,尤为可嘉。这点比较一下他译《文艺史学与文艺科学》就可看出。[2] 可惜,他的三大批判不知究竟译到怎样程度?刘大杰未曾留德,由留日(1926—1930年)而治欧洲文学,他的《德国文学概论》,同样相当出色。这既与他留日时代师从英、德文学专家小铃寅二所受学术影响有关,也与20世纪30年代前后中国整体学术语境相吻合。以1923年冯友兰留美归国稍后任教清华、1925年陈寅恪归国任教清华成为国学研究院四大导师之一、1926年傅斯年归国出任中山大学文学院院长为标志,那代留学人(相当一批精英是留德归来)在接受西方学

---

[1] 梁实秋:《忆李长之》,载《梁实秋散文》第4集,北京:中国广播电视出版社,1989年,第287—288页。

[2] Werner Mahrholz:《文艺史学与文艺科学》(*Literaturgeschichte und Literaturwissenschaft*),李长之译,重庆:商务印书馆,1943年。

术的严格训练之后,带着攫得彼邦文明的精华与方法的喜悦,回到中国学术场域大展身手,由此而中国现代学术从初建期进入到成熟期,这一点不但表现在以集体形式出现的学术机构的创办热情、学术社会的建设意识,更表现在学术著作的逐渐兴起、学术观点的推陈出新。而德语文学学科的"学生一代",正是在这样的背景下进行其学术事业的。所以,其学术气象与层次的"高出一筹"也就并非全是"空穴来风"。

总体来看,作为学生一代的德语文学学科精英们,大约在20世纪30年代中后期逐渐进入中国现代学术场域。如果说在德语文学教育的薪尽火传方面,两代人并无大的殊异;但具体在学术领域的开拓区宇方面,后来者显然更具有创造性与实绩贡献。这一点无论是在机构建制的功用上,还是学术著述的成绩上,都表现出来。具体言之,以冯至等为代表的第二代日耳曼学者的超越之处有三。

一是他们更清醒地意识到在学术体制中寻找自己的位置并从机构建制的意义上将其确立乃至发展起来。或自觉或不自觉,他们都对中国德语文学的学科建制方面,有所贡献;典型者有冯至、商承祖等。冯至从西南联大之后归于北大,长期担任西语系主任;1964年更调任新筹建的中国科学院外国文学研究所所长,不但对德语文学学科有奠基之功用,对整个外国文学大学科的发展,也贡献诸多。商承祖、张威廉都是南京大学德语文学专业创建时期的中坚人物,而商承祖后又担任南大外文系主任,在组织方面的工作做得更多些。相比之下,作为师长辈的杨丙辰,虽然早在1918年时既出任北大德文系主任,但对于德文系的建设,似乎远未能起到统领全局的规划、促进之功。以十余年之发展,而最后竟落得1932年被降级为组,合并到外国文学系的结局。这其中固然有不得不然的时代背景与历史语境的制约,但德文系本身发展的未入佳境,未建轨则,是无论如何无法推脱的事实。而经由冯至开拓的北大、社科院,与商承祖、张威廉创立的南大德语文学学科,虽历经坎坷,但仍长期保持了学科优势领先地位。迄今为止,北大、社科院在文学方面仍毫无疑问居于全国的中心地位。这个问题,在下节中还将详述。

二是对学术著述的自觉工作。无论如何强调学术社会学的视角、机构建制的作用、学人精神的重要、学风流变的影响等等因素,然则在学论学,最重要的恐怕仍是"拿出东西来"。作为学术衡量的标准，仍在于学术著述的分量与意义。这一点，学生一代显然要比先生一代更有明确之意识。较早些的学子如张威廉，在北大德文系毕业后不久，就撰作了中国第一部《德国文学史大纲》，当然其不成熟性还是很明显的；而到了20世纪30年代陈铨、冯至他们留德归来之后，就变得非常明确，陈铨的《中德文学研究》用中文发表后，引起了颇广泛的关注。事实上，此书也具有很重要的学术史意义，是本学科能在现代学术史上载上一笔的不多著作之一。还可列举的有冯至的《论歌德》、刘大杰的《德国文学概论》等等。而检点杨丙辰那代人，则很少有专业性的学术著作。

三是内外学术场域的构建。就内部来说，德语文学的学科场域渐有雏形；就外部而言，一些学者已与整体的中国现代学术场域颇有关联，彼此间基本上形成了一种德语文学圈的学科场域初构，如冯至1935年刚在海德堡大学完成的博士论文《自然与精神的类比是诺瓦里斯作品中的文体原则》，陈铨就很快在国内发表书评"Feng: Die Analogie von Natur und Geist als Stilprinzip in Novalis Dichtung"（载《清华学报》第11卷第1期，1936年1月）[1]。这种相对狭小空间的学科场域互动的开端，应该说是一件好事。不仅如此，《清华学报》是居于主流地位的学术空间，陈寅恪等人的学术文章也多在其上发表，所以其影响与涉及的范围也决非仅局限于德语文学学科而已；陈铨20世纪30年代的论文多在其上发表，所以其在学术场域里是有占位的。1933年，宗白华编选《歌德之认识》，同样不仅展现了德语文学圈的力量（如杨丙辰、陈铨、郑寿麟、宗白华等纷纷露面），也还包括范存忠（英国文学）、卫礼贤（德国汉学家）、唐君毅、贺麟（哲学）等人，事实上已建立起更广阔的学术场域的关联。在我看来，以德语与德国认知为纽带（除了科班出身并投身德语专业的，也包括那些娴熟德语或对德国有浓厚兴趣的研究者），在人数上已初步形成了一个"德国学场域"[2]，这一点通过出版于20世纪40年代的《五十年来的德国学术》上的翻译者名单，尤其可以看得清楚。

1　齐家莹：《清华人文学科年谱》，北京：清华大学出版社，1999年，第175页。
2　中德学会编译：《五十年来的德国学术》第1册，北平，中德学会，无印刷时间，目录页。

《五十年来的德国学术》所收文章及译者一览表[1]

卷数	内容	作者	译者
一	引言	哈那克（Adolf von Harnack）	马德润 郑寿麟
	史密特·奥特与德国的学术	西比各（Reibhold Seeberg）	贾成章
	世界学术与世界的关系	式来贝（Georg Schreiber）	姚可昆
	图书馆事业	密尔考（Fritz Milkau）	蒋复璁
	耶稣教的神学	加登布施（Ferdinand Kattenburch）	崔承训
	天主教的神学	艾哈尔德（Albert Ebrhard）	张天麟
	哲学	迈尔（Heinrich Maier）	贺 麟
	教育学	施卜朗格（Eduard Spranger）	童德禧
	法学	海曼（Ernst Heymann）	徐道邻
	经济学	舒马赫（Hermann Schuhmacher）	董人骥
二	人种学	提勒纽士（Georg Thilenius）	郑寿麟
	古代地中海区域与西亚细亚的历史和文明	贾侬尔（Eduard Mayer）	李述礼
	中古史与近世史	布兰底（Karl Brandi）	张贵永 历鼎（火奎）
	美术史	高尔敦斯米特（Adolph Goldschmidt）	滕 固
	德国语文学	施乐德（Eduard Schröder）	杨丙辰
	英国语文学	布雷（Friedrich Brie）	李长之
	拉丁语系的语文学	吕布克（Wilhelm Meyer-Lübke）	季羡林
	斯拉夫语文学	瓦斯木（Max Vasmer）	李方桂
	闪系语文学	黎蒂曼（Enno Littmann）	江绍原
	汉学	海尼士（Erich Haenisch）	王光祈
三	算学	喀拉脱窝多里（C. Caratheodory）与房戴克（W. von Dyck）	李 达
	理工之合作及其共同事业	申克（Rudolf Schenck）	李 达

---

[1] 中德学会编译：《五十年来的德国学术》第1册，目录页；丁建弘、李霞：《中德学会与中德文化交流》，载黄时鉴主编：《东西交流论谭（一）》，上海：上海文艺出版社，1998年，第286—288页。

续表

卷数	内容	作者	译者
三	理论物理学	蒲朗克（Max Planck）	文元模
	实验物理学	佛朗克（James Franck）	文元模
	工业物理学	彻奈克（Jonathan Zenneck）	文元模
	地球及其大气之物理学	黑格塞尔（Hugo Hergesell）	吴剑西
	化学	哈柏（Fritz Haber）	魏以新
	地质学	史梯勒（Hans Stille）	胡祖徵
	矿物学	林高隆（Gottlob Linck）	杨钟健
	海洋与地理之考察	彭克（Albrecht Penck）	刘衍淮
	海洋学	戴樊（Albert Defant）	孙方锡
四	生物学	外特斯坦（Fritz von Wettstein）	张景钺 崔之兰
	医学	米勒（Friedrich von Müller）	鲍鉴清
	实验医学之研究及研究所	考莱（Wilhelm Kolle）	刘兆霖
	兽医学	米斯诺（Hermann Miessner）与斐希诺（Johannes Paechtner）	徐佐夏
	机器工业	奈哥尔（Adolph Nägel）	薛祉镐
	土木工程进化史	提理（George de Thierry）	倪　超
	都市建设演进论	舒马赫（Fritz Schumacher）	唐　英
	农业	发尔克（Friedrich Falke）	刘运筹
	林业	闵希（Ernst Münch）	王　正

由此表我们可以看出，当时中国的德国学精英人物基本列名其上了。通过相应的学术机构运作（此处是中德学会），中国德国学场域的学术精英基本上已可构建起自己的学术场域，并从事较为大型的集体性学术事业了。《五十年来德国之学术》以论文集的方式出版，由各领域的著名学者翻译德国学者最高水平的人文科学和自然科学的学术史研究成果，对于中国学界和社会来说，影响甚大，其意义怎么高估也不过分；而在杨丙辰那代人（如以20世纪20年代的活动场域来看），除了杨丙辰之外，北大、清华

的华人德文师资中，很少有比较出色的学者；连自身的学术积累都非常有限，更不用说形成这样规模的学术集体项目了。

（二）机构史视野中的德语文学学科变迁：从二元模式到百花齐放

先生一代与学生一代构建起中国现代学术的源流，日后的学术史发展万变不离其宗，如吴宓作为先生一代，参与开辟的不仅是英语文学的源流，也还包括德语文学的发展。陈嘉固然曾受教诲[1]，陈铨同样更是其得意弟子。

就机构史的发展来看，现代中国德语文学的教育学术机构大致经历了三个阶段。以西南联大为标志，前期是两大学统并峙，即现代学术的北大、清华传统，时间在20世纪10到30年代；中期为西南联大时代，即北大、清华的合而为一，时间在20世纪30到40年代，但此时德语文学专业已被取消，或亦可视为中断；后期则为20世纪40到50年代，以1952年院系调整为标志，即南北学术逐渐抗衡，北为北京大学德文专业的复建，南为中央大学（后为南京大学）德文专业的新建。但德国文学系的创设，在现代中国乃是值得关注之事，并非仅以上列举的重要学统。早在1923年，新筹办的上海大学就信誓旦旦地在其《制定发展规划》中表示要添办德国文学系，并将其与经济学系、政治学系、史学系及音乐系相提并论。[2]确实，在瞿秋白的上海大学办学构想中，其文学系的规划分五类，即中国文学系、英文系、俄文系、法文系与德文系。[3]这一筹划，随着上海大学在社会政治潮流中（五卅、北伐、政变）的风起云涌与遽然解散，显然并未得到完整的实施，但确实也可见出德国文学在彼时中国大学体制内是受到重视的。[4]这当然可能

---

[1] 1928年12月19日日记载："4—6学生陈嘉来谈。"吴宓：《吴宓日记》第4册，第178页。

[2] 《上海大学概况》，原载《民国日报》副刊《觉悟》1923年6月24日，参见黄美真等编：《上海大学史料》，上海：复旦大学出版社，1984年，第47页。

[3] 瞿秋白：《现代中国所当有的"上海大学"》，原载《民国日报》副刊《觉悟》1923年8月2—3日，参见黄美真等编：《上海大学史料》，第3页。《上海大学章程》在学制中亦规定：文艺院设中国文学、英国文学、俄国文学、德国文学、法国文学、绘画、音乐七系。黄美真等编：《上海大学史料》，第63页。

[4] 虽然没有开设专门的德国文学系，但德文课是有的，有学生这样回忆："社会科学系的课程有：社会科学、社会进化史、马克思主义、哲学、政治经济学等，此外还要选修一门到两（转下页）

机构建制、学风流变与方法选择

受到彼时沪上德国风气的影响，值得提及的就有同济大学与复旦大学，他们都建设了自己的德文专业，但在1952年院系调整时，两校的德文师资和专业全部合并到南京大学，从而明确奠定了南大作为南方德文学科中心的地位。

1964年9月，中国科学院成立外国文学研究所，其中专设"中北欧文学研究室"，以德语文学研究为主。这个所的首任所长由冯至担任，这样就确立了中国德语文学研究的两个新传统，即北大—社科院模式。因为，事实上，南北学术独立的模式，早在20世纪60年代初期就已破灭，主要是因为南京大学并未能充分发挥出合力的优势。[1]

（接上页）门外文。""外文有四种：即俄文、英文、德文、日文。"薛尚实：《回忆上海大学》，原载上海《文史资料选辑》1978年第2期，参见黄美真等编：《上海大学史料》，第90页。而且任教的老师有留德回来的李季（大革命失败后参加托陈取消派），他选用的课本都是德人著作，由自己编译。政治经济学是德人博洽德的《通俗资本论》、马克思主义用的是《马克思及其生平著作和学说》（出版后改名为《马克思传》），均由上海书店发行，系里同学差不多人手一册。但学生对他的授课印象似乎并不甚好："马克思主义和政治经济学两门课，很多同学喜欢听，但主讲者是刚从德国留学回来的，没有实际工作经验，而和同学们的思想情况联系不好，听起来就不亲切。"上揭书第91—92页。

[1] 南大德语专业似乎并未能完全充分利用院系调整的"大好时机"，以大力发展南京大学的学术实力。其时的外文系主任是商承祖。1953年下设两个德语方面的教研室：德国语言教研室，主任张威廉；德国文学教研室，主任陈铨。作为外来者的同济与复旦来了相当多优秀的人才，张威廉这样回忆："1952年院系调整时，调来了同济和复旦的德语师资和图书；师资有陈铨、廖尚果、凌翼之、贺良诸教授，焦华甫讲师，德国女教师陈一荻和作家布卢姆，真可说是人材济济，盛极一时。但为时不过十年，便就风流云散了；图书数千册，主要是从同济调来的，其中有些今天难得的古本，如1823年出版的《席勒全集》。"张威廉：《我学德语的经过和对德语教学的点滴看法》，载《德语教学随笔》，南京：南京大学出版社，2000年，第161页。确实，以上列举，都是非常优秀的人才，如象陈铨这样的人物，无论在学术还是在文学上，都是很强的。说当时中国南方德语文学界的优秀人才多半"云集南大"，当不为虚言。请注意，1949年以后，由于政治上的原因，德语专业受到限制，1952年的院系调整，全国范围内只保留三个德语教学点，在南方为南京大学，在北方为北京大学与北京外国语学校。参见付克：《中国外语教育史》，上海：上海外语教育出版社，1986年，第71页。其中南京大学误为南开大学。可惜后来经历各种政治运动之冲击，这批优秀人才之聚结，非但未能发挥"团队效应"，而且个人之学术成果竟似也"屈指可数"。如陈铨在建国前后，就学术成就言，简直"判若两人"。相比之下，张威廉似乎相对较为超脱，尽量将精力放在教学与翻译上，他的很多翻译作品都是这个时期做出来的。这其中蕴藏的学术史与思想史风景，其实值得大加开掘，不过那不是本文之任务。此文旨在"抛砖引玉"，切望有更多的同好来关注此一领域，开辟出其后"风光灿烂"的无限风景。

157

事实上，由于十年"文革"的冲击，外文所直到20世纪70年代后期才逐步开展较为全面的学术工作。冯至把"着手恢复和开展外文所及全国性的外国文学研究工作"视作己任，先是复刊当时"唯一的介绍外国文学刊物"——《世界文学》，接着又在1978年春举行的五届人大和中国社科院、中国文联的多种会议上，为"全国的外国文学工作的全面展开"而大声疾呼。并促成召开了全国外国文学工作规划会议，这也是中国有史以来的"第一次全国外国文学研究工作规划会议"，会议讨论了《外国文学研究工作八年规划（草案）》，确定了八年内外国文学研究的奋斗目标：

一、有计划地培养一批外国文学工作人材。到1985年，在全国范围内建立起一个语种比较齐全的外国文学研究体系，形成一支专业和业余相结合的外国文学研究队伍。

二、编写、撰写一批文艺理论著作和关于外国文艺理论家及其作品的研究专著，为在马克思主义理论及其发展史的研究方面力求有所建树，打下一个坚实的基础。

三、编写一套世界许多国家的当代文学概况丛书。

四、编写一套主要地区和主要国家的中型文学史，分期文学史和文学简史，以满足文科院校的教学和普及工作之急需。

五、撰写一批重要作家和作品专题研究的著作或论文集。

六、编写一套外国文学工具书，包括大型的外国文学百科丛书；翻译出版一批文艺理论、文学名著，研究资料丛书、丛刊和普及读物；编辑出版各种外国文学翻译介绍、评论和研究的刊物。[1]

这虽然是《规划》的内容，实际上却是凝结了作为外国文学学术领袖冯至的全部心血。作为会议主持人的冯至在会后当选为新成立的中国外国文学学会的首任会长，所以有所谓"冯先生应该说是这几十年来外国文

---

[1] 1990年9月周棉访问袁可嘉先生的记录，转引自周棉：《冯至传》，南京：江苏文艺出版社，1993年，第326页。

学界的领袖"[1]之语。德语文学的发展基本上亦被涵盖在这一思路之中。应该说,整个20世纪80年代基本上处于学术恢复的潮流之中,德语文学学科亦如此。无论是研究生的培养,还是教材的建设等,都表现出这种特征。

可自20世纪90年代以来,随着市场经济的甚嚣尘上,实用主义思潮基本占据了上风,文学课程受到冲击、学术人才青黄不接;而在新一波的"创建世界一流大学"的潮流中,学术资源则被一边倒地倾向于大学,社科院的学术发展受到很大影响。这一点也落实在外国文学领域之中。具体到德语文学学科而言,一方面原来北大、社科院鼎立的"二元模式"逐渐被打破,形成了"百家争鸣""百花齐放"的多元局面。也就是说,外文所中北欧研究室受到很大冲击,北大德文系虽仍在发展之中,但毕竟也很难维持以前"鹤立鸡群"的局面;另一方面,各大学普遍增设德文专业或德语系,2000年后进入另一个新的高潮,而经过长期发展,一些大学的德语系(如北外、上外等)都聚集了比较强的团队实力,逐步形成多元化的"并驾竞争"之势。

这其中有几个趋势值得注意。一是大学德语系(或专业)的研究型、教学型取向宜加以区分,并充分保持"联系互动之张力"。二是"德国资源"功能的加强,"基地"意识、专业方向的拓展,如德国国情研究(包括德国经济、外交)、德语语言学、中德翻译学、中德跨文化交际等;还有是各专业领域不设在德语系的,如德国教育、德国历史、德国哲学、德国法、德国社会学等。但所有这些专业方向都需要有一个整合过程,其枢纽性的基地必不可少;有之,当为德语系,即以德国文学为核心,逐步扩展到德国文化、学术、思想等领域之跨学科研究,进而建设中国的"德国学"。三是如何形成合力,如何加强问题意识,如何进行学术规范建设,如何与主流学界进行对话并有所贡献?[2]

从20世纪10到80年代的"二元体系"到20世纪90年代以来的"多元体系",概括言之,我们可将百年来中国德语文学学科的机构史历程概括

---

[1] 周棉:《冯至传》,第282页。

[2] 处理与国际学界的关系,要重视德国学界的研究前沿,但不能仅此为止,也应与美国等他国学界保持关系;但参与不是主要任务,重心仍应落在中国本土学术大厦的构建之上。

为五个阶段：北大—清华体系（20世纪10到30年代）——西南联大体系（20世纪30到40年代）——南北大学体系（20世纪40到60年代）——北大—外文所体系（20世纪60到80年代）——多元纷呈体系（20世纪90年代以来）。虽然强调了多元体制是目前的基本特征，但我们要有清醒意识的是，即便在多元体制之中，若是"群龙无首"，仍会给学术发展带来很大问题乃至困惑。虽然北外、上外、南大、浙大等校都建有自己的以文学为重点的德语系，而且像复旦、同济、中大等校亦都建立了德文系，有些大学则有德语专业（很可能继续升级为德语系），但优秀学者在每所院校都还谈不到集中，形成足以挑战北大、外文所的整体实力，但不可否认的是，每所院校都出现了较为重要的研究者，不能不认真关注。所以，对于本学科的长远发展来说，仍宜"大浪淘沙"，确立两个或以上的学术中心机构。

（三）著作史视野中的德语文学学风流变：三部书与三大领域

如果说以上仍属于略显空疏的议论的话，那么谈论具体学术著作的得失成败，则是最落实不过的"青梅煮酒论英雄"。百年学术论升降，其实最难绕过去的，仍是经由学术著作引出的学术创见问题。还是盖棺论定，就以第二代日耳曼学者在三大领域中具有开辟性意义的三部著作为例，略做申论。

最早完成的一部书，是刘大杰的《德国文学概论》。"德国文学史"之类的撰作，在20世纪20与30年代的中国，固然无法与英国文学史相比，就是与法国文学史相较[1]，也属"边缘学科"，但尽管如此，也并非就是"凤毛麟角"。在张威廉的开山之作《德国文学史大纲》外，可以列举的书目，除了刘大杰的两部著作之外，还有李金发的《德国文学ABC》、余祥森的《德意志文学》等，后者都不能算是科班出身的德国文学研究者，其学术

---

[1] 关于民国时代法国文学史的撰作情况，可谓"荦荦大观"，仅国人所撰就达十八部之多，尚未包括译介法人自著的两部。参见金丝燕：《论法国文学在中国的接受（1899—1949）》，载钱林森、克里斯蒂昂·莫尔威斯凯主编：《20世纪法国作家与中国——99'南京国际学术研讨会》，南京：南京大学出版社，2001年，第321—322页。

价值也相当有限。我取出版于1928年的《德国文学概论》，而不论后出于1932年的《德国文学大纲》，当然有自家的判断在。刘大杰此书的好处在于，即有自家的文学史观，譬如他强调文学不但和作者个性有关，而且也是国民性与时代精神之表现。[1] 所以，我们会注意到在刘氏的文学史撰作中有两个维度极为重要：一是彰作者自己之个性，乃"有我"之作；二是彰时代之宏观维度，即所谓的"国民性"与"时代精神"，乃"宏观"之作。通过此著，他树立了一个德国文学史撰作的范式。无论是从文学史的自觉意识，还是内容的丰富、语言的畅达，此著都比张威廉的简笔勾勒要好多了。而且，更重要的是，在很长一段时期里，未见来者，包括他日后撰作的《德国文学大纲》，也不过是"应景之作"而已，没有学术上的推进意义。

第二部书是陈铨的《中德文学研究》，这部书是典型的比较文学著作，是在留德期间完成的博士论文《德国文学中的中国纯文学》[2] 基础上译成中文，并出版于1936年，成为中国比较文学的开拓性著作之一。[3] 这一研究，其对象是"中国的纯文学对于德国文学的影响，换言之，就是中国的小说戏剧抒情诗，对于德国小说戏剧抒情诗的影响"。陈铨强调："我打算把所有最重要的德文翻译改编仿效倚赖的中国纯文学，就它们在德国文学上的成就，对中国文学的了解方面来客观地分析研究。"在他看来，"大凡一种外来的文学，要发生影响"，通常要经过三个时期，即翻译、仿效和创造，只有经过前两个时期，"大家对于外来的文学，已经有充分的了解，然后才有天才的人出来，演成第三创造的时期，这个时期的著作，不是用德国的精神来熔铸中国的材料，乃是用中国的精神来熔铸德国的材料"。[4] 一方面，此书并非开天辟地，前无古人，可以从德国学术史脉络里找到它的痕

---

1 刘大杰：《德国文学概论》，上海：北新书局，1928年，第2页。
2 Chen Chuan: *Die chinesische schöne Literatur im deutschen Schrifttum* (《德国文学中的中国纯文学》), Inaugural-Dissertation zur Erlangung der Doktorwürde der Hohen Philosophischen Fakultät der Christian-Albrecht- Universität zu Kiel, Vorgelegt von Chuan Chen aus Fu Schün in China, 1933.
3 陈铨：《中德文学研究》，上海：商务印书馆，1936年；另参见陈铨：《中德文学研究》，沈阳：辽宁教育出版社，1997年。
4 陈铨：《中德文学研究》，第1—2页。

迹，如其前后相关著作就有Ursula Aurich《中国在十八世纪德国文学中的反映》(*China im Spiegel der deutschen Literatur des 18. Jahrhunderts,* Berlin, 1935)、Horst von Tscharner《至古典主义德国文学中的中国》(*China in der deutschen Dichtung bis zur Klassik,* München, 1939)等。另一方面，我们不能忘记，陈铨的学术背景中有留美因素，美国学术虽然在20世纪前期已经开始崛起，但对德国仍属景慕不已。所以陈铨的这部书，不但在德国学术史脉络中有位置，在中国比较文学的学术史轨迹中分量也是相当之重，主要意义在于：一是独一无二，虽然如陈受颐《十八世纪英国文化的中国影响》(芝加哥大学)、方重《十八世纪英国文学中的中国》(斯坦福大学)、范存忠《中国文化在英国：从威廉·坦普尔到奥列佛·哥尔斯密斯》(哈佛大学)、钱钟书《十七、十八世纪英国文学中的中国》(牛津大学)等都在此前后完成，但讨论中德文学关系的，这是当时的唯一一部；二是立足创造，从陈铨的基本思路表述来看，显然并非简单地梳理史实，而是试图在考订史实功夫的基础上探讨中国文化对德国文学形成的重要资源功能；三是兼及史实与翻译，对德国汉学家的工作颇多补谬之处，当然也有些对中国文化的误解差错。

但进行文学研究，其入手功夫最好还是从作品作家研究做起。如此看来，冯至的歌德研究，确实是极具学术史意义。虽然早在留德之时，冯至就完成了关于诺瓦利斯的研究，但无论是从研究对象的重要性，还是从中国学术本身的"薪尽火传"角度，歌德都是更合适的话题。因为，对德国文学史而言，没有比歌德更重要的巨型人物。如果研究德国文学，对歌德没有涉猎与独到理解的话，那是很难切中肯綮，奢谈对德国文学与德国国民性的理解的。再从现代中国语境而言，无论是从中国德语文学学科传统角度来看，作为第一代学者的杨丙辰，其涉猎虽散而泛，但歌德无疑仍是他最关注的目标；还是从德国文化的中国语境作用来说，歌德的影响之深而广，无出其右，从李凤苞到辜鸿铭，再到郭沫若、田汉与宗白华在《三叶集》的热烈讨论，歌德的重要性，清晰可见。在冯至的身上，新文学创造者的身份是很明显的，所以冯至并非为研究而研究，而是在很大程度上立足于创造的需要和认知的追求。故此部完成于20世纪40年代，篇幅短小的《歌德论述》，其学术史价值仍极为重要。正如作者在《歌德论述》

的短序中谈此著的缺陷和遗憾："作者最感缺陷的是：这里谈到歌德的晚年，而没有谈到他的青年；谈到《维廉·麦斯特的学习时代》，而没有谈到《漫游时代》；谈到歌德东方的神游，而没有谈到他的意大利旅行；谈到他的自然哲学，而没有谈到他的文学和艺术的理论。"[1]一方面我们应承认，这种在序言中大谈本书缺陷的态度和风格，于今人著述中实在是很少见到了。但这并非关键，冯至话锋一转，强调说："但是这些篇处处都接触到重要的几点：蜕变论、反否定精神、向外而又向内的生活。"[2]也就是说，冯至自负的地方，虽然是简略的文本研究，但他都能深入把握文本背后作者的内在思想与精神的精华所在。这成了一种基本范式，而且在研究对象的择定上越缩越小。

所以，这三部书的意味都非一般的学术著作而已，而显出相当深长的余韵。从时间段上来说，它跨越了二十年、三个年代：20世纪20年代（1928）—20世纪30年代（1936）—20世纪40年代（1948），但基本上属于同代学者的成果。这也可以视作中国德语文学学科场域艰难构建的一段见证。从学科内部领域来说，它包含了三个最重要的研究领域，具有相当程度的范式意义，即文学史、中德比较文学、作家研究。从学风流变而言，它们象征着中国德语文学学科接受外来影响的不断转移，即日本学术—美德学术—德国学术的变形，而其中不断凸显的"以我为主"的基本思路与"创造性认知"的研究策略。

就这三部书的总体比较来看，因《中德文学比较》一书原是陈铨在德国基尔大学完成的博士论文，所以其学术规范最严整。刘大杰的《德

---

1 冯至：《"论歌德"的回顾、说明和补充》，载《冯至学术论著自选集》，北京：北京师范学院出版社，1992年，第377页。
2 冯至：《"论歌德"的回顾、说明和补充》，载《冯至学术论著自选集》，第377页。冯至在《歌德论述》出版之后，又陆续写过一些关于歌德的文章，最后合成一本《论歌德》，这些文章已经有意识地修正和调整他过去的某些看法，如在1979年所写的《〈浮士德〉海伦娜悲剧分析》就明确地说："近来重读《浮士德》第二部中被称为'海伦娜悲剧'的第三幕，感到过去对于歌德的看法过于简单，往往根据歌德某些著名的言论来评述歌德的为人和他的作品。歌德不只一次地说，古典的是健康的，浪漫的是病的，便认为歌德是反对浪漫主义的；歌德不只一次地说，席勒写作是从主观的概念出发，他自己是从客观的实际出发，便认为歌德是现实主义的。但是，重读《海伦娜》以后，觉得我的那些看法并不完全准确，因为歌德在某些作品中的创作实践跟他的言论有时并不一致。"参见《冯至学术论著自选集》，第329页。

国文学概论》则更像一部荦荦大端的教科书，引人观赏名胜，并且时出高明之语，让人心旷神怡，但却很可能"掠美他人"。因为我确实很难相信所有的论断都是在他对文本的细致阅读基础之上的，事实上他所列出的参考书目也确实很有限。但这两部书的或浮泛，或严谨的学术路径并未成为日后中国德语文学界的主流范式，真正影响巨大的是《歌德论述》，这既与其撰作的时间有关，也与冯至重要的学术地位密切相连。20世纪50年代后，刘大杰早已淡却对德语文学的兴趣，陈铨亦由于政治原因而难得重用。

就学术训练而言，冯至自己是在海德堡大学拿的博士学位，其学位论文《自然与精神的类比——诺瓦里斯的气质、禀赋和性格》，确实表现出德国学术的严谨[1]，但在归国后，近乎"十年一剑"后的《歌德论述》中，却也不太能看得出他的这种德国式的学术严谨，譬如大量的注释与考论等；倒是能看出作为新文学创造者的"智慧灵光"与"善于选择"，对歌德思想的把握颇到好处。但冯至是在大量阅读与研究基础上进行撰述的，恐怕殆无疑义。学风所及，本学科直到20世纪80年代都基本是处于这种模式，往往有智慧式的火花，难得有系统性的论证。直到20世纪90年代以后，新一代的留德学人陆续归来，德国式的学术风格渐渐体现；另一方面，国内主流学界提倡学术史意识，或多或少有所波及。这两种潮流的汇集，究竟会给本学科带来怎样的未来，仍属未知之数，但学术史意识与学术前沿的意识确立，总归是好事。

总体来说，这三部著作都乃"有我"之书，体现了中国德语文学学科的整体实绩。对于后人来说，至今仍很难说就已经超越了。每代人都有每代人的学术使命，前辈筚路蓝缕，后人薪火相传，对我们来说，如何站在前人的肩膀上"更上层楼"，深值思考。如此，我们则不妨以一种更为广阔的学术视角来观察这代人的学术观念与层次。

---

[1] 布克教授为他的论文写了专门的评阅意见，指出该博士论文探讨了诺瓦利斯思想和诗歌中的核心问题——自然与精神的类比问题，并表示惊讶，一个中国人能对诺瓦利斯的思想发展历程有如此深刻的把握。他认为，作者在这篇论文表现的不仅是勤奋和刻苦，更有热烈的爱与十分的投入。参见"Gutachten der Dissertation von Herrn Feng Zhi"（冯至博士论文的评阅），Archiv der Universität Heidelberg: Akten über Feng Zhi（海德堡大学的冯至档案）。

二、"国学"与"外国学"——以傅斯年与冯至比较为中心

（一）傅、冯二人的学术背景及其志趣异同

同样是留德归来，但所选择的路径取向却大不相同，傅斯年（1896—1950）与冯至（1905—1993）的比较或者能给人以一定的启发。从1913年夏入北大预科到1919年出国留学，傅斯年在北大六年，虽然人少志大，毛子水以为"他那时的志愿，实在是要通当时所谓'国学'的全体；惟以语言文字为读一切书的门径，所以托身中国文学系"[1]，但傅氏却绝非志大才疏之辈，他国学基础深厚，且醉心传统学问，故此"深得北大国文门的经学大师们的赞赏"[2]，罗家伦回忆说：

> 当时的真正国学大师如刘申叔（师培）、黄季刚（侃）、陈伯弢（汉章）几位先生，也非常之赞赏孟真，抱着老儒传经的观念，想他继承仪征学统或是太炎学派的衣钵。[3]

刘师培、黄侃都是才大气高的人物，如此看好年青学子傅斯年，可以想见其前途光明。然则，傅斯年竟然"不识抬举"，他并无意承传统国学之绪统，而意在开拓区宇。这从他后来与留美归来的青年学者胡适的关联可以看出。日后转向新学，以胡适为师，并积极参加五四运动，傅斯年在求学北大时期，就已成为"名流人物"，说其"少有大名"，当不为过。

与如此轰轰烈烈的青年时代相比，冯至的北大六年，显然多少有些寂寞单调的味道。冯至1920年入北大预科，1922年入德国文学系，相当平静。冯至虽然也强调，他在北大接受的"但开风气不为师"的教育，但毕竟与傅斯年的路径，还是很不一样。他是这样解释自己选择德文为专业的理由："那时我之所以作此选择，是出于这样一种想法，即觉得中国的东西可以自

---
1 毛子水：《傅孟真先生传略》，载王为松编：《傅斯年印象》，上海：学林出版社，1997年，第160页。
2 李泉：《傅斯年学术思想评传》，北京：北京图书馆出版社，2000年，第10页。
3 罗家伦：《元气淋漓的傅孟真》，载王为松编：《傅斯年印象》，第3页。

学，而外国的东西同我们距离太大，不专门去学就难以掌握。"[1]

然而他话锋一转，说道："尽管如此，我在学德文的时候，也并未减弱对中国文学的兴趣。那时北大很自由，我只要有时间，就去听国文系的课。鲁迅的中国小说史、黄节的汉魏乐府和南北朝诗，沈尹默的唐诗等课，我都听了。我觉得这样中西文学兼着学，确有不少好处，主要是能够开拓眼界，打开思路，不为一隅所囿，可以彼此启发，加深理解。"但他并没有过高估计自己的自修中文水平："不过，我在北大学习的重头还是在德国文学方面，正因此，我的古典文学基本功是不扎实的，虽然具备一定的艺术欣赏能力，但在文字训诂等方面就很差了，不像国文系受过全面基本训练的同学那样能更为清晰细密地理解古典文学。"[2]

由此，我们注意到，虽然同样出身北大，并且先后留德，但两者的学术背景仍有相当的差异。一则傅斯年托身中文系，冯至求学于德文系，所治学对象究竟不同。二则傅斯年的北大时代，一半在蔡元培掌校之前，兼具新旧之长，深味社会、文化的互动实际；而冯至虽充分感受到蔡校长掌校时代的春风雨露，但实则主要以寂寞求学为主。三则傅斯年早年求学英伦，与陈寅恪等相处甚厚，学术环境相对更为丰厚；而冯至则求学德国，资源未免相对纯粹而单薄，其性格相对孤僻，学友不多，在某种意义上也限制了他的发展。

由此而导致的二者志趣亦颇相径庭。虽然同样有志于学，但无疑傅斯年更具有主动性，他之选择留学路径，创建学术机构，都充分表明此点；而冯至的德语文学学科领袖的位置，则多半是时代使然之，有一定的偶然成分。我们不得不承认的是，就德语文学的整个学科来考察，包括那些留德归来的精英，也未曾形成足够的学科史与学术史意识。而傅斯年就显然大不一样，他希望"建立一个学术社会"[3]，建设中国现代学术的意识是极为明确的。

---

[1] 冯至：《我与中国古典文学》，载《山水斜阳》，哈尔滨：黑龙江人民出版社，1999年，第143—144页。

[2] 冯至：《我与中国古典文学》，载《山水斜阳》，第144页。

[3] 顾颉刚亦有同样表述。王汎森更推崇傅斯年为"文史领域中'建立学术社会'的大工程师"。王汎森：《思想史与生活史有交集吗——读〈傅斯年档案〉》，载《中国近代思想与学术的系谱》，石家庄：河北教育出版社，2001年，第336页。

虽然两者在治学思路上亦不乏共通之处，如以语言文字为入手之要具。就专业来看，一治中文，一学德文，但无论是学什么，对语言文字的重要性都非常认同。冯至的德文固不必说，但他同时很注意自己的中文（尤其是古典文学）修养；而傅斯年的英文、德文看来也都不错。但就涉猎学术内容来看，则大相径庭，傅斯年留英、德时代，所涉猎极为驳杂，举凡人文社会科学的心理学、地质学、经济学、人类学、梵文等固然包括，而自然科学类的数理化等也一门不落，虽然涉猎都不可能太深，但确实有酝酿学术领袖的气魄。而冯至虽然也有较为宽泛的学术兴趣，但基本集中于德语文学范围；而就留学目的来看，冯至虽然也注重自由求学，但仍以获得博士学位为标的，而傅斯年似乎根本就不在意学位问题，俨然以陈寅恪为楷模。这两种取径，各有其长处，不必一概而论。但我们应当肯定的是冯至这代人的历史功绩，不管怎样，与上代人相比（在德语文学学科内），他们毕竟将研究提上了"议事日程"。杨丙辰那代人，虽然也曾有留德经历，但获得博士学位还不是普遍现象，其在中国的学术范式建立的实质影响仍相当有限；当然，从另一个方面来说，这也受制于学科本身的特点。学习德语文学，毕竟与国学不一样，尤其是学生的基础是有限制的。冯至选择留学德国，则更多是因了自身作为学德语出身者的兴趣，这种念头其实并不是一时兴起，而是有一个颇为漫长的酝酿过程。早在冯至广泛阅读欧洲的文艺书籍时，就深深被吸引，说："西洋的文艺园中，只要是一草一木，都引起我望洋兴叹之感！这是我时时动了出洋的念头的最大原因！"[1] 由此亦可见，其宏愿大志不可谓不高。与傅斯年在"五四"之后毅然选择去国独行的目标就更不可相提并论："我这次往欧洲去的奢望甚多，一句话，澄清思想中的纠缠，练成一个可以自己信赖过的我。"[2] 这可能也是"五四"前后出国留学者的一个情结，正如宗白华称自己的留德（1920年）目的是："我预备在欧几年把科学中的理、化、生、心四科，哲学中的诸代表思想，艺术中的诸大家作品和理论，细细研究一番，回国后再拿一二十年研究东

---

[1] 1925年4月19日冯至致杨晦信，载冯至：《冯至全集》第12卷，石家庄：河北教育出版社，1999年，第57页。

[2] 王汎森、杜正胜编：《傅斯年文物资料选辑》，台北：傅斯年先生百龄纪念筹备会印行，1996年。转引自李泉：《傅斯年学术思想评传》，第25—26页。

方文化的基础和实在,然后再切实批评,以寻出新文化建设的真道路来。"[1]而冯至留德时已经是1930年了。

正是由于学术背景的相异,以及学术志趣的差别,导致了两者在日后的中国现代学术场域发挥的作用和位置选择也都各有千秋。

(二)"国学"视野中的"外国学"问题:"中国对象—西洋方法"/"外国对象—？方法"

蔡元培在改革北大期间,其实充分意识到了外国学(首先是外国文学)的重要性,他在1922年2月时就提出"以研究所四学门为基础,每一学门出一种杂志"[2],研究所四学门乃国学、外国文学、自然科学与社会科学,所以我们看到在中国现代大学领袖——北大校长蔡元培的心目中,外国文学既与国学并列,同时又与自然科学与社会科学并列,其实是作为外国学术的基础与统称来看待的。而稍后不久,北京大学刊登启事,决定废止《北京大学月刊》而改出四种季刊,即《国学季刊》《自然科学季刊》《社会科学季刊》《文学季刊》。[3]如果与蔡氏上述主张相应,第四份刊物应叫作《外国文学季刊》才对。不过《国学季刊》自1923年创办后,成为全国国学研究的重要阵地;而《文学季刊》之功用,则似乎未曾特别彰显。

傅斯年回国后,显然信心十足,虽然后来连续出任大学校长(北大代校长、台大校长),但时日毕竟短暂,倒是中山大学文学院院长与中研院史语所所长两职意义特别重要。因为,这直接关联到中国现代学术史上最重要的一个学术机构的成功创建与发展。其实从中山大学到中央研究院,历史语言研究所这一学术机构的建设中心任务并未有根本的变易,而其实绩亦相当明显。历史组之整理内阁大库档案、整理校勘《明实录》;考古组之安阳殷墟考古15次挖掘、章丘县龙山城镇子崖2次挖掘;语言学组之各省汉语方言调查、用科学实验方法进行分析;人类学组之西南地区少数民族

---

1 宗白华:《自德见寄书》,载林同华主编:《宗白华全集》第1卷,合肥:安徽教育出版社,1994年,第335—336页。
2 蔡元培:《在北大研究所国学门委员会第一次会议发言》,载《蔡元培全集》第4卷,北京:中华书局,1984年,第157页。
3 《北京大学月刊特别启事》,载《东方杂志》第19卷第6号,1922年3月25日。

调查、昆明门外人骨发掘等[1]，皆可谓是有创造意义的贡献。

傅斯年的立场明确无疑，即所谓要"科学的东方学之正统在中国"[2]，所以他会十分强调引进西方社会科学和自然科学的基本理论和研究方法。[3] 而这个路子与胡适、陈寅恪等人并无根本的差异，即借助西方的研究方法来"整理国故"，处理中国研究对象。胡适1917年留美归来，以26岁而受聘为北大文科教授，在哲学系开讲《中国哲学史》，开篇即抛开唐、虞、夏、商，直接从周宣王以后讲起，称"中国哲学的结胎时代"，这样的大破大立，固然有人"面目一新，精神为之一爽"[4]（冯友兰），但毕竟当时的传统思潮占了上风，胡适不乏被人轰下台的危险，而21岁的傅斯年其时在北大已颇有影响，作为"一个力量"[5]的傅斯年与顾颉刚等人的赞许，使得"胡适这位年仅26岁的青年学者在名家云集的北大站稳了脚跟"[6]。陈寅恪留学多国，自德返国，亦如此。有论者指出："陈先生回国后在清华研究院开设的课程是'西人之东方学目录''梵文文法'等。指导学生的研究范围是'古代碑志与外族有关系者之比较研究''摩尼教经典与回纥文译本之比较研究'等。陈先生还掌握蒙文、藏文、满文，其《蒙古源流》研究四篇和《佛母大孔雀明王经夏梵藏汉合璧校释序》等论文，就反映了他利用多种文字的史料进行文献考释的功夫。显而易见，陈寅恪先生这些教学和研究活动是受到了当时柏林大学中国学研究风气的影响的。"[7] 其实，即便是那些未

---

[1] 参见李泉：《傅斯年学术思想评传》，第111—129页。

[2] 傅斯年：《历史语言研究所工作之旨趣》，载《出入史门》，杭州：浙江人民出版社，1998年，第82页。

[3] 李泉：《傅斯年学术思想评传》，第108页。

[4] 夏中义：《九谒先哲书》，上海：上海文化出版社，2000年，第103页。

[5] 罗家伦：《元气淋漓的傅孟真》，载王为松编：《傅斯年印象》，第5页。

[6] 李泉：《傅斯年学术思想评传》，第11页。

[7] 张国刚：《德国的汉学研究》，北京：中华书局，1994年，第325页。余英时也说："我们知道，他（指陈寅恪，笔者注）最早在清华国学研究院所讲授的课程主要是佛经翻译文学、中外关系史研究、年历学、西人东方学之目录等。这些专题都建立在十几年来他在西方所耕耘的知识领域的上面。他所研治的许多有关语文即正是这些新兴学术的基础。在中外关系史方面，他在一九二九至三一之间曾发表了《元代汉人译名考》和四篇有关《蒙古源流》的研究文字。这一领域在当时欧洲东方学和日本汉学中都属于最受重视的一支显学。"余英时：《陈寅恪史学三变》，载《中国文化》1997年第15—16期。

有严格的留学经历，梁启超、王国维（在宽泛的意义上可称为留日）等人亦同样认同此点。但根本性的问题，或许不在如何处理中国对象，而是外国对象如何纳入视野。关于外国学这样一个大概念，可以举出的例子，如陈寅恪、季羡林、钱钟书等都是。就所治学范围而论，陈寅恪、钱钟书都在中年之后转向中国研究对象，虽然所用材料仍在很大程度上倚重外国语言工具，如钱钟书之《管锥篇》；季羡林的研究，则仍基本可归属于外国学范畴。但整体而言，中国的外国学研究，似乎在当时并未能引起足够的关注。为何如此？

其实，从20世纪10年代胡适的那册《中国哲学史大纲》到20世纪30年代冯友兰《中国哲学史》出，乃是中国现代学术演进的重要标志。陈寅恪的那段评语说得非常清楚："其真能于思想上自成系统，有所创获者，必须一方面吸收输入外来之学说，一方面不忘本来民族之地位。此二种相反而适相成之态度，乃道教之真精神，新儒家之旧途径，而二千年吾民族与他民族思想接触史之所昭示者也。"[1]

如果说，同治"中国哲学史"，冯友兰有"后来居上"之气象，其理安在？两者同为留美背景，胡适师从杜威，冯友兰则走出了杜威。[2]冯友兰相对于胡适之的超出，陈寅恪在其评语中其实已做了解释。我觉得陈寅恪在这段话里涉及的三点值得特别摘出发挥。一是创造的定位。所谓"真能于思想上自成系统，有所创获者"，提出的是作为学者的最高境界的两个标准，体系化与创新性。实际上就是伯林关于"狐狸性"和"刺猬性"的比喻。在他看来，或许两者不可得兼，可在陈寅恪眼中，显然两者应属"你中有我，我中有你"。这种体系化，可能未必一定要表现为康德、黑格尔等德国哲人型的"理论体系"，但确实应当是"有我之学"。而"创获"之说，当属"发前人之所未发，补前修之所未逮"。但大抵验诸事实，往

---

[1] 陈寅恪：《冯友兰〈中国哲学史〉下册审查报告》，载刘桂生、张步洲编：《陈寅恪学术文化随笔》，北京：中国青年出版社，1996年，第17页。

[2] 关于冯友兰在哥大求学期间的学术兴趣变迁，有论者这样叙述，说其"开始对杜威的实用主义哲学十分佩服，接着又迷上了蒙塔古的新实在论，后来则对柏格森的生命哲学极其崇拜"。李喜所：《中国留学生与现代新儒家——以冯友兰、吴宓为中心》，载李喜所主编：《留学生与中外文化》，天津：南开大学出版社，2005年，第661页。

往只是能得其一就不错,更何况"鱼与熊掌"得而兼之?

二是本位的坚守。这其中又包括三个层面:(1)传统的辨析。对中国传统的择定本身,就有一种自觉的创造性转化意识,即"道儒"合一,所谓"道教之真精神,新儒家之旧途径",强调的是儒道两种传统。这正可见出陈寅恪对中国传统体会之深刻,正如卫礼贤在深入研究之后,将《易经》归为中国思想的元典,认为儒道两家均出于此。[1] 陈寅恪对中国传统的二元基本构架——即儒、道,是有其独到见解的。(2)鉴史的自觉。所谓"二千年吾民族与他民族思想接触史之所昭示者也",强调的是一种以我为主的"中外关系史"的宏观观照,史有前鉴,而且代不绝书。但陈寅恪这里强调的仍是本民族与其他民族的对峙关系。其实,还可有更高一层的观照,即某民族与他民族的相互关系。这是更具有普遍范式意义归纳。(3)主体的位置。所谓"不忘本来民族之地位",就说得更加明确了。这种自觉的民族意识,其实是任何时候治学者的必然意识,不可能完全忘怀。陈寅恪的再三强调,犹可见其"吾侪所学关天下"的强烈意识。

三是资源的意识。所谓"一方面吸收输入外来之学说",很重要。外来者,并非仅通常所言之"西学"而已,必须有放眼世界的胸怀与意识,那我中国自己也有历代历年之前贤学说啊,难道就不重要吗?为什么不

---

[1] 卫礼贤原话为:"《易经》毫无疑义属于世界文献宝库中最重要的书籍之列。其开端要追溯到神秘主义的古代。直到今天为止它仍是中国最著名的学者研究的对象。长达3000多年之久的中国古代历史里,举凡伟大和重要的思想,几乎都与此书相关,或者是由其激发思想,或者是阐释该书而产生影响,如此,我们可以断定,在《易经》之中,凝聚了千年之久的最成熟的智慧结晶。这样的话,认为中国哲学的两大主流,即儒家与道家的共同思想源泉在此处,那也就不足为奇了。"德文原文:"Das Buch der Wandlungen, chinesisch I Ging, gehört unstreitig zu den wichtigsten Büchern der Weltliteratur. Seine Anfänge reichen in mythisches Altertum zurück. Bis auf den heutigen Tag beschäftigt es die bedeutendsten Gelehrten Chinas. Fast alles, was in der über 3000 Jahre alten chinesischen Geschichte an großen und wichtigen Gedanken gedacht wurde, ist teils angeregt durch dieses Buch, teils hat es rückwirkend auf die Erklärung des Buches Einfluß ausgeübt, so daß man ruhig sagen kann, daß im I Ging die reifste Weisheit von Jahrtausenden verarbeitet ist. So ist es denn auch kein Wunder, daß beide Zweige der chinesischen Philosophie, der Konfuzianismus und der Taoismus, ihre gemeinsamen Wurzeln hier haben." "Einleitung" (《导论》), in Wilhelm Richard (übertr. u. hrsg.): *I Ging-Das Buch der Wandlungen* (《易经》), Düsseldorf Köln: Eugen Diederichs Verlag, 1981, S. 9. 作者自译。

提呢？关键在于区分开，因为前面讲到的三点"传统的辨析""鉴史的自觉""主体的位置"，其实都与对自身传统的坚守有关，都非常之重要。但这里独标"外来之学说"，则主要强调其对自身主体创造功能的特殊意义。外国的东西，更多应具有"激活思想的马刺"的功能。

从这个意义上来说，陈寅恪之日后渐弃"外国学"，而日益逼近"国学"（以研究对象而论），是我觉得比较困惑的一个问题。陈寅恪有一句话称其一生所治为"不古不今之学"，一生思想不出"曾湘乡张南皮"之范围。这是他学术上日益成熟后所言。但就早年的求学轨迹而言，"外国学"或与国学相关的"外国学"对象，是他很关注的。陈寅恪留学归国，最明显的学术印记就是大谈"西人之东方学"。这一思路，很容易看穿，就是要借助西洋的现代学术研究方法，来处理中国对象。我们要追问的一句是，那么该用怎样的方法，来处理外国对象呢？这个问题，似乎并不能成为一个真正的问题。如果西洋学术研究方法是科学的话，那么当然也当用它才是。问题在于，如果这样治学，其实很难与西方人"一较雄长"。而那代学人大多以对西学的兴趣始，以对国学的兴趣终，即便是留学归来，也往往改不了学术路径的重大变迁，何以然，值得追问。有论者甚至认为：

> 在五四时代引进现代化的一批学人，大力倡导西方式的科学救国主义和经济救国主义、文化救国主义、教育救国主义，然而，这种全盘西化的工具理性态度，并没有从整体和传统根基方面深究西方意义观念和价值理性层面，而是饥不择食地采纳十九世纪的科技理性和虚无主义思想，并因"欲速不达"而进入文化信仰危机的思想怪圈。这一重工具理性轻价值理性的选择使学者们饱尝苦果，于是二、三十年代以后，这批大多留学欧、美、日的传统文化制度的批判者和话语系统的反叛者，纷纷逃离虚无主义，远离现实政治风云，而重新认同传统文化。……郭沫若、闻一多、冯友兰、汤用彤、马一浮、金岳霖、钱钟书皆在自己的学术道路上作出了痛苦的选择，不再一味强调经世致用，急功近利的"西化"路数，而是由西学返归国学。西学对于他们已不再具有世界观和人生观方面的效力，仅仅成为研习"中学"的

一个参照系，一个进入问题的角度而已。[1]

这段话当然有其真实的一面，相当一批学人的转向国学（或者说以中国为研究对象）确实是不争的事实。但也不可就此一概而论，如坚持以外国文学或哲学为研究对象的学者们，如冯至、范存忠、陈嘉、贺麟、洪谦、熊伟等皆是。转向的原因，宗白华晚年如此解释："外头的东西再好，对我们来说，总有点隔膜。我在欧洲求学时，曾把达·芬奇和罗丹等的艺术当作最崇拜的诗。可后来还是更喜欢把玩我们民族艺术的珍品。中国艺术无疑是一个宝库！"[2] 从个体兴趣出发，当然可以理解。但如果大家都做这样的选择，那么引进外来资源的任务，究竟由谁来做？从这个意义上来说，冯至之以"德国文学"为业，其实更符合时代与国家的要求。以冯至为研究外国学的例子，我们就要追问，成绩如何？经验何在？

冯至一生研治德语文学，成就究竟如何呢？一方面我们应该承认，以史学为依归和以文学为选择，会在学科方法论上有很大的歧异。但我始终认为，现代学术的核心当为"史学"基础。没有以史为基的话，这样的学术终究会遭到质疑。冯至当初治诺瓦利斯，即便在德国学术史的框架中也是有贡献的；其后来的《歌德论述》与《德国文学简史》上册也都很重要。但如果以一种严格的标准来评判，应该说，冯至这代人是有责任的。作为一门学科，德语文学研究其实并没有在严格意义上建立起来，其表现可概括为：（1）学术规范未能得以建立；（2）学术传统与学科定位未能寻得；（3）学科发展仍处于较为肤浅状态，方法论仍是很重要的制约性问题。

从20世纪30年代留德学人逐渐归来（若以陈铨归国为标志，则为1933年），到1952年院系调整，有近二十年的时间，而且之前也并非是没有基础，若从蔡元培1919年在北大建立德文系开始招生算起，亦有"十年之功"。可整个学科的发展仍是极为蹒跚与成绩寥寥。当然，这种情况可能

---

[1] 王岳川：《未名湖畔的散步美学家——宗白华的心路历程》，载《思·言·道》，北京：北京大学出版社，1997年，第228、229页。

[2] 宗白华：《我和艺术》，载林同华主编：《宗白华全集》第3卷，合肥：安徽教育出版社，1994年，第615页。

同样与德语文学作为一门"小"学科有关,但学人本身的学术自觉意识与努力不够,也是不容推卸的责任。

(三)作为边缘学科的德语文学学科与中国现代学术的核心问题:学术伦理

毋庸讳言,与处于学术中心地位的母语文学相比,德语文学研究在中国,不过是一个边缘得不能再边缘的"少数民族"而已。历史如此,现实亦然。但这并不妨碍我们将其自觉地纳入中国现代学术发展的整体框架中去考察之,因为后者的走向世界也是其成就自身学术气魄的重要标志之一。

客观地来说,傅、冯二人都算不得名标青史的大学者。因为,放眼现代中国,又有几人能进入这样的不朽行列呢?但这并不妨碍他们在各自学科领域,以及学术史上的重要价值。李济评价傅斯年说:"他(指傅斯年,笔者注)的确为中国的现代学术奠定了一个新的基础,这是一件非常的劳绩。"[1] 这所谓的"劳绩",当然指的是傅氏对中国历史语言研究所的领袖之功。

与处于中国现代学术中心位置的傅斯年相比,冯至无论在整体学术场域的地位,还是其广泛辐射的影响力,都不足相提并论。但这并不意味着,冯至工作的重要性就远弱于傅斯年。作为德国人心目中德国文化的在华代表,联邦德国国际交流中心在授予冯至文学艺术奖时,维克特(德国作家,1976—1980年间任联邦德国驻华大使)曾有过这么一段授奖词:

> 冯至曾经培养出整整一代学德语的中国学生,教会他们理解并热爱德语文学。在德语国家文学和思想史领域一代高校教师和著名专家都出自他的门下,如今这些人在中国占据着这一领域许多重要的教授席位。所以我们完全可以说有一个冯至学派。[2]

---

[1] 李济:《值得青年们效法的傅孟真先生》,载王为松编:《傅斯年印象》,第133页。
[2] 《维克特博士在授予冯至教授国际交流中心"文学艺术奖"仪式上的颂词》,载冯至:《冯至全集》第5卷,石家庄:河北教育出版社,1999年,第207页。

机构建制、学风流变与方法选择

前面所列，都是事实，但如果据此就推断出一个"冯至学派"来，可能与事实不太相符。德国人看重的，更是如何在中国这一方水土中寻到一个能契入本土精神生活的"德国文化代表"[1]，这点无论是从其留德时代的导师评价，还是从日后作为德国国家利益代表的联邦德国大使韩培德在授予其总统大十字勋章的致辞中，都显得明白无余。后者如此说道："我们对中国精神生活的一位优秀代表表示敬意。作为作家、文学家和翻译家，您深入研究德国，数十年来为我们两国人民的相互了解作出了重大的贡献……如果说，今天日耳曼语学者间开始了卓有成效的交流，那么这也是您的功劳。"[2] 请注意，两者都不约而同地称道冯至是"德国文化"的代表。而后者尤其看重的，是作为"中国精神生活"代表的冯至，也就是说，冯至的重要性，正是因其在中国精神生活场域里的象征意义，而愈发得以彰显的。我们一方面应承认，冯至的德国认知，较诸同辈人物张威廉、商承祖、陈铨等，确实有其独到之处；但另一方面，如果公允地来看，冯至的位置亦并非不可替代。

中国日耳曼学的第三代学者，其年龄现在多在古稀上下，基本处于淡出"学术江湖"时代，他们固然多能梳理出与冯至的学术渊源，但其他学者，如20世纪50年代留学东德归来者，如改革之后留德归来、获得博士学位的这代人，其实学术渊源与此则有所径庭。至于，转由其他学科熏陶辗转而至的研究者，固然不能说与此学统毫无关联，但其基本理念、思维模式、研究方法等等，都已具备了重新洗牌的重要因素。德语文学一学科的变迁，其实也时时处处反映出中国现代学术发展历程中的曲折坎坷与时代波澜。故此，即便是作为自处边缘者，也不应该对主流话语不闻不问，甚至袖手旁观。而最为根本的，在我看来，应当是关注现代学术的核心命题，自觉地与时代共振同鸣，呼应问题，运用独特资源，提供解答方案。

中国现代学术的核心命题是什么呢？在我看来，就是建立起属于自

---

1 冯至在海德堡大学时代的博士生导师布克教授在其博士论文评语的结尾写道："冯先生在北京作为一名德语教师发挥影响，我们应该高兴，能够结识这样一位德国文化在中国的代表，他的学识值得尊敬，他的品格具有亲和力。"参见"Gutachten der Dissertation von Herrn Feng Zhi"（冯至博士论文的评语），Archiv der Universität Heidelberg: Akten über Feng Zhi（海德堡大学的冯至档案）。
2 冯至：《韩培德大使的颂词》，载《冯至全集》第5卷，第215—216页。

175

己的学术伦理。所谓"学术者，天下之公器"，真正的学者能"将生命和学术联系在一起，在时代文化转型的风云中直面人生苦难，体验着生存深渊并敢于进入深渊揭底"，他们"以真血性、真情怀去担当一个世纪的苦难并开出新境界"。[1] 如此论述，可能过于渲染了作者笔下的抒情性质，有其鼓动宣传的一面。但这个命题，至今看来，仍有其不可替代的重要意义。

也就是说，有些问题是我们必须要回答的。治学何为？治学为何？以学术为天职或使命的意义究竟何在？而对于无论是文化精神传承，还是物质生活传统，都迥异于西方的东方大国来说，就更有追根究底的必要性，因为这实在关联着我们安身立命的根基所在。而作为德语文学学科重要学术背景的"德国学术"，恰恰是可以为这样的问题解答提供独特的思想资源的。这是非常有趣的现象，即在本国学术语境中处于边缘或劣势的学科，在他国语境里可能恰好相反，而其背后所可资借鉴与凭依的背景亦同样迥然不同。

在我看来，德国学术发展过程中，对学术伦理的建设是有着非常自觉的意识的。这固然与德国学术当现代大学与学术的奠基者有关，也与其伦理学的发达不可分割。当年蔡元培留德，所获者众多，而就学术本身而言，仍以《中国伦理学史》为最具创意，其所得益者也在德国伦理学之启迪。此处仅举若干德国学者事例，来证明其渊源有自。18世纪席勒区分"利禄学者"（Brotgelehrter）与"哲学之士"（philosophischer Kopf），费希特追问"学者的使命"；20世纪韦伯再次强调"以学术为业"。其实只要翻开一部德国的日耳曼学史（即德语文学研究），就不难看出德国学术作为宏大背景，对其作为学科的重要影响（当然必须承认的是，德语文学学科本身即德国学术的重要组成，但它与德国哲学等其他主流学科显然是有着密切互动的）。

德国学术到康德已开其纯正端绪。现代大学的出现，为学术发展提供了最好的机构阵地，一般形成"文学、神学、医学、法学"的四分天下，但有的国家自有特色，如19世纪的德国柏林大学就设四部：哲学部、神学

---

[1] 王岳川：《总序》，载洪晓斌编：《丁文江学术文化随笔》，北京：中国青年出版社，2000年，第5页。

部、法学部、医学部。其中，哲学部（faculty of philosophy）代替了文学部（faculty of arts）。[1] 康德所处的18世纪，正是由传统向现代转型的准备期，他所论述的"系科之争"，正反映出了哲学作为新兴学科的崛起态势。这三次论争，对现有学科的挑战姿态，豁然显矣。在康德的概念中，这个处于唯一低级学科的哲学部是什么意义呢？它包括两个部门："一个是关于记述性的知识（历史、地理、学术性的语言知识以及人文学等等由关于经验知识的博物学所能提供的一切都属于这个部门），另一个则是关于纯粹理性的知识（纯粹数学和纯粹哲学，关于自然及道德的形而上学）以及学术的这两个部分之间的交互关联。"[2] 所以，也正如康德自己所意识到的那样，他这里所指的哲学部，乃是"覆盖了人类知识的所有部分（因此也包含关于高等系科的记述性知识），只是他并不把一切（即高等系科的学说和规定）都作为自己的内容，而是为了科学的利益把它们作为检审和批判的对象"[3]。这段话，才道出了表面谦逊的老夫子的"内在自负"，他是要推翻现有的知识体系而建构新式的学科体系。也就是说，现代学术之建构在此孕育，日后洪堡等人进行大学改革，不过是在教育和学术建制上将之落实罢了。虽然自居为低等学科，但实在可谓是"守雌居弱"。既保持对现有传统的"表面尊重"，同时亦将其实质"一针见血"。康德在其时封建统治的背景中所表现出生存与持真策略，真的值得认真揣摩：

> 按照通行的做法，它们一般被分为两个等级，即三个高等系科和一个低等系科。显然，这种区分和称谓不是指学者的等级，而是指它们对于政府的关系。因为属于较高等级的，是那些其学说内容和应否公开宣讲为政府所关切的系科；与此相反，那种只关切科学本身的系科则被称为是处于较低等级的，因为这个系科可以持有任何它认为是好的命题。政府最关切的，是它如何能对民众产生最强的、最持久的

---

1 参见黄福涛主编：《外国高等教育史》，上海：上海教育出版社，2003年，第65页。
2 康德：《论教育学》，赵鹏等译，上海：上海人民出版社，2005年，第70页。中译本将其翻译为哲学系，其实还是译为哲学部较好，否则易与我们现在常用的"哲学系"概念混淆。
3 康德：《论教育学》，赵鹏等译，第70页。

影响，这就是高等系科的研究对象。[1]

这里虽寥寥数语，但康德却揭示出了最为关键的一条，即"现代学术的独立品格"，亦即独立于政府的学者共同体的存在。他一方面对起到为政府影响民众功能的高等学科予以默认；另一方面则"推陈出新"，强调新兴学科——哲学部的重要意义，而且颇为巧妙地从两方面来论证：一是对政府来说应有"把对低等系科之学说的批准留给学者群体的理性"，说白了，就是要政府承认哲学部学者共同体的自主性——"让我们自己干"（借用法国商人语）；二是从学者自身的立场出发，强调"对于学者共同体来说，在大学里必须有一个在其学说上独立于政府命令的系科，这个系科并不发达，但却对一切加以评判，它拥有对于科学兴趣——即真理——的自由，在这里理性必须有权公开说话；假如没有这种系科的话，真理将永不见天日（这本身对政府是有害的），理性按其本性应该是自由的，不接受任何要求它把某种东西当作是真的命令"。[2]

如果说康德还是为了相对于政治的学术独立而殚精竭虑的话，那么费希特更直指问题的核心——即学者伦理。他将这一命题确立为"学者的使命"："高度注视人类一般的实际发展进程，并经常促进这种发展进程。"[3] 具体解释之，他将学者使命分为三个层次：致力学术发展；致用社会造福；提升人类道德——而后者则为终极目标。与席勒从正反两面论述不同，费希特集中论述的显然是作为"哲学之士"的学者使命，因为对"利禄学者"而言，根本就不存在此命题。在费希特的学术伦理设想中，学者不但在知识方面应成为人类社会发展的领头羊，学者的进步"决定着人类发展的一切其他领域的进步；他应该永远走在其他领域的前头，以便为他们开辟道路，研究这条道路，引导他们沿着这条道路前进"[4]；而且还要成为人类道德风尚的典范，学者"应当成为他的时代道德最好的人，他应当代表他的时

---

1 康德：《论教育学》，赵鹏等译，第62—63页。
2 康德：《论教育学》，赵鹏等译，第63页。
3 费希特：《论学者的使命》，梁志学、沈真译，北京：商务印书馆，1980年，第37页。
4 费希特：《论学者的使命》，梁志学、沈真译，第38页。

代可能达到的道德发展的最高水平"[1]。实事求是地说,费希特的这种学术伦理思考维度,基本上保持和代表了那个时代的理想情结;而这与进入现代之后,专业分工而导致的学术研究职业化,有相当大的差异性。韦伯的论述,虽然仍继承了德国学术的优良传统,但已经注意到这个大的背景以及有清醒的意识,他之强调"职业"与"志业"的关联与区分,当为明证。

应该说,以今天认知程度视之,费希特这三点主张都不可谓有多么高明,但绝对有坚守理想的那份苍凉与悲壮,正如他自己的"明心闻道"之言:

> 我的使命就是论证真理;我的生命和我的命运都微不足道;但我的生命的影响却无限伟大。我是真理的献身者;我为它服务;我必须为它承做一切,敢说敢作,忍受痛苦。要是我为真理而受到迫害,遭到仇恨,要是我为真理而死于职守,我这样做又有什么特别的呢?我所做的不是我完全应当做的吗?[2]

> 这些大丈夫选中的意中人是真理;他们至死忠于真理;即使全世界都抛弃她,他们也一定采纳她;如果有人诽谤她,污蔑她,他们也定会公开保护她;为了她,他们将愉快地忍受大人物狡猾地隐藏起来的仇恨、愚蠢人发出的无谓微笑和短见人耸肩表示怜悯的举动。[3]

费希特的学术追问,基本立定于此岸世界,即学术的现实功用,因为其设定的终极目标就是人类道德风尚的普遍提升。他虽然意识到社会对学术的反制作用,但并没有能够做细致的学术考察和论证。他只泛泛地要求:"学者只能用道德手段影响社会,学者不会受到诱惑,用强制手段、用体力去迫使人们接受他的信念。"[4]这当然与其哲学家的学术背景有关,善于在宏大

---

1 费希特:《论学者的使命》,梁志学、沈真译,第41页。
2 费希特:《论学者的使命》,梁志学、沈真译,第41页。
3 费希特:《论学者的使命》,梁志学、沈真译,第42页。
4 费希特:《论学者的使命》,梁志学、沈真译,第40页。1806年,费希特又做过一组演讲,题为"关于学者的本质及其在自由领域的表现",他自称"人们在愿意的时候可以把它们看作十二年前我发表的关于学者的使命的演讲的一个新修订版"。费希特:《关于学者的本质及其在(转下页)

思路方面立定坐标，但难以在具体层面有细微深入的论证。学者在一个更为广阔的权力场域中，其实是有自身的天然劣势，如何能真正考虑这些日常生存中的实际因素，并提供有效的解决方案，这才是更关键的。前提当然是，能体认其所做出的学者伦理的基本规定。由此，作为学者，不关注本学科历史上前辈学者的学术活动及其社会背景、人格养成及其学术品格，这是不可思议的。实际上，从莱布尼茨到康德再到费希特、席勒、洪堡，中经19世纪兰克、狄尔泰、韦伯等人的学术路径迁变，其在世界学术进程中的意义相当重要，也构建出一套相对完整的德国学术传统。

落实到现代中国语境，将德语文学一学科之发展历程与德国传统的学术伦理观相映照，则启发颇大。对于直到20世纪初期才逐步开始的中国现代学术的建立过程来说，一开始就陷入"救亡"与"启蒙"双重变奏的时代背景中去，且难以自拔。一方面，是传统学术脱胎换骨必须经历的"凤凰涅槃"；另一方面，本国政治/社会进程的"危亡现实"，更使学者难以获得"一张平静的书桌"。蔡元培改革北大，本是抱有强烈的"学术建设"意识而来；但学术本身的规制伦理，并非如大学制度那样可以"轻易生成"。再兼以西方学术本身构成的复杂性，更难得在短期内被急于"救亡图存"的中国学者所认知。所以，蔡元培改革北大虽然获得偌大声名，但真正在学术深层意义上奠立的"伦理认知"，仍处于相当粗浅的状态。具体言之，蔡氏虽因留德背景，而大量采择德国大学思想与学术资源，并取得了一定效果，但若论对德国学术的整体认知，也同样难称深入与洞察。在这个方面，无论是其时为大学领袖的蔡元培，还是作为群体的留德学人，都没能有充分意识，更不用说具体的努力与工作。他们没做到的，其他留学人也未能充分认知。

没有对学术本身安身立命的深层思考，很难"远行持久"，因为缺乏

（接上页）自由领域的表现》，载梁志学主编：《费希特著作选集》第4卷，北京：商务印书馆，2000年，第333页。但也有论者指出："这可不是一种通常意义上的修订，而是一种根本的改变，因为在这里构成学者的本质或生命的已经不再是笛卡儿式的自我，而是柏拉图式的理念，学者的表现于外的品德已经不再是由自我的本原行动决定的，而是由这种神圣的理念必然引起和不可改变地决定了的。"详细论述，可参见梁志学：《费希特柏林时期的思想体系》，北京：中国社会科学出版社，2003年，第121页。我倾向于尊重费氏自家意见，将其作为一个完整的体系来看待。虽然具体思想上有所修订，但基本路径不出其整体思想体系。

恒久性的耐力与韧性源泉。那种简单地相信通过自己的努力，或者"全盘西化"，或者"建设科学的东方学"，就能够使中国学术屹立于世界民族之林的想法，就如同"赶鸭子上架"，一厢情愿而已。这其中最为关键的，则是中国的学术伦理始终未能进入良性建设状态，更遑论说已经有了一套可以基本维系中国学者的"宪法纲要"。就百年来的中国现代学术发展历程来看，如果说20世纪40年代以前是过渡创建期，20世纪50到70年代是跌宕沉浮期，20世纪80年代至今则为建设复兴期，未来的21世纪10到40年代，很可能进入到新一轮的创造发展期。其标准正是对学术伦理问题的追问。20世纪90年代初期，有学者开始关于"学术史"与"学术规范"的讨论，实际上多少都触及这一问题。但至今为止，我们仍未很好地完整地提出并解决这个问题。与为中国现代学术奠立制度的蔡元培相比，陈寅恪对中国现代学术伦理的建设问题，似乎有更多的自觉考量，而且一以贯之。20世纪20年代（1929）撰《清华大学王观堂先生纪念碑铭》[1]，20世纪30年代（1931）撰《吾国学术之现状及清华之职责》[2]，基本上通过由王国维之死而触发其思考的学术伦理问题，并确立了中国现代学术伦理的基本命题。到了20世纪50年代（1953）撰《给科学院的答复》，不过是在特殊的历史语境中重新申诉和主张现代学术的基本伦理要义：

　　……我认为研究学术，最主要的是要具有自由的意志和独立的精神。所以我说"士之读书治学，盖将以脱心志于俗谛之桎梏。""俗谛"在当时即指三民主义而言。必须脱掉"俗谛之桎梏"，真理才能发挥，受"俗谛之桎梏"，没有自由思想，没有独立精神，即不能发扬真理，即不能研究学术。学说有无错误，这是可以商量的，我对于王国维即

---

[1] 1929年6月2日，为纪念王国维去世两周年，清华国学研究院师生集资建"海宁王静安先生纪念碑"，陈寅恪应约撰写碑文，提出了著名的"独立之精神、自由之思想"的观念。

[2] 在此文中，陈寅恪强调"吾国大学之职责，在求本国学术之独立，此今日之公论也"，并一一拈出中国学术之弊病："——本国史学文学思想艺术史等，疑若可以几于独立者，实际具有统系与不涉傅会之整理，犹待今后之努力。——国文则全国大学所研究者，皆不求通解及剖析吾国民族所承受文化之内容，为一种人文主义之教育。——今日国中几无论为何种专门研究，皆苦图书馆所藏之材料不足；盖今世治学以世界为范围，重在知彼，绝非闭户造车之比。"陈寅恪：《吾国学术之现状及清华之职责》，载刘桂生、张步洲编：《陈寅恪学术文化随笔》，第47页。

是如此。王国维的学说中,也有错的,如关于蒙古史上的一些问题,我认为就可以商量。我的学说也有错误,也可以商量,个人之间的争吵,不必芥蒂。我、你都应该如此。我写王国维诗,中间骂了梁任公,给梁任公看,梁任公只笑了笑,不以为芥蒂。我对胡适也骂过。但对于独立精神,自由思想,我认为是最重要的,所以我说"惟此独立之精神,自由之思想,历千万祀,与天壤而同久,共三光而永光"。我认为王国维之死,不关与罗振玉之恩怨,不关满清之灭亡,其一死乃以见其独立自由之意志。独立精神和自由意志是必须争的,且须以生死力争。正如词文所示,"思想而不自由,毋宁死耳。斯古今仁圣所同殉之精义,其岂庸鄙之敢望"。一切都是小事,惟此是大事。碑文中所持之宗旨,至今并未改易。[1]

在面对政治强权、处境维艰的时候,仍坚持学术独立之宗旨,陈寅恪对于中国现代学术的标志性意义,正在于此。而将真理归结为一切问题的出发点,虽然这个"真理"的概念颇为模糊,更可以见出其对德国学术传统中"真理"概念的认同。在我看来,以陈寅恪为代表的中国现代学术场域中人,对学术伦理的思考大致包含了如下几个维度。一是有"自由之思想、独立之精神"。如果我们参照德国学术伦理的若干论述,就会发觉,其中不乏"脉络相承"的地方,也具有"别发新意"的创见。在费希特那里,其集中追问的,不是泛泛的学术概念,而是具体当事者——学者的伦理问题,强调学者对人类发展所承担的使命感。这一点似乎不证自明,但实际上有问题。而陈寅恪一再反复强调"独立之精神""自由之思想",乃是特别突出学者主体的"独立意识",即作为一个真正的人的学者。这才是最可贵的。首先有作为人的独立、对自由的坚守。然后才是作为一个学者能形成自身的伦理观念——"自由之思想、独立之精神",如此也才配谈对人类使命的承担。

---

[1] 陆键东:《陈寅恪的最后二十年》,北京:生活·读书·新知三联书店,1995年,第111页。"惟此独立之精神,自由之思想,历千万祀,与天壤而同久,共三光而永光"一段与别处引文略有出入,参见刘桂生、张步洲编:《陈寅恪学术文化随笔》,第9页;吴定宇:《学人魂——陈寅恪传》,上海:上海文艺出版社,1996年,第108页。

其次是必须脱掉"脱心志于俗谛之桎梏,真理因得以发扬",这既指摆脱掉一般的功利尘俗之念,也指面对更强有力的挑战(如面对各种可能的暴力威胁,政治上固然如此,如三民主义;社会生活上也同样可能),只有在这种背景下,还能够坚定地守住自己维护"真理"的立场,并且"生死以之",这才是真正的"脱心志于俗谛之桎梏"。费希特所谓"大丈夫",所谓以真理为最爱的学者,不就是此类人之谓吗?此处,学者已经不是一个单纯的职业概念,而更多具有志业选择的"象征意义"了。说得更深一些,这其实已是学术社会学的维度考察了,下文还要详述。

第三是民族国家维度的引入。作为具有强烈的民族国家文化意识的学人,陈寅恪虽然"治学以世界为范围",表现了极为通达开阔的学术视阈和文化眼光,但其背后的"国族情结"亦同样极为深厚,他所强调的"求中国学术之独立,实系吾民族精神上生死一大事"[1],正可以显示出其并非一个"一心只读圣贤书,两耳不闻窗外事"的书呆子。只不过在他看来,各种职业都有其伦理维度,个体只需在自己的职业伦理中寻求敬业的位置。作为中国学者,自然应当对中国学术的独立,承担起责任来;更何况,其背后的判断则是,中国学术与民族精神之存亡休戚相关。

归总言之,这三点就是:学者主体之自我意识;现代国家之学术独立;心志标立之真理立场。其核心诉求不是"世界一流",而是"学术独立"。如何才能独立?既指独立于政治强权,亦指独立于外国他族。要了解外国学术,不能闭门造车,但其目标应很明确,不是融入他国学术的脉络体系中去,而是要创造出属于自家的"独立学术"。

要完整地理解和阐明"中国现代学术伦理"问题,必须进行双重研究,即将其上升到学术伦理学的层面来考察,而学术伦理的根本维度应以"为求知而求知"的纯粹知性原则为标志,而尽量避免其他因素的羼杂;但仅以此为标准又肯定不够,因为即便是学者,也是社会中的人,没有学术社会学的系统考察与同情理解,很难真正理解作为社会人的学者。所以理想的状态,应是兼及学术伦理学、学术社会学两个维度,进行学术史的综合

---

[1] 陈寅恪:《吾国学术之现状及清华之职责》,载刘桂生、张步洲编:《陈寅恪学术文化随笔》,第47页。

研究,能如此,方可能更加接近历史的原相、体贴前贤旧日的生存状态。相比较德国学术伦理奠基者如费希特的理想观念,乃至中国现代学术伦理发凡者陈寅恪的基本思路与伦理实践,中国德语文学学科的学者的道路无疑既相当曲折,又让人慨叹。

三、"方法选择"与"自身困境"——从"学术伦理学"、"学术社会学"双重视角对冯至、陈铨的分析

(一)知识基础的构建:学无止境与求真原则——学术伦理学的阐释[1]

年青的诗人与科学家都不难找出例子,但对于人文学者来说,年青的大家可真是"凤毛麟角"。因为,后者实在是需要"岁月的积淀",只有"学富五车""韦编三绝",才可能"别出手眼""见地不凡",所谓"学者越老越有味",说的正是这个道理。

从学术伦理学的角度来看,"求知"是第一位的,也是没有任何价值回旋余地的"唯一"或者"最高"价值。就此而论,语言是一个非常重要的问题。世多传言,陈寅恪精通数十种语言,实际上,他自己在填各种表格时,外语一栏只填德语;在美国时间虽也颇长,但即便如此,他发表的英文论文,据说也是请人帮忙完成的。有论者谓其外文是"旨在应用,不求精通"[2],看来还是有道理的,因为陈寅恪自己也说:"至外国文字弟皆不能

---

[1] 关于伦理学的著作,可参见罗国杰主编:《伦理学》,北京:人民出版社,1989年;亚里士多德:《尼各马可伦理学》,廖申白译注,北京:商务印书馆,2003年;斯宾诺莎:《伦理学》第2版,贺麟译,北京:商务印书馆,1983年;麦金太尔:《追寻美德——伦理理论研究》,宋继杰译,南京:译林出版社,2003年。关于伦理学史,可参见万俊人:《现代西方伦理学史》,北京:北京大学出版社,1992年;蔡元培:《中国伦理学史》,北京:东方出版社,1996年;麦金太尔:《伦理学简史》,龚群译,北京:商务印书馆,2003年。

[2] 汪荣祖:《陈寅恪评传》,南昌:百花洲文艺出版社,1992年,第48页。另据徐子明称:"陈寅恪即陈三立之子,幼时与仆同学于清季之复旦公学,后又赴欧洲,游学英、德、法、意数国,然对各国之语言文学,绝不能操纵,而其国学亦甚寻常。但在台湾则当教授者,比比皆是,(转下页)

动笔作文。"[1]但总体来看,陈寅恪留德两次达六年之久,就是为了读书,也必须掌握德语,对陈氏这样的"书呆子"来说,要他不读书是不可能的。而且对于德语的重视,是陈寅恪的一大特点。这一点在他与挚友吴宓的交往中也表现出来,《吴宓日记》1927年9月27日有记载称:"晚,陈寅恪来。劝读德文,俾可多读要籍。"[2]可见,在陈寅恪的心目中,德文地位之所以重要,乃是因为其多有"要籍"。所谓"要籍",在陈氏看来,不外乎是具有学术思想重要意义的经典之作。此时的陈寅恪已为年近不惑的三十七岁,吴宓则三十三岁,二者一为清华国学研究院四大导师之一,一为清华外国文学教授。当此之际,陈寅恪仍以学长兼挚友的身份,对吴宓的治学多加指点;而吴宓同样谦谨有加,丝毫不以为忤。所以,对于一个真正的学者来说,实际上必须时刻在学习的过程之中,只不过不必再像当学生时那样"背着书包上学堂"而已。不过有学习的自觉意识是一回事,能否达到很好的效果又当别论。

1919年8月,《公言报》连续刊出署名思孟的《北京大学铸鼎录》,对北大人物,从校长到文科诸教授,一一嘲笑。此报乃执政段祺瑞麾下机关报,用意大概是为五四运动算账。不过这其中涉及关于外语能力问题,倒也还是颇有启发。其中批评蔡元培,说他"天资过人,留德五年,竟识字至百余",然后即认为"治哲学无难也",归国大搞北大新政。批胡适,则谓其虽"英文颇近清通",但"于希腊拉丁素未问津,德法两文亦未寓目"。[3]在这里,外语成了一种衡量学者的学问标准,虽说难免有派系攻击意味,但却并非毫无道理。出任北大英文系主任的胡适,年少暴得大名,

---

(接上页)欲求如陈寅恪者尚难得,夫复何言。"参见《徐子明与汪荣祖书》(1970年12月28日)。徐子明是江苏宜兴人,是陈寅恪在复旦公学时的同班同学,后留学德国获海德堡大学史学博士学位。参见汪荣祖:《陈寅恪评传》,第29页。徐氏的说法可作一家之言,备参考,汪荣祖也是将他的这段话放在注释中的。

1 参见陈寅恪与罗元一(香林)书五通之一,转引自汪荣祖:《陈寅恪评传》,第48页。"据说在30年代的清华,先生是唯一能撰写典雅拉丁文的教授。这是1975年夏天,吴其昱先生在巴黎亲自告诉余英时先生的。"参见刘以焕:《国学大师陈寅恪》,重庆:重庆出版社,1996年,第107页。此说实在值得怀疑。

2 吴宓:《吴宓日记》第3册,北京:生活·读书·新知三联书店,1998年,第412页。

3 转引自高芾:《他们带回的德国》,载《北京青年报》2005年10月27日。

自然难免惹人嫉妒。但既以英国文学为专业，对作为西方文明源泉的古典研究（classics）之修养自属题中应有之义，那么希腊文、拉丁文确实是不能不懂的；而德文乃是当时世界通用的"科学语言"，法文同样是极为重要的"学术语言"。要求学者对以上外语全部兼通，确实悬得过高。但堂堂北大英文系主任，于此上毫无修养，也有些说不过去。至于作为北大校长与新文化领袖的蔡元培，其留德之志素坚，确实也有很好的学术眼光与思路，但其出国之时已近不惑，虽然刻苦用功，但仍很难像少年人那样有很强的语言适应与驾驭能力。指望他能说一口流利的德语，或者对德文有极佳的造诣，既不现实，亦无必要。尽管如此，以蔡元培、陈寅恪的德文修养，读书求知是没有问题的。更重要的是，他们有着非常自觉的学术伦理意识，这就决定了他们在中国现代学术的整体建构框架里具有重要地位。

如果说作为中国现代学术建立期的第一代人，蔡元培、陈寅恪具有进行学术伦理、学术制度建设的整体意识[1]；那么，我们要问，第二代人如何呢？经历过世代的演替，学术的进步是否可以呈现呢？作为他们的学生辈，冯至与陈铨们在多大意义上认识到了学术伦理的问题呢？遗憾的是，作为中国德语文学一学科的重要人物，我觉得他们的这种学术伦理意识并不健全，更不用说"百尺竿头，更进一步"了。如谓不然，我们就以上述三条标准略做衡量之。

首论学者主体之自我意识。要说学者没有主体意识几乎是不可能的，但这种发源于本我的"自我意识"却真的不容易做到。[2] 具体言之，就是

---

[1] 关于蔡元培的学术伦理意识，已有论者指出，参见金耀基：《学术自由、学术独立与学术伦理》，载《大学之理念》，北京：生活·读书·新知三联书店，2001年，第181—182页。

[2] 关于自我与本我的关系，弗洛伊德强调注意格罗代克（Georg Groddeck）的意见，即我们称之为"自我"的那个东西在生命中基本上是被动地行动着的，我们"活着"依靠的是未知的和无法控制的力。所以，弗洛伊德建议称呼出自知觉系统并由前意识开始的统一体为"自我"，称呼人类本性中的非人格的以及隶属于自然法则的东西为"本我"，统一体会延伸到这个部分中去，这个部分的行为好像它曾是无意识的。弗洛伊德：《弗洛伊德后期著作选》，林尘等译，上海：上海译文出版社，1986年，第171页。弗洛伊德学说对文学的影响，已有详细论述；但就阐释学术史而论，似亦大有发挥之余地。前者参见霍夫曼：《弗洛伊德主义与文学思想》，王宁等译，北京：生活·读书·新知三联书店，1987年。

既要继承现有的学术传统，同时又要能明确自己在学术史脉络中的位置，自觉地在现有的学术场域中寻求平衡的张力。从这个角度来看，以博士论文撰作为标志，陈铨、冯至在德国大学的工作，都很鲜明地表现出学术伦理的制约性和继承性。无论是选题的创造性，还是工作的严谨性，都可圈可点。但回国之后，情况就逐渐更变了。初期尚还表现出这种影响的烙印，如陈铨在《清华学报》上发表的那一系列相当有学术含量的论文；如冯至所进行的歌德研究。但随着岁月的变迁、时代语境的变化，他们终究逐渐抛去了纯正学者的立场，而各有所择，如陈铨更为著名的"战国策派"代表身份、冯至在20世纪40年代后期剧烈"向左转"。这固然有特殊时代背景的制约，但学者主体"自我意识"不能建立，是为大者；虽然"南橘北枳"是自然之理，但不强调学者自身的主观能动性，而只归因于外在，是不能从本质上推动学术之发展的。如果说他们博士论文的成功，更多要归因于留德时代短暂数年的德国学术场域中"学术伦理"的造就的话；那么他们在归国多年之后，仍未能将中国之德语文学学科建成一个较为规范与成熟的"学科场域"，构建成一种较有独立意识的"学科传统"，这既与中国现代学术发展之大背景有关，也未尝不可说是"学者主体之自我意识"的淡漠或不自觉。这一点，比较一下陈寅恪的言说与作为就不难看出。

对他们这代人来说，有一个极为重大的时代命题，而且这也关系到中华民族"三千年未有之大变局"之后的"再度千年"的元气与根基问题——现代国家之学术独立。这一点可能与所治学科多少有些关系，其实正如陈寅恪一再强调的，"吾国大学之职责，在求本国学术之独立，此今日之公论也"。其实，这种概括并不能算是完全，所谓"本国学术"，如果放置在全球化与现代性背景下审视之，则为"现代民族国家"构建过程中的"学术独立"；由此，则区区一阳春白雪的"学术独立"，其意味则极为丰富。而且求国家之学术独立，亦非仅大学之职责，其他学术研究机构亦同样在学术伦理范畴中肩负此职责。再追问得深一些，政府亦难辞其责。所以，这里强调的主要是中国现代学术建立事业的核心环节和评价标准，而不是相对于政治权威的独立。就这个层面来看，我们对陈铨和冯至都多少有些误读。在现代中国"救亡"与"启蒙"的双重变奏背景下，少

187

有知识精英能真正摆脱其巨大的阴影。陈铨是痛快淋漓地脱离学界[1]，由"战国策派"代表几乎成了右翼话语代表。他意识到了"现代国家"的问题，但却忘却了"学术独立"的根本。对于一个学者来说，这是致命的。在冯至，虽然很明确地与国民党政权保持着距离，但20世纪40年代后期的"向左转"，其表面看来似乎价值取向不同，但脱离学术伦理根本是并无二致的。所以，他们似乎也远不能领会到"现代国家之学术独立"的重大意义，更无法深入到具体学科的建设层面去以毕生的心血努力而做成这一件"小事大业"。因为所谓"现代国家的学术独立"，只有在各个具体学科的层面得到众多学者的"齐心协力"，才有可能不成为"画饼"。之所以如此，如果深究原因，则必须归之于第三点——即"求真意识"的淡薄。

所谓"心志标立之真理立场"，用陈寅恪的话来说就是："士之读书治学，盖将以脱心志于俗谛之桎梏，真理因得以发扬。思想而不自由，毋宁死耳。斯古今仁圣所同殉之精义，夫岂庸鄙之敢望。先生以一死见其独立自由之意志，非所论于一人之恩怨，一姓之兴亡。呜呼！树兹石于讲舍，系哀思而不忘。表哲人之奇节，诉真宰之茫茫。来世不可知者也。先生之著述，或有时而不章。先生之学说，或有时而可商。惟此独立之精神，自由之思想，历千万祀，与天壤而同久，共三光而永光。"[2]正是在追求真理的立场上，自由精神、独立思想才散发出灿烂的光芒。所以著述、学说本身是否就确立为真理并不是最重要的，而是那样一种求真理的立场与意志。当然如此说法，并非是说学者背后没有自己的关怀，实际上在这里，求真立场、社会关怀与学者的心志标立已非常高度地有机融合起来。归总言之，

---

[1] 20世纪40年代后，陈铨的政治哲学文章受到国民党当局重视，曾被调到重庆中央训练团受训，转任重庆南温泉中央政治学校教授，兼中国青年剧团编导，后又任正中书局总编辑。所以，有论者在比较了陈铨前后期的小说创作后认为："陈铨小说的构架上有两个轴心：爱情故事和社会哲理。在他二十年代末至四十年代初的小说创作中，多角恋爱的浪漫传奇故事不断地重复着，几乎成了公式；而社会人生哲理却发生了变动：由探索人类同情心转向宣扬权力意志论的政治哲学。它脱离了京派小说疏离政治的轨道，向右翼政治日渐靠拢。"杨义：《杨义文存》第2卷《中国现代小说史》中册，北京：人民出版社，1998年，第528页。

[2] 陈寅恪：《清华大学王观堂先生纪念碑铭》，载《金明馆丛稿二编》，北京：生活·读书·新知三联书店，2001年，第246页。

也许我们永远无法达致真理，但我们一定要坚持走在通向真理的通途之上。而在陈铨、冯至，其社会关怀与家国情结或许不让陈寅恪，但求真意识却显然不明确，所以这就必然影响到他们的心志标立。这样的误区，或许也是时代的必然吧，遥望现代中国之苍茫历史，能如陈寅恪独立风骨者又能有几？

应该说，以上三条，无论是直接要求"心志标立之真理立场"，还是兼备致用功能的"学者主体之自我意识"与"现代国家之学术独立"，其实最核心的内涵则为"求真"。[1]这点，蒋梦麟在总结蔡元培之"不朽"业绩时，特别标举"科学求真之精神"：

> 先生尝言，求学是求真理，惟有重科学方法后始能得真理。故先生之治北京大学也，重学术自由，而尤重科学方法。当中西文化交接之际，而先生应运而生，集两大文化于一身，其量足以容之，其德足以化之，其学足以当之，其才足以择之。呜呼！此先生之所以成一代大师欤！[2]

---

[1] 有论者则将学术伦理作为一个未能解答、仍在过程之中的问题提出来。在列举了德国社会学家韦伯"价值中性"（value-nutrality）的观念、法国生物学家蒙诺（Jacques Monod）以"科学方法"为学术伦理典范之后，金耀基做了这样一段论述："'知识真诚'之为学术伦理的重要组成是可以同意的，但大学之学术研究，特别自原子弹爆炸以及遗传工程方面的突破性发展之后，已越来越涉及道德伦理的问题。对伦理问题之敏感与关切，不止限于科学，在社会科学也莫不一样。社会科学之研究引致侵害个人之自主性与隐私权的可能性，并有为不合理的建制体系之镇压、统治能力提供新资源的潜在危机。各种学会已自觉地拟职业上的'伦理规则'（code of ethics），但学术研究，特别是其实用生产上引起的伦理困境常非一些'伦理规则'所能适应。今天，学术伦理的问题不可避免地要从根本上问：学术（或科学）之终极功能为何？如果科学（学术）之发展应该是为了人类之福祉，那么学术活动应不止为了满足科学家知识的好奇心，甚至也不应以发明为目的之本身为己足。从而，学术虽应为一自主的领域，但它不能以'知识之真识'为学术伦理的充足内涵，而必须寻找学术或科学之外的伦理的立足点。"金耀基：《学术自由、学术独立与学术伦理》，载《大学之理念》，第185页。详细论述可参见John Arundel Barnes: *Who should know what? – Social science, Privacy and Ethics*, Cambridge: Cambridge University Press, 1979. Jr. Duncan Macrae: *The social function of social science*, New Haven, CT: Yale University Press, 1976。

[2] 另概括的三条精神为："学术自由之精神""宽宏大度之精神""安贫乐道之精神"。蒋梦麟：《蔡先生不朽》(1940年)，载《西潮·新潮》，长沙：岳麓书社，2000年，第310页。

逝后感言，难免皆多恭维之语。但蔡元培对求真的重视，其实正标立出他的学术伦理观的根本，也正是中国现代学术伦理的元点所在。作为中国现代学术传统的起点，将"求真"确立为起点，可以在两个维度上避免落入陷阱，即所谓"学术的功利化"与"学术的道德化"[1]，这其中既包括了前贤一再强调要避开的"政治因素"（即所谓"学术独立"），也还有在中国当代受到更加严峻挑战的市场功利因素，即"学术的市场化"。陈铨、冯至其实多少受到双重因素的制约，在陈铨，主张"民族文学"固然是因为"文学和政治是分不开的"[2]，"文学的盛衰，关系国运的隆替"，"一个戏剧家在执笔之先，应当考虑对于实际人生的影响"[3]，这当然是因为民族战争的危机而使学者不得不"关注国家"，但他援引德国思想资源予以充分论证，并夸张到极端，难道不正是说明了"学术道德化"的危险？他进一步提倡"英雄崇拜"，主张领袖"是国家民族精神所寄托，群众必须服从他们，崇拜他们，牺牲自己来帮助他们完成伟大的事业"[4]，更直接说出如"蒋委员长创办黄埔军校的时候，许多青年，因为佩服蒋先生的精神，北伐之役壮烈牺牲，造成中国近代历史上光荣的一页"[5]，这就很难说没有一点功利性的因素，再验之以其20世纪40年代的人生轨迹，就更能说明此点了。冯至在20世纪50年代对席勒的阐释，亦明显具有这双重因素，此处不赘。提高了是为"民族国家"之大义，落实了则为学者个体的"功利倾向"（当然有时也是因为"生存必要"，但至少应有一条伦理底线，即严防"曲学阿世"）。

之所以形成这样的人生轨迹，应该说与这代人的学养不无关联。冯至、陈铨的教育背景良好，一出自北大德文系，一出自清华外文系，之后则分别留德（陈铨更是先留美后留德），获得本学科之博士学位，"教育背景"

---

1 金耀基总结为"学术的政治化"与"学术的道德化"，稍嫌窄了些，这样市场经济的制约就不能纳入。金耀基：《学术自由、学术独立与学术伦理》，载《大学之理念》，第184页。
2 陈铨：《民族文学运动》，载温儒敏、丁晓萍编：《时代之波——战国策派文化论著辑要》，北京：中国广播电视出版社，1995年，第23页。
3 陈铨：《戏剧与人生》，上海：大东书局，1947年，第17页。
4 陈铨：《德国民族的性格和思想》，载《战国策》第6期，1940年6月25日。
5 陈铨：《论英雄崇拜》，载温儒敏、丁晓萍编：《时代之波——战国策派文化论著辑要》，第298页。

相当完备；即便就其日后论述来看，也应该说"西学学养"相当不错。即便论对中国文化传统的修养，较之上代人或"颇有不如"，较之后来者却仍"高出一筹"。[1]但即使是这样的一代人，他们仍远未能担负起学科建设的使命。问题出在什么地方呢？用更高的标准衡量之，他们缺乏追求真理的动力、深度思考的才力、发掘问题的识力。对于一名大学者来说，至少应思考三个层面的问题：一是个体的学术工作；二是学科的制度建设；三是学术的哲学定位。

就中国现代学者的历史来看，能在这三个方面都有成就者，凤毛麟角。蔡元培在制度建设与理论思考方面都有涉猎，但自身学术成绩有限；陈寅恪在学术成就与学术伦理方面颇为突出，但对制度建设基本未太涉猎。傅斯年不可谓不"才华横溢"，被称为"博古通今，求知兴趣广泛"[2]，但他在自家学问上同样成就有限，成绩主要是在对"学术社会"的自觉思考与"历史语言研究所"的制度建设。这样立论可能悬得太高，但蔡、陈、傅等人毕竟三者可居其二，可与这些人相比，冯至、陈铨恐怕连列上一项事功都显得勉强。论学问，只能说在本学科颇有拓展，而无法在现代学术的整体范畴中产生较大影响；论学科，冯至也是在20世纪70年代之后才开始有些反思与论述，谈不上系统性；而根本则还在于对于自身的学者角色没有自觉和充分的思考与认知。蒋梦麟说他在德国时收到过傅斯年的一封信："他劝我不要无目的似的在德、奥、法、意各国乱跑。他提出两个问题要我研究。第一个，比较各国大学行政制度。第二各国大学学术的重心和学生的训练。"[3]这个信息其实很重要，这说明傅斯年是相当自觉地思考学术制度问题的。而且他不但能自己思考，还能给别人指点出门径要义，别忘了，蒋梦麟可是曾为北大校长、教育部长的又一重要教育领袖人物。而通观冯至、陈铨的留学时代与日后行状，我们很难寻出这样的自觉意识来。

---

1 当然，钱钟书和他们差不多是同代人，甚至年龄更小些，但就显然要更强。之所以如此，原因当然相当复杂，譬如家学渊源背景就很重要。但钱钟书自有其特殊性，不可一概而论。
2 蒋梦麟：《忆孟真》(1950年)，载《西潮·新潮》，第331页。
3 蒋梦麟：《忆孟真》(1950年)，载《西潮·新潮》，第331页。

当然，无论是学术定位还是学科建设的问题，都不仅是德语文学一个学科的问题。[1]但尽可能排除"学术功利化"与"学术道德化"的两种误导倾向，确立"求真"为学术之第一原则却是最根本的核心因素。

（二）策略选择的可能：入流、溯流、并流与预流——学术社会学的分析[2]

如果说，由于时代动荡、学科狭小等等可以列举的诸多客观因素，而导致学科本身难以大发展，甚至建立规则的话，那么，学术规范的未曾建立，则不得不更多从学人自己身上寻找原因。

一个很奇怪的现象，陈铨、冯至都是在德国接受过严格学术训练，获得德语文学博士学位然后归国的。就他们在德国完成的论文来看，确实受

---

[1] 有论者梳理中国现代政治学的发展，认为："西方政治学输入中国的第一个高潮主要是被用于政治革命的目的，以求知为本原的学术立场差不多被忽略了。"并引述1930年代初期学人的判断说："近二十年来为活动而研究政治学底人有，为科学而研究政治学底人，实在不可多见。"周绍张：《论政治学》，转引自孙宏云：《中国现代政治学的展开：清华政治学系的早期发展（1926至1937）》，北京：生活·读书·新知三联书店，2005年，第412页。政治学的发展有其特殊性，所以作者有这么一段说法："但是政治学作为一种社会科学，求知与致用两方面不应偏废，所以有远见的学系领导人一般都会兼顾学理的研究。"上揭书第415页。

[2] 关于学术社会学的理论建构问题，似乎尚未有完整清晰的论述。比较具有借鉴意义的是布迪厄的《学术人》，他认为："学术人的知识力与他们的社会影响可能性是成正比的。学术界被划分为不同的研究领域，这些领域之间的关系与场域的关系一样是社会空间的关系，其内部的关系正如社会地位、位育关系一般。一般的读者、学者与大学者之间的关系构成一种学术期待和这种期待及其满足的关系。后者的学问越高，其满足前者的可能性越大，在所处领域中的地位越高。前者对后者的期待越高，后者的影响力越高。从而，学术成为一种符号资源，成为学者争夺支配性地位和权威的途径。学术与学术人之间的关系，与宇宙观、结构和个人中介者之间的关系一样，受实践逻辑的调节，它一方面制约后者的实践，另一方面为后者的实践所'创造'。学术人被认为是制造学术的人，但是，他们制造出来的学术如未能符合特定学术领域的论证制度和期待，便不被认为具有'创造性'。"王铭铭：《西方人类学思潮十讲》，桂林：广西师范大学出版社，2005年，第216—217页。应该说，这段概括还是比较准确把握布迪厄思想的；但布迪厄的思路立足于其整体性的实践逻辑框架，有些过于强调社会性因素的一面。在我看来，学术社会学的视角必须与学术伦理学同时采纳，努力调试其间的一种可能的中和与张力。关于理论资源问题，我也主张借鉴德国知识社会学的路径，包括从舍勒到曼海姆的思考。可参见马克斯·舍勒：《知识社会学问题》，艾彦译，北京：华夏出版社，2000年。卡尔·曼海姆：《卡尔·曼海姆精粹》，徐彬译，南京：南京大学出版社，2002年。

到过很严格的"德国式"的训练,具有"精确性""彻底性"等特点。至今为止,冯至的《自然与精神的类比——诺瓦里斯的气质、禀赋和性格》、陈铨的《中德文学研究》,不仅在中国学术史意义上,包括国际同等水平研究而言都是相当有分量、有贡献、有自己独立学术史地位的著作。奇怪的是,这样一种训练,本应当成为随身具备的自我修养,但查诸实际,则大为不然。就我看来,不管是冯至,还是陈铨,他们日后虽然还不断地有学术著作问世,但就论文的精度与深度而言,都没有当初作文时的冲创之力,那种严谨求真的学术态度似乎也在不断淡化。[1] 也就是说,他们曾经"入流",今有学者谓"博士论文只是一张入场券"(陈平原语),就陈、冯二人在德国所递交的这张入场券而言,不但合格,而且可谓颇出色。可问题在于,他们的"入流",也许当初有过相当不错的"雏凤新声",但很快就在中国现代学术的大泳池中近乎"销声匿迹"(我是指以学术实绩言,而非文化影响),既没有"溯流"的功夫,也缺乏"并流"的恒性;当然,也就更谈不上"预流"的大智慧与大眼光了。下面,我对这一组四个概念略做解释。

所谓"入流",乃是指一名职业学者,完成了其进行学术研究所必需的各种要求和训练,通过一种有效的方式(一般是博士论文/在德国则是教授资格论文)获得学界的基本承认[2],得到入场券而进入学术场域的标志性转折。

所谓"溯流",乃是指与陈寅恪用"预流"相反相成之意,主要指经由学术史的自觉意识与主观能动,而达到的"溯旧预新"目的。在这里,是指一名成熟的学者,必然会进行自觉的学科史,乃至更宏观的学术史清理与研究工作。

所谓"并流",乃是指作为具有成长性的青年学者,从"大鱼游而小鱼尾随"的层次,达到逐渐成长的目的,并最后形成"与大鱼并游"的状态。即在经历学术场域中的"入流"阶段后,成长为具有与大鱼同等权利

---

[1] 仅以注释来看,陈铨最初归国时在《清华学报》上发表的那组论文还相当工整,注释颇显严密,但日后的文章则日益流入报章体的"淋漓痛快"去了。

[2] 参见祝晓风、张涛:《博士论文只是一张入场券——陈平原谈博士论文写作》,载《中华读书报》2003年3月5日。

（义务）、平等地位的场域占位者。在学术意义上来说，即参与学术场域的正常活动，并且共同生产乃至创造潮流。

所谓"预流"，乃是用陈寅恪之阐释："一时代之学术，必有其新材料与新问题。取用此材料，以研求问题，则为此时代学术之新潮流。治学之士，得预于此潮流者，谓之预流（借用佛教初果之名）。其未得预者，谓之未入流。此古今学术史之通义，非彼闭门造车之徒，所能同喻者也。"[1]

如果用这样的一组概念并结合布迪厄的社会学理论来分析的话，我们就可以清楚地看到，经由留德时代的刻苦学习，冯至与陈铨都完成了自己的"入流"工作，无论是在德国学术场域，还是回到中国学术场域，他们的资格都是被认可的。但由于中国现代学术场域是一个未成型的、仍处于建构之中的初级场域，所以这种状况，既为他们的发展提供了可能的"大好空间"，因为一切都"百废待兴"；也可能制约他们行路的"持之以恒"，因为并无现成的规则可以"循序渐进"。不幸的是，冯、陈都非在学术上有大志向、大定力、大主见的大学者，再加以现代中国发展期过程的艰辛复杂，党争的纷乱、战争的破坏、国亡的威胁，都使得学者难以坚守住自己的书斋位置。而对一个职业（志业）为学术的学者来说，不能够坚定地守住自己的书斋，也就等于是失去了自己的阵地。没有阵地，又何谈"建功立业"呢？

学者在"入流"之后，常态应是"溯流"与"并流"齐行，"入流"只是一种短暂的状态，非常重要；"预流"也只是一种短暂的时刻，不可能始终在"预流"。遗憾的是，冯、陈既未曾成功地"并流"，也未认真做过"溯流"的功夫，所以也就谈不上"预流"的成就。他们完成的，只是最初的入手功夫——"入流"。

首先，他们缺乏"溯流"的意识。其实，这一点中国传统中就有，当年黄宗羲《明儒学案》、江藩《国朝汉学师承记》固然已开风气，到了梁启超与钱穆的两部《中国近三百年学术史》，更具有"近在咫尺"的效应。但不知为何，冯至、陈铨并没有能够形成这样的明确意识。[2]

---

[1] 陈寅恪：《陈垣〈敦煌劫余录〉序》，载《金明馆丛稿二编》，第266页。

[2] 如果说，20世纪80年代的思想文化思潮风云一时，文化英雄成为时代主流；90年代则思想家淡出，学问家凸显。其实，学界兴起学术史研究，很重要的一个原因是"辨章学术，考（转下页）

应该说，即便是在留德时代，他们受到的训练，以及完成的论文，都是在挑战自己的极限。必须用尽最大的心力与努力来应付，这一点只要看看冯至的博士论文撰写和考试过程就可以知道，因为它有一个客观的尺度和标准在那里（das wissenschaftliche Normensystem）。但归国以后则不同，作为边缘学科的德语文学，本就不在主流学术范畴之内；寥寥可数的几位留德文学博士，自然就取得了本领域的当然发言权。而学术研究本身的质的推进[1]，则并未引起高度重视。再加上社会进程本身的制约，如冯至最初时并未能进入大学或纯粹研究机构，西南联大又取消了作为专业的德文，都使得他们很难在一个相对良好的学术平台上开始自己的学科建设工作，乃至自己作为学者的系统性学术研究。

自觉的学人如陈寅恪，会坚守住自己的学人本位与求真原则。但话说回来，要想做到在"烽火连三月，家书抵万金"的战乱背景中不为所动，又谈何容易？再加以物质生存、维持家庭、志趣变迁（如冯、陈都有强烈的文学创作兴趣）等实际因素，都使得后人难以用绝对的"学术伦理"去评价他们。但不管怎么说，一方面我们应从学术社会学的角度，去认真分析他们的生存与发展状态[2]；但另一个方面仍不能忘却学术伦理学的立场，

（接上页）镜源流"，但德语文学研究界似乎基本没有太多的参与与意识。其实，这个工作无论如何是需要做的，因为一个成熟的学者，不可能不自觉地涉及一些学术史的工作。1910年，蔡元培先生在留德时代撰《中国伦理学史》，开篇即谓："学无涯也，而人之知有涯。积无量数之有涯者，以于彼无涯者相逐，而后此有涯者亦庶几与之为无涯，此即学术界不能不有学术史之原理也。苟无学术史，则凡前人之知，无以为后学之凭借，以益求进步。而后学所穷力尽气以求得之者，或即前人之所得焉，或即前人之前已得而复含者焉。不惟此也，前人求知之法，亦无以资后学之考鉴，以益求精密。而后学所穷力尽气以相求者，犹是前人粗简之法焉，或转即前人业已嬗蜕之法焉。故学术史甚重要。"蔡元培：《中国伦理学史》，载《蔡元培全集》第1卷，杭州：浙江教育出版社，1998年，第461页。

1 虽然从陈铨最初在《清华学报》发表的若干论文，尤其是他对冯至博士论文的书评中我们似乎隐约看到本学科场域中良性互动的可能和端倪，但也仅是昙花一现的"美丽"。

2 在这个方面，德国学者有相当自觉的意识，对学术的社会制度（das soziale System der Wissenschaft）、学术价值标准体系的影响方式及学术的社会结构（Wirkungsweisen des wissenschaftlichen Normensystems und sozialstruktur der Wissenschaft）、学术发展中结构性的变迁过程（Struktuelle Wandlungsprozesse in der Wissenschaft）、学术变迁分析中的社会和认知因素（soziale und cognitive Elemente in der Analyse wissenschaftlichen Wandels）、学术机构化过程中的社会条件（soziale Bedingungen wissenschaftlicher Institutionalisierungsprozesse）、学术的政治与经济条件（转下页）

对学者本身做出更高，或者是"更严苛"的要求。因为只有这样，学术史的研究才能生发出真正的意义，不仅是要"叙述师承，剖析潮流"，更要"补偏救弊""推陈出新"。[1]

因为就引德国资源以建设现代中国而言，在本土、留日、留德三种不同背景学人中，相比之下，后者承担的责任应该更大，因为这"既意味着接受主体的彻底变化（相对于传教士），也意味着在对象国亲身经历的居留与学习过程并非可有可无"[2]。可能，他们都没有意识到，将西方通行的学术研究方法引进国内是何等的重要。其历史意义，是怎么高估也不过分的。[3] 本土学人诸如张威廉、李长之等，他们很难说接受过严格的学术训练，其对德语文学的认同感虽然强烈，但毕竟缺了一层"亲身阅历"的人类学感觉。留日学人，虽然是德国思想文学东渐的一个重要中转，但毕竟他们的全部心力不在此，即以介绍德国文学最力的郭沫若为例，他的主要成就也还不在《少年维特之烦恼》《浮士德》等的译介；更何况，他们都非专业性质的科班出身。一个比较例外的情况是刘大杰，他在日本倒是治欧洲文学的，但并不能见出他对德语的良好修养。所以，就学术背景的比较来说，引进西方学术范式，建立中国的德语文学学科规范，舍留德学人其谁？如果说早期的留德学人如杨丙辰等人，因其背景限制（非德文专业）或碌碌混沌，错过了创立期"元气淋漓"的范式建立机遇；那么冯至、陈铨作为留德且获本专业博士学位的留德学人，其责任难以辞却。这种鲜明的时代

（接上页）（politische und ökonomische Bedingtheit der Wissenschaft）等均分专题进行了深入研究。参见Peter Weingert (hrsg.): *Wissenschaftssoziologie 1. Wissenschaftliche Entwicklung als sozialer Prozeß* (学术社会学第1册：作为社会进程的学术发展), Frankfurt am Main: Athenäum Fischer Taschenbuch Verlag GmbH & Co., 1972. Weingert, Peter (hrsg.): *Wissenschaftssoziologie 2. Determinanten wissenschatlicher Entwicklung* (学术社会学第2册：学术发展的重要因子), Frankfurt am Main: Athenäum Fischer Taschenbuch Verlag GmbH & Co., 1974。

1 陈平原：《"学术史丛书"总序》，载夏晓虹：《晚清女性与近代中国》，北京：北京大学出版社，2004年，第1页。
2 叶隽：《另一种西学——中国现代留德学人及其对德国文化的接受》，北京大学出版社，2005年，第10页。
3 当然这并不妨碍我们今天对这种述学方式进行深刻反思，甚至在某种程度上质疑其合法性。因为一时代有一时代之使命，当陈、冯等所处的中国现代学术建立期，与进入21世纪以后中国现代学术所处的复兴期的具体任务是不一样的。

意识与学术史责任，他们似乎没有感受到。

这既与他们自身的弱点不可分割，也与中国传统的特点、与现代中国的时代语境大有关系。陈铨的主要精力，是在思想文化界大展身手，其目的在"致用"，甚至与政治颇有瓜葛。冯至虽然在20世纪40年代以前并未介入政治，但其放在文学创作上的精力，并不比教书治学少。20世纪30年代后期归来后先是颠沛流离，20世纪40年代则进入了创作的巅峰时期。虽然也有《歌德论述》行世，很难说就意识到了"学科责任"问题。前贤往矣，对后世学者来说，其"苛论前人"的初衷，其实并非为了"徒逞口舌之利"，而更在于如何借助前贤的得失利弊成败原因的深度追问，确定自己的位置，寻找自身在困境中突围的可能与策略。

（三）自身困境的突围：学术史的选择维度

冯至晚年对问题就有相当深刻的认识，虽无系统表述，但在相当零散的发言与文章中，已经表露出"学术意识"的升华可能。归纳之，有两点特别可贵。

一是要求"跨学科"。他一方面指出"社会科学领域内各门科学联系性较强"的事实，另一方面毫不讳言自己的学术弱点："据我个人的经验教训，我研究文学，由于对哲学、历史、宗教等知识的贫乏，有时遇到与上述学科有关的问题，常感到难以解决。"[1]强调跨学科交流的必要性，甚至隐含了对社科院各研究所之间"老死不相往来"现象的委婉批评，主张"横向联系，互相请教"[2]。我想这在冯至可能是有感而发。20世纪40年代时，冯至是进入了一个相当不错的学术场域的，虽然战争背景始终是个大的制约因素，但就学者自己的发展与学养增进来说，总是与当时的具体学术环境（包括师友圈子）大有关系。陈铨先在清华，后在西南联大，与雷海宗、林同济等交好。冯至先在北平任中德学会干事，后在同济，在昆明受西南联大之聘。应该说，他们都进入了最重要的学术圈子。与中国当时第一流的

---

[1] 冯至：《祝贺与希望》（写于1987年5月中国社会科学院成立十周年之际），载《冯至全集》第5卷，第445页。

[2] 冯至：《祝贺与希望》（写于1987年5月中国社会科学院成立十周年之际），载《冯至全集》第5卷，第445页。

学者如陈寅恪、冯友兰、胡适等，也不是没有往来。可问题在于，他们似乎并不在意"学术场域"的相互沟通，尤其没有能形成借助他人资源、反思自家状态、建构尝试新理论的深度思考。遗憾的是，直到晚年，冯至才渐渐意识到这个问题，虽是星点火花，但却是自家的"亲历体悟"精华，值得后辈重视。

二是研究视野的"整体性"。他结合自己的研究情况指出"研究外国文学的同志，无论是研究当代文学还是现当代文学，都应当对外国的社会历史、思想渊源和精神实质以及科学技术发展能有一定程度的了解，这样就能对文学有一个较为深入的理解"，所以"要了解文学，必须要了解社会"。[1]应该说，这里已经触及外国文学研究（其实对整体的文学研究都适用）的核心问题，即将文学放置在历史的大背景中去考察，注重其互动关联，尤其是与社会史（下层）、思想史（上层）的密切维度。故此他更明确主张在本学科内："我们要了解德国的现当代文学，就应从宏观的角度上，从社会的总体上去对文学进行考察。"[2]应该说，冯至晚年的这一思路，是经得起学术史检验的。我们看这二十年来的学科史，真的能在学术史上立得住的、具有原创性贡献的，确实凤毛麟角；而凡是被认为具有新意的，往往是符合冯至先生的"文学—社会—思想史观"的。

但冯至始终没有清醒意识到一点，就是"学术史"的维度。也就难怪有论者推崇在新时代（20世纪80年代）唯有王瑶对"学术史"独有心得，并给予其高度评价："自1978年'思想解放'运动至今，如果说新时期20余年来学术与思想的关系呈现着'思想先知，学术后觉'的基本走向，那么，在1986年王瑶的'学术先觉'便无形中被赋予了思想史价值，与本土语境直到20世纪90年代中期才普遍痛感'学术独立'之珍贵相比，王瑶整整领先了近10年。"[3]这或许就是差距所在，是边缘学科与主流学科的差距所在。

---

1 他接着结合当代德语国家状况，提出要对相当一批思想家及其学说有所涉猎：维特根斯坦、胡塞尔、海德格尔、雅斯贝尔斯、霍克海默、阿多尔诺、马尔库塞、哈贝马斯等。冯至：《我想到的》（原文载《文艺报》1985年7月27日，节选自《给第二届德语文学研究会年会的信》），载《冯至全集》第5卷，第446—447页。

2 冯至：《我想到的》（原文载《文艺报》1985年7月27日，节选自《给第二届德语文学研究会年会的信》），载《冯至全集》第5卷，第446页。

3 夏中义、刘锋杰：《从王瑶到王元化》，桂林：广西师范大学出版社，2005年，第2页。

在中国现代学术语境里，相对于以本土文化为研究对象的中文学科，德文学科不仅在学术场域中居于边缘，而且在学者素养方面也往往满足于"自我封闭"，这是特别值得反省的。即便是冯至这样被誉为"中西兼通"的学科领袖，以学术眼光与敏锐识力而论，也显然无法与主流学者相比。而以吾辈学养之弱，更须时刻反省、不断补课、取长补短，庶几方能略有寸进。这也正是我选择本学科历史梳理与建构为工作原点的重要原因。可必须指出的是，当单纯的史实梳理已经难以更全面地解释问题，那么我们就必须在多维度中引进科学的方法，譬如以上提到的学术伦理学、学术社会学的思路；更重要的当然还是，如何在理清的学术脉络中展开我们这一代的"学术使命"，也就是具体的德语文学研究课题的展开。在不断的实践操练中，我们可能还会不断地重新返回到学科史与学术史的维度中来，借助先贤留下的宝贵遗产，不断提升我们自己学术与思想的高度，让中国学术真的可以在具体的学科层面上可以"走向世界"。

六十年来的中国德语文学研究
——学科史梳理与学术史反思

一、时代背景与学术机构的建立与转型
（纵向的社会史与思想史背景梳理）

（一）1949—1964：院系调整对德文学科的冲击

对于中国德文学科的发展来说，中国科学院外国文学研究所建立的意义，似尚未得到足够认知。以此为标志，中国的外国文学学科群进入了一个崭新的建设时期，同时也站立在一个很高的平台上。之所以如此立论，自然还是与20世纪50年代前后的时代转折密切相关。1952年，全国高等学校院系调整，这样一种制度性的变革不但范围遍及全国，而且学科也概莫能外。作为一个边缘学科的德文自然也在"网罗"之中。

与中国文学学科还不一样，外国文学所涵盖的范围既广、涉猎的文化种类亦多，而且其中也具有学科性质的变易性，都值得我们予以充分重视。即便是在全球范围的多外语、多文化、多领域的背景下，以德意志民族为主体的德语与德文学科仍是最亮丽的风景线之一，因为这样一个民族不但产生了如歌德、席勒、贝多芬这样的文艺天才，也诞生了康德、费希特、黑格尔、马克思这样的哲思巨子，至于像弗里德里希大帝、俾斯麦、希特勒这样的政治人物也值得关注。事实上，对于现代中国的崛起而言，德国文化背景及其资源始终是不可忽略的一环。

这样大规模的学科建制的变化对全国德文专业的分布是很有影响的。

一是清华文科的彻底取消，伴之而出现的当然是清华德文传统的中断（至今清华仍未恢复德文学科）。当然从事实上来说，清华德文专业在抗战之后已经名存实亡，主要变为开设公共课，也有其一定的内在发展规律。二是全国综合性大学的德文学科集中调整成"南北大学"的格局[1]，即北方全部集中到北大德文专业，南方全部集中到南大德文专业。这一点对于南方来说，确实有实质性的影响，即做成并做大了南大的德文专业。但遗憾的是，南大似乎并未能很好地利用此次机遇，其与北大德文专业的差距至今仍非咫尺之间，且逐渐被后起的一些学校所超过，尤其是作为专门院校的所谓"外国语大学"及其德语系（当代）。三是新型专业性的外国语学院及其德文专业得到发展。[2] 具有代表性的是北京外国语学院[3]、上海外国语学院。[4] 这类院校的培养目标主要是培养德语翻译、教师和其他德语工作者[5]，实用性功能非常明显。即便是在德文学科设置与发展这样的局部小

---

1 到20世纪80年代初期，全国共有32所综合性大学设有外文系，除北大、清华外，设有德文专业的主要有复旦大学、武汉大学、中山大学、杭州大学等。付克：《中国外语教育史》，上海：上海外语教育出版社，1986年，第119页。

2 到20世纪80年代初期，全国共有10所专门性的外语院校，还包括北京第二外国语学院、北京语言学院、国际关系学院、天津外国语学院、大连外国语学院、西安外国语学院、四川外国语学院、广州外国语学院。这些院校都设有德语专业。另有军队系统的2所：洛阳外国语学院、南京外国语学院。具有专业倾向的外语院校的5所：北京对外贸易学院、外交学院、北京广播学院、上海对外贸易学院、国际政治学院。付克：《中国外语教育史》，第117—118页。另参见《北京外国语大学德语系》，北京：北京外国语大学德语系编印（无时间）。

3 北京外国语学院（简称北外）前身为1941年成立的抗大三分校俄文大队；1949年初改为北京外国语学校；1954年改为北京外国语学院，设有德语专业。付克：《中国外语教育史》，1986年，第117页。另参见《北京外国语大学德语系》，北京：北京外国语大学德语系编印（无时间）。

4 上海外国语学院（简称上外）前身为1949年12月成立的华东革大上海俄专，1956年改为上海外国语学院，设有德语专业。付克：《中国外语教育史》，第117页。

5 付克：《中国外语教育史》，第121页。下面这段评述，从另一个侧面反映出新中国外语教育的致用性指导思想："国民党统治区旧大学的外文系，不论其教学体系还是内容与方法，均受西方的影响较深。课程设置及教学内容多与欧美一些大学类同，一般是重文学、轻语言，而在文学中尤重英国文学，特别是古典文学。不管学生毕业后从事何种工作，一律从文学着手，以提高学生欣赏欧美文学作品的能力为目的。课程繁多，学生在实际工作上用得上的并不多，学非所用、用非所学的现象相当普遍。"上揭书第122页。反之，"新中国的高等教育与旧中国的高等教育最大的不同之处在于：它彻底否定了'为教育而教育'、'理论脱离实际'、'劳心与劳力分离'等资产阶级教育思想；它在中国共产党领导之下努力培养能为国家社会主义建设服务的，（转下页）

事件上，政治当局与学者领导的意见也并非完全一致。就以南大德文学科的发展来说，我们注意到这样一件小事。在南京大学、金陵大学的两校联席会议提出的调整方案中，关于系科设置包括了以下设想：

> 人文学科：中文系、俄语系、英语系、德语系、历史系、哲学系
> 社会科学：政治系、法律系、经济系
> 自然科学：地理系、地质系、气象系、生物系、心理系、数学系、物理系、化学系

但遗憾的是，到华东地区院系调整委员会确定的最终方案上，17个系的建制变成了13个，其中当然要包括若干的合并同类项：英语系、德语系合并为外语系；哲学系被取消；政治系、法律系、经济系一律取消；气象系改为天文系。[1] 从这两个方案的比较中，我们可以看出，当时南大的领导人物是有些想法，至少是想借机提升德文专业的规格和发展规模，因为在中央大学时代德文也不过刚建为一个专业而已；虽然这个方案未被通过，但比起社会科学与哲学的悲惨命运，德文专业总算保存了下来。事实上，甚至还有些因祸得福的味道，因为华东地区的德文专业都合并到南大来。遗憾的是，南大德文专业的发展似乎从一开始，就注定了"昙花一现"的宿命。作为当事者的张威廉这样回忆道：

> 1952年院系调整时，调来了同济和复旦的德语师资和图书；师资有陈铨、廖尚果、凌翼之、贺良诸教授，焦华甫讲师，德国女教师陈一荻和作家布卢姆，真可说是人材济济，盛极一时。但为时不过十年，便就风流云散了；图书数千册，主要是从同济调来的，其中有些今天

（接上页）德智体全面发展的建设人才"。由此，新中国高等外语院系重视以下三方面：一是政治思想教育工作；二是课程设置、课程内容和教学方法强调少而精、学以致用；三是重视增强学生体质和身体健康。上揭书第124页。

1 参见"表3-7 南京地区院系调整方案比较"，胡建华：《现代中国大学制度的原点：50年代初期的大学改革》，南京：南京师范大学出版社，2001年，第101页。

202

难得的古本，如1823年出版的《席勒全集》。[1]

以上诸君，再加上南大德文专业本来已有的商承祖、张威廉等人，真的是可谓"人才济济"，与北大德文专业相比，也是不遑多让（其时北大德文专业的领军人物为冯至，另有杨业治、田德望、严宝瑜等人）。就当时的德文学科格局来说，"南北大学"倒真的是名副其实，如果将专以外语语言教学为务、集中全力于培养实用性外语人才的北外排斥在外的话，南京大学—北京大学的对峙，倒恰是形成学术性的德文学科的基本格局，这也符合中国现代学术史传统里的"南北对峙"[2]。这样一种状态基本上一直保持到1964年中国科学院设立外国文学研究所。[3] 实事求是地说，这样一种借助政治权力运作而形成的"数花独放"，其实并不一定符合学术发展的自身规

---

[1] 张威廉：《我学德语的经过和对德语教学的点滴看法》，载《德语教学随笔》，南京：南京大学出版社，2000年，第161页。院系调整后的复旦大学的外国语文系仅设俄文、英文两组。俄文组即原复旦大学外国语文系俄文组；英文组由复旦大学外国语文系英文组及沪江大学、圣约翰大学、震旦大学三校的外国语文系合组而成。《华东区高等学校院系调整方案》，教育部档案1952年长期卷，卷14。转引自胡建华：《现代中国大学制度的原点：50年代初期的大学改革》，第102页。这位布卢姆是一位德国女士，即朱白兰（德语原名Klara Blum，拼音为Dshu Bailan，1904—1971）。1949年她重回北京，1952年担任复旦大学德语文学教授，同年9月转到南京大学任德文专业教授。"Klara Blum/Dshu Bailan Lebensweg"（朱白兰简历），南京大学档案。

[2] 早在1917年时，北大校长蔡元培当其履新之初开始轰轰烈烈的北大改革之际，东南大学（南京高等师范学校）就有与北大分庭抗礼的意味。而相对胡适等人掀起的新文化运动的热潮，吴宓等在南方以东南大学为基地主张文化保守，虽然寂寞，但对文化史发展的意义来说却并不逊色。有论者提出"南雍学术"的概念，溯源历史，强调国子监是国家教育行政最高机构兼最高学府，并以明代南京、北京国子监并立的状况作比。认为在20世纪10到20年代，南雍具有新的含义，即特指当时南京的最高学府南京高等师范学校、东南大学（此皆为今日南京大学之前身）等，并引述论证，或谓"北大以文史哲著称，东大以科学名世。然东大文史哲教授实不亚于北大"，或谓东大与北大，"隐然成为中国高等教育上两大支柱"。参见王运来：《留洋学者与南雍学术》，载田正平、周谷平、徐小洲主编：《教育交流与教育现代化》，杭州：浙江大学出版社，2005年，第187—188页。

[3] 这样说，主要是以德语文学研究为取舍的标志。就德语教学来看，到了1956年时，上海俄专、哈尔滨外专分别更名为上海外国语学院、哈尔滨外国语学院，开始增设德语专业（与英语、法语同时）；1954年成立的北京对外贸易学院、1960年成立的上海对外贸易学院也都在外贸外语系下设有德语专业；1964年10月制定的《外语教育七年规划纲要》中指出要大量增加英语学习人数，要适当增加法、西、阿（拉伯）、日、德语的人数。付克：《中国外语教育史》，第72、74、77页。这些学院显然主要以培养实用性的德语人才为主，德语文学研究的学者当然也就仍主要集中在北大、南大这两所综合性大学。

律。事实上，同济、复旦、清华等校德文学科的消逝，也确实未曾换来南大、北大德文学科的"辉煌鼎盛"。按照张威廉的话来说，从人才鼎盛到"风流云散"，也不过十年间事耳。

（二）1964—1977：外文所建立对德文学科的意义

1964年，以中国科学院外国文学研究所建立为标志（1977年后调整为中国社会科学院外国文学研究所），确立了国家最高学术机构的意义，在德语文学学科领域，则落实为具体研究机构——中北欧文学研究室。[1] 作为由毛泽东亲自要求建立的对外学术研究机构之一，外国文学研究所的创建在那个时代更多意义上或可理解成一种"遵命学术"，但如果我们将其放置在一个更为宏阔的学术视野中去考察，则无疑可以认为，这同时也造成了一种现代学术传统发展与延续的契机。当初，蔡元培之建中央研究院，就颇以人文社科方面规模较窄为憾，仅有"历史语言研究所"与"社会科学研究所"两个独立机构，他对此解释说："因实科的研究所比较的容易开办，只要研究员几人，仪器若干，即可从事研究。"[2] 而中国科学院虽然以"科学"为名义，但毕竟组建了"哲学社会科学部"，在这方面大有弥补，是值得充分肯定的。而1964年一批涉外人文社科研究所的建立，虽然在名义上有"最高领袖"意愿为标志，但在实质意义上则对推动科学院传统的人文社科领域发展具有重大促进意义。

1964年，冯至从北大西语系主任的职任上调往中国科学院，出任新建的外国文学研究所（以下简称外文所）所长，这有着多重意味。虽然对所长人选本身必然有着相当程度的政治意愿考量，但冯至的任命毕竟也有着学术上的意味。这首先表明德文学者在整个外国文学学科群中占据到相当强势的地位；其次，这意味着德文学科的发展会获得相对较为有利的位势。事实似乎也证明了这点，相比较其时具有强势地位的俄文、其后具有强势地位的英文，德文学科在外文所始终颇受重视；而中北欧室的建立与立名，

---

1 就中北欧文学研究室的设置来看，主要包括了三大块：一是德语文学，二是北欧文学，三是希腊罗马文学。
2 蔡元培：《在中央研究院招待二届全教会会员宴会上的致词》（1930年4月17日），载《蔡元培全集》第6卷，杭州：浙江教育出版社，1998年，第481页。

也反映了冯至的学术眼光和布局匠心。德语文学与希腊罗马文学确实多有关联,而将北欧文学纳入,更显示出日耳曼文化的多元性特征。

外文所建立对德文学科的意义在于以下三点。一是区分了科研与教学。一方面这样一种国家最高学术机构的专门研究所的建制继承了中国现代学术传统的科学院学统,使得由蔡元培奠立轨则的中央研究院传统在新时期以另类"萧规曹随"的方式得以发展,并进而拓展到外国文学研究领域。这同时也符合德国学术传统中前洪堡传统的"科学院——大学两分原则"[1]。二是以其时中国政治制度的权力高度集中特征,能够以行政手段迅速聚集起中国范围的第一流学者,譬如冯至就在北大西语系主任位置上被直接调到社科院,而如钱钟书、李健吾、罗大冈、卞之琳、戈宝权等第一流学者的荟萃,在一般的常规时代和操作方法下是不可想象的。三是养成了学者与纯粹治学的传统,为德文学科在新时期的"突飞猛进"准备了人才和发展的空间。

当然,从另一个方面看,这样一种发展其弊端也是显然易见的。譬如说当时的政治语境也非常深刻地作用在外文所及其学者身上,虽然1964年建所,但当时的所长冯至旋即被通知去安徽寿县参加"四清"运动,直到1965年2月才回京[2];随后的1966年爆发了"文化大革命",长达十年的光阴被虚耗抛掷。虽然1976年结束之前,像冯至这样的学人本色仍自己偷偷进行学术工作,但总体来说这十三年的光阴只能算作一个预备期,科学院建

---

[1] 科学院传统从17世纪早期就已发源。如同大学一样,科学院的发端亦在欧洲,首先还是在意大利,然后在法、英、德等国不断出现。17世纪早期时,就有比较小规模的各种团体与协会,它们将数学家、自然研究者、文学家、史学家、哲学家等各种不同领域的学者集结在一起。进入17世纪下半期后,这些团体和协会越来越多地被收归国有成为科学院,如巴黎、伦敦、都柏林、柏林、彼得堡、马德里、斯德哥尔摩、哥本哈根、罗马等。但具体落实并具有重大意义者,仍当推由莱布尼茨倡议成立的柏林科学院(1700)。柏林科学院(Deutsche Akademie der Wissenschaften zu Berlin)迅速成为著名的科学研究中心,不仅对自然科学研究与语言、文学研究不加限制,而且致力于各种科学的分门别类的研究。1740年起,更名为"普鲁士科学院"(Die Preußische Akademie der Wissenschaften zu Berlin)。当年莱布尼茨拒绝进入大学,看重的正是科学院予学者优游自在的自由创造氛围;日后费希特与施莱尔马赫不约而同反对洪堡的大学理念,看重的也是科学院与大学各司其责、术业专攻的原则坚守。彼得·克劳斯·哈特曼:《神圣罗马帝国文化史——帝国法、宗教和文化》,刘新利等译,北京:东方出版社,2005年,第507页。

[2] 周棉:《冯至传》,南京:江苏文艺出版社,1993年,第306页。

设对德文学科的实质性推进，尚不太能看得出来。可等到1977年中国社会科学院建立，人文社会科学各学科获得了较大的自我发展的空间；再加上1978年的中共十一届三中全会的召开大大地解放了思想，对推动学术研究尤其是人文学术有重大意义。

具体到外国文学尤其是德文学科而言，这意味着相当一批以德语文学为专业的学者得以成批地聚集在一起进行纯粹的学术研究，应该说，这是任何一个大学所不具备的条件。就历史发展来看，冯至也确实未辜负了这一大好时机，他不但领导了整体学科群的发展，而且对德文学科具有重要的领军意义。这不仅表现在他自己的著述和领导之功，而且表现在对人才的培养上，身处外文所的中国第三代德文学者，如张黎、叶廷芳、高中甫、章国锋、宁瑛、张佩芬、陈恕林等，都可谓在各自领域有不凡的表现；不仅如此，他还培养了改革后的研究生，如杨武能、李永平等，皆可谓"所学有成"，成为德文学科的代际中坚。

（三）1977—1992：现代大学—科学院体制的二元效应

1992年的南方谈话与冯至辞世，对于德文学科而言可谓是"双重刺激"。南方谈话对中国改革当然是极大的促进，但对市场经济的猛步跨越却也带来了更实质的问题。其中一个最相关的事实就是，作为一种经济开放年代的时髦语言，德语人才为此时代所急需，而外文所（社科院是大背景）则成了"清贫"的代名词，经济收入的锐减使得本学科极少有人愿意进入。不过，这也成了"大浪淘沙"的可能，只有确实诚心以治学，且具一定经济基础可能的坚定者，才能够在这里坚守下去。而有趣则在于，正是在这一年，本学科的精神领袖冯至先生辞世。这种巧合，多少也意味着现代大学—科学院体制在德文学科的终结。中国社科院的整体凋零也是从那时开始的，当然更深层的原因或还有待探讨。这十五年的岁月，对于社科院来说可谓是"黄金时代"，因为不少具有一定原创性思想的学者出在社科院，如李泽厚、刘再复等都是。就德文学科而言，在这个时期也确实出现了最具实绩的一批成果和学者。就冯至本身来说，其《论歌德》虽是在早年论著基础上增补而成，但毕竟蕴含着他积累多年之后的"厚积薄发"，在经典作家研究方面具有代表意义。而叶廷芳的卡夫卡研究、张黎的布莱希特研究、张佩芬的黑塞研究、高中甫的德语文学翻译等都是在这一时期崭露头角并引起关注的。

　　以冯至作为代表的第二代学人,基本上主导着这一时期的学科发展。当然也值得提出的是,其弟子辈的第三代学人几乎占据了此期学术场域的所有重要位置。这既包括了社科院系统的德文学者,如张黎的布莱希特研究、叶廷芳的卡夫卡研究、高中甫的《歌德接受史》,还有章国锋、陈恕林、宁瑛、张佩芬等,外文所的德文学科几乎是荟萃了本学科的"半壁江山";也包括不少在大学体制中的昔日受业弟子,如范大灿、张玉书、余匡复、杨武能等都是。这也就难怪联邦德国国际交流中心在授予冯至文学艺术奖时,维克特(德国作家,1976—1980年间任联邦德国驻华大使)曾有过这么一段授奖词:"冯至曾经培养出整整一代学德语的中国学生,教会他们理解并热爱德语文学。在德语国家文学和思想史领域一代高校教师和著名专家都出自他的门下,如今这些人在中国占据着这一领域许多重要的教授席位。所以我们完全可以说有一个冯至学派。"[1] 这话当然不无恭维之嫌,但冯至对德文学科的重要性还是清楚的。当然如此强调冯至,并非忽视第二代学者中其他人物的贡献。在大学体制中的张威廉、董问樵等也都值得提及。

　　南京大学很遗憾,他们并没有能够充分利用20世纪50年代院系调整的"东风之便"。陈铨英年早逝,商承祖也没有留下足够的东西,而张威廉以其高寿,但在德语文学研究方面则也没有特别的"专攻"(翻译另论)。但复旦大学复建德文专业后的发展却不容忽视,其中最值得提及的一位学者乃是暮年变法的董问樵,他连续奉献出两部大著,即《席勒》与《〈浮士德〉研究》,这对本学科来说是有重要贡献的。在第三代学者中,值得提及的还有北京大学的严宝瑜、范大灿、张玉书等,南京大学则有叶逢植等,但明显相对凋零,不符合所谓"南北大学"的期待,倒是一些外语院校涌现出一批人才,就学术研究论,则上外的余匡复、川外的杨武能显得很突出,此外还有其他院校如北外的谢莹莹等。总体看,在复原的思路下,大学的发展还算是比较循序渐进,尤其是外语院校逐渐成为一支重要的力量。

---

[1]《维克特博士在授予冯至教授国际交流中心"文学艺术奖"仪式上的颂词》,载冯至:《冯至全集》第5卷,石家庄:河北教育出版社,1999年,第207页。

而在20世纪80年代，第四代学者尚未开始扮演主角。

有关机构在总结这段学科状况时曾指出，20世纪90年代中期，"随着冯至先生的去世，以及一批研究人员几乎在同时先后退休，德语文学研究突然面临人才断档、青黄不接的危机，一度走入低谷"[1]。所描述的，正是这样的大时代背景下，中国的科学院传统的德文学科的危机。或者说，也正是1992年之前的这十五年中社科院以一机构之力而能占据本学科"半壁江山"的盛况。

（四）1992—2009：市场化时代的百花齐放

可是，到了20世纪90年代中期之后，情况就急转直下了。一方面，中国改革开放的发展到了一个积量冲刺的阶段，随着中国经济实力的大幅提升，高等教育也进入了大众化的阶段，这使得德语教育和专业呈现出一种蓬勃发展的势头。在高校层面，德文学科与德语专业有很大的数量增长，另一方面，科学院系统的德文学科则受到重大障碍。一者市场经济的发展使得德文人才急需，愿意坐冷板凳的人少了；二者社科院的经济待遇过低，确实也影响了人才吸收，再加此期一批学者到龄退休，社科院的德文学科一度出现断档现象。

应该说，这并非孤立现象。实际上这十七年来的中国现代学术经受了考验，这种考验近乎双重：一是经济之困，一是经济之捧。也可以说，这十七年来的德文学科是三代学者共舞的时代，如果说第三代学者尚未淡出，第五代学者已然崭露头角。

第三代学者中最值得提出的是叶廷芳、杨武能、范大灿、张玉书、余匡复等人，他们在不同的方面对本学科的发展做出了重要贡献。叶廷芳在卡夫卡研究领域继续推进并重视引导学科的发展；杨武能在歌德汉译与研究领域取得了明显的成绩；范大灿主持完成了汉语学界最系统全面的一套《德国文学史》；张玉书则致力于中德之间搭建学术桥梁，以德语创办《文学之路》学刊；而余匡复以相当丰厚数量的专著贡献于学界。在20世纪90年代，这批人大多年在花甲前后，而以老骥伏枥之心，犹志在千里，纯属可嘉。

---

[1] 中国社会科学院外国文学研究所中北欧室：《中北欧室文学研究三十年回顾》打印稿，北京，2008年，第1页。

第四代学者中具有代表性的是卫茂平、王炳钧、李永平、李伯杰、冯亚琳、陈良梅等。[1]卫茂平的中德文学关系史研究、王炳钧对德国文学理论的研究、李永平对里尔克等、李伯杰对浪漫派作家的长期深度研究等均值得关注；而冯亚琳的《德语文学与文化》[2]、陈良梅先后完成的《德国转折文学研究》《当代德语叙事理论研究》等专著[3]，对学界颇有贡献。他们的著述提供了我们观察第四代学人学术风格的一道窗口。

正在成长中的第五代学者多为1970年前后生人。他们一般都比较注重个案研究，强调问题意识，认识到整体语境的重要，相较前辈或有更为一致的学术眼光。他们或在专题史研究方面颇多发明；或以思想史研究为取向；或更重视翻译史、接受史、学术史等多重维度。总体来说，这代人具有较为优良的学术训练，其中部分人具有一定的跨学科、跨文化背景，未来若能持之以恒，其发展则值得期待。

就德文学科发展来看，社科院不再占据数量上的优势，大学的不断增加，德文专业的不断增设，尤其是学术导向型教育政策的不断出台，使得多元发展的"百花齐放"成为主流。这一方面提供了本学科发展的大好基础，即参与者批量增加，尤其是外学科的涉猎者也常介入；但另一方面却也有"主流"难寻的感慨。当"南北大学""现代大学—科学院"的模式逐渐被彻底打破，德文学科的发展究竟会呈现出怎样一种态势，并将以怎样的面目贡献于正在发展之中的走向世界的"中国现代学术"，深值关注。

就当下来看，一个很重要的背景是伴随着中国经济的大发展，而导致的高等教育的大规模扩张。中国高等教育一方面对学生降低门槛，为中国民众的高等教育权利的满足提供了便利，使得高等教育普及化成为一种现实；但另一方面，它同时也导致了某种意义的"学术大跃进"的需求，使得高校教师有"全民皆学"的感慨，学术界也因此深受其苦。在这个过程中，专门性研究所或研究中心的建立现象值得关注，上外成立了德语文学

---

[1] 当然这个名单还可列出很长，如韩瑞祥、李昌珂、魏育青、聂军、印芝虹等。
[2] 冯亚琳：《德语文学与文化——阐释与思辨》，重庆：重庆出版社，2007年。
[3] 陈良梅：《德国转折文学研究》，南京：江苏文艺出版社，2003年；《当代德语叙事理论研究》，南京：河海大学出版社，2007年。

研究中心；其他大学，则颇多成立综合性德国研究中心的举措，如北大、北外、中国人大、北师大等都有德国研究中心这类虚体机构，地方性大学如黑龙江大学等也建有德国文化研究所。

近百年来，中国现代学术（广义概念）远未臻以成熟；改革以来的学术发展，虽然有泥沙俱下的一面，可确实也不乏沙里藏金的可能。就德文学科来说，这十七年来深受市场时代的冲击，利弊都比较明显。直到今天，国家政府层面的这种意识尚未明晰；可就学人本身的向学之诚而言却在某种意义上体现出来。在人才速度加快的今天，有一些学者开始选择由大学流往"清贫"的社科院的现象值得关注，所谓的"学术回流"究竟意味着怎样的文化潜台词，值得关注。但就德文学科来说，社科院的科学院传统如何得以充分恢复无疑是值得期待的。

二、学人的代际迁变与学风流变

在这六十年间，五代学者共存，但大致活跃并且居于主导性地位的，大约还是第二代学者。第二代对于第三代有着权威地位，而第三代对第四代则没有，第四代对第五代则更没有。

（一）第一代学者：淡入风尘

作为第一代学者，杨丙辰并非一个科班出身的职业学者，他的学养不错、志趣亦广，在翻译方面颇多贡献，可惜在学术研究方面建树不多；而宗白华则主要学术兴趣不在文学方面，他所开辟的美学路径，是值得我们特别关注的。总体来说，第一代学者以德文教育为选择，他们淡入风尘的身影，开辟了后来者行进的路途。

（二）第二代学者：代际中坚

第二代学者乃是本学科的中坚力量，其中冯至作为中国现代学术建立期本学科的重要奠立者，其影响之深远与意义之重大，自毋庸赘言。本学科的某些代际中坚，因了政治等其他客观因素而不能参与到学科建设中去，譬如陈铨，这是相当遗憾的。总体来说，这代学者起到了承上启下之功，因缘际会且对中国主流学术、文化场域具有一定的反馈功用，值得特别关注；但总体而言，他们在学术上留下的东西不多。冯至之外，特别值得提及的是董问樵，作为由外来学科转来的学者，他在晚年时连续完成两部著作，值得充分肯定。而如李长之、商承祖、张威廉、杨业治等人的学术贡献不多，而更在于德语文学教育史上的"师长风范"。

（三）第三代学者：承上启下

第三代学者是较为尴尬的一代，也可以说是被耽误的一代。其中有一部分人因缘际会，得以在20世纪50到60年代前往原东德留学，得以师从其时的专家如迈耶尔等，如张黎、安书祉等人都曾经在莱比锡大学留学，并且学到了一些"真东西"，如安书祉的中古高地德语等。其中的另一部分年龄较小或机会未便的学者，如杨武能、张玉书、叶廷芳等，则是在改革开放之后，才得有机会到德国进修。值得特别提出的是，这代学者往往不是与第四代学者（这代人往往直接赴德留学，以德国人为导师）发生关联，而是更直接与第五代学者发生某种亲密关系。从他们身上，后代学者学到不少东西。

（四）第四代学者：风自西来

第四代学者虽然与第三代学者有一定的师生关系，但严格说来不是"嫡系"，他们多半在20世纪80年代得享改革开放的春风之便，而能有机会到德语国家留学，并在那里获得博士学位，故此其学术因缘主要应归结为德国。但遗憾则在于，这代人中并未能产生如冯至那样众望所归的学术领袖型人物，这是比较遗憾的。这或许是时代发展的必然，市场化时代的以利益和效率为中心，本就是一个要求权威解体的时代；尽管如此，相比较主流学界20世纪50年代生人的"累累硕果"，这代学者的生产力问题还是值得追问的。倒是旁逸的学者（学德文出身的）如刘小枫，做出了相当骄人的成绩，这或许是本学科值得深思的问题？这代学者几乎清一色地在德语国家获得博士学位归来，并在相当程度上占据且主导了中国德文学科的整体场域，可就整体的引导推动之功效而言，似乎并不彰显。这由西（主要是德国）而来之风，是怎样吹的呢？

（五）第五代学者：承传意识

第五代学者的主流路径，仍颇多沿袭了第四代学者的轨迹，但已有所不同，譬如其中颇多是在德国有过研修经历，而最后是在本国获得博士学位（譬如北大博士生的联合培养模式）。再加上兼容其他学科的背景，使得这代学者的构成颇为多元而复杂，并呈现出待以发展的可观态势。这代学者现在年纪多半在四十上下，已经贡献出不少具有学术分量和思想冲击力的"预备期产品"；他们正处于黄金年华，若能假以时日，或可期待出现能别出手眼的著作和学人。而其中部分学者自觉的跨学科诉求、学术史自觉和思想史立场，都充分表现出本学科可以攀立的高度与境界。

就这六十年来的活动身影来看，虽然如杨丙辰等仍然健在，但他已基本因政治因素淡出学术场域；而宗白华、朱光潜等则主要在建制内的美学或哲学学科发挥影响。所以第二代学者在20世纪80年代还保持了一段学术生命。南方以董问樵为代表，暮年变法，而一举推出了《席勒》《〈浮士德〉研究》两部著作，且有一定的学术分量，充分表现出一代学人的学术自觉；总体上则以冯至为代表，他占据了学科的权威主导性的地位，而这一地位往往一直延续到他们生命的终结，譬如冯至，从1949—1992年都是毫无疑义的学科领袖。这样的状况在某种意义上其实压抑了第三代学者的长成，他们既要面对政治因素对学术的干扰和影响，又要面对既有权威的"近在咫尺"。尽管如此，第三代学者的杰出者，仍各有不殊的表现。第三代学者是被时代耽误的一代人，但他们仍然能"杀出重围"。第四代学者基本就是在20世纪80年代与第三代学者共同成长起来，他们幸运则在于能得改革开放春风之便，得以漂洋留德。

对于已然消逝在历史烟尘中的第二代学者，我们满怀"高山仰止"之情；对于仍在行进之中的第三、四代学者，他们是承担起本学科三十年发展的主力军，我们报以深切的敬意；而对于逐渐崭露头角的第五代学人，其实与有重负。对于中国现代学术的整体发展而言，经由主流学者的开拓而成绩不俗，而"边缘学者"（此处意指以外国为研究对象）如何才能别出手眼，加入到这样一种宏大事业中去，乃是必须思考的重要命题。第五代学人在学术师承关系上，兼容第三、四代学人为师，同时又有留德背景，应当对此进程有所贡献。

三、学术本身的承继与开辟：以专著为中心

相比较硬性的机构建制变迁，乃至空疏的学人历程梳理，就学论学，最重要的当然还是"拿出东西来"，以下便以专业著述为中心[1]，对本学科这六十年来的学术实绩略做梳理。从根本上来看，学术本身是无法断裂的，即便因由客观外因（诸如政治）受到诸多限制，但那只能是暂时的。学术史内在的脉络如同盘根错节，是斩不断的。从这个意义上来说，在讨论六十年来的成绩时，我们必须要有中国现代学术史与本学科的整体背景意识。就此而言，承继性无疑是第一位要讨论的内容。

那么，我们要追问的是，与中国现代学术的建立期相比较（指前三十年，可以蔡元培在北大改革与建设德文系为开端，1917—1949），在已有的三大领域方面[2]，我们究竟是怎样的一种关系呢？究竟是推进了，还是退步了？

（一）守成与推进

1. 经典作家研究（以歌德为中心）

应该说，要论及中国的歌德研究，则冯至无疑是具有标志性意义的人物。但就德文学科的传统来说，杨丙辰已开其端绪，故此我们可以看到这条学术史脉络的代际发展线索。即便是如此，在这六十年，几代学者薪火相传，将歌德研究推向了一个相当的高度。

---

[1] 考虑到学术史研究的"有限性"和"典型性"，只能采取排除法，除了极为重要的学术论文之外，本文论列盖以学术专著为标准，对学术文集（随笔集）适当兼及。
[2] 参见叶隽：《德语文学研究与现代中国》，北京：北京大学出版社，2008年。

在第二代学者中，有代表性的是冯至、董问樵。冯至在旧著基础上增补为《论歌德》，将原有论述编为上卷，又新撰了下卷若干篇，包括《〈浮士德〉海伦娜悲剧的分析》《歌德与杜甫》《读歌德诗的几点体会》《浅释歌德诗十三首》《一首朴素的诗》《歌德的格言诗》《更多的光》《歌德相册里的一个补白》，严格说来多数属于赏析性的文章，比较有学术分量的是前三篇，但冯至之文都带有他独特的思考痕迹，是"有我之作"[1]。而董问樵撰《〈浮士德〉研究》，在时间上在20世纪80年代与《论歌德》几乎同时问世，但仍带有那代人做研究颇明显的资料转贩的痕迹，自家的学术思路突出有限。此著分上、下两篇，前者所谓"从翻译到研究"，主要不外乎对《浮士德》的鉴赏评析；后者则主要是对"西方的《浮士德》研究"的介绍。[2] 当然我更感兴趣的，是从席勒到歌德的研究对象迁变过程中所体现出的作者学术思路的演进。董氏认为："歌德原与席勒并称，但自席勒早逝以后，歌德即代表德国资产阶级古典文学的高峰，因为他得享高龄所以贡献特大，他哺育了德国后来继起的历代文学家。"[3] 虽然自家立论有限，但大体说来，董著问题意识清晰，考证相对谨严，虽然注释仍不够丰满，但循其轨迹仍可"顺藤摸瓜"，是具备较高的学术史意义的著作。

作为第三代歌德研究者的代表人物，杨武能在三个方面都将中国的歌德研究有所推进。一是《歌德与中国》较为全面地梳理了歌德与中国的关系，不管是歌德之认识中国，还是中国之接受歌德，在史料上颇提供了不少重要线索，这一点其实在某种意义上是继承了陈铨的比较文学的研究思

---

[1] 冯至自己这样解释道："下卷的文章是我根据近几年来对于歌德进一步的认识写成的。粉碎'四人帮'后，我有机会读到民主德国和联邦德国60年代以来关于歌德的著作，其中的论点有我同意的，有不能同意的，但对我都有所启发。尤其是特隆茨主编的汉堡版《歌德文集》有丰富的资料、详细的注解和索引，给我的帮助很大。这与40年代战争时期相比，条件优越多了。可是下卷里的文章虽然略有自己的见解，却总觉得不深不透，关于歌德要说而没有说出的话还很多，由于年龄和其他事务的限制，连'俟诸异日'这句话也不敢说了。"冯至：《"论歌德"的回顾、说明和补充》（1985年），载《冯至全集》第8卷，石家庄：河北教育出版社，1999年，第23页。

[2] 董问樵曾如此追忆他与《浮士德》的结缘过程，他自述1928—1935年留学德国，曾有机会看过电影《浮士德》，"虽然只是第一部，而且对原著改动甚大，但剧中人物形象一直萦绕我的脑际，数十年来不能淡忘"。参见《前言》，载董问樵：《〈浮士德〉研究》，上海：复旦大学出版社，1987年，第2页。

[3] 董问樵：《〈浮士德〉研究》，第249页。

路;二是尝试在冯至的研究基础上,有所推进,即通过文本分析加深对歌德的理解,其中尤其值得注意的是"浮士德研究",这方面的成果表现在1999年出版的《走近歌德》上(另有一册《歌德抒情诗咀华》,已包含在此书中);三是以德文撰作《歌德在中国》,使得德语学界有可能了解中国的歌德接受与研究状况。这些方面,可以说他是代表了这代学人的歌德研究成绩的。同代学者中值得提及的还有高中甫、余匡复等,余匡复的《〈浮士德〉——歌德的精神自传》是研究浮士德与歌德关系的专著,选择这样的论题,相对比较好把握,此著将《浮士德》理解为歌德的精神自传,从三个方面建构论证:"歌德的精神发展史""《浮士德》主人公的精神发展史""《浮士德》——歌德的精神自传"。这种路径,当然缺乏一种整体理论驾驭的气魄[1];不过作者标明自己的研究"不是学究式的,纯理论的,而是雅俗共赏、深入浅出的",其目的在于"富有较强的群众性""使难读难懂的《浮士德》变得易读易懂"。[2] 高中甫1981年著《德国的伟大诗人歌德》,后又撰《歌德接受史1773—1945》,明显是受到西方理论的影响,但以1773—1945年如此宏大的时间段为研究范围,且未采取个案研究的策略,显然决定了此书只能提供史的论述线索和材料,而很难在深度上有所阐发。但在汉语语境中首次系统探讨了德国的歌德接受史,仍是很有意义的。侯浚吉的《歌德传》只能算是普及之作,但中国人的传记显然注意了他与中国文化的关系。

在第四代学者中,以汉语撰作的歌德专著尚未之见,故只能选择一部德文论著,即王炳钧的 *Rezeptionsgeschichte des Romans "Die Leiden des jungen Werther" von Johann Wolfgang Goethe in Deutschland seit 1945*（《歌德

---

[1] 此著初步具备学术史意识,如在《前言》中提及了德国关于歌德和《浮士德》的研究情况:齐格勒尔(Konrad Ziegler)、宫多尔夫(Friedrich Gundolf)、考尔夫(Hermann August Korff)、艾姆利希(Wilhelm Emrich)、弗利顿塔尔(Richard Friedenthal)、特龙芝(Erich Trunz)、洛玛耶(Dorotha Lohmeyer)、迈耶(Hans Mayer)、卢卡奇、修纳(Albrecht Schöne)等。但作者仅是将这些学者点名而已,并未具体介绍其学术著作与观点。余匡复:《〈浮士德〉——歌德的精神自传》,上海:上海外语教育出版社,1999年,第1页。欲了解这些学者的情况,可参见Jost Hermand: *Geschichte der Germanistik*(《德语文学研究史》), Reinbeck bei Hamburg: Rowohlt, 1994。

[2] 余匡复:《〈浮士德〉——歌德的精神自传》,上海:上海外语教育出版社,1999年,第2页。

长篇小说〈少年维特之烦恼〉1945年以来的德国接受史》)[1]，相对于上辈学者的研究模式而言，此书代表了20世纪80年代后赴德留学的那批学者的研究进路，值得细加品味。虽然是自1945年以来，大致是20世纪45至80年代的四十余年历史，要研究这一段，就必然要求研究者对此期的德国社会文化状况有相当深入的打探。应该说，这部著作的视角与方法，对中国的歌德研究有很大的启发意义，因为它完全突破了原有的研究思路，学习了德国的文学史研究理论和方法，并将之用于文本分析。此著虽然出版于20世纪90年代初期，但无论是在接受史的研究上，还是在歌德研究领域，都有其新颖的视角。而在第五代学者中，也出现了关于歌德的专门研究。[2]

在具体领域方面，则奥国文学领域则不但卡夫卡、茨威格等作家具有代表意义，而且是德文学科有所贡献于主流文化思想界的。而其中尤其以叶廷芳的《现代艺术的探险者》等对卡夫卡的研究堪称佳作[3]；张玉书以积年之功，完成了《茨威格评传》[4]；此外，他还有文集《海涅·席勒·茨威格》。[5]

就德国古典文学的代表作家而言，席勒、海涅、克莱斯特等经典作家研究方面，都有专著问世，明显显示了本学科的推进。就德文学科的席勒研究而言，董问樵的《席勒》篇幅不大，上篇为"生平·诗歌·美学观点"，以大部分篇幅较为清晰地勾勒出席勒的一生历史轨迹；下篇为"戏剧"，主要是对席勒已完成的九部原创戏剧进行了比较详细的介绍和分析。[6] 叶隽的《史诗气象与自由彷徨——席勒戏剧的思想史意义》虽以剧本分析

---

1 Wang Bingjun (王炳钧): *Rezeptionsgeschichte des Romans „Die Leiden des jungen Werther" von Johann Wolfgang Goethe in Deutschland seit 1945* (《歌德长篇小说〈少年维特之烦恼〉1945年以来的德国接受史》), Frankfurt am Main, Berlin, Bern, New York, Paris & Wien: Peter Lang Europäischer Verlag der Wissenschaften, 1991.

2 叶隽：《歌德思想之形成——经典文本体现的古典》，北京：中央编译出版社，2010年。

3 叶廷芳：《现代艺术的探险者》，广州：花城出版社，1986年；叶廷芳：《卡夫卡——现代文学之父》，海口：海南出版社，1992年。在卡夫卡研究领域，关注者众多，非本学科的介入也值得关注，如残雪：《灵魂的城堡——理解卡夫卡》，上海：上海文艺出版社，1999年；曾艳兵：《卡夫卡与中国文化》，北京：首都师范大学出版社，2006年；等等，不再一一列举。

4 张玉书：《茨威格评传：伟大心灵的回声》，北京：高等教育出版社，2007年。

5 张玉书：《海涅·席勒·茨威格》，北京：北京大学出版社，1987年。

6 董问樵：《席勒》，上海：复旦大学出版社，1984年。

为入手策略，但试图从宏观上驾驭古典文学，有明显的问题意识和理论架构，较之前人略进一步。[1]赵蕾莲的《论克莱斯特戏剧的现代性》比较系统地介绍了克莱斯特的主要戏剧，在汉语学界是第一次，但在研究范式上似显得比较单一。[2]

就德国现当代文学而言，比较受到重视的是托马斯·曼、黑塞、布莱希特研究，黄燎宇、宁瑛的两部《托马斯·曼》基本上都是一般传记写法[3]，并无明显的理论框架。张佩芬研究黑塞多年，《黑塞研究》代表了中国学界的水准，但独发之见并不很多，且材料征引不够精确[4]；王滨滨的《黑塞传》则比较简洁地以"生活篇""思想篇"概括叙述了黑塞的生平。[5]在布莱希特研究领域，余匡复先后撰作《布莱希特传》《布莱希特论》，试图比较全面地把握布莱希特[6]；张黎是布莱希特研究的重要人物之一，虽无专著，但其所编译《布莱希特论戏剧》《布莱希特研究》具有重要意义，《德国文学随笔》中也有关于布莱希特的论文。[7]

我们应当清醒地意识到，在很多领域我们还处于空白状态，譬如在一些经典作家领域，我们尚无一部研究性的专著，且不说德国中古文学等我们极少有人问津；就是德国古典文学中很热门的大家如莱辛、海涅、荷尔德林等，也都还有待专著出现；而对浪漫派的研究，更应当分点深入，就其最重要的作家和批评家来说，如蒂克、施莱格尔、艾辛多夫等人都应该有比较深入的专著出现。在现当代领域，也有很多缺门，如奥国文学的穆齐尔、霍夫曼斯塔尔、特拉克尔、施尼茨勒等，德国文学如亨利希·曼、德布林、孚希特万格、凯泽、托勒尔等，瑞士德语文学如迪伦马特、弗里

---

1 叶隽：《史诗气象与自由彷徨——席勒戏剧的思想史意义》，上海：同济大学出版社，2007年。
2 赵蕾莲：《论克莱斯特戏剧的现代性》，哈尔滨：黑龙江教育出版社，2007年。
3 黄燎宇：《托马斯·曼》，成都：四川人民出版社，1999年；宁瑛：《托马斯·曼》，北京：华夏出版社，2002年。
4 张佩芬：《黑塞研究》，上海：上海外语教育出版社，2006年。
5 王滨滨：《黑塞传》，上海：华东师范大学出版社，2007年。
6 余匡复：《布莱希特传》，成都：四川人民出版社，2003年；《布莱希特论》，上海：上海外语教育出版社，2002年。
7 张黎：《德国文学随笔》，北京：外国文学出版社，1986年。此著虽名为随笔，其实不乏深思之论文。

施等都是。但总体来说，在本领域，我们这六十年既取得从质量到数量的明显成绩，也仍还有"百尺竿头，更进一步"的需要。

2. 中德比较文学研究

有论者总结中国的"中德文学关系研究"状况，举两书为代表。论当代则举卫茂平的《中国对德国文学影响史述》（1996）；溯历史则举陈铨之《中德文学研究》（1936）。认为其长进在研究范围之拓展、某些方面之深化；其不足，亦同样明晰可见，所谓"个人的学术锋芒、独特见解"所占比重不多[1]，确实有一定道理。可从现代到当代的学术演进，有着更为广阔的内含，在一定意义上呈现出百花齐放局面。在我看来，不妨分为若干维度的拓进，即史料型、理论型、史思型。就史料型学者而言，具有代表性的是卫茂平、吴晓樵的工作。相比较卫茂平比较系统地梳理中国对德国文学影响、德语文学的汉译史；吴晓樵则将工作放在了某个点上的问题深入上，他并未系统地做出相关研究，但确实也有不少收获。[2] 这类的学者还包括马佳欣等。马佳欣博士论文讨论德语文学在20世纪上半叶中国的接受，基本不出其导师范围。[3] 理论型的代表如方维规、刘润芳、曹卫东、范劲、梁展等都是。[4] 曹卫东的《中国文学在德国》在整体结构上分为上下两篇，上篇从德国汉学史角度、下篇从德国文学作品角度，分别梳理了中国文学在德国的发展。作者试图引入"'异'的解释学研究"[5]，用以建构下半部的文本解读框架。范劲也试图上升到理论层面来进行研究，提出了德语文学符码与现代中国作家的自我问题，并且将研究范围延伸到当代文学。[6] 而梁展研究鲁迅前期思想与德国思想的关系，也很注重在理论层面进行阐发。[7] 史思

---

[1] 王向远：《中国的中德文学关系研究概评》，载《德国研究》2003年第2期。卫茂平：《中国对德国文学影响史述》，上海：上海外语教育出版社，1996年。

[2] 吴晓樵：《中德文学因缘》，上海：上海外语教育出版社，2008年。

[3] 马佳欣：《德语文学二十世纪上半叶（1900—1949）在中国的接受》，上海：上海外国语大学德语系博士论文，2002年。

[4] 方维规、刘润芳都是在德国完成的博士论文，中文论著则未见。

[5] 曹卫东：《中国文学在德国》，广州：花城出版社，2002年，第171—182页。

[6] 范劲：《德语文学符码与现代中国作家的自我问题》，上海：华东师范大学出版社，2008年。

[7] 梁展：《颠覆与生存——德国思想与鲁迅前期自我观念（1906—1927）》，上海：上海文艺出版总社/上海锦绣文章出版社，2007年。

型的，即既注重历史学研究的基本方法，强调文学史的材料收集，但并不以此为限，强调此乃"规定动作"，而在有比较规范的史学研究基础上力图在思的层面有所阐发。这方面，乐黛云虽非本学科学者，但却有一定示范意义。[1] 作为留德的博士论文，殷克琪与张芸都有不错的表现，殷克琪讨论尼采与中国现代文学的关系，张芸则探究鲁迅与西方文化的关系，均能在注重材料的基础上努力达致一定程度的思考。[2] 叶隽在《另一种西学》中以一半篇幅讨论冯至、陈铨文学观念的德国背景时也体现了这种特点，即"以史致思"[3]。

在这个领域，特别应提及的是中国留德学者的博士论文，其中有相当部分是以此类题目为选题；而且，其他学科介入者也值得注意，如张辉讨论20世纪上半期德国美学的东渐问题，卢炜讨论布莱希特对中国新时期戏剧的影响等。[4] 而本学科学者中的跨学科背景也值得注意，如刘润芳、曹卫东、范劲、叶隽等人都有一重由中文学科介入德文学科的背景，或则由德文而中文，或则反之，都值得关注。相比较民国时代该领域陈铨著作的"一花独放"，本领域这六十年来取得的成绩应该说是长足的。

3. 德国文学史撰作

在作为集大成领域的文学史写作方面，则先后有三部重要著作，即冯至主持的《德国文学简史》、余匡复独著的《德国文学史》、范大灿主编的五卷本《德国文学史》。总体而言，我以为以中国现代学术框架的积累是还不足以支撑成熟的、大手笔的德国文学史写作的，但有总比没有好。而且，毕竟学术深度的获得是建立在知识范围拓展的广度基础上的。

冯至主持的《德国文学简史》1958年12月北京第1版，分上、下两册，30万字。上册由冯先生独著，下册的作者还包括当时的教师和学生：田德

---

[1] 乐黛云：《尼采与中国现代文学》，载《北京大学学报》1980年第3期。
[2] 殷克琪：《尼采与中国现代文学》，洪天富译，南京：南京大学出版社，2000年；张芸：《别求新声于异邦——鲁迅与西方文化》，北京：中国社会科学出版社，2004年。
[3] 叶隽：《另一种西学——中国现代留德学人及其对德国文化的接受》，北京：北京大学出版社，2005年。
[4] 张辉：《审美现代性批判》，北京：北京大学出版社，1999年；卢炜：《从辩证到综合——布莱希特与中国新时期戏剧》，杭州：浙江大学出版社，2007年。

望、张玉书、孙凤城、李淑、杜文堂。[1] 全书虽然区分上、下两册，但仍构成一个完整的系统，除绪言、结束语之外，共分五编，分别讨论封建社会时期的文学、从封建社会到资本主义社会过渡时期的文学、资本主义上升和发展时期的文学、帝国主义时期的文学、社会主义建设时期的文学。显而易见，这样一种划分受到马克思主义唯物史观的影响，基本上按照封建社会—资本主义社会（帝国主义是最高阶段）—社会主义社会的思维模式来条理德国文学史。虽然这是冯至先生生前最不愿提及的著作之一，但我仍认为这是一本值得关注的著作。因为从冯至为《德国文学简史》所撰前言来看，他言简意赅地提出了五条德国文学史撰作的原则，反映了他的德国文学史观。[2] 而全书所列出的参考文献、索引、勘误表，都显示出学者严谨求实的态度和曾经受过良好学术训练的痕迹。

余匡复独著《德国文学史》较之冯至20世纪50年代主持的《德国文学简史》篇幅规模都超出前人，且注意德语原文的引用，应该说这是中国语境里的一部较为重要的著作。遗憾的是，如果以更高的"文学史家"标准去衡量的话，此书似乎并未能达到理想的高度。事实上，如作者所言，"这部《德国文学史》是作者在讲授德国文学史的讲稿基础上补充、加工、修改而成的"，且功能"既可作大专学生的德国文学史教科书，也可作其他读者了解德国文学史的入门书籍"，其定位是"面向大众的"。[3]

到了范大灿主编的五卷本《德国文学史》，不但在规模上又拓展不止一倍，而且在学思层面有所递进。其中尤以第一卷用著作的形式讨论了从中古至17世纪的古代日耳曼文学，填补了汉语学界的空白。[4] 而更重要的是，作者在《总序》中努力提出的几点事关宏观的文学史叙述的总体思考，关系到学理问题，值得学界关注。

当然，在具体的断代史、国别史等领域，也还有不少著作。譬如说余

---

[1] 冯至：《德国文学简史》上册，载《冯至全集》第7卷，石家庄：河北教育出版社，1999年；冯至、田德望、张玉书、孙凤城、李淑、杜文堂：《德国文学简史》下册，北京：人民文学出版社，1958年。

[2] 参见叶隽：《冯至先生的德国文学史观》，载《中华读书报》2005年11月9日；叶隽：《作为文学史家的冯至与王瑶》，载《书城》2005年第11期。

[3] 《出版说明》，载余匡复：《德国文学史》，上海：上海外语教育出版社，1991年，第1页。

[4] 范大灿主编：《德国文学史》第5卷，南京：译林出版社，2006—2008年。

匡复撰作的《当代德国文学史纲》《战后瑞士德语文学史》等[1]；高中甫、宁瑛合著的《20世纪德国文学史》；韩瑞祥、马文韬合著的《20世纪奥地利、瑞士文学史》[2]，都反映了这样一种趋势。但总体来说，我们的文学史写作还停留在比较初级的阶段，基本上属于一种文学史线索和材料的叙述。这里特别应当提出表彰的是由范大灿自撰的《德国文学史》第2卷，充分表现出第三代学者的积年之功与理解深度，达到了一定的学术与思想高度。

（二）拓新与开辟

令人欣喜的是，这六十年来的德文学科，不仅在守成的基础上有所推进，在民国时代开创的三大领域中继续取得了显著成绩，而且在领域开拓和创新方面，也同样都有进展，充分展现了近六十年来中国当代学术的成熟与进步。

1. 翻译史的梳理

虽然翻译史可以涵盖在中德比较文学的整体框架下，但专门提出仍具有特别意义。在这方面，卫茂平系统梳理德语文学汉译史的工作值得称赞，其专著的出现也引起学界的关注。[3]同样，如吴晓樵等也多少涉及翻译史的研究。但总体而言，具有学术与思想冲击力的翻译史研究，仍有待来者。

2. 接受史的引入

就德国学术本身发展而言，姚斯的接受理论的发明乃是很重要的学术史事件。王炳钧在德国留学时师从曼德尔科夫（Karl Robert Mandelkow），并以接受史为题做了博士论文（同前不赘），但他在汉语语境中这方面所做推动不多，论文亦未多见，有些可惜；从这个意义上来说，高中甫的《歌德接受史》在汉语语境无疑更有影响（同前不赘）。但接受史的研究如何才能做得"别出手眼"，恐怕同样值得我们思考。在这方面，外国文学

---

1 余匡复:《当代德国文学史纲》，沈阳：辽宁教育出版社，1994年;《战后瑞士德语文学史》，上海：上海外语教育出版社，1992年。
2 高中甫、宁瑛:《20世纪德国文学史》，青岛：青岛出版社，1998年；韩瑞祥、马文韬:《20世纪奥地利、瑞士文学史》，青岛：青岛出版社，1998年。
3 卫茂平:《德语文学汉译史考辨：晚清和民国时期》，上海：上海外语教育出版社，2004年。

出身的学者做得出彩者似乎不多，钱理群的《丰富的痛苦——堂吉诃德与哈姆雷特的东移》无疑值得学习。[1]

3. 专题史的深入

在这个领域，谷裕的工作值得肯定。她先后撰作《现代市民史诗——十九世纪德语小说研究》《隐匿的神学——启蒙前后的德语文学》，既尝试文学解释学兼及其他理论的方法，同时将基督教的维度引入，丰富了汉语学界德语文学研究的思路。[2] 在这个方面，如谢芳的《20世纪德语戏剧的美学特征——以代表性作家的代表作为例》，也努力将文本分析与理论思考结合起来[3]，还有如陈良梅的《当代德语叙事理论研究》凸显了叙事理论的德国视角等。总体而言，包括断代史、思潮史、文体史等多种体裁在内的分类研究，还有大量的工作等待我们去完成。在文学的断代史方面，我们有了一些著作（如前不赘），但在思潮史、文体史等领域，我们基本还是空白。

4. 学术史的意识

在这方面，杨武能可能是本学科较早提出这一问题的，他不但自己身体力行撰写相关文章[4]，而且多次在各种场合呼吁重视对中国日耳曼学学科史的研究。莫光华则系统梳理过改革以来中德比较文学研究状况。[5] 而《德语文学研究与现代中国》的出版[6]，则比较系统地对20世纪上半期的中国德文学科的学科史进行了学术史研究，这意味着这一思路得以在实践层面落实。也有学者从理论层面进行关注，如王炳钧主持的国家社科基金项目

1　钱理群：《丰富的痛苦——堂吉诃德与哈姆雷特的东移》，北京：北京大学出版社，2007年。

2　谷裕：《现代市民史诗——十九世纪德语小说研究》，上海：上海书店出版社，2007年；《隐匿的神学——启蒙前后的德语文学》，上海：华东师范大学出版社，2008年。

3　谢芳：《20世纪德语戏剧的美学特征——以代表性作家的代表作为例》，武汉：武汉大学出版社，2006年。

4　杨武能：《"八十年前是一家"》，载《读书》2005年第3期。

5　他指出两大缺憾：一为研究范围狭窄，二为研究者普遍缺乏跨学科意识。提出五个领域有待拓宽：一是影响研究，即中德文学关系；二是译介学意义上的中德文学翻译研究；三是包括德国文艺理论在内的中德比较文学跨学科研究；四是德国汉学中的文学部分；五是平行研究等。莫光华：《中德比较文学研究二十年》，载《外国文学研究》2004年第1期。

6　叶隽：《德语文学研究与现代中国》，北京：北京大学出版社，2008年。

《德国文学理论史》等。

5. 思想史的维度

德语文学最大的特点就是其"诗思互渗"性质,所以强调其思想史维度,可以说抓住了其中的灵魂。前辈学者如杨丙辰、冯至、叶廷芳、杨武能、范大灿等都对其与哲学的互动维度有比较深刻的认知。在这个方面,李永平、叶隽的研究有一定代表性,前者涉猎到莱辛、荷尔德林、里尔克等人,后者先后完成的关于席勒、歌德的研究(同前不赘),都是从这样一个路径出发的,被认为是开辟了一个新的思路。

四、学科史反省与学术史意义

我们必须意识到的一个重要维度是,学术史研究的意义并不在于梳理历史本身。所谓"辨章学术,考镜源流",既反映了学人承继学统的学术伦理自觉,也意味着学院知识人寻求精神突围的一种选择可能。[1]作为学者,不管外界条件如何剧烈动荡,仍当以学术为天职,以求知为根本。即便在20世纪中国,战争的无情破坏、政治与社会的动荡都未能毁灭学人的求知路向;那么在当代市场与利益带来极大冲击的背景下,也不可能在终极层面影响到学术的演进方向。

(一)学科交叉的必然诉求

对于现代学者来说,随着19世纪科学的兴起与分科治学的制度生成,西方大学与学术体制基本规定了现代性的基本模式;而随着新教育的出现,中国传统中由通人之学到专家之学之变也是大势所趋。但各为专家并不是意味着就可以对其他知识束之高阁。因为,对真理的追求意识必然要求我们对学科交叉的现实与可能有所回应,否则很难接近求真目的本身。我想

---

[1] 关于学术史研究的发凡起例,可参见《学人》第1辑上集中刊载的一组"学术史研究笔谈",载《学人》第1辑,南京:江苏文艺出版社,1991年,第1—48页。

这一点各个学科概莫能外。在这方面，作为本学科领袖的冯至晚年有很深刻的反思，他一方面指出"社会科学领域内各门科学联系性较强"的事实，另一方面毫不讳言自己的学术弱点："据我个人的经验教训，我研究文学，由于对哲学、历史、宗教等知识的贫乏，有时遇到与上述学科有关的问题，常感到难以解决。"[1]强调跨学科交流的必要性，甚至隐含了对社科院各研究所之间"老死不相往来"现象的委婉批评，主张"横向联系，互相请教"[2]。对于后代学者来说，这样一种学科互涉不但是必要的，而且是必需的、不可不做的；现在的问题倒是，学科交叉该去怎么做？因为学者个体的能力毕竟是有限的，面对广漠无垠的知识之海，如何既能学而知之，又能知其所止，扬己所长？由于德国文学的特殊性，有些学科是必须涉猎，甚至颇为精通的；但其界限和学习方法究竟该如何把握，这是值得探讨的。

（二）学术伦理意识的重构

在市场大潮的冲击下，学人往往因为各种力的作用而不能安心治学。在这种背景下重温前贤的伦理思考极为必要，而对当代学人来说，重构自己的学术伦理意识具有绝对的安身立命意义。对于学者本身来说，诸如学术规范、注释严谨、学术史意识、同行相敬互助（而非排斥）、征引道德（往往不引自己的同辈、晚辈的东西）等，都是题中应有之义，也是在高等教育阶段应该接受的基本训练。另一方面，我们也应对学术领导者提出要求，他们除了做好一个学者的本职责任外，应当"在其位谋其政"，既要承担本学科的具体工作和规划任务，也还要承负起可能负责的本学科群（至少以其学术行政职务所承担范围为度）的长远发展使命。[3]这样一种学术伦理意识，正如同费希特所概括的"学者的使命"："高度注视人类一般的实际发展进程，并经常促进这种发展进程。"[4]具体解释之，他将学者使命

---

1 冯至：《祝贺与希望》（写于1987年5月中国社会科学院成立十周年之际），载《冯至全集》第5卷，第445页。
2 冯至：《祝贺与希望》（写于1987年5月中国社会科学院成立十周年之际），载《冯至全集》第5卷，第445页。
3 叶隽：《德语文学研究与现代中国》，第243页。
4 费希特：《论学者的使命》，梁志学、沈真译，北京：商务印书馆，1980年，第37页。

分为三个层次：致力学术发展；致用社会造福；提升人类道德。这种学术伦理思考维度，保持和代表了那个时代的理想情结。而这与进入现代之后，专业分工而导致的学术研究职业化，有相当大的差异性。韦伯的论述，虽然仍继承了德国学术的优良传统，但已经注意到这个大的背景以及有清醒的意识，所以他强调"职业"与"志业"的关联与区分。但无论如何，我们在"举世滔滔，皆为利往"的背景下重寻自身的学人伦理价值，重构学术伦理意识仍是极有必要的。而在利益为主导的现世生活中，一种公道自在人心的"客观学术标准"也还是存在，虽然各种项目、评奖中不乏"分肉"的自嘲与现实，但落实在"泛谈衡人"的茶余饭后的闲聊之中，还是有基本的"见道之言"的。

(三)"德国学"命题的引领意义

相对于在学术实践过程中深刻感受到学科困境的研究者来说，提出有效性的能够整合相关互涉学科的整体性命题当属必要。相比较同属相对弱势学科的俄文学科同人提出"俄国学"等学术命题，则"德国学"的建设确实也已是呼之欲出。[1] 但即便树立起良好的学术伦理意识，产生了迫切的跨学科或学科互涉的诉求，可如何去做仍是一个难以着手的问题。设若如此，则"德国学"的命题的提出和在学术研究实践层面的展开则实属必要。这意味着至少有以下几点或值得注意：一是当有明确的中国学术的主体性意识，即脱离不开中国现代学统认同与改革三十年来的问题情境和问题意

---

[1] 当代的少部分学者似乎已经多少意识到这个问题，主流学者如葛兆光在不断谈到外国学的命题，而外国学研究者譬如关于美国学、日本学的建立呼声和学术探索，实际上也已颇有时日。这可能多少与对象国的实力和资助介入力度有关系，譬如"美国学丛书"就是在美国福特基金会的支持下出版的；日本人同样对此很热衷，譬如北京日本学研究中心就明确提出要从建设"中国的日本学研究"这个根本的原则、方针出发（野村浩一：《〈日本社会学名著译丛〉编选说明》）。但我在这里更愿意强调中国学者的主体意识问题，从这个意义上来说，俄国学的提出很有启发性，有论者强调："打破学科界限，建立公共的学术平台——俄罗斯学已成为国内俄罗斯语言、文学、历史、哲学、经济和政治等学科学者共识。但是，中国俄罗斯学是一个尚未建立'规范学科'和'范式'的新兴学科，它的'学术共同体'也尚处于集结之中。有着悠久传统的中国历史学经验应该成为中国俄罗斯学建立最深厚的本土资源。"参见张建华：《历史学视角：对中国俄罗斯学的战略性思考》，载《俄罗斯文艺》2007年第2期。

识，也应表现在我们在方法论上有自觉的传统资源借鉴和建构努力方面。二是如何还原、理解和认知德国民族国家的发生、发展和兴衰历程，如何体认其特殊道路、文化民族、德意志精神的深层内涵及相互关联。三是在对德国问题认知的学科互涉程度的自觉程度上，如以市民社会、启蒙原则、现代性等具有枢纽性的问题意识去引领研究，从而引起其他各学科如社会学、教育学、政治学乃至国际关系、心理学、语言学等研究者的共思与讨论。而随着初步的理论思考和引起各学科关注成果的出现，那么，构筑中国现代学术整体建设重要组成的日耳曼学建设或许也就可以期待。[1]

---

[1] 杨武能先生批评我将在通常译作日耳曼学或德国学的Germanistik这一学科称谓以偏概全地译成了"德语文学研究"。杨武能：《不只是一部学科史——谈叶隽〈德语文学研究与现代中国〉》，载《文汇读书周报》2008年11月14日。

威廉帝国后期的歌德学
——赫克尔、西美尔、宫多尔夫的三分路径

对于威廉帝国时代的歌德图像,巴尔这样感慨道:"我们几乎已经忘却,该当如何纯艺术性地去衡量歌德的一部作品。"[1] 他针对的,就是一种普遍的传记批评的状况,始终将作家生平的考究放在首位。其实在威廉帝国后期时,这一情况已经有所变化。有论者将20世纪10年代出版的三部歌德学著作(张伯伦1912,西美尔1913,宫多尔夫1916)归为一类,认为:"它们都有一个最普通的标题:《歌德》,但非传记;它们也有着一个共同的特点,就是摒弃实证主义的研究方法,从新的角度,用新的方法去研究去阐济歌德和他的著作。"[2] 这段论述大致不错,但如果再细致区分,则大不一样。张伯伦的《歌德》(Goethe)是考察那段思想史的重要材料,但在学术史上价值不高。[3] 如果从学术史角度来立论的话,我会另外列出哲学

---

[1] 原文为:"Rein künstlerisch ein Werk Goethes zu messen, haben wir fast verlernt." Hermann Bahr: "Goethebild" (《歌德图像》), in Hermann Bahr: *Sendung des Künstlers* (《艺术家的任务》), Leipzig, 1923, S. 34.关于巴尔其人,参见张威廉主编:《德语文学词典》,上海:上海辞书出版社,1991年,第648页。

[2] 高中甫:《歌德接受史1773—1945》,北京:社会科学文献出版社,1993年,第177页。

[3] Karl Robert Mandelkow (hrsg.): *Goethe im Urteil seiner Kritiker-Dokumente zur Wirkungsgeschichte Goethes in Deutschland* (《批评者眼中的歌德——歌德在德国影响史资料》), Band 3, München: Verlag Verlag C. H. Beck, 1979, S. 545.此书的注释部分,51 Houston Stewart Chamberlain. *Aus: Goethe*.张伯伦(Houston Stewart Chamberlain, 1855—1927)是瓦格纳的女婿,英裔德籍人,作家兼文化哲学家,其成名作为文化批评著作《19世纪的基础》(*Die Grundlagen des 19. Jahrhunderts*, 1899),对后来民族社会主义的种族理论有很大影响。肯德尔曼(Heinz Kindermann)高度评价其《歌德》,认为此书"是对歌德学堡垒和实证主义的歌德传记学的彻底突破"(den endgültigen(转下页)

家（自然科学家）赫克尔（Ernst Haeckel，1834—1919），将其与宫多尔夫（Friedrich Gundolf，1880—1931）、西美尔（Georg Simmel，1858—1918）相提并论，恰好构成威廉帝国后期的歌德学"三峰并峙"，即哲学、社会学与文学批评自身的有机张力。

一、自然科学倾向的哲学家路径：以赫克尔为中心[1]

毫无疑问，自然科学家对歌德研究的参与既是一种新现象，同时更意味着很大的挑战，因为在某种意义上，他们彻底更新了人文学者对歌德的理解和认知。注意到这个事实无疑是非常重要的，歌德不仅作为一个诗人或思者或官僚度过了他的一生，伴随他生命经历的还有其对于客观世界的兴趣和探索，这尤其表现在他对自然科学的研究上面，他在解剖学、形态学、颜色学等方面都取得了相当令人瞩目的成绩，即便其中错讹不少，但对于理解其一生诗思而言却不可或缺。诚如其挚友洪堡的知己之言，如果歌德没有进行过自然研究，那么他的文学创作将会表现出完全不同的风貌。[2]关于作为科学家的歌德意义，其实早就有人意识到了。早在19世纪中期之时，赫姆霍兹就提出了作为科学家的歌德及其与现代自然科学之间的关系问题。[3]作

（接上页）Durchbruch … durch den Wall der Goethe-Philologie und der positivistischen Goethe-Biographik）。Heinz Kindermann: *Das Goethebild des XX. Jahrhunderts*（《20世纪的歌德图像》），Darmstadt, 1966, S. 70f. 曼德尔科夫虽对张伯伦的整体评价持有异议，可就突破原有研究范式而言，此著确有其意义。

1　对这一问题，曼德尔科夫明确指出，较之哲学家的凸显，自然科学家对歌德研究的参与更加令人注目。Karl Robert Mandelkow: *Goethe in Deutschland–Rezeptionsgeschichte eines Klassikers*（《歌德在德国——一位古典作家的接受史》），Band 2, München: Verlag C. H. Beck, 1989, S. 23.他用了一章的篇幅，专门论述了"歌德与现代自然科学"的论题。Karl Robert Mandelkow: *Goethe in Deutschland–Rezeptionsgeschichte eines Klassikers*（《歌德在德国——一位古典作家的接受史》），Band 2, S. 39–48.

2　Karl Robert Mandelkow: *Goethe in Deutschland–Rezeptionsgeschichte eines Klassikers*（《歌德在德国——一位古典作家的接受史》），Band 1, S. 182.

3　赫姆霍兹（Hermann Helmholtz，1821—1894），此君乃德国著名物理学家、生理学家。1847年曾发表著名的"关于力的守恒"即能量守恒定律的讲演，在生理光学和声学、数学、哲学诸方面都做出重大贡献。1853年，他发表了划时代的论文《论歌德的自然科学著作》（转下页）

为德国学术史与思想史上非常重要的人物，赫克尔的意义值得关注。因为，赫克尔通过自然科学研究，成就的是哲人的事业，就一元论哲学的影响而言，赫克尔乃达尔文之后第一人，他作为达尔文学说的继承与发展者[1]，其学说成为20世纪初期极具震撼力的一种思潮。对集中体现赫克尔的一元哲学（Monistische Philosophie）理念的《宇宙之谜》，被认为"是书综合近世自然科学之重要结果，以成一种哲学之新系统，其势力之伟大，源流之广远，且过于达尔文之《物种原始》"[2]。其书，原名为《宇宙之谜》或《一元哲学》，"自1899年出版以后，震惊一世。凡有文化之国民，皆次第译之"[3]。

赫克尔在这部名著的扉页与正文首页引用的都是歌德的诗句《上帝和世界》（"Gott und Welt"），而要知道当他在通论19世纪时，他的一个潜台词则是此乃"自然科学世纪"[4]。在这样一种背景下，如此提升歌德的意义，其判断不问可知。赫克尔非常深刻地指出："惟一能导致解决宇宙之谜的两条途径：经验和思维（或经验与思辨）在现代越来越被人们所公认，这是两个相辅相成、同样重要的认识方法。"[5]更重要的在于，他不为自己的本位立场所囿，相当客观地指出，哲学家与科学家都意识到自身的不足，即纯粹思辨、纯粹经验的方法都不足以达到真理的追寻。他引用席勒19世纪初针对这两个群体的名句："你们互相敌对吧，联合起来还太早！／你们

（接上页）（*Ueber Goethe's naturwissenschaftliche Arbeiten*）。参见Karl Robert Mandelkow: *Goethe in Deutschland-Rezeptionsgeschichte eines Klassikers*（《歌德在德国——一位古典作家的接受史》），Band 1, S. 183-184。关于比较系统的歌德的自然科学著作的接受史，可参见上揭书第174—200页。

1　赫克尔，今译为海克尔，德国生物学家。达尔文学说的继承者和传播者。曾任耶拿大学比较解剖学和动物学教授，动物研究所所长。他建立了种系发生学，提出了生物发生律，扩大了达尔文的自然选择学说，并创立了"一元论者协会"，反对宗教蒙昧主义。著有《人类发展史》《自然创造史》《生命的奇迹》及《一元哲学》等。《一元哲学》，又名《一元哲学通论》《世界之谜》或《宇宙之谜》。该书出版后，受到神学家和唯心主义哲学家的猛烈攻击。参见曾德珪选编：《马君武文选》，桂林：广西师范大学出版社，2000年，第149页。关于赫克尔生平，请参见Georg Uschmann (zusammengestellt und erläutert): *Ernst Haeckel Biographie in Briefen*（《书信体赫克尔传》），Leipzig, Jena & Berlin: Urania Verlag, 1983.

2　马君武：《〈赫克尔一元哲学〉译序》，载曾德珪选编：《马君武文选》，第56—57页。

3　马君武：《〈赫克尔一元哲学〉译序》，载曾德珪选编：《马君武文选》，第56页。

4　恩斯特·海克尔《第一版前言》（1899年），载《宇宙之谜》，郑开琪等译，上海：上海世纪出版集团·上海译文出版社，2002年，第1页。

5　恩斯特·海克尔：《宇宙之谜》，郑开琪等译，第16页。

分头去找，真理才能找到！"进而将这一历史进程与"先知者"歌德联系起来：

> 自此以后，情况幸亏有了根本的改变；这两支大军在不同的道路上向同一个崇高的目标迈进，他们走到一起来了，并且互相接近，结成认识真理的同盟。我们终于在19世纪末重新掌握起一元论的认识方法。在19世纪初，我们最伟大的现实主义的世界认识者和诗人歌德就已把它看成是惟一合乎自然的认识方法。[1]

在这里，歌德被赋予了非常重要的人类精神史意义，即既不是一个纯粹的诗人，也不是一个简单的科学家，而是一个伟大的真理探索者，作为思想家，他不但有着开创性的诗艺创造之功，更是一种创造性思维模式的先驱者，这才是赫克尔心目中歌德的重大价值。不过赫克尔并没有过分拔高歌德的意义，他一方面充分肯定歌德"早在一百多年以前通过对形态学的多年静心研究就已清楚地认识到一切有机形态的内在联系，并确信他们之间有一个共同的自然起源"，乃"不愧是达尔文和拉马克的最卓越的先驱者"；另一方面则认为歌德的"合乎自然的进化观念像康德、奥肯、特雷维拉努斯以及19世纪初其他自然哲学界的类似观点一样，并没有超出一般认识的范围。他们还缺少一根用来批判物种教条以创立《自然创造史》所必需的有力杠杆"。[2]

正是在这样一种相对客观的认知立场上，赫克尔对歌德的认知达到了一个新的高度，也就是说，他认识到歌德形成了自己的非体系化的自然哲学观，同时将其总结为一种一元论自然观，亦即把世界看作一个统一的发展过程。[3] 这一点是相当重要的，因为事实上也正是如此："歌德的意义

---

[1] 恩斯特·海克尔：《宇宙之谜》，郑开琪等译，第17页。
[2] 恩斯特·海克尔：《宇宙之谜》，郑开琪等译，第64页。
[3] 参见Ernst Haeckel: "Die Naturanschauung von Darvin, Goethe und Lamarcks"（《达尔文、歌德与拉马克的自然观》, 1882), in Karl Robert Mandelkow (hrsg.): *Goethe im Urteil seiner Kritiker–Dokumente zur Wirkungsgeschichte Goethes in Deutschland*（《批评者眼中的歌德——歌德在德国影响史资料》）, Band 3, S. 95-103。

并不在于其单个发现的功劳,而在于通过其自己的方式去观察事物,并由此形成了自己完全崭新的主导性的关于自然知识的观点。"[1] 能够进行自然科学研究的科学家很多,但能够借助自身切身体验的科学研究而与诗思阐发相结合并"达致最高峰"者则凤毛麟角,歌德科学研究的核心意义在此。故此,赫克尔的歌德研究自然也就特色鲜明。虽然他未必能完全反映出魏玛时代歌德学的情况,但他所代表的这条自然科学家的路径是值得特别关注的,尤其是他站在元问题的追问上去审视歌德,就使得他的歌德研究能别出手眼,站在一个相当高的高度上去看问题。具体言之,至少有以下几层值得深入思考。一是对歌德科学观的科学史意义审视。他并没有因为推崇歌德而泛泛推崇,而是能将其放置在科学史演进的过程来认知其意义,即歌德的生物变化论——拉马克的物种起源论——达尔文的自然选择论的序列链条中[2],这样就很能显示出歌德在科学史本身发展脉络中的客观意义来。

二是对歌德思维模式的发覆呈新。确实,歌德作为一个伟大思想家的可贵之处,就在于他述思方式的不同,他是始终立定于作为艺术家的立场,而进行他的运思活动的,并确实成就了他的诗哲之思。这里探讨的"有始有终与周而复始""特殊性与普遍性"乃至对观念的质疑等,虽然表象殊异,但都充分反映出模式拓新之后的"变"与"不变",即他在魏玛古典时代的和合之思,实际上是前期"二元对立互补"思想的进一步发展。赫克尔非常敏锐地捕捉到了这一点,并将其与其自然科学研究紧密结合起来,他说"歌德认为,这种变异或转化是由于两种创造力相互不断作用的结果;

---

1 德文为:"Aus alledem geht hervor, daß Goethes wissenschaftliche Methode jeder Kritik gewachsen ist, und daß er im Verfolge seiner naturphilosophischen Ideen eine Reihe von Einzelentdeckungen machte, welche auch die heutige Wissenschaft, wenn auch in verbesserter Gestalt, für wichtige Bestandteile der Naturerkenntnis halten muß. Goethes Bedeutung liegt aber nicht in diesen Einzelentdeckungen, sondern darin, daß er durch seine Art, die Dinge anzusehen, zu ganz neuen leitenden Gesichtspunkten der Naturerkenntnis kam." Rudolf Steiner: "Goethes Naturanschauung gemäß den neuesten Veröffentlichungen des Goethe-Archives"(《根据歌德档案馆最新发表的材料看歌德的自然观》, 1895), in Karl Robert Mandelkow (hrsg.):*Goethe im Urteil seiner Kritiker-Dokumente zur Wirkungsgeschichte Goethes in Deutschland*(《批评者眼中的歌德——歌德在德国影响史资料》), Band 3, S. 253–254.
2 参见恩斯特·海克尔:《宇宙之谜》,郑开琪等译,第63—67页。

一种是机体内在的向心力,即'特别倾向';另一种是外在的离心力,即'变异倾向'或'变态学的观念'。前者相当于我们今天所称的遗传,后者相对于我们今天所称的适应",并由此体会到歌德对"有机界构造和变异"的认识深刻性。[1]这确实是很独到而有价值的。

三是在哲学的元问题追问高度上。要知道,赫克尔的歌德阐释之所以特别与重要,就在于这是在赫克尔一元哲学整体建构中的歌德阐释,歌德在此处被赋予了特殊的哲学理论基础意义。要知道,诚如列宁所慧眼发现的,"海克尔的《宇宙之谜》这本书在一切文明国家中掀起了一场大风波,这点一方面异常突出地说明了现代社会中的哲学是有党性的,另一方面也说明了唯物主义同唯心主义及不可知论的斗争是有真正的社会意义的。这本书立即被译成了各种文字,发行了几十万册,并出版了定价特别低廉的版本。这就清楚地说明:这本书已经'深入民间',海克尔一下子赢得了广大的读者。这本通俗的小册子成了阶级斗争的武器。世界各国的哲学教授和神学教授们千方百计地诽谤诋毁海克尔……攻击海克尔的神学家真是不可胜数。御用的哲学家们用尽一切恶毒的字眼来辱骂海克尔……"[2]而赫克尔的这种基本世界观是受到歌德影响的,这正如他自己所认识到的那样:"我的一元论与歌德的统一泛神论的世界观结了缘,与斯宾诺莎的'同一哲学'结了缘。"[3]

二、西美尔:社会学的介入

尽管我们会突出宫多尔夫的重要性,但无可否认的是,这个时期最为

---

[1] 恩斯特·海克尔:《宇宙之谜》,郑开琪等译,第64页。
[2] 他接着说:"……海克尔的这本书的每一页对于整个教授哲学和神学和"神圣"教义说来,都是一记耳光。……他(指海克尔)轻而易举地一下子就揭示了教授哲学所力图向群众和自己隐瞒的东西,即那块日益宽广和坚固的盘石,这块磐石把哲学唯心主义、实证论、实在论、经验批判主义以及丢人学说的无数支派末流的一片苦心碰得粉碎。这块磐石就是自然科学唯物主义。"列宁:《列宁选集》第2卷,北京:人民出版社,1972年,第356—358页。海克尔即赫克尔。
[3] 恩斯特·海克尔:《宇宙之谜》,郑开琪等译,第18—19页。

璀璨耀眼,对歌德学具有开辟性"范式启迪"意义的,当推西美尔的"客串表演"。西美尔因是犹太人,而在德国学术语境中颇不得志,但这并不妨碍他的学术天分大加发挥。除了在社会学与哲学领域里大放异彩之外,他偶一涉猎的歌德批评,也同样散发出耀眼的光泽,成就了歌德学的社会学路径。诚如他在自家的《歌德》(Goethe)一书中前言之开篇就追问的那样:"此著之意图既非传记,亦非对歌德作品的阐释和评价。我只想追问:歌德存在的精神意义究竟是什么?我这里的精神意义指的是关系与发展,关系包括很多,从歌德的此在方式与意见到那些关于艺术与知识、实践与形而上学、自然与灵魂的伟大范畴;发展则是这些范畴通过他所获得的成就。"[1]

作为一种强势学科,社会学在最初的岁月里也经历了一种相当艰难的历程。源于德国学术传统的"国家科学",终究在"泛西化"过程中,在与英、法博弈过程中失败并泯灭,被融入"社会学"中去。[2] 但通过韦伯、西美尔等人的努力,社会学终究是在德国学术语境里生根并发展起

---

[1] 原文为:"Die Absicht dieser Schrift ist weder eine biographische, noch geht sie auf Deutung und Würdigung der Goetheschen Dichtung. Sondern ich frage: was ist der geistige Sinn der Goetheschen Existenz überhaupt? Unter geistigem Sinn verstehe ich das Verhältnis von Goethes Daseinart und Äußerungen zu den großen Kategorien von Kunst und Intellekt, von Praxis und Metaphysik, von Natur und Seele -- und die Entwicklungen, die diese Kategorien durch ihn erfahren haben." Georg Simmel: *Goethe*, in Karl Robert Mandelkow (hrsg.):*Goethe im Urteil seiner Kritiker-Dokumente zur Wirkungsgeschichte Goethes in Deutschland* (《批评者眼中的歌德——歌德在德国影响史资料》), Band 3, S. 411.

[2] "在十九世纪,人们还试图发展出一种新型的社会科学,这种社会科学既不注重研究普遍规律,也不一味地强调个别性,而是去探寻制约着具有历史特殊性的社会系统的种种规则。在日耳曼地区,一个称为Staatswissenschaften(国家学)的学科领域被建构起来,它的出现正是上述努力的一个主要成果。这个领域(用现在的语言来说)由经济史、法理学、社会学和经济学这几门学科混合而成,强调不同'国家'具有历史的特殊性,拒绝采用正逐渐通行于英法两国的学科区分标准。'国家学'这个名词本身即表明,它的倡导者们正试图占据政治经济学以前在英法两国曾占据的思想空间,从而使国家学发挥与政治经济学相同的作用,即提供至少从长远来看对国家有用的知识。这个新创立的学科尤其在十九世纪下半叶发展得很兴旺,然而最终却由于外部的进攻和内部的怯懦而败下阵来。在二十世纪的头十年,德国的社会科学开始遵循英法两国所采用的学科范畴。国家学领域里的一些较年轻的领袖人物,如马克斯·韦伯(Max Weber),率先建立起德国社会学学会。到二十世纪二十年代,Staatswissenschaften终于被Sozialwissenschaften(社会科学)取而代之。"华勒斯坦等:《开放社会科学》,刘锋译,北京:生活·读书·新知三联书店,1997年,第19—20页。

来。从青年时代开始，西美尔的社会学立场就是非常明确的，诚如时人所言："这位思想家年轻时的目标显然不在于建立并发展一种哲学立场……他在青年时代追求的是社会学，在他看来，社会学的性质不在于揭示新的实在，而在于提出一套方法，以便获得对历史—社会世界全新的整体看法。"[1] 正是凭借社会学提供的方法论，西美尔对歌德的探索能够"别出手眼"，在歌德学研究的"文学—哲学"的二元对峙背景中开辟出一条崭新的道路来。

西美尔的学术生涯就世俗的眼光来看，并不顺利。道理很简单，仅仅因为他是个犹太人。这其中的场域作用当然也不容忽视，虽然施莫勒、韦伯等均对西美尔甚为推重，但狄尔泰、李凯尔特、文德尔班等毕竟曾一致阻挠其受聘为教授。[2] 这一事实让我们知道，即便是学术之大家通人，在有些方面也难免根深蒂固的"传统陋见"。故此，从这一背景下来理解西美尔之研究"货币哲学"，自然是别有会心；事实上，西美尔对资本社会的运作也确有极为深刻的认知。他对货币、金钱这类貌似形而下问题的探讨是建立在深刻的形而上关注的基础上的，或者说，他是以"形式"入手而探讨"精神"本质问题。譬如，在讨论《现代文化中的金钱》的开篇，他就以相当简明的方式概括了中世纪与现代的对立："中世纪的人被束缚在一个居住区或者一处地产上，从属于封建同盟或者法人团体；他的个性与真实的利益群体或社交的利益圈融合在一起，这些利益群体的特征又体现在直接构成这些群体的人们身上。现代摧毁了这种统一性。现代一方面使个性本身独立，给予它一种无与伦比的内在和外在的活动自由。另一方面，它又赋予实际的生活内容一种同样无可比拟的客观性……"[3] 可有趣则在于：一方面，西美尔穷究作为社会根源和运转枢纽的货币问题，仿佛是形而下的根本；但另一方面，他却根本就摆脱了这些形而下的东西去

---

1 M. Flischeisen Kohler: "Georg Simmel", in *Kantstudien* (《康德研究》), Band 24, Berlin, 1920, S. 12. 中译文参见西美尔:《金钱、性别、现代生活风格》，顾仁明译，上海：学林出版社，2000年，第200页。

2 参见 E. Baumgarten: *Max Weber – Werk und Person* (《韦伯——其著其人》), Tübingen, 1966, S. 611。

3 西美尔:《现代文化中的金钱》，载《金钱、性别、现代生活风格》，顾仁明译，第1页。

关注歌德,强调一种似乎绝对近乎形而上的歌德,即作为"原现象"的歌德,精神的歌德。他发明一个概念,谓"思想歌德"（Idee Goethe）,他说:"我可以这样来表达自己的看法,歌德的生活,即其自我发展与创造力的自强不息,应当被投射到永恒而重要的思想层面上去。"[1] 这究竟是否矛盾?实际上,这正显示出西美尔歌德研究的特点,即对"生活—思想"二元关系的重视,即既关注歌德的尘世生活,同时更强调这种生活与其思想的关系,即说到底生活既是思想的源泉,更是思想的体现。正如他在社会学论述中表示的那样:"从文化的角度看,生活的价值就是文明化的自然;在这里,生活的价值并没有那种孤立的意义,仿佛可以自上而下根据幸福、理智和美的理想来衡量,而是作为一种我们称之为自然的基础的发展,通过超越自然的力量和观念内容,从而变成文化。"[2] 生活不是孤立存在的,它必须放置在社会的整体背景中来理解,并由此而提升到文化精神的层面。对于歌德这样的精神伟人,更是如此。正如西美尔一针见血地指出:"目标为手段所遮蔽,是所有较高程度的文明的一个主要特征和主要问题。这种文明的本质在于:与原始的社会关系不同,人类的愿望不再是简单的、近在眼前的、用直接行动能够实现的愿望,而是逐渐变得如此困难、复杂和遥远,以至于它们需要对手段和设备进行多环节的建设,在作准备步骤时进行多层次的迂回。"[3] 目标和手段的关系或许是永恒困惑的难题,但无论怎样剖析手段的多层次和多元复杂,借助手段通向目标则是一致的。对于理解歌德这样伟大的人物来说,我们必须尽可能地借助多种手段（或研究方法）来接近目标,或许只有互证共思,才可能不断"阐古典而出新意"。

---

1 原文为:"Ich kann meine Absicht auch damit ausdrücken, daß das Goethesche Leben, diese Rastlosigkeit von Selbstentwicklung und Produktivität, auf die Ebene des zeitlos bedeutsamen Gedankens projiziert werden soll." Georg Simmel: "Aus: Goethe", in Karl Robert Mandelkow (hrsg.):*Goethe im Urteil seiner Kritiker–Dokumente zur Wirkungsgeschichte Goethes in Deutschland* (《批评者眼中的歌德——歌德在德国影响史资料》), Band 3, S. 411.
2 西美尔:《货币与现代生活风格》,载《金钱、性别、现代生活风格》,顾仁明译,第41页。
3 西美尔:《现代文化中的金钱》,载《金钱、性别、现代生活风格》,顾仁明译,第10页。

综上所述，西美尔的社会学家身份使我们在传统的"人文阐释"（包括精神科学、文化科学等概念）—"科学实证"的二元对峙之外看到第三条道路的可能性。他强调"生活—思想"的二元维度，多少有些结合两者的维度在内。他之论述《歌德与女性》（"Goethe und die Frauen"）、《歌德之爱》（"Goethes Liebe"）均见精彩，也都充分反映了这一方法论特征，是值得特别关注的。

当然，我们也应当注意到，作为社会学家的西美尔，还有其不那么"社会学"的一面，即他"把现实审美化，与物质世界拉开距离"[1]。这是我们在强调歌德学研究者西美尔"社会学家"属性时必须警醒的一面，即任何一个学者，他都不可能过于纯粹地立定某种设定的立场，而很可能如"钟摆现象"一样，时有位移。在西美尔看来："从生命的最底层涌生出一股摧残生命自身的力量；换言之，这摧毁过程就在生命内部发生，并形成一种结构性的逻辑发展，生命自身据此建构自己的实在形式。"[2]这样一种出自对生命经验的感受而引发的原初思考是难能的，这也正是一个大学者在严守学术伦理的同时不应忘却的调试维度，即不忘自己作为一个自然人的对于生命的鲜活感受以及由此而来的艺术感觉。

如果从社会学角度的考虑的话，那么梅林所代表的路径值得略提一笔，虽然很难将马克思主义的这批知识精英称作是严格的学者，但他们的歌德批评仍就有其必要的意义。从恩格斯那篇著名的歌德批评[3]，到梅林的《歌德与工人》[4]，再到卢卡奇、布莱希特、迈耶尔等人的这条社会主义线索是值得注意的，此处不赘。

---

1 弗雷司庇：《论西美尔的〈货币哲学〉》，载西美尔：《金钱、性别、现代生活风格》，顾仁明译，第232页。

2 西美尔：《金钱、性别、现代生活风格》，顾仁明译，第238页。

3 这篇评论卡尔·格律恩《从人的观点论歌德》的文章对歌德有相当详尽的探讨，值得关注。恩格斯：《诗歌和散文中的德国社会主义》（1846年底—1847年初），载马克思、恩格斯：《马克思恩格斯论文学与艺术》上册，北京：人民文学出版社，1982年，第494页。

4 Franz Mehring: "Goethe und die Gegenwart" (《歌德与当代》), "Goethe und die Arbeiter" (《歌德与工人》), in Mandelkow, Karl Robert (hrsg.): *Goethe im Urteil seiner Kritiker-Dokumente zur Wirkungsgeschichte Goethes in Deutschland* (《批评者眼中的歌德——歌德在德国影响史资料》), Band 3, S. 303-306, 306-308.

三、宫多尔夫：学问家的承传与批评家的感觉

无论是狄尔泰，还是李凯尔特，他们之间虽有哲学方法论的立场差异，但都是由哲学介入文学，并非科班的文学研究者。针对这一思路，由谢勒尔学派嫡传而至的宫多尔夫的横空出世，可就意味深长了；作为曾受业于柏林大学的宫氏而言，其师施密特（Erich Schmidt，1853—1913）乃谢勒尔（Wilhelm Scherer，1841—1886）弟子，这样一种学院科班的训练深入人之骨髓，其实很难改变。

故此，虽然外在表现上"他炫耀博学而蔑视脚注、说明、论战以及文献"，但这并不妨碍其得到德国文学教授的职位任命，并通过其畅销著作而"成为战胜十九世纪学风的新派文学研究的代表人物"，那么这样一种传统中居于统治地位的学风是什么呢？——"偏重事实、依傍外部传记、渊源关系、平行比较、源头活水以及类似情况的积累——总而言之，在德国（不仅是德国）学府一统天下的古籍研究作风"[1]。

在德国文化语境中，宫多尔夫并非凡俗之辈。一方面，因其与格奥尔格的亲密关系（未及弱冠就结识格氏），再加上该派的文化势力，于是在德国语境里名声显赫；另一方面，他自己也因《莎士比亚与德国精神》(*Shakespeare und der deutsche Geist*，1911) 一书而名声极大。[2] 以这样的文化资本介入歌德研究，难怪他要一鸣惊人了，故此其《歌德》(*Goethe*，1916) 一书超越了一般意义的传记研究，介入了作为艺术家生命本质的情感体验历程。

宫多尔夫虽然长期在大学任教，并有学统在身，但本身并非一个单纯的学院派人。他与当时的德国文学创作界有相当之关系，尤其是与格奥尔

---

[1] 雷纳·韦勒克：《近代文学批评史》第7册，杨自伍译，上海：上海译文出版社，2006年，第24页。

[2] 必须指出的是，这两部名作的风格相当不一样。《莎士比亚与德国精神》"过于凭借德国传统的二元论类型说，它发源于席勒的《论素朴的与感伤的诗》这篇论文，凭借古典与浪漫之对照，阿波罗风格的与狄奥尼索斯风格的艺术，形式与运动之间的交替，雕塑与音乐，'令人着迷的'与'豪放型的'天才，综合与分析或者理智与激情、理性与想象力、理性主义与非理性主义的对立"。《歌德》则开辟了一个新境界，"意味着脱胎换骨的变化：此书聚焦于一位人物，完全无所旁涉，我们几乎大队当时的历史或歌德以前或他周围的文学史无所耳闻或无所感受。"雷纳·韦勒克：《近代文学批评史》第7册，杨自伍译，第30页。

格关系密切[1]，乃是格奥尔格圈的重要成员[2]，这在相当程度上决定了宫氏的批评出发点，不可能完全地"就学术论学术"。所以，他的学术行文相当之自由，与严谨的学院派风格，尤其是与谢勒尔开辟的实证主义道路渐行渐远，终至不但"分道扬镳"，更成为从其学统中反戈一击的"反叛者"。这不能不说与格尔奥格的影响是有关的。

在其开篇之际，宫多尔夫已然清晰地彰显出他的撰作特色，即他要"描述歌德的整个形象，描述德国精神托身的最伟大的统一体"[3]。在这里，德国精神与歌德紧密地联系在一起了。而这种思维，在宫氏一点都不新鲜，因为他最关注的，也就是德国精神的问题，无论是"借他人酒杯"的莎士比亚，还是"用自家酒杯"的歌德，他关注问题的核心始终都毫不更易，即"德国精神"。歌德在这里更多意义上是一种符号，是一种出自本民族传统而又能承载德国精神的人物符号。正如他自己的夫子自道："歌德是完全达到了那种和谐的唯一的德国人，因此他是我们的最为古典的人。与其他任何现代人相比，在他那里更不必从他的生活去解释他的作品，更不必窥探到他的作品背后以便去理解他的生活：因为它们就是他的生活。"[4]他甚至非常绝对地宣称，人们就不可能在大艺术家的艺术之外科学地研究其生

---

1 关于宫多尔夫与格奥尔格的密切关系，有书信集为证。参见Robert Boehringer & Georg Peter Landmann (hrsg.): *Briefwechsel Stefan George – Friedrich Gundolf*（《格奥尔格与宫多尔夫通信集》），München & Düsseldorf: Küpper, 1962。

2 参见B. Zeller, W. Volke, G. Hay u.a.: *Stefan George–Der Dichter und sein Kreis*（《格奥尔格——诗人及其圈子》），Stuttgart: Kösel, 1968。

3 德文为："auf die Darstellung von Goethes gesamter Gestalt, der größten Einheit worin deutscher Geist sich verkörpert hat." Friedrich Gundolf: "Goethe" (1916), in Karl Robert Mandelkow (hrsg.):*Goethe im Urteil seiner Kritiker–Dokumente zur Wirkungsgeschichte Goethes in Deutschland*（《批评者眼中的歌德——歌德在德国影响史资料》），Band 3, S. 433. 可参见杨宏芹译文，以下不再一一注出。但译文会根据作者理解有所改动。关于Gestalt这个词的概念，亦参见杨宏芹的译者注。

4 德文为："Goethe ist der einzige Deutsche der jene Harmonie völlig erreicht hat, er ist deshalb unser vorzugsweise klassischer Mensch. Darum ist bei ihm weniger als bei irgendeinem anderen modernen Menschen nötig, seine Werke aus seinem Leben zu erklären, hinter seine Werke zu greifen, um sein Leben zu erfassen: denn sie selbst sind sein Leben." Friedrich Gundolf: "Goethe" (1916), in Karl Robert Mandelkow (hrsg.):*Goethe im Urteil seiner Kritiker–Dokumente zur Wirkungsgeschichte Goethes in Deutschland*（《批评者眼中的歌德——歌德在德国影响史资料》），Band 3, S. 436。

活。[1]如此，就把作品的意义特别地凸显出来。

如果我们仔细推敲，则宫多尔夫在此处更多体现的倒不是他的师祖谢勒尔的学派特色，而更多接近于狄尔泰开辟的精神科学路径。可不是吗？狄尔泰津津强调的正是对于"德意志精神"（德国精神）的关心。究竟是南辕北辙，还是彼此殊途同归？从学术场域因素来看，长期以来以谢勒尔为代表的实证主义倾向仍长期占据德国学界的优势位置，虽然经狄尔泰、李凯尔特等的修正，呈现出精神科学（文化科学）的制约态势，但毕竟前者是主流。可毕竟后人不可能永远墨守成规，更不可能止步不前。对于宫多尔夫来说，虽然其师承施密特，可谓是谢勒尔学派第三代的嫡系传人，可毕竟在时代语境和个人生性（habitus）上有相当大的差异，这就导致了宫氏的理论型变，即不再死板地按照师门那套实证主义的方法规矩行事，而是大刀阔斧地我行我素，充分借鉴外来资源和有效方法，尤其是结合自身生性而"别出手眼"。所以，有论者认为宫氏的批评观"同时继承了德国浪漫主义和德国哲学的传统"，可"它的严谨程度、理论含量、使用概念和定义的兴趣，都堪称榜样，介于狄尔泰与阿多诺（Theodor W. Adorno, 1903—1969）、库尔蒂斯与奥尔巴赫之间"。[2]这里提出做比较的四位学者，至少涉及三个方向。如果说狄尔泰、谢勒尔确立了歌德学的双重对峙路径的话，那么宫多尔夫继承的，无疑主要是其师门对手的狄尔泰的精神科学论；而作为后来者的阿多诺则不然，他所代表的，乃是法兰克福学派的文学批评路径，他在20世纪50至60年代与社会学进行的实证主义论战中，整合早期的社会批判理论，赋予其以一种"批判社会学"的形式，使之以德国社会学的"辨证学派"面貌出现，并与社会学其他学派分庭抗礼。[3]阿多诺强调社会学研究应汲取经验研究方法，要求不要将社会学变成一种精神科学，不要把它孤立地建立在移情的理解力的基础上。[4]最值得关注的，则

---

1 德文为："auf die Darstellung von Goethes gesamter Gestalt, der größten Einheit worin deutscher Geist sich verkörpert hat." Friedrich Gundolf: "Goethe" (1916), in Mandelkow (hrsg.):*Goethe im Urteil seiner Kritiker–Dokumente zur Wirkungsgeschichte Goethes in Deutschland* (《批评者眼中的歌德——歌德在德国影响史资料》), Band 3, S. 434.

2 伊夫·塔迪埃：《20世纪的文学批评》，史忠义译，天津：百花文艺出版社，1998年，第42页。

3 陈振明：《法兰克福学派与科学技术哲学》，北京：中国人民大学出版社，1992年，第279—280页。

4 陈振明：《法兰克福学派与科学技术哲学》，第282页。

无疑是库尔蒂斯（Ernst Robert Curtius，1886—1956）等人的罗曼文学批评倾向。库尔蒂斯、奥尔巴赫（Erich Auerbach，1892—1957）与施皮策（Leo Spitzer，1887—1960）乃是德国现代文学批评史上三足鼎立的罗曼语文学研究者，他们的共同点乃是"与实证主义的历史相决裂，是总体意识和结构观念的确立"，具体表现在三人则是，库尔蒂斯撰《欧洲文学与拉丁中世纪》（*Europäische Literatur und lateinisches Mittelalter*，1948），分别将千年之久的拉丁文学或者某个具体作家如巴尔扎克的小说世界视作总体进行探讨；奥尔巴赫作《摹仿论》（*Mimesis Dargestellte Wirklichkeit in der abendländischen Literatur*，1946），通过不同时期的比较而构建若干体系；施皮策则结集发表《语言学与文学史》（*Linguistics and Literary History*，1948），通过归纳重新找到整体。[1]

冯至（1905—1992）当初选择去海德堡大学留学，最重要的原因就是因为宫多尔夫在焉。可作为同代人的韦勒克（Réne Wellek，1903—1995），虽同样因仰慕宫氏而到海德堡听课，甚至凭借韦伯夫人（Marianne Weber，1870—1945）的推荐信"得见大师"，但最后却毅然"放弃了从师"对方的想法，回到布拉格查理大学，并将专业方向由日耳曼文学改为英国文学，道理很简单："我在海德堡大学所目睹的一切却使我隐约感到不快。我不禁感到，那种意在言外的要求完全拥戴甚至绝对俯首一家信条的学风之于本人的天性是格格不入的。"[2]虽然他承认宫氏的著作"似乎为文学史可能呈现的面貌或可能变成的面貌展示出一个新希望：摆脱了迂腐，总结归纳上的胆识魄力而令学界赞叹不已"[3]。

归总言之，宫多尔夫以其不世出的才情而在歌德学领域别出手眼，那么其歌德研究的承继给我们究竟有怎样的启示呢？一是有师承而不泥于师门，具有高度的学术探索自由性；二是将学术研究与个体生性充分结合起来，使得学问不再仅仅是一种纯粹意义上的知识学积累而已，而正是这样

---

[1] 参见伊夫·塔迪埃：《20世纪的文学批评》，史忠义译，第75页。
[2] 雷纳·韦勒克：《近代文学批评史》第7册，杨自伍译，第25页。
[3] 雷纳·韦勒克：《近代文学批评史》第7册，杨自伍译，第25页。

一种由艺术感觉和生性发挥相结合的"个体之路",导致了知识学意义层面的学理深入;三是学术本位的若干基本原则似乎尚须注意,任何事物都可能导致过犹不及的陷阱。宫多尔夫的批评成就无可讳言,但就学术伦理本位来看,宫氏并非是一个理想的学人。冯至与韦勒克的从师选择就是最好的例证,因为就日后的发展轨迹来看,冯至究竟还是一个诗人性质的学者,而并非在纯粹学术伦理意义上皎然自立并确立典范的学人,这一点他和陈寅恪无法相提并论;而作为世所公认的大学者韦勒克,严守学理本位,他当然也就不会欣赏过于张扬自家个性与批评艺术感觉的宫氏。但宫多尔夫的横空出世并且在学术界和文化场域获得几乎是双重的承认,是值得特别予以肯定的。因在学者、诗人圈子的评价标准是很不一样的,故此相当难能,也就有其示范性意义。当然,我们也应当注意到,宫多尔夫过于强调"魔性"的概念,在他看来:"支配歌德命运的是他自己称为魔性(das Dämonische)的东西……这种大概从上帝的角度来看或暗示的魔性,就是从人的角度来看的那种秘密进行塑造的力量,那种创造一个形象、赋予这一形象以空间和准则的塑造力量:在最杰出的伟人那里,形象的这一空间和这一准则就是他们的命运。"[1]可毕竟这种判断过于依赖那种不可把握的、很抽象的东西,所以有论者认为宫多尔夫最终"还是无法摆脱源本于狄尔泰经验论的整个概念所固有的心理主义",事实上也是如此,"这种方法诉诸直接性,自发性,真诚性,而在一种关注艺术价值的批评中,它是在相关性上令人怀疑的一条标准"。[2]从这个意义上来看,宫多尔夫对"原始经验"和"教育经验"的区分值得重视,而"所幸的是原始经验与教育经验的区别每每为另一种更加文学性的区别所替代:即抒情的,象征的,讽喻

---

[1] 德文为:"Über Goethes Schicksal waltet das was er selbst das Dämonische genannt hat … das ist vielleicht von Gott aus gesehen oder gedeutet dasselbe was vom Menschen aus gesehen eben jene Heimlich bildende Gewalt ist, jene Bildnerkraft die eine Gestalt schafft und den Raum, das Gesetz für diese Gestalt: dieser Raum und dies Gesetz der Gestalt ist bei den größten Menschen nichts anderes als ihr Schicksal." Friedrich Gundolf: "Goethe" (1916), in Karl Robert Mandelkow (hrsg.):*Goethe im Urteil seiner Kritiker-Dokumente zur Wirkungsgeschichte Goethes in Deutschland* (《批评者眼中的歌德——歌德在德国影响史资料》), Band 3, S. 434–435.
[2] 雷纳·韦勒克:《近代文学批评史》第7册,杨自伍译,第33页。

的三者之间的区别"[1]。宫多尔夫的这样一种对文学的执守和艺术敏锐力的呈现，使得后世史家这样评价他在学术史上的地位：

> 在一部文学研究的历史里，强调和推崇贡多尔夫与十九世纪沉闷的实证主义决裂的态度，他坚决摒弃注重外在事物的方法，在当时当地可谓空谷足音的是，他肯定诗歌中的绝对价值以及认真严肃地潜心于他所研究和崇拜的那些诗人作品里的关键所在：他们洞达人类天性的眼光，他们的创造力量，以及他们道德和精神上的升华。[2]

应该说，韦勒克这段总结可谓"知者之言"，尤其是强调其在学术史脉络里的意义，是特别重要的。因为狄尔泰等人虽然也强调了这一路径，但毕竟是以日耳曼语文学学科外的声音发话的，作为"嫡系传人"的宫多尔夫的反拨之声的出现，对学科本身意义确实重大。但我们也不应忽略的是，宫多尔夫并非是走向极端，其对艺术感受力的强调乃至不屑注释之举背后有着深厚的学术功底，这也是同样值得注意的。

实际上，无论是李凯尔特的哲学家路径，还是宫多尔夫的文学批评立场，乃至西美尔的社会学取向，都不约而同地呼应了时代的潮流。这基本思路，就是由狄尔泰发而为难的"精神科学"的感性立场，针对的，也就是以谢勒尔为代表，其时由施密特俨然代理的"自然科学"实证派。威廉帝国后期的这种学术潮流变迁，其实在某种程度上已经预示了日后歌德研究的思想转型以及对思想界潮流的反映。在魏玛共和时代，学术史仍然按

---

[1] 雷纳·韦勒克：《近代文学批评史》第7册，杨自伍译，第33页。宫多尔夫总结道："在抒情（诗）、象征、讽喻这三个区域之间存在过渡，但这里主要是强调它们的不同特征不考虑细微差别、混杂形式，在整体风格失效、试验性的教育革命的时代，本来就常出现混杂的形式，歌德的时代就是如此。总结：歌德的抒情包含他的原始体验，表达的材料是他的我。歌德的象征包含他的原始体验，表达的材料是他的教育世界。歌德的讽喻以教育世界的材料包含他的派生的经验。" Friedrich Gundolf: "Goethe" (1916), in Karl Robert Mandelkow (hrsg.): *Goethe im Urteil seiner Kritiker-Dokumente zur Wirkungsgeschichte Goethes in Deutschland* (《批评者眼中的歌德——歌德在德国影响史资料》), Band 3, S. 452–453. 这三个词的原文是 Lyrik、Symbolik、Allegorik。

[2] 雷纳·韦勒克：《近代文学批评史》第7册，杨自伍译，第40页。

照既定的惯性运行，歌德学作为大家汇聚之地，依然呈现出丰富多彩的景象。在这个时期本有一位不可忽略的重要人物，这就是尼采，他的歌德阐释相当重要，而且其歌德认同无与伦比。此处主要考虑到本书的学术史性质，尼采的歌德论述虽然意义重要，但可能放置在接受史的研究维度中更合适，故从略；但必须指出的是，作为20世纪极为重要的思想史潮流后现代的前驱和先贤，尼采在歌德学的感性理路的"浪漫情径"立场上是扮演了很重要的角色的（虽然他的阐释都非纯学术意义上的），我们应当意识到，"没有尼采，张伯伦、西美尔与宫多尔夫的歌德描述是不可思议的"[1]。

1　Karl Robert Mandelkow (hrsg.):*Goethe im Urteil seiner Kritiker-Dokumente zur Wirkungsgeschichte Goethes in Deutschland* (《批评者眼中的歌德——歌德在德国影响史资料》), Band 3, S. 492.

第五辑

跨学科视域

"婚姻纽带"抑或"歧路之爱"

——作为俾斯麦时代文史田野的《艾菲·布里斯特》及其反映的市民家庭价值观的变迁

虽然在汉语语境中名声不彰,可作为与《安娜·卡列尼娜》《包法利夫人》并列为欧洲三大女性长篇小说的《艾菲·布里斯特》(*Effi Briest*)确实有其独到之处,而思想史深度的呈现,则再度体现了德国风格在小说史中的特色。此书故事情节其实相当一般,无非是殷士台顿(Innstetten)与艾菲(Effi)的婚姻问题而导致的悲哀结局,但其中所反映的问题却具有相当程度的普遍性,无论是伦理观念的价值变迁还是历史进程中的俾斯麦时代,都可圈可点,值得深入探究。

作为男方的殷士台顿,不但有男爵的头衔,还是海滨城市凯辛的县长,算得是社会上有头有脸的人物;而作为女方的艾菲,其父亲布里斯特家族乃是容克贵族。这种配对,算得是"门当户对",当然刻薄的话则是"名门攀旧户,乌龟爱王八"(牧师尼迈尔妻子语)[1]。可如果对一下年龄,就知道不匹配了,殷君年近不惑,而艾菲则年方二八(17岁);更糟糕的是,艾菲的母亲路易丝竟是殷君的昔日恋人,而当初之所以弃殷他嫁,也是"不为情郎单为财"。可怜的是,艾菲的路子竟然是重复了母亲的老路,但她却没有妈妈这样的幸福。因为,在这里,她遭遇了爱情。

艾菲与克拉姆巴斯(Crampas)的爱情,无疑是令人同情的。虽然艾菲或许未必真的爱上了这位浪荡公子,但克君为了艾菲而"提枪应战"却是

---

[1] 转引自韩世钟:《关于冯塔纳及其〈艾菲·布里斯特〉》,载冯塔纳:《艾菲·布里斯特》,韩世钟译,上海:上海译文出版社,1980年,第8页。

事实。"秩序"(Ordnung)以一种非常沉重而具体的方式出现在每个个体的正常生活中,而"荣誉"(Ruhm)则是普鲁士价值的核心观念之一。

一、艾菲是如何被教化的?

订婚的过程似乎简单而仓促,母亲临时通知了艾菲"求婚"的信息。也就是说这一切都是事先计划好了的,只有艾菲被蒙在鼓里。但艾菲似乎也没有做任何反对的表示,应该算是默然接受了,这在她同自己的伙伴说话的时候明确表现出来:"当然相配。这一点你不懂,赫尔塔。不论谁都相配。只要这个人出身贵族,有地位,长得漂亮。"[1] 显然,艾菲的婚姻观早已形成,而且还蛮成熟,能够运用理论来说服她的同伴。那么,我们要追问的自然就是,在这样一个贵族家庭里,一个少女的伦理观和价值观是怎样形成的呢?显然,父母亲的态度至关重要。

那让我们来看看父母对她的婚姻的态度,在母亲的眼里:"他(指殷士台顿,笔者注)年纪比你大,这实际上是一种福气,何况他这个人脾气好,地位高,品行又端正。"[2] 在父亲布里斯特,显然还为了得到这样的"乘龙快婿"而得意,他不但表示了热烈的祝贺,还和殷君一起散步聊天。简单地将这种婚姻选择的弃取关系归结为金钱或功利因素,是有失偏颇的,因为每一个时代都有自身的价值取向标准,不能够以论者自身所处时代的价值观去"苛论前人"[3],因为一方面很难"体贴入微",另一方面也更难"同

---

[1] 冯塔纳:《艾菲·布里斯特》,韩世钟译,第18页。
[2] 冯塔纳:《艾菲·布里斯特》,韩世钟译,第14页。
[3] 这方面典型的例子,是陈寅恪在评论元稹对其青年时代恋人崔莺莺的遗弃现象的"忍情说",他能结合唐代社会风俗予以"理解":"盖唐代社会承南北朝之旧俗,通以二事评量人品之高下。此二事,一曰婚,一曰宦。凡婚而不娶名家女,与仕而不由清望官,俱为社会所不齿。此类例证甚众,且为治史者所习知,故兹不具论。但明乎此,则微之所以作《莺莺传》,直叙其自身始乱终弃之事迹,绝不为之少惭,或略讳者,即职是故也。其友人杨巨源、李绅、白居易亦知之,而不以为非者,舍其寒女,而别婚高门,当日社会所公认之正当行为也。"陈寅恪:《元白诗笺证稿》,上海:上海古籍出版社,1980年,第112—113页。

情理解"。当然，我们应当注意到当时的历史纵向背景确实存在所谓"资产阶级撕破了笼罩在家庭关系上面的温情脉脉的纱幕，把这种关系变成了单纯的金钱关系"[1]。但必须指出的是，布里斯特夫妇的家庭背景是容克，而非资产阶级。在其时的历史语境中，容克乃是混杂贵族、官僚、军人等多种身份为一端的一种普鲁士特殊阶层，是一种上层阶级的简称，譬如俾斯麦的出身就是容克。所以，艾菲与殷士台顿的关系虽然发生在资本主义社会，但却并不反映典型的金钱式的资本主义关系。不过，这也正反映出俾斯麦时代的德国式资本主义道路的特殊性来。在历史发展的长河里，资产阶级的出现确实有其必然性，甚至还不仅仅是"生产方式和交换方式的一系列变革的产物"[2]，因为以资本为立身之本者并非前无古人，商人更是贯穿人类历史。但之所以商人（资本家）在现代社会里凸显出一种极为特殊的地位，乃在于资产阶级能应时所需，别出手眼，起到其他阶级、阶层无法替代的主导型功用，应当注意到："资产阶级在历史上曾经起过非常革命的作用。"[3]而德国的资产阶级又是相当不同的，这当然与德国的所谓"特殊道路"有关，因为德国自由主义的发展是非常不完备、不充分的。

艾菲对婚姻的选择是相当自觉的，她承认她也很爱能使她快乐的堂兄布里斯特，但却绝对不会和这样一个两情相悦的人结婚，道理很简单："结婚，我怎么也不愿意。他还是个年轻的小伙子。格尔特（即殷士台顿，笔者注）可是个男子汉，一个美男子。我可以为有这样的丈夫而自豪，他将

---

[1] 德文为："Die Bourgeoisie hat dem Familienverhältnis seinen rührend-sentimentalen Schleier abgerissen und es auf ein reines Geldverhältnis zurückgeführt." Marx/Engels: *Manifest der kommunistischen Partei*, in Marx/Engels: *Ausgewählte Werke*, S. 2616 (vgl. MEW Bd. 4, S. 465). 马克思、恩格斯：《共产党宣言》（1848），载马克思、恩格斯：《马克思恩格斯选集》第1卷，北京：人民出版社，1972年，第254页。

[2] 德文为："Wir sehen also, wie die moderne Bourgeoisie selbst das Produkt eines langen Entwicklungsganges, einer Reihe von Umwälzungen in der Produktions- und Verkehrsweise ist." Marx/Engels: *Manifest der kommunistischen Partei*, in Marx/Engels: *Ausgewählte Werke*, S. 2614 (vgl. MEW Bd. 4, S. 464). 马克思、恩格斯：《共产党宣言》（1848），载马克思、恩格斯：《马克思恩格斯选集》第1卷，第252页。

[3] 德文为："Die Bourgeoisie hat in der Geschichte eine höchst revolutionäre Rolle gespielt." Marx/Engels: *Manifest der kommunistischen Partei*, in Marx/Engels: *Ausgewählte Werke*, S. 2615 (vgl. MEW Bd. 4, S. 464). 马克思、恩格斯：《共产党宣言》（1848），载马克思、恩格斯：《马克思恩格斯选集》第1卷，第253页。

来会干出一番伟大的事业来。"[1]可见，母亲的担忧是多余的，艾菲的情爱观与婚姻观完全是割裂开的，完全地接受了这样一种时代价值的教化。而正是通过这样一种婚姻手段的中介，艾菲的社会地位彻底改变，她不仅有着贵族世家的娘家身份，更有着男爵夫人（Frau von Baronin Innstetten）的显赫头衔，在社会生活中，她显然"春风得意"。但诚如托尔斯泰所言，"幸福的家庭都是相同的，不幸的家庭各有各的不幸"；即便在世人心目中幸福美满的艾菲，在聚光灯之后却是闺阁寂寞的阴影。从社会的观点看，殷士台顿当然是个好夫君，"东方千余骑，夫婿居上头"（《陌上桑》）；可就女儿家的心事来看，则未必了。在没有得到世俗的金钱、地位、权力等之前，仿佛"为此皆可抛"；可偏偏又是"人心苦不足"，一旦这些东西都到手了，又会对尘俗的物质不屑一顾而迷恋起感情生活的"多姿多彩"。再加上夫君又是一个"不懂温柔"的人物，这自然就加剧了女子的"离心力"。包法利夫人也好，安娜也好，艾菲也好，都不外乎受到这一规律的制约。当然如果我们仅从人性的弱点方面去把握无疑仍显得肤浅，更全面的视角应借助社会结构的整体分析方式，要去理解艾菲爱情和悲剧的社会语境和伦理观背景。

实际上这点在殷士台顿宣布与她离婚后就表现得很清楚了，母亲给她来信安慰，对她循循善诱，承诺接济她的"日常开销用度"，但却拒绝在娘家给她一席安身之地，道理很简单："舆论逼着我们非得对你的事情表明态度不可，对你的行为，对我们如此心爱的独生女儿的行为表示我们的谴责。"[2]然而终究是血浓于水啊，最后，艾菲还是被父母亲接纳了，当她与母亲在池塘边散步时，布里斯特夫人（Frau von Briest）这样安慰她："你首

---

[1] 德文为："Heiraten? Um Gottes willen nicht. Er ist ja noch ein halber Junge. Geert ist ein Mann, ein schöner Mann, ein Mann, mit dem ich Staat machen kann und aus dem was wird in der Welt." Theodor Fontane: *Effi Briest*, in *Werke*, S. 5250 (vgl. Fontane-RuE Bd. 7, S. 35-36). 冯塔纳：《艾菲·布里斯特》，韩世钟译，第36页。

[2] 德文为："weil wir Farbe bekennen und vor aller Welt, ich kann Dir das Wort nicht ersparen, unsere Verurteilung Deines Tuns, des Tuns unseres einzigen und von uns so sehr geliebten Kindes, aussprechen wollen..." Theodor Fontane: *Effi Briest*, in *Werke*, S. 5620 (vgl. Fontane-RuE Bd. 7, S. 268). 冯塔纳：《艾菲·布里斯特》，韩世钟译，第327页。

先得把身体养好，艾菲，完完全全养好，幸福就会随后找到，不是过去的幸福，而是一种新的幸福。感谢上帝，世界上有多种多样的幸福，你日后会看到我们将给你找来幸福。"[1]从峻拒女儿回家到重开慈母之怀，布里斯特夫人的思想转变颇有深意。因为，似乎可以认为，这位以自己的幸福和女儿的幸福为代价换来社会价值认同的女人，终于说出一句见道之言："现在我知道咱们今天过宁静的生活，要比从前吵吵嚷嚷，整天忙于应酬交际来得好。"[2]人生苦短，但又有几人能体味其中的生命真意？"天下熙熙，皆为利来；天下攘攘，皆为利往"，又有几个人能真的摆脱掉名利，尤其是利益原则的支配呢？东方西方，概莫能外。周馥晚年编纂《易理汇参》一书，深得其中奥妙："天下，一趋利之场也；大易，乃古今示人趋利之道也。而世人趋利若鹜，乃背而驰焉，利不必得，而害每洊至。盖所见者，近溺乎人而背乎天也。《文言》曰：利者，义之和也，必义而和乃为利，而无害无疑矣。伏羲画卦，文王、周公、孔子系辞，深有得乎利物和义之旨。惜乎！千古有国有家者，不之悟也。"[3]中国乃易理发明之地，世人尚绝多不能悟之，何况异族？但有一种努力是可能改变人之性情的，那就是与书籍的亲近，因为这意味着与人类智慧可能产生心灵的交流、获得古圣往贤创造的知识资源的滋润。艾菲虽然自承"没有读过多少书"[4]，但在我们仔细观察她住处的布置，仍会发觉书籍的踪迹，并且在关键时刻会发挥作用。"靠近窗边有块木板，板上放着一排书籍，其中几卷是席勒和克尔纳的诗集，这些

1　德文为："Werde nur erst wieder gesund, Effi, ganz gesund; das Glück findet sich dann; nicht das alte, aber ein neues. Es gibt Gott sei Dank viele Arten von Glück. Und du sollst sehen, wir werden schon etwas finden für dich." Theodor Fontane: *Effi Briest*, in *Werke*, S. 5680 (vgl. Fontane-RuE Bd. 7, S. 306). 冯塔纳：《艾菲·布里斯特》，韩世钟译，第375—376页。

2　德文为："Jetzt weiß ich, daß unsere Stille besser ist als der Lärm und das laute Getriebe von vordem." Theodor Fontane: *Effi Briest*, in *Werke*, S. 5680 (vgl. Fontane-RuE Bd. 7, S. 306). 冯塔纳：《艾菲·布里斯特》，韩世钟译，第376页。

3　周馥：《易理汇参自序》，载《秋浦周尚书（玉山）全集》，台北：文海出版社，第1419—1420页。作为沈云龙主编：《近代中国史料丛刊》第九辑印行，无年份。关于周馥其人，参见汪志国：《周馥和晚清社会》，合肥：合肥工业大学出版社，2004年。

4　德文为："ich habe nicht viel gelesen." Theodor Fontane: *Effi Briest*, in *Werke*, S. 5683 (vgl. Fontane-RuE Bd. 7, S. 307). 冯塔纳：《艾菲·布里斯特》，韩世钟译，第377—378页。

书开本划一，高低一致。诗集上面放有一本《圣经》和一本赞美诗集。"[1] 而当被训练的像鹦鹉一样的女儿安妮以其"呱呱学舌"的样本式语言陈述彻底伤透了"母女之情"后，艾菲需要面对基督的《圣经》和赞美诗集，她祷告自谴，请求上帝的宽恕。从这种知识陈列的人类学考察背后，我们似乎还很难直接获得艾菲问题的直接答案。好在全书终场时，布里斯特夫妇的对话则将这一问题的本质揭示了出来，当布里斯特夫人质疑说女儿之死也许是父母之错时（Ob *wir* nicht doch vielleicht schuld sind?），她进一步阐述道：

> 难道咱们非这样教育她不可吗？责任恰恰在咱们自己。尼迈尔在这方面本来就等于零，什么也没干。因为他怀疑一切。然而，布里斯特啊，恕我直言……是你经常持有的那种模棱两可的态度……而最后，我要控诉我自己，因为在这件事上我不愿脱出干系，表示与己无关，她到底是不是太年轻了？

父亲布里斯特的答案初则否定，继则再次使用他那惯用语："别提了……这是个太广阔的领域。"（laß... das ist ein *zu* weites Feld.）[2] 在这里，母亲提到了三个人，除了牧师尼迈尔之外，就是作为父母的布里斯特夫妇。她将一种锥心之问直插心间，就是由父母主要构成的家庭教育问题。

在第一章中，艾菲曾说过妇女因不忠而被沉水的故事[3]，甚至哼出了一

---

1 德文为："Da neben dem Fenster war ein Bücherbrett, ein paar Bände von Schiller und Körner darauf, und auf den Gedichtbüchern, die alle gleiche Höhe hatten, lag eine Bibel und ein Gesangbuch." Theodor Fontane: *Effi Briest*, in *Werke*, S. 5651-5652 (vgl. Fontane-RuE Bd. 7, S. 288). 冯塔纳：《艾菲·布里斯特》，韩世钟译，第352页。

2 德文为："Ob wir sie nicht anders in Zucht hätten nehmen müssen. Gerade wir. Denn Niemeyer ist doch eigentlich eine Null, weil er alles in Zweifel läßt. Und dann, Briest, so Leid es mir tut... Deine beständigen Zweideutigkeiten... und zuletzt, womit ich mich selbst anklage, denn ich will nicht schuldlos ausgehen in dieser Sache, ob sie nicht doch vielleicht zu jung war?" Theodor Fontane: *Effi Briest*, in *Werke*, S. 5687 (vgl. Fontane-RuE Bd. 7, S. 310). 冯塔纳：《艾菲·布里斯特》，韩世钟译，第381页。

3 德文为："wobei mir übrigens einfällt, so vom Boot aus sollen früher auch arme unglückliche Frauen versenkt worden sein, natürlich wegen Untreue." Theodor Fontane: *Effi Briest*, in *Werke*, *S. 5217* (vgl. Fontane-RuE Bd. 7, S. 15). 冯塔纳：《艾菲·布里斯特》，韩世钟译，第10页。

"婚姻纽带"抑或"歧路之爱"

首曲子"湖水，湖水，／埋葬一切的祸祟……"[1]；未想到一语成谶，竟成了自己死亡的征兆。而此前雅恩克（Jahnke）写戏所使用的克莱斯特剧本《海尔布隆的小凯蒂》（Das Käthchen von Heilbronn oder die Feuerprobe）则同样出现了一个不受引诱、忠于丈夫的海尔布隆的女性形象。[2]或预言，或比照，冯塔纳的笔法可谓"伏脉千里"之外另有曲径通幽。殷君因妻子红杏出墙而择决斗、毙情敌、退婚姻，这一连串发生的事件导致了一场非常悲剧的结局，但却无不是在其时德国社会主流价值观指导下所发生的。

在和母亲的交流中，艾菲提及了殷士台顿，这让母亲预感到她生命的终结。艾菲对过去的事情坦然做了回顾，并称自己"十分严肃地作了自我反省"（habe mich ganz ernsthaft in den Gedanken hineingelebt），最后将罪过归于殷士台顿，"因为他那么理智，那么斤斤较量，最后又还那么冷酷无情"（er sei schuld, weil er nüchtern und berechnend gewesen sei und zuletzt auch noch grausam）。但她最后的遗言却达到了一种和解的高度：

> 我心里一直牵记这一点，他是不是知道我在这儿养病的日子差不多是我一生中最美丽的岁月，他是不是听说我在这儿终于醒悟了他过去的所作所为都是对的。我指的是他跟可怜的克拉姆巴斯决斗的这件事——嗯，不这样做，你叫他到底怎么办呢？后来，他最伤我心的做法是，教唆我的亲生女儿反对我。我心里尽管非常痛苦，非常伤心，但他这样做也是对的。日后请你告诉他，我是怀着这样的信念死去的。这也许可以安慰他，让他振作精神，跟我取得谅解。他的本质上有许多优点，而且那么高贵，如同一个没有真正爱情的人所表现的那样。[3]

1　德文为："Flut, Flut, / Mach alles wieder gut..." Theodor Fontane: *Effi Briest*, in *Werke*, S. 5217 (vgl. Fontane-RuE Bd. 7, S. 15). 冯塔纳：《艾菲·布里斯特》，韩世钟译，第10页。

2　参见Theodor Fontane: *Effi Briest*, in *Werke*, S. 5237 (vgl. Fontane-RuE Bd. 7, S. 27). 冯塔纳：《艾菲·布里斯特》，韩世钟译，第25页。

3　德文为："Und es liegt mir daran, daß er erfährt, wie mir hier in meinen Krankheitstagen, die doch fast meine schönsten gewesen sind, wie mir hier klargeworden, daß er in allem recht gehandelt. In der Geschichte mit dem armen Crampas-ja, was sollt er am Ende anders tun? Und dann, womit er mich am tiefsten verletzte, daß er mein eigen Kind in einer Art Abwehr gegen mich erzogen hat, so hart（转下页）

253

这段话虽然不长，但却意味深长。实际上，从另一个角度来看，这是曾为人妻的艾菲在历经沧桑之后对殷君的一个客观评价及自己人生观的展现，这其中有三个要点：（1）求和解的善良愿望与人生观的淡泊为美；（2）对殷君人格的充分肯定、理解与幽怨，他是一个君子、一个容克贵族、一个普鲁士官僚的典范、甚至是德国社会主流价值观的英雄，但他不是一个好丈夫，不是一个优秀的家长；（3）其本质仍不脱时代语境与社会教化的结果。最后艾菲选择的是理解，即她承认殷君的两条方法，即决斗与教女都是对的，这实际上是跟着当时社会的价值观在变，是与德国社会传统价值观对"秩序"的寻求，对"责任"的强调，对"公正"的凸显相吻合的。但从中颓落的，是一种求自由的愿望。艾菲自始至终就是一个被"教化"的好孩子，即便做出了悲哀的被社会否定的行为，都不足以构成叛逆，她的人格形象与安娜还是无法相提并论的。

二、殷士台顿其人及其教养形成

从社会的伦理观来看，殷士台顿是一个相当优秀的人。这一点冯塔纳自己有过非常肯定的表态，"在他的身上并不缺少为人所喜爱的各种品质"[1]。确实，按照普鲁士的社会标准，殷君乃是一个相当优秀的人物，他不但品质高尚，而且事业有成，甚至还受到帝国首相俾斯麦的赏识。借助艾菲之口，我们得以了解这份花信少女心目中的丈夫的生平履历：

……当兵的生活叫他感到厌倦。那个时候也的确是个和平时期。

（接上页）es mir ankommt und so weh es mir tut, er hat auch darin recht gehabt. Laß ihn das wissen, daß ich in dieser Überzeugung gestorben bin. Es wird ihn trösten, aufrichten, vielleicht versöhnen. Denn er hatte viel Gutes in seiner Natur und war so edel, wie jemand sein kann, der ohne rechte Liebe ist." Theodor Fontane: *Effi Briest*, in *Werke*, S. 5684-5685 (vgl. Fontane-RuE Bd. 7, S. 309). 冯塔纳：《艾菲·布里斯特》，韩世钟译，第379页。

1 转引自 Walter Schafarschik (hrsg.): *Theodor Fontane-Erläuterungen und Dokumente* (《冯塔纳——阐释与资料》), Stuttgart: Reclam, 1972, S. 110-113.

"婚姻纽带"抑或"歧路之爱"

一句话,他离开了兵营,上大学念法律,爸爸说他"真象书呆子";只是到了七十年代战争爆发,他才重新入伍,但他不上原来的联队,而去佩勒贝格部队,获得了一枚十字勋章。当然,这是由于他办事很果断。战后他马上当了文官,这就是说,俾斯麦十分器重他,连皇帝也器重他,就这样,他当上了县长,凯辛县县长。[1]

这段话粗线条的勾勒出了殷君的奋斗之路,军职—文官的历程使他履历丰富,而大学教育则是重要的"社会资本"转换器,更重要的是,殷君在大学里学习的是法律,这是通向仕途的直径。以一名基层小官,而能够逐渐提升并获得最高政治领袖层面的赏识,实在不易,我们不知道这其中是否有艾菲的夸大之处,但威廉一世与俾斯麦作为那个时代普鲁士与德意志的最高领袖,其名字的直接出现,足以见出殷君的政治能量。从日后的事实来看,应该确有其事,因为俾斯麦确实与殷士台顿有直接接触:"俾斯麦来到伐尔青已有一周。殷士台顿知道,从现在开始到圣诞节,也许到圣诞节以后,他不会有太平日子好过。俾斯麦公爵还在凡尔赛的时候,就很赏识他了,每当他来伐尔青,他往往要请殷士台顿去他那儿赴宴。但是也只有请他一个人。这位年轻有为的县长由于举止文雅,为人聪明,同样受到公爵夫人的青睐。"[2] 由此我们可以看到,俾斯麦对殷君的欣赏是青眼有加的;

---

[1] 德文为:"... und das ganze Soldatenleben überhaupt muß ihm damals wie verleidet gewesen sein. Es war ja auch Friedenszeit. Kurz und gut, er nahm den Abschied und fing an, Juristerei zu studieren, wie Papa sagt, mit einem ›wahren Biereifer‹; nur als der siebziger Krieg kam, trat er wieder ein, aber bei den Perlebergern statt bei seinem alten Regiment, und hat auch das Kreuz. Natürlich, denn er ist sehr schneidig. Und gleich nach dem Kriege saß er wieder bei seinen Akten, und es heißt, Bismarck halte große Stücke von ihm und auch der Kaiser, und so kam es denn, daß er Landrat wurde, Landrat im Kessiner Kreise." Theodor Fontane: *Effi Briest*, in *Werke*, S. 5214-5215 (vgl. Fontane-RuE Bd. 7, S. 13). 冯塔纳:《艾菲·布里斯特》,韩世钟译,第8—9页。

[2] 德文为:"Eine Woche später war Bismarck in Varzin, und nun wußte Innstetten, daß bis Weihnachten und vielleicht noch drüber hinaus, an ruhige Tage für ihn gar nicht mehr zu denken sei. Der Fürst hatte noch von Versailles her eine Vorliebe für ihn und lud ihn, wenn Besuch da war, häufig zu Tisch, aber auch allein, denn der jugendliche, durch Haltung und Klugheit gleich ausgezeichnete Landrat stand ebenso in Gunst bei der Fürstin." Theodor Fontane: *Effi Briest*, in *Werke*, S. 5308 (vgl. Fontane-RuE Bd. 7, S. 71-72). 冯塔纳:《艾菲·布里斯特》,韩世钟译,第83页。

按照这样的惯性，殷君在仕途上的飞黄腾达也只是时间的问题。而这种关系在克拉姆巴斯口中再次得到证实："他（指俾斯麦，笔者注）对您（指殷士台顿，笔者注）非常赏识。"[1]

在殷君的成长与发展过程中，有两段经历至关重要，一是得与高层接触的从军，还有就是转入大学的受教。要知道，普鲁士对高级官员的培养是非常重视的，其大学功用就在于培养实用性人才。新建于1737年的哥廷根大学之创建者、长期出任大学学监的明希豪森（Gerlach Adolph von Münchhausen，1688—1770）就曾非常明白地说过"我的大学伦理，以声誉和实用为基础"（Meine Universitätsmoral ist auf das Interesse der Ehre und des Nutzens gegründet）[2]。就学科取向来说，最重要的两个学科就是财政学和法律学。[3] 殷君之选择法律，乃是太正常不过的"康庄大道"，要知道连歌德、马克思这样的伟人，在大学里也都拿的是法学学位。所以，可以认为，殷君的成长过程，无论是就德国的传统社会风尚而言，还是在普鲁士官僚阶层的价值标准中，都是很有代表性的。[4] 既然"得之桑榆"，就难免"失之毫厘"，在婚姻上殷君多少就有些被耽搁了。殷君迎娶艾菲的年纪是比较大了，但这符合普鲁士的传统，要知道"到19世纪末，市民阶级男子结婚的年龄依然保持在30岁这样不变的高度。那些公务员因为有一个最初无收入的职业阶级，因此结婚年龄常常还要推迟"[5]。可以看出，即便是按照其时的一般年龄标准，殷君的结婚也是大大推后的了，这可真是"先立业后

---

1 德文为："und da er ein liking für Sie hat." Theodor Fontane: *Effi Briest*, in *Werke*, S. 5403 (vgl. Fontane-RuE Bd. 7, S. 131). 冯塔纳：《艾菲·布里斯特》，韩世钟译，第154页。

2 转引自 Helmut Schelsky: *Einsamkeit und Freiheit-Idee und Gestalt der deutschen Universität und ihrer Reformen* (《孤独与自由——德国大学之构建与改革》), Reinbek bei Hamburg: Rowohlt Taschenbuch Verlag, 1963, S. 36.

3 徐健：《近代普鲁士官僚制度研究》，北京：北京大学出版社，2005年，第116页。

4 这一点我们比较一下早些时候的一位普鲁士高官芬克（Ludwig von Vincke，1774—1844）的经历就可以看出，此君1792年在马堡大学学习法律学、财政学，师从施蒂林（Jung Stilling）教授；后又在埃尔郎根大学、哥廷根大学学习法律、动物药物学。1795年，他在勃兰登堡通过第一次国家候补官员考试；在两年候补期后，他又通过国家最高考试委员会的考试，成为高级候补官员；1798年任明登县（Minden）县长，后迁升至威斯特法伦省省长。徐健：《近代普鲁士官僚制度研究》，第116—117页。

5 茵茵哈德·西德尔：《家庭的社会演变》，王志乐等译，北京：商务印书馆，1996年，第120页。此书名直译当为《家庭的社会史》。

成家"了。而经历过学业塑造、社会风霜的殷君,显然其人的风采与资本都非同凡响,且不说正面评价,我们来看一看反面描述。殷士台顿不是个不学无术的人,这点借助克拉姆巴斯之口也能看出来:

> 我说殷士台顿求名心切,不惜任何代价往上爬,哪怕用鬼来吓人也罢。此外,他还有一种癖好,那就是动不动喜欢教训人,仿佛他生来就是个教师爷,左一个巴泽多夫,右一个佩斯塔洛齐(不过殷士台顿比这两个人更虔信宗教),他一心一意学习施内芬塔尔和蓬茨劳两地的经验。[1]

出自情敌和对手的话,更具有真实性。由此我们可以考究殷君的性格特征,这里攻击殷君的是两点:一是功名心,二是教师欲。但同时也透露出两条重要信息,即殷君的教养来源,一是思想上的学习典范,二是范例上的学习榜样。巴泽多夫与裴斯泰罗齐(即佩斯塔洛齐)都是18世纪时日耳曼语境中的著名教育家,而施内芬塔尔和蓬茨劳则是此期著名的教育文化城市,由此我们可以看出殷君这样的官僚其实思想上是很先进的,他非常注意获得知识资源的补给,并将之运用到自己的行政实践中去。有这样的基层官僚,应是德国之福,也显示出俾斯麦时代蒸蒸日上背后的普遍人才素质。

然而,在社会公认的标准之外,殷君却难得自己妻子的承认。艾菲对殷君的态度却有一个转变的过程,其过程大致有三。一是决斗事件发生之后。二是母女重逢事件,一方面艾菲的判断是"我对自己的行为感到厌恶,但是我更厌恶的是你们(指殷君与其女安妮)的德性"[2];但另一方面在艾

---

[1] 德文为:"Also Innstetten, meine gnädigste Frau, hat außer seinem brennenden Verlangen, es koste, was es wolle, ja, wenn es sein muß unter Heranziehung eines Spuks, seine Karriere zu machen, noch eine zweite Passion: er operiert nämlich immer erzieherisch, ist der geborene Pädagog und hätte, links Basedow und rechts Pestalozzi (aber doch kirchlicher als beide), eigentlich nach Schnepfenthal oder Bunzlau hingepaßt." Theodor Fontane: *Effi Briest*, in *Werke*, S. 5416 (vgl. Fontane-RuE Bd. 7, S. 139-140).冯塔纳:《艾菲·布里斯特》,韩世钟译,第165页。

[2] 德文为:"Mich ekelt, was ich getan; aber was mich noch mehr ekelt, das ist eure Tugend." Theodor Fontane: *Effi Briest*, in *Werke*, S. 5653 (vgl. Fontane-RuE Bd. 7, S. 289).冯塔纳:《艾菲·布里斯特》,韩世钟译,第353页。

菲眼里，殷君变成了一个"求名心切、一心想往上爬的野心家，一切围绕着名誉，名誉，名誉"[1]。三是最后的归宿，她当然还是原谅了，一切都理解了，一切都过去了，她在面对死亡的日子里笑看平生，似乎得到了彻底的解脱和慰藉。说到刻骨铭心的爱情，艾菲一生或许并未曾经历过。殷君自以为是爱这昔日少女的，但却也不得不承认："我一直陷在自己的事务堆里，忙忙碌碌。我们男人都是些自私自利者。"[2]这或许正是殷君，这位俾斯麦时代优秀人物的悲哀！

三、殷士台顿与俾斯麦时代政治高层的关联
——理解普鲁士官僚阶层个案背后的资产阶级因素

实际上，在这里形成了一种相当有意味的悖论关系。路易丝（母亲）的抉择（放弃殷君而嫁给布里斯特），是对自己爱情的否定；而这种原则反作用于殷士台顿，他同样不看重爱情，而是通过自身的社会资本来获得婚姻及其附加值。所以，艾菲的悲剧，或许仍不得不溯源于其母。可如果仅将问题推理到这样的层面，未免太过狭隘，其实任何一个个体都不可能完全对事态的发展负有全部责任，即便是老成的前辈也是。就社会制度本身发问，或许更加有效。所以，我们有必要深入考察以殷君为线索展现出的俾斯麦时代的政治图景。

有趣的是，即便是主人公殷君本人，也与俾斯麦时代的高层统治人物有所接触。譬如部长给他的来信中，在委任状之外附了一封短信："我亲爱的殷士台顿！我高兴地通知您，皇帝陛下已经在您的委任状上签了名，我

1　德文为："Ein Streber war er, weiter nichts. –Ehre, Ehre, Ehre..." Theodor Fontane: *Effi Briest*, in *Werke*, S. 5652 (vgl. Fontane-RuE Bd. 7, S. 289). 冯塔纳：《艾菲·布里斯特》，韩世钟译，第353页。

2　德文为："Ich bin immer zu sehr mit mir beschäftigt gewesen. Wir Männer sind alle Egoisten." Theodor Fontane: *Effi Briest*, in *Werke*, S. 5499 (vgl. Fontane-RuE Bd. 7, S. 192). 冯塔纳：《艾菲·布里斯特》，韩世钟译，第231页。

为此向您表示衷心的祝贺。"[1]这虽然是一封非常形式化的东西，但却让"早已惯于官场礼节"的殷士台顿相当感动[2]，因为这毕竟是来自上官的亲近表示。或许这样一种与部长家关系的提示，从此也就暗藏下日后艾菲通过部长夫人而实现母女相见的线索。在部长夫人眼中，殷君是个"不以感情用事，而以原则办事的人"，诚如她对艾菲所言："只要他（指殷士台顿，笔者注）做出一点暂时的让步，对他来说，都是极为困难的。如果不是很困难的话，那他早已改变他的这种行动准则和教育方式了。凡是使您内心痛苦的事，在他都一概认为是正确的。"[3]由此，我们也可以清楚地看出殷君的人格养成也是一种教育规训的产物。但很多时候，这些大人物是作为背景而出现的，譬如在艾菲到凯辛县后拜访乡间贵族时就感觉到："全是一些碌碌无为之辈。他们谈论到俾斯麦和皇储时，十次有八九次露出虚假的情意。"[4]这里，皇储和俾斯麦作为一种社会和政治背景出现在乡村之中，可以见出德国社会里无所不在的帝制背景与官僚语境。

所以如果我们要深入理解这幕现代悲剧的成因，就必须将殷君与艾菲都放置到普鲁士的社会背景中去。有两重因素值得关注：一是布里斯特家族是一个世家，但恰恰是这样一个传统之家的窈窕淑女出了问题；二是在俾斯麦时代，正是资产阶级特别发达的时期。马克思与恩格斯对此有极为精辟的论述：

---

[1] 德文为："Mein lieber Innstetten! Ich freue mich, Ihnen mitteilen zu können, daß Seine Majestät Ihre Ernennung zu unterzeichnen geruht haben, und gratuliere Ihnen aufrichtig dazu." Theodor Fontane: *Effi Briest*, in *Werke*, S. 5699 (vgl. Fontane-RuE Bd. 7, S. 299). 冯塔纳：《艾菲·布里斯特》，韩世钟译，第367页。

[2] 德文为："Innstetten war Beamter genug." Theodor Fontane: *Effi Briest*, in *Werke*, S. 5699 (vgl. Fontane-RuE Bd. 7, S. 299). 冯塔纳：《艾菲·布里斯特》，韩世钟译，第367页。

[3] 德文为："Ihr Herr Gemahl, verzeihen Sie, daß ich ihn nach wie vor so nenne, ist ein Mann, der nicht nach Stimmungen und Laune, sondern nach Grundsätzen handelt, und diese fallenzulassen oder auch nur momentan aufzugeben wird ihm hart ankommen. Läg es nicht so, so wäre seine Handlungs- und Erziehungsweise längst eine andere gewesen. Das, was hart für Ihr Herz ist, hält er für richtig." Theodor Fontane: *Effi Briest*, in *Werke*, S. 5645–5646 (vgl. Fontane-RuE Bd. 7, S. 284). 冯塔纳：《艾菲·布里斯特》，韩世钟译，第346—347页。

[4] 德文为："mittelmäßige Menschen, von meist zweifelhafter Liebenswürdigkeit, die, während sie vorgaben, über Bismarck und die Kronprinzessin zu sprechen," Theodor Fontane: *Effi Briest*, in *Werke*, S. 5302 (vgl. Fontane-RuE Bd. 7, S. 68). 冯塔纳：《艾菲·布里斯特》，韩世钟译，第78页。

资产阶级在它已取得了统治的地方把一切封建的、宗法的和田园诗般的关系都破坏了。它无情地斩断了把人们束缚于天然首长的形形色色的封建羁绊，它使人和人之间除了赤裸裸的利害关系，除了冷酷无情的"现金交易"，就再也没有任何联系了。它把宗教的虔诚、骑士的热忱、小市民的伤感这些情感的神圣激发，淹没在利己主义打算的冰水之中。它把人的尊严变成了交换价值，用一种没有良心的贸易自由代替了无数特许的和自力挣得的自由。总而言之，它用公开的、无耻的、直接的、露骨的剥削代替了由宗教幻想和政治幻想掩盖着的剥削。[1]

说到底，在马克思的理论之中，经济基础是一切之核心因素。资产阶级的统治，使得利益考量超越一切其他因素而成为最根本性的东西，交换价值成为基本原则。设若如此，封建社会之发展脉络，更体现出一种宗法、田园的自然情趣，乃至思维方式的秘索思传统；而资本社会由启蒙而来，却反映出一种更加绝对的功利理性的算计功能，是逻各斯思维的表征。或许，殷君与艾菲的冲突成因，可以从这个层面加以考察。他们的矛盾与悲剧，究竟与时代是何样的关系？真是资本主义发展所导致的吗？如果没有俾斯麦时代的经济崛起，艾菲的悲剧是否就不会发生？或者至少说，殷君的寻仇与离婚可以避免？

---

[1] 德文为："Die Bourgeoisie, wo sie zur Herrschaft gekommen, hat alle feudalen, patriarchalischen, idyllischen Verhältnisse zerstört. Sie hat die buntscheckigen Feudalbande, die den Menschen an seinen natürlichen Vorgesetzten knüpften, unbarmherzig zerrissen und kein anderes Band zwischen Mensch und Mensch übriggelassen als das nackte Interesse, als die gefühllose 'bare Zahlung'. Sie hat die heiligen Schauer der frommen Schwärmerei, der ritterlichen Begeisterung, der spießbürgerlichen Wehmut in dem eiskalten Wasser egoistischer Berechnung ertränkt. Sie hat die persönliche Würde in den Tauschwert aufgelöst und an die Stelle der zahllosen verbrieften und wohlerworbenen Freiheiten die eine gewissenlose Handelsfreiheit gesetzt. Sie hat, mit einem Wort, an die Stelle der mit religiösen und politischen Illusionen verhüllten Ausbeutung die offene, unverschämte, direkte, dürre Ausbeutung gesetzt." Marx/Engels: *Manifest der kommunistischen Partei*, in Marx/Engels: *Ausgewählte Werke*, S. 2615-2616 (vgl. MEW Bd. 4, S. 464-465). 中译文参见马克思、恩格斯：《共产党宣言（1848）》，载马克思、恩格斯：《马克思恩格斯选集》第1卷，第253页。

四、普鲁士的伦理观与俾斯麦时代的社会风俗：
以"婚姻纽带"为中心

艾菲与殷君的冲突，近乎是一种必然的不可调和的矛盾，但这不是简单的个体与个性冲突，而是反映了大时代价值变化的必然性。实际上也可以将他们理解为大时代变化的符号缩影，此时已经是19世纪后期（小说背景当为19世纪70—80年代），当18世纪中期莱辛开始讨论市民阶级价值观的时候（《爱米丽亚·迦洛蒂》），当席勒借助《阴谋与爱情》凸显市民爱情之重要的时候，发生了"贞洁观"到"爱情观"的变化，但这种转折不是绝对的。当黑贝尔的《玛利亚·玛格达莱娜》（Malia Mageddalene, 1844）以农村"失足少女"丧命于父手来追问社会伦理价值观的问题时，虽然揭示的是另一种场域的问题（农民），但仿佛过去的问题又一下子出现了。印证在《艾菲·布里斯特》中，所谓"在市民家庭里，要求把爱作为选择配偶的正确理由，这说明与传统家庭秩序的彻底决裂"[1]，并不是绝对的，而只是一种相对划分而已。在事实操作当中，有相当程度的复杂性。有趣则在于，当百年升降之后，在德国经由俾斯麦改革的铁腕统治下逐渐实现内部振兴和外部崛起时，德国市民社会的发展历程，竟然是如此的龟行矩步？作为德国政治统一象征的铁腕人物俾斯麦，究竟给德意志民众带来的是怎样的兴旺发达？

我们比较一下《少年维特之烦恼》，就可以更明显地感觉到爱情、婚姻与社会之间复杂纠葛的变迁关系。绿蒂如此对维特有情，但却能自守其礼；而艾菲却无法在克拉姆巴斯的诱惑下守住基本的道德伦理尺度。时代变了，人也在变。维特是一个至情至圣的男子，而克拉姆巴斯却更多是出于一种情欲的要求。"哪个少男不钟情，哪个少女不怀春"，但谁人又岂不知"人性本能至圣处，惨痛飞迸鬼神惊"（Jeder Jüngling sehnt sich so zu lieben, Jedes Mädchen, so geliebt zu sein, Ach der heiligste von unsern Trieben, Warum quillt aus ihm die grimme Pein）。所以难怪歌德会要求"且作伟人长

---

[1] 参见里夏德·范迪尔门：《欧洲近代生活·家与人》，王亚平译，北京：东方出版社，2003年，第259页。

歌行，莫步后尘学我冥"（Sei ein Mann, und folge mir nicht nach）[1]。婚姻越来越多地沦为一种社会价值的工具，爱情则成为一种奢侈品。如果说维特与绿蒂虽然没有"金风玉露一相逢"的瞬间，但却没有人会否认他们之间纯真的情感；但在艾菲与克拉姆巴斯之间，却很难说他们有真正的感情，虽然克拉姆巴斯最后在殷君的挑战前并未失了男性的尊严。

从迦洛蒂—露伊斯（Luise）的发展，我们看到了德国市民社会女性价值观的一种回归过程，固然有迦洛蒂这样对自身尊严的誓死捍卫，有露伊斯（《阴谋与爱情》的女主角）对爱情的执着坚守，但也有如艾菲母亲路易丝的随波逐流；而艾菲的悲剧成因，则必须从后者的轨迹中去寻究。从艾菲的出身来说，布里斯特家族是有社会地位的，这既反映在路易丝当初的"弃殷适布"的选择上，也表现为对此际作为县长的殷士台顿的接纳上。联姻是有讲究的，必须是有"门当户对"的因素才可能彼此结成，而布里斯特家族的择婿，显然是多重因素的综合考虑。

在普鲁士社会里，其价值标准是简单的功利算计。如果说，艾菲还有那样一种追逐情感和自我愉悦的冲动；那么，当她面对女儿的冷酷和漠然，终于意识到殷君或制度对她的窒息般的压迫时，就不再有那种深沉的负罪感，我们也不妨将其视作女性主义的觉醒的标志可能。要知道"市民阶级的婚姻理想是理性的爱情与经济上的考虑的结合"，但实际上这不可能，因为这样的"两美兼备"诉求往往会陷入理想与现实之间矛盾的陷阱。[2]所以我们必须追问的是，婚姻究竟是一个什么东西？它在德国市民社会中究竟扮演了怎样一个角色？按理来说，作为确定市民家庭核心关系的婚姻，应该具有非常重要的多重文化意义。

或许值得追问的是，殷君为何选择艾菲为妻，年轻美貌、旧缘相识等

---

[1] 参见Johann Wolfgang von Goethe: *Die Leiden des jungen Werther*（张荣智注释）, Beijing: Foreign Languages Teaching and Research Press, 1997。同时参见Johann Wolfgang von Goethe: *Die Leiden des jungen Werther*, in Fritz Martini und Walter Müller-Seidel (hrsg.): *Klassische Deutsche Dichtung*（《德国文学经典》）, Band 12, Freiburg im Breisgau: Verlag Herder KG, 1964, S. 311-430。中译本有多种，参见杨武能译：《少年维特之烦恼》，载歌德：《少年维特的烦恼·赫尔曼和多罗泰》，杨武能等译，北京：人民文学出版社，2003年，第1—136页。歌德：《歌德文集》第6卷，杨武能等译，北京：人民文学出版社，1999年，第1—133页。

[2] 茱茵哈德·西德尔：《家庭的社会演变》，王志乐等译，第121页。

或为原因，但我们也不应忽略其中的实际因素，在当时的语境中，"许多公务员力图摆脱与其社会需求不相适应的拮据的生活状况"，所以"他们在择偶时不得不考虑未婚妻的嫁妆问题"。[1] 我们可以看到，殷君的经济状况不算太差，但也不是极好。所以，殷君之选择艾菲，经济考量应该是其中较为重要的一环因素，因为布里斯特家族毕竟是有着丰厚的经济基础的。如果讲理的话，殷君与艾菲都不算本性恶劣之人，艾菲固然犯错；可殷君自身责任难逃，作为一个丈夫，他虽然提供了良好的外在物质条件，但却显然不够细心，无法满足妻子的情感生活需要。殷君之为人，则似无可挑剔，算得上是标准的君子风范，可就是这样两个本性善良的夫妻，到头来却势同水火，弄了个家庭破残、身心俱伤的结果。这集中表现在安妮与艾菲的见面上，女儿伤害的固然是母亲的心，但何尝又不是自己弱小稚嫩的心灵呢？随着岁月的流逝，这一点会更明显。一个没有母爱的少女，长大后会有怎样的心理，实在让人不敢乐观。

殷士台顿对自己的决斗选择也曾有过困惑与反思："报仇决不是美事，但却合乎人情，是人类的一种自然权利。这样看来，所有这一切都不过是出于捍卫一个概念的一场戏，一个人为的故事，一出演了一半的喜剧。"[2] 但他却最终还是选择了这样一种决斗的传统方式来解决问题，因为他自有其理论基础："一个人生活在社会上不仅是单独的个人，他是属于一个整体的，我们得时时顾及这个整体的利益，我们根本不可能离开它而独立存在。"[3] 他接着长篇大论地阐述了自己的理由，并将其最终归结为社会教育及其场域制约因素：

---

1 莱茵哈德·西德尔：《家庭的社会演变》，王志乐等译，第121页。
2 德文为："Rache ist nichts Schönes, aber was Menschliches und hat ein natürlich menschliches Recht. So aber war alles einer Vorstellung, einem Begriff zuliebe, war eine gemachte Geschichte, halbe Komödie." Theodor Fontane: *Effi Briest*, in *Werke*, S. 5599 (vgl. Fontane-RuE Bd. 7, S. 255). 冯塔纳：《艾菲·布里斯特》，韩世钟译，第311页。
3 德文为："Man ist nicht bloß ein einzelner Mensch, man gehört einem Ganzen an, und auf das Ganze haben wir beständig Rücksicht zu nehmen, wir sind durchaus abhängig von ihm." Theodor Fontane: *Effi Briest*, in *Werke*, S. 5585 (vgl. Fontane-RuE Bd. 7, S. 247). 冯塔纳：《艾菲·布里斯特》，韩世钟译，第301页。

如果要想和人群共同生活，那就必须接受某种社会教育。到了这一步，大家就习惯于按照教育人的条文评判一切，评判别人和自己。谁要想违犯这些条文，那是绝对不允许的；违犯了这些条文，社会就要看不起你，最后你自己也会看不起自己，直到完全受不了舆论的蔑视，用枪弹来结束自己的生命为止。[1]

说到底，艾菲是被教化的，殷君也同样接受了教化。只不过，这种教化的方式不太一样，前者或许更多出自家庭，而后者则受制于社会。当然，家庭在某种意义上也是社会的一种缩影而已。条文—社会形成了一组对应的关系，这或许正是制度的潜在性功用，这个社会的秩序是由制度在维持的。然而，正是这种教化和条文培养出了"死守条文"（prinzipienreiterei）的殷士台顿。[2]此君在成功地复仇之后（或许是实践与维护自己的贵族尊严更重要），有过这么一段追根究底地穿心之问：

报仇决不是美事，但却合乎人情，是人类的一种自然权利。这样看来，所有这一切都不过是出于捍卫一个概念的一场戏，一个人为的故事，一出演了一半的喜剧。这出喜剧我现在还得继续演下去，还非得把艾菲送走不可，毁了她，也毁了我自己……我原可以将这些信件统统烧掉，叫世人永远不知道。这样，她回家来也就什么也不会猜到。至于我呢，表面上只消客客气气说一声"你请坐"就行了，而内心则可以跟她暗暗疏远，同床异梦。这样，就用不到跟她公开决裂。世界上有多少生活，犹如春梦一场，有多少婚姻，却是有名无实……而时至今日，幸福已成泡影，本来我是用不着看到他那疑问的目光和那默

---

[1] 德文为："Aber im Zusammenleben mit den Menschen hat sich ein Etwas ausgebildet, das nun mal da ist und nach dessen Paragraphen wir uns gewöhnt haben alles zu beurteilen, die andern und uns selbst. Und dagegen zu verstoßen geht nicht: die Gesellschaft verachtet uns, und zuletzt tun wir es selbst und können es nicht aushalten und jagen uns die Kugel durch den Kopf." Theodor Fontane: *Effi Briest*, in *Werke*, S. 5585–5586 (vgl. Fontane-RuE Bd. 7, S. 247). 冯塔纳：《艾菲·布里斯特》，韩世钟译，第301页。

[2] Theodor Fontane: *Effi Briest*, in *Werke*, S. 5599 (vgl. Fontane-RuE Bd. 7, S. 255). 冯塔纳：《艾菲·布里斯特》，韩世钟译，第311页。

"婚姻纽带"抑或"歧路之爱"

默的低声抱怨的神态的。[1]

在这里，殷君很理性地设想了此事可能发展的三种可能：上策或许是隐忍不发，徐图感情之出路；中策或许是敲山震虎，让艾菲临危而止；如此三败俱伤，实为下策，但在殷君，却是不得不然，天命也夫。这是社会规训教化的强大力量之作用，也或许就是资本时代的必然规训。这种规训除了教育本身的教化功用，那么殷君所属的普鲁士官僚阶层是相当特殊的，说他们是国家里"最有教养的、最具精神的与最解放的部分"，乃至"最能够、最有才华的成员"[2]，或许过分夸张；但这群人作为一种特殊等级，他们确实形成了自己的"精神"，具体说就是自己的社会原则、行为举止等，而且更多受到关注的是"级别、奖章、名誉、社会教育和生活状况"[3]。在殷君这里，这些东西似乎都得到了印证。所谓级别，从县长到部里的司长、部长乃至首相，奖章则他曾经荣获各种荣誉，而对于名誉的捍卫在普鲁士人更是至关重要，教育方面则他去上大学、学法律，而就生活而言，无论是当县长的劳绩还是到柏林后的腾达，都是如此。在这种背景下，婚姻也就是一种手段，一种作为重要社会关系纽带的手段而已，这一点不仅此书中表现明显，在《布登勃洛克一家》中冬妮（Tony）的婚姻选择，也基本上是一个社会联姻的产物，这一点大家似乎都心知肚明，这句话表现得最明显："冬妮猜得一点不错，佩尔曼内德先生一到这里，她的哥哥就着手打

---

1 德文为："Rache ist nichts Schönes, aber was Menschliches und hat ein natürlich menschliches Recht. So aber war alles einer Vorstellung, einem Begriff zuliebe, war eine gemachte Geschichte, halbe Komödie. Und diese Komödie muß ich nun fortsetzen und muß Effi wegschicken und sie ruinieren und mich mit... Ich mußte die Briefe verbrennen, und die Welt durfte nie davon erfahren. Und wenn sie dann kam, ahnungslos, so mußt ich ihr sagen: ›Da ist dein Platz‹, und mußte mich innerlich von ihr scheiden. Nicht vor der Welt. Es gibt so viele Leben, die keine sind, und so viele Ehen, die keine sind... dann war das Glück hin, aber ich hätte das Auge mit seinem Frageblicke und mit seiner stummen leisen Anklage nicht vor mir." Theodor Fontane: *Effi Briest*, in *Werke*, S. 5599-5600 (vgl. Fontane-RuE Bd. 7, S. 255). 冯塔纳：《艾菲·布里斯特》，韩世钟译，第311页。

2 转引自 Fritz Hartung: "Zur Geschichte der preussischen Verwaltung im 19. und 20. Jahrhundert" (《19与20世纪的普鲁士行政管理史》), in Otto Büsch (hrsg.): *Moderne Preussische Geschichte* (《现代普鲁士史》), Band 1, Berlin, New York: de Gruyter, 1981, S. 694。

3 徐健：《近代普鲁士官僚制度研究》，第133页。

听他的经济情况。"[1] 可见，经济基础是那个时代决定婚姻的重要的普遍因素。所以说到底，妻子只是这种社会关系建构中的一个物具而已，并没有太多的情感意义。如果是维特心中的绿蒂，天大的错过或许也是该得到谅解的吧！所以，在殷君这里，艾菲必须被送走，必须受到惩罚。但这种惩罚的最严厉一击，不是离婚，而是通过年幼的女儿，她对待母亲竟是怎样的态度呢？应该说，在这里，殷君给了自己自认为最爱的妻子的"致命一击"，不是别人，正是艾菲自己的女儿。这种反复循环的悲剧作用力，是一种何等悲惨的宿命啊！然而，这恰是俾斯麦时代的活剧。在德国崛起的耀眼光环中，深藏的竟是这样的社会事实，日后德国的迅速下落也就是可以理解的了。

五、"歧路之爱"？——德国传统脉络中市民家庭的价值观追问

或许我们可以假设，艾菲的问题，也许就在于她的"歧路之爱"？她与克君的婚外恋本就是不合法的，或许可以作为一种爱情想象的方式来留有空间，但就社会道德伦理确实不被容纳。是的，不仅在德国，在当时的欧洲语境里，如安娜、如包法利夫人，都一无例外，为她们的婚外恋付出了极为昂贵和惨重的代价，最后的结局无外乎一个"悲惨之死"。只不过死的方式不同而已，或撞车而亡，或服毒自尽，轮到艾菲，其命运也好不到哪里去，她最后选择了在孤寂中默默离开这个尘世。

在俾斯麦时代，德国一切都仿佛上了路，可一切仿佛也都预留下下落的空间。从这个角度来看，婚外恋究竟说明了什么？究竟又意味着什么？妈妈的来信将这层谜底揭开了：

---

[1] 德文为："Wie Tony angenommen, hatte ihr Bruder bald nach Herrn Permaneders Erscheinen genaue Erkundigungen über seine Lebensstellung eingezogen." Thomas Mann: *Buddenbrooks–Verfall einer Familie*, Scan: der Leser, K-Leser: Y fffi, 2002, S. 330. 托马斯·曼：《布登勃洛克一家》，傅惟慈译，南京：译林出版社，1997年，第320页。

"婚姻纽带"抑或"歧路之爱"

……我亲爱的艾菲,现在就来谈谈你今后的日子吧。你今后得自立门户,独个儿生活了。至于日常开销用度,我们一定接济你。你最好住在柏林(因为住在大城市最容易忘记这类事情),你也将要象好多人那样,由于自己的过错而失去自由的空气和明亮的阳光。你将要一个人孤独地生活,你如果不愿这样生活,那你也许得降低身份,迎合别人。你曾经生活过的世界以后不再向你开放了。不论对我们还是对你(对你同样如此,我们是了解你的),最最伤心的是,你的娘家从此也对你关上了大门;我们无法在霍恩克莱门给你提供一席安身的栖身之所,我们的旧爱里也没有可以给你避难的落脚之地;因为我们如果收留了你,那就等于使这个家和外界永远断绝来往。我们当然不能这样做,这并不是我们非常留恋这个世界,仿佛退出这个所谓的"社会"是件无法忍受的事;不,问题不在这儿,问题极为简单:舆论逼着我们非得对你的事情表明态度不可,对你的行为,对我们如此心爱的独生女儿的行为表示我们的谴责(可惜不能不对你使用这样的字眼)……[1]

这段话写得可是费尽心思,处处伤情,既表现出那个时代为父母者的无奈和"虚伪",更深刻揭示出时代语境和社会伦理的强大势力。在我看来,

---

[1] 德文为:"... Und nun Deine Zukunft, meine liebe Effi. Du wirst Dich auf Dich selbst stellen müssen und darfst dabei, soweit äußere Mittel mitsprechen, unserer Unterstützung sicher sein. Du wirst am besten in Berlin leben (in einer großen Stadt vertut sich dergleichen am besten) und wirst da zu den vielen gehören, die sich um freie Luft und lichte Sonne gebracht haben. Du wirst einsam leben und, wenn Du das nicht willst, wahrscheinlich aus Deiner Sphäre herabsteigen müssen. Die Welt, in der Du gelebt hast, wird Dir verschlossen sein. Und was das traurigste für uns und für Dich ist (auch für Dich, wie wir Dich zu kennen vermeinen)–auch das elterliche Haus wird Dir verschlossen sein: wir können Dir keinen stillen Platz in Hohen-Cremmen anbieten, keine Zuflucht in unserem Hause, denn es hieße das, dies Haus von aller Welt abschließen, und das zu tun, sind wir entschieden nicht geneigt. Nicht weil wir zu sehr an der Welthingen und ein Abschiednehmen von dem, was sich Gesellschaft nennt, uns als etwas unbedingt Unerträgliches erschiene; nein, *nicht* deshalb, sondern einfach, weil wir Farbe bekennen und vor aller Welt, ich kann Dir das Wort nicht ersparen, unsere Verurteilung Deines Tuns, des Tuns unseres einzigen und von uns so sehr geliebten Kindes, aussprechen wollen..." Theodor Fontane: *Effi Briest*, in *Werke*, S. 5599-5600 (vgl. Fontane-RuE Bd. 7, S. 267-268). 冯塔纳:《艾菲·布里斯特》,韩世钟译,第327页。

267

至少有以下几重意义值得揭出：其一，伦理观不容回避，德国社会网有其非书面的，但却相当严格的规则制约，这一点即便是布里斯特家族也不敢轻易触犯，这里的判决很简单，艾菲被逐出上流社会，其母家若公开容纳艾菲则也被视同逐出；其二，父母之爱是通过经济援助来实现的，"婚姻纽带"在这里极其不靠谱，殷君是彻底地将其逐出家门了；其三，艾菲的"歧路之爱"说到底是一种不伦之爱，既不能得到一般的同情，也不为社会舆论所容忍。在这里父母虽然仍表现出对女儿的爱，但仍然是指责了她的过错，表示谴责。

艾菲最终是用自己沉重的后来岁月为自己年轻的失足而偿付了，然而艾菲的悲剧却绝不仅是个人的悲剧而已。造成这幕悲剧的，固然有她自己的年少轻漫和不懂世事的因素，她自己所处的家庭和接受的教育，乃至殷君、克君都是要负责任的。说到底，还是这个大时代出了问题，他们身上都是负着沉重的"时代病"的，都是患者，都承载时代所赋予的角色。在这样一个俾斯麦时代文史田野的大场景中，《艾菲·布里斯特》反映的固然是几个剧中人的命运与悲欢离合，甚至也可约略见出市民家庭价值观的变迁，但更重要的还是一个大时代的局部细节放大。所谓市民阶层，本身就是一个较为复杂的概念，市民的面相和分类也有多种，若想充分理解之，我们还需要解剖更多的、有典型性的麻雀。

德国学的学术核心问题
——以学科互涉整合为中心

一、汉语语境中的"德国学"双重概念及其若干层面

作为一种汉语语境中新兴学术概念的"德国学",在我看来,包括两层含义。从广义上来说,它是泛指一切与德国相关的学术研究工作,即相近于宽泛意义上的"德国研究",德文为Deutschlandstudien,英文为German Studies。从狭义上来说,它应是具有自身学术品格的独特学术命题,我倾向于将其规定为以现代德国(19—20世纪)为主要研究对象的一种跨学科意识为主体的"学科群"建构,关注的核心内容是德意志道路及其精神史探求。故此,我倾向于借鉴英语世界中"美国学"概念的若干启发来建构这一概念。后者对我们的实际研究而言,更具意义。

我们今天讨论德国学问题,就不再是简单地将各学科有关德国研究的内容机械相加,而得出一个巨无霸式的"综合体"来。实际上所谓"跨学科"之所以往往成为论者热于讨论却疏于实践的命题,就是因为它意味着对研究者"知识结构"和"学术思维"的重大挑战。我们不仅要能够具备自觉的"跨学科"的德国学建设意识,更要能提出整合"德国学"的有效命题。具体说来,最重要的不是学科建制、夸夸而谈,而是研究目的、命题、理论与范式的确立。

如果不考虑和讨论方法论,就无法使一个学科真正立住阵脚。比较初级的一个层次,是将德国学定义为"跨专业的学科群";但也还不能仅止于此,即也需要考虑在此基础上将其建构为一个相对自足的"准学科"。

设若如此,如何提出有效命题,成为各学科之间的联结纽带,可能是更重要的。在我看来,作为狭义学术命题或"准学科"的德国学,应着重理解"德国历史形成的建构过程",凸显"当下社会的有效问题",具有"强烈主体意识的现实关怀和接通历史与未来的求真意识"。我们一般会强调本土意识与当下问题,但对于涉及外国研究的学者来说,所面临的问题要逾越于此。也就是说,我们面对的对象是他者,但考虑的出发点却是自身,这样一种自然跨越不同文化的方法论选择,就决定了中国的"德国学"必然是一种跨文化、跨学科、跨领域的求知之学。

研究对象(主与次) 既然以德国学为题,自然首先在概念上应当具有包容性,即与德国的现实与历史相关的一切内容,都应包含在内,即研究对象可明确为具有历史延续和传承性、社会一体和共享性、文化多元和互涉性、政治主导和协调性等特点的作为文明国家的德国;而德国精神的独特性,与法国、英国等文化相比,又明显表现出其北欧(日耳曼)文化特征。故此,我们对德国学的研究,应有一个核心的追求与探索指向。在我看来,就是努力寻求研究对象上的某种"共享可能",使得研究成果能够"各有入手之处",却不妨"互助互证之功"。这就是说,一方面在目前阶段,理当广泛展开具有强烈问题意识的各学科、各类型、各方面的个案研究。而且学者的个体研究往往有其任意性、主观性的一面,那就是必须结合学者自身的兴趣与特长而展开课题。但作为一个国家的整体学术,却不得不有整体规划和结合宏观的一面,故此,研究对象亦应当相对有其问题意识的集中的一面。这样大家做出的成果,虽然是在各个现行学术体制的各学科如文史哲、社会科学之内的,但其成果却具有互助性,可以相互参照、提供资料、提供一种思路的启迪;而且进一步能够互补,譬如同样讨论"盖斯勒的帽子"(Gesslershut),文学研究者处理的是《威廉·退尔》的文本结构,历史学家却展现出那段风起云涌的民族独立史,而法学家看到的却是其法律意义上的象征作用……

就研究内容而言,我以为下面的主题或许可以作为大家切入德国学研究的若干主干性问题意识:"启蒙思脉"(背后是"逻各斯")、"浪漫思脉"(背后是"秘索思")、"古典思脉"(背后是"中道")可以作为一种重要思潮和思维方式进行深入探究,而"歌德学"可以作为一个重要学域提供共享平台，必然会延伸到各学科所关注的核心问题；"德国精神""德国制度""德国器物"可以作为三位一体的核心概念进行延展式研究，成为多学科的共享话题；"德意志特殊道路"可作为德国特殊性的某种面相进行探究，或者说是讨论德国民族性的某种参照，而这一点恰恰是可以和"启蒙思脉"的整体背景联系起来的，为什么德意志特殊道路会走成那个样子？但这也仅是思想史层面的初级问题而已。可以结合政治史、社会史的整体背景，诸如前有俾斯麦之"铁血崛起"、马克思之"阶级斗争"；后有德国共产党之"折戟沉沙"、纳粹党之"嚣然崛起"。在政治上这究竟意味着什么？其思想史渊源究竟又该怎样追溯？启蒙为什么会走向这样的"双重极端"？俾斯麦—威廉二世—希特勒，这线索之间真的有极为强烈的逻辑性必然吗？而马克思—列宁—毛泽东，是否又真的建构起了一条世界性的"西方—东方之旅"？发自德国的思想源头，究竟以怎样一种"精神风暴"席卷了现代世界？难道，哈耶克（Friedrich A. von Hayek, 1899—1992）所描述的"西学东渐"的主体变化真的具有如此重要的思想史规定意义？

> 200多年以来，英国的思想始终是向东传播的。曾在英国实现的自由法则似乎注定要传播全世界。至1870年左右，这些思想的流行或许已扩展到其最东端。从那时起，它开始退却，一套不同的，并不是真正新的而是很旧的思想，开始从东方西进。英国丧失了它在政治和社会领域的思想领导权，而成为思想的输入国。此后60年中德国成为一个中心，从那里，注定要支配20世纪的那些思想向东和向西传播。无论是黑格尔还是马克思，李斯特还是施莫勒，桑巴特还是曼海姆，无论是比较激进形式的社会主义还是不那么激进的"组织"或"计划"，德国的思想到处畅通，德国的制度也到处被模仿。[1]

李斯特之后的人物，或者都已经只能充当配角的角色了。真正最为关键的是两个人：黑格尔与马克思。虽然只是黑氏的再传弟子，但马克思比海涅

---

[1] 哈耶克：《通往奴役之路》，王明毅等译，北京：中国社会科学出版社，1997年，第27—28页。

要厉害得多，他所涉及的知识范围之广、发明的思想体系影响之大，都可圈可点。黑格尔承继康德而来的"启蒙理性"路径而发扬光大，虽然已在小心翼翼地收缩中避免极端，可马克思居然在此基础之上又走上了另类之极端，却恰恰不仅在思想史的局限范围之内，更将思想的火种铺设到现实社会的"举火燎天何煌煌"上。左之偏左，这就出现了难以避免的"物极必反"，所谓"反者道之动"（《老子》）是也。黑格尔以启蒙集大成者的身份小心翼翼地调和二者，多少有点像莱辛的煞费苦心。似乎只有俾斯麦能略微理解他的苦辛，他在实践政治的层面将其试图演化到可操作的层次；但瓦格纳开辟的路径，同样孕育下未来"爆发"的种子。到了威廉二世，则将这种危险呈现在现实政治层面；而希特勒的思想来源则毫无疑义地将浩劫之根源指向了作为精神导师的瓦格纳。理解德国，或许还是霍克海默与阿多诺的联手能一针见血——"启蒙辩证法"，必须以一种辩证思维去面对"启蒙"。这并不是什么特别高明的招数，但却很可能已然接近解决问题的锁钥。当然，将德国精神予以世界范围的定位，走向世界的名片或许还是歌德，如此就必须重视作为学域的"歌德学"。或者该这样设问，我们如何从整体上去把握"德国精神"？

学术传统（现代与古典） 既然要构建中国的德国学，那毫无疑问是在中国现代学术谱系里建立起来的，这一点应当有非常明确的意识，这就决定了必须与中国现代学术发生极为密切的关联。

如果就传统学术的角度来说，我们只有"四裔之学"，而没有严格意义上的"外国学"。德国真正从学术意义上进入我们的关注维度，恐怕只能从中国现代大学与学术制度建立之后开始算起。而林则徐主持编译纂辑的《四洲志》，除了翻译材料之外，也还能发表见解、表明立场[1]，在某种意义上可谓开辟了传统学术的新领域，虽然在他那时更多是出于一种功利致用角度的"即学见用"，但这也毕竟是"睁眼看世界"的创造性尝试。就

---

[1] 譬如在编译美国材料时，林则徐就论及美国联邦制度："传闻大吕宋开垦南弥利坚之初，野则荒芜，弥望无人；山则深林，莫知矿处；壤则启辟，始破天荒。数百年来，育奈士迭遽成富强之国。足见国家之勃起，全由部民之勤奋。故虽不立国王，仅设总领，而国政操之舆论，所言必施行，有害必上闻，事简政速，令行禁止，与贤辟所治无异。此又变封建、郡县官家之局，而自成世界者。"转引自张曼：《〈四洲志〉评介》，载林则徐编：《四洲志》，张曼评注，北京：华夏出版社，2002年，第7页。

经世派的角度来看，他们立定的志士胸怀当然值得尊重："若夫志士，思乾坤之变，知古今之宜，观万物之理，备四时之气，其心未尝一日忘天下而其身不能信于用也，其情未尝一日忤天下而其遇不能安而处也……"[1] 可惜的是，由林则徐、魏源、龚自珍等人所象征的可谓是传统学术之最后绝响，虽然是"夕阳无限好"，也"只是近黄昏"。就现代性发展的整体态势来看，基本上是"西学全球化"，也就是东方国家基本上放弃了自己的知识与学术传统，而接受以洪堡大学理念为标志的现代大学的模式化建设方式。在此基础上展开的现代性的全球铺展，基本上是大势所趋、无可阻逆。这样一种普世模式是对是错还很难说，但至少是目前通行的、实实在在发生作用的模式。对于中国来说也是如此，随着士精英阶层的制度性裂变，不但在政治上不再有那种传统留存，就学术知识的建构层面而言，以王国维、陈寅恪等为代表的第一流知识精英都彻底转向"西学"（现代学术）的基本认知伦理维度中去；等到蔡元培以洪堡大学理念改革北大，一举奠立起中国现代大学与学术制度，可谓是水到渠成。

所以，虽然我很看重古典学的意义，但仍主张将德国学建设的重心放在"现代德国"的方面，这既意味着对我们现在身处其中的现代学术的相对普适性价值有不得不认同的主导性一面，同时也隐约地希望指向某种"古典传统"的一面，这既包括对德国作为欧洲文明传统中的流脉一支的自觉意识，也包括对中国学术传统的自觉追溯（现阶段还只是作为资源而非本体）。

文化资源（中与外） 任何一种研究或思想，都不可能是空穴来风，必须借鉴已有的学术和知识基础，善于化用融通，这样才能创发出属于自己的理论建构。对于中国学者来说，在面对以外国对象为中心的涉外学科如"德国学"问题上，这点表现得更为突出。一方面我们要有清醒的学科认知和意识，充分认识到自身研究的"先天不足"，譬如非母语基础、非本国对象、异文化传统等等，这就需要进一步认识到对象国学者研究的重要性，借鉴和学习对方的优秀学术成果和关注最新学术动向，充分利用他们的既有研究成果和史料整理积累工作。另一方面，我们也不能够妄自菲薄，同

---

[1] 张际亮：《答潘彦甫书》，载《张亨甫全集》卷三，同治六年刻本。

时需要积极思考我们如何才能在这样一种"非对称博弈"状态中,如何赢得"学术游戏"的获胜机会。这个方面西方汉学家的成绩或许可以给我们较大启发,虽然他们是非母语学者,且有较大劣势,但他们确实贡献出了非常优秀的学术成果。总结之,至少在以下三个方面我们可以特别关注。(1)如何立定自己的学术根基才是最为重要的,所以对中国学者来说,必须加强自己的学统意识,即我们是在中国现代学术谱系下的"德国学"研究,必须与本国学术主流建立积极的互动关系,获得新鲜的学术、知识、理论资源的给养和支撑。虽然现时代中国学术尚不足以像欧、美学界主流提供大量创新理论,但毕竟有一个大的学术知识语境可供挖掘。正如陈寅恪所强调的,"其真能于思想上自成系统,有所创获者,必须一方面吸收输入外来之学说,一方面不忘本来民族之地位"[1],立定自家之学统根基、治有主见之学,是根本所在。(2)如何"化劣势为优势",非母语、非文化传统等固然是劣势,但外人也有外人的好处,那就是"不识庐山真面目,只缘身在此山中"。从这个意义上来说,外来者容易以一种更为超脱、客观的心态来审视作为异质文化的对象国;如果此时再能强化本国的知识与文化传统的优势,譬如中国文化里的易经、道家、儒家等不同思维模式,则更能"别出手眼",看出别人所看不到的东西。(3)如何"大处着眼,小处着手",就语言的整体阅读能力、理解能力、文化语境渗透能力,我们无疑都有自身的劣势,但如果将问题聚焦为一定的狭小范围,以"狮子搏兔"的精神全力以赴,在某个具体的小问题点上我们未必不能"孤军深入"且有所斩获,如果再以具体知识点上的"田忌赛马"之策,诸如与中国史料或文化有关的知识点,我们也未必不能"连点成片",形成部分优势。

二、现时代中国"德国学"学科分布状况及其特点:以若干人物为例

如果说,上述论列仍有泛泛之嫌,此乃讨论宏观理论性问题时难免的

---

[1] 陈寅恪:《冯友兰〈中国哲学史〉下册审查报告》,载刘桂生、张步洲编:《陈寅恪学术文化随笔》,北京:中国青年出版社,1996年,第17页。

"空疏"；那么，下面则不妨以当代涉猎德国学研究的若干代表为例[1]，希望能对论题的讨论略作纵深之探。

就学术史来看，各学科的前行者或多或少都已经意识到学科互涉的重要性。德语文学学科的开辟者杨丙辰的这种特征就很明显，他早年留学柏林大学学习法学[2]，日后归国却转行做了德文学者，但其知识域却相当开阔，学生回忆"他教人总是从根本上来"，所开出的药方则都是德国资源："比方对现在文坛的左翼右翼的问题吧，他就劝人读马克思和尼采，对于美学吧，就劝人读康德，对于批评呢，就劝人从莱辛、海德尔、歌德，一直读到迪尔泰。对于体系的认识的认识，则劝人读冯德。"[3] 不过，这也可看出那代留德学人的学养；到了熊伟、冯至一代人更是在学术意义上明确认识到跨学科的必要性，冯至晚年时深感"社会科学领域内各门科学联系性较强"的事实，另一方面则毫不讳言自己的学术弱点："据我个人的经验教训，我研究文学，由于对哲学、历史、宗教等知识的贫乏，有时遇到与上述学科有关的问题，常感到难以解决。"[4] 所以，他特别提出跨学科交流的必要性，甚至隐含了对社科院各研究所之间"老死不相往来"现象的委婉批评，主张"横向联系，互相请教"[5]。而熊伟作为哲学家则身体力行，20世纪80年成立的中国德国史研究会，由熊伟长期出任会长，这让人颇感兴味。为何是一个研究德国哲学、昔日海德格尔及门弟子的学者，出任德国历史学会的会长呢？[6] 这其中固然有特殊时代的场域因素，但与作为哲学研究者的熊伟，自身具有较强的史学意识，并且能切身实践，是很有关系的。以熊氏

---

[1] 此处所举人物仅以笔者有限目光所及为限，而且会相对更凸显其所涉猎研究的范围、学科代表性、内容互涉性等方面，相对凸显专著和人物，并无"英雄排座次"的意义。

[2] Thomas Harnisch: *Chinesische Studenten in Deutschland-Geschichte und Wirkung ihrer Studienaufenthalte in den Jahren von 1860 bis 1945* (《中国留德学生——1860至1945年间留学的历史和影响》), Hamburg: Mitteilungen des Instituts für Asienkunde, 1999, S. 173.

[3] 李长之：《杨丙辰先生论》，载郜元宝、李书编：《李长之批评文集》，珠海：珠海出版社，1998年，第250页。

[4] 冯至：《祝贺与希望》(写于1987年5月中国社会科学院成立十周年之际)，载《冯至全集》第5卷，石家庄：河北教育出版社，1999年，第445页。

[5] 冯至：《祝贺与希望》(写于1987年5月中国社会科学院成立十周年之际)，载《冯至全集》第5卷，第445页。

[6] 王炳南、成仿吾、章文晋等曾任名誉会长。

"述而不作"的风格,竟然撰有数篇关于中德文化交流史的论文,值得认真对待。《早期中德文化交往》虽然简略[1],可学术史意义却重大,这不但表明了他对中德文化交流史的兴趣,更意味着一代学者的跨学科意识。熊伟治学非常认真严谨,要求学生固然如此,自身述学亦同样"行为世范",《莱布尼茨与康熙》一文篇幅其实甚有限,但学生们却都非常清楚有这样的印象:"记得几年前的一个仲夏,先生为了写一篇题为《莱布尼茨与康熙》的论文,曾顶着烈日酷暑,三次从北大进城去故宫查实材料。每次回来,先生都已疲惫不堪,但只要有所收获,先生便显得十分高兴,挤公共汽车、在故宫里问人寻物步行几个小时的劳累便都忘了,如此一直到他本人对论文满意为止。"[2]更重要的背景是,"那时先生已年近80"[3]。至今想来,一个年近耄耋的老翁,不辞劳苦去查阅资料、坚持学术;其实,这是那代学人的良好学养与学统,如宗白华先生亦同样有此韵事流传,季羡林先生更是以这样的精神完成了其《糖史》大作。但从另一方面来看,则意味着这代学人以其良好的学术伦理意识坚守着作为一个学人的基本底线。特别应当注意的是,这篇文章乃熊伟参加1988年第五届国际莱布尼茨大会的报告,原文用德文撰成。[4]所着手处乃一历史细节,即康熙帝与莱布尼茨的可能交往。用今天的眼光去衡量,这显然是一篇不严格的学术论文,但熊伟为此而坚持求真的精神,却是值得后世学习的;更重要的是,在国际学界面前,熊氏的第一手调查至少没有为中国学界"丢份"。

以上所举之例,自德国学萌发开始,肇创期的第一、二代学者已经初步意识到学科互涉的重要性,甚至逐步身体力行;那么,就现时代而言,第三代学人基本淡出舞台,第四代学人正承担重任。在语文学领域,从杨

---

[1] 熊伟:《早期中德文化交往》,载中国德国史研究会、青岛中德关系研究会编:《德国史论文集》,青岛:青岛出版社,1992年,第330—335页。另参见熊伟:《自由的真谛》,北京:中央编译出版社,1997年,第327—333页。

[2] 王炜、陈嘉映:《于天人之际,求自由之真谛——忆熊伟先生》,载熊伟:《自由的真谛》,第392页。

[3] 王炜、陈嘉映:《于天人之际,求自由之真谛——忆熊伟先生》,载熊伟:《自由的真谛》,第392页。

[4] 熊伟:《莱布尼茨与康熙》,载《自由的真谛》,第177页之注释。

丙辰到冯至的前辈学人做出了很好的榜样，此处不再多做论列[1]；德国哲学研究素来是中国日耳曼学研究的大宗，无论是传统建构，还是学术规范等方面，这个领域的学人都是堪为模范的。这里举张祥龙（1949年生）为例，其最初的学术根据地是海德格尔，海学进入20世纪90年代后逐渐成为"显学"，而且明显"飞入寻常百姓家"。但张祥龙的研究，从一开始就带上浓厚的本土色彩，凸显以中国思维比照德国对象的路径，很有特色。除撰作《海德格尔传》之外[2]，其《海德格尔思想与中国天道——终极视域的开启与交融》一书"在借鉴现象学与解释学方法时，融入中国传统体道方法，使之在海德格尔思想的研究上，别开生面，更加深透。尤其是在中国天道观的研究上，无论对其底蕴的发掘，还是对其永恒价值的评价，都显出思想重构和富于诗意的独创精神"[3]。总体来看，张氏的学术研究在哲学学者里相对显出较多的跨学科特征、强烈的本土关怀、浓重的人文意识，包括学术史自觉[4]，都是值得充分肯定的。但如果就更高层次的学科互涉推进维度的德国学建构来要求，则显然还有更多百尺竿头更进一步处。（1）需要更多地"移目他观"，多关注相关学科的研究，借鉴已有成果，推进学术本身。

---

[1] 我本人的研究或许可略作注脚。基本思路是从文学史角度入手，以个案研究带动思潮研究，进而试图在较为稳固的基础上探讨德国文学史，如完成的《史诗气象与自由彷徨——席勒戏剧的思想史意义》《古典和谐与东西衔接——经典文本体现的歌德思想之形成》，正在进行的《现代性的内部反思——从莱辛到海涅的德国文学史与启蒙思脉之轨辙》；从学术史角度入手，清理本国学科史的《德语文学研究与现代中国》，进而触摸对象国学术史轨迹的《歌德学术史》；始终保持对交流史视野的重视，尤其是在不同层面去阐发和提升中德文化关系史的意义，如《另一种西学》《主体的迁变》《异文化博弈》等。作为核心线索同时贯穿各学域的始终是思想史的关注，并注重其与政治、社会史的渗透，如《俾斯麦时代与文史田野》，以呈现整体性的德国学研究的实践范式探索；进而是对理论的复覆和探讨，如《德国学理论初探》。

[2] 张祥龙：《海德格尔传》，石家庄：河北人民出版社，1996年。

[3] 王树人语，载张祥龙：《海德格尔思想与中国天道——终极视域的开启与交融》，北京：生活·读书·新知三联书店，1996年，封底。新时期以来，海德格尔研究在中国哲学界蔚为显学，涉猎者甚多，也不乏佼佼者，代表性著作如靳希平《海德格尔早期思想研究》（上海人民出版社，1995年）、陈嘉映《海德格尔哲学概论》（生活·读书·新知三联书店，1995年）、张汝伦《海德格尔与现代哲学》（复旦大学出版社，1995年）、孙周兴《说不可说之神秘——海德格尔后期思想研究》（上海三联书店，1994年）等，一个较完整的书单，参见黄见德：《西方哲学东渐史》下册，北京：人民出版社，2006年，第1148—1149页。

[4] 参见张祥龙：《中国的现代德国哲学研究选述》，载北京大学德国研究中心编：《北大德国研究》第2卷，北京：北京大学出版社，2007年，第9—27页。

譬如他也讨论辜鸿铭，但主要还是品评式的，虽然不乏洞见如"无此奇人奇才奇气，无此飞蛾扑火般的殉道，中华古文明的陨落岂不太不壮观？"甚至认为："儒家从一开始就是'反动派'，也就是老子所说的'反者，道之动'意义上的反-动者：逆计算之势、求利之潮，却终得生生变易之活势、天理人心之大潮。"[1] 辜鸿铭其实是讨论中德（西）思想交流史而拓展到"深思澄明"境界的最佳案例之一，如果能结合考察辜氏的留德背景、西学学养，则必然大有贡献于学术。当然或许作者兴趣不在此，仅略举例而已。（2）需要更多地明确"以史为基"的方法论基础，当然作者似已意识到这个问题，譬如对海德格尔与"道"及东方思想史料的钩沉整理[2]，《海德格尔论老子与荷尔德林的思想独特性》等很见功力，但平行比较的方法还是更多些。这种做法并非不可行，但确实相当难操作。（3）需要更多、更主动地积极"寻求对话"。应该说，虽然有学科平等观念，但在学论学，就学科本身关注范围和承担任务而言，哲学不但是"高级学科"，甚至是各学科之母，关键当然还是学者自身能否当起重责。我们看看康德、黑格尔时代他们所关注的知识范围和体系建构，就会意识到主动跨界出击的重要性。从这个意义上来说，作为重量级学者，有必要将关注的视域，无论是求知还是深思层面，尽可能扩大，不是去"跑马圈地"，而是秉承一个学者的良知，探索真知、主动交流、构建平台、积极对话、推进学思。设若如此，德国学的建构也才成为可能。我们现在太缺少的，也就是这样有学术承当、追索执着的"哲学之士"。

德国哲学学科之筚路蓝缕，学术承传之轨迹却相当明显。无论是后代学人如何继续求知于世界，譬如不仅留学德国，甚至也留美取经（如张祥龙、王庆节、陈嘉映等），但其所秉承的主要学统，仍是中国现代学术自身的。就海德格尔哲学研究而言，自张颐至熊伟的路径显然很重要，而且后者"桃李无言，下自成蹊"，"一批青年学者渐渐从学理上了解到了海德格尔的哲学，一步一步深入到现象学——存在哲学——解释学传统

---

[1] 张祥龙：《奇哉，辜鸿铭！》，载《思想避难：全球化中的中国古代哲理》，北京：北京大学出版社，2007年，第43页。

[2] 张祥龙：《海德格尔与"道"及东方思想》，载《海德格尔思想与中国天道——终极视域的开启与交融》，第439—455页。

之中"[1]，其意义怎么高估都不过分。而就现时代各学科比较之实绩而言，无论是翻译还是研究，德国哲学学域都相当突出，故此我们有理由期待该学科在未来的德国学建构中再显身手，能引领潮流，共享出原创性的哲思。此处之所以取张祥龙为代表，乃是他所治学范围具有较强的跨学科性，有较清晰的当下关怀与共享基础。故此以上所论未免苛求于人，只是在一个更高层次的"德国学"平台上假设而已。

历史学从来就是人文学科之重镇与基础学科，德国史研究似乎就传统建构而言比较滞后[2]，虽然早在1929年，就出版了由张世禄撰作的《德国现代史》，基本反映了那个时代中国知识精英对现代德国的认知。[3] 作者的见地不俗，显现出跨学科的知识结构；而校阅者是中国留德前辈蔡元培，也更显示出一层德国学互动的多学科实践色彩。但整体来说，德国史作为一种相对独立的学域出现仍似应算是20世纪50年代以后的事情。北京大学历史系世界史教研室在张芝联教授主持下，邀请了东德专家洛赫任教（1955—1958），他讲授《德国通史》，不但培养了研究生、本科

---

[1] 王炜、陈嘉映：《于天人之际，求自由之真谛——忆熊伟先生》，载熊伟：《自由的真谛》，第393页。也可参见下代学者的一组回忆文章：王庆节《亲在与中国情怀》、刘鑫《怀念先师熊伟》、姚治华《雄伟先生断忆》、郑文龙《回忆熊伟先生》、刘英《忆熊先生》、白波（孙周兴）《亲在的境界》、陈小文《思念》，上揭书第395—425页。

[2] 一个简单的描述，参见朱忠武：《德国历史学在中国的发展概况》，载北京大学德国研究中心编：《北大德国研究》第2卷，第28—34页。另参见于沛：《二十世纪中国人文学科学术史研究丛书·世界史研究》，福州：福建人民出版社，2006年；李孝迁：《西方史学在中国的传播（1882—1949）》，上海：华东师范大学出版社，2007年。

[3] 作者对德国国民性与教育、精英的关系揭示就相当深刻："德意志人民受是等教育之熏陶，而沉迷于德国可恃武力以执世界之牛耳之思想，及战争为人生必需事物之臆说；此可举毛奇与尼采之语，以见其国人思想之一斑。毛奇曰：'永久之和平，殆梦想耳；且亦非佳梦。战争乃世界进程中必具之要素，而为上帝所制定者也。'又曰：'世界而无战争，则将停凝不进，而沦骨于实利主义之中矣。'尼采曰：'苟希冀于人类多成造就，而忘作战之道，直怡情于幻境已矣。彼营垒间所养成之狂悍能力，憎恶情感所激出之不择人施之心性，杀戮与薄情所产生之自觉，努力歼敌所引起之热忱，不畏牺牲不顾一己及同侪之生死存亡之慷慨，与夫民众灵魂中如海如潮之震荡，以振作于委靡之际者，自古迄今，舍大战其孰能鼓舞之哉？'此种学说，实与黑智儿及马克思之历史哲学，同一思路，而更加以发扬者也。遂使德人之心理，完全迷信于武力与战争；以进攻为保守之策，以争斗为和平之母，以侵略为生存必要之工具，殆充满于德人之脑际矣。"张世禄：《德国现代史》，蔡元培校，上海：商务印书馆，1929年，第107—108页。

生，而且也撰写了作为专著的教材《德国史》。[1] 所以20世纪50年代被认为是"最初培养中国的德国史人才的时代"[2]。1980年，中国德国史研究会（Chinesische Gesellschaft zur Erforschung der deutschen Geschichte）成立后更从整体上推进了这一学域的发展。作为第3.5—4代学者，如丁建弘、吴友法、李工真、郑寅达等都做出不少贡献。此处则选择一位第4.5代学人邢来顺（1963年生）作代表，略做剖析。邢来顺德国史研究的特点主要表现在以下三方面：（1）从事德国史本身的工作，尤其是在传统的通史叙述之外，进一步区分经济史、政治史、社会史的维度，并注重其相互关系的考察，《迈向强权国家——1830年—1914年德国工业化与政治发展研究》具有强烈的问题意识，强调"主要从工业发展及其对政治影响的角度来认识这一时期的德国社会"[3]。而《德国工业化经济—社会史》则更进一步"主要从社会变迁的角度论述德意志帝国时期为重点的近代德国经济和社会史"[4]。这样一种分野向下又兼顾整体的思路，不但有力地拓展了德国史的研究，而且对德国学整体建设而言是很有意义的。（2）他同时明显拓宽关注视域，对文化史、思想史有初步的涉猎，这点《德国贵族文化史》的推出是个明显的表现。作者自谓："笔者是在探究德国近代社会结构变迁的过程中最初接触德国贵族群体的。当时对德国贵族群体的巨大活力留下了极深刻的印象，同时也对这一群体产生了浓厚的兴趣……"这样一种学术命题的发展，显示了作者水到渠成的问题意识，其学术敏锐力值得肯定；从另一方面来说，这样一种拓展就必然要导致学科界限的跨越。作者显然心知肚明，对"文化定义"的困惑、对"学术出轨"的忧虑、对"积累有限"的顾虑[5]，都表明作者良好的学术伦理意识，但更可贵的是，作者知难而上，完成了这部开创性著作。当然毫无疑问的也留下了很多问题，

---

[1] 维纳·洛赫：《德国史》，北京大学历史系世界近代现代史教研室译，北京：生活·读书·新知三联书店，1959年。

[2] 朱忠武：《德国历史学在中国的发展概况》，载北京大学德国研究中心编：《北大德国研究》第2卷，第29页。

[3] 邢来顺：《迈向强权国家——1830年—1914年德国工业化与政治发展研究》，武汉：华中师范大学出版社，2002年，第2页。

[4] 邢来顺：《德国工业化经济—社会史》，武汉：湖北人民出版社，2003年，第1页。

[5] 邢来顺：《德国贵族文化史》，北京：人民出版社，2006年，第2—3页。

德国学的学术核心问题

但前进本身是可贵的,尤其是在"知学"基础上的前进。从这个意义上来说,此书应有其特殊的学术史价值。(3)作者有相当的思考力,至少从思考层面初步接近了德国学的若干核心问题,譬如德意志精神。《德国精神》虽然仅是普及之作,但已经初步具备一定的思想史意识。作者希望能提示"德意志民族特性中那些深沉而又相对稳定的东西,即居于主导地位的、起支柱作用的诸种精神"[1],虽然还远不能算是学术性的探讨,但它表现出了德国学研究建设共享思想平台的可能。因为在我看来,对德意志精神的探讨,应成为德国学建构的核心命题之一,故此作者草拟的所谓"浓浓的民族情结""思维和想象的故乡""稳中求进和实用主义""军国主义和强权观念""开拓进取自强不息""崇拜权威和服从精神""善鉴好学青出于蓝"等特点,虽然有必要进一步斟酌,甚至是辩难论争,但毕竟是提供了一个初步的讨论基础。其值得思考之处在于:(1)当我们进行纯粹的德国史研究时(也是对所有研究外国对象者),很难获得第一手的档案资料,在这种情况下如何达到高度的原创性,似乎值得思考,尤其是应考虑加强个案研究的基础性准备;(2)如何扩张知识域的基础建构,譬如可否进一步加深对文学史的思考,对其"材料意义"有深入认知,甚至进一步考虑在"文史互证"层面上来立定基础[2];(3)如何努力"由史致思",将最坚实的历史学考证和发微上升到思想史的境界,强化与其他学科的联动互通以及相互印证。

以上通过这两个个案的考察,我们可以看到,作为最前沿的哲学、历史学的研究者,他们其实都逼近了思想史研究的层面。无论是知域的拓展必然,还是强烈的关怀意识,都使得他们的研究在"以质为基"的前提下有"量的保证",从而展现出一个相当有张力的学术结构来,成为讨论德国学建构的有效的学术支撑点。因为说到底,学术是由学术著作构成,只有专著探研的不断深入和学理传承,才有一个学科的薪火积燃、熊熊不绝。

---

1 邢来顺:《德国精神》,武汉:长江文艺出版社,1998年,第2页。
2 当然作者已经明显注意到文化史的重要性,对科技、教育问题都有所关注,参见邢来顺:《德国工业化经济——社会史》,第497—535页。对文学材料也有所征引,参见邢来顺:《德国贵族文化史》。

281

三、德国学的核心命题：以德意志道路及精神史探求为中心

《北大德国研究》第3卷推出的主题是"德国学的命题、规训与范式"，此题是在第2卷主题"德国研究在中国"基础上的再度延伸。借助于参加2005年9月北大国际会议的若干德国学者思路，再加入若干中国研究者的自我总结与反思，主事者希望能在更深入的层面上来探讨关于"德国学"的命题。但由于作者基本上都是在自己视角来讨论问题，尚能进入到一个整体讨论的氛围中去，故此其学术意义尚不能评价太高。

在我看来，我们的德国学研究至少包括以下几个含义：(1)这是中国现代学术发展到一定阶段后，中国现代学者的自觉发覆与主动建构；(2)德国学是以现代德国（19—20世纪）为主要研究对象的一种跨学科意识为主体的"学科群"建构，关注的主要内容是从德意志道路及其精神史探求为核心内容；(3)在具体的方法选择和理论维度上，德国学希望能以世界学术为参照视阈，更多借鉴传统文化资源，形成一套具有中国文化特色的德国学理论，强调中国学术视阈的特殊维度。第一、三两者具涉及中国主体性问题，后有详论，此处主要就第二点展开。

为什么强调研究对象以现代德国（19—20世纪）为主？为什么凸显的核心内容是德意志道路及其精神史探求？在我看来，德国精神是德国历史、社会、文化的永恒与根本性主题。德国精神的构基之物是德国哲学、文学、艺术与学术作品及其历史。德国精神的本质属性仍是二元互补，即一方面体现在最优秀的知识精英（思想者）的集中表述上，也同时体现在民众个体的行为方式与修养层次上。故此，我将再进一步讨论的视域拓展，考察德国政治、经济、国际关系、法学、教育、军事、艺术等不同学科的研究状况。考察其"趋同"与"相异"之处，来努力寻求德国学建构的合法性共性根基。

我们对德国社会科学研究相对较为薄弱。最具强势意义的，当属对德国社会学的研究，但在这个方面我们的涉猎其实相当有限。韦伯自然是无法不关注的大家，但中国学界似尚未见对此君深入研究的经典性著作。从这个意义上来说，历史学出身的学者反而更多地关注到德国的社会问题，譬如徐健的《近代普鲁士官僚制度研究》试图建构一种框架，即"君主

制—官僚制—民主制"的演进程序,强调德国在政治制度的改造上落后于西欧别国的原因乃受制于官僚制度,已注意到其社会背景。[1] 如果我们将其与丁建弘、李霞的《普鲁士的精神和文化》放在一起比较[2],则社会史、文化史的互动意义会显得更清晰。

政治学领域往往与国际关系学相关,而对德国经济、社会的研究往往又被包括进去。这个方面比较有代表性的是连玉如的著作《新世界政治与德国外交政策》,此书开篇就追问"什么是德国,德国在哪里?"表现出强烈的问题意识和学术传承自觉,进而从德国问题的解决入手谈"新德国问题的提出",虽是政治表象,但追问已触及德国精神和国民性根源;虽然还未能直入底里,但已算是国际关系研究中颇少的有所发覆之作。[3] 不过,对德国国际关系的研究学者群被囊括在"中国德国研究会"的组织下,其优点主要表现在德语的纯熟、对德国现实问题的追踪和反应,但就学术理论、知识准备乃至研究范式的准备和意识方面而言,仍有待百尺竿头更进一步。

经济学无疑也是非常重要的领域。虽然国内也推出过"德国经济研究丛书",但主要思路仍在于"力求反映德国经济管理的主要特点和最新进展"[4];但近年来史学研究者逐步对此领域有所涉猎,孟钟捷所著《德国1920年〈企业代表会法〉发生史》尝试从个案角度研究魏玛时代德国第一部针对企业内部的劳资关系法规[5],体现了一定的学术深度和学科互动意识。

作为德国军队的总参谋长,毛奇说德军之胜利当归功于小学校生徒:"非吾侪之功,实彼等之力。"[6] 所以,德国教育的研究意义不言而喻。但总

---

1 徐健:《近代普鲁士官僚制度研究》,北京:北京大学出版社,2005年,第229页。
2 丁建弘、李霞:《普鲁士的精神和文化》,杭州:浙江人民出版社,1993年。
3 连玉如:《新世界政治与德国外交政策——"新德国问题"探索》,北京:北京大学出版社,2003年,第1—2页。
4 姚先国:《前言》,载沈越:《德国社会市场经济评析》,北京:中国劳动社会保障出版社,2002年,第1页。
5 孟钟捷:《德国1920年〈企业代表会法〉发生史》,北京:社会科学文献出版社,2008年。
6 参见梁启超:《教育政策拟议》,载朱有瓛编:《中国近代学制史料》第2辑下册,上海:华东师范大学出版社,1983年,第948页。

体而言，我们在这块的开辟还很不够。[1] 在大学教育方面，有两位学者的工作很重要。一是陈洪捷的研究无疑具有一定程度的原创性，《德国古典大学观及其对中国大学的影响》努力对德国古典大学观进行系统梳理，同时进一步以蔡元培为例，详细探讨了其是如何通过留学德国而接受了德国古典大学观的影响并用之于北京大学改革的。[2] 后者具有原创性，前者在汉语学界也是首发的。二是贺国庆的研究，他以世界科学中心转移现象为问题意识，从比较教育史入手探讨德、美现代大学的发展，这样就把德国大学史的线索放置在一个相对宏观的历史语境之中，问题意识很清楚。故此即便作者不通德语，这一研究也仍有相当之学术价值。[3] 不过很遗憾的是，这两位学者的研究基本上属于"浅尝辄止"，在专著的推进型研究方面未见成规模的建构。尽管如此，他们所勾勒的德国大学发展史及其大学理念，对我们理解德意志道路和精神方面具有重要意义。

从这样一些研究的状况来看，即具体的研究者可以是以自我为中心，而并不一定要刻意强化所谓跨学科意识。但毕竟由具体研究沉淀下来的情况看，尤其是以史学研究者为代表，他们的探索显然已然自觉形成了跨学科研究的先行者。而以跨学科学术机构（可以是研究所、研究中心等）为形式出现的德国学，应当在这种自然形成的学术倾向基础上，特别强调不同学科的专业研究者之间的互动与沟通；当然也不排除以历史德国为对象的研究，但其核心的关注命题则是"现代性"背景。而之所以强调思想史研究的普适性，乃在于需要为出身不同学科背景、接受不同学术规训的研究者提供一个公共平台，否则很可能导致"风马牛不相及"的尴尬；但同时，我们也不可忽略大历史（整体史）背景的决定性影响。于是我们会发

---

[1] 一个简单的描述，参见陈洪捷：《中国对德国教育的接受与研究》，载北京大学德国研究中心编：《北大德国研究》第2卷，第93—99页。在基础教育方面，有张可创、李其龙：《德国基础教育》，广州：广东教育出版社，2005年；在职业教育方面，有不少的资料性介绍工作，尤其是中德职业教育合作的推进。在教育理论研究方面，包括李其龙编著：《德国教学论流派》，西安：陕西人民教育出版社，1993年；彭正梅：《解放和教育——德国批判教育学研究》，上海：华东师范大学出版社，2008年。

[2] 陈洪捷：《德国古典大学观及其对中国大学的影响》，北京：北京大学出版社，2002年。

[3] 贺国庆：《德国和美国大学发达史》，北京：人民教育出版社，1998年。这里要特别说明的是，即便不通德语，只要对学术有贡献就应该将其纳入到德国学的范畴中来。基本评价标准应是学术，而非语言。

觉一个相当有趣的现象，就是治各专业者，越来越注意到整体史（这里是德国史）背景，强调是在一个"大语境"中来理解问题；而治整体史者，则意识到不能够一网打尽、面面俱到，故此往往都深入到具体的学科领域范畴，譬如邢来顺的工作固然可谓代表，而徐健、孟钟捷等人对其他学科的渗透，也可做此解。

一般来说，器物、制度、文化三个层面覆盖了所要考察对象的基本范围。考察德国学的建构也不外乎此，如果说文史哲作为核心领域，基本上体现了文化领域的探索。那么，这里我们主要在器物、制度两个层面来展开，当然到最后，可能仍会发觉文化是无所不在的，我们还是不能不回到这个貌似最玄虚的层面上来。我这里略举两个例子，科学、军事基本上都从器物角度来看待。

在对自然科学研究的方面，当然就有一个限止度的问题，因为后者有其普世性的一面。但对德国科学史的研究，则毫无疑问当属于我们的关注范围。就此而言，方在庆对于德国科学史的研究值得关注。一方面他持续关注爱因斯坦，另一方面又不以此为限，将问题域拓展到《爱因斯坦、德国科学与文化》[1]，有明显的科学史与跨学科意识，重视到文化背景问题。譬如一些临近的学科会产生一些合作和交叉，《德国科技与教育发展》还仅是一部普及之作[2]，谈不上精深的研究，但它至少在"科教兴国"背景下意识到要将教育、科学视为一个相对整体来看待。

同样，在德国军事研究当中，戴耀先的《德意志军事思想研究》可谓是代表作品。[3] 他明显凸出德国军事思想的研究，强调："德意志不同于他国的经济、政治、历史、地理等特殊条件，构成了德意志军事的特色。其突出特点主要表现为：具有辩证思维的哲理性；从现实出发的务实性，计划周全的缜密性；以及由攻击性发展而成的强烈的侵略性。"[4] 这个问题一下子就可以纳入德国思想史的层面来讨论。而这就在很多方面涉及器物层面

---

[1] 方在庆编著：《爱因斯坦、德国科学与文化》，北京：北京大学出版社，2006年。此书主要收录"德国科学、历史与文化"研讨会论文、编者的部分文章。
[2] 戴继强、方在庆：《德国科技与教育发展》，北京：人民教育出版社，2004年。
[3] 戴耀先：《德意志军事思想研究》，北京：军事科学出版社，1999年。
[4] 戴耀先：《论德意志帝国军事的兴衰》，载《论德国军事》，北京：解放军出版社，2007年，第20页。

的技术问题。

所以入手处可以是器物，但要想探及底里，必然要接触到制度与文化。讨论制度，也一样不可避免追问到文化层面。所以我的倾向是，就德国学建构的核心来说：**以器物、制度、文化三个层面为基础建构，追问德意志道路、德意志精神的二元形成；借助思想史作为公共平台，最后指向德国元思维方式的探索。**

就思想史作为一个共享平台而言，则陈洪捷之探讨德国古典大学观不仅是大学思想史的一个明显例证，而且也涉及德国学建构的若干基础性领域或学科。就文艺学来说，席勒对于大学观的发覆就非同一般；就哲学来说，费希特担任首任柏林大学校长的意义非常重大；就宗教学来说，则施莱尔马赫作为浪漫思脉的代表人物，其意义怎么高估也不过分。关键则在于，他们都在特定的时空，在不同的地域与学术中心参与德国现代大学观（也就是世界现代大学理念）的建构和论争过程。要想将这个问题谈深论透，必须有各学科背景的研究者的积极参与。总括言之，应强调以文化的大概念来审视德意志民族的整体历史进程。内则为对德意志精神的探求，即在文艺、教育、学术等诸内部领域分头进入，个案追踪；而外则为对德意志道路的剖析，即在政治、经济、社会等诸外部领域揭示其成长之可能。

当然，什么是德意志道路？什么是德意志精神？二者之间的关联又是怎样的？我或者可以再加一条——德意志器物。对物质层面的关注，我们还未能引起足够之注意。其实，探研愈深，我们愈加深刻地感受到，最不起眼的器物问题，或许承载着能够动人心魄的诸如道路、精神问题的最终答案。再譬如说戏剧，包括歌剧，在德国文化中占据了怎样的地位？德国人思维的元结构模式又是怎样的？它与古典欧洲，如希腊、罗马究竟是什么关系？与现代欧洲诸国，如法、英，或者还有意大利，又是什么关系？与日耳曼诸国，如荷兰、奥地利，又是什么关系？与北欧（狭义）诸国，又是什么关系？它在欧洲的整体结构中地位如何？在西方文化的整体结构中作用又怎样？我们的德国学研究，必须对这样一些关键性的核心问题做出回答。而就以上梳理来看，则中国的德国学研究者对若干问题已初步取得共识。

第一方面是对于"学"的认同，实证的方法基本得到了充分的尊重。

做历史学研究的不用说，他们的研究方法基本上有强烈的实证取向，尤其是新生代学人的出现，他们确实能够站在一个较高的平台上与西方学者同台较技；而文学、哲学领域其实或多或少都已经意识到这个问题，其前沿学者的研究方法和学术成果都以能取法史学，同时不为所限；而且学科之间的互动意识明显增强。

第二方面是对于"思"的追求，应该说多少都体现出来。其核心则是对于"中国本位"的思考和关怀，这有好几个层面。一是一种本土关怀的意识，这当然主要指研究中凸显的问题意识。这既可以表现为相当直接的研究对象选择，譬如研究国际关系的学者，也包括譬如对中德关系史（各方面）的关注，后者对其他的德国学研究者也都或多或少容易涉猎到。二是中国学统的自觉承传，譬如张祥龙明确提出"中华古学的当代生命"问题，强调："我最关心的是如何通过更合适的方法或视域来理解中国古学，找到那能使她重焕生机的路子，因而时时留心着任何有可能在这件事上起作用的东西。"[1] 三是对中国传统学术资源的开掘、利用、融化于创生自觉。在这个方面，我们做的还很不够，即借助中国传统的学术、思想、文化资源的综合开拓，打造出我们研究外国对象的利器。张祥龙对此有更加深入而深刻地认识：

> 近代中国文化衰退的最重要一条教训，就是"一体化"的呆板应对策略，似乎任何时候只有一种选择的可能，或夏或夷，或固守传统或全面开放，全不知"不可将所有鸡蛋放入一只篮子中"的生存道理。实际上，源头多者、背景深远者，才有更多的可能做出那恍惚中的"腾挪"游戏，在未战之前就已经赢得了那个遥远"战争"的胜利。因此，我们确实需要我们的传统，因为它既是那么不同于现行的西方-全球化的范式，又如此深邃、微妙和难于规范。有可能，它会帮助我们布下那粒在未来相遇而改变大局的棋子。[2]

---

1 张祥龙：《序——中华古学的当代生命》，载《从现象学到孔夫子》，北京：商务印书馆，2001年，第8页。

2 张祥龙：《序言：面对迷蒙未来》，载《思想避难：全球化中的中国古代哲理》，第4页。

这其中表现出的本土关怀、学统承继、资源开掘的意识都很清楚,当然其主要定位仍在于:"我能做的只是尝试着在西学中寻找那最可能帮助中华古树发出新芽的东西,那不再从方法上就贬抑她、切割她、整死她,而是可以善待她、引动她,让它从容调整自己、更新自己、升华自己的一个视域。"[1]恢复中国学术本身的主体地位,是一个相当大而难度高的题目,但至少德国学研究者已经对此有非常清醒的认识并努力从最具体的学术工作中开始补课。当然说到底,我们仍应立定"为学术而学术"(Wissenschaft um Wissenschaft)的基本学术伦理观。对我们来说,如何通过器物、制度、文化的不同层面来认知德意志道路、理解德意志精神、架构德国元思维,最终提出有效的"德国学范式",仍是有待回答的核心问题。

---

1 张祥龙:《序——中华古学的当代生命》,载《从现象学到孔夫子》,第9页。

第六辑

学术书评

海翁黯隐日，格君默浮时？
——格拉斯事件的思想史意义

现代德国（此处暂聚焦于以20世纪为主体的时间段）的历史，其实值得深入追究。这些年来，格拉斯作为世界知识场域的重要成员而受到广泛关注，不仅是因世纪末获诺奖而美誉如潮，而且还因为公布自己曾为纳粹炮灰的经历而成为"道德标靶"。

仿佛是民族史上羞于见人的"奇耻大辱"，"二战"结束以来，德国人一直对自己的过去讳莫如深，这与日本官方昂然参拜靖国神社简直有天壤之别。大作家的档案经历，竟弄得堂堂总理默克尔也着急出来表态，其实没有必要，但却可以见出德国人在此事上的整体策略。可德国人面对历史的这种"恭敬"，究竟在多大程度上反映了国民普遍的真实想法呢？恐怕未必。在我看来，纳粹是德国人历史的一部分，不容回避，也不必回避，关键对此要有清醒的认识和始终认真的反省态度。

任何一个民族，陷入一种无边际的"被压抑"状态，其实并非好事，哪怕在历史上它曾"罪恶滔天"。因为，凡事物极必反。看看德意志民族由"一战"败绩者到"二战"策源地的经历，就是明证。因为，这样一种民族仇恨与民族自豪的混杂感情，很难在任何一个民族真正消逝，而过度地使之受到压抑与屈辱，更会使得他们产生一种"忍辱负重"的感觉，一旦被极端分子所利用乃至操纵，如希特勒与纳粹党，就极为可怕了。历史车轮总是滚滚向前，永久和平虽是人类所望，但要避免"第三次世界大战"的真正到来，或许应当让若干民族达到相对平衡状态（如德意志民族应适度"恢复自我"，日本人则需"大幅收敛"）。这其中当然牵涉如何对待历史,首当其冲的是对纳粹的态度。就历史语境中的德意志民族来看,在当时的民众心目中,纳粹是有其一定的可取之处的,他们是代表了民族利益、反映了民族复兴的政党,所以就难怪在1932年的两次大选中,先是希特勒以1340万选票获胜;接着纳粹党在国会选举中赢得1374万张选票。日后的历史进程,当然证明了德国民众选择的错误,但任何人都不可能超越历史,包括当时的大哲如海德格尔,也包括后来的大贤如格拉斯。

设若如此,格拉斯事件或许未尝不是一个好的切入口,让世界同德国人一起来重新反思历史,还历史一个真实,还民族一个公道,还个体以为人的本能。谁都不是全知全能的,知识精英也不例外。更何况,当初的格拉斯,也不过年未弱冠,你很难以当代格拉斯的社会声望来要求一个青春少年具备同样的道德判断与敏锐洞察力。更何况,作为同样生存在社会中的人,我们应当充分理解场域运作的特殊性,以己度人,体贴作为社会个体的人的生存艰难;在追求社会公正的同时,更加尊重个体对待隐私的自由权利。这些都是两难的对峙维度,论者往往只能"攻其一点,不及其余",若想两全其美,多少有些鱼与熊掌俱望兼得的贪心苦不足。但这与欲望究竟不同,是可以努力追求并试图达致的。应该说知识精英在这次论战中表现的态度可圈可点,在欧洲场域中,拉什迪(印裔英籍)、萨拉马戈(葡萄牙)先后出场对格拉斯表示支持。在更广泛的世界场域中,欧文(美国)反问那些抨击格拉斯的知识分子,是否还记得自己15岁的时候对纳粹抱着怎样的态度。他还"以身相比",说1961年他19岁时,就报名参加了军官训练营,虽然他在政治上反战,但"确实想去"越南打仗。

谁都不是圣人,即便是圣人,也有自己的隐私与过失。我们判断一个个体在社会生活中如何产生意义和价值,应当看他一生的整体表现,而不应以"圣人"的标准去要求对方。我们固然应当强调个体在历史潮流中的作用,正如在"文化大革命"的狂风暴雨中,也可以有像张志新、顾准、张中晓这样的烈士仁人,但即便是顾准,不也还写了违心的日记吗?人都不可能脱离其具体的社会环境而生存,更何况20世纪这样严酷的"政治国家"背景。道德责任的追问,当然是可以的,也是必要的,但必须限定在一定范围之内。正如当初有人追问"余秋雨,你为什么不忏悔"一样,后人以后世的道德标准去拷问前事,当然不是不可以;但如果缺了一份同情与理解，恐怕难免"南辕北辙"。但总体来说，相比已经远遁入历史的纳粹时代，"文革"仍相对近距离，我们一方面应允许当事者有更多沉潜的时间与可能；另一方面也应考虑如何营建更加积极的氛围，为当事者冷静、理性与批判地面对过去，抢救历史，提供最宽松的语境。

相比"文革"而言，纳粹无疑更被打入了人类最不可翻案的"十八层地狱"，从其建集中营、屠戮人类的行径来看，也不过分。可由此而被牵连，乃至被此屈辱历史击倒之大贤亦为数不少，其中就包括哲学史上开一代新风的海德格尔。这是否略有"株连之风"呢？只要深入考察，就会发觉海氏的行为很复杂，不是一句"纳粹帮凶"能够解释得了的。蔡元培尚能兼容并包"长辫"的辜鸿铭，遵循西方民主的德国大学竟容不得一代大哲海德格尔，后人翻检历史，究竟会怎样评说？政治当然有其不可不遵循的"纠枉过正"因素，可在事过六十年后，我们能否以一种客观理性、平心静气的态度对待过去的历史？毕竟，在不同的历史时段、不同的特定语境，即便拥有共同的背景，个体应对的方式与经验都是无法以同一标准去衡量的。

总体来说，我主张对格拉斯予以理解、宽容与对话。我不知道批评者除了所谓的"道德考量"之外，有没有设身处地地去为格氏想一想，毕竟，作为一位功成名就的耄耋老人，如果他保持沉默，至少他可以保证有生之年的"荣华富贵"。可他毕竟选择了"剥洋葱"这样一种苛待自己的方式，这是值得肯定的。人非圣贤，孰能无过？这点，看看我们本民族的历史就可以知道，"文革"时代的荒谬，让多少智者"精神屈膝"？可在那个时候，谁又真的能超越历史，而成为真正的睿智者呢？我对格拉斯的文学作品不是太感兴趣（当然不是认识不到他的价值，而是主要指个体文学趣味的投契性），但却会高度评价他在现代德国思想史上的意义。所以，我之所以如此主张，只是想为人类的智性生存保留一种可能。

因为纳粹，海翁（海德格尔）黯然消逝在大学讲堂，论道者不得见心养性，而一代大哲仍终究成就了自己的体系探索。后人在看待这段历史的时候，会做怎样的评价呢？纳粹历史已成为"德国民族"历史上一段"抹不去的痛"，我们看总理女士如何谨慎地在此事件上表态，就知道如此小事亦关大政。但在我看来，就"二战"结果来看，德、日同源，但走上截然不同的反思道路，都不太可取。日本人过于张扬自己，固然是因了美国地缘战略的需要，但其本民族的孽根性并未得到清算，这不但引起邻国的极度反感，对其自身长远发展也极为不利；而德国人的过分"夹起尾巴做人"，则很可能失去自己的民族特性，且过于压抑往往造成日后的"火山爆发"。再印之以战后六十年，虽然经济曾繁荣崛起，但德国学术、思想、教育诸层面都远不能与历史之高峰相比，这是特别值得反思的。

  德国人失却自信力了吗？这真是我由来已久想追问的问题。设若德国精英能由格拉斯事件而惊醒，展开持久的建设性对话，或许，未尝不可为未来的具有独立品格的"德国概念"再书新篇？又或许，这只是我的奢望？

  当当事者已在刻骨反省的时候，对于舆论和公众而言，除了到位的建设性批评，更需要的或许还是：宽容，再宽容；省思，再省思；对话，再对话。如此，我们才能真的走向"交往理性之路"。格君此刻再读哈翁理论，不知当生何感？

格拉斯：《剥洋葱：君特·格拉斯回忆录》，
魏青青、王滨滨、吴裕康等译，南京：译林出版社，2008年。

此情可待成追忆

——《朗读者》之思

作为学者的施林克，居然以其《朗读者》（*Der Vorleser*）而迅速跃升成为畅销书作家，这又是一段"无心插柳柳成荫"的佳话，诚如他的夫子自道："我本来以为，这本书太个人化，从而不足以成为畅销书。"（第2页）但正如他自己所揭示的那样，正是这样一部"太德国化"又"太个人化"的小说，却唤起了世界范围广大读者（在25个国家畅销）的人性之思。原因可能正在于作家的问题意识直逼普遍主义的核心命题："人并不因为曾做了罪恶的事而完全是一个魔鬼，或被贬为魔鬼；因为爱上了有罪的人而卷入所爱之人的罪恶中去，并将由此陷入理解和谴责的矛盾中：一代人的罪恶还将置于下一代这罪恶的阴影之中。"（第2—3页）

这是一段不伦之爱，少年米夏与妇人汉娜，年纪相差一倍余。然则，15岁的学生却爱上了35岁的电车售票员，这其中有肉体求欢的性欲追求，也有情感交流的精神之恋。当莱辛名剧《爱米丽亚·迦洛蒂》朗朗上口、抑扬顿挫的时候，中学生米夏作为"朗读者""乘着情欲而来，可在朗读声中，情欲却渐渐退潮"（第42页），在那悠扬的诗剧诵读声中，妇人汉娜是"一位专心的听客"，"她时而嫣然一笑，她忽而嗤之以鼻；她一会儿愤怒难当，她一忽儿又击节赞赏"。在这样一种不伦之恋中，"朗读、沐浴、做爱和并排小睡"是"幽会的常规节目"（第42页）。这显然并非刻意制造的"诗情画意"，而是一种出于自然的"真情流泻"："当她枕着我安然入睡时，院子里的电锯声已经停歇下来，只听得见窗外鸫鸟在歌唱，厨房里的那些东西斑驳陆离，或明或暗，全都笼罩在一片暮色之中，我也沉浸在一片无边的幸福里头。"（第43页）是，这种感觉，就叫作幸福。

我想，在汉娜死后、于风中临立的米夏，如果能诵读汉语，涌到心头的，一定是李商隐的那首《无题》：

> 锦瑟无端五十弦，一弦一柱思华年。
> 庄生晓梦迷蝴蝶，望帝春心托杜鹃。
> 沧海月明珠有泪，蓝田日暖玉生烟。
> 此情可待成追忆，只是当时已惘然。

或许是苏东坡的那首《江城子》："十年生死两茫茫，不思量，自难忘。"他或许是想到了在法庭上见到汉娜的情景。从不伦之恋的青春殇逝到严肃义正的法庭辩论，对于少年米夏而言，经历的不仅是青春期的性与爱之惑，还有成长期的罪与罚之苦。后代人对前代人是怎样的态度呢？虽然，"在第三帝国，我们各自的父母所扮演的角色很不相同"，但后来者批判者的立场却并无二致，少年米夏仿佛就是那代人的发言人："是评价！而且是评判过去！我们学生在讨论班里把自己看做评判的急先锋。我们使劲推开窗子，放进新鲜空气，一阵疾风最后会呼啸着吹掉灰尘，那是社会曾经容忍过的，社会容忍这些灰尘堆积在过去的恐怖之上。我们责无旁贷，要让人们能够呼吸清新和眼见为实……有整整一代人站在审判席上，他们或者曾经为看守或帮凶服务过，或者没有设法去制止他们，或者，在1945年以后，原应该把这些人从人群中揭发出来的，而实际上他们没有这么做。我们也要对他们进行评判，把他们暴露在羞耻之下，以这种办法对他们进行审判。"（第89页）如此义正辞严，如此高高在上。这代少年，他们可曾反躬自省，他们正是在那样的背景得以成长，他们又做了些什么呢？当将别人钉在耻辱柱上的时候，自己又将定位何处呢？更何况，耻辱柱上容纳的，很可能也与他们自己密切相关。米夏所遭遇的，正是例证。当作为后来者因了"正义在手"而逐渐"目中无人、妄自尊大"时（第90页），米夏在法庭上看到了作为被告的汉娜。

汉娜的生平如下：1922年生于赫尔曼市，曾在柏林西门子工作；1943年加入党卫队，在奥斯维辛集中营当女看守；1944—1945年在波兰克拉科夫的一所小集中营当女看守；1945年后在卡塞尔，之后辗转于多座城市；1957—1965年间在本市，直到被起诉。监狱之中度过余生的汉娜，不知究竟是何种心境，正如她在法庭上直言不讳自己的经历一样，当她听到米夏给她寄去的录音带时——当《奥德赛》、凯勒、冯塔纳乃至海涅、默里克的作品都以声音的形式在监狱中淙淙流淌时，那会是怎样的感觉？当两人最终得以见面时，"朗读者"的诗情画意都为现实的沧桑"雨打风吹去"，当老妇人汉娜的容颜不再如花般亮丽，当岁月的沧桑已飘散入人心的深处时……生命或许也已早就失去了意义。

米夏没有迎接到汉娜，好在他们在电话里已道过"再见"。悬梁而尽的汉娜，之所以在承受漫长的监狱生涯后，而又拒绝走出监狱，其实意味深长；同样，让米夏经由监狱长的介绍，通过实物与实地了解看到汉娜的监狱生活，那种对爱的记忆（剪裁下的报纸照片上的米夏毕业照），对"大自然的热爱和向往"（抄写的诗句），乃至对知识的渴望和对后事的遗嘱（第196—198页）……让我们正是在这样的情感无间中，感受到由"二战"到废墟的德国历史，一步一步向我们压迫过来。如此近距离地呈现服罪之后的汉娜形象，使得我们无法回避这个问题："小说讲述了法律条文在回答我们这个时代最大的道德灾难问题时的束手无策。"（第211页）

然则是耶非耶，我们却无法给出答案。一部真正具有价值的文学作品，其意义或许就在于此。作为作家的施林克，实可谓"大器晚成"，43岁方出版首部长篇小说，而此作甫一出版，就获得了超乎预料的读者反应；但我们不应忘却的，他首先是一名法学学者。我以为，此作的成功，给我们进一步理解文学的价值，提供了一个特殊的个案。它固然有文学的元素，其实更多德国文学的特色，即哲理性思维的潜入其中；而没有答案的开放性叙述，更显得其思想史上的意味深长。"二战"导致的民族灾难与世界厄运，使德国人不断反思自己。战后的废墟文学或反思文学，无论是创作实绩，还是理论提升，都相当可观；无论是近乎大师级人物的格拉斯，还是中生代的特莱希尔等，都深刻而理性地关注这一命题，并贡献出相当成果，而这些都是《朗读者》产生的整体文学/思想背景。反观当代中国文学，我们曾有过何等悲壮惨烈的近代史啊！从甲午到戊戌到五四到七七再

297

到"文革",我们的普遍反思竟又如何?莫说质量,我们能认真反映过往历史的小说数量又有几何?"吴宫花草埋幽径,晋代衣冠成古丘",希望后人莫复哀后人,读《朗读者》,思中国人。

施林克:《朗读者》,
钱定平译,南京:译林出版社,2006年。

发现大师的历程

——《奥斯特利茨》中译本序

作为长篇小说,《奥斯特利茨》具有德语小说的一般性特点,即故事性不强,思辨性胜出。就德国的战后文学史轨迹而言,"二战"主题并不新鲜,无论是废墟文学集中体现的战争对个体与民族的重大影响,还是当代大家诸如格拉斯等不断地通过各种方式重新回到那段历史,皆为明证。

《昔日重来》(Yesterday Once More),并非仅仅是回响于歌词中的温馨回忆,也可能包含着重温历史的理性思考。当《蟹行》(Im Krebsgang)将历史上的"法西斯主义"与当代的"恐怖主义"如此妙手相融地揭示出纳粹理念可能的持续性摧毁力量时[1],《奥斯特利茨》则带我们走入历史,去寻踪那已经湮没风尘的沧桑往事。跟随着叙事者("我"),我们结识了此书的主人公奥斯特利茨。此君乃是伦敦一家艺术学院的讲师,兼具学者与文人气质,因了改名的刺激,而开始了他对自己身世的追踪查寻。伴随着他对"自己到底是谁"的追问过程,我们得以进入到那段曾经如此黑暗的人类历史瞬间。

犹太人的苦难历程,其实渊源有自;而德国人对犹太人的恶感,似乎早已成为一种历史性的主题,所谓"德国人对犹太人以及犹太问题上的偏见是持久顽固、无法摆脱的"[2]。而《奥斯特利茨》所试图重现的,则无疑是对那段历史的一种深层拷问。历史为何竟会如此?

在音乐声音的穿插中(并不动听),历史的画面一幅幅地展现在我们

---

1 Günter Grass: *Im Krebsgang*, Göttingen: Steidl Verlag, 2002.
2 克劳斯·费舍尔:《德国反犹史》,钱坤译,南京:江苏人民出版社,2007年,第57页。

面前。从古代日耳曼英雄西格弗里德到纳粹帝国时期的各类大员，从高层的政治人物到底层的市民百姓，从图书馆到地铁站……此书给我们展现的所有东西，似乎都笼罩着一层莫名的忧伤。然而，我们不知道这忧伤由何处来，将向何处去？作者通过一个接一个叙述者的口中，串接起似乎不太相关的故事：

> 他们（指德国人，笔者注）想象自己就是一个被挑选出来拯救世界的民族。这些满怀敬畏之情的观众不仅仅是看见元首的专机穿过云雾笼罩的崇山峻岭，逐渐下降到地面的见证人，不仅仅在悼念死者的仪式中唤来这个对于大家都是悲剧性的悼念来历——正如马克西米利安给我们描述的那样，在悼念仪式中，希特勒、赫斯和希姆莱在一首直至内心深处都使整个民族灵魂激动的丧礼进行曲的乐曲声中，迈步穿过那些排得笔直、由新国家政权操纵，完全由一动不动的德国人体组成的行列和队伍的宽阔巷道；人们不仅仅看到那些为祖国的毁灭奉献一生的士兵，看到那些硕大无朋、神秘莫测地飘舞着，在火炬光里飘进黑夜的旗帜树林，——不，薇拉说，马克西米利安这样告诉她，人们还可以鸟瞰一个在黎明时一直延伸到天际的白色帐篷城。一当天色微明，那些德国人就零零星星地、成双成对地和三五成群地从那些帐篷里走出来，所有的人都排成默然不语、越来越窄的行列，往同一个方向移动，仿佛他们是在听从一种崇高的召唤，在荒漠中呆过多年之后，现在终于踏上了通往天堂之路似的。

从一种核心的政治事件散发开去，不断向社会的不同圈层延伸，最后落实到个体头上，譬如由此转移到"维也纳群众的集体发作"，再到"布拉格的东部逃难者"，再到一个具体的兜售小贩布莱贝格建立车库企业的叙述，等等。这让我们看到相当清晰的社会惯性链条的作用力，而一种理念的传播借助政治权力的作用可以是多么的强大而无远弗届。当然，更值得探究的是，这样一种表面化为影像的东西，实际上有着非常深层次的文化传统的作用力。对于德国悲剧（纳粹）的根源追问，或许是此著更具价值所在。说实在话，就小说艺术本身而言，我觉得此书价值不太高。有意识流的成分，有叙事者的技巧，但总体来说，此书可读性不强，若没有对思想史意义的探寻，读来实在不爽。可如果易位而处，想明白作者究竟借这文学之笔在表达何种深思，则不由不兴致盎然。

那么，我们要追问的是，在文学史视域里，《奥斯特利茨》究竟意义何在？塞巴尔德（W.G. Sebald, 1944—2001）此君，在汉语世界里名不见经传，但其文学史意义却不容忽视，其实早在他生前就已被多位文学批评家所誉之为"当代最伟大的作家之一"（one of the greatest living authors）。仔细算来，他的情况与在当代德语文学史的位置有些类似于卡内蒂（Elias Canetti, 1905—1994），如此提法并非是说他的地位就应同样摘取诺贝尔文学奖（他也曾被认为是最有可能获得该奖的人选之一），而是强调他的"侨易"身份。因为实际上他从23岁起就移居英伦，先后任教多所大学，在学术上颇有成绩。所以，他始于20世纪80年代的文学创作生涯，也突出反映了他自己的这种文化积淀与学术养成特点。

如果我们再联系到作者在"二战"中诞生的背景，此书的"自传性质"则若隐若现。奥斯特利茨的"追寻自我"几乎与"追寻历史"同步，个体史展开的同时也就是历史大屏幕必须打开的过程。

在这方面，作者确实显示出深厚的学术功力，将文化背景巧妙地融于小说叙述之中。诸如席勒的《威廉·退尔》、意大利作曲家贝里尼《梦游女》、易卜生话剧《当我们死而复醒时》等也均出现在书中，其中则暗藏当时的社会文化背景的适度展现，当然这需要与读者本身的内在修养相互呼应，这才能够更深度地接触作者的思想。譬如奥斯特利茨本身就有双关含义，这与伟大的拿破仑有关，1805年12月2日的奥斯特利茨战役，是拿破仑最辉煌的胜利之一。对于这段历史课程的记述，显然不仅仅是为了回忆一段逝去的课堂经验。而将这些东西貌似混杂地置放在一处，其实背后有"匠心独运"的地方。各种看似漫无目的的各类历史细节与故事情节的渗透处，有一种内在的张力关系与整体构成力度，但这并不是简单的阅读就能达到的。虽然叙述的是一个战争孤儿的事迹，但其中蕴藏着整个的历史风景。在此书中，作者试图探讨对身份的普遍意义之人性追寻，而这样一种探寻是由非常丰富的细节维度和"喃喃自语"所堆积起来的，是一种内在理解诉求的发散式思维。因为，这里不仅有《圣经》的"上帝之声"，也有对康帕内拉《太阳城》的理想国诉求的质疑。

应该说,对此书的浸入式阅读,使我们逐步感受到一种"发现大师"的可能。当歌德、席勒那代人已如流星般消逝在历史的长空,我们在多大程度上能够步武前贤的踪迹,努力攀登达致思想的巅峰?

有些地方,我们能够感觉到作者的哲理式话语:"我们对历史的研究——希拉里的命题原文如此——就是去研究对往往已经预先制作好,铭刻在我们脑海深处,我们持续不断、目不转睛凝视的图片,而真相却在另外的某个地方,在还没有人发现的不远处。"按照陈寅恪的说法则是:"吾人今日可依据之材料,仅为当时所遗存最小之一部,欲借此残余断片,以窥测其全部结构,必须备艺术家欣赏古代绘画雕刻之眼光及精神,然后古人立说之用意与对象,始可以真了解。"[1]拿破仑故事如此,纳粹时代的故事呢?它们之间的关联性呢?或许,这些都是作者给读者开放的思考与争鸣空间。

在任何时候,作者似乎都置身事外,那种冷静与寂寞的笔调似乎压抑得人有些难以喘息。因为,我们毕竟在通过他凝重的笔端而重历那段悲惨的历史。然而,他冷静的书写却让我们能更加客观地重历历史。从这个意义上来说,文学文本的历史功用彰显无疑。钱钟书曾说过:"史家追述真人实事,每须遥体人情,悬想事势,设身局中,潜心腔内,忖之度之,以揣以摩,庶几入情合理。盖与小说、院本之臆造人物,虚构境地,不尽同而可相通;记言特其一端。"[2]此处说的虽然是历史学,但文学也有其相通之处,文学虽为虚构,但绝非仅虚构而能概括之;其出于真实又高于现实的一面应该得到更多关注。像这类具备思想力度的作品更具有一般历史记载所难有的特殊思想史意义。而对中国读者而言,这样一类小说恐怕始终是少数人的阅读物。毕竟,在这样的文化快餐时代,很少有人再能够细心品味作品本身的思想内涵;可如果中国想要成为一个崛起的大国,国民素质的普遍提升就是题中必有之义,对这类高品位小说的阅读与思考则属必要。从另一方面来讲,在我们当代文学的书写当中,确实也极少有这样极具内

---

1 陈寅恪:《冯友兰〈中国哲学史〉上册审查报告》,载《金明馆丛稿二编》,北京:生活·读书·新知三联书店,2001年,第279页。
2 钱钟书:《管锥篇》第1册,北京:中华书局,1986年,第166页。

部张力和思想深度的作品（不论作者只论作品），前段时间土耳其作家帕慕克的来华，曾引起中国文化界的广泛关注，这种关注是值得的，从《我的名字叫红》到《雪》，优美的文学叙事之后隐藏着严肃和深刻的思想力。从叙事吸引人的角度来看，《奥斯特利茨》未免略逊一筹；可就思想力而言，或许犹有过之。以色列作家奥兹的名著《爱与黑暗的故事》也非常有资鉴意义，他曾说过："你可以回避历史，历史不会回避你。你可以逃离，或者转过身来回顾以往，但是你不能消除他们……我们不可以成为历史的奴隶，但是在欧洲的这片土地上，人们必须跪下，将历史扛上肩头。只有这样，我们才能去我们想去的地方……"[1] 这些当代近乎"伟大"的作品探讨了基本类似的主题，而这些视角的提供，其实为我们当代一流作家的思路选择，提供了很好的思路和借鉴。说到底，文学除了娱乐和教化功能之外，在更高意义上还有思想的功用。而具备德国文学传统且兼具侨易思维特征的《奥斯特利茨》则无疑会为这一谱系提供新的证据和研究的类型，塞巴尔德此君在汉语世界的引进，相信为我们理解德国思想力的当代文学意义极有助力。

无论从哪个意义上来说，《奥斯特利茨》的引进，对我们都是一种挑战，无论是创作技巧，还是文化土壤，乃至知识领域的拓展。至少，对我是如此。因为，当我书写这篇序言的时候，我深深地感觉到难度（就当代文学而言，这样的文本并不太多），以及接近（或发现）"大师"的潜在兴奋，也激发起今后对此君探穷秘奥的兴趣，因为，这也意味着，我们或许可以借助诗人的手笔，攀越上新的思想高度！

温弗里德·塞巴尔德：《奥斯特利茨》，
刁承俊译，南京：译林出版社，2010年。

---

[1] 阿摩司·奥兹：《爱与黑暗的故事》，钟志清译，南京：译林出版社，2007年，封底。

重审文学史视野中的德意志
——读范大灿主编五卷本《德国文学史》

就汉语学界的德国文学研究而言，文学史撰作实际上是最不具基础的，这不但表现在前期个案、思潮、流派、断代等领域的研究积累相对薄弱，就是文学通史叙述本身，也数量甚为有限。故此我撰《德语文学研究与现代中国》，虽然为"德国文学史撰作"列出专章，但实际所能利用的材料相当有限，主要还是围绕张威廉、刘大杰、冯至诸先生的代表性著作做文章。[1]这样一种选择，其实有一个基本的判断，那就是说在很大程度上，我们甚至还没有达到"质的提升"的"量的基础"。

20世纪80年代以来，第三代学人的德国文学史著作主要有三部，即余匡复的《德国文学史》、高中甫等的《20世纪德国文学史》，还有就是这部范大灿主编的《德国文学史》。相比较此前主要发自学者个体努力的著作，无疑，范大灿教授主编的这套书集合第三、四两代学者的合力而成，且仍相对注重以专著形式构建大部头，对本学科的学术进展是有明显推进意义的。这种推进主要表现在三个方面。一就规模而言，这是汉语学界至今为止最大的。可以说，这是德语文学研究界的一个优良传统，即在《德国文学史》的撰述方面，基本上都是在规模上不断扩展，内容上得以增加。余匡复的《德国文学史》较之冯至20世纪50年代主持的《德国文学简史》固然是一个显例；这套书的规模又拓展不止一倍了。应该说，这是值得充分肯定的，毕竟学术深度的获得是建立在知识范围拓展的广度基础上的。其

---

[1] 参见叶隽：《德语文学研究与现代中国》，北京：北京大学出版社，2008年。

中尤以第一卷用著作的形式讨论了从中古至17世纪的古代日耳曼文学，填补了汉语学界的空白，安书祉教授通晓中古德语，其贡献值得特别赞赏。

二就技巧而言，此书夹叙夹议，做到了突出主线，兼顾作品。一方面，就文学史脉络而言，基本的线索都呈现出来；另一方面，很重视重要作品的内容与思想。譬如将大量的篇幅给予歌德、席勒等大家的文本，几乎所有代表作都有较详细的论述，这是一般文学史著难做到的，也充分表现出作者对经典作家的重视和熟悉。范大灿教授论歌德、席勒时有精彩之语，表现出第三代学者的深厚功底。但就思想范式而言，似乎仍不脱传统语调，有时更有代作者总结"中心思想"的感觉。其实，在我看来，那代人（或者任何伟大的）作品的伟大之处，就在于其思想空间的开放性与可阐释性。歌德自己尚且不愿意"狗尾续貂"[1]，后人又何必代寻烦恼谓"歌德通过这个剧本想要告诉我们的是……"[2]

三就思路而言，此书是认真结撰之作，作者的严谨态度和学术精神都值得加以表彰，也不乏精彩之见。譬如范大灿教授对克洛卜施托克、维兰德都有相当之肯定，介绍也颇为详细，这是以前的文学史叙述中相对忽略

---

[1] 歌德在阐释其浮士德创作的观念问题时就讲得很清楚："人们还来问我在《浮士德》里要体现的是什么观念，仿佛以为我自己懂得这是什么而且说得出来！从天上下来，通过世界，下到地狱，这当然不是空的，但这不是观念，而是动作情节的过程。此外，恶魔赌输了，而一个一直在艰苦的迷途中挣扎、向较完善的境界前进的人终于得到了解救，这当然是一个起作用的、可以解释许多问题的好思想，但这不是什么观念，不是全部戏剧乃至每一幕都以这种观念为根据。倘若我在《浮士德》里所描绘的那丰富多彩、变化多端的生活能够用贯串始终的观念这样一条细绳串在一起，那倒是一件绝妙的玩艺儿哩！"德文为："Da kommen sie und fragen, welche Idee ich in meinem ›Faust‹ zu verkörpern gesucht. Als ob ich das selber wüßte und aussprechen könnte! Vom Himmel durch die Welt zur Hölle, das wäre zur Noth etwas; aber das ist keine Idee, sondern Gang der Handlung. Und ferner, daß der Teufel die Wette verliert, und daß ein aus schweren Verirrungen immerfort zum Bessern aufstrebender Mensch zu erlösen sei, das ist zwar ein wirksamer, manches erklärender guter Gedanke, aber es ist keine Idee, die dem Ganzen und jeder einzelnen Scene im besondern zu Grunde liege. Es hätte auch in der That ein schönes Ding werden müssen, wenn ich ein so reiches, buntes und so höchst mannigfaltiges Leben, wie ich es im 'Faust' zur Anschauung gebracht, auf die magere Schnur einer einzigen durchgehenden Idee hätte reihen wollen!" 1827年5月6日谈话，Johann Peter Eckermann: *Gespräche mit Goethe–in den letzten Jahren seines Lebens*（《歌德谈话录——他生命中的最后几个年头》），Berlin und Weimar: Aufbau-Verlag, 1982, S. 135. 中文本参见爱克曼辑录：《歌德谈话录》，朱光潜译，北京：人民文学出版社，1978年，第147页。

[2] 范大灿主编：《德国文学史》第2卷，南京：译林出版社，2006年，419页。

的，譬如论维兰德总结道："维兰德的作品不仅有深刻的思想，而且有高超的艺术。他的作品无论在思想史的发展中，还是在文学技巧的发展中，特别是在叙事技巧的发展中，都占有重要地位，他是德国文学史上当之无愧的伟大作家。"[1] 此论深获我心，因为我从歌德、席勒开辟的"古典图镜观"往上追溯，也是越来越关注到维兰德的重要性，此君虽是洛可可风格的主要代表，但在思想倾向上却有明显启蒙的印痕，而其立场则始终试图调和，虽是两头不讨好，但其独特的思想史意义却是非常明显的，堪称"古典和谐"的前驱代表，且与中国文化的关联也值得探寻。但我不知道为什么范氏轻易就放过了《阿里斯底波和他的几个同时代人》(*Aristipp und einige seiner Zeitgenossen*)。[2] 当然，维氏创作相当之丰富，不可能在一定篇幅内穷尽，但毕竟此著意义非同一般。

综上所述，此著规模宏然、叙述细致，乃是至今为止汉语学界对德国文学史最详细周到的一部史述。我相信，日后汉语学界治德国文学者，理所当然地会参考这部重要著作。当然，此书当然也有可以"百尺竿头更进一步"处，以下抛砖引玉，略谈不足，也就教于作者与读者。其一此书之定位仍为普及型而非学术型的。我曾指出，作为一部文学史著，应当区分"编写"和"撰作"的类型。[3] 且不说索引的缺位、原文的隐身，颇为降低了其作为学术书的使用价值；作为一部基本的文学史著作，引文不加注释的选择（或有意或无意）有些令人遗憾，虽然德国人的文学史著作也不乏没有注释的例子。[4] 这些体例方面的工作，看似"小事一桩"，但却是构成"学术大厦"的砖瓦，不可或缺。希望在以后的修订版中，将这些方面的工作予以弥补，也让外国学者的质问缺少根据。

---

1 范大灿主编：《德国文学史》第2卷，195—196页。
2 关于此书的重要性和研究著作，可参见利茨玛：《自我之书——维兰德的〈阿里斯底波和他的几个同时代人〉》，莫光华译，上海：华东师范大学出版社，2006年。
3 参见叶隽：《从"编写"到"撰作"——兼论文学史的"史家意识"问题》，载《博览群书》2008年第8期。
4 比较遗憾的是，因基本无注释，所以我们无法确定，哪些是作者的独发之见，哪些是借鉴前人或异族学者的东西。但李昌珂教授撰第5卷是个例外，一方面有注释体例的引入；但另一方面全书的另一个总体性特征在此卷没有得到体现，就是前四卷基本上都单列出的思想背景或哲学基础。范大灿主编：《德国文学史》第5卷，南京：译林出版社，2008年。韩耀成教授所撰第4卷也有极少量的注释。

其二在文学史撰作思路上的守成性。第二卷为范大灿教授亲撰，应该说体现了20世纪30年代生人的一代学者（这是我所使用的概念，大概与主流学界李泽厚这批人同代）的风格。此书仍基本停留在较为传统的文学史撰作模式中，即基本仍以流派、人物、作品来引领章节，问题意识不太彰显，而且在整体结构上似亦不够平衡。作为大家，歌德的重要性毋庸置疑。但在第二卷中占据三分之一的章节篇幅（与第一、第二章并列的第三章是"晚年歌德的创作"，另外在第二章中以近半篇幅，第一章中以一节篇幅论述），作为专著不妨这样做，可作为一部有"为英雄排座次"嫌疑的文学史作，这样做不太符合史家的立场，毕竟无论歌德如何伟大，它都是在历史语境中呈现出来的，没有相对完整的整体文学史场景的出现而就歌德论歌德很难体现出其宏观史里的重要意义。虽然作者特别强调"探讨每一种文学现象（包括文学时期的更迭，文学倾向的兴起和消失，文学形式的出现和发展变化），每一个作家和每一部作品与当时社会历史的关系是本书的重点之一"[1]，这种意识洵属可嘉，可强调理论是一回事，能否在撰作过程中贯彻之又是一回事，而且这种意识与全书撰作的作家、作品为引导的纲目结构并不是一种理想的配合。另外，我总是对传统文学史以时代（或流派）割裂人物的完整性的做法心存疑虑，这或许是用一定篇幅勾勒对象的不得已做法，但也或许与主事者和参与者的学术视域不无关系。

其三是在学术视域上的局限性。是书有一个重要进步，就是已初步意识到德国文学的一大特点，即文学与哲学的关联性。但实际上，这种关系还要强烈得多，德国文学—哲学基本上是一种极为紧密的互动进程。正如文德尔班所指出的，18—19世纪的德国之所以出现文学史和思想史上极为辉煌灿烂的景象，其"根源总的在于德国民族的精神生活"[2]。那么，这样一种关联性

---

1 范大灿：《总序》，载范大灿主编：《德国文学史》第1卷，南京：译林出版社，2006年，第2页。
2 他指出："当时的德国民族以此精神活力重振旗鼓，接替了在文艺复兴时期开始后又遭到外力破坏而中断了的文化运动并使之达到完美境地。正当德国民族内部【精神】发展达到顶峰的时候（这是史无前例的事件），它的外部历史却处在最低沉的境地。当它政治上地位低下软弱无力的时候，它却培养出世界第一流的思想家和诗人。而它的战无不胜的力量恰恰存在于哲学同诗歌的结合。康德和歌德诞生于同一时代，两人的思想又融合于席勒一身——这就是当时时代起决定作用的特色。通过这种最高的文化的渗透作用，文学和哲学相互促进，创作园地百花盛开，致使德意志民族发展成为一个崭新的完整的民族。在此，德意志民族再一次发现自己（转下页）

显然不仅仅是提供一个基本的哲学或思想背景就可以解释清楚的，怎么进行更深刻的揭示，或许是需要再三探究的。譬如费希特的 Wissenschaftslehre 一般汉语学界通译为"知识学"（而非"科学论"）[1]，同时作者似乎没有充分意识到这个论断（这种译名本身就表明了内涵的学理性）的价值；对《麦斯特》的意义的认知，似乎也还可以进一步商榷探讨，此书的意义不仅是文学史的，在思想史上也有重大价值，这点如果将蒂克的《弗朗茨·斯泰恩巴德的漫游》等相关作品带进来做比较会很明显，此处不赘。

当然，其中也不无小错，譬如引用蒙坦的话出自《威廉·麦斯特的漫游时代》第1卷第四章（误为第2卷第四章），就未免累人好找了。这些都是细节，不赘。倒是作者在《总序》中提出的几点事关宏观的文学史叙述的总体思考，关系到学理问题，值得摘出讨论：

一、任何一种文学现象的产生、发展、变化和消失都与其所处的社会环境有密切的关系。

二、文学生产者与文学消费者的社会地位、思想倾向、审美趣味对文学有重大影响，因而，文学生产者和文学消费者的演变和更迭也是文学发展的一个重要方面。

三、德国文学的一个明显特点就是它的发展好像不是连续的，而

（接上页）的精神实质；从此精神实质迸发出无穷无尽的理智力量和道德力量，通过这些力量使得德意志民族在下一世纪里有能力使其获得的民族性在世界上发挥巨大作用。"文德尔班：《哲学史教程——特别关于哲学问题和哲学概念的形成和发展（下卷）》，罗达仁译，北京：商务印书馆，1993年，第727页。

1 范大灿主编：《德国文学史》第2卷，第401页。作者对这一背景交代似不够。弗·施莱格尔说他那个时代最伟大的三个标志性事件就是法国革命、费希特的《知识学》和歌德的《麦斯特》。Friedrich Schlegel: *Schriften zur Literatur*（《论文学》）, München: Deutscher Taschenbuchverlag, 1972 (2. Auflage, 1985), S. 45-46. 针对这种说法，有论者如尼柯莱则嘲笑似地提出"腓特烈大帝、美利坚共和国和土豆"（Friedrich der Große und die amerikanische Republik und – die Kartoffeln）三种时代倾向。Nocolai, Friedrich: "Vertraute Briefe von Adelheid B*** an ihre Freundin Julie S** IX."（阿德尔海德·B致其友尤·S的私信，1799）, in Mandelkow, Karl Robert (hrsg.): *Goethe im Urteil seiner Kritiker-Dokumente zur Wirkungsgeschichte Goethes in Deutschland*（《批评者眼中的歌德——歌德在德国影响史资料》）, Band I, München: Verlag C. H. Beck, 1975, S. 180. 关于知识学，参见费希特：《知识学纲要》，载梁志学主编：《费希特著作选集》第5卷，北京：商务印书馆，2000年，第491—510页。

是间断的，后一个文学时期似乎不是前一个时期的有机发展，而丝毫对它的否定。

四、德国文学的另一个特点就是外国文学对它的影响非常之大，它是在不断接受、消化、批判外国文学的过程中发展起来的。

五、由于历史的原因，一直到19世纪末的奥地利文学与瑞士的德语文学与德国文学几乎是一个整体，只是到了20世纪初独立的奥地利文学和独立的瑞士德语文学才初见端倪，即使如此，文学市场也是统一的，而且以德国为中心。[1]

这五点都是见道之言，前两点更与此前的相关理论如文学社会学、接受美学理论等相合，不必多说；后三点相互关联，值得略加分说。[2]关于"德外文学关系"问题尤为自己这几年的研究实践所验证，当你孤立地从德国语境中去做所谓的"纯粹"德国文学史研究时，你会深刻地感觉到其"不可为性"，就是说脱离了异文化互动的视角，其实你很难解释清楚德国文学的成长与发展过程。说到底，就是"跨文化""跨领域""跨学科"的要求不时地在袭击着你，让你不得不抬起头来寻路去。所谓"跨文化"是对知识域拓展的要求，实际上我们细考大家的成长轨迹，会深刻地感觉到，德国文学或思想的兴起，绝对不是孤立的文化现象，此中最重要的动力和马刺就是外来文化与思想，这其中包括在欧洲（西方）语境的被视为典范的古希腊，近代以来的法、英等国，也包括来自东方的灵感，有近东的如伊斯兰文明，也包括来自印度、中国与日本的文学与思想启迪。从歌德、席勒等人为代表的古典时代到20世纪前期的"群星灿烂"，皆然；后者与中国文化的关联尤为密切。这应该成为理解德国文学乃至思想史演进的一个重要视角。所谓"跨领域"，就是必须将文学文本所描绘的现象放置在各个不同的社会场域之中，因为文学本身并不是一个独立与自给自足的场域，必须将其与它所反映的社会现象的各部分（即各领域）结合起来看，才能够得其正解，所以我们研究文学必

---

1 范大灿：《总序》，载范大灿主编：《德国文学史》第1卷，第2—4页。
2 当然关于德国文学史的理论问题，前辈学者已有论述，似可略述源流，譬如说像冯至先生。参见叶隽：《冯至先生的德国文学史观》，载《中华读书报》2005年11月9日。另可参见叶隽：《作为文学史家的冯至与王瑶》，载《书城》2005年第11期。

须意识到自己的"跨领域"性，也要敢于去跨领域（譬如与德国文学最有关联性的部分，如宗教等）；一方面是补自己之不足，一方面也应坚信文学虽有无用之嫌，但也同样具备"无用之用"，我们能够提供其他领域所不具备的启迪之思。"跨学科"是个现在用得很泛滥的词，此处何指？这不是一个跟着时髦的概念，而是就自己的经验出发，作为研究者你会觉得单纯地停留在文学的范畴里，无论如何细读文本，还是咀嚼文学理论，都难以"起到好处"，必须"左右瞻顾"，看看别人菜园里的种花方法，才知道怎么可能种得更好，如此则历史学、哲学、社会学、人类学等基本理论和方法都极有借鉴意义。但我觉得很遗憾的是，整部大著的问题意识似尚不强烈而明确，当然这个方面难度很大，但毕竟如刘大杰在20世纪20年代就已经明确提出了精神史观的德国文学史意识："综观各国的文学，最伟大、最有特殊个性的，要算德国与俄国的作品。在他两国的文学里面，能深深地看出他们的民族性，体验当时的时代精神……德国的文学，与俄国的作品有同样的伟大，兼有比俄国悠远的历史与富有理想的民族精神为背景，我敢说德国文学，在世界文学中，为最优美的一部分。"[1]也正是以此为基本关注点，刘氏以非科班的身份而能别出手眼，在中国语境的德国文学史论著中拔得头筹。把握住这样一种特殊性的民族精神，就能够触摸到德国文学史研究的枢纽所在。如此关于将德语文学内德、奥、瑞三家进行区分与辨择，固然非常必要，但具体论说上似同样可以商榷。如果用刘大杰的问题意识来贯穿的话，那"以德国为中心"的说法就会相当可疑，毕竟，一国家必有其立国之精神，而一国家民族精神之反映当首推其文学境界。譬如现代奥国文学的建构完全开辟的是一条新路，它的政治地位绝对不能与其在文学世界版图内的地位相提并论，在我看来，奥国文学建构出了极为富有特色的自己的王国，而这种路径与现代德国文学是相当不同的，其背后的支撑力与关注点则是追寻现代意识的奥国民族国家的独立建构。

当然瑕不掩瑜，在这些方面范先生所努力提出的文学史观点还是非常有意义的。这点除了纵向的历史比较，再从横向的角度参照一下，可能更清楚，且不说汉语学界实力最强的"中国文学史"写作，就以"外国文学史"

---

[1] 刘大杰：《德国文学概论》，上海：北新书局，1928年，第1页。

为范围。自改革开放以来,各主要语种的大国文学史基本上都出现了多卷本的标志性著作,这其中"德国文学史"算是姗姗来迟。自改革开放以来,先后就出版了曹靖华主编的三卷本《俄苏文学史》(河南教育出版社,1993年)、柳鸣九主编的三卷本《法国文学史》(人民文学出版社,1978、1981、1991年)、王佐良、周珏良联袂主编的五卷本《英国文学史》(外语教学与研究出版社,1994年)、刘海平、王守仁联袂主编的四卷本《新编美国文学史》(上海外语教育出版社,2000年)等,甚至也出现了较综合性的著作,如吴元迈主编的《20世纪外国文学史》(译林出版社,2004年)。在这样一种外国文学史撰作的脉络里,我们可以大致判断一下范编《德国文学史》的学术史意义。就开阔的学术史视域而言,《新编美国文学史》表现良好,主事者特别注意与美国学界的互动,注意对对方学界的成果的吸纳,同时强调了中国学者的主体性意识[1],虽然就撰作本身而言贯彻似乎远不能算非常成功。在这个方面,《德国文学史》撰作的本土关怀似还不够清晰;而缺少一篇大手笔的导论,则甚为遗憾,若能以某种形式进行增补,当属必要。一方面清点西方德国文学史研究的学术史脉络,当惠益后人良多;另一方面也是当借此明确自身立定的学理基础与理论建构意识,呈现出更好的理论与实践的互动关联。当然,这对由多人合作撰著来说不太容易做到。

其实就外国文学史研究而言,在民国时代已有一批足以自立的著述,如吴达元、金东雷等人,皆堪称佼佼者。虽然有评论者认为:"虽然《德国文学概论》较此前张传普的《德国文学史大纲》学术水平有明显提高,但总的来说,德国文学史的介绍、研究仍少有特色;没有人撰写、出版过可与金东雷的《英国文学史纲》、夏炎德的《法兰西文学史》以及吴达元的《法国文学史》相比的德国文学史著述。"[2]但在我看来,刘大杰的《德国文学概论》仍可谓代表,只有在深入理解德国文学的内在脉络前提下,才会

---

[1] 作者强调:"作为由中国学者撰写的美国文学史,我们力求从中国人的角度对美国文学作出较为深刻的评述,凸显中国学者的主体意识。因此,中美两国文学的互动、交流与影响是本书的一个关注点。"《总序》,载刘海平、王守仁主编:《新编美国文学史》第1卷,上海:上海外语教育出版社,2000年,第 xi 页。

[2] 龚翰熊:《西方文学研究》,福州:福建人民出版社,2005年,第274页。确实,不仅是就德国文学史撰述而言,即便就整体性的德语文学学科而言,与中国的英语文学学科、法国文学学科、俄国文学学科等相比,也是明显有差距的。张传普即张威廉。

对刘大杰此部德国文学史的优长有更准确的认知，而不仅限于泛泛地归纳叙述。说到底是学人之学养学力决定著作，而非反之。就中国现代学术史而言，冯至或许是撰作《德国文学史》最合适的人选，但可惜的是，他的兴趣根本就不在此。陈铨等人亦然。或许还是那个问题，"留德学人为何不撰作《德国文学史》？"[1]也或许，是代际之间的风格之别，所谓后来者"个人的学术锋芒、独特见解"所占比重不多。[2]而冯至先生属意的继承人为范大灿先生，这从其表态中可以看出（第1卷第1页）。就著作而言，尤其是由范氏所撰的第2卷，充分显示了中国德文学科第三代学者的学术功力和理论思维，可谓是有代表性的"学术总结"；有这部书垫底，我们的学科发展也有了一个相当坚实的"文学地图"基础。我也坚信，在中国现代学术的脉络里，此著自有其不可磨灭的学术史价值，日后治此领域的学者，理所当然地应置其为案头必备之书。

总体而言，以上所谈仍属苛论前辈，实际上，文学史写作的不易，我自己因治学术史而深有感触，自知真的能堪当"文学史家"之称的，确实属文学研究者的最高境界。如果在自己的学术生涯中，能够凭借长期不懈的学力积累，而撰作一部文学史著作，可谓是一个学者的最高理想。虽不能至，心向往之，就此而言，对前辈学者的这部大作，确实是高山仰止；但同时也希望，作为后辈，不应就此止步，前辈落脚之处，就是我们出发的起点。留有空白的《奥国文学史》之类固然当填补空白；就是具有强烈问题意识与本土关怀的《德国文学史》的撰作也希望能在学界长期积淀之上能"横空出世"。

范大灿主编：《德国文学史》（全5卷），
南京：译林出版社，2006—2008年。

---

[1] 叶隽：《德语文学研究与现代中国》，第290页。

[2] 这是有论者对中国的"中德文学关系研究"状况的评价，举两书为代表。论当代则举卫茂平的《中国对德国文学影响史述》（1996）；溯历史则举陈铨之《中德文学研究》（1936）。确实不错，但这六十年的学术演进，其长进在研究范围之拓展、某些方面之深化；其不足，亦同样明晰可见。王向远：《中国的中德文学关系研究概评》，载《德国研究》2003年第2期。

学术视野里的"德语文学汉译"
——评《杨武能译文集》

一、小引

近代以来，西学东渐。来自不同国别的文化资源以极为迅猛的速度涌入中国，成为各家思想构建思路、参与现代中国建设的重要凭借。在这一过程中，英、美、德、法、日、俄各国由于其在世界上的重要地位与深厚传统，均扮演了极为重要的角色。虽然与英语相比，德语似乎还不足以相提并论。但若考虑到德国在西方大国中的重要地位，尤其是其思想文化资源的博大精深、丰富多彩，那么，德语著作的汉译工作就绝非小事一桩。虽然德语作为非通用大语种，会受到些限制，但这决非翻译不发达的堂皇理由。从另一个方面来看，这既受制于中国学界德语文学研究的整体水平，也与学者个体的努力程度大有关系。虽然，在1871年普法战争后，德意志实现统一，其军事和政治地位受到中国重视，京师同文馆于同年开设德文馆。[1]但若论及中国的德语文学研究的产生，仍与中国现代大学与学术制度的建立密切相关。1917年，蔡元培开始在北大改革，不久即创办德文系，这是在大学体制内第一次确立了德语文学的专业地位。应该说，德文专业的设立是与中国现代大学制度几乎同时诞生的。作为第一代严格意义上的

---

[1] 参见朱有瓛编：《中国近代学制史料》第1辑上册，上海：华东师范大学出版社，1983年，第17页。新设德文时称"布文"，后才改为德文。参见齐如山：《齐如山回忆录》，北京：中国戏剧出版社，1989年，第28页。关于同文馆情况，请参见苏精：《清季同文馆及其师生》，福州：福建教育出版社，2018年。

德语文学学者，杨丙辰等人在北大德文系的工作，值得肯定。日后清华也开设德文专业，季羡林进了西洋文学系后，被指定为德语专门化的学生。虽然他对学德语却以英语为授课语言及德语专业学习颇不满意[1]，但这也反映了清华当年的学术风格。

20世纪20年代，张威廉、刘大杰分别推出《德国文学史大纲》《德国文学概论》，有开风气的效应；20世纪30年代，陈铨、冯至相继留德归来，《中德文学研究》《歌德论述》则进一步在专题领域有更深的挖掘。经诸先生的开拓，有关德国文学研究的一批专著相继推出，代表了民国时期德语文学研究的基本水平。1949年以后，由于政治上的原因，德语专业受到限制[2]，更不用说德语文学研究了。但尽管如此，1958年仍有一部《德国文学简史》出版，乃是冯至等人组成的北大德语专业"德国文学史研究小组"在"学校党委领导的科学研究大跃进运动中在短期间内集体编写的"，其学术价值可想而知。故此基本可以认为，德语文学研究进入了一段沉默期。严格意义上的德语文学研究，要到1978年以后，才得以逐步恢复。

但就翻译成果来说，则远比研究工作要丰富得多。早期译介者中，郭沫若是一与有力者，他所翻译的《少年维特之烦恼》《浮士德》等，都深深地影响了一代人。翻译，从来都是输入外来思想文化的重要手段；对于近代中国来说，更是如此。虽然早自严复起，就确定了翻译的"信、达、雅"标准，所谓"译事三难信达雅"，而"求其信已大难矣。顾信矣不达。虽译犹不译也。则达尚焉"。[3]有论者仔细检点近代以来的翻译史，对今之译者有如下评价："译文艺则不知所云，导致原作精神水土流失；译学术则悖淆其义，哲理法意搅成一锅馊粥，穷拼乱凑，去真益远。隔膜深深深几许，泂不知人间有美化二字。"如此评论，或则求之过苛，但总体而言，比照前贤，确实有一种一代不如一代的感觉。严复所谓"吾未见文明富强

---

1 参见季羡林：《季羡林自传》，载《文献》1989年第2期。
2 1952年的院系调整，全国范围内只保留三个德语教学点，即北京大学、南开大学、北京外国语学校。参见付克：《中国外语教育史》，上海：上海外语教育出版社，1986年，第71页，南开大学疑为南京大学之误。
3 参见严复：《译例言》，载《天演论》，北京：科学出版社，1971年，第9页。

之国，其国语之不尊也"，诚然斯言，我也同意论者的判断："一个时代的文章文体，乃国民精神智慧所寄，文化气质藉此流露表现，决非小节。"[1]然而对比自身，也不免思之惭愧，在当代市场经济喧嚣而来的大背景下，即便是严谨的学者，也很难不受到冲击，并进而危及自身安身立命之本，更何况区区翻译质量的受到影响，但这至少也反映学者心态不稳、根基不实的事实。

具体到不同领域的翻译，其实标准和价值取向都各有不同。诸如口译与笔译不同，笔译之中，学术与文学各有取径，都有其相异的评价标准。一般而言，学术翻译当以信达为标准，文学翻译以雅驯为鹄的。在学术著作汉译中，商务的"汉译世界学术名著丛书"，无疑厥功甚伟；同样，在文学作品汉译的历史中，有两位里程碑式的人物，值得引为标准。一是英语文学汉译中的朱生豪译莎士比亚；一是法语文学汉译中的傅雷译巴尔扎克。其他语种，虽也各有名家，但若论质量之精，用力之深，创意之美，行文之雅，则无出其右者。

而若论及改革开放以来的中国德语文学汉译情况，则无论是从翻译的数量，还是质量上，杨武能教授都应算是成果最为突出者之一，值得特别称道。这一点，通过广西师大出版社新版的十四卷《杨武能译文集》，则更能看得明白。选择郭宏安、杨武能诸名家译者，将其历年来的译作汇集出版，更加彰显出译家个体的风格与特色，确实有其重要的功用。当然，站在一名研究者的立场，我更会关注的，还是杨武能教授翻译与研究的相结合。

作为20世纪80年代以来重要的德语文学译介者，杨武能教授在歌德研究领域也用力颇勤。因为，杨氏本身就是德语文学的研究者，他的翻译在某种程度上也是建立在自己的阅读体验与研究判断的基础之上的。其所著《歌德与中国》从中德文学史渊源角度进行了个案化的梳理；《走近歌德》则试图深入歌德，把握其内在的人格发展轨迹。应该说，在前人已有的研究基础上，是有所推进的。正是在这样的背景中来考察杨氏的文学翻译，收获可能更大。

---

[1] 参见伍立杨：《民初译文的衣香鬓影》，载《博览群书》2003年第5期。

二、校勘

虽然对杨译也时有阅读,获益匪浅,但此次将杨译集中观之,赫赫十四卷,可见其在德语文学汉译方面用功之勤,用力之深。而以十四卷的篇幅,为德语文学的汉译工作做出了相当显著的贡献,其功绩当不可没。下面仅就目力所及,略谈些阅读杨译生发出来的体会。

其一是力求汉译之雅、行文之畅达、传神之优美,颇有超过前人处。仅就手头此卷《纳尔齐斯与歌尔德蒙》与德文原作略做校勘。如第七章的开篇描写歌尔德蒙与莉赛的野地偷情,杨译是这样的:"野地里空气越来越凉,月亮也越升越高,一对情人静卧在柔光中的草铺上,忘情于他们那爱的嬉戏中,不一会儿便双双睡去了。半夜醒来,两人又滚到一起,相互挑逗着,重新紧紧拥抱,重新精神抖擞。直等最后一次拥抱过了,两人才精疲力竭,莉赛钻进了草里,呼吸沉重;歌尔德蒙一动不动地仰卧着,久久地凝视着月色惨淡的夜空。两人心里都陡然升起愁思,只有逃到睡眠中去求得解脱。他们沉沉地睡着,绝望地睡着,贪婪地睡着,仿佛这是他们最后一次睡眠,仿佛他们被判了终身醒着的苦刑,必须在这几小时中提前猛睡个够。"[1]

其德文原文为:"Während es über den Feldern kühl wurde und von Stunde zu Stunde der Mond höher rückte, ruhten die Liebenden auf ihrem sanft beschienenen Lager, in ihrer Spiele verloren, gemeinsam entschlummernd und schlafend, im Erwachen sich neu zueinander wendend und einander entzündend, auf neue ineinander verstrickt, aufs neue entschlafend. Nach der letzten Umarmung lagen sie erschöpft, Lise hatte sich tief ins Heu gepreßt und atmete schmerzlich, Goldmund lag auf dem Rücken, regungslos, und starrte lang in den bleichen Mondhimmel; in beiden stieg die große Traurigkeit empor, der sie in den Schlaf entflohen. Sie schliefen tief und verzweifelt, schliefen gierig, als sei es zum letztenmal, als seien zu ewigem Wachsein verurteilt und müßten in

---

[1] 本篇中译文参见赫尔曼·黑塞:《纳尔齐斯与歌尔德蒙》,杨武能译,上海:上海译文出版社,1984年,第106页。

diesen Stunden vorher noch allen Schlaf der Welt in sich eintrinken."[1]

就以上校勘来看，在文学翻译的风格方面，我觉得杨译基本做到了"信、达、雅"。尤其是求雅方面，相当不错。这当然与黑塞著作本身有关系，黑塞本人是少数既具思想深度，又存美文意识的德语作家之一。但这同时对译者有很大的要求，不容易达到目前的水准。这段译文，汉语之优美，自不用赘言。不管是"柔光中的""静卧"，还是"凝视着月色惨淡的夜空"，应该说都恰如其分，且能状其景甚当。而对原德语句型的处理与创造性发挥，尤其值得称道。但也有一些小的疑问，如第一句原文并没有出现时间状语，如"半夜"，当然加上有助于理解，但与原文意思还是有些出入的。

其二是译诗之中的创造性发挥，无翻译之窒碍，有诗人之灵性。请看这首歌德的《五月之歌》：

大地多么辉煌！
太阳多么明亮！
原野发出欢笑，
在我心中回响！

万木迸发新枝，
枝头鲜花怒放，
幽幽密林深处，
百鸟鸣啭歌唱。

欢呼雀跃之情，
充溢人人胸襟。
呵，大地，呵，太阳！
呵，幸福，呵，欢欣！[2]

---

[1] Hermann Hesse: *Narziß und Goldmund*, Frankfurt am Main: Suhrkamp, 1957, S. 87-88.
[2] 杨武能译：《德语文学精品》，桂林：漓江出版社，1993年，第140—141页。

这样的诗句，会让我们会惊叹于歌德作为伟大诗人的才华，这样简单明了的句子，竟然给他修饰得如此气势磅礴、大气无比。读德文原文则可能更好地去触摸大师的思想轨迹：

> Wie herrlich leuchtet
> Mir die Natur!
> Wie glänzt die Sonne!
> Wie lacht die Flur!
>
> Es dringen Blüten
> Aus jedem Zweig
> Und tausend Stimmen
> Aus dem Gesträuch.
>
> Und Freud' und Wonne
> Aus jeder Brust.
> O Erd', o Sonne!
> O Glück, o Lust![1]

但我认为这首诗的翻译，非常清楚地可以提供汉语译介者的重要作用的"证明"。歌德这首诗，非常的简洁凝练而诗意盎然，我觉得前两点译介者也许还可以通过努力达致。而"诗意"彰显的问题，则是译介者的大苦恼。这也是为什么《浮士德》这样的翻译，后来者如此众多，却无法超越郭沫若译本的原因，因为译介者很难寻到那种诗人的感觉，而诗的独特文体，决定了其翻译也必然同样有很大的特殊性。但在这首诗的翻译中，杨氏处理得相当不错，汉语能表达得如此凝练而富有诗意，显然经过了"炼字"过程的苦心经营。如若不信，请再看下面的译诗，杨氏的

---

1 张威廉译注：《德国名诗一百首》，上海：上海译文出版社，1988年，第62—64页。

汉译接着是:

呵,爱情,呵,爱情,
你明艳如朝霞!
呵,爱情,呵,爱情,
你璀璨似黄金!

你给大地祝福,
大地焕然一新,
你给世界祝福,
世界如花似锦。

呵,姑娘,呵,姑娘,
我是多么爱你!
你深情望着我,
你是多么爱我!

我热烈爱着你,
犹如百灵眷爱,
那歌唱和天空,
那朝花和清风。

我热烈爱着你,
是你给我青春,
是你给我欢乐,
是你给我勇气。

去唱那新的歌,
去跳那新的舞。

愿你永远幸福，
如你永远爱我。[1]

确实非常传神地表达了歌德的意境，在很大程度上减少了不同语言之间转换对于"诗意"的伤害与流失。

其三是敢于挑战经典。如《浮士德》有郭沫若、梁宗岱、董问樵等多个版本在前，《少年维特之烦恼》的郭译更是成为经典，而杨氏敢于重译，且大有"青出于蓝"之势。就效果来看，成绩大是不俗，杨译《维特》印数超过百万册，自是最好的证明。不过值得指出的是，杨译也有逊色前人之处，尤其在古诗的凝字炼句方面。

下面举若干译例，看两者的长短。歌德的原文为：

> Allein auf dem seebespülten Felsen hört'ich die Klagen meiner Tochter. Viel und laut war ihr Schreien, doch konnt'sie ihr Vater nicht retten. Die ganze Nacht stand ich am Ufer, ich sah sie im schwachen Strahle des Mondes, die ganze Nacht hört'ich ihr Schreien, laut war der Wind, und der Regen schlug scharf nach der Seite des Berges. Ihre Stimme ward schwach, ehe der Morgen erschien, sie starb weg wie die Abendluft zwischen dem Grase der Felsen. Beladen mit Jammer starb sie und ließ Armin allein! Dahin ist meine Stärke im Kriege, gefallen mein Stolz unter den Mädchen.
>
> Wenn die Stürme des Berges kommen, wenn der Nord die Wellen hochhebt, sitz'ich am schallenden Ufer, schaue nach dem schrecklichen Felsen. Oft im sinkenden Monde seh ich die Geister meiner Kinder, halb dämmernd wandeln sie zusammen in trauriger Eintracht.[2]

且看马君武译本。马君武在近代中国翻译史上，卓然成家。他在留德

---

[1] 杨武能译：《德语文学精品》，第140—141页。
[2] 张崇智注释：《少年维特之烦恼》，北京：外语教学与研究出版社，1997年，第117页。

之时译《阿明临海岸哭女诗》[1]，称歌德是"德国空前绝后一大文豪，吾国稍读西籍者皆知之"[2]。其译诗风格仍延续了马君武一贯的古典雅致：

> 莽莽惊涛激石鸣，溟溟海岸夜深临。
> 女儿一死成长别，老父余生剩此身。
> 海石相激无已时，似听吾儿幽怨声。

> 月色不明夜气瞑，朦胧如见女儿影。
> 斜倚危石眠不得，风狂雨急逼人醒。

> 眼见东方初日升，女儿声杳不可闻。
> 有如晚风吹野草，一去踪迹无处寻。

> 死者含哀目未瞑，只今独余老阿明。
> 阿明早岁百战身既废，而今老矣谁复论婚姻！

> 海波奔泻涌千山，怒涛飞起落吾前。
> 此时阿明枯坐倚危石，独望沧瞑一永叹。

> 又见斜月灼耀明，又见女儿踯躅行。

---

1 此为《少年维特之烦恼》的片段，参见 Goethe: *Die Leiden des jungen Werther*, in Fritz Martini und Walter Müller-Seidel (hrsg.): *Klassische Deutsche Dichtung*, Band 1, *Romane und Erzählungen*, Freiburg im Breisgau: Verlag Herder KG, 1962, S. 311-430. 亦可参见张崇智注释：《少年维特之烦恼》。中文译本则有多种：郭沫若译本有泰东图书局1922年版、创造社出版部1928年版、人民文学出版社1955年版；罗牧译本有北新书局1931年版；陈弢译本有上海中学生书局1934年版；钱天佑译本有启明书局1936年版；侯浚吉译本有上海译文出版社1982年版；此处参见杨武能译：《少年维特的烦恼》，收入《少年维特的烦恼（外国中篇小说丛刊精华本）》，合肥：安徽文艺出版社，1991年，第213—329页。有关评论，请参见郭延礼：《近代西学与中国文学》，南昌：百花洲文艺出版社，2000年。

2 不过此诗为中英文对照，疑从英文译出。参见莫世祥编：《马君武集（1900—1919）》，武汉：华中师范大学出版社，2011年，第446—448页。

几声唧唧共谁语？老眼模糊认不真。

女儿忽随明月去，不忆人间遗老父。
老父无言惟有愁，愁兮愁兮向谁诉？[1]

原文是穿插叙述的故事，并非诗体。马君武却将中间叙述者的描述删去，将相互穿插的故事创作成为一首诗。应该说，马氏的汉语表述，确实相当精彩，而可叹为创造。如"海波奔泻涌千山，怒涛飞起落吾前。此时阿明枯坐倚危石，独望沧溟一永叹"，这样的"语言转换"，其中不乏"创新"成分，译者的外语水平、国文修养都得到充分体现，尤其表现出作者身兼旧体诗人与翻译大家的综合身份。而译诗的最后一段尤其能见出译者作为诗人是如何将中国传统诗词的各种形式巧妙加以运用，又能体现出异国风采的情韵。

杨氏的翻译为：

只剩我一人在海浪冲击的悬崖上，听着女儿的哭诉。她呼天抢地，我身为她的父亲，却无法救她脱险。我彻夜伫立在崖边，在淡淡的月光里看见她，听着她的呼喊。风呼呼地吼，雨刷刷抽打山岩。不等黎明到来，她的喊声已经微弱；当月色在草丛中消散，她已经气息奄奄。她在悲痛的重压下死去了，留下了我阿明孤苦一人！我的勇力已在战争里用光，我的骄傲已被姑娘们耗尽。

每当山头雷雨交加，北风掀起狂澜，我就坐在发出轰响的岸旁，遥望那可怕的巨岩。在西沉的月影里，我常常看见我孩子们的幽魂，时隐时现，飘飘邈邈，哀伤而和睦地携手同行……[2]

我们可以看出一以文言，一以白话；一以诗体，一以散文；一重阐发，

---

[1] 原文为中英文对照，莫世祥编：《马君武集（1900—1919）》，第446—448页。
[2] 杨武能译：《少年维特的烦恼》，载《少年维特的烦恼（外国中篇小说丛刊精华本）》，合肥：安徽文艺出版社，1991年，第213—329页。

一重诚信。翻译观的不同,时代的各异,决定了两者的风格有相当的差别。若论文字的美感与诗意的享受,马译或优于杨译。但若论及对原文的相对忠实程度并兼及表述方式的易于今人接受,则杨译当较马译更为适当。应该说,杨译的立足更忠实于"译者"的中介地位,而不是"越俎代庖"。但尽管如此,仍有引申发挥处,如Oft im sinkenden Monde,杨氏译为"在西沉的月影里",意象处理得相当好,但"西"字则属于增译之笔。而马氏作为启蒙时代的革命家兼知识人,更看重的是如何"为我所用"。两者的翻译各有其不可取代的价值。

再看一看,经典之作《浮士德》,歌德的原文为:

Ein Sumpf zieht am Gebirge hin,
Verpestet alles schon Errungene;
Den faulen Pfuhl auch abzuziehn,
Das Letzte wär'das Höchsterrungene.
Eröffn'ich Räume vielen Millionen,
Nicht sicher zwar, doch tätig-frei zu wohnen.
Grün das Gefilde, fruchtbar; Mensch und Herde
Sogleich behaglich auf der neuestn Erde,
Gleich angesiedelt an des Hügels Kraft,
Den aufgewälzt kühn-emsige Völkerschaft.
Im Innern hier ein paradiesisch Land,
Da rase draußen Flut bis auf zum Rand,
Und wie sie nascht, gewaltsam einzuschließen,
Gemeindrang eilt, die Lücke zu verschließen.
Ja, diesem Sinne bin ich ganz ergeben,
Das ist der Weisheit letzter Schluß:
Nur der verdient sich Freiheit wie das Leben,
Der täglich sie erobern muß.
Und so verbringt, umrungen von Gefahr,
Hier Kindheit, Mann und Greis sein tüchtig Jahr.

Solch ein Gewimmel möcht'ich sehn,
Auf freiem Grund mit freiem Volke stehn.
Zum Augenblicke dürft'ich sagen..
Verweile doch, du bist so schön!
Es kann die Spur von meinen Erdetagen
Nicht in Äonen untergehn.-
Im Vorgefühl von solchem hohen Glück
Genieß'ich jetzt den höchsten Augenblick.[1]

我们比较一下梁译（梁宗岱）和董译。

梁译：

有一个污潴在那边山脚下，
一切完成了的都被它污化；
目前须得要把那污水排除，
这是最终而又最重要的事务。
我为几百万人开拓出疆土；
虽然还不安全，但也可自由勤苦。
原野十分青翠，土壤一片膏腴，
人畜都在这片新地上得到安居，
勇敢勤电的人民垒成了那座高丘，
向那周围移植都可以衣食无忧。
外面虽有海涛不断地冲击堤岸，
而内面却安居乐业如同天国一般，
即使海潮啮岸，堤有溃的危险。
人民全体合力，立即把漏穴补完。
是的！我完全献身于这种意趣，
这无疑是知慧的最后的断案；

1　Johann Wolfgang von Goethe: *Faust*, Kommentiert von Erich Trunz, München: C.H.Becker, 1986, S. 348.

"要每天每日去开拓自由和生活,
然后才能够作自由与生活的享受。"
所以在这儿要有环绕着的危险,
以便幼者壮者——都过活着有为之年,
我愿意看见这样熙熙攘攘的人群,
在自由的土地上住着自由的国民。
我要呼唤对于这样的刹那……
"你真美呀,请停留一下!"
我在地上的日子会有痕迹遗留,
它将不致永远成为乌有。——
我在这样宏福的豫感之中,
在将这最高的一刹那享受。[1]

董译:

有一片泥沼延展在山麓,
使所有的成就蒙垢受污;
目前再排泄这块污潴,
将是最终和最高的任务。
我为千百万人开疆辟土,
虽然还不安定,却可以自由活动而居住。
原野青葱,土壤膏腴!
人畜立即在崭新的土地上各得其趣。
勇敢勤劳的人筑成那座丘陵,
向旁边移植就可以接壤比邻!
这里边是一片人间乐园,
外边纵有海涛冲击陆地的边缘,

---

[1] 歌德:《浮士德》(节选),载杭州大学中文系外国文学教研组编:《外国文学作品选》,杭州,1977年,第248—249页。

325

并不断侵蚀和毁坏堤岸，
只要人民同心协力即可把缺口填满。
不错！我对这种思想拳拳服膺，
这是智慧的最后结论：
人必须每天每日去争取生活与自由，
才配有自由与生活的享受！
所以在这儿不断出现危险，
使少壮老都过着有为之年。
我愿看见人群熙来攘往，
自由的人民生活在自由的土地上！
我对这一瞬间可以说：
你真美呀，请你暂停！
我有生之年留下的痕迹，
将历千百载而不致湮没无闻——
现在我怀着崇高幸福的预感，
享受这至高无上的瞬间。[1]

杨译：

一片沼泽漫延至山麓，
新垦的土地全遭玷污；
伟大事业要圆满完成，
还必须将臭水洼清除。
我为千万人开拓疆土，
不尽安全，却可勤劳而自由地居住。
绿色的田野结满果实；
人畜在新垦地上都感幸福，
勇敢奋发的民众垒起高丘，

---

[1] 歌德：《浮士德》，董问樵译，上海：复旦大学出版社，1983年，第666—668页。

移居者会得到它有力保护。
任外边狂潮汹涌，冲击岸壁，
里面仍是一片人间乐土；
一当潮水啮岸，冲入堤防，
便群策群力，将缺口封堵。
是啊，我完全沉迷于这个理想，
它是智慧的最后结论：
只有每天争取自由和生存者，
才配享受自由和生存。
于是少年、壮年和老年人
不惧风险，在这里度过有为的年辰。
我愿看见这样熙熙攘攘的一群——
在自由的土地立足的自由之民。
那时对眼前的一瞬我便可以说：
你真美啊，请停一停！
于是，我有生之年的痕迹
不会泯灭，而将世代长存。——
我怀着对崇高幸福的预感，
享受着这至神至圣的一瞬。[1]

  这一段诗共28行，是《浮士德》中最为精彩的部分之一。它借浮士德之口，表达出歌德终身追求的理想。我们不妨细细品味三种译本，不难感受出，三者都在试图将原作的诗意表达出来。董氏的努力痕迹尤可看得清楚，因其斧凿与修饰的烙印很是明显，译文的"匠气"较足；而杨译虽同样用功，但颇能将"译文"的痕迹化在背后，不仔细体会，很可能就将其看作中文的诗行了；而梁译对这段下的功夫似乎不够，少有出彩之处。但总体而言，我们可以看出上代学者的汉语功底相当深厚，对母语的驾驭能力和创造转化，都是可圈可点。

---

1 杨武能：《杨武能译文集·浮士德》，桂林：广西师范大学出版社，2003年，第528—529页。

但此处对梁译评价不高,并非针对梁译的整体水平。其实,若论诗意的完美体现与再创造,则梁译仍有相当杰出之处。杨译的语言虽已打磨得十分圆润畅达,但仔细品味乃是后天的勤奋与用功之效;而梁译在语言的通畅美文之上虽然不及后者,但其诗意盎然,却有诗人的气质与禀赋在内。这一点,看其翻译开首的《天上序幕》,更是呼之欲出。

梁译:

拉斐尔
太阳循轨道,
步武如雷霆,
高唱决胜歌,
古调和群星。
阳光励天使,
深秘莫能明;
宏哉大宇宙,
开辟以至今。
甘伯列
神迅复神迅,
光华随地转;
深宵郁惨默,
瞬与天光换;
巨海泛洪涛,
流沫深崖底,
巨海与深崖,
恒随天地徙。[1]

这段开篇译得光辉灿烂、照耀人心,真能将天地的巍巍伟烈展现出来,甚至比之歌德原文亦有过之而无不及。非是诗人的妙手天成,难以达之。

---

[1] 歌德:《浮士德》(节选),载杭州大学中文系外国文学教研组编:《外国文学作品选》,第125页。

这种出自诗人的灵气与大气,就不是可以要求于作为文化中介者的一般翻译家的了。

总体而言,杨译挑战经典的勇气洵属可嘉,但有的地方确实是明知不可而为之,用前人译法可能会更好些。诸如歌德为《少年维特之烦恼》第二版所写的名诗,杨译为"年青男子谁都渴望这么爱,年轻姑娘谁都渴望这么被爱",就明显不如已有译本的"哪个少男不钟情,哪个少女不怀春"形象而传神,也更符合汉语表达的语言特点,有美文和诗意,使读者易于接受,也能感受到歌德诗作的那种震撼力。

其四是广泛涉猎各种文体,但对不同文体之间的张力似乎还可把握得更好。杨氏的翻译,如对小说、诗歌、戏剧等大文体都有所涉及。当然,杨氏对其他文体也颇有涉猎,诸如童话(格林兄弟)、寓言(莱辛)、文论(海涅)等。这里仅举席勒的戏剧《阴谋与爱情》为例,瓦尔特与斐迪南这对父子之间对于"幸福"概念理解大不相同,由此双方都有精彩的表述。在瓦尔特看来,所谓的"幸福"首先是"通向公爵宝座的康庄大道",他这样强迫自己的儿子去意识自己已经获得的"幸福"。德文原文是:

> Wo zehn andre mit aller Anstrengung nicht hinaufklimmen, wirst du spielend, im Schlafe gehoben. Du bist im zwölften Jahre Fähndrich. Im zwanzigsten Major. Ich hab es durchgesetzt beim Fürsten. Du wirst die Uniform ausziehen, und in das Ministerium eintreten. Der Fürst sprach also vom Geheimenrat–Gesandschaften–außerordentlichen Gnaden.[1]

杨译是这样的:

> 许多别的人千辛万苦也休想爬上去的位置,你玩儿似的糊里糊涂

---

[1] Friedrich Schiller: *Kabale und Liebe*(浮梁注释), Beijing: Foreign Languages Teaching and Research Press, 1999, S. 23.

便给捧上去了。你十二岁当上见习官，二十岁当上少校，这些都是我在公爵面前争取的结果。你将来会脱下军装，进入部里。公爵已提到过枢密顾问——驻外使节——特别的恩宠什么的什么的，在你眼前正展示着美好的前程——[1]

廖辅叔、李长之的译本是：

别的十个人用尽九牛二虎之力还爬不上去的地方，你却游戏一样地睡一大觉就给抬举上去了！你十二岁当候补士官！二十岁当少校！是我在公爵面前用尽心机才弄到手的。你将来还会脱掉军服加入内阁！公爵还说起过当枢密顾问——当公使——非常的恩典。[2]

所有这一切，在老宰相的眼中，当然是"光明的远景"。然而，可惜的是，作为新生一代，这位理应对父亲感恩戴德的儿子，却做出了叛逆的举动，他居然敢说：

Weil meine Begriffe von Größe und Glück nicht ganz die Ihrigen sind−Ihre Glückseligkeit macht sich nur selten anders als durch Verderben bekannt. Neid, Furcht, Verwünschung sind die traurigen Spiegel, worin sich die Hoheit eines Herrschers belächelt. −Tränen, Flüche, Verzweiflung die entsetzliche Mahlzeit, woran diese gepriesenen Glücklichen schwelgen, von der sie betrunken aufstehen, und so in die Ewigkeit vor den Thron Gottes taumeln−Mein Ideal von Glück zieht sich genügsamer in mich selbst zurück. In meinem Herzen liegen alle meine Wünsche begraben.[3]

---

[1] 杨武能：《杨武能译文集・阴谋与爱情》，第30页。
[2] 席勒：《阴谋与爱情》，载《席勒戏剧诗歌选》，钱春绮等译，北京：人民文学出版社，1996年，第198页。
[3] Friedrich Schiller: *Kabale und Liebe* (浮梁注释), S. 23. 中译文对照原文后，略有改动。

杨译是：

> 不，因为我对伟大和幸福的理解与您不完全相同——您的幸福，很少不以毁灭为表现。嫉妒、恐惧、怨恨是一面面可悲的镜子，显赫的王侯便对着这样的镜子微笑。——眼泪、诅咒、绝望是可怕的筵席，供众人所称赞的有福之人尽情享受。当他们喝得醉醺醺地站起来时，就该跟跟跄跄地去上帝的宝座前接受审判，万劫不复啦！——我关于幸福的理想，是知足而自我克制的。我的所有愿望，都埋藏在我的心中。[1]

廖译是这样的：

> 因为我关于伟大及幸福的概念和你的不尽相同。——你的幸福差不多总是靠害人出名的。妒忌、恐怖、毒害就是照出君王陛下的微笑的惨戚的镜子——眼泪、诅咒、绝望就是这些受尽称赞的福气人大吃大喝的筵席，他们大醉一场醒过来，就这样一颠一拐地拐到上帝的宝座前面而且堕入永劫。——我的幸福的理想是朴素的，是在我自己的心里。我的一切愿望都埋藏在我的心里！——[2]

就我个人的感觉而言，杨译的特点还是同上，重视语言的中国化，力求流畅。其实，席勒的戏剧创作非同于一般的戏剧创作，在某种意义上，是可谓之为"史诗戏剧"，这并不仅仅因为其剧作本身就有史诗的气概，而在于席勒本身是个伟大的诗人。他是以一种作诗的激情在创作戏剧的。仔细读去，他的戏剧语言都是诗的语言，把它们理解为诗是一点不为过的。杨氏在处理这一翻译时，以行文流畅为标的，自是有其立场与考虑。不过，如果我来做，我更愿站在"诗"的立场去考虑翻译问题。从这个意义上来讲，廖、李二位的译文没有刻意追求流畅，倒更多保留了些"诗"的力量。

---

[1] 杨武能：《杨武能译文集·阴谋与爱情》，第30页。
[2] 席勒：《阴谋与爱情》，载《席勒戏剧诗歌选》，钱春绮等译，第198页。

三、思考

限于学力,自然不可能将杨氏译作一一评点,就总体来看,较之前贤之经典,诸如傅雷之译巴尔扎克、罗曼·罗兰,朱生豪之译莎士比亚,或待"更上层楼";但就德语文学汉译史来看,杨译确实有其自己的地位,与前辈的译本相比,已不遑多让。而在近20余年来的德语文学汉译事业中,就整体质量与数量之综合效应而言,恐怕也是相当突出的。此外,由此引申出来的,是关于德语文学汉译问题的几点思考:

一是德语文学译介的整体性与重译问题。我们必须清醒地意识到,在已经长达一个多世纪的德语文学输入过程中,汉译德语文学仍是一块有着很多空白的处女地。即便是拿德国文学最重要的代表人物,也是汉语学界最重视的研究对象歌德来说,我们仍然没有一套完整的《歌德全集》。研究著作虽然有若干,但真正在质的意义上有明显推进的,似乎也不多见。至于德语文学史上那一个个辉煌灿烂的名字,我们甚至连最基本的经典之作也没有移译过来,如诺瓦利斯的《海因里希·冯·奥夫特丁根》(*Heirich von Ofterdingen*)就至今没有汉译。但另一个方面却是大量的重复建设,仅《少年维特之烦恼》就有多达数十个译本,而且还在不断有人新译。我不是说,名著没有重译的必要,但我以为其中有一个学术积累的问题,即对于已有较多版本的译著,如果决定重译,就应设立一个标准,即必须超越已有最优秀的译本,至少,译者本人应有这样的自信;或者是说,原有的译本确实与当今的时代相去较远,其语言风格、技巧处理都应做出调整,否则这种重复建设似乎只是浪费人力、物力、财力而已。在这个方面,市场倒是一个很好的测试剂,杨译《少年维特之烦恼》行销数已逾百万,就是一个好例子。

二是如何处理好德语文学汉译与市场经济的关系。市场经济对思想文化领域的冲击不言而喻,但在这种背景下,仍能坚持坐"冷板凳",致力于学术与文学译介工作确实很不容易,也就特别需要支持与帮助。在漫长的学者生涯中,杨武能教授的译介努力,以及皇皇十四卷的译作结集,当然给后学做出了一个榜样作用,但仅仅依靠像颜回一般的"一箪食,一瓢饮",回也不改其志的精神效应,并不能在广大的层面解决问题。毕竟,学者生活既有其创造精神价值的高尚一面,也有面对社会生存的现实一面。中国的德语文学研究和翻译者的热情需要保护与激励,缺乏具体的手段,恐怕是导致德语文学汉译趋势不振的一个重要原因。这方面,一来可依靠对象国的支持。(附带说一句,德国人做得没有法国人好,应该说,法国政府对促进法语文化、文学在世界的推广与传播是相当重视的,尤其表现在著作的补贴出版方面。这一点在市场经济大行其道的中国,尤其必要,因为没有资金的支持,出版社是决不会出版亏本的图书的。法国思想、文化、文学译著明显在汉译世界里比重很大,翻开著作扉页,多半会发现其中"法国外交部资助"的字样;美国、日本更是不用说。我当然不是说德国政府不注重推广其思想文化,但具体措施的缺乏,恐怕确实是导致德语著作汉译本势力较小的重要原因。)更多地,叩能需要更多地考虑结合学在民间的立场,以市场化思维为导向,参照国外行之有效的基金会、与企业合作等模式,推动德语文学的汉译工作的发展。当然,这一点并不仅适用于德语文学汉译领域而已。

　　三是翻译者如何择定和坚守自己的位置。正如上所言,德语文学的汉译工作至今为止仍属一大片有待开垦的荒地,换一种比较好的说法,是一块有待深入挖掘的宝藏。只要做勤奋用功的有心人,相信谁也不会入宝山而空手回。但问题是,我们如何走入宝山?我们如何才能获得宝藏?我想,最重要的一点,应当是翻译者如何择定自己的位置。这其中牵涉的因素很多,诸如时代背景、外界环境等等,但我想强调的是个体因素。基本的东西,诸如坐冷板凳的信念、甘于寂寞的理念、严肃认真的态度都不用说了,有以下数点应当特别注意,就是要了解源流、熟知译史、知己知彼、持之以恒。了解源流是指应当熟悉中国的德语文学研究史,这样才能充分利用学界的有关成果;熟知译史,是要知道德语文学的汉译情况,知道哪些做了,哪些工作还没有做;知己知彼,是要了解德语文学的发展情况,能够判断所从事翻译工作的价值性;持之以恒则是坚持理想,充分意识到作为"文化中介者"的历史使命,将德语文学引进中国,使之融为中国建设的重要文化资源。

杨武能:《杨武能译文集》(共11卷),
桂林:广西师范大学出版社,2003年。

接受的困惑与问题的呈现

——读《歌德长篇小说〈少年维特之烦恼〉1945年以来的德国接受史》[*]

王炳钧的这部完成于德国汉堡大学的博士论文，似乎未曾在汉语世界得到介绍，就是德语圈中人也多半闻其名，而未曾谋其面，甚为可惜，国图有此收藏，其实应当关注。我读此著，深为作者的学术精神所打动，正如其在前言中说的那样："与其说将此书看作求学的终点，不如说我把它作为在联邦德国期间的文学史领域'学习年代'的一个漫长过程的终结。"[1] 治学求知的艰辛，如鱼饮水，冷暖自知，非是亲历者，难得体会。而王氏在德国一学十年，竟度过了一个完整的20世纪80年代，其中甘苦，自然心中会大有感慨。

此著虽然出版于20世纪90年代初期，但无论是在接受史的研究上，还是在歌德研究领域，都有其新颖的视角。接受史的题目，这些年来似乎做得有些太滥，往往是宏观论述"某国文学在中国"，这种题目当然不是不可以做，但对研究者必然有着极高的要求，不但理论素养要厚，而且应当已经做过许多前期的专题工作，需要宏通之史家眼光与踏实之细致功夫的

---

[*] Wang Bingjun (王炳钧): *Rezeptionsgeschichte des Romans „Die Leiden des jungen Werther" von Johann Wolfgang Goethe in Deutschland seit 1945* (《歌德长篇小说〈少年维特之烦恼〉1945年以来的德国接受史》), Frankfurt am Main, Berlin, Bern, New York, Paris & Wien: Peter Lang Europäischer Verlag der Wissenschaften, 1991.

[1] Wang Bingjun (王炳钧): *Rezeptionsgeschichte des Romans „Die Leiden des jungen Werther" von Johann Wolfgang Goethe in Deutschland seit 1945* (《歌德长篇小说〈少年维特之烦恼〉1945年以来的德国接受史》), S. 5.

结合，而且双重文化背景的占有、个人阅历的丰富，也都是很有必要的。

大题目与小题目，其实各有各的好处，但在素以严谨学风闻名的德国学界，若想做大题目，是极难的，不但要求有宏观的架构能力，也还要考究你的史料处理能力、理论修养基础等等。即便如此，也不太容易能够做好。所以，王氏在此选择的是一个小题目，就以一部《少年维特之烦恼》（以下简称《维特》）入手，反而符合"以小见大"的一般策略。

此书在导论（Einleitung）、结语（Zusammenfassung）之外，共为五章，分别探讨以下内容：20世纪20—40年代的精神史研究中的维特形象（Das "Werther"-Bild in den geistesgeschichtlichen Forschungen der 20er bis 40er Jahre）、1945—1969年西德文学史中的维特形象（Das "Werther"-Bild in der westdeutschen Literaturwissenschaft 1945-1969）、1945—1969年东德文学史中的维特形象（Das "Werther"-Bild in der ostdeutschen Literaturwissenschaft 1945-1969）、对"旧"与"新"烦恼的东西论争（Ost-West Kontroverse um die "alten" und "neuen" Leiden）、西德文学研究的新方法论萌芽中的维特形象（Das "Werther"-Bild in neuen methodischen Ansätzen der westdeutschen Literaturwissenschaft）。应该说，前三章基本上是按照时间线索探讨其接受史，后两章比较出彩，是有明显的"问题意识"在内的。但即便是前三章，也决非仅仅梳理史实而已，我看重几点。

一是对前史的重视，专门辟出一章的内容来探讨20世纪20—40年代的所谓德国精神史研究，实际上是表明了一种理论自觉，即必须在德国精神史的框架中来理解所谓的维特接受问题。而所聚焦在于维特，背后关注的则是德国思想史与文学史的重大命题——即歌德接受问题。所以难怪作者开篇就要抓住20世纪上半期最重要的歌德专家宫多尔夫，来讨论他的歌德情结（Goethe-Mythus）；其后三节为精神史和思想史阐释（Geistes- und ideengeschichtliche Deutungen）、在实证主义与精神史之间（Zwischen Positivismus und Geistesgeschichte）、"作品内在性阐释"的开端（Anfänge der "werkimmanenten Interpretation"）。事实上，从狄尔泰的"精神科学"（Geisteswissenschaft）理念到"精神史"框架的整体形成，乃是德国现代学术的重要标志，对这个问题我们重视远远不够（虽然早期留德学人如蔡元培有所意识）。

二是对承继的把握。但这个问题其实要到了二、三两章才有明确的回应,就是后人选择什么样的传统?这两章虽然不得不因为东、西德的政治分裂,而分别处理,但给学者提出的命题是一样的,那就是如何面对"学统"(作者此处用Anknüpfung an die Forschungstradition)。但我觉得这两章的分量稍嫌不足,虽然已经注意到了与传统的承继关系,但似乎仍过分依赖意识形态的两分法,将东德归为"马克思主义文学史观的建立",论西德则"形式—结构分析的方法"。其实,1945—1969年间,恰恰是德国发生最剧烈变化的时期,不管是战后的一片废墟,还是后来的经济奇迹,都发生于此期;可以考察的,还有诸如学生运动(1968)、东德发展等等因素。这些社会历史背景,都必将对作为德国人精神史一部分的维特接受(请注意,其背后是歌德)有所影响,并可能产生关联。但这里要提出的一个问题是:谁的传统,谁的学术传统?这里毫无疑问的是"德国学术传统"。

三是提出问题的意识。作者显然不愿意简单地梳理历史,而是尝试在四、五两章以非常明确的问题方式来结构论文。虽然歌德自己并不太看重《维特》的价值(毕竟用六周时间完成的作品与毕生心血所系的"经典",在创造者的心目中不会太一样;说到社会接受,那是另一回事),但此书在德国思想史上的地位,可还真的不容小视。从尼柯莱当初即作《少年维特的欢乐》(Die Freude des jungen Werter,1775)到普伦茨多夫作《少年维某的新烦恼》(Die neuen Leiden des jungen W.,1972),都表现出维特已不仅是那个小说中的忧郁少年而已,而是对德国社会有着巨大象征意义的"文化符号"了。第四章把握"新旧烦恼"问题,应该说是很敏锐的。由此一问题,牵扯出时代变迁而造成的价值观差异,触及现实社会问题与当下意识,更见手笔。也就是说我们在选择题目时,口子不妨开得尽可能小些,但尽可以做得"见山见水",一派大家气象。就像我之读书,以前比较喜欢读那些以"史"为名的宏观论述,现在是越来越不敢轻视那些莫名其妙的小题目,往往在这种研究中,才真正地可能产生具有突破意义的学术冲创之作。对西德文学研究的新方法论萌芽中的维特形象的探索,同样体现了这一思路,即将学术研究的对象与时代关怀的问题意识高度交融性地融合在一起,这在操作上固然有相当难度,在学术思路上更具有突破意义。

前段时间将精力逐渐由席勒转到歌德，接触到曼德尔科夫的大作，不仅是那部水到渠成的《歌德在德国——一位古典作家的接受史》(*Goethe in Deutschland-Rezeptionsgeschichte eines Klassikers*)，更是那套四大卷的宏富之材料汇编《批评者眼中的歌德——歌德在德国影响史资料》(*Goethe im Urteil seiner Kritiker-Dokumente zur Wirkungsgeschichte Goethes in Deutschland*)。这种"文史"兼备的治学方法，原是德国学者彻底性(gründlichkeit)与精确性(genauigkeit)的来源。而王炳钧20世纪80年代负笈德国，正是在汉堡大学曼氏帐下接受指导。这代人与德国学者的结缘，亦同样是颇可探讨的学术命题。我不太明白的是，王氏为何竟"少出成果"，以此部博士论文的水准，日后应当卓有建树才对。但查诸实际，却不然；就是这部论文在汉语语境中亦少有人知，更未起到足够的范式意义，实在是很可遗憾之事。

一般而言，中国人到外国留学，治人文社科领域者，多半会选择与中国相关的课题，这本不足为怪，可一旦"过犹不及""南橘北枳"，可就糟了。所谓"有的留学生专选那些容易考试或教授容易对付的课程；有的留学生欺负洋教授不识中文，便选择有关中国的问题作论文，以便蒙混过关；还有的学生更聪明，出国前就把论文材料筹备齐全，甚至有的在国内预先把论文做好，出国好，只等缴论文，得学位，相当便捷；有的干脆找一两本中国古书改头换面翻译成外文去混学位"（王奇生著《中国留学生的历史轨迹1872—1949》，第196页），所以，季羡林先生对此深以为耻，有过严厉的批评，并坚决表态不选择与中国相关的题目做博士论文。但作为一个异国的留学生，毕竟缺乏对象国的文化学术思想涵养基础，真的选择完全陌生的文学对象，其实意味着付出太多的辛苦与汗水。当然，就此文而论，作者对德国学术传统的融入是相当自觉的，亦是成功的。但反过来似乎也有必要问一句，如此这般，就是对的吗？毋庸说，我指向的是，如何构建一个具有中国自身学术传统的德语文学学科问题。

我以为即便在德语文学这个相对狭小的学科之内，有些问题仍值得提出细加思考。一个是德语文学在中国语境内究竟何为（或者说是汉语语境），它究竟是进入德国学术的海外分支（所谓"外国日耳曼学"）还是具有中国学术主体性的"外国学"？二是如何处理德语教学与文学研究的关系？三是如何促进中德文学与文化沟通？德语文学作为一个学科，在中国已经有了近百年的历史，从1918年蔡元培在北大设立德国文学门，则漫漫近九十年矣。就中国大学来看，德语系（或专业）的方向大致三分，即语言、文学、国情，近来又逐步发展出翻译、文化、经济、外交等，这当然不错，但德语系的主要方向，仍应在于文学。因为从本质上讲，诸如经济、外交等专业内容，应由经济系、外交系、国际关系系去做，他们也专业得多。当然不妨设置课程，但不宜作为重点。如果这般立定原则后，那么德文学科的"定位"与"何为"问题，就相当突出。从此著的完成与功用来看，我们并非没有别出手眼的论著，但远远没有建成一个良好的学科传统与学术伦理。这样的选题意义与范式功用，自然不必赘述，但却又有几人注意到，并从中汲取养分？而苛求一句，作者又为何不将其介绍到汉语语境呢？

近来与德国学者私下交流，谈及国内前辈学者的情况，有的还是我颇怀敬意者。他的诘问让我有些抵挡不及，他说："他究竟写了些什么？"（Was hat er denn geschrieben?）我当然会举出一大堆的理由来解释，但我知道，无论如何我都无法改变他的结论，因为这代人写得确实太少了。翻译当然也可做挡箭牌，但人家是就学论学，不论翻译。这真的让我们不得不不断反思一个问题，作为学者，我们怎样确立我们自己的学术伦理？具体言之，作为一个中国的德文学者，我们该如何确立自己的学术伦理？（此题关涉甚大，容专论）

在理论维度与历史语境之间
——读《现代市民史诗——十九世纪德语小说研究》

我一直很感慨在汉语语境的德语文学研究中,没能出现有分量的分体文类史著作。谷裕博士这部著作可谓本领域的填补空白之作,中国学者终于有了一部研究德语小说史的专著。仅就此而言,就值得充分褒扬。而就学术思路来看,从相对宏观的文学史叙述进入具体精深的个案研究,再试图经由个案把握相对宏阔的宏观建构,这种思路也很有发展潜力。

前言之外,全书共分八章。掐头去尾除掉导论、结语之外,主体共六章,分别以六部具体长篇小说(歌德《亲和力》、诺瓦利斯《海因里希·冯·奥夫特丁根》、伊默曼《蒙豪森》、凯勒《绿衣亨利》、冯塔纳《艾菲·布里斯特》、拉伯《鸟鸣谷档案》)为文本个案,试图讨论古典晚期小说、早期浪漫小说、比得迈尔时期、诗意现实主义、市民现实主义、现实主义向现代文学的过渡六段文学史分期。

应该说,作者具有良好的学术训练,这尤其表现在对文本分析的角度和理论提升的自觉,所谓"主要从文本阅读出发,以文学解释学为基础,兼顾人文思想史、社会史及德国学界上世纪90年代兴起的'文化学'理论和方法,同时在局部尝试了解构和互文等当代文论的应用"(内容简介),确实很让人心生期待。这在本学科相对浮泛的学术史演进过程中,具有良好的示范意义。不过也正因为是初创阶段,也就有很多属于远未定论、值得讨论的学术问题,有些甚至属于最基本的。从细读文本入手,结合一定的理论思维,努力地追求一种更高的理论境界,这无疑是值得赞赏的取径。但我自己的切身感受是,此前的问题或许过于宏观,即在没有个案研究基础上的"宏大叙事";但进入文本层面后,担心的恰恰相反,即"入小"容易操作,"以小见大"确实说来容易做来难。做具体文本的研究的困境往往在此。以区区六篇小说的研究(即便很有代表性),讨论一个作家或许可以,但要涵盖整个19世纪,确实是一件"巧妇难为无米之炊"的事情。这不是某一部著作或某一个作者的问题,而是研究者在面对"一人之力"与"浩瀚对象"时必须讨论和解决的普遍性问题。

而且,对于全书的这种文学史划分,我也不很赞同,但能够理解作者的用心。实际上正如作者意识到的,被当作古典晚期作品的《亲和力》,其创作年代还要迟于诺瓦利斯的《海因里希·冯·奥夫特丁根》。我私心里总是很怀疑,后世文学史家为了自家方便和成就而给前世贤者所贴上的标签,是否过于割裂了作为"素朴诗人"的本性?当然,无论是歌德或诺瓦利斯,作为古典思脉和浪漫思脉的代表人物,并没有错。但他们都是具有自己强烈个性和生命精神的诗人和思者,如何在历史分期与个体体贴之间寻找更好的方法,或许是对史家严峻的考验?

我多少觉得可惜的是,作者谈19世纪德语小说,居然轻易就放过了蒂克。[1]且不说在历史语境中蒂克的重要性,就是后世衡史,我以为蒂克的文学史、思想史价值都明显被低估了。事实上,一般被认为是浪漫派创作代表人物的蒂克,不但在当时的历史语境中具有极为重要的意义(被称为"文坛帝王"),基本上接替了歌德的文坛地位;而且确实具有相当深刻的文学史与思想史意义。这不仅表现在他数量相当惊人的创作实绩,更表现在他别出手眼的文学思想。但用诺瓦利斯来做代表,也不能算错。我倒是蛮喜欢谷裕做的具体文本分析,譬如《亲和力》,这部小说我不喜欢,但认同其思想史价值。但作者说"歌德在小说《亲和力》放弃了古典时期的努力,即试图把各种矛盾和对立统一起来,纳入一个可以把握的思想、世界观和价值体系"(第131页),我认为似乎可以商榷。1805年,席勒之逝确实给歌德带来巨大刺激,并导致了其创作生涯的一度衰竭;但歌德之可贵,就在于其坚毅持恒,即便创痛再巨,亦能傲然坚守,故此他在古典时

---

[1] 《人名对照表》中也未载。作者也提到以后要进一步研究的作品与文类,包括霍夫曼的《雄猫穆尔的生活观》、施蒂夫特的《晚夏》等,还有历史小说(第6页)。但这些东西,一般的德国文学史都会提到。

代之后并未改变其基本思路和诗之追求,其思路具体地虽由追求"古典和谐"进一步过渡到"东西衔接"阶段,但求中守一的"古典思脉"立场不变。这部出版于1809年的《亲和力》虽以一种颇为惊世骇俗的内容和形式出现,但仔细推究,反映的作者观念则一。[1]

作者有跨学科的意识,除了前言中提到的"以传统文学解释学的理论和方法为基础,同时借鉴德国学界上个世纪90年代发展起来的'文化学'理论,并在必要的时候十分谨慎地尝试了话语、互文、解构等新兴的所谓后现代理论和方法"之外(第5页),对黑格尔关于小说论述的清理和重视尤其值得称道。跨学科看似简单,做来实不容易。与其跟着时下层出不穷的"理论"(不外乎学术超市的新产品),还不如认真清点整理前辈精英的遗产。

关于文类问题,似乎也有必要一提。作者在开篇就将诗歌、戏剧、史诗并列(第1页),未做任何说明,似乎这是不言自明之理。具有德国学术史背景者或许可以理解,但就中国学术语境而言则不然,史诗与诗歌作为文类加以并列是很让人费解的。市民史诗似乎不应该是 bürgerliche Epopoe (第31页);史诗是 Epos,这里我怀疑是否是 Epopöe。[2] 当然这很可能是印刷错误;这类毛病还包括诸如语句不通、缺少助词、多出字词等等。[3]

关于引文的问题,似乎可以处理得更细致些。书中多次引席勒"小说

---

[1] 作者接着说:"针对当时读者和批评家的误解,歌德生前就一再指出,读者需要读几遍才能领会其中更多的内容和喻意。"(第131页)注释为转引自汉堡版《歌德全集》的致科塔信。原文当为:"Die Aushängebogen des Romans werden nun bald in Ihren Händen seyn; und ich wünsche, daß diese beyden Bändchen zuerst Ihnen und dann dem Publicum Vergnügen machen. Es ist so manches hineingelegt, das wie ich hoffe den Leser zu wiederholter Betrachtung auffordern wird." 参见1809年10月1日函, Johann Wolfgang von Goethe: "An Johann Friedrich Cotta", in Goethe: *Briefe, Tagebücher, Gespräche*, S. 10207 (vgl. Goethe-WA-IV, Bd. 21, S. 98)。

[2] 席勒曾在注释中提到过这个概念:"Wer daher hier noch fragen könnte, zu welcher von den drei Gattungen ich die Epopöe, den Roman, das Trauerspiel u. a. m. zähle, der würde mich ganz und gar nicht verstanden haben." Friedrich von Schiller: *Über naive und sentimentalische Dichtung*, in *Werke*, S. 4316 (vgl. Schiller-SW Bd. 5, S. 0). 德文名词注释似也颇有误植问题,如黑格尔的"整体"似当为 Totalität,而非 Tatalitaet(第17页)。

[3] 最典型的当然是将格拉斯的《铁皮鼓》误作《铁皮谷》(第14页)。其他如缺少助词:"有几部重要19世纪德语小说没有纳入本书文本分析之列。"(第6页)语句不通:"海德格尔的《批判集》中的在小说虚构和伤风败俗这两大特点。"(第9页)其他误植:《雅娜娜慎典断片集》疑为《雅典娜神殿断片集》(第174页注释2)。不再一一列举。

341

家不是诗人的同胞兄弟"(第3、40页),但均未注明出处。查相关的注释,并未见到席勒著述,距离最近的一本书是 Hillebrand 的《长篇小说理论》[1],不知是否从此而来。席勒的那篇长文《论素朴诗与感伤诗》是文学史上极为重要的理论思考[2],只有一处提到这个词语 Halbbruder(作者此处注出德文为 Halbbruder des Dichters)[3],而且其上下文语境颇为不同:

> 但是,难道诗性文学中不也同样有那么一些经典作品,它们因其内容的物质性而远离于一切审美艺术作品所要求的那种精神性,并同样地损害了理想的高度纯洁性吗?如果作为缪斯纯洁信徒的诗人可以这么做,那么仅是诗人异胞兄弟的小说家,他既与尘世能如此的亲密接触,又为什么不能呢?这里,我不能再回避这个问题,因为无论是在哀歌诗还是在讽刺诗中都有一些杰作,相比较本文所论,它们所寻求和推荐的好像是另一种自然,它们维护自然与其说是反对坏风俗,还不如说是反对好风俗。因此,或者这些诗作该被摒弃,或者此处提出的哀歌诗概念显得过于随意。

Aber hat die poetische Literatur nicht sogar klassische Werke aufzuweisen, welche die hohe Reinheit des Ideals auf ähnliche Weise

---

1 Bruno Hillebrand: *Theorie des Romans*, München, 1980. 顺便谈一下注释问题,此书第41页注释1为"参见Bruno:《小说理论》,同上,第137页",查参考文献不能查到,只能顺藤摸瓜一直随注释往前跑,幸亏注释不多,给我找到,原来是将名字当作了姓氏,当然在按姓氏排序的参考文献中无法查到。

2 "Über naive und sentimentalische Dichtung", in Friedrich von Schiller: *Gesammelte Werke*(《席勒全集》), Band 8, Berlin: Aufbau-Verlag, 1955, S. 547-631. 此书有两个中译本,席勒:《论素朴的诗与感伤的诗》,载《秀美与尊严——席勒艺术和美学文集》,张玉能译,北京:文化艺术出版社,1996年,第262—349页。张佳珏译:《论天真的诗和感伤的诗》,载张玉书选编:《席勒文集》第6卷,北京:人民文学出版社,2005年,第78—164页。Naïve 此词虽一般做"天真""幼稚"解,但从上下文来看,译成"素朴诗"似更契合。而范大灿教授则将其新译为《论质朴的和多情的文学》,范大灿主编:《德国文学史》第2卷,南京:译林出版社,2006年,第360页。

3 查杜登:**Halb|bru|der**, der: *Stiefbruder* (a). **Stief|bru|der**, der [1. Bestandteil (in Zus.) mhd. stief-, ahd. stiof-, eigtl. wohl=abgestutzt, beraubt, verwaist, wohl zu stoßen]: **a)** *Bruder, der mit einem Geschwister nur einen Elternteil gemeinsam hat; Halbbruder;* © Duden-Deutsches Universalwörterbuch 2001 大概说来,这里是指同父异母、同母异父的兄弟。

zu beleidigen und sich durch die Materialität ihres Inhalts von jener Geistigkeit, die hier von jedem ästhetischen Kunstwerk verlangt wird, sehr weit zu entfernen scheinen? Was selbst der Dichter, der keusche Jünger der Muse, sich erlauben darf, sollte das dem Romanschreiber, der nur sein Halbbruder ist und die Erde noch so sehr berührt, nicht gestattet sein? Ich darf dieser Frage hier um so weniger ausweichen, da sowohl im elegischen als im satirischen Fache Meisterstücke vorhanden sind, welche eine ganz andre Natur, als diejenige ist, von der dieser Aufsatz spricht, zu suchen, zu empfehlen und dieselbe nicht sowohl gegen die schlechten als gegen die guten Sitten zu verteidigen das Ansehen haben. Entweder müßten also jene Dichterwerke zu verwerfen oder der hier aufgestellte Begriff elegischer Dichtung viel zu willkürlich angenommen sein.[1]

应该说，席勒的文学观有其独到之处。他区分诗人、散文体作者（dem prosaischen Erzähler）也自有其一定的意义和自家思路，但似乎不宜过分夸大这种对立。谷裕用了相当的笔墨来论述席勒对于小说体裁的鄙薄，尤其是说小说是"艺术的私生子，最多是个养子，小说家不是诗人的同胞兄弟"（第40页），我未能核对出原文。因为这涉及文艺史上重要的理论问题，还请作者有以教我。我们在研究外国对象时，往往大量参考对象国学者著述，这是很正常的，但窃以为，出处应详细标明，这样既可见出作为研究者的严谨，又可彰显中国学者的推进所在。而对一些重要的、关键性的原文，如果能核对原文，当是比较可靠的做法。当然这也涉及国内图书馆的资料状况，但就席勒而论，他的东西应该一般都有收藏的。

在论述的周密性上似也可稍做规整。譬如作者谈到"书信体小说"[2]，前面还说"1740—1780年书信体小说在欧洲出现了空前绝后的繁荣"，接着就说

---

1 Friedrich von Schiller: *Über naive und sentimentalische Dichtung*, in *Werke*, S. 4239–4240 (vgl. Schiller-SW Bd. 5, S. 740–741). 此处中译文为作者自译。另参见席勒：《论素朴的诗与感伤的诗》，载《秀美与尊严——席勒艺术和美学文集》，张玉能译，第310页。张佳珏译：《论天真的诗和感伤的诗》，载张玉书选编：《席勒文集》第6卷，第126页。
2 参见张威廉主编：《德语文学词典》，上海：上海辞书出版社，1991年，第790页。

"书信体小说如昙花一现,不久后便在文坛上消失了"(第27、28页)。这个推断是否过快了。[1]就说在德国,虽不妨认为《少年维特之烦恼》是高峰,但此前拉罗赫(Sophie von La Roche,1731—1807)的《施特恩海姆小姐的故事》(Die Geschichte des Fräuleins von Sternheim,1771)也相当重要(歌德承认其对自己的影响)[2];至于蒂克的《威廉·洛维尔先生的历史》(1795—1796)、荷尔德林的《希腊隐者许佩里翁》(Hyperion oder Der Eremit in Griechenland,1799)更具有不可比拟的思想史意义。19世纪虽有衰颓之势,但脉络未绝,如青年德意志派的蒙特作《现代生活歧途》(Moderne Lebenswirren,1834)[3];这一趋势至20世纪仍可见不绝如缕,如胡赫(Ricarda Huch,1864—1947)《最后的夏天》(Der letzte Sommer,1910)[4]、延斯(Walter Jens,1923—)《麦斯特先生》(Herr Meister: Dialog über einen Roman,1963)[5]等,我们仍不难发现其中暗藏的一条文学史线索。

就体例而言,中西文对照表的列出,相当方便了读者;但索引的缺席,却使得此书的参考价值颇为"缩水"。我要抱歉的是,如此挑剔,当属"看人挑担不吃力",但我坚持认为,只有如此,学术或则可以稍微推进。总体而言,瑕不掩瑜,此书作为汉语学界德国文学研究的专题著述,洵为佳作,尤其在文本分析上,很能见出作者的用功与智慧的火花。若能在小处入手的基础上,更多宏观观照,兼及历史进程,结合时代关怀,明确问题意识,或能更别出手眼。

谷裕:《现代市民史诗——十九世纪德语小说研究》,

上海:上海书店出版社,2007年。

---

[1] 且不说书信体小说曾在现代中国文坛掀起的波潮(如《莎菲女士日记》等),在欧洲语境本身,也有其自理查生《帕米拉》、卢梭《新爱洛伊丝》、歌德《少年维特之烦恼》而来的一定线索。

[2] 参见张威廉主编:《德语文学词典》,第65页。

[3] Bernd Balzer: *Geschichte der deutschen Literatur: Liberale und radikaldemokratische Literatur*, Beltz Athenäum Verlag, S. 84.

[4] Anselm Salzer & Eduard von Tunk (hrsg.): *Illustrierte Geschichte der deutschen Literatur* (《插图本德国文学史》), Band 5, Köln: Naumann & Göbel, 1986, S. 67–71.

[5] Anselm Salzer & Eduard von Tunk (hrsg.): *Illustrierte Geschichte der deutschen Literatur* (《插图本德国文学史》), Band 6, Köln: Naumann & Göbel, 1986, S. 196–197.

参考文献
（按姓名首字母排序）

一、外文文献

Albert, Claudia (hrsg.): *Deutscher Klassiker im Nationalsozialismus—Schiller, Kleist, Hölderlin* (《民族社会主义时期的德国古典作家——席勒、克莱斯特、荷尔德林》), Stuttgart & Weimar: Metzler, 1994.

Bahr, Ehrard (hrsg.): *Was ist Aufklärung?—Thesen und Definitionen* (《什么是启蒙？——命题与定义》), Stuttgart: Reclam, 1974.

Barner, Wilfried & Grimm, Gunter E. (hrsg.): *Lessing Epoche-Werke-Wirkung* (《莱辛的时代、作品与影响》), München: Verlag C. H. Beck, 1987.

Barnes, John Arundel: *Who Should Know What?—Social Science, Privacy and Ethics*, Cambridge: Cambridge University Press, 1979.

Bauer, Wolfgang & Hwang, Shen-Chang (ed.): *Deutschlands Einfluß auf die Moderne Chinesische Geistesgeschichte—Eine Bibliographie chinesischsprachiger Werke* (《德国对中国现代精神史的影响——中文出版物目录》), Wiesbaden: Franz Steiner Verlag, 1982.

Baumgarten, Eduard: *Max Weber—Werk und Person* (《韦伯——其著其人》), Tübingen, 1966.

Bode, Christian; Becker, Werner & Klofat, Rainer: *Universitäten in Deutschland* (《德国的大学》), München: Prestel, 1995.

Boehringer, Robert & Landmann, Georg Peter (hrsg.): *Briefwechsel Stefan George—Friedrich Gundolf* (《格奥尔格与宫多尔夫通信集》), München & Düsseldorf: Küpper, 1962.

Bödeker, Hans Erich & Herrmann, Ulrich (hrsg.): *Aufklärung als Politisierung—Politisierung als Aufklärung* (《作为政治化的启蒙——作为启蒙的政治化：问题立场》), Hamburg: Felix Meiner Verlag, 1987.

Chen Chuan: *Die chinesische schöne Literatur im deutschen Schrifttum* (《德国文学中的中国纯文学》), Inaugural-Dissertation zur Erlangung der Doktorwürde der Hohen Philosophischen Fakultät der Christian-Albrecht-Universität zu Kiel, Vorgelegt von Chuan Chen aus Fu Schün in China. 1933.

Dürrenmatt, Friedrich: *Die Physiker—Eine Komödie in zwei Akten*, Zürich: Verlag der Arche, 1980.

Eckermann, Johann Peter: *Gespräche mit Goethe—in den letzten Jahren seines Lebens* (《歌德谈话录——他生命中的最后几个年头》), Berlin & Weimar: Aufbau-Verlag, 1982.

Gerbel, Christian & Musner, Lutz: „Kulturwissenschaften—Ein offener Prozess" (《文化学：一种敞开的过程》), in Musner, Lutz & Wunberg, Gotthart (hrsg.): *Kulturwissenschaften—Forschung, Praxis, Positionen* (《文化学：研究，实践与位置》), Wien, 2002.

Goethe, Johann Wolfgang von: *Die Leiden des jungen Werther* (张崇智注释), Beijing: Foreign Languages Teaching and Research Press, 1997.

Grass, Günter: *Im Krebsgang*, Göttingen: Steidl Verlag, 2002.

Harnisch, Thomas: *Chinesische Studenten in Deutschland-Geschichte und Wirkung ihrer Studienaufenthalte in den Jahren von 1860 bis 1945* (《中国留德学生——1860至1945年间留学的历史和影响》), Hamburg: Mitteilungen des Instituts für Asienkunde, 1999.

Hartung, Fritz: *Zur Geschichte der preussischen Verwaltung im 19. und 20. Jahrhundert* (《19与20世纪的普鲁士行政管理史》), in Büsch, Otto (hrsg.): *Moderne Preussische Geschichte* (《现代普鲁士史》), Band 1, Berlin: de Gruyter, 1981.

Hegel, Georg Wilhelm Friedrich: *Grundlinien der Philosophie des Rechts* (《法哲学原理》), hrsg. von Hoffmeister, Johannes, Hamburg: Felix Meiner, 1955.

Hermand, Jost: *Geschichte der Germanistik* (《德语文学研究史》), Reinbek bei Hamburg: Rowohlt, 1994.

Hesse, Hermann: *Narziß und Goldmund*, Frankfurt am Main: Suhrkamp, 1957.

Hillebrand, Bruno: *Theorie des Romans*, München: Winkler Verlag, 1980.

Hinske, Norbert & Albrecht, Michael (hrsg.): *Was ist Aufklärung?—Beiträge aus der Berlinischen Monatsschrift* (《什么是启蒙？——〈柏林月刊〉文集》), Darmstadt: Wissenschaftliche Buchgesellschaft, 1973.

Humboldt, Wilhelm von: „Über das Studium des Altertums, und des griechischen insbesondere" (《论古典尤其是希腊研究》) (1792), in *Schriften zur Anthropologie und Bildungslehre* (《人类学与教育学论集》), hrsg. von Flitner, Andreas, Frankfurt am Main, Berlin, Wien & Ullstein: Klett Cotta, 1984.

Jauss, Hans Robert: „Literarische Tradition und gegenwärtiges Bewusstsein der Modernität"

(《文学传统与现代性的当代意识》), in Steffen, Hans (hrsg.): *Aspekte der Modernität* (《现代性的观点》). Göttingen: Vandenhoeck & Ruprecht, 1965.

Jelinek, Elfriede: *Die Liebhaberinnen* (《追逐爱的女人》), Reinbek bei Hamburg: Rowolt, 1975.

Jelinek, Elfriede: *Die Klavierspielerin* (《女钢琴师》), Reinbek bei Hamburg: Rowolt, 1983.

Kafka, Franz: *Das Schloss*, Frankfurt am Main: Fischer, 1999.

Kant, Immanuel: *The Metaphysics of Morals*, trans. and ed. John Ladd, New York: Macmillan, 1965.

Kindermann, Heinz: *Das Goethebild des XX. Jahrhunderts* (《20世纪的歌德图像》), Darmstadt, 1966.

Duncan MacRae, Jr.: *The Social Function of Social Science*, New Haven, CT: Yale University Press, 1976.

Mandelkow, Karl Robert (hrsg.): *Goethe im Urteil seiner Kritiker—Dokumente zur Wirkungsgeschichte Goethes in Deutschland* (《批评者眼中的歌德：歌德在德国影响史资料》), München: Verlag C. H. Beck, 1979.

Mandelkow, Karl Robert (hrsg.): *Goethe in Deutschland—Rezeptionsgeschichte eines Klassikers* (《歌德在德国：一位古典作家的接受史》), München: Verlag C. H. Beck, 1989.

Pleister, Michael: *Das Bild der Großstadt in den Dichtungen Robert Walsers, Rainer Maria Rilkes, Stefan Georges und Hugo von Hofmannsthals* (《瓦尔泽、里尔克、格奥尔格与霍夫曼斯塔尔诗歌中的巨型城市图景》), Hamburg: Helmut Buske Verlag, 1990.

Raff, Diether: *Deutsche Geschichte—Vom Alten Reich zur Zweiten Republik*, München: Max Huber Verlag, 1985.

Ren Weidong: „Kafka in China—Rezeptionsgeschichte eines Klassikers der Moderne", in Yushu, Zhang; Woesler, Winfried & Thome, Horst (hrsg.): *Literaturstraße—Chinesisch-Deutsches Jahrbuch für Sprache, Literatur und Kultur*, Beijing: Volksliteratur Verlag, 2001.

Richard, Wilhelm (übertr. u. hrsg.): *I Ging—Das Buch der Wandlungen* (《易经》), Düsseldorf Köln: Eugen Diederichs Verlag, 1981.

Salfellner, Herald: *Franz Kafka und Prag* (《卡夫卡与布拉格》), Prag: Vitalis, 1998.

Salzer, Anselm & Tunk, Eduard von (hrsg.): *Illustrierte Geschichte der deutschen Literatur* (《插图本德国文学史》), Köln: Naumann & Göbel, 1986.

Schafarschik, Walter (hrsg.): *Theodor Fontane—Erläuterungen und Dokumente* (《冯塔纳：阐释与资料》), Stuttgart: Reclam, 1972.

Schang, Tschengtsu: *Der Schamanismus in China—Eine Untersuchung zur Geschichte der chinesischen "wu"*, Hamburg: o.V. Diss. phil. Hamburg, 1934.

Schelsky, Helmut: *Einsamkeit und Freiheit—Idee und Gestalt der deutschen Universität und ihrer Reformen* (《孤独与自由——德国大学之构建与改革》), Reinbek bei Hamburg: Rowohlt Taschenbuch Verlag, 1963.

Schiller, Friedrich von: *Die Räuber* (缪雨露注释), Beijing: Foreign Languages Teaching and Research Press, 1999.

Schutjer, Karin: *Narrating Community after Kant—Schiller, Goethe and Hölderlin* (《康德之后的叙事空间——席勒、歌德与荷尔德林》), Detroit, Michigan: Wayne State University Press, 2001.

Uschmann, Georg (zusammengestellt und erläutert): *Ernst Haeckel Biographie in Briefen* (《书信体赫克尔传》), Leipzig, Jena & Berlin: Urania Verlag, 1983.

Wang Bingjun (王炳钧): *Rezeptionsgeschichte des Romans „Die Leiden des jungen Werther" von Johann Wolfgang Goethe in Deutschland seit 1945* (《歌德长篇小说〈少年维特之烦恼〉1945年以来的德国接受史》), Frankfurt am Main, Berlin, Bern, New York, Paris & Wien: Peter Lang, 1991.

Weingert, Peter (hrsg.): *Wissenschaftssoziologie 1. Wissenschaftliche Entwicklung als sozialer Prozeß* (《学术社会学第1册：作为社会进程的学术发展》), Frankfurt am Main: Athenäum Fischer Taschenbuch Verlag GmbH & Co., 1972.

Weingert, Peter (hrsg.): *Wissenschaftssoziologie 2. Determinanten wissenschaftlicher Entwicklung* (《学术社会学第2册：学术发展的重要因子》), Frankfurt am Main: Athenäum Fischer Taschenbuch Verlag GmbH & Co., 1974。

Werner, Michael (hrsg.): *Begegnungen mit Heinrich Heine* (《遭遇海涅》), Hamburg, 1973.

Windelband, Wilhelm: *Lehrbuch der Geschichte der Philosophie* (《哲学史教程》), Tübingen: J. C. B. Mohr, 1976.

Yu Yang: „Der Traum der Vernunft erzeugt Ungeheuer: Versuch eines Vergleichs – Die Rolle der Vernunft in Heineschen und Grass'schen Werken (《理性之梦造出的巨兽：海涅与格拉斯著作中理性角色的比较》)", in Zhang, Yushu (hrsg.): *Heine gehört auch uns* (《海涅也属于我们》), Beijing: Verlag der Peking Universität, 1998.

Zeller, Bernhard & Volke, Werner u.a.: *Stefan George—Der Dichter und sein Kreis* (《格奥尔格—诗人及其圈子》), Stuttgart: Kösel, 1968.

Zhang Rongchang: „Heinrich von Kleist aus chinesischer Sicht" (《中国观点看克莱斯特》), in *Veröffentlichungen des Japanisch-Deutschen Zentrums Berlin* (《柏林日本—德国中心出版物》), Band 12, Berlin: JDZB, 1992.

二、中文著作

阿尔森·古留加:《黑格尔传》,刘半九等译,北京:商务印书馆,1978年。

阿兰·艾伯斯坦:《哈耶克传》,秋风译,北京:中国社会科学出版社,2003年。

埃尔夫利德·耶利内克:《钢琴教师》,宁瑛等译,北京:北京十月文艺出版社,2005年。

爱克曼辑录:《歌德谈话录》,朱光潜译,北京:人民文学出版社,1978年。

艾森斯塔德:《现代化:抗拒与变迁》,张旅平等译,北京:中国人民大学出版社,1988年。

安托瓦纳·贡巴尼翁:《反现代派——从约瑟夫·德·迈斯特到罗兰·巴特》,郭宏安译,北京:生活·读书·新知三联书店,2009年。

奥兹:《爱与黑暗的故事》,钟志清译,南京:译林出版社,2007年。

包亚明主编:《现代性的地平线——哈贝马斯访谈录》,李安东等译,上海:上海人民出版社,1997年。

北京大学德国研究中心编:《北大德国研究》第2卷,北京:北京大学出版社,2007年。

彼得·克劳斯·哈特曼:《神圣罗马帝国文化史——帝国法、宗教和文化》,刘新利等译,北京:东方出版社,2005年。

彼得·沃森:《德国天才》第1册,张弢等译,北京:商务印书馆,2016年。

比学斯基:《歌德论》,载林同华主编:《宗白华全集》第4卷,合肥:安徽教育出版社,2012年。

勃兰兑斯:《十九世纪文学主潮》第一分册,张道真等译,北京:人民文学出版社,1997年。

布莱克等:《日本和俄国的现代化》,周师铭等译,北京:商务印书馆,1984年。

蔡元培:《在北大研究所国学门委员会第一次会议发言》,载《蔡元培全集》第4卷,北京:中华书局,1984年。

蔡元培:《北大一九一八年开学式演说词》(1918年9月20日),原载《北京大学日刊》1918年9月21日,载《蔡元培全集》第3卷,杭州:浙江教育出版社,1988年。

蔡元培:《中国伦理学史》,北京:东方出版社,1996年。

蔡元培:《在中央研究院招待二届全教会会员宴会上的致词》(1930年4月17日),《蔡元培全集》第6卷,杭州:浙江教育出版社,1998年。

残雪:《灵魂的城堡——理解卡夫卡》,上海:上海文艺出版社,1999年。

曹卫东:《中国文学在德国》,广州:花城出版社,2002年。

陈洪捷:《德国古典大学观及其对中国大学的影响》,北京:北京大学出版社,2002年。

陈洪捷主编,叶隽执行主编:《中德学志》第3卷,北京:北京大学出版社,2012年。

陈嘉明等:《现代性与后现代性》,北京:人民出版社,2001年。
陈康:《序》(1942年),载柏拉图:《巴曼尼得斯篇》,陈康译注,北京:商务印书馆,1982年。
陈良梅:《德国转折文学研究》,南京:江苏文艺出版社,2003年。
陈良梅:《当代德语叙事理论研究》,南京:河海大学出版社,2007年。
陈平原:《中国现代学术之建立》,北京:北京大学出版社,1998年。
陈铨:《中德文学研究》,上海:商务印书馆,1936年。
陈铨:《戏剧与人生》,上海:大东书局,1947年。
陈铨:《中德文学研究》,沈阳:辽宁教育出版社,1997年。
陈修斋主编:《欧洲哲学史上的经验主义和理性主义》,北京:人民出版社,1986年。
陈寅恪:《元白诗笺证稿》,上海:上海古籍出版社,1980年。
陈寅恪:《金明馆丛稿二编》,北京:生活·读书·新知三联书店,2001年。
陈振明:《法兰克福学派与科学技术哲学》,北京:中国人民大学出版社,1992年。
陈中梅:《柏拉图诗学和艺术思想研究》,北京:商务印书馆,1999年。
茨威格:《昨天的世界——一个欧洲人的回忆录》,徐友敬等译,合肥:安徽文艺出版社,2000年。
戴继强、方在庆:《德国科技与教育发展》,北京:人民教育出版社,2004年。
戴燕:《文学史的权力》,北京:北京大学出版社,2002年。
戴耀先:《德意志军事思想研究》,北京:军事科学出版社,1999年。
戴耀先:《论德意志帝国军事的兴衰》,载《论德国军事》,北京:解放军出版社,2007年。
狄尔泰:《德国文学中一个新世界观的诞生》,载刘小枫主编:《人类困境中的审美精神——哲人、诗人论美文选》,上海:东方出版中心,1994年。
狄尔泰:《体验与诗》,胡其鼎译,北京:生活·读书·新知三联书店,2003年。
迪伦马特:《从头说起》(1957),李健鸣译,载韩耀成、李健鸣编选:《向情人坦白——世界散文随笔精品文库·德语国家卷》,北京:中国社会科学出版社,1993年。
迪伦马特:《隧道》,江南译,载章国锋选编:《世界散文经典·德国卷》,沈阳:春风文艺出版社,1997年。
迪伦马特:《老妇还乡》,叶廷芳、韩瑞祥译,北京:外国文学出版社,2002年。
迪特尔·拉夫:《德意志史》,波恩:Inter Nationes,1987年。
丁建弘、李霞:《普鲁士的精神和文化》,杭州:浙江人民出版社,1993年。
丁建弘、李霞:《中德学会与中德文化交流》,载黄时鉴主编:《东西交流论谭(一)》,上海:上海文艺出版社,1998年。

参考文献

董问樵:《席勒》,上海:复旦大学出版社,1984年。
董问樵:《〈浮士德〉研究》,上海:复旦大学出版社,1987年。
恩斯特·海克尔:《宇宙之谜》,郑开琪等译,上海:上海译文出版社,2002年。
范劲:《德语文学符码与现代中国作家的自我问题》,上海:华东师范大学出版社,2008年。
方在庆编:《爱因斯坦、德国科学与文化》,北京:北京大学出版社,2006年。
费希特:《论学者的使命》,梁志学、沈真译,北京:商务印书馆,1980年。
费正清:《费正清对华回忆录》,陈惠勤等译,上海:知识出版社,1991年。
冯塔纳:《艾菲·布里斯特》,韩世钟译,上海:上海译文出版社,1980年。
冯亚琳:《德语文学与文化——阐释与思辨》,重庆:重庆出版社,2007年。
冯至、田德望、张玉书、孙凤城、李淑、杜文堂:《德国文学简史》下册,北京:人民文学出版社,1958年。
冯至:《冯至学术论著自选集》,北京:北京师范学院出版社,1992年。
冯至:《冯至全集》第5卷,石家庄:河北教育出版社,1999年。
冯至:《再版说明》(1959年5月),载《冯至全集》第7卷,石家庄:河北教育出版社,1999年。
冯至:《德国文学简史》,载《冯至全集》第7卷,石家庄:河北教育出版社,1999年。
冯至:《"论歌德"的回顾、说明和补充》(1985年),载《冯至全集》第8卷,石家庄:河北教育出版社,1999年。
冯至:《〈德国,一个冬天的童话〉译者前言》,载《冯至全集》第9卷,石家庄:河北教育出版社,1999年。
冯至:《我与中国古典文学》,载《山水斜阳》,哈尔滨:黑龙江人民出版社,1999年。
福柯:《什么是启蒙》,载汪晖、陈燕谷编:《文化与公共性》,北京:生活·读书·新知三联书店,1998年。
付克:《中国外语教育史》,上海:上海外语教育出版社,1986年。
弗里茨·约·拉达茨:《海因里希·海涅传》,胡其鼎译,北京:东方出版社,2001年。
弗里德里希·奥古斯特·哈耶克:《通往奴役之路》,王明毅等译,北京:中国社会科学出版社,1997年。
弗洛伊德:《弗洛伊德后期著作选》,林尘等译,上海:上海译文出版社,1986年。
傅斯年:《历史语言研究所工作之旨趣》,载《出入史门》,杭州:浙江人民出版社,1998年。
高宣扬:《德国哲学的发展》,台北:远流出版事业股份有限公司,1991年。
高中甫:《歌德接受史1773—1945》,北京:社会科学文献出版社,1993年。

351

高中甫、宁瑛:《20世纪德国文学史》,青岛:青岛出版社,1998年。

郜元宝、李书编:《李长之批评文集》,珠海:珠海出版社,1998年。

歌德:《浮士德》(节选),载杭州大学中文系外国文学教研组编:《外国文学作品选》,杭州,1977年。

歌德:《浮士德》,绿原译,北京:人民文学出版社,1999年。

歌德:《普罗米修斯》(1774),《歌德文集》第8卷《诗歌》,冯至等译,北京:人民文学出版社,1999年。

歌德:《少年维特的烦恼·赫尔曼和多罗泰》,杨武能等译,北京:人民文学出版社,2003年。

歌德:《论文学艺术》,范大灿等译,上海:上海人民出版社,2005年。

格拉斯:《剥洋葱:君特·格拉斯回忆录》,魏青青、王滨滨、吴裕康等译,南京:译林出版社,2008年。

格·米·弗里德连杰尔:《陀思妥耶夫斯基与世界文学》,施元译,上海:上海译文出版社,1997年。

龚翰熊:《西方文学研究》,福州:福建人民出版社,2005年。

谷裕:《现代市民史诗——十九世纪德语小说研究》,上海:上海书店出版社,2007年。

谷裕:《隐匿的神学——启蒙前后的德语文学》,上海:华东师范大学出版社,2008年。

郭沫若:《鲁迅与王国维》,《沫若文集》第12卷,北京:人民文学出版社,1954年。

郭延礼:《近代西学与中国文学》,南昌:百花洲文艺出版社,2000年。

哈贝马斯:《社会主义今天意味着什么》,载俞可平编:《全球化时代的"马克思主义"》,北京:中央编译出版社,1998年。

哈贝马斯:《现代性的哲学话语》,曹卫东等译,南京:译林出版社,2004年。

海涅:《论德国宗教和哲学的历史》,海安译,北京:商务印书馆,1974年。

海涅:《论德国》,薛华、海安译,北京:商务印书馆,1980年。

海涅:《卢苔齐娅——海涅散文随笔集》,张玉书译,北京:中国广播电视出版社,2000年。

海涅:《自白》(1854年),载张玉书选编:《海涅文集·小说戏剧杂文卷》,北京:人民文学出版社,2002年。

韩瑞祥、马文韬:《20世纪奥地利、瑞士德语文学史》,青岛:青岛出版社,1998年。

贺国庆:《德国和美国大学发达史》,北京:人民教育出版社,1998年。

贺麟:《德国三大哲人歌德、黑格尔、费希特的爱国主义》,北京:商务印书馆,1989年。

赫尔曼·黑塞:《纳尔齐斯与歌尔德蒙》,杨武能译,上海:上海译文出版社,1984年。

赫·绍伊尔:《文学史写作问题》,载凯·贝尔塞等:《重解伟大的传统》,黄伟等译,北京:社会科学文献出版社,1999年。

黑格尔:《法哲学原理》,范扬、张启泰译,北京:商务印书馆,1996年。

黑格尔:《历史哲学》,王造时译,北京:商务印书馆,1999年。

洪堡:《洪堡人类学和教育理论文集》,弗利特纳编,胡嘉荔、崔延强译,重庆:重庆大学出版社,2013年。

洪晓斌编:《丁文江学术文化随笔》,北京:中国青年出版社,2000年。

胡建华:《现代中国大学制度的原点:50年代初期的大学改革》,南京:南京师范大学出版社,2001年。

华勒斯坦等:《开放社会科学》,刘锋译,北京:生活·读书·新知三联书店,1997年。

黄安年:《当代世界五十年1945—1995》,成都:四川人民出版社,1997年。

黄福涛主编:《外国高等教育史》,上海:上海教育出版社,2003年。

黄燎宇:《托马斯·曼》,成都:四川人民出版社,1999年。

黄美真等编:《上海大学史料》,上海:复旦大学出版社,1984年。

黄兴涛:《近代中国新名词的思想史意义发微——兼谈对于"一般思想史"之认识》,载杨念群等主编:《新史学——多学科对话的图景》上册,北京:中国人民大学出版社,2003年。

霍夫曼:《弗洛伊德主义与文学思想》,王宁等译,北京:生活·读书·新知三联书店,1987年。

吉登斯:《现代性的后果》,南京:译林出版社,2000年。

蒋梦麟:《西潮·新潮》,长沙:岳麓书社,2000年。

金丝燕:《论法国文学在中国的接受(1899—1949)》,载钱林森、克里斯蒂昂·莫尔威斯凯主编:《20世纪法国作家与中国——99'南京国际学术研讨会》,南京:南京大学出版社,2001年。

金耀基:《学术自由、学术独立与学术伦理》,载《大学之理念》,北京:生活·读书·新知三联书店,2001年。

卡尔·曼海姆:《卡尔·曼海姆精粹》,徐彬译,南京:南京大学出版社,2002年。

卡尔·休斯克:《世纪末的维也纳》,黄煜文译,台北:麦田出版,2002年。

卡西尔:《启蒙哲学》,顾伟铭等译,济南:山东人民出版社,2007年。

康德:《答复这个问题:"什么是启蒙运动?"》(1794),载《历史理性批判文集》,何兆武译,北京:商务印书馆,1990年。

康德:《论教育学》,赵鹏等译,上海:上海人民出版社,2005年。

柯林武德:《历史的观念》,何兆武等译,北京:商务印书馆,1997年。

柯文:《在中国发现历史——中国中心观在美国的兴起》,林同奇译,北京:中华书局,
　　1989年。
克莱斯特:《浑堡王子》,毛秋白译,上海:中华书局,1935年。
克劳斯·费舍尔:《德国反犹史》,钱坤译,南京:江苏人民出版社,2007年。
昆德拉:《小说的艺术》,董强译,上海:上海译文出版社,2004年。
莱茵哈德·西德尔:《家庭的社会演变》,王志乐等译,北京:商务印书馆,1996年。
雷纳·韦勒克:《近代文学批评史》第7册,杨自伍译,上海:上海译文出版社,
　　2006年。
李伯杰等:《德国文化史》,北京:对外经济贸易大学出版社,2002年。
李长之:《歌德之认识》,原载《新月》1933年第4卷第7期,转引唐金海、陈子善、张晓
　　云主编:《新文学里程碑·评论卷》,上海:文汇出版社,1997年。
李济:《值得青年们效法的傅孟真先生》,载王为松编:《傅斯年印象》,上海:学林出版
　　社,1997年。
李金发、黄似奇:《序》,载李金发:《德国文学ABC》,上海:ABC丛书社,1928年。
李其龙编:《德国教学论流派》,西安:陕西人民教育出版社,1993年。
李泉:《傅斯年学术思想评传》,北京:北京图书馆出版社,2000年。
李喜所:《中国留学生与现代新儒家——以冯友兰、吴宓为中心》,载李喜所主编:《留
　　学生与中外文化》,天津:南开大学出版社,2005年。
李孝迁:《西方史学在中国的传播(1882—1949)》,上海:华东师范大学出版社,
　　2007年。
里德:《德国诗歌体系与演变——德国文学史》第2版,王家鸿译,台北:商务印书馆,
　　1980年。
里夏德·范迪尔门:《欧洲近代生活:家与人》,王亚平译,北京:东方出版社,
　　2003年。
利茨玛:《自我之书——维兰德的〈阿里斯底波和他的几个同时代人〉》,莫光华译,上
　　海:华东师范大学出版社,2006年。
连玉如:《新世界政治与德国外交政策——"新德国问题"探索》,北京:北京大学出版
　　社,2003年。
梁启超:《教育政策拟议》,载朱有瓛编:《中国近代学制史料》第2辑下册,上海:华东
　　师范大学出版社,1983年。
梁实秋:《忆李长之》,载《梁实秋散文》第4集,北京:中国广播电视出版社,1989年。
梁展:《颠覆与生存——德国思想与鲁迅前期自我观念(1906—1927)》,上海:上海文
　　艺出版总社,2007年。

梁志学主编:《费希特著作选集》第4卷,北京:商务印书馆,2000年。

梁志学:《费希特柏林时期的思想体系》,北京:中国社会科学出版社,2003年。

列宁:《列宁选集》第2卷,北京:人民出版社,1972年。

林则徐编:《四洲志》,张曼评注,北京:华夏出版社,2002年。

柳静编:《西方对外战略资料汇编》第1辑,北京:当代中国出版社,1992年。

刘大杰:《德国文学概论》,上海:北新书局,1928年。

刘桂生、张步洲编:《陈寅恪学术文化随笔》,北京:中国青年出版社,1996年。

刘海平、王守仁主编:《新编美国文学史》第1卷,上海:上海外语教育出版社,2000年。

刘小枫:《现代性社会理论绪论》,上海:上海三联书店,1998年。

刘小枫:《"莱辛注疏集"出版说明》,载莱辛:《历史与启示——莱辛神学文选》,朱雁冰译,北京:华夏出版社,2006年。

刘以焕:《国学大师陈寅恪》,重庆:重庆出版社,1996年。

陆键东:《陈寅恪的最后二十年》,北京:生活·读书·新知三联书店,1995年。

卢梭:《社会契约论》,何兆武译,北京:商务印书馆,2003年。

卢炜:《从辩证到综合——布莱希特与中国新时期戏剧》,杭州:浙江大学出版社,2007年。

罗国杰主编:《伦理学》,北京:人民出版社,1989年。

罗家伦:《元气淋漓的傅孟真》,载王为松编:《傅斯年印象》,上海:学林出版社,1997年。

洛津斯卡娅:《席勒》,史瑞祥等译,上海:上海译文出版社,1992年。

马丁·怀特:《权力政治》,宋爱群译,北京:世界知识出版社,2004年。

马佳欣:《德语文学二十世纪上半叶(1900—1949)在中国的接受》,上海:上海外国语大学德语系博士论文,2002年。

马君武:《〈赫克尔一元哲学〉译序》(1920年8月),载曾德珪选编:《马君武文选》,桂林,广西师范大学出版社,2000年。

马克思、恩格斯:《马克思恩格斯选集》第1、3、4卷,北京:人民出版社,1972年。

马克思、恩格斯:《马克思恩格斯论文学与艺术》上、下册,北京:人民文学出版社,1982年。

马克斯·勃罗德:《卡夫卡传》,叶廷芳等译,石家庄:河北教育出版社,1997年。

马克斯·舍勒:《知识社会学问题》,艾彦译,北京:华夏出版社,2000年。

马歇尔·伯曼:《一切坚固的东西都烟消云散了——现代性体验》,徐大建等译,北京:商务印书馆,2003年。

Werner Mahrholz:《文艺史学与文艺科学》(Literaturgeschichte und Literaturwissenschaft)，李长之译，重庆：商务印书馆，1943年。

麦金太尔:《伦理学简史》，龚群译，北京：商务印书馆，2003年。

麦金太尔:《追寻美德——伦理理论研究》，宋继杰译，南京：译林出版社，2003年。

毛崇杰:《席勒的人本主义美学》，长沙：湖南人民出版社，1987年。

毛秋白译:《德意志短篇小说集》，上海：商务印书馆，1935年。

毛子水:《傅孟真先生传略》，载王为松编：《傅斯年印象》，上海：学林出版社，1997年。

孟钟捷:《德国1920年〈企业代表会法〉发生史》，北京：社会科学文献出版社，2008年。

莫世祥编:《马君武集（1900—1919）》，武汉：华中师范大学出版社，2011年。

摩西·门德尔松:《论这个问题：什么是启蒙?》(1794)，载詹姆斯·斯密特编：《启蒙运动与现代性——18世纪与20世纪的对话》，徐向东等译，上海：上海人民出版社，2005年。

宁瑛:《托马斯·曼》，北京：华夏出版社，2002年。

彭正梅:《解放和教育——德国批判教育学研究》，上海：华东师范大学出版社，2008年。

齐家莹:《清华人文学科年谱》，北京：清华大学出版社，1999年。

齐如山:《齐如山回忆录》，北京：中国戏剧出版社，1989年。

钱理群:《丰富的痛苦——堂吉诃德与哈姆雷特的东移》，北京：北京大学出版社，2007年。

钱穆:《四部概论》，载《中国学术通义》，台北：学生书局，1975年。

钱锺书:《管锥篇》第1册，北京：中华书局，1986年。

乔治·皮博迪·古奇:《十九世纪历史学与历史学家》上册，耿淡如译，北京：商务印书馆，1989年。

沈越:《德国社会市场经济评析》，北京：中国劳动社会保障出版社，2002年。

施林克:《朗读者》，钱定平译，南京：译林出版社，2006年。

斯宾诺莎:《伦理学》第2版，贺麟译，北京：商务印书馆，1983年。

斯塔夫里阿诺斯:《全球通史——1500年以后的世界》上册，吴象婴、梁赤民译，上海：上海社会科学院出版社，1999年。

司汤达:《拉辛与莎士比亚》，王道乾译，上海：上海文艺出版社，1982年。

苏精:《清季同文馆及其师生》，福州：福建教育出版社，2018年。

孙宏云:《中国现代政治学的展开：清华政治学系的早期发展（1926—1937）》，北京：

生活·读书·新知三联书店，2005年。

孙坤荣编注:《德语文学选读》第3册，北京：北京大学出版社，1995年。

汤永宽选编:《卡夫卡作品精粹》，石家庄：河北教育出版社，1993年。

田正平、周谷平、徐小洲主编:《教育交流与教育现代化》，杭州：浙江大学出版社，2005年。

托马斯·曼:《布登勃洛克一家》，南京：译林出版社，1997年。

瓦尔特·比梅尔:《当代艺术的哲学分析》，孙周兴等译，北京：商务印书馆，1999年。

万俊人:《现代西方伦理学史》，北京：北京大学出版社，1992年。

王滨滨:《黑塞传》，上海：华东师范大学出版社，2007年。

王汎森:《思想史与生活史有交集吗——读〈傅斯年档案〉》，载《中国近代思想与学术的系谱》，石家庄：河北教育出版社，2001年。

王铭铭:《西方人类学思潮十讲》，桂林：广西师范大学出版社，2005年。

王铭铭:《西方作为他者——论中国"西方学"的谱系与意义》，北京：世界图书出版公司，2007年。

王岳川:《未名湖畔的散步美学家——宗白华的心路历程》，载《思·言·道》，北京：北京大学出版社，1997年。

汪荣祖:《陈寅恪评传》，南昌：百花洲文艺出版社，1992年。

汪志国:《周馥和晚清社会》，合肥：合肥工业大学出版社，2004年。

卫茂平:《中国对德国文学影响史述》，上海：上海外语教育出版社，1996年。

卫茂平:《德语文学汉译史考辨：晚清和民国时期》，上海：上海外语教育出版社，2004年。

维纳·洛赫:《德国史》，北京大学历史系世界近代现代史教研室译，北京：生活·读书·新知三联书店，1959年。

文德尔班:《哲学史教程——特别关于哲学问题和哲学概念的形成和发展》下卷，罗达仁译，北京：商务印书馆，1993年。

温弗里德·塞巴尔德:《奥斯特利茨》，刁承俊译，南京：译林出版社，2010年。

温儒敏、丁晓萍编:《时代之波——战国策派文化论著辑要》，北京：中国广播电视出版社，1995年。

温源宁:《不够知己》，江枫译，长沙：岳麓书社，2004年。

沃尔夫冈·伊瑟尔:《虚构与想像——文学人类学疆界》，陈定家等译，长春：吉林人民出版社，2003年。

吴定宇:《学人魂——陈寅恪传》，上海：上海文艺出版社，1996年。

吴宓:《吴宓日记》第4册，北京：生活·读书·新知三联书店，1998年。

吴晓樵：《中德文学因缘》，上海：上海外语教育出版社，2008年。
五十周年筹备委员会：《国立北京大学历届校友录》，北京：北大出版部，1948年。
希·萨·柏拉威尔：《马克思和世界文学》，梅绍武等译，北京：生活·读书·新知三联书店，1980年。
席勒：《强盗》，杨丙辰译，上海：北新书局，1926年。
席勒：《强盗》，杨文震、李长之译，载《席勒戏剧诗歌选》，钱春绮等译，北京：人民文学出版社，1996年。
席勒：《秀美与尊严——席勒艺术和美学文集》，张玉能译，北京：文化艺术出版社，1996年。
席勒：《审美教育书简》，载冯至：《冯至全集》第11卷，石家庄：河北教育出版社，1999年。
西美尔：《金钱、性别、现代生活风格》，顾仁明译，上海：学林出版社，2000年。
夏晓虹：《诗骚传统与文学改良》，杭州：浙江文艺出版社，1998年。
夏晓虹：《晚清女性与近代中国》，北京：北京大学出版社，2004年。
夏中义：《九谒先哲书》，上海：上海文化出版社，2000年。
夏中义、刘锋杰：《从王瑶到王元化》，桂林：广西师范大学出版社，2005年。
萧伯纳：《瓦格纳寓言》，曾文英等译，桂林：广西师范大学出版社，2002年。
谢芳：《20世纪德语戏剧的美学特征——以代表性作家的代表作为例》，武汉：武汉大学出版社，2006年。
邢来顺：《德国精神》，武汉：长江文艺出版社，1998年。
邢来顺：《迈向强权国家——1830年—1914年德国工业化与政治发展研究》，武汉：华中师范大学出版社，2002年。
邢来顺：《德国工业化经济——社会史》，武汉：湖北人民出版社，2003年。
邢来顺：《德国贵族文化史》，北京：人民出版社，2006年。
熊伟：《自由的真谛》，北京：中央编译出版社，1997年。
许桂亭：《对立与和谐》，载张玉书编：《海涅研究——1987年国际海涅学术讨论会》，北京：北京大学出版社，1988年。
徐健：《近代普鲁士官僚制度研究》，北京：北京大学出版社，2005年。
亚里士多德：《尼各马可伦理学》，廖申白译注，北京：商务印书馆，2003年。
严复：《天演论》，北京：科学出版社，1971年。
杨丙辰：《歌德与德国文学》，载周冰若、宗白华编：《歌德之认识》，南京：钟山书局，1933年。
杨武能译：《德语文学精品》，桂林：漓江出版社，1993年。

杨武能:《杨武能译文集》第14卷,桂林:广西师范大学出版社,2003年。

杨义:《中国现代小说史》中册,北京:人民出版社,1998年。

野上丰一郎:《比较文学论要》,刘介民译,载刘介民编:《比较文学译文选》,长沙:湖南人民出版社,1984年。

叶隽:《另一种西学——中国现代留德学人及其对德国文化的接受》,北京大学出版社,2005年。

叶隽:《史诗气象与自由彷徨——席勒戏剧的思想史意义》,上海:同济大学出版社,2007年。

叶隽:《德语文学研究与现代中国》,北京:北京大学出版社,2008年。

叶隽:《歌德思想之形成——经典文本体现的古典》,北京:中央编译出版社,2010年。

叶隽:《德国学理论初探——以中国现代学术建构为框架》,上海:上海外语教育出版社,2012年。

叶隽:《文史田野与俾斯麦时代——德国文学、思想与政治的互动史研究》,北京:中国社会科学出版社,2013年。

叶隽:《德国教养与世界理想——从歌德到马克思》,北京:教育科学出版社,2023年。

叶廷芳:《现代艺术的探险者》,广州:花城出版社,1986年。

叶廷芳:《卡夫卡——现代文学之父》,海口:海南出版社,1992年。

叶廷芳主编:《卡夫卡全集》第7卷,叶廷芳等译,石家庄:河北教育出版社,1996年。

伊夫·塔迪埃:《20世纪的文学批评》,史忠义译,天津:百花文艺出版社,1998年。

以赛亚·伯林:《反潮流——观念史论文集》,冯克利译,南京:译林出版社,2002年。

以赛亚·伯林:《俄国思想家》,彭淮栋译,南京:译林出版社,2011年。

殷克琪:《尼采与中国现代文学》,洪天富译,南京:南京大学出版社,2000年。

余匡复:《德国文学史》,上海:上海外语教育出版社,1991年。

余匡复:《战后瑞士德语文学史》,上海:上海外语教育出版社,1992年。

余匡复:《当代德国文学史纲》,沈阳:辽宁教育出版社,1994年。

余匡复:《〈浮士德〉——歌德的精神自传》,上海:上海外语教育出版社,1999年。

余匡复:《布莱希特论》,上海:上海外语教育出版社,2002年。

余匡复:《布莱希特传》,成都:四川人民出版社,2003年。

于沛:《二十世纪中国人文学科学术史研究丛书·世界史研究》,福州:福建人民出版社,2006年。

雨果:《九三年》,桂裕芳译,南京:译林出版社,1998年。

郁达夫:《郁达夫文集》第6卷,广州:花城出版社/香港:生活·读书·新知三联书店香港分店,1983年。

曾艳兵:《卡夫卡与中国文化》,北京:首都师范大学出版社,2006年。
张国刚:《德国的汉学研究》,北京:中华书局,1994年。
张辉:《审美现代性批判》,北京:北京大学出版社,1999年。
张际亮:《张亨甫全集》卷三,同治六年刻本。
张可创、李其龙:《德国基础教育》,广州:广东教育出版社,2005年。
张黎:《德国文学随笔》,北京:外国文学出版社,1986年。
张世禄:《德国现代史》,蔡元培校,上海:商务印书馆,1929年。
张佩芬:《黑塞研究》,上海:上海外语教育出版社,2006年。
张岂之:《中华人文精神》,西安:西北大学出版社,1997年。
张威廉:《德国文学史大纲》,上海:中华书局,1926年。
张威廉译注:《德国名诗一百首》,上海:上海译文出版社,1988年。
张威廉主编:《德语文学词典》,上海:上海辞书出版社,1991年。
张威廉:《德语教学随笔》,南京:南京大学出版社,2000年。
张祥龙:《海德格尔传》,石家庄:河北人民出版社,1996年。
张祥龙:《海德格尔思想与中国天道——终极视域的开启与交融》,北京:生活·读书·新知三联书店,1996年。
张祥龙:《序:中华古学的当代生命》,载《从现象学到孔夫子》,北京:商务印书馆,2001年。
张祥龙:《序言:面对迷蒙未来》,载《思想避难:全球化中的中国古代哲理》,北京:北京大学出版社,2007年。
张祥龙:《奇哉,辜鸿铭!》,载《思想避难:全球化中的中国古代哲理》,北京:北京大学出版社,2007年。
张玉书:《海涅·席勒·茨威格》,北京:北京大学出版社,1987年。
张玉书主编:《海涅名作欣赏》,北京:中国和平出版社,1996年。
张玉书选编:《席勒文集》第6卷,北京:人民文学出版社,2005年。
张玉书:《茨威格评传:伟大心灵的回声》,北京:高等教育出版社,2007年。
张芸:《别求新声于异邦——鲁迅与西方文化》,北京:中国社会科学出版社,2004年。
张中载、王逢振、赵国新编:《二十世纪西方文论选读》,北京:外语教学与研究出版社,2002年。
赵蕾莲:《论克莱斯特戏剧的现代性》,哈尔滨:黑龙江教育出版社,2007年。
赵汤寿:《奥地利文化史》,北京:北京大学出版社,2002年。
郑永年:《中国的知识重建》,北京:东方出版社,2018年。
中德学会编译:《五十年来的德国学术》第1册,北平:中德学会,无印刷时间。

中国德国史研究会、青岛中德关系研究会编:《德国史论文集》,青岛:青岛出版社,1992年。

中国社会科学院外国文学研究所中北欧室:《中北欧室文学研究三十年回顾》(打印稿),北京,2008年。

周馥:《易理汇参自序》,载《秋浦周尚书(玉山)全集》,台北:文海出版社,1967年。

周棉:《冯至传》,南京:江苏文艺出版社,1993年。

周子亚:《论民族主义文艺》,载吴原编:《民族文艺论文集》,上海:上海书店,1984年。

周作人:《欧洲文学史》(止庵校订),石家庄:河北教育出版社,2002年。

朱有瓛编:《中国近代学制史料》第1辑上册,上海:华东师范大学出版社,1983年。

庄忌:《哀时命》,载孙家顺、孔军、吴文沫注译:《楚辞译注评》,武汉:崇文书局,2018年。

宗白华:《我和艺术》,载林同华主编:《宗白华全集》第3卷,合肥:安徽教育出版社,1994年。

宗白华:《自德见寄书》,载林同华主编:《宗白华全集》第1卷,合肥:安徽教育出版社,1994年。

三、中文期刊与报纸

蔡体良:《巴比伦塔楼的哀歌:迪伦马特和他的"怪诞戏剧"》,载《环球》1987年第11期。

陈铨:《德国民族的性格和思想》,载《战国策》第6期,1940年6月25日。

陈恭敏等:《费·迪伦马特剧作在中国舞台上首次演出——座谈上海戏剧学院演出〈物理学家〉》,载《戏剧艺术》1982年第1期。

党菊莲:《一幅畸形社会的速写画:迪伦马特〈流星〉艺术魅力初探》,载《外国文学研究》1992年第3期。

丁扬忠:《迪伦马特和他的〈贵妇还乡〉》,载《人民戏剧》1982年第5期。

董琳璐:《如何理解"德国学":中国的国别学研究脉络——读〈德国学理论初探——以中国现代学术建构为框架〉》,载《书屋》2014年第6期。

范捷平:《"德国学"研究探路者》,载《中国社会科学报》2014年4月25日B04版。

高莤:《他们带回的德国》,载《北京青年报》2005年10月27日。

葛兆光等:《清华国学研究院与二十世纪中国学术——纪念清华学校研究院成立八十周年讨论纪要》,载《博览群书》2005年第8期。

顾俊礼:《构建现代中国"德国学"》,载《中国图书商报》2012年4月24日第15版。

克莱斯特:《弃儿》,李和庭译,载《东方杂志》第24卷第14号,1927年7月1日。

乐黛云:《尼采与中国现代文学》,载《北京大学学报》1980年第3期。

梁锡江:《窗之惑——试论卡夫卡小说中"窗"的隐喻》,载《外国文学评论》2004年第4期。

刘慧儒:《宋江这个人》,载《读书》2004年第5期。

卢丹:《啼笑交迸的戏剧——谈迪伦马特的悲喜剧〈贵妇还乡〉》,载《长江戏剧》1982年第5期。

陆建德:《安提戈涅的天条》,载《中华读书报》2001年5月16日。

马君武:《三月七日马校长在纪念周的演讲辞》,载《广西大学周刊》第2卷第3期(1932年3月11日)。

莫光华:《多维视野中的歌德研究——以思想史进路的研究为例》,载《社会科学论坛》2023年第1期。

阮慧山、焦海龙:《克莱斯特的语言理论与其现代性》,载《外国文学》2006年第5期。

商章孙:《柯莱斯之平生及其创作》,载《学原》第1卷第2期(1947年)。

孙宜学:《论克莱斯特剧作〈破瓮记〉的戏剧结构和喜剧艺术》,载《同济大学学报(社会科学版)》2001年第1期。

汪磊:《俄罗斯学:跨学科研究新方向——俄罗斯学国际研讨会综述》,载《俄罗斯文艺》2018年第1期。

王向远:《中国的中德文学关系研究概评》,载《德国研究》2003年第2期。

王向远:《中国"东方学"的起源、嬗变、形态与功能》,载《人文杂志》2021年第6期。

王向远:《国外东方学的四种理论与中国东方学的发生》,载《安徽大学学报(哲学社会科学版)》2023年第1期。

伍立杨:《民初译文的衣香鬓影》,载《博览群书》2003年第5期。

谢莹莹:《卡夫卡〈城堡〉中的权力形态》,载《外国文学评论》2005年第2期。

邢来顺:《德意志精神结构的一种新释读》,载《社会科学报》2020年6月25日第8版。

杨武能:《"八十年前是一家"》,载《读书》2005年第3期。

杨武能:《不只是一部学科史——谈叶隽〈德语文学研究与现代中国〉》,载《文汇读书周报》2008年11月14日。

叶隽:《奥国文学研究的命题与意义——从耶利内克获诺贝尔文学奖谈起》,载《世界文学》2005年第3期。

叶隽:《"德国学"的国际视野》,载《中华读书报》2005年6月15日第10版。

叶隽:《出入高下穷烟霏——追念商承祖先生》,载《中华读书报》2005年8月17日。

叶隽：《"时代悲剧"与"初思自由"——〈强盗〉中反映出的个体与国家》，载《同济大学学报（社会科学版）》2005年第4期。

叶隽：《冯至先生的德国文学史观》，载《中华读书报》2005年11月9日。

叶隽：《作为文学史家的冯至与王瑶》，载《书城》2005年第11期。

叶隽：《从"编写"到"撰作"——兼论文学史的"史家意识"问题》，载《博览群书》2008年第8期。

叶隽：《"德国学"建立的若干原则问题》，载《中国图书商报》2009年4月14日第7版。

叶隽：《"寂寞之原则"与"纯粹之知识"》，载《社会科学报》2022年4月18日第8版。

叶隽：《世界意识与家国情怀的融通》，载《社会科学报》2023年4月24日第8版。

叶廷芳：《"在荒谬中再现现实"——试论迪伦马特的悲喜剧艺术》，载《文艺研究》1981年第2期。

叶廷芳摘译：《西德〈世界报〉访问迪伦马特》，载《外国文学动态》1981年第4期。

叶廷芳：《迪伦马特访问记》，载《外国戏剧》1982年第3期。

叶廷芳：《寻幽探密窥〈城堡〉》，载《外国文学评论》1988年第4期。

叶廷芳：《通向卡夫卡世界的旅程》，载《文学评论》1994年第3期。

余英时：《陈寅恪史学三变》，载《中国文化》1997年第15—16期。

郁达夫：《歌德以后的德国文学举目》，原刊《现代文学评论》第2卷第3期、第3卷第1期合刊，1931年10月20日。

曾艳兵、陈秋红：《钱钟书〈围城〉与卡夫卡〈城堡〉之比较》，载《文艺研究》1998年第5期。

曾艳兵：《卡夫卡研究在中国》，载《外国文学研究》2003年第2期。

张建华：《历史学视角：对中国俄罗斯学的战略性思考》，载《俄罗斯文艺》2007年第2期。

张应湘：《求索总是有益有趣的——弗·迪伦马特戏剧演出初探》，载《上海戏剧》1982年第2期。

兆平：《略论迪伦马特的犯罪小说》，载《上海教育学院学报》1992年第2期。

郑振铎：《文学大纲·十九世纪的德国文学》，载《小说月报》第17卷第9号，1926年9月10日。

仲云：《读近代文学》，载《小说月报》第15卷第1号，1924年1月1日。

周何法：《卡夫卡的自虐狂倾向及其触发因素》，载《外国文学评论》2005年第1期。

祝晓风、张涛：《博士论文只是一张入场券——陈平原谈博士论文写作》，载《中华读书报》2003年3月5日。

索 引

A

《艾菲·布里斯特》 247, 261, 268, 339
奥国文学 71, 73-80, 82, 86, 102, 216, 217, 310, 312
奥斯特利茨 299, 301, 303
奥匈帝国 72-75, 78, 87, 89, 90, 92, 93

B

贝尔塔（Bertha von Suttner） 140
比德迈耶尔/比得迈尔 74-76, 339
俾斯麦时代 247, 249, 257-261, 266, 268
并流 192-194
剥洋葱 293, 294

C

蔡元培 72, 147, 148, 166, 168, 173, 176, 180, 181, 185, 186, 189-191, 204, 205, 213, 273, 279, 284, 293, 313, 335, 338
陈铨 81, 150, 151, 153, 156, 161-164, 173, 175, 184, 186-194, 196, 197, 202, 207, 211, 214, 218, 219, 312, 314
陈寅恪 151, 153, 166, 167, 169-172, 181-189, 191, 193-195, 198, 241, 273, 274, 302

D

德国精神/德意志精神 143, 226, 237, 238, 239, 270, 271, 272, 281, 282, 283, 286, 288, 335
德国式的自由 35
德国文学 3, 40, 44, 48, 53, 66, 68, 71-75, 104, 122-125, 128-130, 132-134, 136, 138, 141, 144, 148, 149, 151, 153, 156, 159, 160-162, 165, 166, 173, 196, 209, 217-220, 223, 224, 237, 297, 303, 304, 306-311, 314, 332, 338, 344
德国文学史 4, 27, 43, 46, 48, 51, 53, 54, 56, 57, 60-62, 67, 68, 78, 79, 122, 123, 125, 128, 129, 138, 144, 153, 160-162, 208, 219, 220, 221, 304, 306, 309-312, 314
德国学 84, 153, 155, 159, 225, 269, 270, 272-282, 284-288
德国学术 84, 86, 154, 161-164, 173, 176, 179, 180, 182, 184, 187, 194, 205, 221, 225, 229, 233, 294, 336, 337, 341
德意志道路 269, 282, 284, 286, 288

德语文学学科 72，86，149，150，152，153，156，159，162-164，166，167，174，176，184，187，196，204，275，337
迪伦马特（Friedrich Dürrenmatt） 104，106-117，217
多元体系 159

E

恩格斯（Friedrich Engels） 36，55，60，65，132，133，138，142，236，259
二元体系 159

F

反现代 46，48
范大灿 207，208，219-221，223，304，305，307，312
费希特（Johann Gottlieb Fichte） 11，39，64，149，176，178-180，182-184，200，224，286，308
冯塔纳（Theodor Fontane） 46，53，54，61，67，96，140，253，254，297，339
冯至 72，80，81，125，128，129，131，147，148，150，152，153，157，158，162-168，173-175，184，186-199，203-208，210-215，219，220，223，224，240，241，275，277，304，312，314
福柯（Michel Foucault） 7，8，18，21
傅斯年 147，148，151，165-169，174，191

G

歌德（Johann Wolfgang von Goethe） 3-5，10，12，15-21，23，27，32，34-41，43-45，47，48，51-58，60，61，66，68，71，79，80，96，104，121，122，125，126，130，134，138-142，149，153，162-164，173，187，197，200，206-208，213-216，221，223，227-238，240-243，256，261，275，302，305-307，309，314，315，317，318，320，321，323，327-329，332，334-337，339，340，344
歌德学 227，228，231，233，234，236，239，240，243，271，272
格拉斯（Günter Grass） 62，67，68，291-294，297，299
宫多尔夫（Friedrich Gundolf） 227，228，232，237-243，335
古典思脉 4，12，15，20，43，44，46，53，55，61，68，270，340，341
谷裕 222，339，340，343，344
国学 150，151，165，167，168，172，173，185

H

海涅（Heinrich Heine） 15，35，43-58，60-68，80，137，140，141，216，217，272，297，329
赫克尔/海克尔（Ernst Haeckel） 227-232
黑贝尔（Christian Friedrich Hebbel） 96，123，126，261
黑贝尔（Johann Peter Hebel） 141，142
黑格尔（Georg Wilhelm Friedrich Hegel） 5，11，12，14-16，18，30，31，39，53，55，56，64，80，113，138，142，170，200，271，272，278，341

J

机构史 156，159
教化 248，250，254，264，265，303

索　引

接受史　130, 207, 209, 215, 216, 221, 243, 334, 335, 337
精神三变　3, 5

K

康德（Immanuel Kant）　5, 7, 10-12, 15, 16, 18, 23, 26, 34, 35, 42, 64, 80, 85, 151, 170, 176-178, 180, 200, 230, 272, 275, 278
克莱斯特（Heinrich von Kleist）　22, 29, 30, 96, 121-131, 216, 217, 253
跨学科　159, 197, 209, 212, 219, 224, 225, 269, 270, 275-277, 279, 282, 284, 285, 309, 310, 341
狂飙突进　4, 12, 26-29, 33, 46

L

莱辛（Gotthold Ephraim Lessing）　12, 33, 43, 45-50, 52, 55, 61, 62, 64, 66, 67, 116, 125, 126, 138, 149, 217, 223, 261, 272, 275, 295, 329
朗读者　295, 297, 298
浪漫　4, 32, 43-48, 53, 62, 64, 66, 68, 84, 124, 126, 239, 339
浪漫派　43, 44, 51, 80, 124, 126, 127, 129, 209, 217, 340
浪漫情径　12, 16, 27, 28, 48, 243
浪漫思脉　4, 12, 43, 46-48, 54, 61, 68, 270, 286, 340
冷战　107, 108, 112
李长之　150, 151, 154, 196, 211, 330
李金发　123, 125, 160
理性　4, 6-8, 11-13, 19, 23, 25-29, 31-33, 36, 41, 44-49, 52, 56, 60, 64, 66-68, 81, 89, 102, 112, 113, 117, 124, 142, 172, 177, 178, 260, 262, 265, 272, 293, 294, 297, 299
刘大杰　123-125, 150, 151, 153, 160, 161, 163, 164, 196, 304, 310-312, 314

M

马克思（Karl Marx）　35, 44, 54, 55, 61, 65, 96, 116, 117, 132-138, 140-143, 158, 200, 220, 236, 256, 259, 260, 271, 272, 275, 336
民族国家　10, 28, 29, 33, 37, 39, 72, 82, 92, 116, 130, 143, 183, 187, 190, 226, 310
民族文学　71, 72, 79, 134, 140, 190
"魔性"　241

N

尼采（Friedrich W. Nietzsche）　20, 27, 40, 41, 46, 61, 68, 100, 101, 122, 125, 130, 219, 243, 275
诺苇乐　54, 76

P

普鲁士　14, 22, 30, 39, 45, 51, 54, 55, 73, 248, 249, 254-256, 258, 259, 261, 262, 265, 282, 283

Q

启蒙　4, 6-8, 10-14, 16, 18, 19, 23, 26-29, 33, 43, 44, 46-48, 52-54, 56, 60-62, 64, 66-68, 112, 124, 180, 187, 222, 226, 260, 271, 272, 306, 323
启蒙思脉　12, 19, 46, 47, 52-55, 61-64, 66-68, 270, 271
启蒙运动　7, 10-14, 23, 28
《强盗》　22, 24, 28, 29, 32-35, 40-

367

42，116

卡夫卡（Franz Kafka） 74，77-79，87-90，92-103，206-208，216

青年德意志 44，45，54，140，344

求真 62，184，188-193，195，223，270，276

求知 183，184，186，191，223，270，278，334

R

日耳曼学 72，81，150，152，160，175，176，222，226，277，337

入流 192-194

S

塞巴尔德（W.G. Sebald） 301，303

商承祖 72，81，125-128，131，147，150，152，175，203，207，211

施林克（Bernhard Schlink） 295，297，298

时代精神 32，45，51-53，63，68，92，107，116，117，124，141，161，310

世界市场 97，134，135

世界文学 3，53，71-73，76，79，134-136，158，310

市民家庭 247，261，262，266，268

叔本华（Arthur Schopenhauer） 27，141，142

思想歌德 235

思想史 3，18，27，29，35，36，39，40，48，49，61，62，64，65，67，68，79，83，84，87，89，93，98-100，123，130，132，136，138，142，144，174，198，200，207，209，212，216，223，227，229，243，247，271，272，278，280，281，284-286，291，293，297，301，302，306-309，335，336，339，340，344

溯流 192-194

T

天才时代 5，56，61，75

W

瓦格纳（Richard Wagner） 77，141-143，272

外国学 165，168，170，172，173，272，337

外文所 158-160，204-207

王炳钧 209，215，221，222，334，337

韦勒克（Réne Wellek） 240-242

唯美主义 77

文化学策略 84

文学话语 10，12，16，19-21

文学美感 100

文学史本位 82

文学史研究 74，77，82，216，309，310，311，314

《物理学家》 104，106-108，111，114-117

X

西美尔（Georg Simmel） 227，228，232-236，242，243

席勒（Johann Christoph Friedrich von Schiller） 4，5，9，10，12，15，16，20，22-30，32-43，45，48，50，53-55，57，58，61，63，66，68，80，95，116，117，121，124，126，130，132，138，141，143，149，176，178，180，190，200，203，207，212，214，216，223，229，251，261，286，301，302，305，

306，309，329，331，337，340-343
现代　3，5-8，11，15，16，18-20，51，61，68，71，72，74-79，81，82，85，88，94-97，100-102，111，113，121-123，125，128，130，131，133，139，143，147，148，150，152，153，156，162，166，168，170，172-184，186-191，193，194，196，197，199，200，203-206，208-210，212，213，216，218，219，222，223，225，226，228，229，232，234，238，240，243，249，259，269，271-274，278，279，282，284，286，291，293，304，310，312，313，335，339，341，344
现代化　5，6，10，13，51，172
现代性　3，5-12，15-21，38，43，47，50-52，54，60-62，65，66，68，88，92，93，95-97，101，103，134，135，187，217，223，226，273，284
现代主义　88，89，96，97
现实主义　34，53，56，62，67，89，95，96，133，230，339
象征　23，54，87，88，92，96，97，103，116，143，163，175，183，241，261，270，273，336
学科场域　153，163，187
学科群　200，204，206，224，269，282
学科史　166，193，198-200，222，223
学人史　147
学者共同体　178
学术独立　157，178，182，183，187-190，198
学术伦理　174，176，178-184，186-188，190，191，195，199，223，224，225，236，241，276，280，288，338
学术社会学　152，183，184，192，195，199
学术史意识　79，164，166，224

Y

杨丙辰　81，147-155，162，167，196，210，212，213，223，275，314
杨武能　206-208，211，214，222，223，313，315，332，333
耶利内克（Elfriede Jelinek）　75，77，78，101-103
以笔为剑　54-56
余匡复　129，207，208，215，217，219，220，304
预流　192-194

Z

张威廉　72，81，123，125，127，128，131，150-153，160，161，175，196，202-204，207，211，304，314
哲学话语　10，12，14，16，18
政治诗人　54
中德比较文学　163，218，221，222
著作史　160
资本　51，96，100-102，125，133，135，234，237，249，255，257，258，260，265
资本主义　33，95，96，101，111，134-136，220，249，260

369

后 记

记得有一年年初购年货的时候,妻子一定要买"红牛",据说是可以"辟邪"。想想才明白,那年是自己的本命年,数度循环,已经不复是青葱岁月了。向来是惯于年轻的,这时才知道自己已是向中年的人了,少年时代的"心雄万夫"或许只能停留在纸上,但"到中流击水,浪遏飞舟"的豪情,却仍旧是令人向往。虽然是"纸上苍生",但却也有其"敝帚自珍"的一面。于是就想着,或许可以给自己编个集子做个纪念。编集往往意味着回顾,意味着总结,意味着人生一段道路的终结,更意味着重上征程的开端。自己也感觉到,这些年来一直低头行路,或许也该"举目望远"看一看了。

这样一盘点,竟然发觉还大是不易。"道路漫且阻,却顾所来径",自2003年北大毕业以来,之后进入德文学科,其间"如鱼饮水,冷暖自知"。至今还记得初到社科院时叶廷芳先生的指点:要做研究,少做翻译;古典时代是德国文学最辉煌的一段,一定要敢去做。这对我学术起点的选择有重要启示。这些年来一方面从最基础的文本细读开始入手,一方面着手学科史和学术史的研究,自觉收获不小。当然,我的心性还是不能脱了"大视野",所以努力"小处着手"的同时,也绝不敢轻忽"大处着眼",自问对大背景的文化史语境和思想史脉络还是始终"胸有成竹"。面对自己留下的文字踪迹,才知道自己走过的是怎样的一段道路。而编集过程的长度,也让我知道"清理自己"原来也并不容易。直到前段到欧洲一行,在柏林稍得闲暇,又无杂书可读,弄出基本规模,回来后一鼓作气,才算是将此编集告一段落。

我大致将其分为六辑,并未再加标题,但实际上则关乎:古典时代、现代文学、比较视野、学术史与学科史、跨学科视域、学术书评。就我的学术兴趣而言,希望能大致铺遍学科的各个主要时段,但说来容易,真的要付诸实践还需要一个很长的时间段。

德国古典时代是我用力最勤，探研最深，也会终身"不离不弃"的根据地。之所以这样做，是因为我相信，这个时代乃是人类文明史上至今为止的"巅峰时代"，它所提供给我们的文化资源可谓"无穷无尽"。而这样一种研究，其实必须要突破后世人自身的学科划分，而打通文史哲等各种界限，去接近那代精英作为一代思者的本色。故此我希望能在席勒、歌德的个案研究基础上，进一步将视域推展到思脉（思想史脉络）层面，包括目前正在进行的一项研究乃是《现代性的内部反思——从莱辛到海涅的德国文学史与启蒙思脉之轨辙》。

对于现代文学的研究，除了德国之外，也涵盖了奥地利和瑞士的文学与思想史，对此我也一样保有浓厚的兴趣，限于精力，目前只能在文本与个案层面做些很初步的尝试，但背后绝非没有一个整体的关怀。实际上，在深入底里的探究中，会发觉原来被我们统在一个模子下的"西方"，固然是"面目各异"；就是在"日耳曼"的概念之下，德、奥的路径分殊，在国民性和民族精神的体现方面也有很大差别，这是我特别提出"奥国文学"概念的根本原因。而瑞士作为南北文化的一个交接点就更是韵味无穷。这里只能是蜻蜓点水，希望将来能对其做比较深入全面的探讨。

第三至五辑的文章则显示出我的驳杂的一面，但体现的仍无非这样几个层面，一是比较文学思路，二是学术史理念，三是学术理论维度。而从比较文学的角度去审视德语文学，则可以有别种发覆，这既包括接受史的内容，也可以横跨不同的领域；在学术理论层面，尤其是从跨学科角度去看问题，其实更有可阐释的空间，但这个方面我们的思考还相对较少。

对于当代文学，我的兴趣不是那么浓烈，基本上是将其作为一种消遣和保持文学感觉的"业余作业"，即属于必要的"适度接触"。所以一般不发为论文，而是作为批评，体现自己作为批评家的"一发之见"，而非学者的"条分缕析"。或许，这还仅是我接受的学术训练的"偏见"所致，总认为未经沉入历史者不足以作为极有价值的"研究对象"，但绝非对当代的重要大家视而不见，或许私心只是期待如何使研究者与之能空出相对的"长时段"。有距离感，或更富学术性。浅学在我，仍还未能突破这个思路。

曾有朋友问我，为什么花那么多时间去写书评，岂非浪费时间？珍惜时间我绝对同意，但写书评绝非浪费时间。而且我总以为，中国学界最缺乏的就是彼此之间的"理解同情"。所以"学术书评"的写作既是一种认真学习的"读书者言"，同时也是一种努力与学界同人进行"学术对话"的尝试。我坚信，学问只有在相互的认真阅读、体贴、理解乃至驳难、质疑和争鸣之中才能有真正的进步。

集中论文除新撰外多半都在各种学刊、媒体发表过，当时或做各种技术调整，此处都恢复原样。有一篇是《"时代悲剧"与"初思自由"——〈强盗〉中反映出的个体与国家》，自觉此文可以反映自己最初介入此领域的研究思路，并略有新意。侥幸的是，此文还曾获第十三届冯至德语文学研究奖，当时受命代表获奖者做一个发言，题为《"寂寞学路"与"吾道不孤"》，其思路也可以反映我的基本学术伦理观。因其未曾发表，故此照录如下：

> 首先，我很高兴，能够列身于这样一个学术共同体中。因为，作为19世纪世界学术中心场域的德国学术，曾是所有知识精英心目中向往的奥林匹斯圣殿；而作为其文化精神核心象征的德国文学，同样是人类文明史上最辉煌的遗产之一。这当然也意味着，对于中国的德语文学研究界而言，有太多可以采掘的文化与精神宝藏。这方面，前辈们已为我们做出了杰出的典范，在中国现代学术建立的时代里，无论是日耳曼学还是外国文学学者，都扮演了极为重要的角色。而能和其中的代表人物——冯至这个亲切的名字建立起某种关联，更是一种荣耀。希望我们作为接棒者的表现，不要辜负前贤。
>
> 其次，我很感谢前辈和同行们给我的这份鼓励。钟书先生说："大抵学问是荒村野老屋中，二三素心人商量培养之事。"洪堡也同样将寂寞标立为德国古典大学观的核心理念。确实，学术是寂寞的事业，但在一个人孤独行走之余，忽然被别人叫了声好或者"加了把油"，这至少是一种意外的精神安慰。所以，这份鼓励让我知道学问寂寞但并不孤独，除了自己神游于异族前贤神思之间的愉悦之外，还有与同业知己交流的快乐，譬如学界前辈与友人关注的目光。这样一种交往的理性让我感觉到学术的暖色调一面。
>
> 最后，我理解这份没有奖金的奖励，其实远不仅是一份鼓励而已，

它更多地意味着一种责任，一种学术上的薪尽火传。它远不仅是一种对于某个个体的奖赏，而更多是前代长辈对后代继承者努力的肯定。冯至先生的名字让我感觉到一份激动，因为它让我们怀想起本学科在中国现代学术建立期筚路蓝缕的创业艰难。所以，在我，会将这份奖励理解为一种对后辈的鞭策。而在这样一个功利盛行，一切以利益为衡量标准的时代里，这种鞭策确实意味深长。它让我们知道："吾道不孤！"它让我们在知识海洋里艰苦的跋涉之余，能感受到师长们无言而温暖的关切，可以在学术的漫漫长途中更坚定地走自己的路，不管前程是一派阳光，还是风雨苍茫。

　　谢谢！

　　歌德强调"思"与"行"的统一，显示出他作为一代"诗哲"的万千气象与雍容大度。对于一个学者来说，往往是思者多，行者少；但换一个角度来说，守住书斋，也就是他的"行"。这本是一个学者的本分和职业伦理，可在如今的市场大潮下居然也属"难得"。事实也是，做一些时间容易，坚持一个长时段就不太容易，坚持成为自己一生的追求，就更不容易。我想，对于作为学者的我来说，学术道路还仅是一个开端，"躲进小楼成一统"若能一辈子坚持做下来，或许也就是一种不大不小的"事业"。

叶隽

2009年7月31日起笔于京中陋居

2020年6月1日改定于沪上同济